HARTLAND

DEON OPPERMAN

SOOS OORVERTEL DEUR
KERNEELS BREYTENBACH

Tafelberg

Hierdie roman is 'n verwerking van die TV-reeks *Hartland*
wat deur kykNET gebeeldsend is.

Eerste uitgawe in 2012 deur Tafelberg
'n druknaam van NB Uitgewers
'n afdeling van Media 24 Boeke (Edms) Bpk
Heerengracht 40, Kaapstad 8001

Bandontwerp deur Lizanne Murison
Tipografiese versorging deur Cheymaxim
Geset in Minion Pro
Gedruk en gebind deur Paarl Media Paarl,
Jan van Riebeeck-rylaan 15, Paarl, Suid-Afrika
Eerste uitgawe, eerste druk 2012
Tweede druk 2013

ISBN: 978-0-624-05691-1
Epub: 978-0-624-05692-8

— INHOUD —

JAN CILLIERS

Jan Cilliers is die patriarg – maar hy hou nie van dié woord nie. Jan Cilliers is 'n strateeg. Die velle papier voor hom is vol met sy strategiese beplanning. Dít wat hy daar geskryf en geteken het, sal die lotgevalle in die komende maande bepaal van baie mense in die uitgebreide Cilliers-familie. Bloed en aangetroud.

Jan staan by een van die groot vensters in sy sitkamer, van waar hy 'n blik op die silhoeëtte van die wolkekrabbers van die middestad het. Dan draai hy van die venster weg, sodat mens reguit in die kommer in sy oë vaskyk:

"Ons almal verloor ... op die ou end.

"Maar dis nie waar ek wil begin nie. Ek wil eers besigheid praat. My vrou sou sê: 'Hoe dan anders? Dis jou hele lewe.' Waarop ek dan antwoord: 'Hoe dan nie? Alles is besigheid.'"

Jan het 'n rustigheid in sy stem – waarskynlik danksy die baie jare wat hy al die pasaangeër in sy familie is. Maar as 'n mens fyn luister, kan jy die moegheid daarin hoor. Maar niemand sal hom betrap waar hy toelaat dat daardie moegheid oorgaan in moedeloosheid nie.

"'n Mens se lewe is 'n balansstaat. Jy het jou bates en jou laste – dit wat jy het en dit wat jy skuld. Aan die een kant is daar dit wat jóú dra, en aan die ander dit wat jy moet dra. En dit moet balanseer – 'n bate vir elke las en 'n las vir elke bate. Presies gelyk. Wanneer jy begin, is jou laste klein; jou bates ook. Maar met verloop van tyd word die getalle aan beide kante van daardie lyn al hoe groter – meer wat jou dra, meer om te dra.

"En dis waar die inkomstestaat sy bydrae maak – die dryfveer van die balansstaat. Want sonder profyt – of verlies – staan alles tjoepstil. Om 'n profyt te wys is eenvoudig – jou inkomste moet jou uitgawes oorskry, jy moet meer inkry as wat jy uitgee. Eenvoudig, maar nie maklik nie. Kry dit reg, dan wys jy 'n profyt en jou bates groei. Kry dit verkeerd, en jou bates krimp.

"En so is dit met alles: met geld, met die politiek, met die liefde – met die lewe self."

— I —

Jan Cilliers het sy huis self gebou. Self gekontrakteer, tyd afgeknyp by die werk, seker gemaak dat dit is presies soos hy en Maria dit wil hê. Genoeg ruimte vir die kinders, wat nog op skool was, en ekovriendelik lank voordat die mens bewus was van sy vergrype teen die natuur. Destyds was hier niks anders nie, net Hannes Meiring se plekkie onder in die driffie, en oorkant teen die golwing van die Oos-Pretoriase hoëveld het Garsfontein se eerste huise begin opskiet. Vandag, wanneer jy by die eerste sekuriteitshek verby is en die Bosveldse doringbome langs die lang oprit jou herinner waar jy presies is, staan die imposante grasdakkompleks skielik om 'n draai tussen 'n koorsboom en 'n paar kiepersolle, witkaree en witstinkhoutbome. Die grasdak is al vaal gebak deur die Laeveldse son en laat die huis lyk soos 'n groot skilpaddop wat wyd oor die rug van die rantjie neergesit is.

Twee weerligafleiers steek hoog bo die dak hul metaalpunte na die hemele. Een keer in al die jare moes hulle hul werk doen. Met welslae. Maria sê dis die veiligste grasdakhuis in die land, veilig genoeg selfs vir ma Cilliers.

Daarmee bedoel sy niks snaaks nie.

Ma Cilliers is soos 'n hand vol patrone wat in 'n oop vuur gegooi word. Mens weet nooit in watter rigting sy gaan skiet nie. Haar tong is vlymskerp – en dodelik.

Dit reën vandag, druppels wat hier voor Jan se gesig van die dekgras drup in een van Maria se vele strategies geplaaste blombeddings. Dit was 'n warm oggend, en die reënbui, soos Pretorianers gewoond is hier vroeg in die jaar, maak die strate skoon en laat mens koel en skoon voel.

Jan sien die reëndruppels nie raak nie. Waar hy staan, lyk hy nie soos die hoogs suksesvolle sakeman wat hy is nie. Hy het sy kortgeskeerde baard effens laat uitgroei, sodat hy lyk soos 'n sakeman se idee van 'n buitelugmens: sy hare effens deurmekaar, sy klere dié van 'n jagter gereed vir spoorsny. Maar dis sy velkleur wat hom verraai. Effens bleek. Jan het 'n ligte vel, wat hom dwing om die sonval goed vanuit die skadu te beheer, of met heelwat sonbrandroom. Nou lyk dit of hy té veel tyd op kantoor deurbring, sy buitedrag net oorblyfsels van 'n ander, meer opwindende lewe.

Sy gedagtes is elders.

Hier is dit nou, dink Jan. Die ou end. Hy verbeel hom hy kan voel hoe die onheil aan hom knaag. Binnekort sal hy dit nie net meer verbeel nie.

Hy dwing homself om aan iets aangenaams te dink. Hy verjaar môre. Nóú is dit tyd vir die gemeste kalf en die ramshoring. Vandag bring hy sy familie en naastes bymekaar. Hy sal juig en hy sal jubel. Laat húlle wat wil meedoen, dit uit volle bors doen! Sy nuwe lewensjaar met ope arms ontvang. Maar sy vreugde sal lê in die weersien van Elna, sy dogter, wat uit Kanada op besoek is saam met Bertus, haar man, en hul seun, Neil. Net vir sy verjaarsdag!

Jan kan sy bestuursgewoontes nie afskud nie. Hy verdeel die res van die gastelys oudergewoonte in "Moeilik" en "Maklik". Rika, sy suster, en haar gesin is onder laasgenoemde. Minsame, pligsgetroue Rika, eggenote van dominee Rudi Naudé, ma van Gerhard en Esmé. Christene sonder bedrog, soos ma Cilliers altyd sê.

Boetjan, sy genant, val miskien onder "Moeilik". Nie vanweë sy probleme nie. Drankprobleme. Maar Boetjan is nou al baie maande sober, dalk al by 'n jaar verby, hy kan nie onthou nie, en Jan weet Boetjan het koers in die lewe gekry en hy vertrou hom. Maar daar is steeds spanning tussen Boetjan en Maria – en omdat Maria dit veroorsaak, is hy nog altyd bang om iets daaraan te doen. Hy voel intens skuldig daaroor. Wie weet, binnekort dalk kan hy met Maria daaroor praat.

Sy laatlammetjie-broertjie, Adriaan, sal hier wees, en sy familie. Adriaan val onder "Maklik". Jan wil nie té veel dinktyd op Adriaan mors nie. Hy hou nie van Adriaan se kruiperigheid nie, maar dit is nou sy broer en hy het hom om dié rede lief. Maar sy vrou, Antoinette, val beslis onder "Moeilik". Antoinette in haar eie huis is geen probleem nie. Hier by hulle sit sy altyd dikbek rond, hou elke beweging van Maria met arendsoë dop. Hy en Maria maak altyd grappies daaroor, maar Jan wantrou mense wie se afguns só sigbaar is. Meer as 'n bietjie.

Elna sal "Maklik" wees, maar Bertus "Moeilik", afhangende van hoe hulle gevlieg het en hoe gemaklik hy daarmee is om weer in die land te wees wat hy so verfoei.

Maria, die stem van sy gewete, is bo alle verdenking en is "Maklik", behalwe met Boetjan in die omgewing. En ma Cilliers? Sekerlik "Moeilik", dink Jan. Haar mond is soms gevaarliker as 'n begeleide missiel.

"Jan, die kinders gaan nou-nou hier wees ..."

Hy swaai om. Maria, sy skone Maria, staan met 'n hand vol proteas wat sy by Safari duskant Wilgers gaan koop het vanoggend.

"... dink jy nie jy moet met jou vuur begin nie?"

Hy is só bly hy het destyds daarop aangedring om soveel moont- lik binnemure te bou uit die klippe wat hulle hier in die rantjies kon versamel uit die uitgrawings vir die huis. Teen die agtergrond van die klipmuur oorweldig Maria se voorkoms hom vir die soveelste maal in sy lewe: haar natuurlike blonde hare, fyn en sag, nes haar vel. Maak nie saak hoe ver sy op haar lewensweg is nie, vir Jan lyk sy altyd soos 'n jong Grace Kelly. Haar helderblou oë, wat tog soveel emosie en smeu- ling kan oordra. Haar pragtige sagte vel. Haar lippe nog sensueel en vol, en die merke wat die jare gemaak het om haar mondhoeke en oë laat Jan net weer besluit dat hy waarlik, waarlik genade ontvang het met sy keuse van lewensmaat.

"Ons gaan tog seker nie eet sodra hulle hier aankom nie?"

"Nee, maar ons kan ook nie eers vieruur vanmiddag eet nie. En die res van die mense sal ook binnekort hier wees."

Jan maak vinnig 'n aftelsom in sy kop – die mense wat hy hier wil hê. Hy onthou laaste van sy vennoot, die swart man wat vir hom meer as 'n vennoot geword het, amper broer.

"Kom Zweli ook?"

"Natuurlik!" Jan is amper onthuts oor sy só 'n vraag kan vra.

Hy soek na sy selfoon, kry dit op een van Maria se modieuse kiste teen 'n muur.

"Jy weet, dis iets wat ek nog nooit kon kleinkry nie: ons woon almal in dieselfde stad," hy tel sy selfoon op, kyk daarna asof dit dadelik vir hom 'n boodskap gereed sal hê, "maar dit neem vir Elna en Bertus om al die pad van Kanada te kom kuier om die hele familie bymekaar te kry."

Hy weet dis nie waar nie – en Maria weet dis nie waar nie. Maar in hul harte weet hulle hoe belangrik dit vir Jan is om nóú weer sy dogter te kan sien.

Elna – én Bertus.

Twee name, twee gewaarwordings. Jan het Elna lief, hartstogtelik, onvoorwaardelik, volledig. Soos net 'n pa sy dogter kan liefhê. Die noem van haar naam laat sonstrale deur die donker wolke van sy gemoed skiet, net om weer verdoof te word by die aanhoor van Bertus se naam.

Jan hou van Bertus. Maar Bertus is die een wat Elna Kanada toe geneem het.

Kanada.

Geen boodskap nie. Jan is verdiep in sy selfoon, hoor nie sy ma in haar rolstoel die vertrek binnekom nie. Sy begin reg agter hom praat, daardie bekende klaende toon wat hom laat lus voel om te skrou en te skrou totdat sy ophou. En maak nie saak wat sy sê nie, sy laat hom altyd ongelooflik beklemd voel:

"Ja-nee ... as die kinders eers begin dros, is die einde in sig."

Maria rol haar oë. Baie soos Elna altyd op skool gedoen het, daardie omhoog werp van die blik waarmee Elna altyd verveelde verontwaardiging wou oordra. Maria kyk na Jan, asof sy wil sê: Toe, hanteer jy haar! Sy gryp die rangskikking waarmee sy besig is en vlug die kamer uit. "Ek sit net gou hierdie in hulle kamer," roep sy oor haar skouer.

Jan weet sy ma het nie die vaagste benul van presies wat die woord "takt" beteken nie, laat staan nog taktvol wees, maar hy sal haar vir die soveelste keer tot orde móét roep. "Ma ... ek wil Ma mooi vra om nie weer daardie woord te gebruik nie." Jan probeer die betigting versag deur haar rolstoel vir haar na haar gunsteling-plekkie te stoot – teenaan die teetafel.

"Watse woord?"

Dros! Dros! wil hy roep, maar bedwing hom. Jan sit teenoor sy ma, die lang tafeltjie tussen hulle wat die konfrontasie versag. As mens sy ma se gekorswil konfrontasie kan noem, dink Jan. "Ma weet goed watse woord. Dit ontstel vir Maria ..."

Soms wonder hy of sy regtig luister wat betoog word. Elke keer dat sy praat, wip sy ongeërg die argument vooruit.

"Noem dit wat jy wil, dit bly wat dit is."

"... en dit ontstel my." Hy haat dit om aanspraak te maak op haar simpatie. Hy voel die beklemming weer in sy maag aanmeld, kyk liewer na die manier hoe die klipmuur rondom die kaggel, dieselfde muur waarteen Maria se gelaat só sprankelend en amper jeugdig sag vertoon, hoe daardie klipmuur sy ma se ouderdom beklemtoon, die harde lyne om haar mond, die ou verrimpelde pruimbekkie, die manier hoe die oë wegraak in die lens van die bril wat sy dra, die manier hoe haar skouers meer tenger as ooit tevore lyk. Alles behalwe haar stem, onseker weens ouderdom, maar tog ook kragtig omdat die wil agter daardie stem kliphard en sekuur is. En klae sal sy klae.

"Waar sou jy vandag gewees het as jou voorvaders se kinders gedros het toe die eerste Zoeloe-impi's oor die veld gestorm het? Hm?" Sy byt die klank tussen haar voortande vas, asof sy self in die loopgrawe lê. "Ek sal jou sê: Jy sou nie hier gewees het nie."

Dis 'n ou argument, een van haar gunsteling-opmerkings. "Ek verstaan dit, Ma, maar ..."

"Nee jy verstaan dit nie, want as jy dit verstaan het, dan het jy verstaan dat jou dogter jou ..." sy hap-hap na haar volgende woorde, diep ontstel deur die gedagtes wat sy nou hier uitspreek, "in die steek gelaat het."

As hy eerlik moet wees – dít is hoe hy ook soms daaroor voel, diep in die nag wanneer sy lewe by hom spook en hy net homself het om mee te praat. Maar verdomp of hy dit teenoor enigiemand sal erken.

"Sy't my nie in die steek gelaat nie, Ma. Elna en Bertus het hulle lewe iewers anders gaan maak. Mense doen dit al deur die eeue heen. Dis presies hoe my voorvaders in die eerste plek hier gekom het – deur die land van hulle geboorte te verlaat."

"Altyd 'n slim antwoord vir alles ... selfs toe jy 'n kind was." Sy antwoord té vinnig, probeer haar oppervlakkige reaksie maskeer met 'n laggie. Jan ken die maniere waarop sy haar verleentheid probeer verberg. Hy besluit om dit 'n bietjie in te vryf.

"Dankie, Ma, ek beskou dit as 'n kompliment. Maar Ma gebruik nie weer daai woord nie."

Sy ma besef wat aan die gang is. Dat Jan haar wil dwing om te maak soos hy sê. Dan liewer voort, dink sy, voort na haar eintlike kwelling.

"En dit gaan nie lank wees nie, dan's jy en Maria ook weg."

En sy, die matriarg, alleen. Haar grootste vrees. Ná al die jare, al die opoffering. Alleen.

"Ek gaan in hierdie land bly, tot die dag van my dood." Daar kom 'n vreemde trek oor sy gesig. Indien sy dit opmerk, laat blyk sy dit nie. "Dit kan ek waarborg, glo my."

"Dit sal nie nodig wees nie, ek het my versekering."

Sy het niks gemerk nie, dink hy verlig. Hy kyk met deernis na haar waar sy soek na iets wat in die sakdoek in die voue van haar rok toegedraai is.

"Sien jy hierdie Krugerrand?" Sy hou die muntstuk tussen haar duim en wysvinger op, haar woorde wat vrolik uitspat op die wieke van hoopvolheid. "Oom Paul. Hy's my versekering. Wanneer jy en jou vrou eendag hier uitsluip, dan vat ek hom ..."

Terug op die ou stories.

"... en Ma gaan koop Pa se plaas terug. Dis goed so, Ma. Ek sal Ma waarsku voor ons waai, maar Ma gebruik nie weer die woord 'dros' nie. Nie voor my nie, nie voor my vrou nie, en beslis nie voor die kinders nie."

"Hmf."

— II —

Antoinette kyk vlugtig by die kamervenster uit. Deur die hoë tralies van hul voorhek sien sy die skoolseun wat op sy fiets kom koerant aflewer, sy lyf netjies afgeëts teen die spierwit dubbelhoogte-muur van die bure oorkant die straat. As hulle maar kon bekostig om ook só 'n muur op te rig! Die geraas van Brooklyn se motors maak haar mal. Selfs Simson, hul dobermann wat nie eens meer vir die mense in die straat blaf nie, veral nie vir die koerantafleweraar nie, kan dan maar in die sonnetjie bly lê, daglank. Dan begin sy werk eers wanneer daar oor die muur geklouter word.

Die dag lê soos 'n berg voor haar. Sy glo nog altyd dat 'n mens ideale moet hê. Drome wat jy wil verwesenlik. Maar elke keer dat sy haar voete oor Maria Cilliers se drempel sit, is dit vir haar 'n uitmergeling. Sy wéét dat die mans almal Maria se groot skoonheid raaksien en aan haar wat Antoinette is dink asof sy die tannie was wat haar man in die Hoekie vir Eensames ontmoet het. Hou van dans, die buitelug en perdry. Maar sy weet, sy is eerder die popsie wat al in die eerste ronde van die skoonheidskompetisie uitgeval het. Adriaan sê sy's laf, wat hom betref het sy 'n skoonheid wat meer as veldiep lê. Maar dis nie hy wat voel en sien nie. Wat dink aan die ou voorspelbare voorstedelike kombuis in Brooklyn wanneer sy in Maria se byderwetse, pragtige kombuis instap. Wat die tekens van Jan du Toit se binnenshuise smaakvolheid in elke vertrek raaksien, terwyl sy die meubelstukke in hul huis tot so ver as Bapsfontein gekoop het. En wanneer sy die badkamer besoek, kan sy dit nie verduur om in die volmuurspieëls te kyk nie. Dan sien sy die genetiese spore van haar Oos-Kaapse Olivier-voorouers raak in haar hoë wangbene en effense wipneus. Kan sy haarself nie in die oë kyk nie, want haar eie oë werp die een beskuldiging na die ander. Kyk hoe skuif jou bloes bo jou heupe op. Het jy jou hare gewas gisteraand? Laat hang jou hare breed, die lyne van jou nek is nie meer sigbaar nie ...

Antoinette weet sy gaan moeite hê om nie nurks te lyk tussen die ander mense nie. 'n Familiedag soos vandag is net genoeg om alles, maar alles te vererger. As sy dit regkry om van haarself te vergeet, gaan Jan met sy alewige innemende glimlag waaraan sy bokbaardjie soos 'n sanitêre doekie hang net daarin slaag om haar met elke flits van sy tande te laat dink aan Adriaan se ou skewe oogtandjie en sy oë wat agter sulke dik brillense wegkruip dat dit hom agterbaks laat lyk. En hy is allesbehalwe. Miskien 'n bietjie nerderig, 'n taks bleeksielerig, maar dis van harde werk en sy logistieke meesterskap in Jan se fabriek.

Dis eintlik die probleem. 'n Dag by Jan en Maria bevestig net vir haar dat Adriaan min het om te wys vir al sy toewyding en vlyt. Sy broer sit met die blink huis en beeldskone vrou, terwyl Adriaan met 'n saai lewe, 'n vervelige huis en 'n skraal bankrekening opgeskeep sit. En met haar, wat 'n dag lank dinge sal raaksien wat sy en Adriaan eintlik ook behoort te hê. Sy sê altyd vir haarself: Wag 'n bietjie, gee kans! Jou dag kom nog. Maar die Vader hoor haar, as sy nie handjie bysit nie, gaan eendag nooit aanbreek nie. Sy het geweet, destyds toe sy met Adriaan trou en gou tot die besef gekom het die mensdom sien Adriaan nie as Adriaan Cilliers nie, maar wel as Adriaan, die suksesvolle entrepreneur Jan Cilliers se jonger broertjie, tóé al het sy geweet dat sy Adriaan gaan moet help. Help beplan. Help dink. Helène, die sielkunde-proffie wat ook lid is van haar boekklub, het op 'n keer gesê dat mans nie hul emosies of doelwitte kan verbaliseer nie. En dit is só wat sy vir Adriaan wil doen: sy doelwitte verbaliseer, hom goed maak verstaan waarheen hy op pad is. Sy weet nie of dít presies is wat Helène in gedagte gehad het nie; maak ook nie saak nie. Adriaan weet gewoonlik presies wat hy vandag wil hê, en sy is baie goedgunstig met haar hulp. Dis net dat hy nooit oor die dag van môre gedink het nie. Maar sy het alles verander.

Vandag het sy 'n somersrok aan wat sy by een van die winkels in die Menlyn-sentrum gekoop het. Dis nou wel nie die eerste keer dat sy dit dra nie, maar naby genoeg daaraan. Dit druk haar borste netjies in 'n kloof op, 'n lus vir die oog. Sy weet Adriaan se oë gaan nie vandag ver afdwaal nie. Maria sal vandag deur 'n ring getrek wees – deur 'n winkel iewers in Sandton – en Antoinette gaan nie terugstaan nie. Mens weet ook nie watse sprone Elna in Kanada gemaak het nie. Sy gaan waaragtig nie deur Jan en Maria se kinders in die skadu gestel word nie.

Hulle staan saam-saam en aantrek – sodat Antoinette 'n wakende oog oor Adriaan kan hou. Sy sien hoe hy hom langs haar regskud in die klere wat sy vir hom gekies het.

"Wat my so irriteer ... dis soos: die koning ontbied en die onderdane kom op hulle knieë aangekruip."

"Mm." Adriaan hoor wat sy sê – só sê hy altyd – maar hy wil nie nou betrek word in 'n skindersessie oor sy broer nie. Dis genoeg dat hierdie geskinner 'n deurlopende tema in hul huwelik is, hy wil nie op 'n dag soos hierdie óók daarna moet luister nie. Antoinette klee hom vandag in 'n langmouhemp met groot blomme daarop afgedruk, teen 'n ligpers agtergrond. Lyk nie te onaardig saam met sy gebruiklike blou-vaal chino's nie. Hy voel hy verraai homself met die hemp, maar hy neem aan Antoinette weet wat sy doen. Dank Vader dit kamoefleer sy bleek boepie. Hul dogter, Elisabeth, met haar gifbekkie sê altyd Antoinette wil hulle in die verleentheid stel deur Adriaan aan te trek soos 'n onderwyser wat vir almal wil wys hy het vrede gemaak met sy innerlike vrou.

"En dan moet ons daar gaan staan en vir Elna en Bertus verwelkom asof die prinses met haar prins uit die wildernis teruggekeer het." Antoinette gaan sit by haar spieëltafel om haar grimering te verfyn.

"Mmm-hm."

"Om nie eers te praat van die precious kleinkind nie ..." sy swaai na Adriaan met poeier en pof in die hand, swyg skielik. Adriaan weet hy moet hom nou staal. "Verduidelik jy vir my hoekom jou ma ..."

"Moet net nie my ma hierby insleep nie."

"Nee, ek vra: Hoe is dit dat jou ma liewer is vir Elna en Bertus se Neil as vir ons Vlooi?" Sy wil Adriaan onder vier oë aantree, maar hy is doenig met sy sokkies. En as hy vir sy sokkies wil kyk, sál hy. "En ek sal jou sê: omdat Neil haar gunstelingseun, Jan, se kleinseun is."

Adriaan wens só dat sy nie alewig hierdie sake oprakel nie. Dis asof sy haar minderwaardigheidsgevoel met 'n spesiale groeidoepa wil voed.

"En ék sal jou sê. Ma bly by Jan en Maria, nie hier by ons nie. So, dis te verstane."

"Presies. En hoekom bly sy by hulle? Want golden boy Jan besit die maatskappy en jy's die lakei."

"Presies."

"Presies?" Sy kan haar ore nie glo nie.

"Presies."

"Wat bedoel jy, presies?"

"Hy besit die maatskappy en ek's die lakei." Hy wou nog byvoeg, feit soos 'n koei, maar hy weet sy luister nie meer nie, té besig met plannetjies maak.

Antoinette buk vorentoe na haar spieël, raak-raak met haar stiffie aan die swart aksentlyn onder haar oog, maar sy is besig om haarself in die oog te kyk, intiem vertroulik.

Sy laat die stilte vet word tussen hulle voordat sy weer praat. "Mens sou dink dat hulle ten minste my ma en pa sou genooi het, want ek kan jou nou sê daardie BEE Zweli gaan daar wees."

"Hy's nie BEE nie. Sy pa het die besigheid saam met Jan gestig." Nog 'n feit soos 'n koei, dink Adriaan. "In fact, die besigheid was Zweli se pa se idee."

"Man, jy weet wat ek bedoel."

Nee, ek weet nie wat jy bedoel nie, wil Adriaan sê, maar uit die hoek van sy oog sien hy Vlooi die kamer binnekom. Vlooi, koerant in die hand, van niks anders in die wêreld bewus nie. "Pa ... het Pa hierdie gesien ...?"

Antoinette het nie ore vir Vlooi se Boere-politiek nie. Al wat sy sien, is dat haar oudste kind sy slonsige slaapklere aanhet – boxers en 'n oranje T-hemp. 'n Meerdoelige T-hemp, weet sy. Vlooi steur hom só min aan sommige konvensies dat hy nie sal skroom om sy slaaphempie ook klas toe te dra nie. "My magtag, Vlooi, het jy nog nie aangetrek nie?" roep sy.

"Ek gaan nou aantrek, Ma. Hoor hier, Pa: 'Dit word beraam dat daar tans vir ongeveer honderd en veertig miljoen rand nie rekenskap gegee kan word nie.'" Hy kyk met 'n onderkaak wat van verontwaardiging byna uit sy skarniere val na sy pa. "En dis net vir een jaar in hierdie een staatsdepartement, Pa."

Die seekoei se oortjies, dink Adriaan. Die kind se onskuld is só opvallend dat hy hom net wil vasdruk. "Ja, my seun."

Antoinette slaan hom uit die hoek van die kamer gade – Vlooi wat só baie op haar eie pa lyk dat sy hom al in matriek die raad gegee het om sy hare vorentoe te kam sodat die hoër wordende voorkop minder opvallend is. Hier is 'n groot vleiskuif in wording.

"Ek sê vir Pa ... as ons nie nou iets doen nie, gaan daar nie 'n land oor wees vir my en my geslag om te erf nie."

"As jy my vra, my seun," val Antoinette in, "moet jy dit maar oorweeg om eendag, as jy jou graad klaar gevang het, soos Elna en Bertus oorsee te gaan bly."

Die saadjies moet sy saai.

"As ouma hoor Ma sê so iets, word Ma-hulle onterf. En buitendien: hierdie is my land en ek gaan nêrens nie."

Adriaan kan die kind gryp en hom vasdruk. "En so praat 'n Boerseun!"

"As die swartes my hier wil ..."

Antoinette is klaar met haar grimering. Nou wil sy nie politieke praatjies hoor nie. Sy wil ry. "Vlooi, gaan trek aan!"

"Ek sê maar net."

Vlooi skuif in die kamer se klein ingangsportaaltjie by sy suster verby – Elisabeth, lank 'n verpesting in sy lewe, maar nou, wel, sy is orraait. Hy kan sien hoekom sy pelle 'n hand of wat oor daardie boudjies wil laat gly. Hy weet ook wat die algemene stand van humeure in sy ouers se slaapkamer op hierdie oomblik is. Hier kom 'n vloermoer as hy haar so vinnig in die verbygaan bekyk.

Adriaan sien nie sy dogter nie. Hy sien net 'n sexy rokkie en dan sien hy dis sy onskuldige klein Elisabeth waaraan daardie klere hang. As hang die regte woord is. Sy vul daardie rok se geheime plekkies vol-borstig en uitdagend. Hy sien hoe kort die rompie is en hoe lank die bene. Hy weet wat manne van lang bene dink en weet dat Elisabeth net een doel met haar rok het, en dis om die manne te laat kwyl. Hy haal diep asem vir die skreeuslag, maar Elisabeth praat voordat hy kan begin.

"Ma, Emily het al weer my blou baadjie iewers gesit waar ek dit nie kan kry nie."

"En dit?" Adriaan se kreet kom hoog, maar nie heeltemal so hoog as wat dit sou wees as hy nie so totaal stomgeslaan was nie.

"En dit wat, Pa?" Die ene onskuld.

Adriaan besluit hy moet hom op 'n hoër gesag beroep. Hy draai na Antoinette: "Sy gaan tog sekerlik nie in daardie klere na die braai toe nie?"

"Get with the times, Pa. Al my vriende dra hierdie soort klere."

"Ons gaan nie by jou vriende kuier nie, meisie, ons gaan by jou oom en tannie en jou ouma kuier." Toe hy dit sê, weet hy dat hy Antoinette as bondgenoot verloor het.

"Los haar! Laat sy dra wat sy wil." Antoinette wil nie korswil daaroor nie.

Adriaan maak hom met sy bril doenig. Sou hy op hierdie oomblik opgekyk het, sou hy die vinnige oorwinningsglimlag oor Elisabeth se gesig sien beweeg het, vinnig, in sy rigting, voordat sy haar oë weer ernstig op haar ma rig.

Antoinette vra: "Het jy in jou linkerkantse kas gekyk?"

"Hoekom sal hy daar wees?"

"Want dis waar sy hom al vantevore gehang het."

Antoinette laat haar self 'n glimlag toe wanneer Elisabeth vinnig uitstap – bly dat die kind nog nie soos haar ma op haar voete dink nie en dadelik vra hoe sy wat Antoinette is so goed weet wat gereeld in Elisabeth se kaste gebeur.

Adriaan sien wel die glimlag raak. "Ek kan nie glo dat jy ..."

"Sy's nie meer 'n kind nie. Probeer haar nou vasbind, en sy sal net harder skop. Jy weet hoe sy is."

"Ja-nee, ons weet wie se kind sy is."

"Ek kan nie onthou dat jy gekla het oor die skimpy rokkie wat ek gedra het toe ons op ons eerste date gegaan het nie ..." Sy staan naby Adriaan, trek hom aan die hemp nader sodat hy nie anders kan as om baie bewus te wees van haar nie, van die eau de toilette wat sy rojaal aan haar nek en borste ingedamp het.

"Dis anders."

Haar heup raak nou aan Adriaan s'n. "O, en hoe's dit anders?"

Adriaan verloor al sy stoom. In die oomblik van aarseling lê 'n lewe van kapitulasie. "Man, dis net anders."

Hy stap uit, maar kom dadelik terug, asof hy iets vergeet en weer onthou het. "Dis 'n familiebyeenkoms. Nie 'n date nie," sê hy.

"Vir 'n meisie van haar ouderdom is elke geleentheid 'n date."

Adriaan skud net sy kop. Hy is reeds buite hoorafstand wanneer Antoinette haar eie oog in die spieël vang en saggies lag voordat sy haar lipstiffie finaal optel. In hierdie huis, weet sy, is alles soos 'n lang uit-gerekte militêre kampanje. Beplanning en teenbeplanning, strategiese skuiwe en voorspelbare reaksies. Daarom dat sy die alewige braaie by Jan en Maria so haat. Dit is asof sy momenteel haar mag oor Adriaan verloor. Hy luister na ander mense wat die sweep klap. Beur in 'n ander rigting as die een waarin sy wil hê hy moet beweeg. Jan die touleier, Adriaan die vooros. En dan piekel almal maar agter Adriaan aan, wat agter Jan aanpiekel.

Té veel van 'n piekelry, wat haar betref. Hoe gaan sy Adriaan sover kry om skei te breek?

Sy lag nie meer wanneer sy die huis se deur agter haar toetrek en sluit nie. "Waar is Vlooi?" vra sy wanneer sy by die motor kom.

Antoinette kan nie glo dat ná al die geneul en gedreig van die oggend Vlooi steeds só draai dat hy nog nie saam met sy pa en suster gereed is vir die uittog na Jan en Maria nie. Sy gooi haar handsak op die voorste sitplek neer en stap terug huis toe. Adriaan kan hoor hoe sy sag probeer praat met haarself terwyl sy wegstap, tande styf op mekaar geklem. Hy kan die "... die klein stront ..." uitmaak, maar dan verdwyn sy die huis in.

Vlooi is in sy kamer. Sy heiligdom. Sy ouers dink hulle ken hom, maar as sy ma nou oor sy skouer kon geloer het, sou sy sy ander sy gesien het, die ware punt van sy hart.

"Vlooi," roep Antoinette in die gang af, "as jy nie nou kom nie, moet jy self daar uitkom."

"Ek kom, Ma," antwoord hy.

Hy kyk na die rekenaarskerm voor hom. Dis oop by die 777-webblad. Boeremag, krygers van die Suiderland. Vlae: variasies op die ou Transvaalse vierkleur, variasies uitgedink deur Boere-milisie.

Dáár, dink Vlooi, dáár lê my toekoms. Sy bloed bruis van die sien van al die dinge wat vir hom net een ding uitspel: opstand.

Voordat hy uitstap, kyk hy 'n laaste maal in sy spieël en glimlag begrypend vir homself.

In die spieël is alles agterstevoor, maar hy ken die spreuk wat op sy T-hemp sy sentimente uitbulder heeltemal uit die kop: *Boer met 'n roer.* Dít is wie hy is, dink Vlooi.

Adriaan en Antoinette sien dadelik die T-hemp raak.

Laat die kind sy geloof só uitdra, dink Adriaan. Dalk maak hy vriende.

Antoinette sug weer van verligting. Sy was so bang Vlooi dra sy ander T-hemp, die een waarop staan: *Ek doen alles net vir my Mammie.*

— III —

Ouma Cilliers sit net waar Jan haar gelaat het en staar oor die huise en bome in die verte. Haar gedagtes is by tye en mense wat fleurig was toe die klippe onder hierdie sitkamer nog bloot onder die hemele gelê het. Hul plasie, haar geliefde. Hy wat nie meer hier is nie, hulle wat weggeraak het in haar gedagtes. Die grond wat seker nou gereed lê vir die ploegskaar. Die melkkoeie, die verpesting in Kleinjan se lewe, voordat hy groot Jan geword het en skoonheidsdrome aan die land se vrouens verkoop het. Dink hy soms nog terug aan die vroeë oggende, met die spene wat deur sy vingers glip, die melk wat teen die emmer se wande girts-girts? Die paadjie terug opstal toe, sy wat met hom raas as hy koeimis in die huis in trap? Die koffie wat op die Aga staan en moer trek? Sy sien hom nog sit by die tafeltjie in die kombuis, geduldig en wag dat die beskuit sag word in die swart koffie. En Kleinjan wat sy enemmelbeker vinnig by die wasbak uitspoel, nog koffie ingooi, en verkas, stalle toe, waar hy om die hoekie met die plaasvolk om die konka gaan sit, 'n beker koffie ruil vir 'n mielie wat hulle vir hom in die konka gereed gemaak het, die pitte plek-plek swart gebrand, sodat hy dit met opset en vernuf moet kou. Kleinjan, altyd die geselligheid vanself, selfs op oggende wanneer die son nog nie die ryp van die gras weggebrand het nie. Nie omgegee het met wie hy gesels nie, solank hy net kon gesels. Kry dit seker maar van haar. Sy was nooit op haar bek geval nie. Mense het haar daarvoor kwalik geneem. Wat maak dit saak? Mens moet die waarheid dien – sê wat jy sien. Nou nog. Maria, die klein merrie, wip haar daarvoor. Maar terugpraat? Nooit, té bang die ou vrou sal haar nog meer van dieselfde gee. Jan maak beswaar, maar o so beleefd beswaar. Kan die kind dan nie sy ma aanvat nie? Soos sy pa gedoen het. O, dit was dae daai! Hulle het mekaar goed gesê, maar met respekte altyd. En agterna, wanneer die toorn gesak het, was hulle steeds nog so lief vir mekaar soos altyd. Wanneer Elna die slag vir haar uit Kanada skryf, is dit tog te ordentlik. Maar sy weet, dít wat nie gesê word nie, spreek luider as selfs 'n rugbyskare se gebulder. Wag maar, hulle is op pad en hulle sal die kwaadgeit nie kan wegsteek nie. Daarvan is sy seker. Sal seker die vroomheid vanself wees, maar sy het ore en sy het oge en sy sal weet, bitter gou weet. Hulle kan dit nie vir haar wegsteek nie. Boetjan het probeer, maar sy het hom in die oë gekyk en sy het die drankduiwel sien terugkyk. Hulle mag dink sy's oud en seniel, maar hulle weet nie hoeke groot fout hulle maak nie.

Sy hoor nie die motor buite toet nie, drie keer, feestelik.

Maria kom ingehardloop met 'n uitbundige "Jan! Ma! Hulle's hier! Hulle's hier!" Sy onthou skielik hul sekuriteitshek en -stelsel. "Hoe't hulle ingekom?"

Sy praat met Jan. Asof sy nie hier is nie.

"Wat vra jy, my skat?" Jan aard op dié manier darem na sy pa. Stel gerus wanneer hy die angs in Maria se stem hoor. "Ek het hulle naam voor by die sekuriteit gelos."

Sy is trots op Jan se bedagsaamheid. Maar sy is eintlik baie geïrriteerd met hom – en Maria. Hulle is die afgelope ruk baie geheimsinnig, sit met mekaar en tjie-tjie wanneer hulle dink sy nie kan hoor nie. Sy is seker hulle maak planne om ook landuit te vlug. Hul skatte veilig te gaan maak anderkant die land se grense. Haar alleen te laat. Miskien is iets anders ook aan die uitbroei. Dalk met Elna te doen? Sy kan sien dat Jan vir Maria probeer beskerm. Die oomblik is vir haar baie groot.

Praat al maande lank daarvan om by Elna in Kanada te gaan kuier. Elna het net telkens laat weet dat hulle nog nie ingeburger genoeg is nie, dat die tyd nie heeltemal geleë is nie. Wat 'n ma soos Maria haar natuurlik dadelik allerhande drog-scenario's laat indink: Die ergste wat moontlik kan gebeur, is moontlik aan die gebeur. Of nog erger! Dan kalmeer Jan haar, Jan met sy ysere wil en sagte begrypende stem. Met dié dat Elna se Bertus die rug so ferm op Suid-Afrika gekeer het, is Jan en Maria hiperbewus van enigiets wat tipies van die negatiewe aspekte van die Suid-Afrikaanse bestaan mag wees – soos moontlik inbrekers wat helder oordag by hul sekuriteitshek kan verbykom. Verbeel jou! Skaam vir jou eie land! Iemand moet Bertus nog die waarheid vertel, kaalkop. Dalk moet sy dit sommer vandag nog doen.

Ouma Cilliers sien die vertedering raak waarmee Jan na Maria kyk. Sy kan sien hoe die vrees in Maria se oë die wyk neem, en sy weer bewus word van haarself en hoekom die dag vir haar spesiaal is.

Jan glimlag dadelik wanneer hy sien hoe Maria aan haar hare vat en die onvermydelike vra: "Hoe lyk ek?"

"Soos altyd, my vrou, pragtig." Hy sê dit soos 'n jong minnaar, en Maria bedank hom met 'n glimlag soos net sy kan, iewers tussen minnares en dankbaarheid. "Hulle gaan sien ek het ouer geword," sê sy.

"Ons het albei ouer geword." Jan lag in sy keel. "En hulle't dit lankal op Skype gesien!"

"O ja, dis waar."

Alles terug na normaal.

Jan en Maria begin beweeg na waar hulle stemme van buite hoor aankom.

"Wil Ma saamkom?" vra Jan.

Uiteindelik! Sy het begin wonder of sy onsigbaar is. "Moenie jou oor my bekommer nie," sê sy egter en wuif hom met die hand weg. "Ek het my versekering."

Die woorde bly hang in die leë vertrek. Sy hoor hoe Maria vir Jan sê sy's jammer hulle het Elna-hulle nie op die lughawe gaan ontmoet nie; Jan wat vir die soveelste keer verduidelik dat Bertus en Elna 'n motor

moes huur omdat hulle wiele tydens hul besoek nodig sou hê. Ouma
hoor die vreugdevolle uitroepe van buite kom, die blye jubeling. Sy wil
nog keer, kan nie toelaat dat haar kleinkinders haar só sien nie, maar die
voorbode neem van haar besit en sy begin ruk van die huil, 'n ontsteltenis
wat diep uit haar hart kom, 'n beklemming dat hierdie die begin is van
die groot verandering en dat geen versekering op Gods aarde genoeg is
om daardie verandering te stuit nie. Dat sy agterna stoksielalleen sal sit.

— IV —

Daar is nagte in hul Kanadese huis – lugversorg, ondervloerse verhit-
ting, elke denkbare voorsorg teen hitteverlies na die sneeulandskap daar
buite – dat Elna voel sy is nie meer bestand teen die ander soort hitte-
verlies nie. Die bewus wees van liefde wat jou verlaat – die gevoelens
wat jy vir jou familie gekoester het, die gehegtheid aan jou ouerhuis,
die saam skree vir 'n rugbyspan wat jy self nog nooit in lewende lywe
sien speel het nie, maar wat jou bloed blou gemaak het. Maar diep in
die donker van 'n koue nag skrik jy wakker en jy weet, wéét, dat jy nie
meer so sterk voel oor enigiets daarvan nie. Elna voel die klein oor-
winnings aan. Soos wanneer haar buurvrou vriendelik met haar praat.
Wanneer sy die buurkinders in die Mall raakloop en hulle woorde-
loos vir haar glimlag. Maar selfs in die nagte wanneer sy hierdie dinge
teenoor haarself begin erken het, was daar nog altyd die een brandende
gevoel: Elna wil nog een keer in haar lewe by haar ouma instap en haar
groet, die son sien opkom oor die verrimpelde gelaat. Daar in die verre
noorderland onthou sy gereeld haar laaste blik op haar liewe ouma, in
'n rolstoel in Pa se voorhuis, haar oë wat deur haar brilglase tuur na die
verste rantjies in die noorde, anderkant Cullinan, haar knieë toe onder
'n kombersie en haar skouers effe krom na vore getrek onder die trui-
tjie wat Elna oor haar skouers gehang het.

Elna se hart begin wild klop wanneer sy ingehaak by haar ma die
sitkamer binnekom. Daar sit Ouma, sonder truitjie, geklee in 'n bruin
somersrokkie met wit blompatrone, en 'n geruite wolkombers oor haar

knieë. Elna gooi haar reisjas en grimeertassie op die tafeltjie voor Ouma neer en swaai om, arms uitgestrek. Elna glimlag breed, 'n kreet wat onderdruk word, trane wat in haar oë opwel. "Hallo, Ouma!"

Elna wil Ouma op haar wang soengroet, maar haar Ouma hou haar lippe.

Ek is tuis, juig dit binne Elna.

"So, julle't toe kom kuier," sê Ouma afgetrokke.

Elna is vir 'n oomblik uit die veld geslaan – sy het vergeet hoe die ouderdom haar ouma ingehaal het. Elna begin skielik energiek praat, en dit is moeilik om te bepaal of sy op die punt is om te begin huil en of sy bly is. Op die nippertjie besef sy dis blydskap hierdie keer, en beantwoord haar ouma se opmerking met 'n pragtige breë glimlag: "Ja, Ouma."

"Wanneer gaan julle terug?"

Die vraag is só onverwags, dit veeg die glimlag van Elna se gesig.

"Mens vra nie sulke goed nie, Ma," maan Maria.

Ouma is in 'n vreemde vrolike luim, kom Elna gou agter.

"Kinders vra nie sulke goed nie," sê Ouma ferm, maar met 'n sweempie humor daarby. "Oumense vra wat hulle wil!"

"Ons is net vir 'n paar dae hier, Ouma," antwoord Elna. Sy wil byvoeg dat Bertus nie te lank van die kantoor af kan wegbly nie, maar besluit die verduideliking kan later kom. Maar dit is ook nie nodig nie. Ouma het duidelik net een persoon wat sy bitter graag wil sien.

"Waar's Neil?" vra Ouma, gemaak ongeduldig.

"Die manne dra die tasse in," val Maria gou in. "Hulle sal nou kom groet."

Ouma bekyk Elna goed. Ou herinneringe wat opgeweeg word teen nuwe inligting. "Ek sien jy't bietjie lyf gekry."

"Spekvet en gesond, Ouma."

Wat is dit, wonder Elna, met haar ouma? Hoe kry sy dit reg om met mense te praat en te sorg dat die gesprek so in 'n opmerking in smoor? So asof haar mening só swaar weeg dat alle ander moontlikhede verdamp, almal met hul monde vol tande sit? Wat anders antwoord mens, spekvet en gesond?

"Ek's moeg," sê Ouma. "Ek wil gaan lê."

Elna merk dat haar ma geïrriteerd is met Ouma. Die verloopte dogter keer ná 'n lang afwesigheid terug en Ouma raak ná drie sinne moeg? Dinge het nie verander nie.

Maria het die rolstoel al aan die swaai. "Goed so. Ek sal Ma kamer toe vat. Elna ..."

Elna maak haar jas en tassie bymekaar.

"Ek wil nie die braai mis nie," kla Ouma oor haar skouer.

"Ek sal Ma kom wakker maak wanneer Jan die vuur begin," sê Maria. Hierdie temerige stemmetjie met sy neulende toon begin Maria uit haar goeie maniere uit irriteer.

"Ek het nie gesê ek wil gaan slaap nie. Ek het gesê ek wil gaan lê."

Ouma laat die laaste klanke soos skapies se geblêr oor die vlakte klink, dink Maria.

Elna sien hoe dun Maria se lippe trek. Sy wonder, effe weemoedig, of sy ooit die kans sal hê om Maria só te versorg.

"Gaaf," sê Maria, heel beheersd. "Ek sal Ma kom haal wanneer Jan die vuur begin."

En dadelik sak haar moed in haar skoene. Bertus, Neil en Jan kom die kamer ingestap, Bertus asof hy nie amper 'n dag lank op die vliegtuie deurgebring het nie, Jan die ene tande en Neil skaam agteraan.

Maria swaai die rolstoel terug na waar dit vandaan gekom het. Ouma se plekkie voor die kaggel, van waar sy haar aardse koninkryk kan sien ...

"Ouma!" roep Bertus hartlik uit. " Dis goed om Ouma weer te sien."

"As dit so goed is, hoekom het julle in die eerste plek ge–"

Elna sien hoe Bertus se gesig verstar.

Jan probeer om vir hom in die bres te tree: "Ma ...!"

"Ek sê maar net." Haar troebel gelaat verhelder onverwags. "Waar's my agterkleinseun?"

Neil skuur verby sy pa en Jan. "Ek sal nie ook die fout maak om te sê dis goed om Ouma te sien nie," sê hy, buk af en gee sy geliefde ouma 'n soen, "maar ek's bly om hier te wees."

"Die kind het 'n sin vir humor, nes sy oupagrootjie." Ouma se krakerige stem is skielik vol trots en liefde. "As daar meer van jou op hierdie aarde was, kind, dan was dit 'n beter plek."

Maria het genoeg gehad. "Ma het gesê sy's moeg. Sy wil gaan lê." Sy begin dadelik om die rolstoel uit te stoot. "Kom, Elna, ek wys jou waar jy kan uitpak."

Vir Jan is dit 'n teken, sy braai begin op hierdie oomblik. "En terwyl julle dit doen, skink ek vir almal 'n dop," sê hy.

Hier voor Maria slinger die krakerige stemmetjie van Ouma 'n laaste vermaning na die mans: "Julle drink te veel."

"Beslis, Ma," sê Jan, sy ma nou omtrent buite hoorafstand. Hy draai na Bertus. "Maar soos die groot Uys Krige eenkeer gesê het: "Die lewe is alleen draaglik as 'n mens 'n bietjie dronk is. Bertus, ná jou lang reis verdien jy 'n dubbel!" Jan stap na sy drankkabinet, wink Neil om saam te kom. "En jy, jong man, 'n bier," sê hy vir Neil. "En dan gaan pak ons daai vuur."

"Ek's nou eers agtien, Oupa." Neil kyk vlugtig na sy pa. "In Kanada mag ons eers drink as ons een-en-twintig is."

"Wel, gelukkig is jy nie nou in Kanada nie."

Bertus gee skoorvoetend bes. "Net een."

Deur die venster sien Elna hoe afgehaal Bertus skielik lyk. Moes iets wees wat haar pa gesê het. Wat het Bertus verwag? Dat Jan Cilliers nie iewers in die loop van hul besoek gaan praat oor die lewe in Kanada nie? Nie gaan wens dat hulle moet terugkom nie?

Sy voel hoe trek haar maag op 'n knop. Die gesprek oor Kanada is sover dit Bertus betref, lank reeds afgehandel.

As hy net die gewoonte kan aanleer om te luister, regtig te luister, sal hy dalk agterkom hoe sy daaroor voel. Vraag is net, hoe gaan sy hom leer luister?

— V —

Dominee Rudi Naudé se huis is wat mens kan verwag van 'n godvresende man wat geen erg het aan uiterlike vertoon nie – eenvoudig dog

smaakvol gemeubileer. In die leefvertrek val die klem op 'n groot skil-
dery teen die een muur waarin 'n prediker en 'n engel prominent is. In
die middel van die vertrek is die eettafel met sy Persiese tafelkleed en 'n
rottangmandjie in die vorm van 'n kruis, met rivierklippies daarin gepak.

Die predikantsgesin sit op hierdie naweeksoggend by die tafel aan
– dominee Rudi aan die hoof, geklee in dit wat hy as informele drag
gerade ag vir die alledaagse omgang met sy gesin en gemeente: lang-
mouhemp, baadjie, krawat en chino's. As mens hom op sy eie in die
Mall sien stap, met hierdie klere aan, sal min mense twee keer na hom
kyk. Hy lyk skadeloos, iemand wat nie werklik op enige plek spesi-
fiek wil wees nie, en jy stap by hom verby terwyl jy anderpad kyk en
opwindender dinge raaksien. As Rika aan Rudi se sy sou wees, is dit
'n ander storie. Mans sien selde haar konserwatiewe kleredrag raak.
Hulle is dadelik bewus van die sensualiteit wat sy hard probeer weg-
steek, onsuksesvol. Daardie mond, onnutsig soos 'n jong Britney Spears
s'n, haar wangbene klassiek en prominent soos mens jou voorstel die
godin van liefde s'n sal lyk. O, 'n smeulende vulkaan, sonder twyfel, net
jammer van daardie kardoes langs haar ...

Rika sit aan die dominee se linkerkant, eenvoudig en na haar kinders
se smaak té vaal aangetrek, maar Rudi sê altyd dat haar aanvoeling by
die kies van stemmige drag onverbeterlik is. Haar hare is teruggetrek
en in 'n bolla agter haar kop vasgemaak.

"Kry jy daai bolla ooit losgeskud?" het haar ma haar jare gelede
al gevra, op 'n dag dat Rudi vir Ouma weer só geïrriteer het met sy
ie-ie-righeid.

"Elke ding op sy tyd, Ma," het sy geantwoord. "Elke ding op sy tyd."

Hul kinders, Gerhard en Esmé, sit soos hulle deur die jare geleer
het om te sit: Gerhard aan sy pa se regterkant en Esmé langs Rika, met
die rottangbakkie-kruis amper tussen Gerhard en Esmé aan die ander
punt van die tafel. Gerhard dra 'n gholfhemp en Esmé is 'n skadu van
Rika, met net 'n raps meer groen in haar somersrok.

Die kinders is hul gesamentlike prestasie, sê Rudi altyd. Hy is baie
trots daarop dat hy deur sy voorbeeld vir Gerhard kon inspireer om ook

sy lewe af te staan aan die verkondiging van Gods Woord. Gerhard is in sy laaste jaar van studies voor hy gelegitimeer sal word. 'n Ernstige jong man, nie gewoond aan grappies maak nie. Christelle, sy vorige vriendin, het hom afgesê omdat hy so swaar dra aan sy sombere lewenstaak.

Esmé self het nog nie 'n vaste "vriend" in haar lewe nie. Daar was al 'n hele paar, maar sy is besig met nagraadse studie in kommunikasiekunde nadat sy reeds as maatskaplike werker bekwaam is. Sy het nie tyd vir pollevink nie.

En hier sit hulle weer, Bybel op die tafel en haar pa gereed om almal te herinner hoe diep dankbaar hulle vir alles moet wees.

Rudi het die pragtige leergebonde Bybel met sy vergulde bladeindes voor hom oopgeslaan by die Ou-Testamentiese hoofstuk Job. Hy rig hom tot sy gesin, rustig, sy stem vol gesag maar kalm, so sonder enige aggressie. "Aangesien ons nie ná die maal by oom Jan-hulle boeke sal kan vat nie," sê hy, "het ek gereken ons doen dit sommer nou, voor ons gaan."

Sy gesin aanvaar sy besluit sonder teenspraak, Rika stil en met 'n uitdrukkinglose gesig, Gerhard en Esmé met geboë hoofde.

"Boesman, open jy vir ons met gebed," vra Rudi en kyk na sy seun.

Almal neem hande – die kring van gelowiges voltooi.

"Onse Hemelse Vader," bid Gerhard, sy hoof geboë en oë gesluit, "ons dank U vir hierdie dag wat uit u genade vir ons gegee is en ons vra u seën oor die lees en hoor van u Heilige Woord. Amen."

"Dankie, seun. Jy gaan eendag 'n baie beter dominee wees as wat ek ooit was."

Gerhard glimlag beskeie.

Rudi sit sy leesbril op en wend hom tot die Heilige Woord. "Ons lees uit Job 3, vers 23 tot 26," sê hy met sy oë net-net bokant die Bybel verby. "Job wonder hoekom God weier dat 'n ellendige man doodgaan." Dan begin hy lees: "*Waarom gee Hy lig aan 'n man wie se weg verborge is, 'n man wat deur God aan alle kante ingesluit is? Want soos my brood kom my gesug, en my gebrul word uitgestoot soos water. As ek iets vreesliks vrees, kom dit oor my; en die ding waarvoor ek bang is, kom na my toe. Ek het geen kalmte en geen stilte en geen rus nie, of daar kom die onrus.*" Hy slaan sy oë op. "Tot so ver," sê hy, pouseer en hervat dan in die effens hoër stemtoon wat die aanvang van sy betoog aandui: "Nou hoekom sou ek hierdie droewige verse gekies het?"

Rika, Gerhard en Esmé kyk stil na Rudi. Hulle ken sy manier van retoriese vrae vra, die skaam glimlaggie waarmee hy dit beklemtoon.

"Omdat ons vanaand by oom Jan en tannie Maria gaan kuier om oom Jan se verjaarsdag môre te vier en om Elna en Bertus en Neil te verwelkom. En ek wil hê dat ons almal, terwyl ons lekker kuier en eet, sal onthou om dankbaar te wees vir God se genade teenoor ons en ons geliefdes. Ons lewe almal, ons is gesond, en ons is gelukkig ... ons is almal inderdaad geseënd. En dat ons, as ons ooit soos Job in ons geloof deur die Vader getoets word, sal sterk staan omdat ons weet dat die Here sy kinders toets net omdat hy hulle liefhet. Amen."

Die Naudé-gesin staan op van die tafel, gereed om na hul familie te vertrek. In net een van hulle se gedagtes bly die teksvers maal. Wat in die wye wêreld, wonder Rudi, vrees hy die meeste? Moeilik om te sê. Niks groots nie. Wat enige mens maar vrees. Wat enige getroude man met kinders maar vrees.

— VI —

Daar was 'n aand, eintlik 'n nag, hul eerste winter in Vancouver, toe Bertus, met die naglampie agter sy skouers wat veroorsaak dat sy gesig in donkerte gehul is en sy haar oë effens op skrefies moet trek, na Elna gedraai het en gesê het hy sukkel om haar te verstaan. Soms.

Sy toon rustig, daardie gemaklike praat van minnaars ná 'n aand van liefde.

Elna het nie dadelik geantwoord nie. Dit was reeds meer as 'n jaar nadat hy die ontsaglike knou van regstellende aksie gekry het. Sy loopbaan aan skerwe. Elna het haar bes probeer om die sielkundige knou teen te werk, hom te ondersteun. Bertus het geweet hy kon nie veg teen die onverbiddelike verandering wat besig was om die land te transformeer nie. Hy moes vlug. En Elna het hom gesteun omdat sy geweet het dis die vinnigste manier om haar ou Bertus te herstel. Hulle het na Kanada gevlug, westelike Kanada, so ver as moontlik van Suid-Afrika af. Bertus het begin herstel, sy voete weer begin vind. Hy het sy eie maatskappy begin, maar sommige van sy metodes het hul daaglikse lewe begin knou. Alles moes op Engels gedoen word. Afrikaans het hulle in Suid-Afrika agtergelaat. Elna het agtergekom dat sy besig was om te kwyn, om van haar man weg te groei. Verlange na haar land, haar taal, haar mense het méér weggevreet as wat liefde kon heel. En telkens, wanneer sy wou sê: "Kyk na my, sien jy die skade?" moes sy onttrek, voorkeur gee aan die gekneusde ego van Bertus en haar missie om dit te herstel.

Elna het haar hand uitgesteek, sy wang gestreel. "Read my face," het sy gesê. "All you need to know, you'll find it there."

Hulle het lank só bly lê, Bertus wat na haar staar.

Verstaan jy? wou sy vra.

Sy het sy oë in die hulsel van skadu gesoek. Oop maar elders.

Tussen haar dommeldrome deur op die vlug hierheen het sy gewonder hoe sy haar gesig gaan wegsteek. Haar familie ken haar. Hulle sal haar een kyk gee en weet.

Nou, op die patio voor Elna en Bertus se kamer, staan Maria en Elna 'n oomblik vir mekaar en kyk. Dit is asof die neersit van die tasse, die vinnige ingaan by die badkamer en die uitstap op die patio vir Elna finaal wil sê: Terug, terug, ek's terug!

Maria weer kan nie ophou kyk na haar dogter se gesig nie. Sy sien die tekens van moeilike maande wat agter die rug is, die vermoeienis van die vlug. En dan word haar gemoed gevul met die wonderlike warmte wat uit haar dogter se blydskap straal. Daar's pyn in die oë, sien Maria, maar die vreugde van weersien laat Elna blom.

Maria praat nog oor kaste en handdoeke en help julself in die kombuis, maar dan baai sy weer in Elna se breë glimlag. "Ag, my kind, dis so lekker om julle weer hier te hê." Sy trek Elna nader. "Vir my ook, Ma."

Vir 'n oomblik staan hulle so in mekaar se arms. Skielik begin Elna ruk soos sy huil. Rou snikke wat haar teen haar ma se lyf laat skud.

"My kind? My gogga?" Maria staan effens terug, sodat sy Elna se gesig kan sien. "Wat makeer? Elna? Praat met my, my kind. Hoekom huil jy?"

"Hy wou hom nie bring nie, Ma."

"Hoe bedoel jy nou hy wou hom nie bring nie?"

"Bertus. Hy wou nie vir Neil saambring nie."

"Maar hy's ons kleinseun. Hoekom sou Bertus nie wou hê ons moet hom sien nie?"

"Nie daaroor nie, Ma. Hy wou hom nie na dié land toe bring nie. Ons het amper geskei omdat ek aangedring het. Hy wou hom daar by vriende los sodat ek en hy alleen kon kom."

"Ek's jammer, maar ek verstaan nie."

"Hy wil hê Neil moet in murg en been 'n Kanadees wees."

"Dis absurd. Julle praat dan Afrikaans."

"Nie in Kanada nie. Ons praat Engels ... by die werk, by die huis. Ons praat Engels. Bertus voel as Neil Afrikaans by die huis praat en Engels by die skool, hy nooit behoorlik sal aanpas nie ... altyd half Afrikaner sal wees."

"Maar hy sal altyd half Afrikaner wees. Jy kan mos nie jou herkoms ontken nie."

"Dis wat ek heeltyd vir Bertus sê."

"Neil was dertien toe julle hier weg is. Hy weet mos waar hy gebore is, waar hy vandaan kom. Sy ouma en oupa bly per slot van sake nog in Suid-Afrika."

"Bertus is nie oop vir gesprek nie. Dit was moeilik genoeg om die land te verlaat, om weg te gaan van Ma en Pa, van alles wat ek ken, maar om alleen in 'n vreemde land te sit en nie eens oor jou verlange en heimwee met jou man te kan praat nie. Om as moeder jou kind se moedertaal te moet ontken. Ek sukkel, Ma."

"Ai, my kind."

Daarmee sien Maria dan ook, weggesteek agter die liewe gelaat, die verhaal van die lang eensame stryd wat Elna moes stry. En niemand het daarvan geweet nie. Hoe kon hulle só blind wees?

— VII —

Die hekwag laat hom dadelik deur toe hy sien dis Boetjan se motor. Seun van die eienaar, vrye toegang, geen formaliteite. Boetjan ry rustig, stadig in die lang oprit op. Twee jaar gelede, toe hy nog die probleem gehad het, sou hy met 'n getoet en 'n fanfare opgedaag het, joviaal gesuip. Maar hy is al vier maande droog. Steeds lewe hy van dag tot dag, maar hy is besig om sy stukkies terug te sit waar hulle hoort.

Hy parkeer sy 4x4 buite sig van die sitkamer en braaiplek. Wil graag vir Elna-hulle verras, maar ook sy *entrance* só maak dat hy nie onnodiglik in sy ma vasloop nie.

Net die gedagte daaraan laat die knop op sy maag vaster draai. Hy voel hoe sy mond droog word, die ou behoefte wat knaag. Die ou oplossing, genadiglik geen oplossing meer nie. Hy het sy verstand teruggekry.

En daardie gesonde verstand sê vir hom dat hy die dag moet vat soos dit kom. As daar 'n kans is, sal hy die ding met sy ma probeer bylê. Soos dinge gaan, is dit dalk vandag meer moontlik as ooit tevore. Miskien het hy 'n onregverdige voordeel omdat hy weet wat aan die gang is – maar dis nou hoe dit is. Mens kan tog nie die res van jou lewe op 'n kille afstand lewe van jou ma, dié persoon by wie jy die graagste liefde en erkenning wil hê nie?

Dit is presies dít wat Maria Boetjan ontneem het ná Francois se dood. Hulle het saam grensdiens gedoen, Boetjan en Francois. Destyds. Boetjan het teruggekom, Francois nie. En wat Maria betref, was dit Boetjan se skuld dat sy broer dood is. Sy pa kon – of wou – nie sy ma se smart vererger deur haar die waarheid te vertel nie. Die gesuipery het hom wat Boetjan is amper alles gekos. Maar hy het opgestaan. Hy word 'n wildplaasbestuurder, en al moet hy dit nou self proklameer, hy gaan die beste ooit wees. Sy ma sal niks daarvan dink nie, maar ook dít sal eendag verby wees.

Boetjan wens hy kan meer soos sy pa wees. 'n Harde sakeman wat alles strategies perfek beplan. Dis wat nodig is om sy pa en sy ma en die waarheid saam onder een dak te kry, maar hoe gaan hy dít bewerkstellig?

Ongelukkig aard hy na sy ma. Hy kán ook strategies dink, maar sy hart is sy meester. En dan is daar ook nog die olifant in die kamer. Die olifant wat niemand nog raakgesien het nie, maar miskien het dit tyd geword, dink Boetjan. Die olifant en die waarheid saam onder een dak ...

Hy sien sy pa en Elna se Neil voor hom by die motorhuis instap. Sy pa is so verdiep in Neil se antwoorde dat hy Boetjan nie onder die prieel sien staan nie. Probeer waarskynlik om die ou bande met sy klein-kind so gou moontlik te herstel. Die jare het gevlieg. Sy pa kan in elk geval nie meer swaar dinge dra nie, en dis wat hy Neil nou laat doen. Boetjan kom rustig agterna. Hy hoor hoe Neil vir Jan vertel dat Bertus hom wysgemaak het dat hulle nie in Kanada braai nie. Neil het aange-neem dis omdat sy pa eintlik nie van braai hou nie.

"Dit sal die dag wees!" roep Jan uit terwyl Neil sy draggie hout langs die vuurmaakplek neersit. "Jou pa, mannetjie, was 'n bobaas-braaier, selfs beter as ek, al moet ek dit nou self sê."

"Nie in Kanada nie, Oupa."

Bertus kom vanuit die lapa aangestap, braaitang in die hand.

"Wat hoor ek nou dat jy nie in Kanada braai nie?" Boetjan kan aan sy pa se gesig sien dat hy Bertus nie gaan laat wegkom met kulturele moord nie.

"Ag nee wat, Pa. Die lewe is anders daar."

Bertus ken die tekens nie, maar Boetjan weet – as sy pa só op sy tone gaan staan, is daar onweer in die lug.

"'n Vuur is 'n vuur en vleis is vleis. Dis 'n bleddie skande dat jou seun nie weet hoe om 'n braai te pak nie. 'n Braai is een van die steun-pilare van die Afrikaner-kultuur."

Boetjan begin nader staan. Hy kan nie langer só staan en afluister nie.

Jan sien hom uit die hoek van sy oog en draai dadelik weg van die vuurtjie. Hy staan nader, bly oor die afleiding wat aankom in die vorm van sy forse bruingebrande seun. "Boetjan!" roep hy. "Welkom. Welkom, my seun."

"Dag, Pa." Boetjan skud sy pa se hand, hou dit 'n ruk vas. Dan draai hy na Bertus. "Dag, swaer. Welkom terug. Lekker om julle weer hier te hê."

'n Siel sonder bedrog, dink sy pa.

"Dankie, man." Bertus wou "swaer" sê, maar dit kom moeilik.

Boetjan swaai na Neil. "Hell's bells, jy't gerek sedert ek jou laas gesien het."

Neil is die ene tande soos die volle lading van sy oom se glimlag hom tref. "Ja, Oom."

"Ja-nee kyk," sê Bertus, "Elna koop skaars vir hom 'n nuwe broek, of die pype is klaar te kort. Jy lyk goed, swaer." Boetjan se gulle reaksie op sy kind laat Bertus van sy eie vaste besluite vergeet.

"Onkruid vergaan nie." Boetjan grinnik half ingedagte.

"Hoe gaan dinge daar in die wildtuin?"

"Wild!"

Hulle bars uit van die lag. Boetjan is daarvoor bekend dat hy nie maklik aan die gesels raak oor die dinge wat hom na aan die hart lê nie.

"Maar nie so wild soos hier in die stad nie," val Jan in. " Ek sê nou die dag vir Ma ons moet saam met Boetjan daar in die wildtuin gaan bly. Jy staan daar by die braai in die nag, om jou hoor jy die leeus brul en die hiënas roep, maar nêrens in die land voel jy so veilig soos tussen daardie wilde diere nie."

"Dit kan ek glo."

Vir Boetjan voel dit of die braai nou aan die gang kom – al het sy pa nog nie eens die braaihout, wat hy sorgvuldig opgestapel het volgens sy ou, beproefde braaihout-struktuur, aan die brand gesteek nie. Elna het Boetjan van binne die huis opgemerk en kom nou met arms wyd uitgestrek op hom afgepyl.

"Boetjan!" Elna spring in sy arms dat hy haar in die rondte moet tol om sy ewewig te behou.

Boetjan bêre sy gesig in haar nek van vreugde. Toe hulle mekaar laas gesien het, het Elna só teruggedeins van sy drankasem dat sy dit nie kon verduur dat hy haar 'n drukkie gee nie. Hy is dankbaar – nóg 'n brug wat herstel is deur nugterheid.

"Ooooooo, my broer, dis so goed om jou te sien!"

"En om jou te sien, sus."

Sy gee hom 'n klapsoen op sy wang en staan dan terug, vee weer trane uit haar oë.

"Sien jy, Bertus, daar huil sy al weer?" sê Maria.

Boetjan kyk nou oor Elna se skouer na sy ma. Maria is minder gul teenoor Boetjan wanneer hy hom uiteindelik uit Elna se omhelsing losmaak. "Hallo, Ma," sê hy eweneens stroewer.

Maria staar hom swyend aan. Geen soentjie nie. "Hallo, Boetjan." kom dit uiteindelik sag.

— VIII —

Ouma se roep het Maria verlos van die ongemaklike situasie met Boetjan. Dis iets waarmee sy sal moet saamlewe. Ouma is weer maklik te hanteer. Mens moet jou net niks persoonlik aantrek nie – al word alles persoonlik bedoel deur die ou strydvaardige vrou.

Maria kom met Ouma in haar rolstoel in die gang af, op pad na die braaivuur.

"Jy't gesê jy sal my kom haal sodra die vuur beginne," steun Ouma.

Maria se teorie is dat ma Cilliers vas glo daarin om haar skoondogter onder die duim te hou. Haar gesprekke met ma Cilliers bestaan omtrent nét uit jammers en ek-het-vergeets – miskien maklike uitweë, maar wie wil nou elke keer met haar in 'n stryery betrokke raak? Sy sál altyd die laaste woord spreek.

"Ja, Ma, maar toe kom Boetjan hier aan en ons begin gesels en toe ... vergeet ek."

"Is hy nugter?"

"Ja, Ma, hy's nugter."

"O. Ons praat weer so oor 'n uur of twee. Francois sou nooit só gemaak het nie."

"Ons praat nie vandag oor Francois nie, Ma."

Soos hulle nader kom aan die lapa en die braai daar buite, sien hulle dat Jan se suster, Rika, pas saam met haar man en kinders aangekom het. Dis 'n heen-en-weer-groetery, hartlik, soos net Jan kan wees, en stywerig, soos net Rudi kan wees. Maar hulle het mekaar deur die jare só leer ken en leer verduur, en sou dit vreemd gevind het as dit nie anders was nie. Jan laat hom nie deur Rudi intimideer nie, en Rudi laat hom nie deur Jan van stryk bring nie. Daar is baie wedersydse respek.

Jan en Antoinette groet mekaar soos 'n broer en suster wat kwaad is vir mekaar, maar deur hul ouers gedwing word om mekaar te soen. Dit verbaas Maria nie. Die twee hou nie van mekaar nie, maar ter wille van haar wat in die rolstoel sit, hou hulle maar 'n aangename front voor.

"Mense," roep Jan, arms swaaiend, sodat hy almal se aandag trek, "die drankies is dáár, die ys is dáár en die glase is dóér. Manne, help julleself. Ek sal vir die dames sorg." Hy swaai na Rika: "My sussie, wat kan ek vir jou kry?"

Rika kyk verleë na Rudi. Hy staar haar streng aan.

"Weet jy, ek sal sommer 'n sappie vat."

Jan staan nader aan Rika, sy arm vertroulik om haar skouers. Rudi is heeltemal uit hierdie familiale intimiteit gesluit. "'n Sappie?" Jan se verontwaardiging is eintlik op Rudi gemik. "Ingeval niemand jou gesê het nie, sus, hierdie is 'n partytjie."

"Nou maar in daardie geval sal ek 'n glasie wyn drink, dankie!" Haar glimlag verstar wanneer sy sien hoe Rudi se streng vermanende blik op haar rus. "Maar net 'n kleintjie!" roep sy Jan agterna, en dan keer haar blik terug na Rudi. Hy frons. Hy is nie besig is om toornig te raak nie, maar bekommerd. In Rika se blik het hy die eerste keer iets gemerk wat hom totaal oorbluf laat. Verset.

Boetjan staan nader aan Ouma om haar te groet, glas in die hand. Hy buk af, piksoen haar op die wang.

"Wat drink jy daar?"

"Sodawater, Ouma." Die duiweltjies speel in sy oë wanneer hy haar antwoord – hy weet dat sy geen idee het dat hy sy drankduiwel finaal getem het nie. Wat haar betref, slaan hy nog die bottel skelm.

"Van wanneer af drink jy sodawater?"

"Die laaste vier maande al, Ouma."

Sy wil nog antwoord, maar Boetjan gee pad, maak plek vir Rudi en Rika wat kom dagsê. Maria kom ook by, die hoflikheid vanself, maar iets beters trek haar aandag. "Zweli!" roep sy en storm weg na Jan se vennoot wat pas aangekom het.

Ouma, Rika en Rudi kyk haar agterna, sien hoe sy die swart man wangsoen en dan 'n druk gee. Hulle sê niks, bly net kyk, pynlik bewus van die grade van hartlikheid hier in die Cilliers-vesting.

"Ek hoop nie ek is laat nie," sê Zweli.

"Glad nie."

"Tannie weet mos hoe't my pa oor African time gevoel."

Eenkant snork Antoinette agter haar hand. Liewe Jesus! Het jy dit gehoor? "Tannie" nogal ...

"Presies dieselfde as wat Jan oor Boere-time voel," sê Maria.

Hulle lag saam – hulle ken die grap reeds lank genoeg dat dit hul eie geword het.

"Kom, sê hallo." Maria lei Zweli na die ander gaste, wat op hierdie oomblik verder aangesuiwer word met die aankoms van Adriaan en sy gesin.

Tussen die groetery deur tree Jan vir Vlooi aan om te sorg dat sy ouers drankies in hul hande kry. Antoinette hoor die instruksie en vermaan haar oudste om nie te veel ys in haar glas te sit nie. Elisabeth is ook tussenby en gee dadelik opdrag dat Vlooi 'n glas witwyn vir haar moet skink.

"Ek dink nie so nie," spring Adriaan tussenbeide, "Lime en soda vir jou suster."

"Met baie ys," sê Elisabeth.

"Ek's bly jy dink ek's jou waiter," is al wat Vlooi uitkry.

Jan het die hele klein magspeletjie goed dopgehou. Hy kry Vlooi jammer. "Vlooi, jou pa sal jou nog leer ... om man te wees is om vir die vrouens in jou lewe waiter te wees ... dis wat ons gelukkig maak."

Hy sê dit met 'n gesig wat verklaar dat die teenoorgestelde eintlik waar moet wees. Almal bars uit van die lag. Jan kan só leesbaar wees, Smuts-baardjie en al.

— IX —

Jan is verheug om te sien hoe instinktief hartlik Elna reageer wanneer sy Zweli sien. "Ek het nie geweet jy gaan hier wees nie," roep sy en gee hom 'n groot druk.

"Natuurlik," lag Maria van haar kant af. "Hy's mos familie."

Vir Jan is elkeen van sy gaste vandag belangrik – wel, miskien met die effense uitsondering van Bertus, maar dit sal hy teenoor niemand erken nie, nie eens Maria nie – maar die belangrikste onder hulle is Zweli. Jan sien hoe Zweli en Bertus blad skud, begin gesels asof hulle mekaar gister nog gesien het en nie die gesprek kon afhandel nie.

Jan hoor Elna sê: "My pa mail nou die dag hy voel amper hy hoef nie meer werk toe te gaan nie." Hy sien hoe Adriaan se kop in haar rigting swaai. Soos hy verwag het, staan Adriaan dadelik nader om te hoor wat gesê word.

Adriaan is fabrieksbestuurder en sien Zweli op 'n daaglikse basis. Hy's seker angstig om te hoor of Elna enigiets verklap oor haar toekomsplanne.

"Ja-nee, as Zweli so aangaan, gaan ek ook binnekort nie meer 'n job hê nie," sê Adriaan. Jan is verlig om te sien dat hy die opmerking in 'n groot glimlag verpak.

"Waarvan praat Oom?" Zweli draai na Bertus en Elna, "Ek's net dankbaar oom Adriaan het my nog nie gefire nie."

Adriaan se humorsin laat hom in die steek. "Jou fire? Hoe fire ek 'n man wat vyftig persent van die aandele besit?"

"Te danke aan my pa. Aandele waarborg jou nie 'n pos in 'n maat-skappy nie." Jan swel van trots. Zweli het die gesprek meesterlik hanteer.

"Dis waar. Dis waar." Adriaan verskoon hom – Antoinette het geroep.

Van waar hy staan, kan Jan hoor hoe Zweli se stem effens in toon sak en hoe ernstig hy is wanneer hy die gesprek afsluit: "Alles wat ek van die besigheid weet, het jou pa my geleer. Leer my nog steeds."

Zweli is Jan se vennoot, heelwat jonger as hy. In die jare wat kom, gaan Zweli 'n baie belangrike rol te speel hê in African Queen Cosmetics. Zweli het sy pa se aandele in die maatskappy geërf, en hy is baie trots daarop dat die maatskappy wat hy en Zweli vandag bestuur, nie alleen Mabuzo se drome verwesenlik het nie, maar ook aangevul het. Daar was nog nie 'n enkele jaar dat hulle nie 'n wins kon toon nie. Hul groeipersentasie is dikwels in die dubbelsyfers.

African Queen Cosmetics was 'n maatskappy wat nooit moes bestaan het nie. Mabuzo het destyds in Alexandra gewoon toe hy naweke in Jan se tuin gaan werk het. Jan het van die vriendelike Mabuzo gehou en hulle het dikwels aan die gesels geraak. Oor vrouens, kinders en die dinge wat die lewe moeilik maak. Toe Mabuzo die idee kry vir 'n maatskappy wat grimering sal maak vir Suid-Afrikaners, was dit na Jan wat hy gegaan het met sy idee. Ná 'n paar weke het Maria opgemerk dat Mabuzo nie meer Saterdae kom om by Jan in die tuin te werk nie, maar reguit na sy studeerkamer is, waar die twee die hele oggend om gesit en praat het.

Dit was in die middel sewentigs. Die kinders van Soweto het in opstand gekom nie lank nadat Mabuzo en Jan hul papiere onderteken het nie. Jan het 'n prokureursvriend gekry om vir Mabuzo 'n maatskappy in Gabarone te laat registreer, waarmee hulle die falanks apartheidsburokrate omseil het om African Queen Cosmetics op die been te bring. Jan was vir Mabuzo die ideale vennoot – die detailman wat die fabriek beplan het, al die stelsels geskep het en gesorg het dat hulle 'n gedissiplineerde werkerskorps opbou. Mabuzo was die verstand van African Queen Cosmetics. Hy het die bemarkingstrategie beplan en 'n bemarkingspan sonder weerga om hom versamel. Die eerste tien jaar het hulle 'n finansiële basis gelê deur as agente op te tree vir buitelandse kosmetiese vervaardigers. Mettertyd het hul eie produktereeks gegroei, en uiteindelik kon hulle die agentskappe sluit.

Ongelukkig het Mabuzo nie geleef om daardie dag self te kon ervaar nie. Gelukkig het Mabuzo, aanvanklik met Jan se hulp, Zweli al die geleerdheid gegee wat hy by universiteite en nagraadse kursusse kon opdoen. Zweli het twee jaar voor Mabuzo aan tuberkulose gesterf het, by African Queen Cosmetics ingeval as leerling. Mabuzo het hom gementor so ver hy kon en hom deur die range aan bemarkingskant geneem. Zweli het baie geleer en toe Mabuzo wegval, het die mentorsmantel op Jan se skouers geval.

Jan doen wat hy kan by die werk, maar Zweli se vordering was in elk geval meteories genoeg om almal se vertroue in hom te regverdig. Nou moet Zweli net met die sleutelspelers van die toekoms – Adriaan, Bertus, Elna en Boetjan – 'n bondgenootskap vorm soos hy en Mabuzo destyds gesmee het.

Daar is soveel wat hy hulle almal nog moet leer, dink Jan. Hulle almal.

Hy raak weer met die vuurtjie doenig. Die rook jaag hom om die vuurtjie, en nou kan hy sien hoe Antoinette vir Adriaan nader lok met 'n onmiskenbare boodskap van die heupe. Wanneer Adriaan langs haar staan, plaas sy haar een hand op sy bors, sodat sy met die bietjies hare in die kuiltjie van Adriaan se nek kan speel. Dan trek sy hom daaraan nader, sodat hy effens moet buk om te hoor wat sy in sy oor fluister.

Jan merk dat haar oë na Zweli beweeg terwyl sy fluister.

Hy sal nie verbaas as sy besig is om gif te sis in haar man se oor nie.

Jan beweeg verder om die vuur, naby genoeg om Adriaan se antwoord aan Antoinette te kan hoor: "Ken die weë van jou vyand, my vrou. Hou hom naby en ken sy weë."

Ons sal sien, dink Jan. Julle sal sien.

— X —

Dis vir Neil moeilik om te sê hoekom dit vir hom so anders is hierdie keer. Hier sit hulle nou in oom Jan se jacuzzi, omdat Esmé gesê het hulle moet. Esmé, Gerhard, Vlooi en Elisabeth. Laas toe hy hulle gesien het, was Esmé nog 'n jong student en sou sy nie met die kinders gespeel het nie. Gerhard was toe meer sports as nou, lewendiger, minder, wel, wat noem mens dit, heilig? Nou sit hy net daar, sê nou en dan iets, en wanneer hy dit sê, is Esmé die enigste een wat kan verder praat. Hy is só depro. En Vlooi wil net politiek praat, heeltyd. En hy wat Neil is, wil net inhaal, nuus hoor, maar sy neefs en niggies is nie die soort wat sommer 'n once-over van hul lewensgeskiedenis gee nie.

Maar dis lekker! In Vancouver kan hy nie eens drink nie, hy's nog te jonk, maar Vlooi laat hom sy bier deel. Sy appelsap staan daar eenkant, in case sy pa verbykom. "Drop die bier in die water," het Vlooi gesê, "die oomblik dat jy jou pa gewaar."

Vlooi het hierdie ding wat hom krap. In die sitkamer was dit al soos in "ek sê julle" dit en "ek sê julle" daai. As dinge aangaan soos nou, is Suid-Afrika een van die dae nes Zimbabwe. Daar's 'n dude hier, Ma Lêma of so iets. Hy's Suid-Afrika se eie Mugabe, sê Vlooi. En dan gooi Gerhard sy nat kombers oor die issue: "Ja, maar wees nou eerlik – mense soos hy is 'n klein minderheid." En dan gooi Vlooi soos in heavy sarcasm: "Iiiiis dit? Daai ou praat vir die jong swart massas, en daar's miljoene van hulle. Die land gaan eers 'n ashoop wees voordat daai jong massas uitgefigure het hulle moes miskien na iemand anders geluister het. Dis wat met elke staat in Afrika gebeur het."

In die sitkamer al was dit lekkerder om na Elisabeth te kyk. Wow! Laas het sy nog drade om haar tande gehad en het sy altyd sulke hemde met lang moue gedra. Lang moue saam met jeans! Jy't nooit haar skouers gesien nie, laat staan nog daardie twee borste. En sy groei nog! Hulle is nog nie soos hulle eendag gaan wees nie. A mouthful of fun, sê die ouens in Vancouver.

Hy het maar met sy handdoek voor sy swembroek jacuzzi toe gestap en eerste ingeklim toe almal nog agter sy rug was.

Nou sit hulle hier. Vlooi mission oor AIDS en oorbevolking, Gerhard sê God het redes daarvoor, Vlooi moet óf met mense begin werk, óf iets anders kry om oor te worry.

Esmé, oh what a woman, kry dan nie die morbs soos Vlooi nie. "Gerhard, is dit dan nie God se wil dat Vlooi sulke dinge raaksien en ons waarsku daarteen nie?"

"Ja, maar wees nou eerlik, as mens alles só sien ..."

"Wat presies is wat jy doen ..."

"Ja, maar Esmé, wat ek bedoel is dat mens nie God se raadsplan moet bevraagteken nie."

"Dis nie wat ek gedoen het nie," sê Vlooi.

"Ja, maar ouens soos jy ..."

"Ouens soos ek?" Gelukkig begin Vlooi nou glimlag.

"Kyk," gee Gerhard oor, "AIDS en oorbevolking en armoede en waaroor julle altyd kla, die werksetiek, dis nie dinge wat mens met die gebaar van 'n hand kan verander nie. Jy moet in die stelsel beweeg, gaan werk tussen die mense, soos ek ..."

Elisabeth se voet raak per ongeluk aan syne. Sy trek dit weg, maar haar glimlag kom oor die water, loud and clear. Sy soek nie hierdie politiek en godsdiens nie.

"Jy begin heeltemal te veel sinne met 'ja, maar', Gerhard," hoor hy Esmé sê.

Hy wens hy sukkel nie so om aan die praat te kom nie. Wat hy ook al aan Elisabeth gaan sê, weet hy, gaan simpel klink.

Hy soek na haar voet onder die water. Sal ook per ongeluk wees.

"Nee, ou swaer," sê Vlooi skielik in sy rigting. "Dis my been."

Neil begin bloos, maar hy glimlag darem saam met die ander. Dit begin voel of hulle op dieselfde golflengte is.

Esmé is die eerste wat padgee. Neil kyk hoe sy in haar eenstuk-swempakkie uitklim. Pragtige lang bene. Spierwit van geen son kry nie. En dan volg Elisabeth haar. In haar bikini. Vlooi en Gerhard gesels oor verset. Maar love a duck! Check daardie lyf!

Sodra hy Esmé en Elisabeth uit die verkleekamertjie sien kom, Elisabeth nog met haar bikini aan, waag hy dit uit die water. Handdoek byderhand.

Hy stort deeglik. Sy pa het hom gewaarsku teen al die infeksies wat in jacuzzi's leef.

Skielik sien hy haar gesig in die deur.

"Skuus. Ek't nie besef hier's iemand hier nie." Elisabeth beweeg weer uit.

Neil kyk dadelik af om te sien wat Elisabeth sou gesien het. Hy bloos van voor af. Maar hy voel ook 'n opgewondenheid oor hom spoel – hy is seker sy het doelbewus ingeloer. Doodseker daarvan. Want hy het haar glimlag gesien voordat sy weer die deur toegedruk het.

Hy begin afdroog. Haastig.

Hy het pas sy bermuda aangetrek wanneer hy weer die deur hoor oopgaan.

Dis weer Elisabeth.

Met daardie glimlag!

Hy kan nie uitmaak of sy op die punt is om uit te bars van die lag en of sy die een of ander gevoel probeer onderdruk nie. Sy lyk so ... Wel hel, sy flirt met hom!

Neil besluit om haar rede te gee. Hy trek sy asem diep in sodat sy die resultaat kan sien van die ure wat hy in Vancouver in die skool se gym deurbring. Hierdie torso genoeg vir jou? dink hy.

"Ek hoop nie jy dink ek's voorbarig nie," begin sy, "maar ek wou net vir jou sê: laas toe ons mekaar gesien het, was ons wat? ... dertien, veertien ... en nou's ons agtien. En ek wou net vir jou sê jy het intussen bleddie handsome geword. Ek weet jy's my nefie, maar dit beteken nie ek kan nie so iets vir jou sê nie ... as 'n kompliment ... jy weet."

"Dankie." Wat anders kan hy sê terwyl hy weet, absoluut weet, dat sy daardie gestruikel oor woorde van haar vir maksimum drama-tiese effek beplan het? Net vir hom! Sy is waaragtig besig om met hom te flirt.

"En in any case, ons is nie eers regtig niggie en nefie nie ... my pa is jou oupa se broer ... so, dis meer soos vriende."

Neil se oë kom vir 'n oomblik tot rus op die pragtige borste van sy niggie wat eintlik sy vriendin is.

Sy sien dit raak, sê niks, haal net 'n slag diep asem om die effek te vergroot. "En ek wou net vir jou vra ..." gaan sy voort. "Ag, nou voel ek skaam."

"Ja ...?"

Sy haal weer diep asem, maar kyk af, haar kakebeen effe uitgestoot, sodat sy hopelik tegelyk kuis en koketterig lyk. Neil voel weer uitermate gevlei.

"Ek wou net vir jou vra: Dink jy ook ek het mooi geword?"

Neil antwoord dadelik. "Baie." Jeez, dink hy, is dit al wat ek kan sê? "Baie," sê hy weer.

"Jy's so 'n sweetie." Sy stap tot teen hom en gee hom 'n huiwerende piksoentjie op sy wang.

Hy voel haar borste teen hom druk.

Elisabeth kyk Neil diep in die oë, beweeg nie 'n sentimeter terug nie. "Ek's so bly julle't kom kuier."

Nog het hy geen woorde nie. As sy nou nader staan, gaan hy moet toeslaan, of hy wil of nie.

"Anyway, ek wou net sê, sien jou nou-nou."

Eers nou staan sy tru, maak die deur oop en glip uit.

Neil staar na die deur: "Wat de donner was dit?"

Hy kyk op in die spieël teen die muur. Hy gee vir homself 'n oorwinnaarsglimlag. Heeltemal te vroeg, weet hy. Maar by voorbaat.

Dan hoor hy Vlooi se stem, direk buite die deur. "En as jy nou so teen die deur staan?"

Elisabeth het nie weggestap nie! "Wat traak dit jou?" snou sy.

Dan raak dit stil. Het sy nou weggestap?

Hy hoor iemand aan die deur klop. "Besig!" roep hy.

— XI —

Wanneer die jeugdiges op vlug slaan na die meer sensuele, uitspattige omgewing van die jacuzzi, kry die grootmense hul sit in 'n groot kring onder die dak van die lapa. Jan is in sy noppies: beter kon hy dit nie beplan het nie.

Elna is die enigste een wat staan, drankie in die hand. Sy probeer haar hoorbaar maak bo die gemurmel van stemme: "Dames en Here, ek wil graag 'n heildronk instel ... op Pa se vyf-en-sestigste verjaarsdag."

"Nie so haastig nie, kind," protesteer Jan luidkeels. Hy het sekere bygelofies wat hy nie kan afskud nie. Een daarvan is dat mens nooit die vel verkoop voordat die bok geskiet is nie. "Dis eers môre. Laat my toe om die laaste paar uur van my nog-nie-vyf-en-sestig-jaar-oud-nie te geniet."

Almal lag. Hy kan maar grap, maar verjaar sal hy verjaar. Gee die horlosie net kans.

"Nou goed," gaan Elna voort, "dan drink ons op die laaste paar uur van Pa se nog-nie-vyf-en-sestig-jaar-oud-nie."

"Gesondheid!" al in die rondte.

Jan kom stadig orent. Hy lig sy glas: "En op goeie vriende wat nie meer met ons is nie. Zweli, ons drink op jou ma en pa ... dertig jaar my vennoot. Ek mis hom. Ek mis hulle albei."

"Gesondheid," kom dit weer, glasies omhoog.

"En op Francois," kom Ouma se krakerige stemmetjie.

Die kring sit geskok stil.

Maria sug.

Boetjan kyk af na sy glas sodawater.

Elna kyk na Boetjan langs haar op die bank.

Jan het geen ander keuse nie: "En op Francois!"

Is daar iets soos lewende ironie? wonder Jan wanneer "gesondheid" weer eens in die rondte, glasies omhoog, uitgespreek word.

Dan begin Rudi sing, en die ander val saam met hom in: "Lank sal hy lewe, lank sal hy lewe in sy gloria ..."

Net Jan, Maria en Boetjan sing nie saam nie, elkeen versonke in 'n ander gedagte. Die laaste "gloria" se galm hang nog wanneer Jan die oomblik wegstuur van sy somberheid: "Nou ja toe, dankie mense. Kom ons kry iets op die vuur en hou 'n paartie."

Jan wil begin beweeg, maar Adriaan spring langs hom op. Adriaan is korter van gestalte as Jan, sodat hy na hom opkyk wanneer hy praat: "Jan, moet ek nie 'n paar van daai jong latte roep om die vleis te kom braai nie?"

Jan is in 'n sekere sin nog van die ou skool. As jy iemand oornooi na 'n braai, dan doen die gasheer die braaiwerk. Dit staan nie in die

Bybel nie, maar kon netsowel. "Nee dankie," sê hy tussen sy tande deur. "Dis my paartie en my braai, en net hierdie hande mag daaraan raak."

Jan stap na sy vuurtjie – gemaak in 'n vlekvryestaal-kontrepsie wat hy nog self ontwerp en laat bou het. Jan se braaistyl is 'n mengsel van oud-Boers en moderne sjiek. Hy beweeg voortdurend tussen die lapa en die braaiplek. Op pad om die vuurtjie se kole uiteen te hark hoor hy hoe Rudi vir Bertus uitvra oor sy onderneming in Kanada en Rudi se antwoord oor die veertigpersent-aandeel wat hy die vorige jaar nood-gedwonge aan 'n kollega moes verkoop. Hy hoor verskillende dinge in Bertus se antwoord oor die hoop wat hy het dat dinge nou van krag tot krag sal gaan. Maar hy ken die retoriek. Het dit in sy jong dae self 'n slag moes gebruik. Daarna te veel kere gehoor by mense wie se drome hul glans begin verloor het weens die aanslag van die realiteite van die ekonomie en die harde lewe. Die retoriek van iemand wat nie wil hê ander moet weet hoe ellendig swaar hy kry om net dinge aan die gang te hou nie.

"Ja-nee, dis nie 'n maklike ding om 'n nuwe besigheid te begin nie," sê Jan, so in die verbygaan met 'n bak vleis op pad na sy rooster, "veral nie in 'n vreemde land nie."

Terwyl hy eers die wors in die middel uitpak, hoor hy Antoinette se vraag of hulle dalk sal terugkom na Suid-Afrika. Hy weet hoekom Antoinette die vraag gevra het. Natuurlik bang vir Elna, die enigste van sy oorlewende twee kinders wat 'n sterk sakekop het.

Maar Bertus doof daardie vlammetjie. Hulle is gelukkig in Kanada.

Jan kyk op van die tjops wat hy uitplaas na Elna. Sy stem gewis nie met Bertus saam nie. Wat Jan nog meer verbaas, is wie dit is wat die ongemaklike stilte verbreek. Rika. Wat nooit betrokke raak by sulke gesprekke nie.

"En jy, Elna?" vra Rika.

Jan sien hoe al die koppe na Elna draai, hoe sy dadelik haar vrolike gesig opsit: "Ek's baie gelukkig, dankie, tannie Rika. Dis maar moeilik in die begin. Mens ken niemand. Maar uiteindelik maak jy vriende en dan gaan dit beter."

Nou weet Jan vir seker dat sy dogter vir iets skerm. So 'n standaard-antwoord op 'n simpel vraag is nie iets wat sy Elna maklik pleeg nie. Die wors gee 'n rokie af wat Jan sy oë laat toeknip. Wanneer Antoinette weer begin praat, besef Jan dat sy dieselfde afleiding as hy van Elna se antwoord gemaak het. Maar hy, Elna se pa, sal so iets laat verbygaan en later probeer raad gee.

Antoinette, wat haar hele lewe lank nog in terme van bedreigings vir Adriaan se loopbaan gedink het, kan nie die kans laat verbygaan om Elna se ongemak voor almal te probeer vererger nie. "Wat mis jy die meeste?" vra sy kort duskant smalend.

"O, dit kan ek baie maklik antwoord: behalwe vir Ma en Pa en almal van julle ... 'n huishulp."

Jan voel die trots in hom opwel. Sy dogter laat haar nie só maklik koudsit nie! Bertus tree ook vir Elna in die bres: "Gelukkig woon ons in die Eerste Wêreld – almal het elke arbeidsbesparings-gadget waaraan jy kan dink. Ons yskas bestel die kos."

Terwyl Jan die vleis kans gee om die hitte te leer ken, neem hy 'n lang teug uit sy glasie whisky voordat hy weer langs Maria op die rusbank gaan sit. Hoe kan Bertus, ná soveel jare van getroud wees met Elna, so 'n elementêre fout maak en vir haar die gaping gee om tot die aanval oor te gaan?

En so is dit ook, dink Jan wanneer Elna se stem helder en ferm opklink: "Dis net jammer dat die vloere hulleself nie vee nie en die klere hulleself nie stryk nie en die beddens hulleself nie opmaak nie, nè, my man?"

Laat hulle wat slim is, hul bekke hou, dink Jan – maar Bertus gaan voort. "Klein prys om te betaal vir die wete dat dit nog alles daar sal wees as jy saans by die huis kom en jou kinders ..." Jan kyk na Elna, sien hoe die ontsteltenis haar gesig laat verhard, "... nog op straat kan speel in plaas van agter tienvoetmure en tralies."

"Ag wat," val Maria dadelik weg, "ons trek al laer vandat ons voor-vaders die eerste keer voet op hierdie grond gesit het."

"Hoewel die vrouens nou nie meer die roers hoef te laai nie," sê

Antoinette. "Ons druk net die panic button en laat die geveg aan Armed Response oor."

Almal bars uit van die lag. Nie omdat dit danig snaaks is nie, maar omdat hulle weet dit is presies wat Antoinette sal doen.

"En dit, dames en here, is vooruitgang," verklaar Jan.

Hierdie keer lag almal regtig hartlik saam.

Met die uitsondering van Ouma. Jan sien hoe haar hande na haar knieë beweeg en haar mondhoeke aftrek. "Maria, jy't my kombers vergeet. My bene kry koud."

Daardie neulstemmetjie! Jan wil opstaan, Maria 'n kans gee om te sit, maar sy lankmoedige vrou draai haar kop na hom, knik sodat net hy dit kan sien en staan op om die kombers te gaan haal. Sy gee haar wynglas vir Elna om te hou, amper asof sy die stokkie in 'n aflosspan aangee vir die een wat volgende moet praat.

"Ouma kan bly wees Ouma woon nie in Kanada nie," sê Elna. "Dit word yskoud daar, vir maande aaneen."

"Hoekom sou ek in Kanada wou woon?" Sy lag by haarself, verlore in haar eie manier van dink. "Laat ek jou een ding vertel, my meidjie: ek weet van dinge wat groei. Jy kan nie 'n volgroeide boom hier uit die grond uit ruk en daar gaan plant nie. 'n Boom se wortels praat met die grond waar hy groei, en terwyl hulle praat, verander hulle mekaar op maniere wat net God kan verstaan. Nou ruk jy hom uit en druk sy wortels in vreemde grond, en dan wonder jy hoekom hy vrek. Ek sal jou sê hoekom: want die wortels en daai vreemde grond praat nie dieselfde taal nie. Dis dié dat 'n boom staan waar hy staan. En as hy die dag aan die einde van sy tyd kom, dan vrek hy net daar waar hy gestaan het en word weer een met die einste grond waarmee hy gepraat het, wat sy taal geken het."

Jan besluit om niks te sê nie. Mense maak aanmekaar die fout om Ouma te onderskat. Hy weet sy is 'n strategiese denker. Soos hyself. Hy kry dit waarskynlik van haar! Sy het waarskynlik goed gedink oor die manier waarop sy haar diepste gevoelens oor Elna en Bertus se emigreerdery kan uitdruk. Niks wat sy sê is ooit die weggooi-gedagtes van 'n seniele ou feeks nie. Die beeld wat sy gekies het om dit mee te doen, kan almal verstaan. Sy het waarskynlik ook deeglik beplan oor hoe sy Maria uit die geselskap kon wegstuur, sodat Maria nie op haar gebruiklike manier die boodskap kon versag met 'n vermanende opmerking nie.

Ouma se boodskap het die gewenste uitwerking. Almal is tjoepstil.

Adriaan lig sy glasie na sy lippe, oë wat net sy skoene raaksien.

Rika se blik is op, ja, waarop sou dit gerig wees? wonder Jan. Haar eie lewe?

Bertus staar nors voor hom uit. Hy weet met wie Ouma gepraat het.

Elna weer – Jan voel hoe 'n knop in sy keel begin vorm – Elna het 'n weemoedigheid wat nie met 'n sagte woord verwyder kan word nie.

Maria kom aan met die kombersie. Die stilte tref haar vol, soos 'n vlaag yskoue lug. Sy aarsel, maar trek die kombersie dan oor Ouma se skoot en bene. "Daar's hy, Ma. Is dit nou beter?"

"Natuurlik is dit beter, anders sou ek nie daarvoor gevra het nie."

Haar woorde laat Maria verstar waar sy, wynglas weer in die hand, pas sag langs Jan gaan sit het.

Sy kyk na Jan, haar oë vra: Wat nou? Hoekom moet ek dit verduur? Jan se oë troos haar: Los dit, laat dit gaan.

Hy het gehoop dat hierdie dag sonder struweling sou wees. Jan glimlag vir homself – hoe dom van hom! Hy moes mos geweet het dat sy familie nooit anders kan as om getrou te wees aan hulself nie. Elke slag dat hy dink hy kan 'n bietjie selfsugtig wees, van hulle verwag om sy groot dag saam met hom te geniet, dan sal hulle maar weer wys hoeveel hy daarop kan staatmaak dat hulle presies dít sal doen wat hulle altyd doen. Adriaan – ja, Adriaan wat Jan altyd moet dra – wat dadelik opspring en sê hy het nog 'n dop nodig. Antoinette, die ewige aanhitser, wat by hom aansluit en Rika probeer aanhits om teen Rudi se wense in nog 'n glas wyn te drink, Rika wat ja sê, asof ...

Rudi plaas sy hand vermanend op haar been. "My liefling ..."

Rika kyk vir 'n oomblik na Rudi, buig die knie. "Weet jy, Adriaan, ek dink ek het eintlik genoeg gehad." Sy lag verleë. "Netnou slinger ek hier rond."

Antoinette is dadelik gereed om te por. "Rika, die dag as ek jou sien rondslinger, is die dag dat hierdie land weer 'n wit president het."

Jan kom die kombuis binne met 'n groot bak vol gebraaide vleis. Maria is alleen daar, besig om opdienbakke uit te sit. Bakke vol slaai staan op die toonbank. Jan sit sy bak neer en Maria begin dadelik om dit oor te pak in die opdienbakke. Wanneer hy met haar praat, is dit in 'n sagte toon, een wat verskoning vra vir al sy ma se kwinterige opmerkings, sy liefde vir Maria onmiskenbaar. "Sal ek die pap solank uitvat?"

"Ja. En daar's die sous." Sy beduie hy moet oppas vir die warm bak, gee hom 'n lap aan om sy hande te beskerm, maar gee dit ook nie aan nie, sodat hulle staan en hande vashou.

Daar kom 'n stilte tussen hulle.

Maria kyk op na Jan, kommer in haar oë. "Wanneer gaan jy vir Elna en Bertus sê?"

Jan laat die sekondes verbygaan. 'n Kwelling laat sy hele gelaat versomber.

"Ek weet nie." Hy skraap moed bymekaar, probeer die oomblik lig maak. "Oormôre, ná my verjaarsdag." Hy haal sy skouers op, begin wegbeweeg, wil nie sien hoe die hartseer van Maria besit neem nie. Hy glimlag. "Maar eers hou ons partytjie."

Jan stap uit met die sous.

Hy laat Maria agter met hul stilte.

— XII —

"Nou ja, julle moet my verskoon, laat ek my battery so bietjie kan recharge." Jan se woorde was die finale teken dat almal kan gaan doen wat hulle nou bitter graag wil doen – 'n bietjie slaap. Die gaste is weg. Ouma is in haar kamer. Neil lê al en snork op sy bed.

Die huis is stil. Elna is bewus van die geluide van 'n briesie deur die bome buite die huis. Nou en dan 'n getoet van ver weg, daar onder, waar die naweekverkeer 'n onverbiddelike tempo handhaaf.

Bertus en Elna het alleen agtergebly – die eerste keer dat hulle alleen is sedert hulle hul slaapkamer in Kanada verlaat het, hoeveel ure gelede? wonder Elna.

Dis 'n oneindig lange dag. Sy het met rukke en stote tydens hul vlug geslaap. Daar is altyd vreemdelinge binne 'n meter van jou af, en al sou Bertus of Neil ook binne daardie meter beweeg, voel dit altyd so, wel, openbaar. Blootgestel.

Elna is nie meer seker op watter dag en in watter tydsone sy haar bevind nie.

Die enigste ding wat konstant gebly het sedert hulle uit Kanada weg is, is die spanning wat tussen haar en Bertus lê. Sy weet, sy weet – één gesprek, een goeie gesprek, en hulle sal dinge kan regmaak. Sy is seker Bertus weet dit ook, miskien in sy onderbewuste eerder as voorop in sy gedagtes, maar hy weet dit. Dis net dat goeie gesprekke gewoonlik aan die gang kom as jy die regte sinjale sien en daarop reageer. Ignoreer jy daardie tekens, beteken dit uiteindelik dat jy die goeie gesprek by wyse van 'n woordewisseling agter die rug moet probeer kry. En dan is albei agterna vir mekaar kwaad. Dit los niks op nie. Soos die ure verbygegaan en sy probeer het om 'n vrolike front aan almal by haar pa se braai voor te hou, het sy net meer bewus geword daarvan dat sy én Bertus die sinjale met minagting laat verbygaan.

En maak nie saak hoe akuut dit nou is nie, soms moet sy op haar tande kners, of sy draai om en gee hom die klap wat hy verdien.

Nou weer. Elna huiwer op die rand van 'n uitbarsting. Wat besiel Bertus om ewe kameraadskaplik vir haar te vra wat dit met mense is wat altyd aan hulle wat geëmigreer het vra of hulle dit oorweeg om terug te kom?

Is die vent só afgestomp vir sy vrou se gevoelens? Is hy blind!

Elna staan 'n ruk met die laaste skinkbord vol vuil glase in haar hande en sit dit dan stadig, berekend sag, op die kombuis se werktafel neer. "Waarskynlik omdat hulle dink oor hoe hulle sou voel as hulle nie meer in die land van hulle geboorte leef nie," sê sy.

"It irritates me," antwoord Bertus, terug in sy Kanadese skedelspasie, "I'm going to lie down." Hy kom staan agter haar, sit sy arms om haar lyf en laat sy slaap sag teen haar agterkop rus. "If I'm not mistaken it's five or six o'clock in the morning for us. Neil has passed out."

Elna hou hom terug: "Hoekom Engels met my, maar nie as my ma of pa by is nie?"

Bertus hou haar steeds vas. "Ek wil nie 'n issue daarvan maak nie."

Elna draai haar kop skuins en sien hom die kamer uit met: "Ek's nou daar."

En tog rek die middag vir haar nog langer uit soos sy die kombuis aan die kant bly maak – uit gewoonte, soos 'n dogter in die huis van haar ouers maar doen, maar ook omdat daar 'n woede in haar kook wat sy liewer gesluk wil kry voordat sy by haar man in hul slaapkamer aansluit.

Oorweeg sy dit om terug te kom?

Elke dag, elke dag …

— XIII —

Vlooi, die onrustige dwaler. Vandat hulle van oom Jan-hulle teruggekeer het, kan hy nie sy sit kry nie. Soek iets te peusel in die kombuis, maar trek sy neus op vir alles in sy ma se yskas en spens. Gaan staan voor die spieël in die badkamer en vind dat niks, maar absoluut niks, aan sy gesig verander het sedert hy dit die oggend goed in dieselfde spieël bekyk het nie. Iets hap aan sy skene en hy kan nie agterkom watse gedierte dit is nie. Maar hoe meer hy dwaal, hoe helderder sien hy die saak, en uiteindelik kan dit nie anders nie. Hy stap na Elisabeth se kamer, waar die deur soos gebruiklik toe is. Hy stap in sonder om te klop en gaan sit in die groot gemakstoel waarin Elisabeth haar gewoonlik drapeer. Vanmiddag lê sy egter plat op haar maag op haar bed en blaai deur 'n modetydskrif.

"Excuse me," kom dit van die bed af, "wie't gesê jy mag inkom?"

"Moenie dink ek weet nie waarmee jy besig is nie."

Elisabeth blaai nog verbete deur die tydskrif. "Besig met wat?"

Sy draai nie na Vlooi nie. Hierdie manier van haar, om met hom te praat terwyl sy alewig met iets anders besig is, irriteer die hel uit hom uit.

As hy haar gesig kon sien, sou hy sien hoe sy haar frons oefen.

Vlooi staan op en stap nader, leun met uitgestrekte arms op die bed, en nou eers verwerdig Elisabeth haar dit om na hom te draai.

"Ek het gesien hoe jy met ou Neiltjie flirt."

"Ag asseblief, man."

Hy sal haar sewe uit tien gee vir verontwaardiging. 'n Bietjie meer woede, en dit kon nege uit tien gewees het vir ingehoue verontwaardiging. "Lyk ek vir jou soos 'n poephol? Huh?"

Elisabeth staan van die bed af op. Die verontwaardiging op haar gelaat voer 'n stryd met 'n trotse, skalkse glimlag, en die glimlag is besig om te wen. "Ek weet nie waarvan jy praat nie."

"O, jy weet nie waarvan ek praat nie. Soos in wat het jy in die badkamer saam met hom gesoek? Huh?"

Elisabeth se masker wil-wil glip. Terwyl sy praat, sukkel Vlooi om te verstaan hoekom sy so glimlag, terwyl sy kliphard probeer om te klink asof sy haarself glo. "Ek het per ongeluk ingestap toe hy daar binne was, dis al."

"Per ongeluk?"

"Oom Jan-hulle het nie Men- en Ladies-toilette nie, oukei?"

"En daarom het jy daar gestaan en glimlag soos 'n kat met room om die bek."

"Katte kan nie glimlag nie."

Sy is só duidelik besig om te lieg, maar Vlooi besluit om vir eers te retireer. "Sekere katte kan." Vlooi wys waarskuwend met sy voorvinger na Elisabeth. "Ek watch jou."

Hy stap by die kamer uit.

Elisabeth glimlag agter sy rug ingenome vir haarself.

Hierdie keer het sy gewen.

— XIV —

Die klein jakkalsies in die wingerd – Elna weet dis waarmee sy nou
besig is. Sy het Bertus belowe sy is op pad slaapkamer toe, maar sy kom
net nie sover nie. Sy wil nie gaan nie. Sy is te kwaad om nou, terwyl sy
so tot die dood toe moeg is, nog met hom te gesels asof niks verkeerd
is nie. Sekerlik ook in Engels, as Bertus sy sin sou kry. Nou sit sy in
die sitkamer op haar ouers se groot leerbank, 'n bank wat al jare lank
deel is van hul gesin se geskiedenis. Het sy en Bertus nie op daardie
einste bank hul eerste soentjie gesteel nie? Hy het haar nogal onver-
hoeds betrap, maar ja, dit was hier. 'n Heimwee pak haar, 'n gevoel dat
sy iets verloor het wat sy nooit weer terug sal kry nie. Is sake so des-
peraat tussen haar en Bertus? Hoeveel plesier put sy nou daaruit om
hom te soen? Kan daarsonder. Is dit jou allerbeste antwoord, Elna? vra
sy haar af. Jou laaste antwoord? Sy leun teen die rug aan, blaai deur 'n
Afrikaanse tydskrif. Die huis is stil, Pretoria se naweekgeluide kom nou
en dan by die rustige suising van die dag verby. Klanke wat eweneens
herinneringe wakker maak.

Sy hoor Boetjan aangedrentel kom, lank voordat hy naderby kom
en vra: "En as jy nou hier alleen sit?"

'n Ou warm herinnering kom in haar gedagtes op. Sy, Boetjan en
Francois laataande hier, in hierdie vertrek, ná 'n aand se ravot. Die
lekker rustige geselsies van die broers met hul ouer suster. "My lyf se
horlosie is nou so deurmekaar ek weet nie of dit dag of nag is nie," sê sy.

Boetjan gaan sit langs sy sus op die bank.

"Ek wou nog sê: veels geluk met jou diploma," sê Elna.

"Dankie. Teen wil en drank het Boetjan uiteindelik 'n kwalifikasie
gekry, al is dit nou net as wildbewaarder."

"Ek sou nie sê 'net' nie. Dis 'n belangrike werk."

"Probeer dit vir Ma vertel."

Elna begryp presies wat Boetjan probeer sê. Hier is ou geskiedenis.
Sy weet Boetjan het reg en kyk weg.

Boetjan tob nie te lank daaroor nie. "Maar ek het gereken as ek iets gaan doen, kan dit maar net sowel iets wees wat die lewe bewaar, nie vernietig nie."

Op hierdie oomblik besef Boetjan hoe lief hy sy sus het en dat hy werklik baie bly is om haar naby te hê – dit bevestig vir hom iets van homself. Hy is steeds háár Boetjan. "Dis goed om jou te sien, Elna."

"En om jou te sien, boetie. Ek wens ons kon langer bly ..."

"Ja, dis donners ver, en dit vir so 'n kort rukkie."

"Ek wou al verlede jaar kom, maar dinge het 'n bietjie moeilik gegaan met Bertus se besigheid. Mens besef nie hoe sterk jy op jou netwerk van vriende en kennisse steun nie, tot jy hulle nie meer het nie."

Boetjan vermoed Elna sou meer kon sê. Vriende en netwerke is nie al wat sy mis nie, daarvan is hy seker. Familie was maar altyd vir haar belangriker as enigiets anders.

Hul gesprek swaai heen en weer oor die dinge wat sy nog vir niemand, die minste van almal Bertus, kon uitspel. Die diepe pyn wat emigrasie bring, die wete dat jou familie wat jy agterlaat almal van die soort stof- fasie is wat sal meebring dat hulle die land nooit sal verlaat nie – lief vir die plek, lief vir die mense. Sy erken teenoor Boetjan dat die reis amper haar huwelik gekos het. Hoe maklik kom sulke woorde nie op ander se lippe nie, maar so traag oor hare. Die een wat betrokke is. Bertus se afkeer van die land wat hom verwerp het – ja, dís hoe hy dit beskryf – is so allesoorheersend dat dit vir hom omtrent 'n geloofsdaad is om te sê hy weier om weer sy voete hier te sit. Maar toe Jan haar bel en vra dat sy haar gesin Suid-Afrika toe moet bring vir sy verjaarsdag, kon sy aan sy stem hoor dis vir hom belangrik. Het selfs vir hul vliegkaartjies betaal. Bertus was dae lank dikbek daaroor. Dit het gelyk of perdebye hom agter die ore gesteek en die gif wange toe gesak het.

Dis so lekker om almal te sien, sê sy. Boetjan glimlag net begry- pend. Dis só lekker.

Terwyl sy praat, neem Boetjan 'n besluit. Daar is dinge wat hy vir Elna moet sê voordat die naweek verder vorder. Dinge wat sy móét weet. Anders gaan die pyn later groter wees. En pyn is nie wat sy nou nodig het nie. Maar hoe om die nuus pynloos oor te dra? Onmoontlik.

Maar as hy stilbly, is hy moontlik nie die enigste een wat stilbly nie. Dan kyk hy op na sy sus, besluit dat sy die waarheid verdien. "Pa het kanker," sê hy.

Elna verstyf van die skok. Sy staar Boetjan oopmond aan.

"Pankreas-karsinoom. Die dokters gee hom vier maande, maksimum ses."

Elna gryp na haar mond, asof sy wil keer dat die groot skok deur haar oë uitspoel.

Sy hou haar hand voor haar mond wanneer Bertus onverwags agter haar rug in die gangetjie praat: "Nee, o hel. Ek lê op daai bed maar ek kan wragtag nie aan die slaap raak nie. My lyf is in overdrive. Ons moes gedink het om slaappille saam te bring."

Elna hou haar rug na hom gekeer. Sy wil nie hê dat Bertus haar oë nou so vol trane moet sien nie.

"Kry vir jou 'n whisky," sê Boetjan. "Miskien help dit."

Elna ontspan 'n bietjie wanneer sy hoor dat Bertus gaan sit het waar hy haar gesig nie kan sien nie. Sy laat sak haar hand tot op haar skoot.

Dan staan Bertus op om vir hom 'n dop te skink. "What the hell," sê hy. "Eat, drink and be merry, for tomorrow we die."

"Bertus!"

Hy ruk tot stilstand soos Elna se kreet deur hom sny. "Wat?" vra hy oorbluf.

Elna staan op, beweeg op Bertus af, oorstelp van woede en bitter, bitter hartseer. "Jy kan partykeer so kras wees!"

"Wat? Wat het ek nou gedoen?"

"Het iemand jou al ooit gesê dat die hele wêreld nie om jou draai nie?"

Onder ander omstandighede sou Elna haar woorde versigtiger gekies het. Maar iets dryf haar aan – dalk die wete, verworwe in soveel diepnag-gesprekke met haar man, dat hy sensitief is oor die manier waarop ander mense hom sien. Dat hy dit haat om gebrandmerk te wees as iemand wat nie omgee vir sy naaste nie. Sy kan sien aan die manier waarop die kleur sy wange verlaat dat hy besig is om woedend te word, maar sy gee nie om nie. Laat hom smeul.

"Ek's jammer, skat," sê hy met groot selfbeheersing, maar heelwat luider as sy normale geselstrant, "ek weet nie waarvan jy nou praat nie. Miskien moet jy 'n bietjie gaan lê."

"Moenie vir my sê om te gaan lê nie!"

Elna is byna histeries, besef hy. Hoekom? Die onsekerheid en insinuasies laat hom nog harder praat: "Ek 'sê' nie vir jou om te gaan lê nie, Elna. Ek het net gedink ..."

"Ek kan vir myself dink!" skree Elna. "Ek's jou vrou, nie jou kind nie!"

Dis 'n ou roof wat hy afgekrap het – Elna se opstand teen sy patroniserende houding.

"Nee, o hel," roep hy uit, "met wie dink jy praat jy?"

"Met wie dink jy praat jý?"

Elna se gil galm nog in die vertrek wanneer Jan en Maria ingestorm kom. Die woordewisseling het die ore van almal in die huis bereik.

"Is alles oukei hier?" vra Maria. Wat 'n dom vraag, dink sy by haarself.

Elna draai om. Sy kyk na haar ouers. Maria, liewe ma Maria, maar wanneer haar oë dié van haar pa vang, bars die dam van haar emosies. Sy hardloop uit die kamer.

"Ek's jammer," sê Bertus verleë. "Ek weet nie wat nou hier gebeur het nie. Verskoon my." Hy verdwyn agter Elna aan.

Die afgelope paar jaar was vir Boetjan jare van pynlike groei. Eers sy drankprobleem afgeskud, daarna sy studies agter die rug gekry. En tussen alles deur het hy een groot waarheid geleer: Praat die waarheid. Al is dit hoe ongemaklik. "Dit was my skuld," sê hy dadelik.

"Hoe bedoel jy nou?" Jan kan vir die oomblik nie begryp hoe Boetjan enigiets uit te waai het met die spanning tussen sy dogter en Bertus nie.

"Dit was my skuld," herhaal Boetjan. "Ek het gedink sy't die reg om te weet."

"Wat te weet?" vra Maria nou, besig om in te haal.

Boetjan beduie na Jan. Maria en Jan snap onmiddellik wat hy bedoel.

Vir die soveelste keer in haar lewe verwens Maria vir Boetman. "Jy't nie die reg gehad om dit te doen nie!" roep sy uit en storm agter Elna aan. "Elna!" roep sy, nie geïnteresseerd in enigiets wat Boetjan nóú ter verduideliking kan sê nie.

Jan bly stil staan, sy skouers afgerem, hande in die sakke. Sy gedagtes maal. Hy dink aan bates en laste, en hoe om uiteindelik te sorg dat sy kinders sal wen.

"Jy't gedink sy't die reg om te weet?" Jan se woorde kom sag dog meedoënloos oor sy lippe. Hy staan, Boetjan het bly sit, wat Jan perfek pas vir wat hy nou wil sê: "Ek dink jy sal saamstem dat jy nou 'n paar rand geblaas het wat nie joune was om te blaas nie."

"As dit nie myne was nie, wie s'n was dit? Sy's Pa se dogter, maar sy's my suster."

"En jy reken dit gee jou die reg om te besluit wat sy van my lewe moet weet."

Boetjan kom orent. 'n Ou wrewel woel in hom. As hy dan in konfrontasie met sy pa moet staan, sal hy. Hy het al té veel verloor in die lewe. "Wanneer wil Pa dan hê sy moet uitvind? By Pa se graf?"

"Wanneer ek reg is! Op my tyd en volgens my diskresie."

"Dis nie hoe dit werk nie, Pa."

Jan kan homself nie keer nie. "Moenie daar staan en vir my vertel hoe dit werk nie!" Sy woede ontvlam. "My magtag! Dis my dood waarvan ons praat!"

Boetjan deins nie terug nie. " 'n Man se dood behoort nie net aan homself nie, Pa. Iemand anders dra altyd saam. Dit het Ma met Francois se dood maar alte goed vir my geleer."

So vinnig as wat dit tot uitbarsting gekom het, só vinnig verdwyn Jan se woedebui. Hy weet – onverwags en baie ongemaklik – dat hy Boetjan onderskat het. Dat hy vergeet het van die diep emosionele hel waardeur sy kind is. Sy woede maak plek vir 'n goor skuldgevoel. "Ek het nog nooit Francois se dood voor jou deur gelê nie."

"Nee. Ma het. En Pa het haar nooit gekeer nie, nooit die waarheid vertel nie, net soos nou."

Jan soek uitvlug uit die gesprek. Hy het nie werklik antwoorde wat hom nie in 'n swak lig sal stel nie. "Wat weet jy van 'n leeftyd se stilgesprek tussen 'n man en sy vrou?" sê hy dan. "Jy was skaars twee jaar getroud. Wat weet jy van 'n man en vrou se gesprek oor die dood van 'n kind? Jy het nie kinders nie."

Daar was 'n tyd, besef Jan, dat hy dit nie sou gewaag het om Boetman met sulke gemeenhede te konfronteer nie. Tye toe Boetman baie diep in die bottel gekyk en die donker wolke van sy depressie mense van hom laat wegdeins het. Maar Boetjan het opgestaan daaruit. En nou is hy emosioneel gepantser teen sulke skrynende aanvalle en gee hy terug. Sy oë blits van woede.

"Nee, maar ek het 'n broer gehad. En ek weet alles van sy dood. Dra my deel nog steeds. Pa wil praat oor rande wat nie myne is om te blaas nie. Maar toe ek die rande wou blaas wat myne was om te blaas, toe keer Pa my. Pa het gesê Pa sal dit doen wanneer die tyd reg is."

"Jy was dronk!"

"My ma het my broer se dood voor my deur gelê! Hoe dan anders? En toe ek haar die waarheid wou vertel, toe sê Pa nee, Pa sal dit doen. Nou, dit was 'n dood wat beslis myne was om te deel, maar ek wag nog steeds. Hoekom het Pa haar nie gesê nie?"

Die waarheid, dink Jan. Die waarheid is sulke sterke doepa, mens kan dit net slukkie vir slukkie inneem. Hy gaan sit op die bank, presies waar Boetjan gesit en sy suster van Jan se komende dood vertel het.

"Ek wou haar sê." Hy dwing sy gedagtes om terug te keer na die dag toe hy sy seun verraai het. "Ek het haar een Sondag, kort na jy my die waarheid van sy dood vertel het, in die slaapkamer gekry. Sy't op die kant van die bed gesit met die brief wat die kapelaan gebring het in haar hande. Ek het langs haar gaan sit. Nou's my kans, het ek gedink. En toe kyk sy na my en sê: 'Ten minste het hy op die slagveld gesneuwel, soos dit 'n soldaat betaam.'"

Boetjan kan hom die toneeltjie voorstel. Dit ontstel hom baie – alles ten koste van die waarheid, alles ten koste van hom. "Al hierdie jare, Pa," sê hy. "Al hierdie jare."

"Ek's jammer, my seun. Ek's so jammer."

Albei voel gedreineer van krag. Hul bloed word nie meer deur adrenalien aangejaag nie. En vir Jan is daar 'n gewaarwording wat hy nooit verwag het syne sou wees nie: dié van sy skuld aan Boetjan se jare lange stryd om liefde en erkenning by sy ma te kry, en hoe hy dit verhinder het.

Sy skuldlas, sy eie, só kort voor sy dood.

"En wanneer was Pa van plan om vir Elna te vertel?"

"Oormôre, ná my verjaarsdag."

"Pa ken vir Elna. As sy dit dan eers uitvind, sal sy Pa verwyt oor sy vrolik partytjie gehou en 'veels geluk liewe maatjie' gesing het terwyl Pa besig was om die dood in die oë te staar. Inderdaad, soos ek Elna ken, sal Pa nogtans mooi moet verduidelik."

"Dis nou gaaf," sê Jan. "Ek's die een wat vrek, maar ek's die een wat moet verduidelik."

Maar hy weet ook, Boetman wen hierdie argument loshande, want hy het reg: 'n Man se dood behoort nie net aan homself nie.

—— *** ——

Boetjan se woorde loei nog in Jan se ore: "'n Man se dood behoort nie net aan homself nie."

Jan sit in die sitkamer. Almal het gaan slaap. Hy is diep ingedagte.

Hoe meer jy het, dink hy, hoe banger is jy vir die risiko van minder hê. Hoe minder jy het, hoe minder bang is jy vir die risiko van nog minder hê.

Daarom dat 'n man met min bereid is om meer te waag as 'n man met meer – die man met min het klaar verloor, en die bykomende pyn van verdere verlies is marginaal. Daarom dat, wanneer 'n onderneming oorweeg word, die moontlikheid van profyt soveel meer moet wees as die moontlikheid van verlies. Want een dag van ongeluk kan sy man teen tien dae van geluk staan. 'n Enkele dag by 'n graf word langer onthou as honderd dae by 'n partytjie, en die duisende dae van jou lewe word uitgekanselleer deur die enkele dag van jou dood.

Ons almal verloor op die ou end.

Dis die las van bestaan. Maar daar is g'n las sonder 'n bate nie.

En mens kan die lewe slegs verloor omdat jy dit gehad het.

MARIA

Maria staan in haar kombuis, vroetel met die vuil skottelgoed, maar kry nie orde geskep nie. Haar gedagtes is by Elna en die sluimerende hartseer by haar dogter. En natuurlik by Jan, wat sy geheim steeds probeer vertroetel.

'n Ou flarde musiek kom in haar gedagtes op, woorde wat sy só goed ken: Uit die blou van onse hemel, uit die diepte van ons see ...

Sy raak stil, haar gedagtes ver weg. *Uit die blou van onse hemel, uit die diepte van ons see.* Sy lewe al lank genoeg om te weet dat hoe die wêreld is en hoe jy wens dit moet wees, altyd twee verskillende dinge is. Sy weet ook dat die vooruitgang van 'n volk in sy mans sit en die oorlewing van 'n volk in sy vrouens lê.

Op die primitiefste vlak is dit 'n feit dat een man in nege maande soveel vrouens kan bevrug as wat daar dae in daardie nege maande is. Sy saad gesaai, is die man dan vry om te gaan kyk wat anderkant die berge lê, en bevorder hy, juis omdat hy vry is, die vooruitgang van sy volk. Aan die ander kant kan elke vrou net een keer in nege maande baar. 'n Man met baie kinders by baie vrouens sal naderhand sukkel om hulle name te onthou, maar elkeen van daardie vrouens ken haar kind, van sy eerste roering, soos 'n seeanemoon teen die rotswand van haar moer, tot sy uitstorting as mens op aarde.

Een vrou, een geboorte, baie vrouens, baie geboortes. Dis 'n eenvoudige som. Daarom dat 'n volk sal oorleef en vinnig vermeerder as daar meer vrouens is as mans, maar nie andersom nie. As jy 'n volk wil uitwis, vermoor sy vrouens.

'n Ma behoort nie gunstelinge te hê nie, veral nie onder haar seuns nie; hulle voel dit aan. Maar sy erken: Francois was – hoe sal sy dit stel – nader aan haar hart as Boetjan. Miskien omdat Francois so baie na sy pa gelyk het, of miskien omdat hy meer na haar geaard het. Waarskynlik al twee ...

— I —

Dominee Rudi Naudé het vir homself geen antwoorde op die vrae wat nou soos sweepslae in sy kop klap nie. Hoekom gebeur dit met hom? Hy wat die krag van gebed ken? Hy bid, en vind antwoorde. Hy bid, en God bring genesing vir die siekes in sy gemeente.

Vanmiddag, toe hulle terugkeer van swaer Jan-hulle, tóé het dit begin.

Hy het Rika herinner aan hul roeping. Aan die voorbeeld waardeur hulle die gemeente moet lei. As hy haar nie vandag gekeer het nie, het sy meer as een glasie wyn gedrink. En dit deug nie. Rudi haat dit om met haar te praat asof sy 'n kind is. Maar dis al hoe sy luister!

Dit was nie 'n lekker gesprek nie.

Daar is iets wat haar hinder, hy kom dit agter aan die traak-my-nieagtigheid waarmee sy hom soms antwoord: Ek lei hulle nie ... jy's die dominee ...

Hy en Rika het op die bed gaan sit, sodat hy hulle in die gebed kon lei, sodat hulle saam kon bid vir krag.

Toe lui iemand die klokkie by die voorhek.

Dit is presies waar dit begin het. Hierdie sweepslae in sy kop.

'n Boemelaar.

Ongekamde hare, ruie baard. Vel wat lyk of dit te veel son en te min water gesien het. Rudi skat die man in sy veertigs.

"Dominee Naudé?" het die man gevra.

"Ja ...?"

"Dominee Rudi Naudé?"

"Ja ... Hoe kan ek help?"

Rudi het begin dink aan maniere waarop mens sulke boemelaars sonder te veel gewetenswroeging kan verwilder.

"Ek wil my lewe terughê ... wat jy by my gevat het."

Hy was sprakeloos.

Rudi het gedink aan sy deur God gegewe roeping. Sy taak.

Hy het die man ingenooi.

Na sy studeerkamer geneem; Rika wat die man skrams in die ver-
bygaan gesien het.

Sy naam is Hannes, het die man gesê.

Hannes.

Rudi het sy gebruiklike plek geneem – die stoel waarvandaan hy al
soveel gemeentelede gehelp, vermaan en tot verantwoording geroep
het. Sy Bybel, in wit leer gebonde, toegevou voor hom. 'n Beeld van
Christus aan die kruis agter hom in 'n opening in sy boekrak.

Hannes het hom eers net gesit en bekyk.

"As dominee van hierdie gemeente," het Rudi formeel begin, "is my
deur oop vir enige mens wat kom hulp soek, maar ek wil hê jy moet
verstaan dat ek ook nie sal toelaat dat my welwillendheid misbruik
word nie."

Hannes het nog etlike sekondes geswyg en toe met 'n rustige stem
begin praat. "Jy was in negentien twee-en-tagtig kapelaan gewees op
die grensbasis, Ogongo."

"Dit was lank gelede ... ek was nog jonk, maar ja ..." Hy het versigtig
geantwoord. Watse ou koeie wil die man gaan uitgrawe?

Maar as hy nou terugdink, weet hy dat hy al begin verdedigend praat
het voordat hy geweet het wat Hannes pla.

"Onthou jy my nie?"

"Ek's jammer, maar duisende troepe het daar deurgekom."

"Ek was een van hulle. Onthou jy die dag toe 'n jong soldaat van
agtien na jou toe gekom en sy bekommernis uitgespreek het oor daai
draadkamp wat so twintig tree van jou tent af is?"

Hy kon dit glad nie onthou nie. Kan steeds nie.

"Die draadkamp waarin ons Swapo-krygsgevangenes in daai gat in
die grond gemartel het."

'n Paar ou herinneringe het begin terugkom.

Ja, die herinneringe het hom ongemaklik laat voel. Laat hom maar
dít erken.

Maar Hannes ... die man kon sien dat hy begin onthou.

"Toe kom daardie agtienjarige soldaat na jou en hy sê: 'Dominee, ek het groot probleme met wat in daai draadkamp aangaan. Wat sou Christus sê as hy moes sien hoe ons krygsgevangenes martel ... hulle met rottangs slaan, met elektriese drade skok, hulle in gate in die grond toemaak?'"

Hy kon net na Hannes staar.

"En toe sê jy vir daardie jong man: 'Soldaat, ons veg hier in die naam van God. Gaan doen jou plig en moenie dit weer bevraagteken nie, of jy word aangekla en jy gaan tronk toe.'"

Hy weet hy hét dit gesê, maar die woorde, en hul brutale onbeskaafdheid, het hom geruk. Hy kon aan niks dink om te sê wat nóú sou sin hê nie.

"Wel ... ek was daai jong soldaat. En op daardie dag het ek my geloof verloor. Kon ek nooit weer in 'n God of Christus se liefde glo nie. Tot vandag toe probeer ek die bloed van daai mense wat ons gemartel het van my hande afwas. Maar ek kan nie. Ek het daai bloed met drank probeer afwas, maar dit het nie gewerk nie. Ek het daai bloed met dwelms probeer afwas, maar dit het ook nie gewerk nie. Toe reken ek, ná al hierdie jare, dat die enigste een wat daai bloed van my hande kan afwas, die een is wat my hande in die naam van God in daai bloed gedoop het."

Rika het hom gered.

Die gedienstige pastorievrou.

Hannes het opgehou praat.

"Rudi ... kan ek vir jou en jou gas 'n koppie koffie aanbied?"

Hy was nog só oorbluf dat hy nie kon antwoord nie.

"Dankie, Mevrou," het Hannes gesê, "maar ek is nie hier vir koffie nie."

Sy het gefrons, na hom gekyk en padgegee. Wat sou sy in elk geval kon doen? wonder Rudi.

Dit was weer stil tussen hom en Hannes. Vir 'n oomblik het hy gewens dat hy buite was, dáár by die verkeer wat in die strate dreun.

"So, nou's ek hier," het Hannes weer op sy rustige, besadigde toon hervat, "om te vra: Kan jy daai bloed van my hande afwas?"

Hannes het vorentoe gesit, sy hande wat mekaar in toom hou oor

Rudi se boeke heen. Rudi kon die smart en hartseer – óú smart en hartseer – in sy stem hoor toe hy afsluit: "Kan jy my geloof uit daardie gat in die grond op die grens laat opstaan? Want ek wag al baie langer as drie dae."

Die oomblik het gekom, besef Rudi nou, waarin hy moet rekenskap gee van sy aandeel aan die geskiedenis van hierdie land.

Hy het met Hannes saamgestap hekkie toe.

Hannes het gesê hy kom weer.

Afspraak? Belofte? Dreigement?

Hy het weer sy pastorie in gevlug.

Maar toe Rika kom vra wie dit was, kon hy nie die waarheid op sy lippe neem nie. "Dit, my skat," het hy gesê, "is een van die kruise van dominee wees: Jy moet jou deur oopmaak, maak nie saak wie aan hom klop nie. Sy naam is Hannes ... drank en dwelms. Hy't hulp kom vra."

Rika het hom aangemoedig. Maar hy – hy kon niks hoor nie. Soos hy destyds nie kon sien nie. Hy kon net staan, sy gedagtes vasgeslaan.

Hoekom moes hy lieg?

En nou?

Rudi dink aan Efesiërs 3. Hy weet wat hy moet doen. Kniel in gebed voor die Vader. Aan wie hy en Hannes albei hul bestaan te danke het. Bid dat Hy deur sy Gees vir Hannes die krag van heling gee. En vir hom? Die krag van boetedoening? Van nederigheid en ootmoed? Kan hulle nog, nou, met Hannes se klag wat sy gemoed vergif, nog saam as gelowiges begryp hoe wyd die liefde van Christus strek? Terwyl dit juis hy is wat Hannes sy geloof gekos het ...

Hy weet dat God die hoorder en verhoorder van alle gebede is.

Maar hy huiwer. Hy kon nie eerlik teenoor Rika wees nie. Wat sal hy vir God sê?

Sy drentelgang deur die huis eindig uiteindelik in sy studeerkamer. Hy sit agter sy lessenaar, die Bybel voor hom oop. Sy gedagtes dwaal. Hy dink aan God, die barmhartige God. Hy dink aan sy geloof, wat vir hom sê dat God nooit sal toekyk hoe hy, Rudi Naudé, seerkry sonder om hom te beskerm nie. Wanneer hy in die spervuur van sy naaste kom, dit glo Rudi, is dit weens dinge wat hy oor homself gebring het, sy eie dade. Wat bly daar vir hom oor wanneer hy by hierdie kruispaaie kom?

Rudi staan op, neem sy Bybel en stap om sy lessenaar. Hy trek die gemakstoel wat voor sy lessenaar staan uit en plaas die Bybel op die kussing neer.

Dan kniel hy voor die stoel, vou sy hande in gebed saam, met sy voorkop teen sy hande en oor die Bybel. "My Hemelse Vader, ek kniel hier voor U vandag, u nederige dienaar, en vra dat U my gebed sal hoor. In u Heilige Woord het U gewaarsku dat die sondes van die vaders besoek sal word aan die kinders, aan die derde en aan die vierde geslag van die wat U haat ..."

Sy konsentrasie word versteur deur 'n klop aan die deur.

Hy lig sy kop, open vir 'n oomblik sy oë. "Nie nou nie!" roep hy en buig sy hoof weer in gebed, sy oë toe, sy konsentrasie terug by sy gesprek met die Hemelse Vader. "Vandag het daardie sondes my ingehaal ... het ek gekyk na 'n man uit wie se siel ek u Heilige Gees verban het. Ek was jonk en het nie geweet wat ek doen nie. Ek smeek U vir leiding en vir u wysheid, dat ek hierdie onreg, hierdie sonde, kan uitwis, en u kind weer terug na u heilige kroos kan bring. En mag U, in u oneindige genade, my vergewe vir wat ek gedoen het."

Rudi open sy oë. Vir 'n oomblik oorweeg hy dit om op te staan, na sy vrou en kinders te gaan. Maar dan besef hy dat hy vanaand net vertroosting op een plek sal vind.

Hy bly op sy knieë.

Durf hy die Here daaraan herinner dat Hy beloof het dat die gebed van 'n gelowige 'n kragtige uitwerking het?

Rudi voel dat sy gemoed lig telkens wanneer hy "amen" prewel.

Dan kom die herinneringe terug. Die bosveld-briesie en die reuke wat dit dra. Die gat in die grond en die koppe wat bo die grond uitsteek.

Hy bly op sy knieë.

In die sitkamer sit Rika op die bank met haar breiwerk op haar skoot. Sy sit na die Travel-kanaal en kyk – 'n wonderlike Mediterreense vakansie.

Haar gedagtes is besig met die soort vlugte wat sy nooit met Rudi sal bespreek nie. Hy het dit so moeilik met die gemeente wat krimp en die samelewing se laste wat vermeerder, sy wil hom nie nog laat voel dat hy nie vir haar sorg nie.

Esmé stap in, geïrriteerd: "Ma, wat gaan aan met Pa? Hy's nou al ure in sy studeerkamer. Ek wil iets belangriks oor my kursus met hom bespreek voor ek my vorms instuur, maar elke keer as ek klop, stuur hy my weg."

"My kind, jy weet mos nou al … as Pa nie met ons wil praat nie, dan is dit omdat hy met die Here praat."

"Wel, ek's seker die Here sal verstaan as hy net vir 'n paar minute die gesprek op *pause* sit."

"Esmé! Skaam jou!"

"Jammer, Ma … maar rêrig."

"Dit was nog altyd so, en so sal dit altyd wees."

Op die skerm voor haar vaar 'n jong vrou op 'n seiljag wat by 'n eiland voor anker lê. Voel die wind in jou gesig, dink Rika.

"Partykeer wens ek ek het 'n normale pa gehad."

"En wat, my kind," vra Rika, haar oë steeds op die TV-skerm vas-genael, "as jy na die lewe om jou kyk, is 'n normále pa?"

— II —

"'n Man se dood behoort nie net aan homself nie."

Dit voel vir Jan of Boetjan se woorde hom op die bank vasdruk. Die moegheid wat hom laat terugsak, het waarskynlik baie te make met die ellendige gevoel wat nog van hom besit neem, dít weet Jan, maar die genadelose waarheid van Boetjan se woorde weeg nóú veel swaarder op sy gemoed. Hy het toegelaat dat 'n leuen deel word van sy lewe. Hy het toegekyk hoe daardie leuen die verhouding tussen Maria en haar enigste oorlewende seun, Boetjan, jare lank wegvreet, vernietig, soos die kanker wat nou in sy binneste die lewe wegvreet, die gesonde selle usurpeer met die lewende dood. Hy het gesien hoe Boetjan sy toevlug tot drank neem, soekend na die liefde van sy moeder, toegesien hoe Maria hom die liefde en koestering ontsê omdat sy net daardie leuen gehad het om in te glo.

Alles sy skuld. 'n Man se dood behoort nie net aan homself nie.

Dieselfde geld die leuens wat hy vertel. Hulle behoort nie net aan homself nie. Hulle is die eiendom van daardie mense wat die leuens aanhoor. En daardie leuens vorm die toehoorders se werklikheid. Die valsheid neem die plek van die waarheid, en lewens word gebou rondom 'n kern van suiwer niks.

Maar hoe hanteer hy hierdie – niksheid? Dit mag 'n leuen wees, maar hier kom Maria nou ingestap. Vlees en bloed. By dieselfde vertrek in waar hulle destyds Francois se dood probeer verwerk het, hy en Maria alleen. In dieselfde vertrek waar Francois, Boetjan en Elna 'n groot afskeidspartytjie vir die twee seuns gehou het voordat hulle kamp toe is. Dieselfde vertrek wat eens in *Habitat* beskryf is as een van die stylvolste sitkamers in Pretoria, ambassades ingesluit.

En voor hom is Boetjan ewe werklik. Hul seun wie se lewe amper 'n ramp was – deels omdat sy pa nie eerlik met sy ma kon wees nie, haar wou beskerm teen die lewe se wreedhede.

Wat gaan hy doen, wat kán hy doen – aan hierdie valsheid wat soos die afstotende pole van magnete hulle verhinder om mekaar weer te vind?

Boetjan moes aan sy gesig gesien het dat Maria in die kamer is, want hy begin dadelik praat nog voordat hy haar kan sien: "Ek weet wat Ma gaan sê."

"O?"

Dis amper onuitstaanbaar, hierdie gewetenskwelling wat sy maag op 'n knop laat trek wanneer hy uit een enkele klank uit sy vrou se mond net haat en veragting vir haar kind kan aflei.

"Jy weet wat ek gaan sê?"

"Ma sê dit al vir jare. Die lewe wat ek Ma gekos het. Die prys wat Ma moes betaal."

"En ons betaal dit nog steeds."

Nou! skree dit binne Jan. Vernietig die leuen! Voordat die skade onherstelbaar groot is. "Maria, asseblief ..."

"Nee! As hy so vry voel om oor die dood te praat," roep sy verbete uit, "dan praat ons nou oor die dood."

"Ek is nie bang om oor die dood te praat nie, Ma, en ek praat nie net van Pa se dood nie."

Boetman staan sy man. En daardeur kantel die las al swaarder op hom oor, weet Jan.

"Het jy al ooit die dood vierkant in die oë gekyk?"

Maria en Boetjan hou mekaar se blik, verbete.

"Om die waarheid te sê, ja," sê Boetjan. "Ek het my broer se dood vierkant in die oë gekyk."

Jan reik na Maria. Keer, keer! roep hy na binne. "My vrou ..."

Maria ruk haar los van sy greep, lig albei haar hande omhoog, asof sy die boosheid van die oomblik wil afweer, wegklap van haar kop. "Nee! Ek het geweet hierdie ding gaan gebeur!"

Wat gaan in haar gedagtes aan? wonder Jan. Dink sy dat sy hierdie oomblik sou kon uitstel tot ná sy dood?

Maria stap weg van haar man en seun. Sy koester haarself in haar eie arms, maar staar met betraande oë na die kaggel se klipwerk, sonder om enigiets in te neem.

"Pa ...?" Boetjan kyk na sy ma se rug, dan na sy pa wat moedeloos op die rusbank sit, sy ken in sy hand gesteun. Hy spring op van waar hy gesit het, sy gesig vertrek van 'n pyn wat in die murg van sy gebeentes sit. "Pa, sê dit nou, of ek stap by daardie deur uit en kom nooit weer terug nie."

Jan huiwer 'n oomblik.

Maria hoor wat Boetjan sê, maar begryp nie wat hy bedoel nie. Sy draai verskrik om, sien hoe Boetjan begin beweeg – en oor sy skouer hoe Elna en Bertus hand om die lyf die vertrek binnekom, ewe tortelduifies, verbaas oor die woorde wat hulle pas moes aanhoor.

Boetjan skuur teen sy ma verby.

Jan spring op hierdie oomblik orent. "Francois ..." Hy voel skielik dis nodig om behoorlik asem te haal om te kan sê wat hy moet, "... se dood was nie soos jy dink dit was nie."

Boetjan hou op loop, draai om. Terwyl sy pa praat, sien Elna en Bertus hoe die verligting op sy gelaat merkbaar raak.

"Ek weet wat jy wil doen en ek sal dit nie toelaat nie." Maria se stem is ferm, maar alles in haar gelaat smeek om versagting.

"Daar was nie 'n veldslag nie ..."

Maria skud haar kop, onwillig om te luister, wens sy kan die woorde vind om hierdie nuus dood te praat. "Nee!"

"... en Francois was nie op patrollie nie."

"Nee." Sy kan nie meer weerstand teen die nuus bied nie.

"Hy was in 'n tydelike basis, besig om 'n tent op te slaan ..."

Maria swaai verwoed na Boetjan, snou hom toe: "Dis jou skuld. Dis alles jou skuld!"

Boetjan kyk haar net strak aan.

"... die sersant het hom aangejaag," sê Jan, amper uitasem, "maar hy't nie 'n hamer gehad om die tentpenne mee in te slaan nie."

Jan verstar, haal diep asem en gaan dan voort, verslae en vir die soveelste keer deur dieselfde skokkende nuus tot oorgawe gedwing, sodat die fut uit sy stem is. "En toe sien hy die vinne van 'n mortier-dowwerd naby hom in die sand ... dis nou 'n mortier wat gevuur is maar nooit ontplof het nie ..."

"Ek het die brief."

"... toe trek hy die mortierbom uit die sand om as hamer te gebruik om die tentpenne mee in te slaan ..."

"Ek het die brief! Ek het die kapelaan se brief!"

"En toe ontplof die bom."

Maria syg op haar knieë neer, oorstelp van emosie. "Nee-nee-nee-nee-nee!"

Die wond word weer oopgeruk. Sy moet weer aanvaar wat sy nooit kon aanvaar nie.

"Dis hoekom hulle ons nooit sy liggaam gewys het nie."

Maria ween en wieg heen en weer op haar knieë.

Jan kom kniel langs haar, sy arm om haar skouer.

Boetjan staan vasgenael op sy plek, onseker oor hoe hy nou moet reageer. Maar uiteindelik sak hy ook op sy knieë neer, skuins agter Maria. Sy hand op haar skouer.

Maria se huil versag tot 'n stil kerm.

"Ek's jammer, Ma," sê Boetjan.

Maar Maria se gedagtes bly besoedel deur die leuen. Sy het 'n sondaar nodig wat sy kan verkla, iemand wat die blaam kan dra, en Boetjan bly dit steeds vir haar. "Hoekom het jy hom nie gekeer nie?"

Maria besef opeens dat Boetjan besig is om te huil wanneer hy haar antwoord: "Ek was besig om sandsakke te dra."

Nóú weet sy hoe dit gebeur het. En saam met hierdie besef kom ook die gedagte dat sy op die nippertjie haar ander seun ook verloor het – deur hom weg te stoot.

Jan help vir Maria om op te staan en op die bank te gaan sit. "Nou ja toe," sê hy. "Daar is dit nou uiteindelik uit." Hy kyk na sy seun, maak 'n gebaar. Jammer.

Maar Jan weet, daardie een woord is nie genoeg nie, en die enigste blydskap wat hy kan hê, dié is oor Boetjan, wat geen wrok dra nie.

Boetjan stap stadig nader aan sy ma, tot hy langs haar staan waar sy op die bank sit. "Ek mis hom ook, Ma. Ek mis hom ook."

Maria wonder hoe sy haar seun ooit weer in die oë sal kan kyk. Sy het hom só lank verstoot. Sonder rede!

Sy lig haar hand, sonder om op te kyk. Sy neem Boetjan se hand in hare en druk dit styf vas. Dan lig sy haar kop en streel albei sy wange. Haar oë smeek om vergifnis. In sy oë sien sy hoe hy dit gee, mildelik, verlos van sy demone. Maria trek hom nader, soen hom teer op die voorhoof.

Nie een van die twee kan praat nie. Hulle het mekaar jare lank verloor en nou weer teruggevind.

In die deur staan Elna en Bertus steeds roerloos. Hulle het soos tortelduifies die kamer ingekom, onthou Jan nou – mens kan maar net raai oor die soort versoening wat daar moes gewees het – en nou staan hulle daar, oorbluf deur alles wat hulle gehoor het. Hulle hou mekaar vas, albei seker dat hulle pas 'n klein wonderwerk sien gebeur het.

— III —

Ouma het eenkeer gesê, een van daardie opmerkings wat sy uit die lug en 'n leeftyd se ondervinding saamgeslaan het, dat Elisabeth meer streke het as 'n boom vol bobbejane. Sy het aan haarself gedink as 'n klein blouapie. Cute.

Klein Elisabeth het vir haar ouma gegiggel. Ouma het met haar lang kakebeen geantwoord. Elisabeth het al blouapies in die wildtuin gesien. Sy het geweet hoe afknouerig hulle is. Bobbejane is seker net 'n rapsie erger. Sou een van hulle wou wees. Vol sports. Net wanneer almal dink dis veilig, sou sy toeslaan.

Vanmiddag, nè, toe sy vir Neil daar in die aantrekkamertjie sien staan, toe het sy geweet. Hier's 'n dag wat eers diep in die aand in gaan eindig. Ouma was toe reg.

Gee haar net 'n kans. Lizzy die meester sal haar ding doen.

Dit werk toe só: Hulle het by die huis gekom en sy's reguit kamer toe. Vlooi seker ook, who cares?

In haar kamer het sy so 'n bietjie die tyd omgekry. Hier's hoekom: Haar pa het sy laaste dop so 'n uur vantevore gehad. Haar ma ook in daai omgewing. Dis nog somer. As haar pa nie voor die TV gaan sit nie, sal dit hom so 'n halfuur neem voordat hy vir hom en Antoinette elk 'n dop skink, 'n whiskytjie op die klippers. Min of meer dán sal sy haar gesig gaan wys en die chat doen. Intussen het sy so 'n bietjie orde gebring in haar gedagtes. Op die bed se rand gesit en strategie bou. Diep gedink. So tussendeur ook gewerk aan haar kuns. Elisabeth is 'n teaterlegende van die toekoms. Die harde werk het reeds begin – die oefeninge aan gesigsuitdrukkings, maniere van praat. Sy kan spring van onskuldige, reine dogtertjie tot 'n Madonna-lookalike met 'n vuur in haar lende, vinniger as wat 'n traffic cop sy oë kan knip.

Sy het haar lang hare oor haar skouer gegooi. Oor en oor, terwyl sy in die spieël seker maak dat sy haar ken vorentoe hou terwyl sy dit doen. 'n Dubbelken pop so maklik uit wanneer jy jou hare gooi.

Sy't haar bewegings in die spieël bekyk. Uiteindelik tevrede met die manier waarop haar borste opgedruk word om so 'n bietjie cleavage te wys as sy op 'n spesifieke manier staan. Maar sy kan hulle ook meer kuis laat sak. Dit help om daardie ene gereed te hê wanneer Adriaan in een van sy goor buie is. As sy in die spieël teen die anderkantste muur kyk, sien sy haarself soos 'n vreemde hunk haar sal sien. Die lyn van haar borste is versag. Dit lyk of haar borste wegkruip. Goed so. "Maar mission 'n bietjie hierdie, Lizzy," sê sy vir haarself, terwyl sy haar borste effe opdruk, iets wat hulle nie werklik nodig het nie. "Daddy Cool moet hulle nog kan sien." Sy hou haar handspieëltjie op, pruil haar lippe. As hy die twee dingetjies nie kan sien nie, raak hy nie ongemaklik nie. En as hy ongemaklik is, kan sy haar moves maak. Hom reg rondom haar pinkie draai.

En dan die stem. Elisabeth se rolmodel is Charlize. Sy het in 'n tydskrif gelees Charlize is soos 'n klank-verkleurmannetjie. Maak nie saak waar sy haar bevind nie, sy praat soos daardie mense. In Italië, waar Charlize eens was, het sy beter Italiaans as die Italianers gepraat. Nou sit sy in Amerika, en jy sou nie sê sy kom van Benoni nie.

Dis hoekom sy haar gesigoefeninge opvolg met stemprosedures. Soos sy dit noem. Een vir Ma, 'n ander vir Pa. Neutraal vir wanneer hulle albei daar is. Goed, dit kos nog werk.

Sy wip op die stoel voor haar spieëltafel neer.

Kyk haarself ernstig in die oë.

Fokus op 'n afstand.

"Ken julle my?" vra sy en lig haar linkerwenkbrou so hoog moontlik. Sy kraak oop in 'n groot glimlag. "Julle sal nog, sweeties." Sy knipoog vir haarself.

Dan werk sy haar stem. Ma-stem. 'n Mengsel van kameraderie en reine onskuld. Die leerling wat die mentor aanspreek. Die bewonderaar wat met die ster praat.

Min tyd aan haar Pa-stem, wat sy as baie natuurlik beskou: iewers tussen nimf en reine onskuld, die babatjie wat skielik soos 'n grootmens praat. Sy weet sy soek skoor met 'n element van die verleidster in haar stem, maar let's face it, dis wat aan die gang is, al weet almal dit word nooit iets goors nie.

Sy hou woes baie daarvan om met haar pa te praat.

Elisabeth sit vertroulik nader aan haar spieëlbeeld.

Nou vir die killer. Sy kyk skalks onder haar wimpers deur na die wêreld. Sy draai haar kop effens teen die skuinste in. Sy is 'n student, moeg geleer aan allerhande groot teorieë. Ure lank. Baie uitgeput. Sy sluit haar oë, maak hulle stadig en doelbewus oop.

Sy knipoog vir haarself in die spieëltjie. "Neil, ou kid," prewel sy, "is jy man genoeg vir klein Lizzy?"

Sy is gereed.

Skuifel nederig kombuis toe. Madonna met 'n mission.

Antoinette en Adriaan is doenig met slaaigoed.

"Ma ... kan ek vir Neil oornooi om vanaand hier by ons te kom kuier?"

Antoinette staan by die yskas met 'n pakkie tamaties in die hand. Pure agterdog. "Vanaand?"

Haar ma ken die tekens, lees die liggaamstaal. Vir haar ou bekendes. Been there, done that.

Tyd vir neutraal ... "Ja Ma, hulle's so 'n kort tydjie hier ... as ek nie nou met my nefie kuier nie, wanneer gaan ek?"

"Jong, ek weet nie of ..."

Sodat Pa die besluit kan neem ...

"Man, los die kinders. Laat hulle mekaar sien." Vanmiddag se baie dop het Adriaan in 'n gawe bui. "Dit sal waarskynlik nog vyf jaar wees voor hulle weer hulle voete in Suid-Afrika sit ... indien nie langer nie."

Elisabeth sien die gaping en glip daardeur. "Kan hy hier slaap vanaand?" vra sy. Aan haar pa gerig. Sy kyk sameswerend na haar ma.

"Nou maar gaaf, ja," sê Antoinette, "natuurlik kan hy, maar ek gaan hom nie haal nie."

Pappie tot die redding, soos verwag. "Ek sal."

"Dankie, Pa. Pa is 'n koning."

Sy is weer die klein dogtertjie.

"Ook maar net as ek jou gee wat jy wil hê."

En hy die gemaak strenge vader.

"Natuurlik. Dis hoekom dogters pa's het."

Antoinette keer Elisabeth voor voordat sy kan uitstap. "En onthou ... en sê vir daai broer van jou ook, asseblief: Ek verwag dat julle albei môre middagete hier sal wees. Ouma en Oupa kom kuier."

"Maar ons het nou net vandag 'n braai by hulle gehad."

"Ouma en Oupa Venter, Elisabeth, of het jy vergeet dat ek ook 'n ma en pa het?"

"Oukei, oukei, jammer."

Elisabeth lyk nie jammer nie, dit weet sy. Voel ook nie so nie. Sy's besig met ander gedagtes. Lekker gedagtes. Sy hoor haar ouers nog in die kombuis gesels. Haar ma gee 'n gilletjie. Elisabeth weet dat haar pa in een van daai buie is.

By Vlooi se deur onthou sy van die boodskap wat sy moet gee. Sy wil sommer inbars in die kamer in sonder om te klop. Maak soos hy altyd by haar kamer maak. Ongepoetste buffel.

Dan hoor sy hom praat.

Versigtig draai sy die deurknop en stoot dit sag, bitter sag, op 'n skrefie oop. Deur die groter wordende spasie van die deur kan sy hom in die spieël op die bed sien sit.

Vlooi is soos in far gone. Fantasieland.

Hy is daai Travis-dude in die fliek *Taxi Driver* wat sy en Vlooi 'n paar aande gelede op DVD gekyk het. Vlooi is die Boere-Travis.

"Praat jy met my? Praat jy met mý?" Hy pluk 'n denkbeeldige pistool langs sy sy uit en rig dit op 'n denkbeeldige aanvaller. "Wat sê jy nou? Huh? Wat sê jy nou?"

Vlooi lyk genadeloos, dít kan Elisabeth sien. Enige idioot sal dit kan sien, dink sy. Vlooi is só obvious. Hy plaas die denkbeeldige pistool terug in sy skede. "Praat jy met my? Praat jy met my?" Hy herhaal die uitplukproses. "Wat sê jy nou? Huh? Moenie dink jy kan in my huis kom en my familie aanrand nie."

Ag, boring! Sy stoot Vlooi se deur sonder seremonie oop. "Ma sê sy verwag dat jy môre vir middagete hier sal wees. Ouma en Oupa Venter kom kuier."

"Klop jy nie?"

"Sê hy wat nog nooit in sy lewe geklop het nie." En sy maak haar vinnig uit die voete.

Elisabeth maak haar kamer aan die kant. Neil kyk toe. Hy weet nie wat anders hy kan doen nie. Mens kan tog nie 'n bloes sommer optel waar dit oor 'n stoel gedrapeer is nie – wie sal weet of Elisabeth dit wel wegsit? Of in die wasgoedmandjie wil prop? Nou staan hy maar, lê eintlik half op die rugkant van die stoel voor Elisabeth se spieëltafel. Sy tel op, sit weg, dra dingetjies aan na die spieëltafel, besig soos 'n mier. Maar hy kan nie help om te sien hoe sy dit doen nie – die een hand wat sensueel langs haar lyf af streel wanneer sy orent kom, die regtrek van haar broekie onder haar rok, doelbewus sodat hy dit moet sien. En wanneer sy iets op die spieëltafel neersit, beweeg sy nie dadelik weg nie. Sy bly staan, te naby om haar te ignoreer. Neil voel ongemaklik. 'n Lekker ongemaklik.

Dit was omtrent 'n mission om Neil alleen in haar kamer te kry.

Pa het hom soos 'n seremoniemeester gedra en Ma was die Perfekte Gasvrou.

Neil het lekker gesels met hulle. Al die vrae oor Kanada beantwoord. Wanneer gaan hulle terugkom en hoekom nie?

En Vlooi wat heeltyd wisecracks maak oor swartes en politiek. Asof hy enigiets weet.

Sy het besluit om nie te baie te praat nie, en toe Adriaan en Antoinette se Irish coffees klaar was en Neil se roomys en sjokoladesous by die laaste skeppie, het sy as uitnooier haar regte opgeëis. Sy en haar nefie wil 'n hond uit 'n bos uit gaan gesels.

En hier is hulle!

"My ma wil natuurlik hê dat ek nou dadelik met 'n graad moet begin," sê sy en neem sy hand in hare, skynbaar ingedagte, en los dit langsaam terwyl sy haar ma se stem naboots: "Kyk na Esmé, sy het direk ná skool varsity toe gegaan, en kyk waar trek sy nou ... doen nou haar honneurs."

Neil smile só cute!

"As jy nie gaan swot nie, wat wil jy doen?"

"Ag, ek weet nie ... die lewe 'n bietjie geniet, veral ná twaalf jaar op skool. Ek sou graag in Europa wil gaan backpack, maar om dit by my pa verby te kry. Hallo!" Sy draai dramaties weg van hom en gaan sit aan die voetenent van die bed. Sy kruis haar bene kamma kuis, maar Neil kan die lyne van haar bobene mooi raaksien terwyl hy langs haar gaan sit. "Ek sal water uit 'n rots slaan voor hy dit goedkeur."

"Jy kan altyd vir 'n ruk by ons kom kuier."

'n Magiese oomblik.

Neil sien hoe die wonderlikheid van die gedagte haar gesig opnuut laat ontdooi, hierdie keer in 'n gemaak verbaasde glimlag. "Dan's jy ten minste by familie."

"Jy's 'n genius, Neil!" roep sy uit. "Daarvoor sal hy beslis nie nee kan sê nie. Ek gee jou sommer 'n soen!"

Neil verstar. Hy wonder vir 'n oomblik of sy bedoel wat sy sê. Maar hy sien hoe sy skaam afkyk en dan verleë glimlag wanneer sy weer sy oë vind.

"Jy weet, Neil, toe jy vroeër gesê het jy dink dat ek ook mooi geword het ... Dit het regtig baie vir my beteken."

Neil glimlag, die ene tande.

"Wil jy rêrig hê dat ek moet kom?" vra sy dan.

Neil skrik sy glimlag heeltemal weg. "Skuus?"

Elisabeth stel hom dadelik met 'n begrypende glimlag gerus: "Kanada toe?"

"Ja." Die klank kom skor uit sy keel.

Hulle kyk mekaar 'n ruk in die oë, nie seker presies hoe om die oomblik te hanteer nie. Dan leun Elisabeth vorentoe en vind sy lippe. Sy beweeg nie dadelik weg nie, maak heeltemal seker dat haar vlees op sy vlees 'n belofte maak wat hy nie verkeerd kan verstaan nie.

Net wanneer hulle begin wegbeweeg van mekaar, hoor hulle hoe die deur oopgemaak word. Dis Vlooi wat op sy gebruiklike boerse manier Elisabeth se heiligdom betree asof hy nie bewus is van enige toegewings wat hy behoort te maak vir die privaatheid van sy suster se kamer nie.

Elisabeth en Neil sit dadelik weg van mekaar.

"Klop jy nie?" probeer Elisabeth.

"Sê sy wat nooit klop nie." Vlooi plons tussen Elisabeth en Neil neer. "Neil, ek reken dis tyd dat die manne 'n bietjie gesels."

"En wat van my?"

Vlooi sit sy arm kameraadskaplik om Neil se skouers. "Lyk sy vir jou soos 'n man?"

Neil is effens ongemaklik. Hoeveel het Vlooi gesien; vermoed hy iets?

Elisabeth kan nie toelaat dat sy sommer só uitgeskuif word nie. "Ingeval jy vergeet het: Ek's die een wat gereël het dat Neil hier kuier."

"Beteken nie hy hoef heelaand na jou te luister nie." Hy trek Neil orent. "Kom, swaer."

Neil stap agter Vlooi aan. Hy wil nog terugkyk na Elisabeth, maar Vlooi trek die deur voor haar toe.

Elisabeth moet haar gedagtes agtermekaar kry. 'n Nuwe plan maak.

— IV —

Jan se groot held was altyd maar Dok Craven. Laat ander mense maar praat oor die spelers, het hy altyd aan Maria en die kinders verduidelik, hy stel meer belang in die performance van die span se afrigter. Mens kan sien wat aan die kom is as jy weet wat met die afrigter van die span aan die gang is.

Dok Craven is die een waaraan Jan nou dink. "Mens moet rats wees," het Craven op 'n keer gesê. "Die ratsste van alles met jou kop."

Dis nou tyd vir rats wees met die kop, dink Jan. Hy en Maria het alles haarfyn beplan vir hierdie naweek. Hoe daar gesels sou word, wat gesê sal word. Wanneer die nuus gebreek sou word. Netjies, korrek, alles uiteengesit. Hy en Maria op dieselfde golflengte.

Natuurlik het hy en Maria nie vooraf oor álles gepraat nie. Hoe kon hulle? Hulle het nooit oor Boetjan gepraat nie. Hy het vir Maria bestaan, maar ook nie.

En toe is dit juis Boetman wat ná al die jare van swyg, van verguising, skielik sy nuwe nugterheid gevier het. Vir Jan voel dit asof Boetjan gekom het om sy erfreg op te eis. Hoe kon hy so dom wees om nie te sien presies wat dit was wat Boetjan al die jare afgetrek het in die dieptes van swartgalligheid nie? Om die liefde van jou ma te verloor terwyl sy nog lewend is, dít is nie iets wat enigiemand kan hanteer nie. Boetjan wil sy ma se liefde herwin.

Rats met die kop, Jan, sê hy vir homself. Rats met die kop.

Hy moet homself dwing om, soos met sy beplanning van die naweek, 'n bietjie gedagtegimnastiek te doen. Hom te forseer om alles vanaf 'n afstand te betrag. Anders sou die doodse moegheid hom bed toe gedryf het.

Goed, hy is besig om dood te gaan. Hy het nie kon voorsien dat Maria vandag die waarheid oor Francois se dood sou uitvind nie, maar daar het jy dit. Hy is dankbaar dat sy en Boetjan versoen is. Dis die groot plus. Dat Maria besef hy het haar deur die jare probeer beskerm – wel, hy is nie seker dit reflekteer goed op hom nie, want die prys wat hulle daarvoor betaal het, was onhanteerbaar groot. Hulle het Boetjan amper verloor.

Boetjan. Die man wat die oordra van die doodstyding versnel het.

Moet seker dankbaar wees vir die groot emosionele ontlading by almal, dink Jan. As dankbaarheid net pyn kon verlig ...

Dis 'n vreemde gevoel, hier in sy klein paleis op die koppie, sy Bosveld-pandokkie, soos Maria altyd skerts oor die groot grasdakkompleks met sy baie klipwerk, grasdak en gevierde vensters. Jan het hulle spesiaal uit Spanje ingevoer, glasruite wat nes sekere soorte brille verdonker wanneer die sonlig té skerp begin word. Maar die son is onder, en hier in die sitkamer is hulle bewus van die lig wat uit die huis uit na buite skyn, en die strategies geplaaste ligte in die tuin, wat sorg dat die toevlug van insekte na die ligbronne in die rigting van die tuin gestuur word.

Dis die eerste kans wat Jan en Maria het om alleen saam met hul kinders, en Bertus, rustig te sit en gesels. Jan kan sien hoeveel Maria gekalmeer het, maar die knop op sy maag is nie weg nie.

Hulle pas gemaklik in die rusbanke, jare gelede vir die Cilliers's per-soonlik uitgesoek deur Jan du Toit van Waterbrook. Destyds sou Francois gesit het waar Bertus nou sit, dink Maria. En sy is bly dat Francois die beklemmende nuus gespaar gebly het, die nuus wat die hele gesin nou in somberheid laat verseil raak.

"Hoe lank weet Pa al?" wil Elna weet. Die nuus van Jan se kanker ontstel haar. Dis aaklige nuus, maar magtag, hoe kon hy haar nie in Kanada laat weet het nie?

"Ses weke," sê Jan. "Ek's jammer julle moes nou eers uitvind, maar ek wou nie die nuus breek terwyl julle daar doer in Kanada sit nie. Ek het gedink om julle ná my verjaarsdag te sê, maar Boetjan is reg – mens kan nie 'n partytjie hou met van die mense wat 'veels geluk liewe maatjie' sing terwyl almal weet dat hy beslis nie vir nog baie jare gespaar gaan word nie."

Vir Elna is daar die eerste toevlug wat almal neem wat slegte nuus gekry het: "Is daar niks wat ons kan doen nie?"

"Die kanker wat ek het, my dogter, is soos oor 'n afgrond spring – dis 'n waarborg dat jy die grond gaan tref en dit gaan nie lank vat nie." Rats met die kop, Jan! Werk sag met die harde nuus. Moet net nie probeer om Elna teen dié werklikheid te beskerm nie.

Dit is verwoestende nuus vir sy dogter. Sy bars in trane uit. "Pappa ..."

Jan staan op en gaan sit langs sy dogter en neem haar in sy arms. Die rouheid van haar emosie, die breekbaarheid wat hy dadelik by haar aanvoel, is amper te veel vir hom om te hanteer. "Toe maar, toe maar ... die dood kom haal ons almal op die ou end."

Bertus kyk vergeefs op na Boetjan. Jan kan sien dit pla hom dat sy vrou nie by hom vertroosting gesoek het nie.

"Pa is nog so jonk." Die woorde kom soos 'n klein kind s'n oor haar lippe.

Jan voel hoe sy keel begin toetrek. "Ek moet dankbaar wees," sê hy. "Ek is agt jaar ouer as wat my pa was."

Elna kyk op na haar pa. "Ag, my pappa." Sy verslap nie haar greep op Jan nie. Dit is asof sy wanhopig probeer om hierdie oomblik te laat stol en die sloping van sy liggaam op hierdie manier te probeer stuit.

"Ten minste het ons nog 'n bietjie tyd," sê Jan, en hy dink: Nou weet almal. Hierdie naweek is nie 'n verjaarsdagnaweek nie. Dis 'n naweek waarin vrede gemaak word met die dood.

Bertus sit tjoepstil langs sy vrou. Jan het dit nogal verwag. Hy "lees" Bertus taamlik maklik.

Sal dit nog môre dieselfde wees?

"Boetjan," sê Jan. "Skink vir die mense 'n dop, asseblief."

— V —

Presies hoekom Rudi die teksvers uit Job gekies het vir sy gesin se boekevat net voordat hulle na Jan-hulle is, kan hy self nie verklaar nie. Die een oomblik het hy gewonder watter teks vanpas sou wees, die volgende oomblik het hy op die Job-vers besluit. As hy heeltemal eerlik moet wees, onthou niemand in sy gesin veel langer as 'n dag waaroor daar op 'n spesifieke dag tydens hul gesin se boekevat gepraat is nie.

Met die aanhaling uit Job is dit anders. Die woorde keer terug, 'n soort waarskuwing. Die vers lok 'n gevoel van onheil op sy gesin af – Rudi weet nie daarvan nie; hy is op sy beste blind vir sy eie gesin se diepste wroegings, en hierdie keer is geen uitsondering nie.

Terwyl hy vanoggend vir 'n laaste maal deur sy preek vir die oggend lees, is dit die vers uit Job wat sy gedagtetyd opeis, nie die preek nie.

As ek iets vreesliks vrees, kom dit oor my; en die ding waarvoor ek bang is, kom na my toe. Ek het geen kalmte en geen stilte en geen rus nie, of daar kom die onrus.

Nou staan hy agter sy kateder op die preekstoel. In sy gemoed is daar geen vertroosting gevind nie. Hy het verskeie kere in die nag opgestaan om in sy studeerkamer sy gebedsgesprek met God voort te sit. Die gebede het genoeg van 'n kalmerende effek op hom gehad om hom weer aan die slaap te laat raak – net om weer ru wakker te skrik. Hannes in sy kop. Die grensoorlog in sy gedagtes.

Rudi het sy teksvers klaar gelees en begin met die eksegese. "En nou kan ons opreg vir die Here vra: Hoe moet ons, in 'n samelewing waar ons daagliks deur mense verlore in sonde bedreig word, in 'n samelewing waar ons elektriese heinings en sekuriteitswagte het, waar elke tweede man 'n geweer in sy kluis het, hoe, in so 'n samelewing kan ons nog ons Christenskap uitleef? Hoe, in alle eerlikheid …?"

Sy oë beweeg oor sy gemeente terwyl hy praat. Soms kyk hy na die leë sitplekke aan die kante. Kon hy maar net sowel voor 'n leë kerk gestaan het? wonder hy dikwels. Vandag is die kerk voller as gewoonlik, wat Rudi angstig maak. Hy preek vir sy gemeente – maar hy doen ook verantwoording voor God. Deur sy woorde. In sy gedagtes. Selfs met sy houding hier voor die mense.

En met die gevoel van onheil wat deurentyd met hom is.

Gerhard, Rika en Esmé sit in die voorste ry. Rudi het 'n vaste gebruik – hy kyk in hul rigting, maar probeer nie spesifiek oogkontak maak nie. Hy wil nie hê dat sy gedagtes afgelei word van die preek nie. Hy kan nie bekostig dat sy gedagtes begin wegbeweeg van die preek wat hy so netjies met die hand uitgeskryf het nie.

Rudi is in elk geval nie só oplettend dat hy sal kan sien dat Gerhard se gedagtes baie ver weggedwaal het nie.

Waar hy in die voorste ry sit, is Gerhard se gedagtes met 'n duisend en een dinge besig. Hy is 'n teologiese student in sy laaste jaar van studies. Hy besef hy behoort tot 'n jonger geslag as dié van sy pa, maar nogtans onderwerp hy elke Sondag sy pa se preke aan sy eie strawwe toetse. Soms besluit hy dat hy die preek op dieselfde manier as sy pa sou aangepak het, meermale sit hy en dink oor presies hóé hy dit anders sou gedoen het.

Vandag het hy 'n hinderlike aanvoeling wat hom gedurig laat omkyk. Dit voel vir hom of iemand besig is om hom dop te hou. Dis nou nie daai simpel ding van nekhare wat rys of so iets nie. Nee. Hy voel net iemand kyk vir hom.

En elke keer as hy omkyk, sy blik oor die gemeentelede links agter hom laat swaai, dan sien hy die een vrou raak. 'n Middeljarige vrou. Haar nog nooit vantevore gesien nie. Effens plomp in die gesig, maar oë vol emosie en warmte.

Nou, terwyl sy pa se woord "eerlikheid" in sy ore weerklink, draai hy weer om, en 'n paar sekondes lank hou hy en die vrou mekaar se oë. Sy glimlag nie, maar daar kom 'n versagting in haar gelaatstrekke. Gerhard snap onmiddellik dat sy die een of ander gevoel vir hom het, maar wat? Hy ken haar dan nie!

Hy draai terug, kyk af na sy hande, en hoor dan weer sy pa se stem: "... draai 'n man die ander wang wanneer sy vrou en kinders in sy eie huis en voor sy eie oë aangerand word? En die antwoord, my liewe broers en susters, die antwoord kry ons by ons liewe Jesus Christus ... vergifnis."

Later die dag sal Rudi wonder of Hannes buite staan en luister het en toe op die gepaste oomblik ingekom het. Maar nou, hiér, beier die woord "vergifnis" nog deur die kerkgebou. Die deur van die kerk gaan oop en Hannes stap in.

Rudi, wat die woord "vergifnis" met 'n begrypende glimlag oor die gemeentelede uitgestoot het, se gesig verstar onmiddellik wanneer hy sien wie die kerk binnegekom het.

Hier is die onrus! Hy is dadelik van stryk.

Hy kyk na sy notas, maar in sy kop loei die woord "vergifnis", en die nagalm van sy gebed gistermiddag: my sondes het my ingehaal, my sondes het my ingehaal ...

Hannes gaan sit heel agter, alleen in 'n ry.

Rudi kyk af na sy notas. Hier, voor die gemeente, voor Hannes, voor sy familie, is dit nie moontlik om almal tot orde te roep met 'n "nie nou nie!"

Rika se oë is op Rudi. Sy weet iets is besig om skeef te loop, maar dan kry Rudi alles weer onder beheer: "Die antwoord kry ons by onse liewe Jesus Christus ... Dit is moeilik om te vergewe ... dit is ... moeilik ... uh ... moeilik ..."

Rudi sukkel met sy rede. Alle gesag het sy stem verlaat, en sy gemeente kan hoor hoe onseker hul prediker is oor die woorde wat hy uitspreek.

Rika word yskoud.

"Vergifnis ... veral as jy ... as jou siel ... verkrag word ... jou geliefdes ..."

Rudi swyg.

Sy gemeente kyk saam met sy gesin verwonderd na Rudi – die herder wat hulle deur die jare met soveel forse sekerheid gelei het, is nou net 'n herinnering. Hulle wag op sy terugkeer.

Hannes kyk stil na Rudi.

Rudi neem 'n slukkie water uit 'n glas op sy kateder. Dan gaan hy voort. "Om te vergewe is moeilik." Die krag begin terugkeer in sy stem. "Maar sonder vergifnis is ons almal verlore."

Hannes kyk na Rudi.

Rudi kan Hannes nie in die oë kyk nie.

Hannes staan op en stap weer uit.

Die kerk se voordeur swaai met 'n luide geklap agter Hannes toe.

Rudi vee die sweet van sy bolip af met sy sakdoek. "Want vergifnis ... en liefde ... vir jou naaste ... is die kern van ... is die kern van onse Jesus Christus se boodskap."

Rika wag geduldig vir Rudi om sy sake met die ouderlinge en diakens af te handel, en wanneer hy uiteindelik verskyn, val sy dadelik langs hom in. Rika kan sien dat hy nog ontsteld is. Sy weet ook, uit jare se ondervinding, dat hy nooit met haar daaroor sal gesels as sy hom nie daarna uitvra nie.

"Wat het in die kerk gebeur?" Rika vra dit heel saaklik. Wil Rudi nie nog verder omkrap nie.

"Hoe bedoel jy?"

Sy het verwag dat hy eers sal maak asof niks gebeur het nie. Hy maak altyd so. Soms verdwyn die probleem voordat sy hom kan uitvra, soms talm dit. Soos nou.

"Kom nou, Rudi, in al die jare van ons huwelik het ek nog nie een van jou dienste gemis nie. Jy weet wat ek bedoel."

Rudi antwoord nie. Hy wil nie vertel nie. Kan nie vertel nie.

Rika aarsel effens en gaan staan dan, sodat hy ook tot stilstand moet kom as hy nie ongeskik wil wees nie en na haar moet draai.

Hy besef hy gaan moet praat. "Ag, ek weet nie hoe om dit te verduidelik nie ... maar hierdie storie met die man wat gister na my gekom het ..."

"Hannes?"

Rudi knik. "Dit het my op 'n vlak ontstel wat ek nie mooi kan verduidelik nie ... en toe, terwyl ek preek, dink ek aan hom, en toe verloor ek my konsentrasie. Dis al."

Rika wil hom nie glo nie. Dit kan nie al wees nie. "Hy's nie die eerste mens wat na jou toe kom met sulke probleme nie."

"Ek weet. Daarom sê ek, ek verstaan dit self nie mooi nie."

Rika kyk versigtig na Rudi. "Wat het hy alles gesê?"

"Ag, jy weet ... die selle ou storie. Gesukkel met sy lewe, sy werk, sy huwelik, toe begin hy drink ... en dit lei toe na dwelms. Alles verloor ... sy werk, sy vrou, sy kinders ... en op die ou end ... sy geloof. Ek dink dis wat my die meeste ontstel."

"En hy wil hê jy moet hom help?"

Rudi is stil. Weer bevestig hy net met 'n knik.

"Was hy 'n lid van jou gemeente?" vra Rika.

Rudi skud sy kop.

"Hoekom dan vir jou? Hoekom kom hy dan na jou?"

Rudi soek skuiling en vind dit in 'n antwoord wat maklik kom. "Die weë van die Here, my vrou ..."

"Ek verstaan dit, maar hoekom dink jy sal die Here hom na jou stuur?"

"Net die Here alleen weet."

Rika knik stadig. Sy is nie oortuig nie, en Rudi het nie die moed om selfs teenoor homself te erken dat hy nou valse getuienis gespreek het nie. Want hy weet presies waarom Hannes na hom gekom het.

— VI —

Die môrestond het goud in die mond, dink Ouma die volgende oggend wanneer sy haar teen haar opgehoopte kussings tuismaak, maar die naaste wat sy hierdie tyd van die dag aan goud kom, is die vergulde letterwerk op die wit leeromslag van haar Bybel. Ouma begin haar dag soos sy haas elke dag van haar lewe begin het. Lees eers 'n stuk uit Gods Woord, sluit dan haar oë in gebed. Soms dommel sy op hierdie punt weer in. Dit hinder haar nie dat haar gedagtes vanuit die gebedsgesprek met God verseil raak in drome nie – soms droom sy van onse Hemelse Vader en voel dit vir haar dat haar gebed meer vrugbaar as andersins is.

'n Klop aan die deur versteur haar. Sy roep dat die klopper moet binnekom, slaan haar oë weer neer op die bladsye waar haar Bybel oop-geslaan is. Uit die hoek van haar oog sien sy Jan en Maria binnekom. Jan tel die gemakstoel voor die venster op en trek dit nader aan haar bed.

"Ek wil nie ontbyt hê nie," sê sy terwyl sy haar plek in die Bybel merk en dit toemaak. "My maag kou nou nog aan gister se vleis."

Ouma raak agterdogtig wanneer Jan niks sê nie, net in die stoel gaan sit.

Maria staan skuins agter die stoel.

Wat is aan die gang? Iets hier is nie normaal nie.

"Het Ma lekker geslaap?" vra Jan.

Iets is beslis nie pluis nie, besluit Ouma. "Het jy nou by my bed kom sit om te vra of ek lekker geslaap het?"

"Ma, ek's bevrees ek het nuus wat Ma gaan ontstel."

So! Dit wat sy gevrees het, gaan bewaarheid word. Jan en Maria is op pad, agter Elna hulle aan, wie weet. Fort. En wat dan van haar? Verwag hulle dat sy by Adriaan moet gaan bly, of, hemel behoede, by daai verlepte Rudi en Rika? "Ek weet al klaar," sê sy bitter. "Jy pak jou tasse. Jy gaan weg."

"Op 'n manier is Ma reg," antwoord Jan bedaard. "Behalwe dat waar ek heen gaan ek nie tasse nodig sal hê nie. Ek het kanker, Ma."

Ouma kyk haar seun in die oë. Haar vrese vir emigrasie vergete – wat sy sien, is die kleuter wat in die tuin speel, die student wat trots kom vertel hoe goed hy geslaag het, die jongeling wat haar vertroulik kom meedeel dat hy smoorverlief is, asof sy dit nie geweet het nie.

"Dis nie reg nie," prewel sy. Sy kyk na Maria, sien die diepe hartseer wat so vroeg in die dag al sy hale op haar gelaat neerlê, dan weer na Jan. "'n Kind is nie veronderstel om voor," die gedagte slaan die pyn in haar hart los, "voor sy ouers dood te gaan nie."

Jan is effens verlig. Sy ma het die nuus sonder te baie drama laat insink, of is hy oorgerus? "Wel, soos Ma weet, sal ek en Rika ten volle met Ma saamstem. Maar ongelukkig is dit nie hoe dit uitgewerk het nie."

Maar Ouma voel iemand moet die blaam dra – vir enigiets, al is dit nie Jan se dood nie. Sy lig haar blik na Maria. "Het jy hiervan geweet?" vra sy uitdagend, beskuldigend.

"Natuurlik, Ma."

Ouma sien dat Maria staan en huil, maar dit keer haar nie. "En julle sê my niks."

Maria en Jan het hulle voorberei op sekere vrae, dit kan Ouma sien. "Ons het vir die regte oomblik gewag, Ma."

"Jy bedoel ..." Ouma se gedagtes val van een aaklige uiterste na 'n ander. "Jy bedoel julle't gehoop dat ek voor my seun die gees sal gee en dan hoef julle my nie te sê nie."

Dit is asof Ouma 'n teken aan Jan en Maria gegee het. Jan staan op, sy rug na Ouma gekeer, en hy beduie vir Maria sy moet kom sit. Soos sy Jan ken, weet Ouma dat Jan reaksies uitgewerk het vir elke manier waarop sy dalk sou reageer.

Maria haal diep asem.

"Om die waarheid te sê, Ma: ja. Maar om my lewe te red kan ek nie nou dink hoekom ons so bedagsaam was nie."

"Uiteindelik. 'n Brokkie eerlikheid. En wat gaan jy doen wanneer ...?" Sekere dinge sal sy nooit kan ontwyk nie, weet Ouma.

"Ek gaan hier bly ... by Ma."

Ouma snuif-snuif.

"En as ek die dag nie meer hier is nie?"

"Aangesien Ma vanaand 'n 'brokkie eerlikheid' so waardeer, sal ek Ma sê: Ek gaan in ons huisie in die Dordogne in Frankryk bly."

"Moenie laat ek jou hier hou nie. My voorouers het kaalvoet oor die Drakensberge geloop. Ek kan vir myself sorg."

Maria het haar skoonma baie lief, ondanks Ouma se gedrag. Iewers in hierdie woorde, weet Maria, is die bejaarde vrou besig om met haarself te spot, maak sy 'n deurtjie oop waardeur haar skoondogter en sy weer nader aan mekaar kan beweeg. "Ek is seker Ma kan." Maria kan kwalik deur die trane in haar oë sien, maar sy probeer nogtans vir haar skoonma glimlag.

Die antwoord laat Ouma verstil. Daar is geen verkwalikings meer nie. Jan draai om van waar hy by die venster staan en uitstaar het, en kom sit langs sy ma. Hy neem haar hand in syne, weer die seun wat by sy ma soek om troos en leiding. "Ons dra almal swaar, Ma," sê hy.

Ouma trek sy hand nader aan haar bors. "Geluk," sy sukkel om die trane langer terug te hou, "met jou verjaarsdag, my seun."

— VII —

Die stilte van sy studeerkamer, dis wat Rudi nou wil hê. Alleen. Stilte. Niemand wat met hom praat nie. Hy wil alles uit sy gedagtes weer, 'n skoon lei hê as 't ware, sodat hy kan dink. Sodat hy kan besluit. Want besluit sal hy moet. Hy sal móét reageer op Hannes se versoek, hoe onaangenaam die gedagte ook al mag wees. Met vanaand se kort preek kan hy nie werk nie. Dit is in elk geval reeds geskryf. Om nou daaraan te torring, sal net meebring dat hy weer begin worstel met sy gewete, en met Hannes. Nou sit hy met die gemeente se administratiewe sake, dinge wat hy kan doen sonder om te veel daaroor te dink, sodat sy gedagtes tot stilstand kan kom. Sleurwerk wat die denke rem tot sy hande en oë net in hul meganiese gang met die werk voor hom kan voortgaan.

Daar is 'n klop aan die deur.

"Binne."

Gerhard steek sy kop om die deur, kom dan binne. Soos dit Sondae gaan, het hy nog nie sy kerkpak uitgetrek nie. "Jammer om Pa te pla," sê hy.

Rudi kyk kwalik op. "Gerhard, as jy nie omgee nie, ek's besig op die oomblik."

Gerhard bly staan. Rudi besef dat die kind net wil hê hy moet luister, hoor wat hom kwel, en dan sal Rudi besef dat hy Gerhard nie kan ignoreer nie. Ander aande miskien, maar nie vanaand nie.

"Ek weet, Pa, maar ek wil net gou vir Pa vertel van 'n eienaardige ding wat met my gebeur het vandag."

Rudi kyk steeds nie op nie. "Soos ek gesê het, ek's besig ..."

"Ja, Pa, maar dit het my 'n bietjie ontstel en ek het Pa se raad nodig. Toe ek vanoggend ná die diens na my kar toe stap, was daar 'n vreemde vrou naby my kar. Sy het oorkant die straat gestaan en na my gestaar, toe stap ek oor na haar."

Rudi spring op, stem wat bulder. "My magtag, Gerhard!" Hy gryp sy bril wild voor sy oë weg. "Jy's nie meer 'n kind nie. Watter deel van 'ek is besig' verstaan jy nie?"

Gerhard is geskok – absoluut verstom deur sy pa se uitbarsting. Só ken hy hom nie. "Jammer, Pa ... ek het nie gedink ..."

"Wel, miskien is dit tyd dat jy begin dink!"

Skoorvoetend beweeg Gerhard na die deur, 'n laaste verbaasde blik op sy pa, wat reeds hard aan die werk is.

Rudi bedaar, vee met sy hande oor sy gesig. Hy voel miserabel oor sy uitbarsting. Sy gewete pak nog 'n vrag op sy geboë skouers.

Wat sal Rika daarvan dink? wonder hy.

Wat maak dit saak wat sy dink? Sy kan hom nie help nie.

Hy wag.

Só ken hy haar: 'n minuut of wat vir hom om te bedaar, dan sal daar 'n klop aan die deur wees.

Rudi kyk op sy horlosie, staar die sekondewyser deur twee minute.

Hy het hom met een ding misgis.

Rika klop nie aan die deur nie.

Sy stap die studeerkamer binne, druk die deur ferm agter haar toe. "As jy my nie nou vertel wat aangaan nie, gaan daar moeilikheid wees."

Rudi sit sy pen voor hom neer op die slagveld van gemeentelike administrasie. Hy staar nikssiende voor hom uit, sy gedagtes versplinter deur die uitbarsting. Dan hef hy sy moeë oë op na sy vrou.

Hulle het al dikwels daaroor gepraat – daardie punt wat in die verhouding tussen twee mense bereik word wanneer dit vir albei duidelik is dat niks ooit weer soos vantevore sal wees nie. Iets het verander wat albei partye laat verander het.

Altyd ander mense se probleem. By sommige van hul gemeentelede was dit motorongelukke, by ander owerspelige verhoudings of ander vorme van ontug.

Rudi en Rika kon in die veilige domein van hul kombuis oor 'n koppie tee ander se lewe in oënskou neem. Hulle kon besluit in watter mate hulle kon ingryp in die lewe van ander. Voorbidding en gesprek sou deug, mits die gekweldes behoefte het aan sulke dinge. Soms is die lewe so onderstebo gekeer dat mense oogklappe wil aansit, nie bewus wil wees van die res van die mensdom nie. Hulle wil alleen wees. Oorgelaat aan hul eie gedagtes. Omdat hulle weet hulle is verby die punt waar hulle nog kon omgedraai het.

Wat Rika die meeste skok van Rudi se verhaal, is dat die punt van omdraai so lank gelede verby is. Dit ís vir hom 'n verleentheid, maar hy het nie verwag dat sy só onmiddellik daarop sou fokus nie. Dat dit 'n sonde is wat ouer is as hul huwelik.

Hy was kapelaan, besig met grensdiens vir sy land. Sy lewe daarna? Hy het altyd gesê dat hy wandel in God se Ewige Lig. Maar nou weet hy – én sy – dat dit 'n lewe was wat onder 'n wolk koers gekry het. 'n Wolk waarvan hy nie self bewus was nie. Hannes het dit aan hom kom openbaar. 'n Geweténswolk wat ontstaan het uit woorde en dade wat behoort aan 'n ander, vroeër lewe.

Rudi spaar Rika niks nie. Wat sou dit hom help om te swyg oor die dinge wat hom nou so kwel?

Hy staan agter sy lessenaar – 'n plat kateder vir die herder wat wonder of hy nog 'n kudde verdien. Rika sit oorkant hom, hewig ontstel deur die onchristelike stommiteit van haar man se dade.

Hy verseker haar dat hy spyt het oor sy dade, maar dit is nou eenmaal dit. Hy beweeg rondom die tafel terwyl sy haar ergerlikheid uitspu in 'n verwyt: "Hoe kon jý ooit sulke dinge aan 'n jong man gesê het?"

Daar is 'n moegheid wat Rudi se gepraat onderlê. By Rika wel die woede weer op. Weer en weer en weer.

Dít is wat verander het.

Hulle weet dit en kan niks daaraan doen nie.

Rudi se gesag verdamp met elke asemhaling. Rika groei, eens die veroordeelde vaal vrou, nou die veroordelaar.

"Ek was self jonk," probeer hy verduidelik.

Haar woorde, wanneer dit kom, eggo die verdoemende stem van sy gewete. "Ja, maar jy was reeds geletterd en geleerd. Jy was sy dominee, die een wat daardie jong soldate se siele moes koester as hulle na jou uitgereik het."

Dit was 'n ander tyd, fluister hy.

"My magtag, Rudi ..."

"My vrou, jou taal asseblief." Rudi val terug op ou gewoontes, vergeefs.

Rika dink reeds in 'n ander sleutel. "Moenie met my oor taal praat nie. 'n Ander tyd? In die sake van die siel is daar nie ''n ander tyd' nie. Dis ewig en dieselfde ..."

Rika beweeg om die tafel, gaan staan waar Rudi sy hele geskiedenis van agter sy platgevalle kateder aan haar openbaar het. "Was dit nie jou eie woorde 'n paar weke gelede in die kerk nie?" Haar stem raak dieper, afgemete. Dit is 'n stem wat Rudi nie ken nie. "Verander die Here sy wet en gebod van tyd tot tyd? Die tien gebooie staan soos hulle staan sedert Moses hulle van die berg afgedra het. Hulle verander nie 'van tyd tot tyd' nie. God is liefde – verander dit van tyd tot tyd?"

"Ek kan nie met jou praat as jy histeries is nie."

"Histeries? Jy't my getug omdat ek gister by Jan en Maria se braai 'n tweede glasie wyn wou hê, maar jy sê vir 'n agtienjarige seun om 'n krygsgevangene in die naam van God te martel!"

"Dit was in negentien twee-en-tagtig, my magtag!"

"Taal, my man."

Rudi besef nou in watter mate die balans in hul huwelik verskuif het. "Ek's jammer."

Rika is bewus dat haar ore begin suis, 'n vreemde stilte wat die oomblik lank laat voel. Daar was dae, nog voor hul troue, dat hulle by hierdie woorde sou uitgebars het van die lag – of liewer, haar geskater, en Rudi se beleefde kuggies, of wat hy ook al as lag beskou.

Sy kom 'n fraksie nader, sodat hy geen illusies kan hê oor haar gevoelens nie. "Al hierdie jare het ek jou en jou gemeente gedien, maar om jou die eerlike waarheid te sê, Rudi, ek is nou nie seker wat ek gedien het nie."

Sy draai weg van hom en begin uitstap.

"Rika ... Rika ek ..."

Voor die deur draai sy terug. "Die vraag is: Sal jy die bloed van sy hande kan afwas? Om nie eers te praat van die bloed op joune nie."

Rudi antwoord nie. In haar woorde herken hy die presiese kwelling wat hom sedert Hannes se koms afrem.

Ek het gedoen wat ek moes doen, dink hy. Ek het nie 'n keuse gehad nie.

Rudi bly staar na die deur. Dis wat Pontius Pilatus ook gesê het, kom dit by hom op.

Lank bly hy só staan, verslane.

— VIII —

Dis niks minder as reg nie dat die naweek uiteindelik die familiale swaartepunt na Antoinette se kant oorhel. Enige besoek aan Jan en Maria is genoeg om haar moer stadigaan bitter te laat trek. Selfs vinnig só, met haar skoonma op haar onbeskofte beste. Maar vandag is haar pa-hulle op besoek. Haar gemoed lig, genoeg om die knaende gedagtes oor die manier waarop Adriaan se familie hom aan die agterste speen laat suig, so effens op die agtergrond te skuif. Adriaan is mal oor die twee Venters en sien selfs uit na hul maandelikse besoek op 'n Sondagmiddag.

Dis wel so dat sy en Adriaan selde albei die stelle skoonouers binne twee dae te sien kry. Maar daar's darem 'n hengse verskil tussen die bedonnerde ouma Cilliers met haar gifbek en haar goedige, mensliewende ma. Dit werk 'n bietjie op haar tieties dat haar ma so edel van inbors is, maar dit is 'n welkome lafenis ná ma Cilliers se kartetse selfbejammering en haatlike nydigheid.

Oudergewoonte sit hulle in die sitkamer aan. Die deure is wawyd oop na die tuin. Die koel briesie van die namiddag versprei sy lafenis deur die huis. Alles ruik vars. Oupa en ouma Venter sit langs mekaar op die een rusbank en Adriaan en Antoinette teenoor hulle op die ander. Hulle het, vas aan ou gewoontes, eers vinnig 'n draai deur die tuin gestap. Haar pa is so trots op die groen lushof wat Antoinette met die hulp van haar tuinier geskep het.

Die wye vlakte – soos Adriaan dit altyd met 'n bietjie ergerlikheid noem – van die nagemaakte wit marmertafel lê tussen die twee rusbanke. Antoinette skink vir almal koffie, sommer in bekers. As dit ander gaste was, het sy haar wit Noritake-stel uitgehaal. Maar haar pa verkies die bekers. Dis groter, sê hy altyd, die fyn Japanse stel laat hom altyd wonder wanneer hulle gaan breek.

Snaaks, dink Antoinette, wanneer haar ouers hier is, gaan alles lekker en kommervry. Haar pa en ma vra nooit of die twee boeke wat nou al so lank op die tafel lê deur enigiemand gelees is nie. Haar ma maak nie opmerkings oor die Thai-rissies wat in 'n groot glasbak daarnaas lê en uitdroog nie. Haar ma wonder nooit of die skilderye afdrukke is nie.

Maar sekere ander mense sal, as sy met haar rolstoel hier ingestoom kom, 'n hele mond vol te ledig hê oor alles wat sy kan raaksien, van die min boeke op die boekrakke tot die lagie stof wat sy met haar verrimpelde ou poepogies op die wit marmer bespeur.

Oupa en ouma Venter is gemaklik met hul dogter se lewenstyl. "Ons dank die Hemelse Vader dat jy so gesond is en Adriaan so suksesvol," sê haar ma altyd. "Daar is baie mense wat dit glad nie so breed het nie." En Pa, liefste Pa, hy het hom nooit werklik gesteur aan aardse goed nie. Hy was sy lewe lank 'n staatsamptenaar en was nooit in 'n posisie om weelde en wonings te versamel nie. Geen wonder nie dat Antoinette van haar skooldae af gesweer het sy sal nooit met 'n staatsamptenaar trou nie. Sy gaan met geld trou, het sy altyd gespot.

"Pa neem mos drie suikers, nè?" Antoinette kyk na haar ma terwyl sy dit vra.

"Twee vir hom," sê ouma Venter. Wat sal die kinders van haar dink as sy nie na haar wederhelf se gesondheid omsien nie?

"Net twee?"

"Jou ma het my nou op 'n streng minder-suiker-plan," verduidelik haar pa.

"Dit sou geen suiker wees as ek hom kon kry om na my te luister nie."

"Adriaan," oupa Venter soek onderskraging, "hoe verduidelik 'n man aan sy vrou dat as hy met drie suikers sy middel sewentigs gehaal het, sy waarskynlik sy lewe gaan verkort as sy dit skielik van hom wegneem?"

"Nee, Pa, Pa moenie vir my vra nie. Inderdaad, was dit nie Pa wat vir my gesê het dat 'n man 'n gelukkige huwelik sal hê as hy weet wanneer om vir sy vrou ja en wanneer om vir haar nee te sê nie?"

"Soos in: Ja-nee, my vrou, jy's reg."

"Daar het Pa dit, uit die perd se bek."

Die ouer man draai liefdevol na ouma Venter. "Ja-nee, my vrou, jy's reg."

"Goed so. En buitendien," sê ouma Venter, "hy's so sterk soos 'n os. Hy gaan my nog begrawe."

Adriaan se selfoon lui in sy sak. Hy mompel 'n verskoning, hoor wie dit is en verskoon hom dan van die geselskap: Dis Jan aan die ander kant.

"Gaan Ma-hulle by ons wees vir aandete?" Die uitnodiging is suiwer formaliteit, want haar ouers het gewoonlik Sondagaande iets anders aan die gang – en as daar geen afsprake is nie, gaan hulle kerk toe. Maar elke nou en dan willig hulle in om te bly, en dit is dan vir Antoinette die heerlikste besoeke wat sy ooit ontvang. Almal sit om die sitkamertafel en gesels land en sand oor familiesake. As haar pa lekker kuier, begin hy skinderstories vertel oor mense wat oorlede is en nie sal omgee dat iemand hulle op hierdie manier onthou nie, sal hy sê. Alles terwyl sy en Elisabeth geroosterde kaastoebroodjies maak en die teepot keer op keer hervul word. Sondagaandse plesier in die styl van die Venters.

"O nee, my skat," antwoord haar ma. "Vanaand is mos die konsert. Ons moet nou-nou ry, Pappa. Stort. Aantrek. Konsert."

"Julle moet sien wat het hierdie ouma van julle met daai straatkindertjies reggekry. Ek sê jou, hulle ogies blink sommer op daai verhoog."

"Ag man, dis vir my so lekker." Ouma Venter draai na Elisabeth, haar genant, en Vlooi. Sy soek nie aandag nie. "En julle twee? Wat is julle planne vir die jaar?"

Antoinette antwoord voordat Vlooi kan. Sy het gewag hiervoor. 'n Ma moet die druk op haar telge hou, anders presteer hulle nie na behore nie. "Vlooi gaan sy derde jaar met onderskeiding klaarmaak ..."

"Ma wens."

"Nie wens nie. Ek weet." As sy dit genoeg herhaal, weet sy, gaan hy dalk ook daarin begin glo.

Ouma Venter kyk op na Elisabeth. Dis wat sy eintlik wil hoor. "En jy, my meisie?"

"Wel, aangesien Ouma vra ..." Antoinette kan sien hoe haar dogter selfversekering wil uitstraal. Ongelukkig lyk dit vir haar maar presies dieselfde soos gister toe sy met Neil gepraat het. Effens uitlokkerig. "Ek het eintlik gedink dat ek dalk vir 'n paar maande by tannie Elna en oom Bertus in Kanada sal gaan kuier."

Antoinette frons. "Dis die eerste dat ek daarvan hoor."

"Ek en Neil het gisteraand daaroor gepraat. Ma weet mos ek wil nie nou gaan swot nie." Sy draai na haar ouma, waar sy minder teenstand verwag, haar stemtoon nou skielik die ene vertroulikheid, asof sy haar ouma wil betrek by haar sameswering. "Eintlik wil ek gaan backpack, Ouma, maar Pa het gesê oor sy dooie liggaam."

"Presies wat ek sou sê, antwoord oupa Venter. "'n Jong ding soos jy kan nie alleen in die wildernis gaan rondwandel nie. Die wêreld is 'n gevaarlike plek."

Terwyl oupa Venter praat, lig Ouma haar arm en streel Elisabeth se rug, rustig, sag, genoeg om Elisabeth te laat besef sy het 'n moontlike bondgenoot.

"Dis orals gevaarlik, Oupa. Pa en Vlooi moan gedurig oor die misdaad in die land en hoe gevaarlik dit hier by ons is."

"Ja, maar hier by ons weet ons ten minste wat die tekens is."

Adriaan keer terug, gaan sit op die armleuning van die rusbank. Antoinette weet dadelik hy gaan iets sê waarvan sy nie sal hou nie. "En nou?" vra sy.

"Ma en Pa sal my moet verskoon. Jan het 'n vergadering by die kantoor belê."

Antoinette is siedend. "Nou? Op 'n Sondag? Ons het nou net klaar geëet."

"Hy't gesê hy's jammer, maar dis belangrik."

"Die koning ontbied ..." sê Antoinette bitter.

"Ek is regtig jammer. Ek's seker dit sal nie lank wees nie."

"Nee, maar 'n man moet doen wat hy moet doen," sê oupa Venter, "veral as dit by sy besigheid kom."

"Jy sorg dat jy terug is voor Ma en Pa ry."

"Ja-nee, my vrou."

Adriaan is kwalik uit die vertrek uit wanneer die woorde oor Antoinette se lippe borrel: "Partykeer maak dit my so vies, Pa. Hy werk al twintig jaar vir Jan, maar besit nog steeds nie 'n enkele aandeel nie."

Ouma en oupa Venter drink hulle koffie. Ouma Venter lig 'n wenkbrou, maar sê niks nie.

Elisabeth meen sy sien 'n gaping. Sy staan op van waar sy styf teenaan haar ouma gesit het en gaan sit langs haar ma. "So wat dink Ma van my idee?" vra sy weer met die stem waarmee sy so fluks met Neil geflirteer het.

Antoinette beloon dit nie eens met 'n glimlag nie. "Ons sal later daaroor praat."

Later sal dit 'n trivialiteit wees. Antoinette sal feitlik geen gedagtetyd daaraan afstaan nie. Maar nou, op hierdie oomblik, sien sy iets van haarself in haar dogter raak en kan sy nie anders as eerlik met haarself wees nie. Hierdie aansitterigheid van Elisabeth irriteer die hel uit haar uit.

— IX —

Daar was 'n tyd, toe hy nog op skool was en daarna universiteit, toe Jan Cilliers elke moontlike kans wat hy gekry het, benut het om skaak te speel. Hy was 'n besonder begaafde speler. Die jaar toe hy nog as skolier deurgedring het tot die Suid-Afrikaanse skaakkampioenskappe wou 'n joernalis van hom weet of hy boeke oor die ou skaakmeesters lees en hul beroemde skuiwe memoriseer. Jan het die man verstom deur aan hom te verduidelik dat hy in terme van prentjies dink. Hy kan verslae lees oor Bobby Fischer, Kasparof en ander se grootste skaakprestasies, maar in plaas van die skuiwe een vir een te probeer onthou, het hy in sy gedagtes prentjies gevorm van hoe die spel ontvou. Dis baie soos musiek, het hy aan die joernalis verduidelik. 'n Klassieke pianis sal die musikale annotasie op bladmusiek lees, maar in sy gedagtes hoor hy die note opklink.

Jan het hierdie naweek baie op dieselfde manier benader. Voor sy siekte het hy dikwels met Zweli gesels oor opvolgbeplanning. Tussen die twee van hulle koester hulle 'n spesiale band. Albei beskou Zweli se pa, Mabuzo, as hul mentor. Hy en Zweli dink dieselfde oor die maatskappy se toekoms omdat Mabuzo se visie nog vir hulle helder is. Maar soos Zweli aan Jan gesê het toe hy hoor dat Jan binnekort nie meer aan sy sy sal wees nie, is dit nou nodig dat Jan weer op sy skaakvernuf terugval.

Hoe waar was Zweli se woorde nie! Jan begin vir oulaas voor die vergadering die prentjies optower soos hy moontlike wysigings en koersveranderings geantisipeer het. Hy moes voorsiening maak vir só baie gebeurlikhede. Hy weet mens kan aan natuurrampe en die hand van God niks doen om dit te verhinder nie, maar met die regte maatreëls ingestel, kan mens die ergste menslike maneuvers afweer of die hoof bied. Soos sy prokureur dié week nog vir hom gesê het toe hulle dokumente onderteken het: "Jan, die hand uit die graf is 'n ou Romeinse regsbeginsel. Waaragtig, jy hoort by die klassieke!"

Prentjies.

Vorm prentjies van hoe die mense wat nou hier om die tafel sit, kan skuif in hul verhoudinge. Hy maak netjiese raampies vir die mannetjies wat hy teken. Spanning, ondersteuning, ondergrawing. Die magte wat die mens se gedrag reguleer.

Sommige van hulle kan van die skaakbord verdwyn. Hy is bedag daarop, daarom teken hy ook deure. Die mannetjies moet kan terugkeer.

Jan ken sy kinders. Hy ken sy broer. En Zweli.

Hy weet dat vir die prentjies wat hy in sy geestesoog sien om waar te word, hy die wiel vanmiddag aan die rol sal moet sit. Nie een van die mense om die tafel weet dit nou nie, maar dit gaan uiteindelik om oorlewing. Hulle sal ná vanmiddag gou genoeg agterkom.

Jan laat sy blik rustig van persoon tot persoon beweeg, daar waar hulle sit. Hy glimlag wrang – African Queen Cosmetics is in 'n gebou in 'n kwasi-Romeinse styl in Arcadia gehuisves, maar die reusagtige geel-en-stinkhouttafel waarby hulle sit, is uit hierdie Afrika-bodem. Op hierdie skoon slagveld gaan vanmiddag die eerste skuiwe gemaak word.

Links van hom sit Maria, langs haar Boetjan en dan Elna. Aan sy regterhand sit Zweli, langs hom Adriaan en dan Bertus.

Jan staan op, skuif sy stoel tot teenaan die koppenent van die raadstafel.

Jan haal diep asem en begin praat. "Ek wil jammer sê dat ek julle op hierdie dag ... 'n Sondag ... en my verjaarsdag ... bymekaar moes roep, maar omstandighede het my so 'n bietjie vooruitgeloop en ek wil die saak nou uitklaar voor daar op maniere bespiegel word wat later net twis kan veroorsaak." Jan voel 'n onaangename krieweling in sy maag. Nie nou nie!

Hy begin rustig dog doelgerig om die tafel loop tot hy aan die onderpunt staan. Verder weg van almal, maar steeds naby genoeg om die reaksies op hul gesigte dop te hou. Die beweging laat die pyn effens bedaar.

"Ek het die vergadering hier belê omdat ek nou oor besigheid wil praat en ek neem nie graag besigheid huis toe nie. Soos julle weet, het ek my lewe gewy aan die bou van die besigheid wat ek en Zweli se pa gedurende die donker jare van apartheid gestig het. Ons het daarin geslaag om African Queen Cosmetics tot 'n stewige, winsgewende onderneming uit te bou – ek met my toegang as wit man tot navorsing en kapitaal, en Zweli se pa met sy toegang tot en kennis van die swart mark. My vyftig persent van hierdie besigheid is my nalatenskap. En as ek nou een laaste wens mag hê, dan is dit dat die beheer van my aandeel in die besigheid, ná my dood, in hierdie familie se hande bly."

Bertus is die eerste wat reageer. "Pa wil nie verkoop nie?"

"Nee. Dit het ek en Zweli reeds bespreek. Ek het sy volle ondersteuning."

Almal kyk na Zweli. Hy knik net instemmend.

"Adriaan, jy sal steeds jou pos as hoof van operasies behou. Wat my aandele betref: My plan was om hulle eweredig tussen Boetjan en Elna te verdeel ... vyf-en-twintig persent van die besigheid elk."

Terwyl hy praat, merk Jan hoe aandagtig Adriaan en Bertus luister, en hoe gespanne Elna lyk. Hy is onverwags erg bewus van hoe kaal hierdie vertrek eintlik is. Té kaal die mure. Vensters sou met mooier, voller gordyne kon doen.

"En ek wil jou vra, Bertus, om, weer eens met Zweli se goedkeuring, die pos as hoof uitvoerende beampte oor te neem ..." Jan is nie verbaas oor die manier waarop Adriaan se kop omhoog ruk, of die fermheid waarmee Bertus na hom terugkyk nie, "... en om Boetjan in die raad aan te stel as nie-uitvoerende direkteur."

Adriaan is te geskok om iets te sê – hy kan nie glo wat hy nou hoor nie. Dit voel vir hom asof sy broer se stem diep uit 'n tonnel kom, veraf, en die stilte zoem om sy ore.

Elna is bekommerd, haar gedagtes na binne gekeer. Jan vermoed – nee, wéét – sy het nog altyd 'n vlammetjie van hoop laat brand vir 'n terugkeer na Suid-Afrika. Vir sulke moontlikhede het hy ook prentjies geteken. Vir al wat hy weet, het sy nog altyd gehoop dat haar terugkeer met African Queen Cosmetics te make sou hê.

Maar dis wanhoop wat Jan op sy dogter se gesig lees.

Bertus sit strak en staar na die tafel voor hom. Jan besef, nie heeltemal tot sy verbasing nie, dat Bertus se swye, dié gestaar met versteende oë na die tafel, dat dít ook 'n antwoord is. Dat hy, wanneer hy sou praat, sal herhaal dat hy nie afsien van sy plan om permanent in Kanada te bly nie.

Adriaan sê niks. Jan hoop dit bly so. Sy broer kan in elk geval nie dink sonder om Antoinette te raadpleeg nie.

"Wat van Ma?" vra Elna.

"Vir Ma, Ouma en my suster, Rika, het ek reeds in my testament gesorg. Waaroor ek nou praat, is die besit en die beheer van my aandele in die maatskappy."

Elna kyk na Bertus.

Bertus ontwyk haar pleitende blik. In sy gedagtes begin Jan 'n paar van sy prentjies opskeur.

"Nou ja," gaan Jan voort, "dit was my plan, maar as julle seker is dat julle nie terugkom nie, Bertus – 'n besluit wat ek heeltemal sal verstaan en respekteer – dan gaan ek my plan wat Elna se aandeel betref, moet verander."

Elna kyk beangs van haar man na haar pa, na Boetjan, wat skielik begin praat.

"Pa," hy staan op, "ek weet julle het dit deur die jare heen al baie keer oorweeg om my as julle seun af te skryf ..."

Maria, wat langs hom sit, steek haar hand na hom uit. Dit is 'n reaksie wat gisteroggend nie moontlik sou gewees het nie. Nou, ná die uitbarsting van die vorige aand en die lig wat daar skielik vir haar op 'n ou raaisel geskyn het, is haar gebaar veel meer as net vertroosting, dit is ook skulderkenning.

"Dis nie waar nie," probeer Jan nog.

"Dit is, Pa, en ek sou verstaan het." Boetjan se tongval is selfversekerd, trots – en sonder die wroeging wat hy só lank in sy binneste rondgedra het. Hy het die mannetjie te klein geteken, dink Jan. Met heelwat trots.

Boetjan gaan voort: "Gevolglik, toe Elna en Bertus geëmigreer het, was dit asof julle nie meer kinders gehad het nie."

Jan merk op hoe dié woorde Elna ontstel. Haar onderlip begin bewe. Sy kyk, soos soveel kere in die verlede, na Jan vir 'n teken van onder- skraging, van 'n besef hoe sy haar broer se woorde aanvoel – en nie na Bertus nie.

"Maar ek wil sê dit sal vir my 'n voorreg wees om by die besigheid betrokke te wees," gaan Boetjan voort. "Ek het nie Bertus se geleerdheid nie, maar in my omswerwinge het ek agtergekom dat ek ten minste 'n gesonde verstand het. En ek reken dis 'n goeie begin."

Jan vang sy seun se blik voor Boetjan gaan sit. Hy is intens bewus van die groot versoening wat gisteraand voltrek is. Dit was 'n harde pad en Jan is dankbaar dat Boetjan so 'n gebalanseerde mens geword het. 'n Man wat weet wat hy wil doen. En dit doen. Soos Maria gisteraand agtergekom het. Jan besef ook dat Boetjan pas sy hand gesterk het. Sy strategiese plan kry koers.

Hy draai na Zweli. "Wat het jou Pa altyd gesê, Zweli?"

Zweli onthou dadelik: "Gee my liewers een man met 'n gesonde ver- stand as drie manne met 'n graad."

Zweli glimlag breed. Van almal teenwoordig is hy die meeste bewus van die waagmoed waarmee Jan hier besig is om die maatskappy se veilige toekoms te verseker. Dit is hierdie planne wat sal sorg dat die African Queen Cosmetics wat Mabuzo met die hulp van Jan Cilliers op die been gebring het, op vaste voete sal bly staan lank ná Mabuzo en Jan se afsterwe.

Boetjan vang Zweli se oog. Hy lig 'n wenkbrou, maar daaronder spoel verligting oor sy gelaat.

Bertus voel dit is nou die regte tyd om op sy skoonpa se aanbod te reageer. "Ek wil vir Pa dankie sê vir die aanbod. Ek is regtig gevlei. Maar soos Pa weet, bou ek nou my eie besigheid in Kanada."

Jan is versigtig om nie sy blydskap te kenne te gee nie. Hy weet dit gaan Elna baie ontstel, maar hy maak staat daarop dat sy 'n klompie van sy gene geërf het. "Natuurlik, en ek respekteer dit."

Elna sit verbysterd.

Kommunikasie, dink Jan. Bertus kon gevra het vir tyd om sy besluit met Elna te bespreek. Hy het nie. Beteken sy dogter se mening dan vir Bertus so min wanneer hy belangrike besluite moet neem? "Daarom is my besluit om nog steeds my aandele eweredig tussen Boetjan en Elna te verdeel," sê Jan, "maar om die stemreg van twaalf-en-'n-half persent van Elna se vyf-en-twintig persent vir Boetjan te gee en stemreg oor die ander twaalf-en-'n-half vir jou, my broer."

Adriaan knik beleefd.

Die olifant in die kamer, dink Jan, Elna is die olifant in die kamer. Vir hoe lank nog?

Bertus kyk onderlangs na haar, geskok om die spanning te sien wat uit elke deel van haar lyf straal.

"As ek mag vra, Pa," val Elna Jan in die rede, "en met alle respek teenoor Boetjan en oom Adriaan, hoekom kry hulle stemreg oor my aandele?"

"Die beheer van die besigheid kan nie in die buiteland lê nie," antwoord Jan onmiddellik om seker te maak almal besef hy het hieroor nagedink.

"'n Besigheid so groot soos hierdie het iemand met 'n gesonde verstand en behoorlike bestuurservaring en kennis nodig, nie waar nie, Pa?" vra sy.

"Beslis. Zweli erken self dat hy nog nie reg voel om die pos as hoof uitvoerende beampte oor te neem nie. Ek het een of twee manne in gedagte, maar ek wou eers seker maak waar julle staan."

Elna wend haar tot haar man: "Bertus?"

"My 'gesonde verstand' sê vir my daar's g'n manier dat ek my seun in hierdie land gaan grootmaak nie," sê Bertus stroef. "Dankie vir die aanbod, Pa, ek's jammer om dit van die hand te moet wys. Ek's seker die besigheid sal van krag tot krag gaan ... met of sonder my. En nou moet julle my asseblief verskoon ... Neil sit alleen daar by die huis. Kom, Elna." Bertus staan op en stap uit.

Elna het geen ander keuse as om agterna te gaan nie.

Jan gaan sit weer, wag 'n ruk voor hy begin praat. "Het ek nou onmin gesaai?"

Maria stel hom gerus: "Het jy 'n keuse gehad?"

Jan weet dat hy toenaderings van Adriaan kan verwag. Hy's seker Antoinette sal nie tevrede wees met dit wat vandag hier gebeur het nie, maar as dit enigsins anders kon, sou hy. Hy moet sekere dinge antisipeer. Hy staan stil en staar na die raadstafel voor hom, dan kyk hy op na Adriaan. "Adriaan, ek hoop jy's tevrede."

"Natuurlik, my broer. Dankie."

Zweli staan op, beweeg agter Jan om en bied sy hand vir Boetjan aan. Beleefd – hy doen dit nie agter Maria se rug om nie, maar voor haar verby. "Boetjan, ek sien uit daarna om saam met jou te werk."

"Dankie. Ek ook."

Adriaan wonder vir 'n oomblik of hy ook 'n handdruk gaan kry, maar besef dat dit nie vir Zweli nodig is om die hand van vriendskap uit te steek na iemand wat effektief voortaan aan hom gaan rapporteer nie.

"Nou ja toe," sug Jan. "Daar is dit dan."

— X —

Neil het feitlik die hele middag in Jan se swembad deurgebring. Hy wou eers by sy ouma gaan sit en gesels, maar toe hy agterkom sy sit in haar rolstoel en slaap, het hy afgesit poel toe.

Hy hoor hoe sy pa en ma aan die redekawel is die oomblik wanneer hulle in hul rooi gehuurde motor deur die sekuriteitshek kom.

Dis 'n argument wat hy al verskeie kere gehoor het. Soms is hulle bewus daarvan dat hy in die geselskap is, soms nie. Eintlik ietwat boring, maar hy luister, wagtend op die geringste teken dat sy pa se mening besig is om te versag. Vir sy ma is dit 'n gesprek van verlammende hartseer. Die eerste keer dat Neil dit gehoor het, was voordat hulle uit Waterkloofrif na Westmount in Vancouver getrek het. Die heftigheid daarvan het in hul motor afgespeel teen die verbyflitsende

Cedardale en West Vancouver, nes dit nou seker van oom Jan se kantoor in Arcadia af hierheen gewoed het. Wanneer Bertus hul gehuurde motor voor Jan en Maria se huis tot stilstand bring, is hulle nog fel aan die verwyt.

Elna en Bertus gooi gelyktydig hul deure oop.

"Dis die kans van 'n leeftyd, Bertus!" roep Elna oor die dak van die motor na Bertus uit.

"Het jy om jou gekyk? Toe ons van die lughawe hiernatoe gery het, het jy om jou gekyk? Dis alles omgekeer – die beskaafde mense lewe agter tralies en die kriminele loop op straat."

Neil sien hoe sy ma nader aan sy pa beweeg. Sy hou sy skouer met die een hand vas, sodat hy nie kan beweeg nie. "Ek verstaan hoekom jy voel soos jy voel, maar ..."

En vir die hoeveelste keer herinner sy pa sy ma aan die presiese rede hoekom hulle Kanada toe is. Hoekom hy sy geloof in sy geboorteland verloor het. "Vergewe my, Elna, maar jy verstaan nie hoe ek voel nie!" roep hy uit. "Gaan jy na 'n vergadering toe waar jy verwag om tot die raad van 'n maatskappy bevorder te word, net om dan te hoor dat jy nie net daardie bevordering nie kry nie, maar dat jy afgedank word om plek vir 'n swart aanstelling te maak, en kom sê dan vir my jy weet hoe ek voel?"

"Maar dit is anders dié. Dis my Pa se maatskappy. Jy kan nie afgedank word nie."

"Vir hoe lank? Huh? Vir hoe lank? As jy nie kan sien waarheen hierdie land gaan nie, dan is jy blind. Het jy daardie plakkaat teen die paal gesien – The South African list of hundred per cent black-owned companies. Ek sien nie enige plakkate vir hundred per cent white-owned companies nie! En dan praat ek nie eens van die feit dat hierdie land een van die hoogste misdaadsyfers in die wêreld het nie!"

"Dis nie asof ons in Kanada in die paradys leef nie."

"Ek sê dit weer – daar's g'n manier dat ek my seun in hierdie land gaan grootmaak nie."

"Hy is my seun ook! Of het jy dit vergeet?"

"Gaaf. As jy hom hier wil grootmaak, is jy welkom, maar ek gaan terug na my huis in Kanada."

"Bertus, kan jy nie verstaan nie? Wat Pa aanbied, is nie net 'n gulde geleentheid nie, dis 'n deel van my pa se lewe. Dis nie net 'n erfporsie nie ... dis my erfenis."

"En as ek Pa reg verstaan het, dan sal jy dit nog steeds kry, sonder stemreg oor jou aandele, ja, maar jy sal nog steeds jou erflating kry."

"Jy weet hoe jy in Kanada sukkel. Dit gaan jou nog jare neem om jou besigheid op te bou tot 'n vlak soos wat Pa jou nou aanbied."

"Ten minste sal ek nie in vrees lewe terwyl ek dit doen nie. Klaar!"

Neil se pa keer sy rug op sy ma en stap weg.

As sy pa net na sy ma wil luister! Maar hy het ore vir niks en niemand nie.

— XI —

Adriaan weet waar om na sy vrou te gaan soek wanneer hy tuis kom. Op die bankie in die tuin, waar sy altyd sit wanneer sy die hel in is.

Hy is laat.

Sy sit en geniet die laaste bietjie sonskyn van die laat namiddag. Laat haar gemoed kalmeer. Is dit nie tipies van die Cilliers-familie dat hulle hulle nie steur aan ander mense nie? En Adriaan, die mak Cilliers, gryp sy goeters en verkas na 'n kamstige vergadering. Sy moes die hele middag met oupa en ouma Venter sit en praat. Adriaan kan soms maar 'n droë drol wees. Maar as hy nie daar is nie, droog die praatjies met haar ouers gou op.

Adriaan stap oor die grasperk na haar, gaan sit langs haar.

"Ek dog jy sou terug wees voor Ma en Pa waai."

Hy haal vererg sy bril af, vee met sy hand oor sy moeë oë. "Moenie my nou druk nie, Antoinette."

Sy bly 'n oomblik lank stil. Dis maar goed Adriaan het nie sy bril op om te sien hoe sy 'n amper verveelde trek oor haar gesig onderdruk nie. "Waaroor was die vergadering?"

Adriaan trek sy oë op skrefies. "Jan het kanker ... en sy dae is getel."

"Sê weer?" Die nuus het Antoinette in 'n luim van hoopvolheid ingeruk.

"Jan het kanker. Hy gaan nie meer lank leef nie."

Adriaan plaas weer sy bril terug op sy neus, maar sien nie veel raak nie.

Stadig nou, Nettie, versigtig. Sy probeer die nuus verwerk sonder om opgewonde te klink. Wat sou al die gevolge wees? Promosie vir Adriaan? Die finansiële voordele verbonde aan die mees senior pos in African Queen Cosmetics? Jip, miskien en vir seker ... Hoeveel keer het sy en Adriaan nie al gefantaseer oor hoe dit sou wees as hy baas van sy eie onderneming kon wees nie? Wat hulle nie alles sou gedoen het nie, waarheen gereis het? Nou ... nou is dit binne hulle bereik. Sy kan aanvoel dat Adriaan erg ontsteld is. Sy is net nie seker of dit oor Jan se siekte is nie. Het daar dalk iets anders gebeur ...?

"Hoekom is ek nie na die vergadering genooi nie?" Probeer julle iets vir ons vrouens wegsteek? Vir my spesifiek wegsteek, dís wat sy eintlik wil sê, maar sy hou haar in. Antoinette staan op en kyk af op Adriaan.

Hy laat hom nie intimideer nie en staan ook dadelik op, sodat hy haar op gelyke vlak in die oë kan kyk. "Want dis nie waaroor die vergadering gegaan het nie."

Wragtag! Hier ís iets aan die gang.

"Ek weet al vir die laaste paar weke," sê Adriaan. "Jan het gevra dat ek dit met niemand bespreek nie ... nie eens met jou nie."

"Hoekom nie?" roep sy uit.

"Hy wou eers vir Elna en Bertus vertel en hy wou nie vir hulle deur 'n email laat weet nie. Jy kan dit tog sekerlik verstaan."

Sy bly 'n rukkie stil. "Oukei, dit verstaan ek. Ek's in die gesig gevat, maar ek verstaan. Waaroor was die vergadering dan?"

"Om die toekoms van die maatskappy te bespreek ... ná sy dood."

"En ...?"

"En ... hy't vir Bertus die pos van hoof uitvoerende beampte aangebied ..." Adriaan is saaklik. Sy moenie agterkom hóé seergemaak hy voel nie.

"En ...?"

"Bertus het dit van die hand gewys."

Skote Petoors, Bertus! dink Antoinette. Nou laat sy die glimlag huiwerend om haar mondhoeke ontplooi. "Adriaan ... wil jy vir my sê dat ...?"

"Nee. Hy't een of twee ander manne in gedagte vir die pos." Hy haal sy skouers op. Hy weet watse ambisieuse drome nou besig is om in Antoinette se kop pos te vat. Dit maak haar ook blind vir sy gekweste gevoelens. "Ek bly hoof van operasies. En hy't sy aandele eweredig tussen Boetjan en Elna verdeel, en stemreg oor Elna se aandele vir my en Boetjan gegee."

As Jan begin uitdeel het, moes daar tog ietsie na Adriaan gekom het, dink Antoinette. "En vir jou?"

"Ek sê mos: Hy't my stemreg oor die helfte van Elna se aandele gegee."

Antoinette kan haarself nie langer in toom hou nie. "Stemreg shmah shmah! Ek praat van aandele."

"Nee."

"Wil jy my vertel dat ná al hierdie jare se bloed en sweet en opoffering hy jou nie 'n enkele aandeel gaan gee nie?"

Adriaan kan sien hoe Antoinette se ambisies haar tred laat verloor met die werklikheid. "Nee, en hy's ook nie verplig om dit te doen nie."

"Ek's jammer, maar dis vir my onaanvaarbaar."

Miskien het Adriaan verwag dat hy en Antoinette by hierdie punt sal kom – dáár waar sy net die finansiële gewin raaksien. Laat ander hulle bekommer oor die smart wat dit voorafgaan. Dis meer as duidelik dat sy meen hy het geen planne gereed om die situasie te probeer beredder nie. Eintlik het hy nie, maar dit beteken nie dat sy só kleinerend mag dink oor die pa van hul kinders nie.

"En dis vir my onaanvaarbaar dat jy sommer dadelik aanneem dat ek nie 'n plan het nie!"

Antoinette deins terug vir sy groot toornigheid.

"As Bertus die pos aanvaar het ... ja, dan sou ons 'n probleem gehad het. Hy's familie. Maar as Jan 'n vreemde ou aanstel, kan ek jou nou sê gaan daardie ou nie lank ná Jan se dood in daardie pos oorleef nie. Niemand, anders as Jan, ken die besigheid so goed soos ek nie. Nie eers Zweli nie. Ek het al vergeet wat daai mannetjie nog moet leer. Ek sal Boetjan aan my kant kry en tussen die twee van ons sal ons baie gou vir Zweli oortuig dat ek die beste mens vir die job is. En as ek eers aan die hoof van die besigheid staan ... dan, my vrou, sal ons ons waarde kry, of ek nou aandele besit of nie."

Antoinette beweeg nader aan haar man, 'n gelouterde vrou, gereed om onderdanig te wees. Sy sit haar arms om Adriaan se nek. "Ek's jammer my skat ... dit was nie my bedoeling om jou te onderskat nie ... maar jy weet hoe beskermend ek oor jou voel. As dit nie vir jou was nie, was daai maatskappy nie 'n skadu van wat hy vandag is nie. Ek wil net die beste vir jou hê, dis al."

"En ek vir jou."

"My kryger." Antoinette soen vir Adriaan. Dit beteken: Ons argument is verby. Dit beteken: Die aand is nog lank.

Adriaan druk haar teen hom vas. Sy woorde beier nog in sy eie ore, maar sy lyf dink aan die vrou teenaan hom.

Die telefoon lui in Adriaan en Antoinette se voorportaal.

Agterna kan Antoinette nie onthou presies hoekom dit sy was wat dit geantwoord het nie. Dis tog Elisabeth wat altyd antwoord. Bang dat haar ma of pa aan die gesels raak met iemand wat na háár op soek is. Maar nou, laatmiddag op dié Sondag, Jan se Sondag, sit Elisabeth in die sitkamer en probeer Adriaan ompraat om haar toe te laat om oorsee te gaan. Op haar eie, 'n sprongjaar in Kanada by haar nefie Neil. Sy weet goed wat Adriaan se argument is. Daar sal iets met haar gebeur. Iets! Wat kan met haar verkeerd gaan as sy onder die dak van tant Elna en oom Bertus woon? Dinge is egter nie só eenvoudig nie, verduidelik Adriaan aan sy hardkoppige dogter. Dit gaan nie oor backpack of nie backpack nie. Hy dink aan haar toekoms wat op hande is. 'n Wit mens sonder 'n graad staan geen kans in hierdie land nie. Sy moet begin met haar studies. Nou? Elisabeth herinner hom, met heelwat moeite, daaraan dat sy beslis universiteit toe wil gaan. Net nie nou dadelik nie. Sy wil eers die wêreld 'n bietjie sien. 'n Breuk tussen haar skooljare en studentedae skep.

En wat sê hy? "Ons sal dit met jou ma moet bespreek."

Bid jou aan!

Op hierdie presiese oomblik kom Antoinette van die telefoon in die voorportaal ingestap.

Die eerste ding waaraan Adriaan dink wanneer hy Antoinette se gesig sien, is dat sy pas 'n spook gesien het. Sy is asbleek en staar onsiende voor haar uit. By die skuifdeur gaan staan sy, leun teen die kosyn aan.

"Antoinette ..." Adriaan kom huiwerig nader, onseker oor dit wat sy vrou ontstel het. Hy onthou dat die telefoon gelui het.

Sy kom tot verhaal. "Dit was die polisie. Hulle is by my pa en ma se huis ..." Sy kyk onseker van Elisabeth na Adriaan. "Daar was 'n inbraak by hulle huis ... net ná hulle van ons af daar aangekom het ..."

"En ...?"

"Hulle's albei vermoor ... in hulle slaapkamer ... execution style ... met Pa se eie geweer."

— XII —

Jan is moeg. En hy het pyn. Die vergadering was uitmergelend. Nou soek hy sy vrou. Nadat die ander weg is, het hy nog by die raadsaal aangebly. Jan het gedink aan Boetjan, wat soveel het om in te haal, en Elna. Liewe, liefste Elna, wat 'n groot storm tegemoetgaan. Hy het gedink aan Adriaan, die verwyt wat vanmiddag so vlak in sy oë gelê het. Verwyt wat al vier-en-twintig jaar aankom. Adriaan wat nie weet dat alles wat hy het dáár is danksy 'n ernstige pleidooi wat hul ma by Jan gelewer het om na Adriaan om te sien nie, soveel jare gelede. Adriaan is sy broer en daarom het hy hom lief, maar die man wat Adriaan is, daardie soort mens kan hy nooit werklik liefhê nie. Adriaan wie se karakter so vol kwinte is dat hy glad nie besef Jan is bewus van sy groot verwyt nie. Adriaan se verwyt, en sy vrou se grootste verwyt.

Jan kyk af na sy hande. Sien dat hy onbewustelik begin prentjies teken het. Sy hand volg sy gedagtes. Prentjies op 'n skryfblok gemaak, gedagtevlugte gekarteer. Prentjies deurgetrek. Prentjies oorgeteken. Lyne en diagramme, moontlike parallelle. Uiteindelik was hy tevrede dat hy voorsiening vir alle gebeurlikhede gemaak het. Hy het die velle uit sy skryfblok geskeur en na sy kantoor gestap, die versnippermasjien aangeskakel en die velle apart, een vir een, deur die lemme gevoer.

Hy wil nog 'n laaste keer met Maria praat, haar vertel van die laaste prentjie.

Nou vind hy haar op die voetenent van hul bed, 'n papier in die hand. Sy voel saggies aan die papier, streel dit selfs teer.

"En as jy nou so alleen sit?" vra Jan.

"Ek dink aan Francois."

Hy gaan sit langs haar.

"Dink jy hy sal my kan vergewe?" vra Maria.

"Wie?"

"Boetjan."

"Hopelik sal hy ons albei vergewe."

Hulle sit 'n rukkie in stilte voordat Maria voortgaan. "Hoe maak mens jou kinders groot sonder om hulle seer te maak?"

"G'n idee nie."

"Dis my skuld dat hy gedrink het."

"Dit was ons skuld."

Stilte.

"Ek wens ek het vroeër geweet wat gebeur het," sê Maria.

"Ek wens ek het jou vroeër vertel."

Stilte. "Die kapelaan se brief ...?"

Maria knik.

Hoe kan sy Jan verkwalik vir die liefde waarmee hy haar probeer beskerm het? En toe die leuen eers posgevat het ... Gelukkig het sy nog tyd om sake met Boetjan uit te stryk, sy, die veroordelende Maria. Sy kyk steeds swyend na die brief in haar hand. Dan lig sy haar kop: "Weet jy ... maak nie saak hoe Francois gesterf het nie ... of hy tentpenne ingeslaan of oor 'n slagveld gestorm het, hy was daar omdat ons geglo het dat dit die regte ding was om te doen."

"Ons het dit almal geglo."

Nou, met die hele waarheid in haar gemoed uitgelê soos dit hoort, nou haal die hartseer haar van voor af in. Maria begin huil.

Jan sien hoe oorstelp sy is en trek haar saggies teen sy bors aan. Ná 'n ruk kom Maria tot stille berusting.

Só sit hulle totdat die selfoon hulle terugroep na die hede.

Maria gaan antwoord.

Sy luister. Fluister 'n paar woorde.

In stilte druk sy die foon dood. Sy kyk stadig op. Maar sy sien niks, net die drogbeelde van 'n pistool wat agter ouma en oupa Venter se kop gedruk word, en albei wat vorentoe kantel, die dood tegemoet.

—— *** ——

Die dood. Maria hou haar selfoon weg van haar oor af, kyk verdwaas daarna.

Die dood.

Hoeveel maal sy gesig gesien. Onverwags.

Sy plaas die foon stil terug op die spieëltafel voor haar. Met die vingerpunte lig en roerloos op die telefoon word sy willoos vasgevang in die maling van haar gedagtes. Soveel keer in die verlede, toe die seuns nog jonk was, het sy by hulle skool gestaan en kyk hoe die ou landsvlag gehys word, die volkslied saamgesing. Dit was vir haar altyd 'n roerende melodie. Maar eers toe sy daardie brief van die kapelaan vasgehou het, het sy besef wat sy al daai jare gesing het: Ons sal antwoord op jou roepstem, ons sal offer wat jy vra. Toe het sy besef: Oorlewing en opoffering voed mekaar soos die hemel en die aarde mekaar voed ... en dat vooruitgang – van klip, tot spies, tot geweer, tot mortierbom – niks meer is nie as die gedaantewisseling van wat nog altyd agter dieselfde berg gelê het.

My man het 'n besigheid gebou, dink sy. Ek ... het drie kinders vir 'n volk gebaar.

En ek sukkel nou om 'n volkslied te sing.

BERTUS

Bertus hou daarvan om elke dag 'n rukkie by Jan Cilliers se swembad te kom staan. Alleen. Dan kan hy sy gedagtes orden. Bestek neem: Hoe vorder ek?

Vra hom nou om hom te oriënteer, en dit kom maklik. Hy het nooit verstaan wat die woord "diaspora" beteken nie ... totdat hy geëmigreer het. Dis soos die Jode ... hulle tuisland is Israel, maar as volk is hulle oor die wêreld gesaai ... nes die Afrikaner vandag. En keer jy terug na die land van jou geboorte, is die eerste vraag altyd: "Oorweeg jy dit om terug te kom?" En die antwoord is so moeilik, want dit begin met die sterre.

Volgens wetenskaplike navorsing het dit ná die ontstaan van die heelal ongeveer een miljard jaar gekos vir hierdie aarde om van 'n vurige gasbol tot soliede massa af te koel. Daarna het die eerste lewe begin vorm. Bakterieë was eerste, gevorm uit kosmiese elemente wat van verbygaande komete en verskietende sterre op die aarde neergestort het. Sterrestof: die saad van alle lewe op aarde. Teen drie punt vier miljard jaar later – ongeveer honderd miljoen jaar gelede – het die dinosourus die aarde oorheers, met die gevolg dat soogdiere, waaruit die mens soos hy vandag is, sou ontstaan, nie kans gekry het om veel te ontwikkel nie.

Maar toe gebeur 'n merkwaardige ding, en dit duik altyd in sy gedagtes op as iemand hom oor sy toekomsplanne vra: 'n Massiewe meteoriet tref die aarde en saai verwoesting gelyk aan dié van duisende atoombomme. Die weerpatrone verander, die dinosourus sterf uit, die klein soogdiere kry kans om te ontwikkel, en die pad lê oop vir die tyd van die soogdier ... en die evolusie van *Homo sapiens* ... die mens.

— I —

Antoinette sit by die eetkamertafel, waar die oorblyfsels van die begraf-
nis se southappies en koekies nog nie opgeruim is nie. Sy is in swart
geklee. Sy kon dit nie naby haar gesig waag met meer as elemen-
têre grimering nie; die trane sou dit verwoes. Adriaan sien hoe die
sakke onder haar oë al hoe meer opmerklik is. Sy staar na niks in die
besonder nie.

Die begrafnis van oupa Pieter en ouma Francina Venter is agter
die rug.

Adriaan stap nader en gaan sit op 'n stoel naby aan haar.

"Diere. Ons is omring deur diere." Hy het dit pas gesê, of hy sien
hul huishulp deur die sitkamer beweeg en opruim. Vir 'n oomblik
kwel dit hom dat hy sulke dinge sê, maar dan besluit hy, basta, dis hoe
hy voel.

Antoinette kyk na die leë koppies, maar in haar gedagtes is dit die
drogbeelde wat oorneem: twee bejaarde mense, nakend uit die stort
gesleep na hul slaapkamer, en 'n koeël agter in die harspan wis skielik
en onverbiddelik alle bewussyn uit.

Die afgelope paar dae was vir haar 'n emosionele slingergang. Die
een oomblik sou sy die moorde verwerk, net om die volgende oomblik
van voor af te veg teen die skrynende onregverdigheid daarvan. Elke
mens weet dat hy eendag sy ouers sal moet begrawe, het Antoinette
getier, maar dan neem jy altyd aan dit sal ná 'n siekbed wees, of weens
ouderdom. Maar moord? Moord deur lafaards wat nie eens die inbors
gehad het om hul slagoffers in die oë te kyk toe hulle die snellers getrek
het nie!

Stilte.

"Ek wil hê hulle moet gehang word," sê Antoinette.

"My skat ... jy weet mos ... daar is nie meer 'n doodstraf in hierdie
land nie."

"So, daai twee moordenaars gaan op ons onkoste in die tronk sit
terwyl my ma en pa in 'n koue graf lê."

Adriaan sug. Wat help dit om te stry? "Ja. Dis presies wat gaan gebeur."

"Dis nie regverdig nie."

"Dit, my vrou, is die nuwe Suid-Afrika."

Die dood het ook sy verlammende uitwerking op die drif en drang van 'n tiener se hormonale skommelinge. Dit stuit alle emosionele hoog-vlugte, bring die vlak van belewenis af na dié van pyn en verlies.

Net 'n entjie in die gang af – volvloertapyte demp die klank – van waar Adriaan en Antoinette oor die nuwe Suid-Afrika sit en gesels, is Elisabeth en Vlooi in haar slaapkamer besig om die tyd om te kry. Dit is 'n moeisame proses, want dié slag kan sy hom nie uittrap dat hy dit in haar allerheiligste van binnekamers durf waag het terwyl hy 'n behoefte het om sy gevoelens met iemand te deel nie.

Vlooi staan en praat, Elisabeth sit op haar bed, 'n kussing op haar skoot. Sy het nie meer trane nie, maar is telkens verras hoe nuwe gedag-tes tog die sluise weer laat open. Sy luister met rukke en stote na haar broer – dit hang af watse beelde sy tirade in haar gemoed losmaak.

"Ja ... en jy moet weet, Ouma en Oupa join nou net die duisende ander wie se kruise in die grond van hierdie land geplant staan. Elke dag word Boere vermoor, op die plase, in die stede ... en dis alles oukei. Hoekom? Omdat ons hande gebind is ... Baklei ons terug, dan's ons ras-siste wat na die 'goeie ou dae' van apartheid verlang."

"Het jy gesien hoe Ma by die graf gehuil het?"

"Natuurlik het ek gesien, en ek sê jou nou ... hulle gaan betaal vir elkeen van Ma se trane wat in daardie grafte geval het. Elke laaste een."

"En wat presies kan jy doen om 'hulle' te laat betaal? Hmm?"

Vlooi is nie seker wat hy moet antwoord nie. Of wat hy hoege-naamd kán antwoord nie. Uitgesproke gedagtes kan moontlik sware aanklagte word. "Ek weet nie," sê hy, "maar watch my." Hy staar in die niet, 'n vuur in sy buik.

Toe Adriaan destyds op aandrang van sy kinders 'n swembad in hul agterplaas laat bou het, het hy dit op een voorwaarde gedoen: Hy wat

Adriaan is, sal nooit 'n vinger hoef te lig om die swembad skoon te hou nie. Dis Vlooi se werk.

Nou vlug Vlooi uit Elisabeth se kamer om blare met 'n langsteel-sif bymekaar te skep en uit die swembad te verwyder. Dit is waar Adriaan hom uiteindelik aantref.

Adriaan wens hy kan meermale so saam met sy seun staan en gesels, whisky in die hand, Vlooi wat die werk doen en met sy pa gesels.

"Wat my pla, Pa, is ... is dit die toekoms vir ons? ... om te sit en wag, hande agter die rug vasgebind, terwyl ons een vir een uitgevat word?"

"Vlooi, ons volk veg al om oorlewing sedert Jan van Riebeeck die eerste keer sy voet op hierdie grond gesit het."

"Dis my hele punt, Pa. Ons veg sedert die begin, maar nou veg ons nie. Ons staan en wag soos skape by die slagpale."

"Tye het verander."

"Al wat verander het, is ons trek nie meer laer nie, laai nie meer ons roers nie. In fact, hulle't die wet verander sodat ons nie meer roere kan hê nie."

"Ek weet, my seun, maar dis hoe dinge nou is. Daar's niks wat ons daaraan kan doen nie."

"Pa moet die websites sien wat ek al uitgecheck het. Daar's baie ouens wat iets probeer doen."

"Hulle sal nie ver kom nie."

"Wel, Pa, as die eerste Voortrekkers so gedink het, het ons nou nog in die Kaap gesit met Engeland vir 'n baas."

Antoinette kom by die huis uit.

Vlooi hou op blare skep.

"Ek wil na Ma en Pa se huis toe gaan." Antoinette het haar donker-bril op, maar sy praat sonder emosie, moontlik is die ergste huil vir die dag agter die rug.

"Nou?" Adriaan is onkant betrap.

"Nou."

"Antoinette, ek dink nie dis ..."

Haar stemtoon lig 'n fraksie. Adriaan kan nie die onwrikbare wil daaragter ignoreer nie. "Ek wil nou na Ma en Pa se huis gaan. Is dit te veel gevra?"

Antoinette weet nie wanneer laas die polisie hier was nie. Die huis het die vreemde reuk gekry wat 'n huis kry wanneer daar geen siel daarin rondbeweeg nie.

Haar maag draai. Niemand het daaraan gedink om van die vensters oop te maak sodat die reuk van bloed kon wegwaai nie.

Sy stap die moordkamer binne.

Adriaan, Vlooi en Elisabeth volg haar, versigtig om nêrens enigiets te versteur nie. Of te beweeg waar hulle voel Antoinette eintlik die reg het om eerste te beweeg nie.

Antoinette kyk na die foto's teen die mure. Van haarself en Adriaan, van Vlooi en Elisabeth, van ouma en oupa Venter in 'n groot familieportret saam met Adriaan, Antoinette, Vlooi en Elisabeth.

Sy dink: Ek sal hulle nooit weer sien nie.

Dan kyk sy af na die tapyt. Daar is nog twee groot bruin vlekke waar die bloed in die tapyt droog geword het.

Antoinette kniel stadig by die vlekke.

Versigtig steek sy haar hand uit en raak aan een van hulle.

Trane begin oor haar wange stroom, maar sy maak nog geen geluid nie.

Wanneer sy praat, is dit met die leë stem van iemand wat bitter teleurgestel is. "Mamma ... Pappa ..."

En dan begin Antoinette huil, 'n kreet wat van binne na buite skeur, haar binneste wat ruk en ruk, asof hulle deur die bewegings Antoinette self wil suiwer van alle bose reste.

Adriaan staan met hangende skouers na sy vrou en kyk. Hy is onseker wat hom te doen staan. Enige gebaar wat hy nou maak, enige onderskraging wat hy kan bedink, sal beuselagtig lyk en klink terwyl dit vir almal duidelik is dat Antoinette nóú eers afskeid neem. Dit is nie die afskeid by 'n oop graf nie, dit is 'n afskeid van haarself, van die laaste bietjie onskuld wat sy as volwassene nog bly koester het. Dit is die afskeid van 'n kind wat bly glo het haar ouers is onverwoesbaar.

Elisabeth klou aan Vlooi vas.

Sy wens sy kan weet wat in haar broer se kop aan die gang is. Sy ken hom nie só nie: Die harde, vasberade lyn wat sy mond nou vorm, die oë waaruit haat en woede vonk.

— II —

Nooit is 'n baie kort tyd, dink Bertus. Voor hy en Elna getroud is, het hy haar op 'n keer gevra hoekom Ouma nie soms ook by Adriaan-hulle gaan bly nie. Elna het gesê dat Ouma nie wou nie – oor Antoinette. "Sy's 'n Volksrust-meisie," het Ouma glo verduidelik, "maar haar hart is van Newcastle." Ouma het nooit verduidelik nie, maar Elna was seker dit het iets te doen gehad met die Brasiliaanse tennisspeler wat soos 'n wafferse Jaroslav Houba die platteland deurkruis het as boukontrakteur en gewone tennisafrigter. Die mannetjie, Miguel of so iets, het op sy dag vir Brasilië tennis gespeel. In Suid-Afrika het hy hom eintlik toegespits op die vroue. Hy het Adriaan se huis gebou – of ten minste tot op fondasie-vlak, want dit was tóé dat Adriaan agterkom Antoinette klim saans moeg in die bed daar in die woonstelletjie in Sunnyside waar die twee gewoon het voor die kinders gekom het. Antoinette was 'n ruk huilerig nadat Adriaan vir Miguel op sy moer gegee het. Maar sy was weer die vrolik-heid vanself toe hulle in die huis intrek en sy agterkom sy is swanger. Met Adriaan se kind. Haar verhouding met Adriaan het herstel, maar Ouma was nooit 'n oorbly-gas by haar aan huis nie. En nou is Antoinette een van die redes hoekom 'n goor vakansie nog erger geword het.

Bertus is oor baie dinge ongelukkig. Hy is vir 'n kort vakansie in Suid-Afrika. Kon nie bekostig om sy werk net so te los om dit te doen nie, maar hier is hy. Vakansie.

Toe begin dit, die een gemors ná die ander.

Eers hoor hulle dat skoonpa sterwend is. En voordat hulle die nuus kon laat insink, kom die nuus van die moord op die ouers van die een vrou wat hy eintlik nie eens 'n plek in sy lewe gun nie.

Hy wou Neil in Kanada agterlaat sodat hy geen verdere blootstelling het aan die land van onregverdigheid en moord en doodslag nie – maar toe laat hy hom ompraat, en hier sit hy nou.

Nog is het einde niet, soos die oumense gesê het. Die begrafnis was kwalik verby, of Neil kom vra hom uit oor die presiese manier waarop oupa en ouma Venter gesterf het. Vlooi het die arme kind vertel van die manier waarop hulle kaal uit die badkamer gesleep is, op die grond moes kniel en toe van agter, teregstellingstyl in die kop geskiet is.

Hoe kon Vlooi dit doen aan 'n kind wat nog so onskuldig en naïef soos Neil is?

Bertus glo egter nie daarin om, die vraag eens gevra, die waarheid vir sy kind te verdoesel nie. En voor Bertus beheer oor die gesprek kon kry, het hy reeds die goor besonderhede aan Neil bevestig. Vlooi lieg nie, ja, die huishulp het die sekuriteitshek oopgelos sodat 'n vriend van haar boyfriend kon inkom om die huis te beroof. Maar hy kon ook nie antwoorde op alles verskaf nie. Hoekom die twee bejaardes vermoor, terwyl hulle net die geld en juwele uit die brandkas kon geneem en verkas het?

Nugter weet.

Maar Neil moet weet, dis 'n geskiedenis wat al lankal aankom en baie te make het met die manier waarop die wit voorvaders die swart voorvaders hanteer het. En nee, nie alle swart mense is so nie, kon hy Neil gerusstel. Daar is swart mense wat sleg is, nes daar wit mense is wat baie sleg is. As mens sleg is, is jy sleg. Punt.

As goeie mense slegte mense in bedwang wil bring, moet hulle soms tot op dieselfde vlak daal om dit te kan doen. Dit wil mens nie hê nie.

En toe kom Neil met die pragtige formulering: "So, die goeie mense is die bokke en die slegte mense is die roofdiere, en al wat die bokke kan doen, is om waaksaam te bly ... en te hardloop as hulle kan."

Beter kon Bertus dit nie gestel het nie.

— III —

Rika was besig om te staar na 'n borduurwerk teen die sitkamermuur toe die voorhek se klokkie lui en sy die skrik in Rudi se oë sien.

Die mure in Rika en Rudi se sitkamer is behang met skilderye van natuurtonele wat gemeentelede deur die jare as geskenke aan die predikantspaar gegee het. Slegs een van die werke teen die muur val in Rika se smaak – hierdie borduurwerk van plante en blomme, 'n werk wat sy self gemaak het. Dit lyk vir haar amper soos 'n Japanse kunswerk, en Rudi het soveel daarvan gehou dat hy dit laat monteer het en glas daaroor geplaas het sodat die kleure, soos hy dit stel, nie kon bleik nie. Sy het lank nogal gevlei gevoel daardeur – dat sy daarin kon slaag om Rudi en die Here te behaag deur sy natuur só uit te beeld. Mettertyd het sy besef dat die kleure nooit sou verbleik nie omdat die son nooit in daardie deel van die sitkamer val nie. Min mense het die borduurwerk gesien, want net sy en Rudi en baie af en toe die kinders het in die sitkamer gekom. Boonop het die glas se weerkaatsing van die venster teen die teenoorgestelde muur veroorsaak dat mens kwalik die borduurwerk kon sien.

Rika se blik het na die borduurwerk gedwaal, skuins verby Rudi se kop. Sy het hulle daar sien sit. Die gesin Naudé. Sy het gedink: Dit kon enige ander dag gewees het. Vanmiddag was hul gesinnetjie saam by die Venters se begrafnis. Nou sit hulle, steeds in hul swart begrafnisdrag geklee, in die sitkamer, die oë gesluit, en Rudi wat hulle in gebed lei.

Tog, dinge het verander. Dít weet sy.

Rika het na Rudi gekyk terwyl hy bid. Haar gedagtes is nie werklik by die gebed nie. Sy voel louwarm oor die dinge wat Rudi van die Hemelse Vader vra; sy kyk van Rudi weg na die borduurwerk.

"... en laastens, onse Heer, wil ons, as gesin, dankie sê dat U in u genade dit goedgedink het om ons deur al hierdie jare as gesin te spaar. Ons vra dat U u liefde en troos oor Antoinette en Adriaan en hulle kinders sal laat daal, om hulle in hierdie moeilike tyd van worsteling met die bose, die krag sal gee om steeds u lig te volg. Ons vra dit ..."

Toe lui die hek se klokkie.

Rika sien hoe Rudi se oë vir 'n oomblik vervaard oopgaan, maar dan weer sluit sodat hy met sy gebed kan voortgaan.

"Ons vra dit in u heilige Naam ... amen."

Rudi praat dadelik verder: "Gerhard, gaan kyk asseblief wie dit is."

Gerhard doen soos hy gevra is, sonder om 'n vraag te vra.

Rudi huiwer 'n oomblik, praat dan met Rika en Esmé. "Nou ja toe, laat daar g'n twyfel wees dat die bose magte van hierdie wêreld dag en nag hulle kans afwag om die kinders van God te vernietig nie."

"Ja, en dis snaaks hoe daai bose magte dikwels in 'n goeie mens se siel wegkruip," sê Rika.

Rudi kyk verbaas op na sy vrou. Wat bedoel sy met haar opmerking? Verwys sy na hom? "Hoe bedoel jy nou?"

"Wel, dit was hulle huishulp wat die sekuriteitshek oopgelaat het."

Rudi sê niks. Hoe kan hy seker wees sy is eerlik met hom?

"Soos jy mos eenkeer gesê het: Die duiwel se horings sien mens selde, want hy dra gewoonlik 'n pak en 'n das."

Selfs 'n wit das, dink Rudi, maar sê dit nie.

Esmé sien hoe haar ouers na mekaar staar. Daar is iets in die lug.

"Pa ..." Gerhard het stil ingestap gekom. Hy staan eerbiedig skuins langs Rudi. Hy vou sy hande netjies voor hom oormekaar, nes 'n diaken op huisbesoek. "Pa, dis 'n man wat Pa wil sien."

"Wie is dit?"

"Hy sê sy naam is Hannes en Pa weet waaroor dit gaan."

Die swart hond van neerslagtigheid gooi sy skadu oor Rudi.

Rika sien hoe sy gesig versomber, die kwelling wat uitslaan in 'n frons wat sy nog selde in hul huwelik van ses-en-twintig jaar gesien het. Sy kyk hom agterna wanneer hy uitstap, haar man vir wie sy skielik min simpatie oorhet.

"Ma ..." Esmé onderbreek haar gedagtegang. "Wie's hierdie Hannes-ou?"

"'n Spook uit jou Pa se verlede."

Rudi sien nie kans om Hannes by die hek van aangesig tot aangesig te sien nie. Hy stap na die interkom, druk die gehoorstuk teen sy oor en sê so beleefd as wat moontlik is onder die omstandighede: "Ja?"

"Hallo, Dominee, dis Hannes."

"Ja, ek weet. Wat wil jy hê?"

"Jy weet wat ek wil hê."

Rudi swyg.

Hannes roep sy naam.

Stilte.

Dan praat Rudi.

Hy probeer Hannes afskrik met die dubbele begrafnis wat hy die middag bygewoon het.

Hannes herinner hom kru aan die groter gesprek waarmee hulle besig is: "Was hulle dood?"

"Wat sê jy?" Rudi is só geskok hy kan nie sy ore glo nie.

"Ek vra: Was hulle dood?"

"Natuurlik was hulle dood! Waarvan praat jy?"

"Ons weet mos albei, Dominee ... op die grens het ons mense lewend begrawe."

Die grens. Die alewige grens! "Jy bly weg hier of ek bel die armed response!" Hy sit die gehoorstuk amper gewelddadig terug.

Wanneer hy omdraai, loop hy amper vas teen Rika.

"Jy kan nie daardie man wegjaag nie."

"Ek kan en ek sal!"

Rudi swaai om en storm sy studeerkamer binne. Hy wens hy was weg, ver weg, elders. Net nie hier nie. Hier waar hy nie kan wegkom van sy gewete nie, en sy vrou boonop soos 'n skootbrakkie aan sy hakke hap.

Voordat hy agter sy lessenaar kan gaan sit, is Rika by.

"Rika, ek wil nie hieroor praat nie!" Rudi se uitroep klink desperaat.

"Daardie man het ..."

"Daardie man, Rika, behoort aan 'n ander tyd. Hy's nie die enigste een wat swaar gekry het nie. Daar was duisende jong manne op daardie grens! Ek was een van hulle. Maar daardie tyd is verby! Hoor jy my? Verby!"

As hy gedink het dat sy uitbarsting haar sou laat terugdeins, het hy hom erg misgis.

"Nie vir hom nie ..." antwoord Rika, bedaard maar met 'n onverwagte fermheid in haar stemtoon, "en waarskynlik nie vir die duisende manne wat daardie 'ander tyd' deurgemaak het nie."

"En wat wil jy hê moet ek doen? Hè? Hulle almal se kruis dra?"

Te laat besef Rudi dat hy homself ten aanskoue en aanhore van sy vrou geweeg en te lig bevind het.

Hy sal die woorde nooit ongedaan kan maak nie.

Hy sien die ysere wil in haar na vore kom, haar skouers fier en reguit gestrek, 'n uitdagende blik in haar oë.

"Nee, nie almal nie ..." sê sy, "net dié wie se kruis jy help bou het ... en jou nou om hulp vra omdat hulle nog steeds aan daardie kruis hang." Sy gee hom 'n laaste minagtende kyk, draai om en stap uit.

Uiteindelik, die stilte waarna hy gesmag het.

As sy gedagtes nou net wil bedaar.

— IV —

Jan kan nie help om wrang te glimlag nie. Laat niemand ooit sê dat sy lewe saai was nie! Hy het sy gesin – met aanhangsels! – rondom hom geskaar vir die viering van sy verjaarsdag. 'n Dag voor sy verjaarsdag nogal. Teen die tyd dat sy verjaarsdag aangebreek het, het almal geweet dat hy sterwend aan kanker is. Op die middag van sy verjaarsdag het hy sy deeglik uitgewerkte strategiese plan vir die voortbestaan van sy maatskappy aan die sleutelpersone verduidelik en sekere dinge aan die gang gesit. Maar voordat enigiemand hulle kon oriënteer, het die moord op Adriaan se skoonouers alles tot stilstand geruk.

En nou? Hier sit hy en Maria saam met Ouma, Boetjan en Elna en haar gesin en probeer tot verhaal kom. So tot verhaal as wat 'n groep mense in begrafnisdrag kan kom.

Jan besluit dat daar 'n gebaar moet wees om die doodsteenwoordigheid hok te slaan.

Dit is stil in die vertrek. Elkeen het sy eie gedagtes.

Iets sal hy moet doen om die somberte te verbreek. Dan besef hy: Somber is wat hierdie oomblik behoort te wees.

Eer almal se gevoelens. Hy gee aan elkeen 'n glasie konjak: Maria, Ouma, Elna, Bertus, en Boetjan se glas vir Neil. Hy knipoog vir sy klein-kind: "En vir jou, jong man, net 'n klein-klein sopie, of anders is ek in die moeilikheid by jou pa en ma."

Jan stap effens weg van die sittende kring, draai dan om na hulle en lig sy glasie.

Almal kom orent.

"Ons drink op Pieter en Francina Venter," sê Jan. "Hulle was goeie mense en ons gaan hulle mis."

Almal lig hulle glase, Boetjan net sy hand. "Pieter en Francina," sekondeer hulle die saluut.

Jan sny 'n waatlemoen en vertel 'n storie ten koste van homself. Almal het hul begrafnisklere in die hangkas teruggesit en sit nou, Neil inkluis, in Jan se ruim stoep-onthaalvertrek wat met sy grasdak die Pretoriase somershitte heerlik versag.

Hy vertel van die keer toe hy en Maria laat by die Orpen-hek van die Krugerwildtuin opgedaag het omdat hulle die nuwe name op die pad-tekens nie geken het nie. Maria, liewe Maria, herinner almal aan Jan se berugte humeur en hoe hy daarin geslaag het om dit dié keer in toom te hou, anders het hulle daardie nag buite die hek in die kar moes slaap.

"Ek moet julle sê," val Boetjan in, "ek het gedink dat die wildtuin ná '94 dieselfde pad sou gaan as baie van die ander dienste in die land, maar die bestuur daarvan is uitstekend. Om die waarheid te sê, die geriewe is nou baie beter as wat hulle ooit gedurende apartheid was."

Bertus kom aangestap waatlemoen toe. "Ook maar net omdat die wildtuin een van die min dinge is wat buitelanders na die land toe lok."

Elna byt haar onderlip.

Boetjan het meer geduld. "Weet jy, Swaer, ek weet dit gaan nou snaaks klink ... gegewe die droewe dag wat ons vandag gehad het, maar dinge is nie so erg soos wat jy dink nie."

"Ek wil nie nou dwars klink nie," sê Bertus, "maar jy sê dit waarskyn-lik omdat jy daaraan gewoond geraak het. Jy sien dit nie meer raak nie."

Elna kan sy negatiwiteit, hier onder haar pa se dak, nie langer verduur nie. "Bertus, ek weet dat onder die omstandighede jy nou voel dat ..."

"Ons het klaar hieroor gepraat, Elna. Ek wil nie weer daaroor praat nie."

"Nee, maar miskien wil ek."

Dit is stil onder die groot grasdak. Die oomblik het onverwags gekom: Elna se openlike verset teen Bertus se selfbeheptheid.

Almal se oë is nou op Bertus en Elna ... besef dat 'n klein "domestic" besig is om los te bars.

"Jy weet waar ek staan."

"Ja, ek weet waar jy staan, maar ongelukkig is jou standpunt nie die enigste een wat tel nie."

"Gaan jy my nou wragtag voor almal uittrap?"

"Nou's daar moeilikheid." Die gesprek word amper in bedaarde toon gevoer, sodat Ouma se toetrede almal verbaas. Hulle het skoon van haar vergeet.

Nie nou nie, dink Maria, net nie 'n bakleiery nóú nie. "My kind," sê sy, "as jou man nie met 'n oop gemoed 'n lewe in hierdie land ..."

"Nee, Ma! Dit gaan nie net oor wat my man wil hê nie. Dis hoe Ma geleer is hoe 'n vrou moet wees."

"Elna!" roep Jan uit. "Pasop hoe jy met jou ma praat."

Elna is onstuitbaar. "Dit tref my dat Pa die ander dag vir Bertus die pos van hoof uitvoerende beampte en vir Boetjan 'n plek in Pa se besigheid se raad aangebied het, maar nie vir my nie. Ek het dieselfde graad as Bertus. Om die waarheid te sê, ek het selfs beter punte as hy gekry. Net omdat ek my loopbaan prysgegee het om my kind groot te maak ..."

Bertus sien uit die hoek van sy oog dat Neil met gespitste ore na sy ma luister. "Neil, gaan kamer toe asseblief."

"Nee, los hom," kap Elna dadelik terug. "Hy's nie meer 'n kind nie."

"Op sy ouderdom was Francois en Boetjan reeds op die grens," val Ouma in.

"Presies," antwoord Elna. "Net omdat ek ingestem het om moeder te wees, beteken dit nie dat ek my brein prysgegee en vergeet het wat ek geleer het nie. Maar nee, ek is 'n vrou – wat weet ek van besigheid? En as my man sê nee, dan moet ek sê ja en amen."

"Dis hoe dit in my dae was," sê Ouma.

"My dogter, ek's jammer, ek het nie gedink dat ..." Jan dink aan sy prentjies. Hier's ene wat hy vroeg-vroeg geteken en toe deurgehaal het. Hy het gedink die stokmannetjie met die rok sou nie in opstand kom nie.

"Dis juis die probleem hier, Pa. Dis asof julle mans die wêreld soos 'n koek opdeel en nie vir 'n sekonde dink wat julle vrouens wil hê nie."

As Elna só sterk voel, dink Jan, moet sy teenstand ook kan hanteer. Hy trek hom op, soos hy gewoonlik doen wanneer sy humeur besig is om gloede te kry. "Ons praat hier van 'n groot besigheid, een wat ek en Mabuzo oor dertig jaar opgebou het, wat apartheid en die nuwe Suid-Afrika oorleef het. As julle in die buiteland gaan bly, is daar g'n manier dat jy ..."

"Daardie besluit is nog nie geneem nie, Pa. Ek weet waar Bertus staan, maar daardie besluit is nog nie geneem nie."

Elna sit terug.

Dáár!

Dis gesê.

Haar gevoelens, wat sy nou al só lank opkrop, is in die oopte.

Bertus begin onmiddellik praat. Met elke woord wat Elna gesê het, kon hy aanvoel hoe hy deur sy eie vrou uitgedaag word. Hy besef dis nie die tyd vir kinderagtige reaksies nie – dis nie 'n uitdaging nie. Hy weet hoe sy wroeg die afgelope ruk, en hulle kry dit nie reg om openlik daaroor te gesels nie. Maar praat sal hy moet praat. Hom regverdig terwyl Neil hier sit. "Kyk, as Pa en Ma en jy, Boetjan, in hierdie land wil bly, dan is dit julle saak."

"Moenie van my vergeet nie ... ek en Oom Paul gaan nêrens nie," sê Ouma, doodernstig.

"Jammer, Ouma." Bertus wil haar toesnou, maar hy is beter grootgemaak as dít. "As dit julle keuse is – ek wens julle alles van die beste toe. Maar ek kan julle dit sê: Kyk 'n bietjie van buite af na die wit man in hierdie land en al wat jy sien, is 'n padda in 'n pot water. Dis mos 'n feit van 'n padda – gooi hom in 'n pot kokende water en hy sal spartel om uit te kom, maar sit hom in 'n pot koue water en maak dan daardie water geleidelik warmer en hy sal tjoepstil daar bly sit totdat hy dood-gebrand het. Die water word warmer vir die wit man in hierdie land ... maar so geleidelik dat julle dit nie eers agterkom nie. En ek praat nie eens van wat met die twee mense wat ons vandag begrawe het, gebeur het nie. Noem dit affirmative action, redressing the injustices of the past, BEE of BBBEE met soveel bleddie B's as wat julle wil ... hulle gaan nie ophou totdat hulle alles gevat het nie. En as hulle dit klaar gevat het, sal daar nog steeds miljoene wees wat honger ly terwyl 'n elite-groepie magtiges met alles sit. Business as usual. En daar sal nie 'n enkele wit man onder hulle wees nie. Apartheid Deel 2. Spring nou uit daardie pot terwyl julle nog kan."

"Jy vergeet waar ek vandaan kom, Swaer." Boetjan kan dit nie sommerso laat verbygaan nie. "Jy vergeet wie my voorouers was. Die stof van hierdie land is in elke been van my lyf. Ek het vir drie jaar met 'n rugsak op my rug vanuit die buiteland na hierdie land gekyk en ek sê jou, om van buite af in te kyk is nie dieselfde as om hier binne te leef nie. As hulle kom, dan moet hulle kom. As hulle my jaag, jaag ek terug. As hulle my onderdruk, dan druk ek terug, en as hulle slim raak, dan raak ek slimmer, want 'n boer maak 'n plan en hy leef nie in vrees nie. Ek het respek vir al die mense van my land en ek verwag dat hulle aan my dieselfde respek moet betoon, en enige mens wat nie my bestaans-reg kan aanvaar nie, of nie wil erken nie, sal ongelukkig op die harde manier moet leer wat dit beteken om die strydbyl teen my op te neem. Ek is nie swak en oud soos die twee mense wat ons vandag begrawe het nie ... ek ken van vegter wees, het al baie sandsakke gedra. My lot is hier, of dit nou enige ander landgenoot pas of nie. Ek moet hulle verduur, hulle kan my verduur. En as dit iemand dwars in die krop steek, het ek eenvoudige raad: Sluk, boetie, sluk, want ek is 'n Afrikaan, 'n seun van Afrika, en ek gaan nêrens nie."

Bertus kan nie antwoord hierop nie. Wil nie antwoord nie. Elna knyp die brug van haar neus tussen duim en voorvinger, haar oë toe.

Wat Bertus betref, is die twis verby. "Ons het reeds ons vlugte uit-gestel om vandag se begrafnis by te woon," sê hy, saaklik. "Môre is ek en my gesin op daai vliegtuig. Dis miskien nie so groot soos Pa s'n nie, maar ek het 'n besigheid wat in Kanada op my wag."

Elna kyk na hom. Dit is asof hy niks verstaan wat sy gesê het nie.

— V —

Gerhard is diep in gedagtes versonke wanneer hy oudergewoonte op hul oprit wag dat die sekuriteitshek oopgaan. Hy is in sy laaste studie-jaar. As alles volgens plan verloop, en dis goed so in die oë van onse God die Vader, volg hy aanstaande jaar in die voetspore van sy pa. Nou, terwyl sy pa so omgeëllie is, sit hy en wonder hoeveel sulke krisisse daar op hom wag. Daar is so baie om oor na te dink. Toe Hannes sy verskyning by die voorhek gemaak het, het Gerhard in sy kar gespring om 'n ent te gaan ry, melk en brood vir sy ma te koop, enigiets om net kortstondig aan die somberte van hul huis te ontsnap. Hy weet dat Rudi alles in sy lewe tot eer van die Here gedoen het. Gelukkig het hul proffie in sielkunde al 'n paar jaar gelede, toe hy nog admis-sant was, vir Gerhard-hulle gewaarsku oor die gevare van hul beroep. Nes tandartse en dokters, sukkel baie dominees om die neerslagtig-heid af te weer wat hul gemeentelede soms by die voordeur indra. Hy neem aan Rudi sal, soos al dikwels in die verlede gebeur het, daarin slaag om sy huidige bui onder beheer te kry. Gerhard glo hy sal. Sy pa is 'n beginselvaste mens en hy stap die pad van die Here. Sy geloof is sy redding.

Dan sien hy haar in sy truspieëltjie. Die vrou wat verlede Sondag die diens bygewoon en so na hom sit en staar het.

Haar motor staan 'n entjie af in die pad. Gerhard het oudergewoonte half skeef die oprit opgery, sodat hy haar vol in spieël geraam sien waar sy stip in sy rigting kyk.

"Dis wragtag weer daai vrou ..."

Hy maak sy deur oop, klim uit en begin in haar rigting aanstap.

Wanneer sy besef wat aan die gang is, skakel sy haastig haar motor aan.

"Hei!"

Sy trek weg. In Gerhard se rigting.

Gerhard begin hardloop om die kar voor te keer, maar haar motor versnel te vinnig.

"Hei!"

Sy ry so naby aan hom verby dat hy aan haar sou kon raak.

Maar hy kon ten minste goed kyk.

Middel tot laat veertigs? Miskien laat veertigs, dink Gerhard. So oud soos sy eie ma.

Hy kry sy ma waar sy in die kombuis by die kombuistafel sit, besig om aartappels te skil. Mense wat so baie praat oor waar 'n vrou se plek is, by die vak of in die kombuis, húlle weet nie altyd wat die beste van 'n kombuis is nie. Toevlug, wegvlug. Sy ma voel sy pa se pyn aan. Sy het hom soveel jare lank bewonder en liefgehad. Mense soos hierdie Hannes, daar was al baie van hulle by sy pa. Sy ma weet van die dinge wat sy pa kwel. Aartappels skil is vir haar 'n salige toevlug.

Gerhard vertel van die vrou wat hom die vorige Sondag in die kerk so ongemaklik laat voel het, wat weer haar verskyning gemaak het, vlak voor hul huis. "Dis die tweede keer dat ek haar sien, Ma." Hy sit die brood en melk op die tafel neer.

"En sy was buite die huis?" Rika staan op, neem die melk na die yskas.

"Reg hier by die hek, Ma."

"Dis eienaardig. Is jy seker dis nie dalk iemand wat jou van die universiteit ken nie, wat dalk 'n crush op jou het?"

"Kom nou, Ma. Eerstens, sy's definitief in haar laat veertigs, en tweedens, as sy my van die universiteit af ken, hoekom sou sy in 'n kar buite ons hek sit? Sy kan my mos daar afloer."

"Ek vra maar net."

"As ek haar weer sien, gaan ek haar vasvat." Hy draai om om uit te stap, maar stop op die plek. "En weet Ma wat is die snaaksste ding ... sy kyk na my asof ... asof sy iets wil sê ... maar dan hardloop sy weg."

Hy stap uit en laat sy ma agter, 'n frons wat haar stip in die verte laat kyk. Dan stap sy terug tafel toe, neem die messie op. Maar dan sit sy dit weer neer. Sy hoor Gerhard in die gang af stap, om in sy kamer in te verdwyn. Dan stap sy reguit na Rudi se studeerkamer.

Rudi sit agter sy lessenaar, besig om iets in die Bybel op te soek. Rika trek die deur agter haar toe en gaan sit oorkant Rudi aan die lessenaar. Sy merk dat hy haar met die oë tot by haar stoel gevolg het en wag dat sy haar sit behoorlik kry.

"Ek weet wat jy gaan sê." Hy begin praat sonder om haar kans te gee om eerste te praat. "En ek moet jou vra om my toe te laat om hierdie saak self te hanteer."

"Ek dink ons het 'n probleem," antwoord Rika.

"Net as jy een daarvan maak."

Rika snap dat Rudi net een ding in sy gedagtes het. "Ek verwys nie na Hannes nie."

Rudi kyk haar verbaas aan. Sy wenkbroue lig, asof hy haar met so 'n geringe gebaar wil beveel om voort te gaan.

"Gerhard het nou al twee keer 'n vrou betrap ... 'n vrou in haar veertigs ... wat vir hom sit en kyk ... na hom staar."

Rudi is verlig. "Mense kyk of staar gedurig na mekaar."

"Hoe ken jy jou seun? Hy sou nie 'n punt daarvan maak om dit met my te bespreek as dit net 'n terloopse insident was nie. Die vrou was hier, buite die huis ... in haar kar."

Hoekom, wonder Rudi, het sy seun hom niks daarvan vertel nie? "Hy't nog niks vir my daarvan gesê nie."

"Hy het probeer ... maar jy't hom weggejaag."

Rudi haal diep asem, maar besluit dis wyser om te swyg. Hy wás in hierdie geval die sondaar. Hy het verkeerd opgetree.

"Hy sê sy kyk na hom asof sy hom iets wil vertel," gaan Rika voort, "maar as hy nader gaan, dan hardloop sy weg."

Rudi dink ver terug. Hy staan op, beweeg om die tafel na sy vrou.

Rika staan op, staan nader aan hom, soos 'n samesweerder. "Dink jy dis dalk ...?" vra sy.

"Onmoontlik."

"Enigiets is moontlik."

"Ek het persoonlik vir die papierwerk gesorg. Daar's g'n manier dat sy kon uitgevind het wie hom gekry het nie."

Rika is nie heeltemal oortuig nie. "Ek hoop jy's reg."

Sy stap uit die studeerkamer uit, trek die deur weer agter haar toe. Eienaardig, dink sy, twee weke gelede sou sy dit nooit durf waag het om so met Rudi te praat nie. Dinge verander.

— VI —

Vlooi het al by die varsity gehoor die manne praat van Die Ploegskaar, en dit was nog maar altyd deel van sy bucket list. Nou het hy 'n goed genoeg verskoning om dit te waag, en wanneer hy instap, hou hy dadelik daarvan. Weet nie hoekom nie, maar stry 'n man met sy *gut*?

Hy gaan sit by die kroeg. Kyk 'n bietjie rond. 'n Ou Transvaalse Vierkleur. Die Suid-Afrikaanse Unievlag – oranje, blanjeblou. Prente van die Boere-generaals. Hy kyk in die kroeg rond – nie 'n enkele swart gesig nie.

Dis sy soort plek!

Die kroegman kom nader. "Wat's jou gif, my vriend?"

"Uh ... Klippies en Coke." Hiér vra mens nie vir 'n melkskommel nie.

"Dubbel of single?"

"Maak 'it maar 'n dubbel."

Die kroegman skink met moeite – sy een hand is dik toegedraai in verbande. "Ek het jou nog nooit hier gesien nie. Jou eerste keer?"

"Iemand het my genooi. Nice plek."

"Nie 'nice' nie, my maat. Die beste. Beste pryse, beste geselskap en beste girls. En laat ek raai ... dis nie 'n ou wat jy hier ontmoet nie."

Vlooi glimlag. "Wat kan ek sê?"

Vlooi verras homself met die gemak waarop hy die manne-taal bemeester.

Die kroegman sit die Klippies-en-Coke op die toonbank neer. "Nee, maar dis goed so. 'n Man moet doen wat 'n man moet doen."

'n Man aan die onderpunt van die kroegtoonbank roep uit: "Willie! Nog twee daar!"

"Soos jy sien, staan ons nie hier op seremonie nie," sê Willie. "Roep as jy iets nodig het."

Vlooi kyk hom agterna en lig sy glas om net 'n proetjie te proe. Hy kyk na die skilderye van tonele uit die Groot Trek teen die mure. Die Boere word uit die Paradys verban, dink hy. Die kroeg is nie juis vol nie, maar Vlooi kan aan hul kleredrag sien dat hulle hart en siel steeds deel is van die Boere se Groot Trek.

Hy sien die blondine die oomblik dat sy by die deur inkom. Sy hartslag versnel.

Sy is jonk, twintig, dalk een-en-twintig, skat Vlooi. Beeldskoon. Arms en bene en anner dinge presies waar hulle moet wees.

Sy kyk in die kamer rond, op soek na iemand, en sien dan vir Vlooi by die kroeg. Sy glimlag en kom oorgestap. "Vlooi?"

"Susan." Hy bied sy hand aan.

"Ag nee wat, wat is jy nou so formeel?" Sy gee hom 'n drukkie. "Nice om jou in die vlees te sien. Jy lyk nes op jou Facebook-foto."

"Jy ook."

Sy gee hom 'n speelse kyk. "Ek hoop dis 'n goeie ding."

"Dit is. Wat gaan jy drink?"

"Wat drink jy?" Susan tel sy glas op, proe die donker vloeistof daarin. "Aha, 'n man na my eie hart. Ek sal dieselle vat."

Vlooi draai na Willie waar hy aan die ander kant van die kroeg staan. "Willie, nog een van dieselfde, asseblief."

"So, wat soek 'n oulike meisie soos jy in 'n plek soos hierdie?" Vlooi haat homself vir die lomp vraag, maar iewers moet 'n man tog begin.

"Dis my boetie se gunsteling-kroeg." Sy kyk hom in die oë. Vlooi wonder of sy hom koggel. "En jy, wat soek 'n oulike outjie soos jy in 'n plek soos hierdie?"

O, daardie glimlag! "'n Oulike meisie wat ek op die internet raak getik het, het my genooi."

"Ek hoop sy's so oulik in die vlees as wat sy op die internet was."

"Ouliker." Vlooi geniet die woordespel.

"Verskoon my, hy's nie net aantreklik nie, hy's supersmooth ook."

Willie sit haar drankie op die toonbank neer. Hy draai na Vlooi. "Hei, ou maat, as jy my vertel het dat jy saam met Susan gaan kuier, het ek vir jou jou eerste drankie op die huis gegee."

Susan besluit om Willie nie 'n gaping te gee nie. "Weet jy, Willie, as jy nie oud genoeg was om my pa te wees nie, het ek lankal met jou getrou."

"Jy moet oppas vir hierdie vroumens," sê Willie. "Net een mens gevaarliker as hierdie wyfie, en dis daai broer van haar."

Willie stap weg.

"Maak jy 'n gewoonte daarvan ..." Vlooi neem sy glas en begin aanstap na 'n tafeltjie 'n entjie weg van die kroeg af, "... om ouens te ontmoet wat jy op die internet raakloop?"

"Net as ek van hulle hou ... en jy moet weet, ek het baie streng kriteria."

Hulle gaan sit.

"En wat sou dit wees?"

Wat Vlooi hou van hierdie meisie, hierdie vrou, is haar intensiteit. Hy weet nie hoe dit gebeur het nie, maar hulle kyk mekaar nou al vandat sy ingekom het strykdeur in die oë. Net Willie kon haar pragtige blou oë van hom wegtrek. Maar dit laat hom nie skrik nie. Vlooi het nog nooit moeite gehad om mense in die oë te kyk nie.

"Wel, eerstens moet hulle handsome wees ... regmerkie daar ... en tweedens is daar net sekere sites waar ek ouens ontmoet. En jy was op een van daai sites. Twee regmerkies, en nou sit ons hier."

"Ek het nie gedink meisies kuier op sulke sites nie. Ek was verbaas om jou daar te kry."

"Laat ek jou herinner, my boerseun, dit was die vrouens wat gesorg het dat die manne van die Boereoorlog dag ná dag daai oorlog baklei het. Die man dra dalk die roer, maar sy vrou laai hom. Soos Willie tereg sê – my boetie is 'n gevaarlike boertjie, maar oppas vir sy sussie." Nou neem sy 'n slukkie van haar drankie. Sy kyk af en laat rus haar blik dan weer vierkant op syne. "Die vraag is: Hoe gevaarlik is jy?"

— VII —

Elna sit verslae op die rusbank en wag, 'n sakdoek in die hand. Maria sit styf teen haar, 'n frons op die gesig. Sy is bewus daarvan dat Elna elke nou en dan 'n traan wegpink met die sakdoek.

'n Paar tasse staan reeds in die sitkamer. Die pakkery het in stilte geskied. Bertus vasberade dat dit afgehandel moet word sodat sake hul gang kan gaan en hy verlos kan wees van hierdie drukgang waarin hy hom onverwags bevind, Elna met trane in die oë omdat dit 'n finaliteit bring waarvoor sy nog nie gereed is nie.

Ouma sit in haar rolstoel en toekyk. Niemand vra haar waaraan sy dink nie. Sou hulle na haar hande kyk, sal hulle sien dat sy Oom Paul in 'n doek tussen haar vingers ronddraai.

Maria se hart bloei vir haar kind, maar sy weet dat sy nie durf inmeng nie. Elna het 'n groot besluit wat sy kan neem of ignoreer, maar sy wat Maria is, kan haar nie aanmoedig of probeer terugrem nie.

Wat Elna ook al doen, dit moet haar eie besluit wees. Sy gaan daarmee moet saamleef.

Besef Bertus dat sake by 'n breekpunt gekom het? Maria glo nie.

Haar vermoede word gou bevestig. Sy sien Jan en Neil die kamer binnekom, elk met 'n tas op wieletjies, en agter hulle Bertus, met Elna se grimeertassie in die een hand en sy eie handbagasie in die ander. "Raait, ek dink dis als," sê Bertus en buk af om Ouma te soen. Sy gee hom die wang, maar draai dié in die proses half van hom weg.

"Nou ja," sê Jan, "kom ons kry die goed in die kar." Hy begin stap.

Bertus gewaar dat Elna nie van die bank beweeg het nie, steeds langs haar ma bly sit, Maria se arm om haar skouers.

"Elna?"

Sy het gewonder wat sy moet sê. Wat haar eerste woorde moet wees. Sy wil 'n brug laat, nie brûe verbrand nie. "Ek's ongelukkig daar, Bertus."

Bertus is heeltemal uit die veld geslaan.

Ouma is die eerste wat praat. "Ek het dit gesien die eerste dag toe sy hier ingekom het."

Bertus kyk vlugtig na die bemoeisieke vrou, besluit om haar soos altyd te ignoreer. Hy rig hom direk tot Elna: "Wat het jy gesê?"

"Ek is ongelukkig daar."

"Dis die eerste wat ek daarvan hoor."

"Dis daai wortels," sê Ouma. Niemand het die vaagste benul waarvan sy praat nie.

Bertus sit sy handbagasie neer. "Toe ons besluit het om te emigreer, het jy nie 'n woord daarteen gesê nie."

"Jy't besluit om te emigreer, Bertus, nie 'ons' nie."

"Ons is nog net vyf jaar daar. Mens kan nie soos 'n blaar in die wind van land tot land waai nie."

"Die lewe staan nie in klip geskryf nie. Dinge verander." Elna beweeg skielik, by Bertus verby, tot voor haar pa. "Pappa, ek het gedink dat ons 'n gelukkige lewe daar sou kon lei. En ek het probeer, maar ek sukkel ... ek sukkel."

Bertus voel hoe 'n woedegloed in sy nek begin opbeweeg, warm, irriterend. Sy gesag is met een gebaar deur sy vrou ondermyn. Hoe kan sy haar tot haar pa rig wanneer die gesprek tussen hom en haar is? "Neil, gaan kar toe." Hy rig hom tot Elna: "En hierdie keer het jy niks daaroor te sê nie." Hy kyk weer na Neil. "Komaan, kar toe. Nou!"

Neil gee sy Oumagrootjie 'n piksoentjie en stap uit.

Jan besluit om vure dood te slaan. Hy durf nie toelaat dat sake verder ontwikkel nie. "As my aanbod hierdie onmin gesaai het, dan is ek regtig baie jammer."

"Inteendeel, Pa," antwoord Bertus, bly vir die skuiwergat wat hy gegee is, "dis goed so. As 'n man moet uitvind dat sy vrou hom nie in sy lewenskeuses ondersteun nie, dan's dit beter dat hy dit vroeër uitvind, eerder as later."

Maria is nou ook op haar voete en antwoord hom. Die teregwysing wat sy wil gee, maak haar moedig, maar dis die verwyt wat staal in haar stem sit: "Sy't nie gesê dat sy jou nie ondersteun nie, Bertus, sy't gesê sy's ongelukkig."

"Sy's ongelukkig daar en ek's ongelukkig hier. Wat stel Ma voor?"

"Miskien sal dit help as jy haar toelaat om in haar eie huis Afrikaans te praat."

Bertus kyk na Maria en dan na Elna. "Ek sien daar was 'n gesprek waarvan ek nou eers verneem." Hy stap na sy vrou, waar sy langs Jan staan.

"Jy sal nog leer, mannetjie," val Ouma in voordat hy enigiets verder kan sê, "tussen ma en dogter is daar nie geheime nie, veral nie as daardie dogter eers 'n kind gebaar het nie."

"Dit spyt my, Elna, dat jy so maklik uit ons huis praat." Dit is 'n simpel argument, weet Bertus, maar dit is al waaraan hy nou kan dink. Hy voel soos 'n aangeklaagde wat nie kans gekry het om te pleit nie.

"Ek moes met iemand praat," antwoord Elna. "Iemand wat verstaan. Die mense in Kanada is nie my mense nie."

Jan kyk toe hoe Bertus en Elna met mekaar praat – verwyte wat hulle in die binnekamer kon besleg het. Maar as mens dan nie dáár kan praat nie, is híér nou net so 'n goeie tyd en plek. Maar eers moet hulle iets aan hom verduidelik. "Waarvan praat ons nou? Hoekom kan julle nie julle moedertaal praat nie? Bertus?"

Maria kyk af na haar voete. Sy's bang Jan vang haar oog, dink sy moedig hom aan, want sy ken daardie stemtoon van hom. Jan is besig om sy humeur te verloor, en die verkeerde woord gaan 'n uitbarsting tot gevolg hê. In sy toestand ...

Bertus wil nie met sy skoonpa hieroor praat nie.

"Bertus, ek vra: Hoekom kan ...?"

Nou antwoord Bertus, blitsvinnig: "Ek wil hê my seun moet Kanadees grootword, Pa."

"Maar hy kan tweetalig wees, drietalig as hy Frans ook leer."

"Bertus wil nie hê Elna moet met Neil Afrikaans praat nie," verduidelik Maria.

Dis vir 'n oomblik stil.

"Maar ek het dan self gehoor hoe hy met Neil Afrikaans praat."

"Hier, Pa," sê Elna, "maar nie daar nie."

"Bertus?" Jan kan sy ore nie glo nie. Hy is oorbluf deur sy skoonseun se stompsinnigheid.

"Ek wou nie 'n issue daarvan maak nie."

"Wel, ongelukkig is dit nou 'n issue. Kyk, ek verstaan dat ouers nie in hulle kinders se huwelike moet inmeng nie," Jan loop tussen Elna en Bertus deur om langs Maria te gaan staan, "maar dis my dogter en kleinseun waarvan ons praat. Jy kan nie jou herkoms ontken nie, Bertus, en ook nie jou vrou of kind s'n nie." Jan probeer sy humeur in toom hou, maar hoe verder hy vorder, hoe harder praat hy. "'n Mens is wie jy is. En al bly jy nou in Kanada of in 'n tent in die Sahara, jy is wie jy is omdat jou taal jou so gemaak het."

"Dis dié lat 'n boom staan waar hy staan." Ouma probeer maar net bevestig, maar niemand skyn haar te hoor nie.

Bertus sukkel self om hom in bedwang te hou. "Elna, ek gaan oor 'n paar uur op daai donnerse vliegtuig klim, maar as jy by jou familie wil bly, dan is dit jou keuse."

"Stadig, seun ..." Jan se toorn het begin sak.

"Jammer, Pa," snou Bertus hom toe, "maar moenie vir my sê stadig nie. Julle weet nie wat in my hart aangaan nie, wat ek voel nie."

Jan deins nie terug nie. "Ek weet genoeg om te weet dat jou seun eendag sal opstaan en sy herkoms sal kom soek juis omdat jy hom dit ontsê het. Ek ken jou as 'n redelike man, Bertus, maar daar is syfers hier wat nie klop nie. Hoe kan jy jou kind sy moedertaal ..."

Bertus laat hom nie toe om sy sin te voltooi nie. "Want as ek Afrikaans praat, dan sien ek Zoeloes in die nag, sien ek bloed en vere en kinders waarvan die koppe teen wawiele vergruis is; sien ek Antoinette se ma en pa wat execution style vermoor is! Ek sien polisie met sambokke en mense wat soos koring afgemaai word. En asof dit nie genoeg is nie ... daardie moedertaal waarvan Pa so maklik praat, is die taal waarin my eie leiers my verraai het. Boetjan en Francois was nie die enigste seuns op daai grens nie! Ek was ook daar ... het twee jaar en baie maande in kampe my opoffering gemaak. En waarvoor? Nou sit daai einste leiers met vet bankbalanse en die res van ons met die sak patats. En hoekom? Want as ek Afrikaans praat, hoor ek 'n dominee op 'n kansel – 'want Ek, die Here jou God, is 'n jaloerse God, wat die misdaad van die vaders besoek aan die kinders, aan die derde en vierde geslag van dié wat my haat!' Ek wil nie hê dat my seun daardie dinge moet sien of hoor nie, of dat die sondes van sy vaders aan hom toegereken sal word nie." Bertus wil bedaar, maar hy kan nie die versoeking weerstaan om sy argument net effens in te vryf nie. "Klop die syfers nou, Pa?"

"Ja, dit klop." Jan sluk, en gaan kalm voort. "Maar Hy het ook gesê: 'Ek bewys barmhartigheid aan duisende van die wat my liefhet.'"

"Vertel dit vir Antoinette se ouers."

Nie eens Ouma het 'n antwoord op dié opmerking nie.

Bertus verwens hom dat hy dit gesê het, maar hy weet die grond is nou weer gelyk. Hy staan by sy tas, met sy een hand wat moeg daarop rus. "Elna ...?"

Elna staan nader, trane in haar oë. Maar sy is haar pa se dogter. Sy gee nie só maklik boedel oor nie. "Anders as jy," sê sy aan Bertus, "is ek bereid om die juk van die sondes van my vaders te dra ... want dan weet ek ten minste wie ek is."

"As ons nie nou ry nie, gaan ons laat wees."

As sy kon skree, sou sy. Bertus het omgedraai om sy goed bymekaar te maak. Hy luister nie meer nie.

Elna besef daar is net een manier om op sy onbeskoftheid te reageer. "Ek sal graag nog 'n paar weke hier bly, as jy nie omgee nie."

Hy gee nie meer om nie, besef Bertus. Laat haar bly! "Gaaf. Wat van Neil?"

"Hy's klaar met skool en sy universiteit begin eers oor 'n paar maande. Ek reken hy is oud genoeg om vir homself te besluit."

Bertus dink 'n oomblik na, knik dan. Hy maak weer sy dinge bymekaar en gee Elna 'n soen op die wang. Hy neem haar hand, druk dit. "Dan sien ek jou oor 'n paar weke. Laat weet wanneer jy reg is."

Elna beweeg nie.

Bertus stap uit, Jan en Maria agterna.

Ouma sit en sing saggies 'n ou-ou liedjie: "O Boereplaas, geboortegrond, jou het ek lief bo alles ..."

Elna beweeg nie. Dis net sy, Ouma en die hartseer liedjie.

— VIII —

"Jan," het sy huisdokter gesê toe hulle die waarskynlike verloop van sy siekte bespreek het, "dit is nou die tyd vir jou om vrede te maak met die dinge waarmee jy vrede wil maak. Jy het nog tyd om vir jou geliefdes te sê hoe lief jy hulle het. Maak 'n lys van die dinge wat jy nog wil doen. Kyk krities daarna. Doen slegs dít wat jy nou al weet ná jou dood die lewe van jou geliefdes gaan raak."

Jan het geluister – en gedoen. Nie lank nie, of hy het besef hy moet sny aan sy lys. Hy moet dit 'n lysie maak. Daarmee saam het gekom die besef dat hy nie uit die graf uit mense se lewe behoort te bepaal nie. Dié besef het hom verlos van meer as die helfte van sy lys. Die mense wie se lewe hy moes bly beskerm, was Maria en sy ma. En selfs met hulle het hy besef dat hy hulle 'n onreg sou aandoen as hy enigiets in plek plaas wat hul vrye keuses sou beperk. Al wat hom te doen staan, is om te sorg dat hy finansieel vir hulle voorsiening maak. En dít is al so stewig gedoen, oor die jare, dat hy sy lysie tot een groot saak kon reduseer. En dit is waar sy prentjies inkom. Die strategie wat sou verseker dat die maatskappy wat hy en Mabuzo op die been gebring het, nog vir baie dekades sal groei. Mabuzo se visie was die een deel en Jan se bestuursvernuf was die ander deel. In Mabuzo se plek het Zweli gekom, en Zweli ontluik reeds as visioenêre denker, is dalk nog vindingryker as die wyse Mabuzo. Maar wat gaan in sy plek gebeur? Die prentjies wat hy teken, het vir hom oplossings gebring. Maar, het hy aan Maria verduidelik een nag toe hy nie kon slaap nie, sodra hy dood is, kan niemand meer enigiets doen nie. Wat gebeur, sal gebeur. Die prentjies is maar net Jan se manier van dinge voorsien. Die gebeurlikes, het hy dit altyd genoem. Onvoorsien én voorsien. Voor sy verjaarsdag het hy en Maria by die prokureur hul draaie gemaak om dokumente te teken wat Jan hom laat opstel het – die dokumente wat later, indien nodig, sy prentjies vlees sal gee.

Nou weet hy nie meer so mooi nie. Ná die Venters se dood is só baie dinge gesê. Soms goed, soms alleraakligs. Hy besef dat hy weer by sy prokureur 'n draai sal moet maak. Nog 'n paar prentjies vir die skaak-spel teken, met Maria praat, en dan die opdragte gee.

Maar nou, ná hierdie vreeslike dag, is hy tot die dood toe moeg. Jan glimlag hartseer. Dat hy nou op hierdie manier moes uitvind wat daardie uitdrukking presies beteken!

Hy lê in die bed, wag dat Maria klaarmaak in die badkamer en sy glas water met pilletjies bring. Wanneer sy die ligte in die gang doof en op die bed kom sit met sy pille, neem hy woordeloos die glasie by haar en sluk hulle vinnig, gretig dat hulle moet begin werk en die ver-ligting bring wat hy so nodig het. Dit raak vir hom al hoe moeiliker om sy pynlike ongerief te verdoesel.

Maria klim langs hom in en vir 'n paar minute lê hulle in stilte, hul rûe deur kussings gestut.

Die dag se remme het Vader sy gedank begin vat.

Uiteindelik praat Jan: "Ek's bevrees daar het nou 'n ding hier gebeur wat ek nie in my wildste scenario-beplanning sou kon voorsien het nie."

"Wat is jou woorde altyd?" sê Maria, en boots dan Jan se stemtoon na: "My vrou, in besigheid maak mens planne sodat jy kan weet hoe min jy geweet het." Sy sit weer regop, smeer ten laaste 'n handeroompie in.

"Ja. Maar dis 'n moeilike besigheid hierdie."

"Die lewe was nog altyd 'n moeilike besigheid."

"Ek gaan tot die einde van my dae ... en gaaf, gegewe my toestand is dit nou nie veel nie ... maar ek sal tot die einde van my dae nooit die hartseer in Bertus se oë vergeet nie toe Neil gesê het hy wil hier saam met Elna bly."

"Dis net vir 'n paar weke."

"Dis die plan op die oomblik, ja, maar ... soos ek en jy nou van planne weet ... Ek het beplan om tot tagtig te leef."

Maria lê terug, draai op haar sy sodat sy Jan in die oë kan kyk. Diep in sy oë. Sy vat liggies aan sy gesig. "Jan ... my man ... ek wens dat ..." Haar woorde laat haar in die steek.

Jan lig sy hand op, raak aan haar wang. "My liefling ... soos my pa altyd gesê het: Wens in die een hand en tjorts in die ander ... dan het jy nog steeds niks."

"Ek gee nie om wat jou pa gesê het nie ... ek wens."

"Ek ook."

Jan trek haar nader. Hulle soen – 'n gesprek sonder woorde, en vir albei 'n teken, helder en onverwags, hoe sterk hul liefde steeds is.

Hul liefde, en die lewe.

En nie in sy wildste drome – of in sy skerpste scenario-planne! – sou Jan kon dink wat op hierdie oomblik in sy suster se slaapkamer geskied nie. Rika, wat reeds al die pastorie se ligte gedoof het en in die bed lê.

Haar rug is gekeer op die leë kant van die bed.

Rudi skuif langs haar onder die komberse in.

Hy kyk na Rika se rug. Dink vir 'n oomblik na. Reik dan uit na haar, plaas sy hand op haar lyf. Dit is 'n ou teken in hul huweliksbed.

"Nie nou nie. Ek's moeg." Rika praat sonder om haar kop na hom te draai.

Hy trek sy arm terug. Staar nikssiende na die plafon. "Lekker slaap, Rika," sê hy.

"Lekker slaap."

Hy skakel die lampie af, maar bly net so lê, die maanlig net sterk genoeg vir hom om die lyne van die plafonlyste te kan uitmaak. Sy oë is wawyd oop.

Jan dink nie nou aan prentjies nie. Of die totale afwesigheid van Rika daarin nie. Hy en Maria lê in mekaar se arms terwyl hulle aan die slaap raak, vir die oomblik onbewus van die dood wat saam met hulle lê.

— IX —

In sy nagklere kom staan Adriaan agter Antoinette en sit sy hande saggies op haar skouers. Sy sit voor haar spieëlkas, ook in nagklere. Sy probeer hard om weer soos voor die moorde op te tree. Normaal. Maar dit gaan moeilik. Elke gebaar wek herinneringe en dwing haar om te erken dat dinge nooit weer dieselfde sal kan wees nie.

Sy maak haar vel met 'n stukkie watte en 'n reinigingsroom stadig skoon. 'n Ritueel wat sy beweging vir bewegingkie herontdek en wat Adriaan 'n rukkie ingedagte dophou voordat hy praat: "My skat, jy sit nou al meer as 'n halfuur hier. Kom bed toe."

Sy hoor hom, maar sy hoor ook nie. "Dink jy ons het 'n fout gemaak?" vra sy.

"Watse fout?"

"Om ná '94 hier te bly. As ons, soos baie ander ..."

Antoinette staan op en glip vinnig by die badkamer in.

"As is verbrande hout. En buitendien ... waarheen sou ons gegaan het? Ons is te oud om 'n nuwe lewe in 'n vreemde land te begin."

Hoor sy wat hy sê? wonder Adriaan.

Antoinette kom uitgestap, handewringend. "Waar is die kinders?"

"Elisabeth is in haar kamer en Vlooi het iewers 'n dop gaan drink met 'n meisie wat hy op die internet ontmoet het."

"Watse toekoms is daar vir die kinders hier?"

Hulle begin met hul aandritueel om die bed se deken af te trek, die groot kussings in die hoek van die kamer te plaas.

"Wel, jou en my voorouers het waarskynlik in hulle hartebeeshuisies gesit en dieselfde vraag gevra. Hulle't dit gevra toe die impi's oor die berge gestroom het, hulle't dit gevra toe hulle teen Majuba opgeklouter het, hulle't dit gevra in die konsentrasiekampe, in die krotjies en skagte van die myne, in die chaos van die sestigs en die opstande van die sewentigs, en in die tagtigs toe hulle seuns in body bags van die grens af teruggekom het, en tog, hier is ons nog steeds."

Antoinette antwoord hom nie. Hulle gaan lê langs mekaar, Antoinette se skouer wat aan sy borskas raak.

Adriaan skakel sy bedlampie af.

Hulle lê in die donkerte.

Wanneer sy begin praat, besef Adriaan dat hy haar nie maklik uit die sirkelgang van haar gedagtes sal kan ruk nie.

"Ek kan nie ophou dink hoe hulle laaste paar minute moes gewees het nie. Mammie was in die bad en Pappa in die stort ..." Sy draai na hom, druk haar kop teen sy skouer en begin huil.

Adriaan trek haar teen hom aan.

"Die stort se krane het nog geloop toe die polisie daar aankom. Hoekom? Hoekom moes dit met hulle gebeur? Hulle't nooit in hulle lewe 'n ander mens seergemaak nie."

Adriaan streel haar kop saggies.

Antoinette se skouers ruk 'n slag van die huil, maar dan bedaar haar lyf. Sy raak in sy arms aan die slaap.

— X —

"Ek kan jou nie sê hoe bly ek is dat jy besluit het om nog 'n rukkie aan te bly nie," sê Elisabeth en laat rus haar kop op Neil se skouer. Hulle sit langs mekaar op die voetenent van haar bed, Elisabeth styf teenaan hom soos 'n bedrewe minnares.

Neil glimlag asof hy pas melk gekry het. "My pa was baie upset, maar ek wou regtig nie teruggaan nie. My ma ook nie. En anyway, die varsity daar begin eers oor twee maande."

"Wel, ek moan nie." Elisabeth lig haar hand tot by sy ken, raak dan vir 'n breukdeel van 'n sekonde aan sy onderlip. "Dit gee ons 'n bietjie meer tyd om mekaar beter te leer ken."

Neil neem haar hand in syne, die enigste manier waarop hy sy ongemak kan verdoesel. "Jy weet, Elisabeth ..."

"Noem my Lizzie. My beste pelle noem my Lizzie."

"Jy weet, Lizzie ... ek hou regtig baie van jou, maar die ding is ..."

"Ek weet wat die ding is, oukei," sy staan op, "en ek het jou klaar gesê: Al is hulle amper dieselfde ouderdom is my pa jou ma se oom." Sy stap voor hom verby tot by haar spieëltafel, waar sy omswaai om verder te praat, seker dat hy die maksimum blootstelling aan die sensuele lyn van haar rug en bene gekry het. "My pa is jou oupa se broer. Ons is klein-neef en -niggie ... ek bedoel, die prinse en prinsesse van Europa trou met hulle niggies en nefies, never mind hulle kleinniggies en -nefies!

En besides," sy beweeg weer nader, buk vooroor om vertrouliker met hom te kan gesels – doodseker dat daar geen manier kan wees waarop Neil nie intens bewus is van die omvang en rondings van haar borste nie, "hierdie is net pret … dis nie asof ons gaan trou nie." Sy staan weer op en gaan sit kuis eenkant op haar bed se rand. "Maar as jy nie hier gemaklik voel nie …"

Neil is soos 'n pyl uit 'n boog weer langs haar. "Ek het nie gesê ek voel nie gemaklik nie. Ek's baie gemaklik … ek hou van jou."

Elisabeth beweeg nader. "Nou ja, wat's die probleem dan? My pa is by die werk, my ma lê en slaap, en my stupid broer is by sy pelle. Ons is alleen. En dis nie asof ons iets hoef te doen nie. Ons gesels net lekker."

"Cool."

"Hoeveel meisies het jy al gesoen?"

Hy lag verleë. "So … drie."

"Soos in regtig soen … soos in 'n French kiss?"

"Ek's nie seker wat jy bedoel met 'n French kiss nie, maar soos ek dit verstaan … twee."

"Kom ek wys jou …"

Sy beweeg nader en soen haar kleinneef, eers gemaklik, dan al vuriger. Haar arms gaan om sy nek, hy trek haar stywer teen hom aan.

Snel verdwyn albei se onsekerheid.

— XI —

Jan het gewonder wanneer hy Adriaan te wagte kan wees, maar hy was tog verras dat sy broer Maandagoggend reeds aan sy deur kom klop. Jan het in sy kantoor briewe aan sy twee persoonlike assistente sit en tik. Sy werklading het al aansienlik gekrimp, maar hy het onderneem hy sal bly werk so lank hy kan. En hy moet naby Zweli wees, om te kon-sulteer. Hul vriendskap verstewig by die dag, en hul gedeelde begrip vir die toekoms van hul maatskappy.

Sy twee assistente kry hul goedjies vinnig bymekaar toe Adriaan sy gesig by die deur wys. Jan leun terug in sy stoel, sug onhoorbaar. Nog een van die prentjies ...

"Jammer om te pla, Jan ..."

"Glad nie. Glad nie. Hoe gaan dinge daar by die huis?"

"Bietjie rof, maar ons kap aan. Antoinette sukkel 'n bietjie, jy weet ..."

"Maar natuurlik. Dis 'n geweldige slag."

Jan probeer om nie te veel op detail in te gaan nie. Hy het sy verpligtinge gister nagekom, nou is hy op die maatskappy se tyd.

"Maar nou ja, mens moet maar seker optel en aangaan. Wat anders kan mens doen?"

"Ek weet presies waarvan jy praat, my broer."

Adriaan kyk af na sy hande. Jan kyk hom só – hoe is dit dan dat selfs wanneer Adriaan 'n pak klere dra, dit lyk asof hy gekrimp het daarin?

"Nou ja," sê Jan, "jy't my kom sien. Is daar 'n probleem?"

Adriaan sukkel om sy gedagtes te orden.

"Nee, nie 'n probleem nie ... uhm ... ek wou net graag vra ... uhm ... is daar 'n rede hoekom jy nie vir my as die volgende hoof uitvoerende beampte van African Queen oorweeg het nie?"

Die prentjie. Dit voel vir Jan asof hy op 'n afstand staan en die toneel by die lessenaar gadeslaan. Hy was heeltemal korrek met sy aannames. Dit stel hom nogal gerus – voorspel heelwat goeds vir sy ander prentjies. Maar nou moet hy eers dié moeilike gesprek afhandel. Die woorde wat hy so versigtig in sy gedagtes begin formuleer het die afgelope paar weke – dis nou die tyd om hulle lug te gee.

"Wel, Adriaan, daar's nie baie manne wat die operasies van die maatskappy so goed soos jy ken nie. En soos jy self weet, is die CEO se pos meer korporatief strategies as operasioneel uitvoerend. En daar's min ouens wat kan uitvoer soos jy."

"Dankie, ek waardeer dit dat jy dit sê, maar ek het gereken ek kan vir Zweli oplei om my pos te behartig."

Jan betrag Adriaan se gesig, knik vir hom sodat hy kan voortgaan.

"Hy's 'n slim mannetjie," sê Adriaan, "en hy's, wat my betref, reg vir meer verantwoordelikheid."

"Die ding is," begin hy ferm verduidelik, staan uit sy stoel op sodat hy met meer gesag kan praat, "'n mens het 'n sekere ... 'n sekere disposisie, as ek dit so mag stel, wat jou in staat stel om een ding baie goed te doen en 'n ander nie. As hoof van operasies kan ek nie aan 'n beter man as jy dink nie."

Jan begin omstap na sy een assistent se kantoor. Hy het nie lus om voort te gaan met dit wat hy nou móét doen nie.

Adriaan se woorde ruk hom tot stilstand: "So, wat jy eintlik sê, is dat jy nie glo dat ek die 'disposisie' het om hierdie maatskappy te lei nie."

"Aangesien jy dit so stel, ja. Anders sou ek per slot van sake die pos vir jou aangebied het."

"Dit spyt my dat jy so voel."

"Hierdie is besigheid, Adriaan."

"Een wat ek die afgelope twintig jaar al dien."

"Ja, maar 'n besigheid nietemin." Jan kan die spanning in Adriaan aanvoel. "Ek kan nie toelaat dat die feit dat jy my broer is, my oordeel vertroebel nie."

"Ek's jammer, Jan, maar onder die omstandighede ..."

"En watse omstandighede sou dit wees, Adriaan?"

Adriaan skrik vir dit wat hy wil sê. "Kom nou, ons is nie meer kinders nie ..."

"Inderdaad, ons is nie meer kinders nie ..."

"Oor 'n paar maande is jy ... gaan jy ..."

"... dood wees. Ja." Jan verander van rigting en tel 'n legger op waar een van sy assistente dit op 'n koffietafeltjie vergeet het. Hy begin terugstap na sy lessenaar, bedink hom weer en gaan staan teenoor Adriaan sodat hy hom van naby in die oë kan kyk. "Adriaan, ek wil jou een ding vra en ek wil hê jy moet absoluut eerlik wees met my: Toe ek jou al daai jare gelede, toe jy niks gehad het nie, 'n pos in hierdie maatskappy gegee het, jou opgelei het, jou voor enige ander bevorder het, sou jy, as ek dit nie gedoen het nie, die lewe gehad het wat jy vandag het?"

Adriaan het geen antwoord nie. Hy kyk verleë af na sy skoene, lig dan weer sy kop.

"Jy werk vir hierdie maatskappy," gaan Jan voort, "net soos jy vir enige ander maatskappy sou werk, met een groot verskil – dat jy oor die jare al die foute wat jy gemaak het, vergewe is, en 'n salaris bo enige ander ontvang het. Jy is my broer, maar hierdie is my besigheid en my kinders se erfenis."

Dit is uitgespel. Feit soos 'n koei, dink Adriaan. Hy knik sonder om 'n woord te sê en begin omdraai om weg te stap, weg van die slegte nuus – en die aaklige waarheid oor sy eie prestasies.

Adriaan loop hom byna vas in Elna, wat ingestap gekom het en feitlik teenaan hom staan.

"'Skuus, ek hoop nie ek onderbreek iets nie?"

Hy weet self nie hoe hy dit regkry om die teleurstelling van sy gelaat te vee nie, of sy stem so normaal moontlik te hou nie: "Glad nie. Die baas en ek was net besig om 'n paar kinkels in ons distribusie-pyplyn uit te stryk. Ek was juis op pad uit."

Adriaan stap verder, die kantoor uit. Wanneer hy die deur agter hom toetrek, hoor hy hoe Elna verduidelik dat sy self wou kom sien of haar pa werklik so hard werk. Maar hy wonder. Sekerlik is daar ander konkelwerk aan die gang. Noudat hy weet hoe die wind waai.

— XII —

Die Ploegskaar is feitlik leeg. Daar is nog baie daglig, maar Vlooi sit reeds by 'n tafeltjie saam met Susan en haar broer, Albert. Susan het vooraf gewaarsku dat Albert ouer as sy is, maar Vlooi vind dit moeilik om te skat. Al wat hy weet, is dat hy in Albert se goeie boekies wil bly. Die man is aansienlik groter as hy, en een hou van hom gaan baie winde uit Vlooi se seile haal. Selfs 'n klap sal erg wees.

Albert speel met 'n vol bottel bier. Dit lyk of hy meer belang stel in die etiket as in sy geselskap, en eers halfpad deur sy eerste sin lig sy oë van die bottel na Vlooi. "My sussie sê vir my sy watch jou al vir die laaste paar weke op ons volk se websites."

"Ek stel belang, dis al."

"Stel belang? Die vraag is: Waarin stel jy belang, broer?"

"In wat die ouens te sê het, jy weet, oor die toekoms van die wit mens in hierdie land, die Afrikaner, sulke goed."

"En hoekom sou jy daarin belang stel?"

"Ek het my redes."

"Redes." Hy grinnik meewarig. "Luister, maatjie, in hierdie land is manne soos ek nie welkom nie, never mind 'n gewone wit man. Jy gaan moet beter doen as dit."

Vlooi draai na Susan. "Ek het nie gekom om in 'n ander ou se kruis-verhoor te sit nie," sê hy en staan op.

Voordat hy 'n tree kan beweeg, is Albert op. Hy gryp Vlooi teen die bors vas. "Luister jy na my, maatjie," sê hy, sy mond digby Vlooi se oor. "Ek ken van die taktieke van hierdie regering en as jy dink jy gaan deur my sussie ons organisasie infiltreer, dan het ek nuus vir jou wat meer as net jou ore gaan seermaak."

Vlooi hou sy cool. Hy kyk Albert reguit in die oë terwyl hy praat. "En hoe weet ek jy's nie 'n spy nie, huh?" Vlooi sien hoe wek hy die twyfel by Albert. "Hoe weet ek jou website word nie eintlik deur die polisie beheer nie? My oupa en ouma is net die ander dag vermoor, koelbloe-dig agter in die kop geskiet, in hulle eie slaapkamer, kaal langs mekaar! Moenie jy my oortuiging bevraagteken nie. My familie het reeds met hulle bloed betaal. Wat het joune betaal?"

Albert staar Vlooi nog 'n paar sekondes aan, maar laat gaan dan Vlooi se hemp. "My pa sit in die tronk," sê hy, "sit in die tronk omdat hy geveg het vir sy volk."

Vlooi kyk na Susan.

Albert se gemoed is vol. Susan praat verder: "Hy't drie manne wat vriende van ons op 'n plaas vermoor het, opgespoor en doodgeskiet."

Albert glimlag wrang: "En nou sit hy in die tronk omdat hy koel-bloedige moordenaars tot rekenskap gebring het." Hy praat stadig en afgemete, met 'n wysvinger wat die aksente slag op slag teen Vlooi se borskas beklemtoon.

Vlooi gaan sit weer by die tafel. "Wie is julle en wat doen julle?"

Albert neem 'n sluk van sy bier. Hy het nog nie besluit of hy wil voortgaan met hierdie gesprek nie.

"Hy's cool, Albert," paai sy suster. "Glo my, sy hart is op die regte plek."

Albert dink oor haar woorde na, draai dan na Vlooi. "Ons is die Wit Brigade. Ons het nie 'n website nie, ons deel nie pamflette uit nie en ons doen nie onderhoude op kykNET nie. Wat die regering betref, bestaan ons nie. En dis hoe ons daarvan hou. Is jy in of is jy uit?"

"Ná jy my dit vertel het, het ek 'n keuse?"

Albert lag. "Nee."

"Goed so ... want ek wil nie een hê nie." Vlooi bied sy hand aan. "Ek's in."

Albert los nie sy hand nie. "En onthou, as jy in is, is daar nie so 'n ding soos uit nie."

"Ek's in ... tot die dood."

— XIII —

Op pad terug na sy motor sien Gerhard haar. Die vrou. Hy het gaan inkopies doen en toe hy die pakkies neersit om sy deur oop te sluit, het die beweging sy oog getrek. Sy stap self terug na haar motor, 'n ent van syne af.

"Wragtag!" Hy los sy pakkies sommer op die sypaadjie en begin hardloop na haar motor.

Gerhard keer haar voordat sy die motor aan die gang kan kry, gryp haar sleutels, smyt dit van die kar af weg. "Wat is jou storie, huh?" Hy skree, maak nie saak wie almal luister nie. "Wie is jy? Hoekom agtervolg jy my?"

Die vrou klim uit haar motor. "Gee my my sleutels, asseblief, Ek wil ry."

Hy vat haar aan die arm en keer dat sy haar sleutels in die hande kan kry. "Nie voor jy my vertel wat hier aangaan nie."

"Los my. Ek sal die polisie roep."

Hy skree in haar gesig, sien hoe sy woede haar laat ineenkrimp. "Nee, ék sal die polisie roep. Wie de donner is jy?"

Die vrou kyk lank na Gerhard.

"Ek vra: Wie. Is. Jy?"

Haar antwoord maak haar duidelik baie seer: "Ek is jou ma."

Gerhard staar na haar. Hy kan nie verstaan nie.

Die vrou buk af vir haar sleutels, klim in die motor en skakel dit aan.

Gerhard kyk haar agterna. Hy kan dit eenvoudig nie verstaan nie.

— XIV —

Bertus sluit die deur oop en sleep sy tas moeg die huis in. Hy het 'n dik jas aan, want dit is reeds ysig in Vancouver. Daar is sneeuvlokkies op die jas se skouers en in sy hare. Hy staan vir 'n oomblik, betrag sy leë huis.

Hy stap deur na die sitkamer. Laat staan sommer sy tas half in die deur. Hy trek sy jas uit en gooi dit oor die tas. Hy sug. Hy is moeg, uitgemergel.

Hy gaan sit op die rusbank. Hy het pas drie-en-twintig uur se gesit agter die rug. Vreemd hoe dit mens uitput om niks te doen nie.

Altesame drie-en-twintig uur van dink aan die oomblik toe sy vrou verby hom gestap en haar tot haar pa gewend het vir hulp. Hy sien die toneeltjie, oor en oor, en die pyn wat dit by hom wek, kwyn nie saam met die tyd nie. Dit raak net erger.

Hy haal sy selfoon uit en druk 'n spoednommer.

Hy moet 'n ruk wag voordat hy Elna se stem hoor.

"Hi, this is Elna, I'm out of the country at present, please leave a message."

Bertus druk die foon dood.

Elna praat nie met hom nie.

— *** —

Bertus stap deur die koue huis in Vancouver. Hy probeer vir Elna op die foon in die hande kry – maar al wat antwoord, is die onpersoonlike blik-stem van die telefoondiens wat hom die nuus meedeel dat die persoon wat hy in die hande wil kry, nie nou die foon kan beantwoord nie.

Hy skink vir hom 'n glasie whisky.

Hy het 'n oorvloed van alleen-tyd. Hy sit ineengedoke, tik met 'n nael teen die glas. Klip, dink hy. Rots. Dit bly merkwaardig dat ons ons bestaan te danke het aan 'n groot stuk rots wat uit die hemele op die aarde neergestort het. En tog ... so onherbergsaam soos die tyd van die dinosourus vir soogdiere was, veral as gevolg van monsters soos die *Tyrannnosaurus rex*, vra hy hom dikwels af, wonder hy nou: Is die tyd van die soogdier enigsins beter? Soos daardie monsterdiere die tyd van die dinosourus oorheers het, so oorheers die mens die tyd van die soogdier. Soos daardie monster die lewe om hom verskeur en verslind het, so is daar mensemonsters wat die lewe om hulle verskeur en ver-slind, en soos soogdiertjies in bome en gate vir die *Tyrannosaurus rex* weggekruip het, so kruip beskaafde mense agter tralies en elektriese heinings vir die mensemonsters weg. Daarom sal hy nie na Suid-Afrika teruggaan nie, want terwyl daar wel ook mensemonsters bestaan waar hy hier in Kanada woon, is daar baie, baie minder hier as daar. Sy seun is 'n soogdiertjie gebore uit sterrestof, en hy gaan hom die beste kans gee wat hy kan om tot beskaafde *Homo sapiens* te ontwikkel.

GERHARD

Gerhard geniet die wandelings hier in die tuin rondom sy pa se kerk. Dit gee hom gewoonlik kans om preek-argumente op te bou en te ontwikkel. Die skakels wat sorg dat mense aan jou lippe hang. Hy sal wel eers aanstaande jaar in die bediening staan, maar hy oefen solank.

Vandag is sy gedagtes egter elders. Om spesifiek te wees, by sy ma. Hy dink daaraan dat William Shakespeare in *Romeo en Juliet* gevra het: "Wat is in 'n naam? 'n Roos met enige ander naam ruik nog steeds net so soet." Eeue later het Gertrude Stein hom geantwoord: "'n Roos is 'n roos is 'n roos." 'n Ding is wat hy is, 'n mens ook ... en sy naam is net so diep verweef met sy "is-wees" as die reuk van 'n roos met sy bloeisels. Die eerste woord wat 'n mensekind leer, is ironies genoeg 'n naam: Mamma. Daardie naam gebruik hy vir die res van sy lewe ... tot die dag van sy dood. En vir die kind is dit 'n naam wat baie dieper verweef is met wie daai vrou is as haar voornaam – Maria, Antoinette ... Rika. Dit voel snaaks – amper soos om met 'n vreemdeling te praat – om jou ma op haar geboortenaam te noem, al is jy reeds volwasse, maar absoluut reg om haar Mamma, Mammie, Ma of Moeder te noem. Want vir jou is sy nie Maria, Antoinette of Rika nie. Vir jou is haar "is-wees" haar "Mamma-wees" ... die warm veiligheid van haar bors, die sagte raak van haar hande deur jou hare, en haar oë ... haar oë wat soos g'n ander mens op aarde s'n na jou kyk en nie net vir jou wat daar staan, sien nie, maar jou siel sien ... die mens wat jy regtig is. As sy na jou kyk, sien sy nie "Gerhard" nie ... sy sien 'n mens wat sy by die naam "my kind" ken ... en net so min as wat 'n roos 'n strelitzia of 'n eikeboom is, so min is jy enige iets anders vir haar as "my kind".

— I —

"Die wêreld is vol mal mense," het Rika oor haar skouer aan Gerhard gesê en by die kerktuin uitgestap. En ek moet een van hulle wees, het sy gedink en reguit na Rudi se studeerkamer gestorm waar hy, die tipiese Manie Martelkwas, sit en werk het aan 'n preek.

Sy was in die kerk se tuin om die tuinier raad te gee. Herfs lê om die draai en sy merk nou al 'n ruk op, oraloor, dat die sappe nie meer soos in die hoogsomer deur die plante bruis nie. Die plante begin hul fermheid verloor. Kleur ook. Die lewe wat daar nog in die tuin is, sal stadigaan deel word van die seisoenale afsterwe.

Sy het 'n ligte truitjie aangehad. Nie genoeg beskerming teen die effense koue in die lug nie. Soos dit haar gewoonte is, het sy daar in die tuin haar gedagtes doelbewus weg van haarself gestuur, aan ander mense gedink en gewonder hoe sy kan help om hul lewenslas ligter te maak. Jan het die oggend vertel dat hy deesdae elke aand vir hul ma in die bed lê en boek lees sodat sy aan die slaap kan raak. Sy het gedink aan Antoinette wat moeilik oor die dood van haar ouers kom. Adriaan het gebel om te sê dat sy die dae deurbring op die bed, die gordyne toe-getrek sodat sy kan vergeet van alles. Vlooi het haar al probeer klets uit haar fetale posisie daar op die mohair-kombersie, maar sy antwoord soms nie eens nie.

Die tyd sal genees, glo Rika. Maar is daar genoeg tyd vir haar oor om Rudi te vergewe? Sy weet sy is besig om haar eie reëls te verbreek deur aan haar eie probleme te begin dink. Dit kan nie anders nie, besef sy. Sy het skielik, vir die eerste maal in baie jare, 'n eie krisis. Van die gemoed, van die verstand, en van die hart. Sy wou só graag altyd die volmaakte ma wees. Die vrou na wie haar man kan kyk en sprakeloos wees van die trots. Die ma na wie haar kinders met liefde en vertedering kon opkyk. Maar nou skeel haar man se trots haar min. Hy het voete van klei. Wat maak dit saak wat iemand wat sulke onchristelike dinge gedoen soos wat Rudi destyds gedoen het van haar dink?

Sy gaan haar seun verloor, vrees sy. Hoe gaan sy haar bande met

hom behou nadat sy ontmasker is? Sy kan nie toelaat dat hulle voort-
leef in die leuen nie.

Sy wil nie daaraan dink nie, maar besef sy het geen ander keuse
nie. Daar is so baie dinge omtrent Gerhard wat sy beleef asof hy haar
bloedkind is. Hoe het sy nie sy pyn aangevoel toe 'n vriendin met wie
hy 'n taamlik vaste verhouding gehad het hom afgesê het omdat hy
geen humorsin het nie? Het die vrou geen sin vir proporsie nie? Besef
sy nie wat dit beteken om groot te word met Rudi Naudé as pa nie?
Die vrou moes Gerhard se geaardheid leer ken het. Om met 'n tokke-
lok uit te gaan – dit weet sy uit eie ervaring – beteken eenvoudig dat jy
nie die opwindendste sitplek in die mallemeule van die lewe het nie.
Maar daar is ander dinge wat vergoed daarvoor. Byvoorbeeld dat jy
altyd weet jou minnaar is eerlik met jou.

Sy het Gerhard nie sien aankom nie, maar toe hy voor haar op
die grasperk langs die kerk staan, het sy sommer dadelik begin
praat, hom vertel dat die lewe vol mal mense is. "Ek weet, Ma," het
hy geantwoord. "Mens kan nie tokkelok swot en filosofie studeer en
dit nie besef nie." Wat hom bly kwel het, was dat die vreemde vrou
op 'n manier reeds onder sy vel begin inkruip het. Daar is 'n drin-
gendheid, 'n opregtheid aan haar wat hom tot in sy siel geruk het.
Maar sy het geen verduideliking kon aanbied nie. Rika het die gesprek
probeer wegswaai na obsessiewe mense in die VSA wat só erg raak
dat hulle die onderwerp van hul obsessie om die lewe wil bring, maar
Gerhard weet genoeg van sulke dinge. Hy wou net weet hoekom hy
die kropgevoel het oor die vrou, dat hy haar stem ken. Hy kan dit nie
verstaan nie.

Dit is toe dat sy besef het die tyd het aangebreek om Rudi te kon-
fronteer. Die wêreld is vol mal mense, het sy vir Gerhard gesê, en
weggestap. Doelgerig.

Hier staan sy nou en boor Rudi met 'n kyk op die voorkop totdat
hy ongemaklik begin voel en na haar opkyk.

"Jy't gesê dat jy, deur jou kontakte met welsyn, dinge so gereël het
dat sy ma nooit sou kon uitvind wie hom gekry het nie," sê sy.

Rudi kyk stil na Rika. Hy kan aan die toon van haar stem hoor dat hy in die beskuldigdebank is.

"Wel, sy het uitgevind. En hy't haar voorgekeer."

Rudi staan op. Hy kyk moeg na sy vrou.

"Nou wil hy weet hoekom 'n vreemde vrou vir hom sê dat sy sy ma is."

Rudi verbleek soos hy skrik. "Dis onmoontlik."

Rika is nie meer bang nie. "Onmoontlik? Dis vir my verstommend hoe jy die vermoë het om dit wat nie in jou prentjie pas van hoe die wêreld moet wees nie, eenvoudig kan ontken. In watter stadium van jou opleiding om dominee te word het hulle dit vir jou geleer? Jou eerste jaar ... jou tweede jaar?"

"Ek moet eerlik wees, Rika, ek raak nou moeg vir jou aggressie."

"En wanneer het hulle vir jou geleer om dit vir jou vrou te sê ... saam met die geledere van Dordrecht?"

Rudi besluit om die belediging te ignoreer. "Daar is g'n manier wat daai vrou die spoor na Gerhard kon volg nie."

"Volgens jou natuurlik nie, maar dis wat klaarblyklik gebeur het ... tensy hy besig is om verstommend akkurate hallusinasies te ervaar."

"Ek sal 'n bietjie navraag doen."

Hoe kan hy so klinies wees daaroor? wonder Rika. Dit is asof hy nie besef dat hy op die rand van die afgrond staan nie. "Ek stel voor jy begin by God," sê sy.

"En wat presies bedoel jy daarmee?"

Sy weet hoe hy sarkasme haat. Daarom praat sy stadiger, met afgemete tongval: "My wêreld, Rudi, ek het net een woord met meer as een lettergreep gebruik – 'begin'. As jy navraag wil doen, begin by God."

Sy kan sien hoe hy sukkel om die irritasie binne te hou. Laat hom maar sukkel, dink Rika. Nou gee sy nie meer 'n dooie duit om oor hoe hy voel nie. Sy wag al baie lank vir hierdie dag.

"Rika, jou sarkasme is beide onwelkom en godslasterlik."

"As jy van godslaster wil praat, praat met jouself – jy wat 'n onskuldige jong seun in God se naam gedwing het om sy medemens te martel."

"Rika! Ek het gesê ons praat nie weer daaroor nie."

"Ja, en soos al die jare, wanneer jy bedoel jy wil nie oor iets praat nie, dan sê jy 'ons'. Dat jy nie daaroor wil praat nie is duidelik, maar miskien wil ek. Hoekom nou, hè? Hoekom gebeur hierdie ding met Gerhard nou? Want die God aan wie se Heilige Woord jy jou lewe gewy het, is besig om hierdie gesin vir jou sondes op daai grens te straf. En as jy nie met daardie man regmaak wat jy gebreek het nie, gaan nie net jy nie, maar ek en jou kinders kruise na Golgota dra wat jy, en jy alleen, in die naam van Christus vir sy kinders op daardie grens gemaak het. Toe Christus gesê het 'laat die kindertjies na my toe kom' het hy nie bedoel in 'n gat in die grond met elektriese drade aan hulle vingers nie!"

Rudi slaan hard op die tafel. "Magtag, ek het nou genoeg gehad!" skree hy deur geklemde tande.

"Genoeg? Jy sal moet mooi dink wat jy vir hom gaan sê."

Rika beweeg na die studeerkamer se deur. Dinge raak nou te bedompig in hierdie vertrek.

"Moenie jy vir my veroordeel nie ... jy wat jou rug op jou man in sy bed draai wanneer hy toenadering soek."

Dit is net die begin, dink Rika. Net die begin. Hy het nog nie eens begin agterkom presies hoe ek voel nie.

"Soos ek gesê het: Ons gaan nog lank dra."

Rudi staar haar met onmag agterna. Wanneer sy die deur agter haar toetrek, swaai hy om en slaan die Bybel wat op sy lessenaar lê 'n geweldige hou met die plat hand.

Hy staar met onbegrip na die Bybel. Dan besef hy wat hy gedoen het.

Hy tel die Bybel met albei hande op, druk sy voorkop daarteen. "Vader, vergewe my," prewel Rudi teenaan Gods Woord.

Aan die ander kant van die deur staan Rika. Sy weet nie wat haar besiel het nie, maar skielik het sy die woorde gevind. Al die nagte van onseker wakker lê, wonder of die fout by haar lê. Nou weet sy, weet sy vir seker, dat daar baie groot fout in haar huwelik is en dat haar stortvloed woorde, die enigste manier waarop sy haar woede en ergerlikheid aan Rudi kon toon, nie 'n oomblik te vroeg gekom het nie. Nou weet hy dat sy nie meer opkyk na hom daar hoog bo haar nie, dat sy rol as die gesant van God nie van hom 'n beter mens maak nie, dat hy sal moet wakker skrik. Hy is feilbaar.

Sy begin saggies in die gang afstap. Vreemd. Dit voel of sy kan vlieg.

— II —

Vlooi is die een wat die meeste tyd by Antoinette deurbring.

Elisabeth het Neil na hul ouma gesleep om te kuier, waar dit haar nie lank neem om uit te lap dat Adriaan hul huis- en tuinhulp in die pad gesteek het nie. Nadat dit aan die lig gekom het dat hul oupa Venter se huishulp die moordenaars gehelp het, het Adriaan vasgesteek en gesê hy soek nie mense op die werf wat nie sy eie bloed is nie. Patience en Moses het elk ses maande se salaris gekry en is fort. Maria het Jan daarvan vertel. Onder gewone omstandighede sou Jan en Maria hulle erg bekommer het oor die diepe depressie wat Antoinette getref het, maar hulle het 'n ander saak in hul gedagtes. Jan se siekte. Jan en Maria leef baie na aan mekaar en weet wat mekaar se behoeftes is. Hulp aan depressielyers is nie een daarvan nie.

Maar Vlooi is al om sy ma.

Tussen die tuintakies deur wat hy nou weens sy pa se halsoor-kop-reaksies in die plek van Moses moet verrig, loer hy by sy ouers se slaapkamer in. Dis namiddag, en Pretoria begin effens afkoel. In Antoinette se slaapkamer is die gordyne heeldag toegetrek. Die kamer is warm van ou asem. Sy ma lê presies daar waar hy haar vanoggend sien lê het, haar rug na die huis gekeer, haar oë wat na die gordyne staar. Sy is wakker, maar die terneergedruktheid laat haar half leweloos lyk. Vlooi kan nie help om die donker kringe om haar oë raak te sien nie. Hy staan lank so na haar en kyk, maar Antoinette gee geen teken dat sy hoegenaamd bewus is van sy teenwoordigheid nie.

Dan gaan sit hy op die bed langs haar. "Ma ... Ma kan nie vir die res van Ma se lewe agter toe gordyne in Ma se kamer lê nie."

Antoinette antwoord nie.

"Ek weet Ma se hart is gebreek, Ma ... ons almal se harte is gebreek. Ons was almal lief vir Ouma en Oupa. Maar as ons soos lewende dooies gaan lê, dan het daai diere meer as net Ouma en Oupa se lewe geneem ... dan het hulle ons lewe ook geneem."

Wanneer Antoinette praat, klink sy vir Vlooi soos 'n zombie. "Hulle hét my lewe geneem."

Vlooi staan op en beweeg om die bed sodat hy langs sy ma kan sit en haar in die oë kan kyk wanneer hy praat: "Nie vir lank nie, Mamma. Ek het 'n interessante ou ontmoet ... deur hierdie meisie wat ek op 'n website ontmoet het. Susan. Sy's nogal oulik. Hy's haar broer ... Albert. Ek dink ek en hy gaan goeie pelle wees – ons dink dieselfde."

Antoinette reik na hom uit, gee sy hand 'n drukkie. Dan onttrek sy weer haar hand. "Dan's ek bly vir jou," sê sy. Daar is steeds geen lewe in haar stem nie.

"Ma moet wees. Hy gaan my help om Ma se lewe terug te neem."

Vlooi staan op. Laat sy ma maar staar. Sy sal mettertyd agterkom wat hy pas vir haar gesê het.

"Is sy mooi?"

"Wie?" Hy kyk sy ma in die oë. Voel hoe hy begin bloos.

"Susan."

"Baie."

Hoe vinnig verander dinge nie, dink Antoinette.

Teen skemertyd, wanneer hy weer terugkeer na die huis, stap Vlooi in die gang in sy ma vas. "Hei, Ma, Ma's op."

"Wat het met jou oor gebeur?"

Sy's op, sy's skerp, maar die stem is nog dieselfde, dink Vlooi. En dan dink hy op sy voete. "Wat? O, my oor. Ek het mmm ... Ma sal my nie glo nie, maar daai meisie waarvan ek Ma vertel het, Susan ... ons het in die pad gestap en gesels, en ek het so aandagtig geluister na iets wat sy besig was om te vertel dat ek nie gekyk het waar ek loop nie, toe loop ek teen 'n telefoonpaal vas en toe sny 'n skroef of 'n ding wat in die paal was my oor. Die ding het soos 'n waterval gebloei."

Met sy eie oë sien Vlooi hoe die vonkeling na sy ma se oë terugkeer.

"So, jy's verlief op haar."

"Hoe kom Ma van teen 'n paal vasloop by verlief uit?"

"Want g'n man hou sy oë so op 'n vrou tensy hy op haar verlief is nie."

Antoinette sou onder ander omstandighede gelag het vir die onge-maklike manier waarop Vlooi se lyftaal sy gevoel vir Susan verklap. Nou glimlag sy net skalks – en 'n bietjie sameswerend.

"Wel, ek weet'ie, Ma, ons sal maar sien."

"Het jy al haar ouers ontmoet?"

"Nee, Ma, ek ken haar skaars."

"Jy moet haar bring, dat ek haar ontmoet. Is sy ordentlik?"

"Natuurlik is sy ordentlik, Ma. Sou ek van 'n meisie hou wat nie ordentlik is nie?"

"Is sy mooi?" Antoinette geniet die tergery.

"Ma't klaar gevra en ek het Ma klaar gesê. En sy's nie net 'n mooi gesig nie. Sy's 'n volbloed-Afrikaner, in murg en been ... ingeval Ma gewonder het."

Vlooi probeer by sy kamer uitkom, maar vir die tweede keer roep sy ma hom terug met nog 'n opmerking.

"In daai geval, is sy die sny in jou oor werd?"

"Meer as."

Antoinette stap weg. Nou roep Vlooi haar terug. "Ma!" Sy draai om, en hy sien hoe die hartseer nog aan haar mond en oë trek. "Ek's bly Ma voel beter."

"Jy was reg. Ek gaan nie toelaat dat daai moordenaars my lewe ook vat nie. My ma en pa sou dit ook nie wou hê nie."

Sal hy haar 'n bietjie hoop gee? wonder Vlooi. Hoekom nie? "Ma moet weet ... hulle gaan met bloed vir Oupa en Ouma se dood betaal."

"My seun, daar's nie genoeg bloed in hulle are om vir Oupa en Ouma se dood te betaal nie."

Hy laat haar amper om die gang se hoek verdwyn voor hy weer praat. "Daar is baie swartes in hierdie land, Ma, en baie bloed in hulle are," prewel Vlooi. "Betaal sal hulle betaal."

— III —

By African Queen Cosmetics beweeg sake nou met 'n ander ritme. Jan is daarvan bewus. Hy neem aan al die ander ook – maar hy weet hy oorskat moontlik hul sensitiwiteit. Hy voel toenemend dat hy sake van 'n afstand sien. En natuurlik sorg hy dat hy soveel moontlik te siene kry van die mense wat sy strategie-prentjies die afgelope ruk bevolk het. Nie een van hulle het nog buite die raamwerk van die prentjies beweeg nie, waarop hy baie trots is. Miskien gebeur daar ander dinge terwyl hy nie teenwoordig is nie, maar hy twyfel.

Hy het pas met Zweli en Adriaan vergader oor bemarking en ver-koopvernuf. Elna was by – en dadelik kon Jan die reaksies om die tafel aan sy voorspellings kontroleer. Die eerste een wat in die kol was, was eintlik te maklik en voorspelbaar: Adriaan wat dadelik op sy agterpote was. Hy het letterlik met alles waarmee Elna voren-dag gekom het, foutgevind. Ná afloop van die vergadering het hy haar in die uitgang van die raadsaal vasgekeer om verder te stry oor moderne bemarkingsmetodes.

Jan en Zweli het die twee só staan en beluister. Onwillig om tus-senbeide te tree.

Sien Zweli dieselfde detail raak? Die effens neerhalende glimlaggie op Adriaan se gesig terwyl hy praat? Die deursigtigheid van sy woorde, sy argument? "Met alle respek, Elna ... en jy moet verstaan – ek weet jy het 'n besigheidsgraad ensovoorts – maar African Queen Cosmetics is 'n besigheid, nie 'n chat group nie."

Elna lag, dalk 'n taks te maklik. "Dis my hele punt. Hierdie soort bemarking is die nuutste ding vandag ... wel, die nuutste ding in Kanada en Amerika en Europa. Dis selfs by Google verby. Hulle noem dit social marketing. Mense vertrou hul vriende en sosiale netwerke se opinies oor 'n produk baie meer as wat hulle 'n besigheid se advertensies vertrou. Dis die ou begrip van word-of-mouth, maar teen die spoed van lig. Dit neem nie weke of maande om die mark te penetreer nie, dit neem dae ... soms ure, as 'n produk regtig goed is."

Jan hou sy dogter dop. Hy moet erken, hy sien homself in haar gebare. Selfs in haar woordkeuses.

Elna begin terugstap na die raadsaal. Almal volg haar.

Jan luister en glimlag by homself.

"Ja, maar wat jy vergeet is dat ons in die swart mark is," sê Adriaan. "En dis Afrika. Die meeste van ons kliënte het nie eens internet nie. Vra maar vir Zweli."

"Nee, maar hulle het selfone."

"Almal het selfone. Sosiale netwerke is nie net tot die internet beperk nie, dit infiltreer alle kommunikasieplatforms."

Hulle staan nou rondom die raadstafel. Adriaan gryp 'n stoel se leuning en begin weer praat. Dit val Jan op hoe verdedigend hy is. "Die feit bly staan ons het 'n bemarkingsmodel wat ... en Jan, sê my as ek verkeerd is ... 'n bemarkingsmodel wat hierdie maatskappy uitgebou het tot die maatskappy wat hy vandag is. Wat sê die Engelse? If it ain't broke, don't fix it. En dan praat ek nie eers van die ekstra onkoste, veral in vandag se ekonomiese klimaat, wat so 'n plan na ons begroting sal bring nie."

"Dis die cool ding van viral marketing," val Zweli in, "jy dra nie die onkoste nie ... jou kliënte dra dit."

Adriaan swaai sy kop moedeloos. Hy het nie verwag dat Zweli sou antwoord nie.

"En nie net dit nie," sê Elna, "maar hulle self het ook feitlik geen onkoste nie, want die software vir sosiale netwerke kry hulle verniet. Jy laai dit net af, en daar gaat jy."

Jan raak moeg van die gekibbel. "Elna en Zweli is reg, Adriaan."

Elna vryf dit in: "Die bykomende onkoste is marginaal."

Adriaan wil nie vir Jan teëpraat nie. "Wel, ek sê maar net. Elna, moet asseblief nie dink ek waardeer nie jou insigte nie, maar jy moet weet – een ding verander nie: 'n Balansstaat bly 'n balansstaat, 'n inkomstestaat bly 'n inkomstestaat en jou kliënt moet jy ken, en in ons geval moet jy haar 'n produk gee wat werk en teen die beste prys in die mark."

"En daarmee stem ek saam."

"Goed so. Verskoon my." Adriaan draai om en stap uit die raad-saal uit.

Elna kyk bekommerd na haar pa. "Ek's jammer, Pa, ek hoop nie ek het oom Adriaan nou in die gesig gevat nie."

"My dogter, aangesien jy nou vir 'n paar ekstra weke hier is, kan jy maar netsowel 'n paar mense in die gesig vat. Ek het iewers gelees dis glo goed vir 'n besigheid."

"Hoekom neem dit altyd 'n vrou om te sê wat die manne te bang is om te sê?" vra Zweli.

"Omdat Eva die moed gehad het om daai appel te pluk."

— IV —

Esmé se gedagtes is baie ver van aardse kwellings. Sy sit, ouderge-woonte, by die tafel onder 'n skaduboom in hul tuin en studeer. Haar boeke en leggers is voor haar oop. Sy lees en maak aantekeninge soos sy aangaan, en daarom krap Gerhard haar sake volledig, maar volledig deurmekaar wanneer hy by haar kom sit en gesels. Sy kan nie begryp wat dit is wat hom steur nie. Al die vrae! Na wie lyk sy en na wie lyk hy. Sy antwoord sy vrae, en dan kom sy agter die kap van die byl. Gerhard vertel haar van die vreemde vrou wat hom agtervolg het en wat uitein-delik vir hom gesê het sy is sy ma!

Die vrou is mal. My beskeie mening, wou sy nog byvoeg, maar bedink haar.

Dis wat Ma ook gesê het, vertel Gerhard.

Esmé probeer van haar broer ontslae raak, sodat sy weer haar gedag-tes bymekaar kan kry.

Maar Gerhard bly staan. "Wat as julle verkeerd is?"

Kan hy nie sien hy irriteer haar nie? Hoe selfbehep kan 'n man dan wees? "As een persoon vir jou sê jy's verkeerd," sê sy, "is hulle dalk ver-keerd. As twee persone dit vir jou sê, is jý waarskynlik verkeerd. Maar as jy nog steeds wonder ... kry 'n derde opinie." En net om hom verder weg te stoot, voeg sy sarkasties by: "Gaan praat met Pa."

Gerhard wil sy held nog verdedig, maar Esmé gee hom nie kans nie. Die gesprek loop nou op ou bane.

"En boonop is hy 'n man. Een man se opinie is mos baie meer werd as dié van twee vrouens."

"Ek's nie 'n chauvinis nie."

"Alle mans is chauviniste, veral dié wat dit ontken." Esmé laat sak haar kop en lees verder.

"Lief vir jou, Sussie," sê Gerhard.

Sy kyk nie van haar boek op nie. Hoor hom net stap. "En ek vir jou, Boetie."

Dit is presies wat Gerhard doen, hy gaan praat met sy pa. Wat hom hierdie keer nie verjaag nie. Hy lyk steeds asof hy deur 'n oorlog is, 'n frons wat oënskynlik permanent op sy voorkop kom lê het. Maar dit voel vir Gerhard of sy pa se studeerkamer, sy toevlugsoord en veilige hawe, vir hom herstel is.

Gerhard moes in sy voorgraadse jare eens verduidelik presies wat geloof is. Hy het dit met die hulp van 'n metafoor gedoen: 'n plek waar jy veilig voel, waar jy tot besinning kan kom. 'n Plek van kalmte en oorpeinsing. Sy pa se studeerkamer. Só na aan die Huis van die Here.

In sy pa se studeerkamer verduidelik Gerhard van die vreemde vrou. Alles.

'n Stilte maak hom tussen hulle twee tuis. Gerhard sien hoe sy pa afkyk na sy Bybel, die leerband ligkens streel. Sy pa se gedagtes loop vêr. Hy ken hom so.

Wanneer Rudi begin praat, is daar 'n vreemde toon in sy stem. Gerhard ken sy praatritmes al so goed dat hy nie anders kan as om dit te hoor nie.

"Seun, as ek geweet het waarvan daai vrou praat, het ek vir jou gesê. Maar, uhm ..." hy lig sy hande, "ek het nie 'n antwoord nie."

Gerhard antwoord nie dadelik nie. Rudi voel hoe sy maag begin saamtrek.

"Dankie, Pa. Maar sjoe, ek moet Pa sê, dit het my ontstel."

"Ek kan my net indink. Maar jy weet wat onse Here Jesus Christus sou gesê het ..."

"Bid vir haar."

"Presies."

"Ek sal."

Terwyl Gerhard uitstap, begin die telefoon lui. Hy gaan staan net om die draai, buite die deur, en hoor sy pa praat: "Hallo ... weet jy wat, moenie verder praat nie ... ek weet jy weet waar my kerk is ... kry my daar."

Gerhard beweeg sag in die huis se gang af. Hy moet van die studeer-kamer wegkom voordat sy pa koers kry kerk toe.

In die studeerkamer staan Rudi. Versteen. Hoeveel male al het hy nie van die kansel af Gods woord oor valse getuienis gepredik nie? Hoe kon hy toelaat dat sy en Rika se behoeftes veroorsaak dat 'n leuen deel word van hul lewe? Hy het geen verweer teen die aansprake wat die leuen op sy lojaliteit maak nie. Lojaliteit teenoor die leuen. Nie lojali-teit teenoor sy Here God nie.

Hier het hy dit pas weer toegelaat om oor te neem. Hy het Gerhard blatant belieg.

Dan onthou hy van Hannes.

Rudi stap kerk toe. Daar is nog tyd om op sy knieë te gaan.

— V —

Maria versteen wanneer sy Neil hoor sê: "Oppas, jong, netnou sien Ouma ons."

Sy en Ouma het die kinders na die jacuzzi sien stap, gehoor hoe hulle later vinnig in die swembad spring en amper vinniger daaruit is. Die koms van die herfs het die swembad van al sy strelende kragte ontneem. Al waarvoor dit nou goed is, is om die hormone so 'n bietjie te laat bedaar. Die jacuzzi is soos 'n sauna, die swembad soos 'n yskoue stort. Van die swembad is hulle na die grasperk, waar die sonnetjie hulle nog goed kan kasty. Die grasperk, het sy gedink, waar niemand hulle kan sien nie. Maar sy kon elke woord hoor. Hoe Elisabeth vir

Neil probeer ompraat om in Suid-Afrika na 'n universiteit te gaan. Neil wat nie heeltemal nee sê nie, maar die struikelblokke een ná die ander noem. Veral sy pa.

Maria het vir Ouma gesê sy neem gou die kinders se sap, en toe hoor sy dit: "Oppas, jong, netnou sien Ouma ons."

En toe sy om die hoek loer, sien sy dit: Elisabeth lê bo-op Neil.

Bo-op!

"Ek vra: Is dit nie obvious nie?" hoor Maria Elisabeth sê.

Neil wat antwoord: "Jy, Elisabeth, is wat my ma 'n stoute meisie sou noem."

"En jy, Neil, hou daarvan. Erken dit."

Maria begin met die glase stap.

Teen die tyd dat sy naby is, het Elisabeth al vir Neil begin kielie en rol die twee in 'n speelse stoeiery rond.

Maria maak die keel half skoon en vra: "En as julle twee nou so stoei?"

Die twee spat uitmekaar. Staan dan taamlik verleë op. Asof niks aangaan nie, sê Elisabeth: "Neil het gesê seuns is sterker as meisies, Tannie ... en nou wys ek hom."

"Oppas dat julle nie te erg brand nie. Neil, jy veral ... Kanada se son is nie Afrika se son nie." Maria voel dadelik simpel oor wat sy sê. Enige mens kan sien dat Neil die afgelope ruk veel meer son gesien het as Elisabeth. "Kry vir julle, ek het dit self uitgedruk."

"Dankie, Ouma."

"Dankie, Tannie."

"En moenie sê ek het julle nie oor die brand gewaarsku nie." Maria hoor Elisabeth saggies giggel terwyl sy wegstap.

"Ek het jou gesê! Ons was nou amper in die moeilikheid." Neil is baie ongemaklik. Dit kon Maria sien. Hy gee nog om wat sy ouma en tante van hom dink.

Maria kyk vir oulaas om.

Elisabeth is reeds besig om daar waar sy langs hom staan sirkels met die voorvinger om sy naeltjie te trek. "Jy, Meneer, woon in boring Kanada," sê sy. "Jy weet nie eers wat moeilikheid is nie."

Maria wens sy kon deur mure kyk.

"En wat dink jy doen jy nou?"

"Dis 'n traffic circle ... ek dink oor watter exit om te vat."

Maria kan hoor hoe hard haal die twee asem.

— VI —

Dominee Rudi Naudé staan in sy gemeente bekend as die Harde Sagteman. Hy is onwrikbaar oor sake rakende beginsels, die waarhede in Gods Woord, geloof en kerklike dogma. Soveel kere is hy al ingeroep deur gemeentelede in geloofskrisisse en was hy die man wat hulle daardeur kon lei. Hy was veral baie effektief wanneer daar huweliksprobleme ontstaan het omdat dwepers begin smokkel het met die kop van een van die gesinslede. Rudi is nie bang om aan die stry te raak met die dwepers nie. Hy ken sy Bybel. Min mense kan staande bly voor hom wanneer hy inklim in die twisgesprekke. Dit het al gebeur dat hy van die dweepsugtiges teruglok na sy gemeente. En hulle dáár hou. Sy ontoeskietlikheid het ook na vore gekom wanneer gemeentelede aangespreek moes word oor vergrype. Drank, dwelms, egbreuk. Rudi het hard baklei vir die Here, het 'n ouderling op 'n keer gesê. Maar wanneer dit gekom het by sake van die hart en sake van die geloof, was daar geen groter begryper as dominee Rudi Naudé nie. Hy was byderhand wanneer die onverklaarbare dinge van die lewe mense getref het: motorongelukke, siektes, liefdesteleurstellings. Hy was so 'n goeie doodsbegeleier dat die sterwendes bevoorreg gevoel het om hom aan hul sy te hê. Niemand kon by 'n terminaal sieke se bed kniel en bid soos hy nie.

Die Harde Sagteman wil sy gedagtes behoorlik agtermekaar kry vir dít wat hy vir Hannes wil sê, maar al wat in sy kop aangaan, is die verse uit Job wat hy dae gelede met sy gesin gedeel het, wat by kom spook. Hom tart.

Die ding waarvoor hy bang is, kom na hom toe.

Hoekom gee God nie lig aan hom nie?

Rudi het geen kalmte of stilte en geen rus vir sy siel nie.

Dáár, by die voordeur van die kerk, gaan die onrus inkom.

"Ons leef almal, ons is gesond en ons is gelukkig – ons is almal inderdaad geseënd." Sy woorde, sy eie woorde, galm honend in sy gedagtes. Hy kan so maklik vertroosting bied aan ander, omdat woorde maklik is – maklik om oor die lippe te laat borrel. Hy is mos die gesant van God, almal glo hom.

Hoekom gee God nie lig nie?

Is die Here besig om hom te toets?

Rudi besluit hy sal Hannes hanteer op dieselfde manier as wat hy twee Jehovasgetuies onlangs tot bekering gebring het. Aanval. Hy sal die hardeman wees. Dit kan eenvoudig nie anders nie.

Hy klim op sy preekstoel. Vertoef 'n oomblik om God te dank. Gaan staan dan agter sy kateder en kyk af na die leë kerk. Dít sal die regte perspektief wees, dink hy. Hy vanuit 'n posisie van gesag; Hannes daaronder. Hannes moet opkyk na hom. Dít alleen sal dadelik vir Hannes op die agtervoet plaas.

Dan sien hy Hannes by die kerkdeur inkom.

Hannes kyk nie in die kerk rond nie. Stap ongeërg, hande in die sakke. Hy pyl op die kansel af en gaan staan presies waar Rudi gehoop het hy sal staan.

Hannes kyk op na Rudi, wat begin praat voordat Hannes kans het om te groet. "Sien jy hierdie kansel? Ek verkondig die woord van God al baie jare van hierdie kansel af."

Dit was belangrik vir Rudi om dit te sê. Sy gesag is gevestig deur dié woorde, nes die dag met die Jehovasgetuies. En soos daardie dag, begin hy nou al pratende van die preekstoel af beweeg, sodat hy reg voor Hannes kan staan en in sy oë inboor terwyl hy praat. "In hierdie kerk het ek die wysheid en liefde van Christus aan duisende gebring en dit het duisende hoop gegee, hulle uit wanhoop en hopeloosheid gered. Nou kom jy na my en eis dat ek jou jou geloof teruggee, dit iewers in 'n gat op die grens gaan uitgrawe omdat ek dit in daai gat begrawe het. Wel, laat ek vir jou sê: Die enigste rede hoekom jy, of ek, of enige ander wit mens nog in hierdie land kan lewe, is omdat ons daardie tyd gedoen het wat ons moes doen."

Hannes lig sy kop, net genoeg vir Rudi om te besef dat Hannes nou op hom neerkyk. "Korreksie," sê hy. "Die enigste rede hoekom jy, of ek, of enige ander wit mens nog in hierdie land kan lewe, is omdat ek, en derduisende ander seuns van sewentien en agtien – sewentien en agtien! – in Ovamboland en Angola geloop en mense vermoor het wat ons nie eens geken het nie. Verkondig jy dit van daai kansel af? Dit is wat ons moes doen – om 'n verdomde politieke stelsel te verdedig wat ons pa's uitgedink het en julle, die dominees, soos Bybelstories in ons kinderkoppe ingepraat het. En as ons dit nie wou doen nie, het mense soos jy ons van kansels" – Hannes wys met die vinger na Rudi se kansel – "soos daai verraaiers genoem, het julle ons DB toe gestuur, ons met sandsakke so laat suffer dat ons na die dood verlang het."

"Dit was vir die oorlewing van ons volk!"

"'n Volk wat net ten koste van 'n ander volk kan oorleef, is nie 'n volk nie. 'n Volk wat krygsgevangenes martel, is nie 'n volk nie!"

"Wat die marteling van terroriste betref ... ja, dit het waarskynlik nie Christus se goedkeuring weggedra nie, maar dit het vir ons informasie gegee wat duisende Christen-soldate se lewe gespaar het. Daar is tye wanneer selfs 'n donker ding soos geweld die lig dien – Christus het per slot van sake die sweep opgeneem om hulle wat die tempel vir 'n basaar wou gebruik, uit te jaag."

"Juis!"

"Juis wat?"

"Christus het die sweep opgeneem om die tempel weer heilig te maak, nie om 'n politieke stelsel wat driekwart van 'n land se bevolking tot slawerny verdoem het te beskerm nie."

"Jy vergeet, ons kon elke swarte in hierdie land uitgemoor het as ons wou, maar ons het nie."

"En julle sou julle seuns ingestuur het om dit te doen."

"Maar ons het nie! Ons het die land gebou en toe die kommunisme val, dit net so aan die swartes oorhandig. Waar het 'n swart regering op hierdie kontinent ooit 'n land soos hierdie geërf?"

"En waar het 'n volk, met die woord en daad van hulle dominees, so 'n kruis van skuld geërf?"

Daar is geen lig wat in hierdie siel voor hom skyn nie, besluit Rudi. Hy is woedend. Hy kan praat soos hy wil, maar Hannes sal elke woord uit sy mond probeer vernietig met daardie – snert! Louter propaganda!

Rudi haal diep asem om te kalmeer. Dan praat hy, onverbiddelik. Hard maar met beheersing: "Ek het nie vandag hiernatoe gekom om met jou te redeneer oor die reg of verkeerd van iets wat meer as twintig jaar gelede in 'n ander tyd en era gebeur het nie. Jou optrede het my vrou verskriklik ontstel. Nou sê ek jou – en ek vra nie, ek sê jou – bly weg van my, bly weg van my gesin, en bly weg van my huis en my kerk. Jy's nie die enigste een wie se siel op daardie grens gewond is nie. Daar is duisende ander, en hulle het uitgewerk, soos Job, hoe om hulle geloof te behou ten spyte van die verskriklike dinge wat met hulle gebeur het. Jy's 'n man! Dra wat jy moet dra!"

Hy gee Hannes 'n laaste vuil kyk, draai dan om en stap weg.

Hannes hou sy verdwynende rug stil dop, die hele pad totdat hy hoor hoe die kerk se voordeur toegeslaan word.

Hy kyk op na die pragtige veelkleurige glaswerk van die kerkgebou se ruite. Hy voel 'n warme lig op hom skyn. "Tot weersiens, dominee," sê Hannes. "Tot weersiens."

Rudi kan Hannes nie meer hoor nie. Hy wil net afstand tussen hom en die man kry.

Hy gaan sit op 'n bankie in die tuin sodat hy die warmte van die son kan voel. Hy maak in sy notaboek aantekeninge oor die gesprek, soos hy maak van alle gesprekke wat hy met gemeentelede het. Sy Bybel lê langs hom op die bankie, oop by die boek van Job. Hy sukkel om te fokus op dit wat hy moet skryf. Hy het die woede nog nie heeltemal onder beheer nie.

Rudi hoor nie vir Rika aangestap kom totdat sy by hom staan nie. Sy gaan staan voor hom, werp haar skadu oor sy notaboek. Rudi het geen keuse as om op te kyk na haar nie, en kan onmiddellik sien dat sy baie ontsteld is.

Sy hou haar hand na hom uit.

Hy sien twee weermag-ID-plaatjies wat aan 'n ketting van haar wysvinger hang. Rudi het nie die vaagste benul waar dit vandaan kom nie.

"Dit het aan die voorhek gehang," sê Rika.

Hannes se afskeidgebaar ... Rudi neem die plaatjies stadig by Rika. Hy kyk daarna, skud sy kop moedeloos. Die boodskap is duidelik. Sy gesprek was nutteloos.

"Hierdie ding sal nie weggaan nie," sê Rika.

"Hy's klaar weg."

"Hoe verduidelik jy dit dan?" Rika swaai die dog tags voor sy neus.

"Ek sê jou nou dis klaar. Dis verby. Hierdie is sy vaarwel."

"Sy vaarwel? Hy kom hier aan, vra jou om hom te help om sy verlore geloof te vind en nou's dit vaarwel?"

"Ek het hom belet om ooit weer hiernatoe te kom, of na die kerk toe." Rika slaan haar oë op na die hemel.

Dis dadelik vir hom verskriklik duidelik. Hy, die man van God, het vir 'n tweede keer Hannes van sy Skepper probeer vervreem.

"Hy's nie al een wat op daardie grens seergekry het nie," probeer Rudi verduidelik. "Ons almal het. Hierdie hele land is vol lopende gewondes ... en die oorgrote meerderheid van hulle het nie hulle geloof verloor nie."

Daar is geen woede in Rudi oor nie. Hy is magteloos teen die gevoel dat hy pas dieper in die skuld by God beland het.

Rika kyk hom sprakeloos aan. Sy stap stil weg.

Die Harde Sagteman voel moeg, tot in sy siel in moeg. As God net lig aan hom wil gee ...

— VII —

Hy mag wel besig wees om aan kanker te sterf, maar dis gelukkig 'n langerige besigheid, dink Jan. Daar is niks met sy verstand verkeerd nie. Hy teken beslis nie meer prentjies vir sy planne nie. Hy raadpleeg sy pak aantekeninge wel – al is dit soms net in sy gedagtes.

Dis eintlik 'n plesierige tyd. 'n Tyd van jolyt en baie braai en drankies en heildronke, want Elna is hier. En as hy enigsins 'n nota by sy stapel sou voeg, sou dit onder die opskrif "Die rehabilitasie van Boetjan" wees.

Dis lekker om elke aand te braai. Hy en Maria, Elna en Neil, Ouma en Boetjan. Soms kom Zweli by, wat lang geselsies afgee oor Zweli se pa en die wondere wat hy en Jan met African Queen verrig het.

Jan is dankbaar vir die tyd saam met Elna – en om Neil, sy klein-kind, te leer ken. Agter te kom dat die genetiese bane van hom na Neil wel gelê is.

Maar hy is die dankbaarste oor die daaglikse verbetering wat hy sien in die verhouding tussen Maria en Boetjan. Jan is verlig dat hy verlos is van die groot gewetenslas wat hy gedra het weens die vertroebelde bande tussen ma en seun. Hy is ewe dankbaar dat hy help om daardie bande te herstel. Mens is nooit te oud om te leer nie, dit weet hy nou uit dure ondervinding. Op sy spreekwoordelike sterfbed sien hy hoe daar net een bevryder is, en dit is die volle waarheid.

Hy is verheug oor die aanstelling wat Boetjan gekry het as bestuur-der by 'n nabygeleë wildplaas. Die kind dink nou soos 'n volwassene. Het om die pos aansoek gedoen nadat Jan hom in African Queen se raad aangestel het. Hy moet naby aan die vuur bly.

Jan kyk na sy kinders, Elna en Boetjan. Hy dink aan sy prentjies en glimlag.

Jan vang Maria se oog wanneer sy met 'n soveelste bak braaivleis na hom aangestap kom. Sy kla dat haar oond in die kombuis glad nie gebruik word nie, maar laat dit dan maar so wees. Hierdie tyd is kosbaar.

"En nou?" vra sy.

"Ek is trots op my kinders," sê Jan.

Maria reik na hom uit en gee sy boarm 'n druk.

"Alles is in plek," prewel hy.

Maria neem nie haar hand weg nie.

— VIII —

So lief as wat Antoinette vir haar ouers was en so erg die pyn wat sy ná die moorde met haar elke asemhalingslag gevoel het, kan sy net nie voortgaan met die treur-dinge nie. Dit raak boring. Sy sê niemand van haar veranderende gevoelens nie – hoe kan sy? – maar hulle is nie idiote nie en kan tog seker agterkom dat sy besig is om die donker treurkamer te verruil vir die sonnige huis.

Sy praat nie baie nie. Het nie baie te sê nie. Maar haar verstand is helder en nie in lanfer gehul nie.

Antoinette het besef – gister, eergister, wanneer – dat sy vuur moet gaan maak onder 'n paar gatte anders gaan hierdie situasie nie vir haar en Adriaan enige voordeel inhou nie. Trouens, hulle kan dan maar die meeste van hul drome oor hul oudag op hul magies skryf en met hul hempies afvee.

Sy dink – wel, sy wéét – dat niemand in hierdie hele helse familie naby haar kom wanneer dit gaan oor planne maak nie. Dié Naudés is te gevrek en heeltemal te heilig, en Jan-hulle sit op hul gepoleerde alies en wag vir die dood om hom te kom haal. Maria is nou nie regtig van Jan se stoffasie nie, en Boetjan hou vir Adriaan geen bedreiging in nie. Eenmaal 'n suiplap, altyd 'n suiplap.

Dis Elna wat haar bekommerd maak. En Adriaan, liewe Adriaan. Vir hom is Elna nog net 'n dogtertjie met eienaardige idees.

Wel, dis tyd dat hy sy verstand begin gebruik. Op sy eie sal hy dit seker eers begin doen wanneer dit heeltemal te laat is. Hy't 'n skop onder die jis nodig. Sy sal dit met die grootste graagte self daar gaan plant.

Sy het die grootste deel van die middag in die bad gelê en ontspan. Gedink, planne gemaak – dis mos ontspan. Sy't vir die eerste keer sedert die begrafnis met aandag haar gesig gegrimeer. Naels geknip en gepoleer. Lippe 'n bedeesde rooi gekleur, selfs 'n bietjie kleur gebring rondom haar oë sodat die kringe om hulle minder opvallend sou wees.

En aangetrek. Swart slenterdrag met 'n lae hals.

Sy't hom op die rusbank ingewag.

Adriaan se gesig, donker ná 'n lang dag se werk, het sigbaar verhelder toe hy haar daar sien. Hy het sy das losgemaak en dadelik vir hulle elkeen 'n stewige whisky gaan skink. Whisky op ys vir haar.

Die los das is nie genoeg vir hom nie. Hy maak sy hemp se boonste knoop ook los. Gee hom nog 'n paar dae, en hy sal sy voete weer op die koffietafel sit.

Die nuus wat hy van die werk bring, kon sy voorspel het. Elna wys haar gesig daagliks op kantoor, en Adriaan is die een wat elke dag moet aanhoor hoe om dinge nou eintlik te doen. Elna weet presies hóé die besigheid behoort te werk. En Antoinette weet: Elna is haar pa se kind.

"Ek's nie bang vir haar nie." Adriaan praat maklik. "Tussen 'n graad wat sy jare gelede ontvang en nooit gebruik het nie en my ervaring is daar nie 'n vergelyking nie. Sy soek nie 'n job nie, sy soek haar pa se aandag."

Antoinette is verstom dat Adriaan op sy ouderdom nog só naïef kan wees. Sê dit ook vir hom.

Adriaan kyk ietwat verbaas na Antoinette.

"Natuurlik soek sy nie 'n job nie – sy hoef nie! Ná Jan se dood gaan sy en Boetjan tussen hulle die helfte van die maatskappy besit! Sy soek ook nie haar pa se aandag nie ... dit het sy in elk geval – sy's sy oogappel. Elna het haar man alleen terug na Kanada gestuur – dink wat dit beteken – en by daai kantoor se voordeur ingestap omdat sy vir agtien jaar haar lewe on hold gesit het om vrou te wees vir Bertus en ma vir Neil. Vra vir my, ek weet. Sy't by daai deur ingestap om haarself te kom soek, nie 'n job nie. Hoekom dink jy het Jan vir jou gesê hy soek jou nie vir die pos nie? Dit het niks met jou leierskapsvermoë uit te waai nie, dis net 'n smokescreen. Hy ken sy dogter, en hy't geweet dat sy by daai voordeur sou instap. Dis mos 'n ou storie wat die Jode en Indiërs en Zoeloes goed verstaan: keep it in the family. Dis hoekom hulle almal so ryk is ... hulle sorg vir hulle eie mense."

Adriaan kan die groter prentjie nou beter verstaan. "Hmf."

Antoinette besluit dit is tyd dat sy vir Adriaan in 'n rigting moet por. Sy lê na hom toe oor, streel sy wang. "As jy wil hê wat jou toekom ná al jou opofferings, sal jy baie slimmer te werk moet gaan. Bloed is dikker as water. Ja, hy's jou broer, maar sy is sy dogter."

Sy het ander sake ook in haar gedagtes. Maar eers gee sy Adriaan 'n soentjie. Sy weet dit is nodig, want sy moet al sy opregte optredes terwyl sy terneergedruk in haar slaapkamer gelê het, ongedaan maak. Sonder dat hy aanstoot neem.

"En nog een ding," sê sy. "Ek kan nie vir die res van my lewe sonder 'n huishulp klaarkom nie."

"Ek soek nie vreemdelinge op my erf nie."

"En ek maak lankal nie meer toilette skoon nie. Ek gaan iemand aanstel wat daagliks kom en nie op die erf woon nie."

"Gaaf. Waar is Vlooi?"

Antoinette herinner hom aan ander dinge. "G'n idee nie."

"Ek sien die grasperk staan halfpad gesny en die dêm grassnyer net daar waar hy opgehou het. Kan ook niks klaarmaak nie."

"Sê vir Zweli om dit klaar te sny ... dis mos in sy gene." Sy weet dis 'n rassistiese ding om te sê, maar sy doen dit graag. Toets hom, kyk of hy al begin verander het onder Zweli se leiding.

Adriaan lyk nie gesteurd nie, maar hy maak die regte geluide: "My vrou, moet net nooit so iets in die publiek kwytraak nie."

"My man, ek kan my net indink wat daai volk agter ons rûe oor ons kwytraak. Daar's nie 'n mens op aarde, swart of wit, wat nie 'n rassis is nie, dis net nie aanvaarbaar om dit te erken nie."

— IX —

Jan sukkel om te konsentreer. Kan nie verstaan hoekom nie. Hy word geteister deur 'n ontsaglike skeelhoofpyn – maar hy wonder of dit nie Adriaan se gebabbel is wat hom so uitput nie.

Normaalweg is een van die grootste plesiere in die lewe van enige sakeman daardie seldsame geleentheid wanneer hy saam met sy topbestuur om 'n tafel gaan sit en probeer uitpluis hoekom hul verkope skielik die hoogte ingeskiet het. Die ou sakeaksiome – omset is ydelheid, wins is nugterheid, maar kontant is koning – flits deur almal se gedagtes, want die stroom geld wat inkom, is heelwat meer as waarvoor begroot is. Dit kon natuurlik net so maklik andersom gewees het – dalende verkope, die mark wat kwyn – maar dit is nie, dis 'n wonderbaarlike oestyd vir African Queen.

Jan en Zweli wil net glimlag, maar Adriaan en Elna se uiteenlopende vertolkings van die syfers veroorsaak dat hulle nie eens gaan sit nie. Hulle staan om die raadsaal se groot tafel en gesels.

Adriaan en Elna soek redes, maar die getuienis lê in die syfers, en syfers lieg nie. Dit gaan verskriklik goed met African Queen.

Jan raak geïrriteerd met Adriaan se konserwatiewe benadering. "Daar was net een nuwe veranderlike in ons bemarkingsplan," sê hy, direk aan sy broer gerig, "en dit was die sosiale-netwerk-ding wat Zweli en Elna voorgestel het. Hierdie onverwagse beweging in ons verkope, en oor so 'n kort tydperk, kan tog sekerlik aan niks anders toegeskryf word nie."

Maar Adriaan klou soos modder aan 'n wolkombers aan sy verstokte opvattings. "Oor die jare het jy en ek al geleer daar's baie veranderlikes waarvan 'n mens nie eers weet nie. Volgens statistieke is dit gevaarlik om iets sommer so uit die vuis uit aan 'n spesifieke veranderlike toe te skryf."

"Behalwe, oom Adriaan," val Elna in, "ons het 'n terugvoerkanaal by die veldtog ingesluit. Terugvoer van die mark dui onteenseglik daarop dat mense ons produkte gekoop het omdat lede van hulle sosiale netwerke die produkte aanbeveel het."

Jan hoor haar praat, maar dis asof haar stem in die kamer wegraak, amper soos dié van die afkondigers op lughawens, stemme wat praat maar betekenis wat nie ontsyfer kan word nie.

Dít is hoe dit begin, dink Jan.

Hy voel hoe die sweet op sy gesig uitslaan. 'n Geweldig warm gloed kom oor hom, laat sy klere aan sy lyf vasklou.

Die einde is op hande, prewel hy teenoor homself.

Hy hoor Zweli praat, helder maar ook doer op 'n speelgrond, saam met ander klanke. "Now if you want to talk stats, those are stats."

Elna antwoord, en Jan volg haar al moeiliker. "En nie net stats nie, die beste soort stats, want die data kom direk na ons van die verbruiker. Suiwerder as dit kry jy nie maklik nie."

Wat maak die oorwinning saak? wonder Jan. Waar is die vreugde nou?

Jan draai sy rug na die ander sodat hulle nie kan sien hoe moeilik hy asemhaal nie.

"Julle hoef my nie 'n lesing oor statistiek te gee nie." Adriaan het hom vererg. "Maar ek sê nog steeds ..."

Dis nie sy hart nie, besef Jan. Hy voel die klopping van 'n hoofpyn wat begin.

"Pa?"

Hy hoor sy dogter se stem, hy weet net nie hoekom sy praat nie. Dit word donker voor hom. Hy probeer sy hande oplig om te keer dat hy val.

Hy raak nou in flardes bewus van dinge om hom. Hy is in 'n ambulans, hoor die sirene loei ... Hy is op 'n bed, mense wat begaan om hom uitroep, die geluide van 'n hospitaal en iemand wat langs sy bed bevele skree vir mense om uit die pad van die bed te kom ... En dan kom die rus, die slaap.

Wanneer hy weer bewus word van geluide om hom, is dit iemand wat praat.

Hy probeer sy oë oopkry, maar gee die stryd gewonne wanneer hy net deur skrefies kan sien.

'n Man wat hy nie ken nie staan by sy bed met Maria, Elna, Boetjan, Zweli, Adriaan, Antoinette, Rika en Rudi en praat. Hy sukkel om te fokus en maak sy oë weer toe. Die man se woorde hoor hy baie duidelik, asof die man met hom praat: "... dis nie goeie nuus nie. Ek het nog nooit so iets gesien nie – hy't 'n beroerteaanval gehad, en voorlopige toetse dui aan dat daar 'n versnelling in die pankreaskarsinoom is."

So, dank jou die duiwel, dink Jan.

Hy is moeg, ontsaglik moeg. Hy kan die hoofpyn steeds voel, maar dis dof en ver, asof sy kop elders is. Hulle't hom seker iets ingespuit.

Dan raak alles weer stil. Hy raak soms wakker, maar hy bly nie lank bewus van enigiets nie. Hy weet van mense wat by sy bed kom sit, Maria, Elna, Boetjan.

Rudi bid vir hom, maar Jan se gedagtes wil nie die woorde volg nie.

Rika stop iets in sy hand, vou sy vingers daaroor toe. Hy voel warm metaal.

"Ma stuur hierdie," prewel Rika in sy oor. "Dis Oom Paul."

Uiteindelik, dink Jan, nou kan hy gaan.

Maar hy gaan nie. En elke keer as hy wakker word, voel hy Oom Paul warm in sy vingers vasgeklem.

— X —

As enigiemand ooit wil weet waaraan sit predikantsvrouens en dink terwyl hul mans op die kansel staan en preek vir die gemeente, sal Rika vinnig antwoorde hê. Sy antwoord Rudi op sekere opmerkings wat hy daar agter sy kateder maak. Sy sê hom wanneer sy woorde en sy dade nie met mekaar klop nie. Dis nie altyd lekker om dit te doen nie, maar nou, terwyl sy daagliks daarvan bewus is dat sy Rudi al hoe meer 'n afstootlike mens vind, is sy meer krities oor hom.

Voel sy sleg daaroor? Seker, 'n bietjie. Sy het nog nooit teen haar man in opstand gekom nie, nog nooit sy woorde in die openbaar bevraagteken nie. Maar dinge verander. En daarmee saam draai haar gereelde binnegesprek tydens die preek in 'n rigting wat sy miskien moes voorsien het – maar nie die felheid daarvan nie.

Sy sit saam met Gerhard en Esmé in die voorste gestoeltes. Net agter hulle sit die res van die familie – sonder Ouma. In hul uur van nood snoer hul geloof die familie. Rika hoop nie hulle merk die gloede wat haar woede in haar nek en wange laat uitslaan nie.

"... en daarom, as gelowiges, moet ons dit aanvaar: die weë van die Here is onbekend ..."

Ja, Rudi, maar aanvaar jy dit? Jy wat Hannes die kerk belet het?

"... daarom moet ons as Christene nederig kniel en Christus dank vir sy opoffering ..."

En jóú opoffering? Jy wat mense gestuur het om ander in die naam van God te martel?

"Hy wat as Seun van God mens geword het om ons sondes op sy skouers te neem, sodat ons, ons wat deur ons menswees uit die paradys geval het ..."

Waar jy sal bly, 'n uitgeworpene!

"... gered kan wees en die genade van onse Hemelse Vader kan ontvang. Kom ons bid."

Almal maak hulle oë toe. Buiten Rika, wat Rudi steeds aanstaar.

"Onse Hemelse Vader, ons vra U vandag om ons ons menswees te vergewe ..."

En jy dink dit is al wat nodig is om daarmee weg te kom, Rudi? Jy wat gesondig het in die naam van God?

"... en ons dank U vir u Seun wat U gestuur het om ons weer die kans te gee om deur die poorte van u paradys te kan stap."

Rika weet nie hoeveel langer sy dit sal kan uitstaan nie. Sy walg van haar man se valsheid.

"Ek wil ook vandag bid vir my vrou se broer, Jan Cilliers, wat op hierdie oomblik in 'n hospitaal lê. In u hande ..."

Rika begin opstaan en skuif by Esmé langs haar verby. Sy hoor Rudi se woorde opklink terwyl sy na die voorportaal van die kerk beweeg.

"... en u hande alleen, lê hy nou. Ons bid dat u liefde en krag en u Heilige Gees na hom sal bring."

By die deur kyk sy om. Hoe durf hy namens haar voorspraak by God vir Jan doen!

"Ons vra ook, Here, dat U troos sal bring na sy vrou, Maria, en sy kinders Boetjan en Elna, en sy kleinseun Neil ..."

Sy swaai om en stap by die kerk uit.

Op die trap voor die kerk hoor sy Rudi se stem, baie sagter nou, maar steeds dáár.

"Ons vra dit in u naam en in die naam van u Seun, Jesus Christus ... amen."

Rika wag. Op haar familie.

Wanneer hulle kom, gee almal haar 'n drukkie. Hulle sien die trane in haar oë en vermoed dat Rudi se woorde haar oor die randjie gestuur het. Rika is nie iemand wat in die kerk sal sit en huil nie.

Sy groet voordat Rudi hom van sy kerkraad af by hulle kan aansluit. Dan begin sy doelgerig huis toe stap. Haar gesig strak van die opgekropte woede.

Rudi haal haar by die pastorie se hekkie in. "Rika! Rika!"

Sy hou aan stap. "Ek wil nie nou praat nie!"

Hy hardloop tot by haar, vang haar aan die arm. Sy kyk met dooie oë na hom.

"Jy is my vrou. Jy kan nie uit 'n kerkdiens stap nie!"

"Ek kan en ek het."

"Die lede van my gemeente sal ..."

"As die lede van jou gemeente, Rudi, geweet het wat ek weet, het hulle almal saam met my uitgestap!"

Rika sien hoe Gerhard en Esmé aangestorm kom, albei verstom om te sien hoe sy en Rudi in die openbaar stry.

"Hoe durf jy so iets sê?"

"Hoe durf jy my so iets vra?" Rika weet dat sy haar woorde versigtiger moet kies. Die walging is besig om haar goeie oordeel te ondermyn. En dan gaan sy woedend voort. "Jy wat 'n leuen lewe! Jy wat die dade van Satan self die seën van ons heilige God gegee het?"

Rudi sien nou vir Gerhard en Esmé raak. Hy wil nie voor hulle met Rika stry nie. Hy wil nie hê enige gemeentelede moet dit aanskou en aanhoor nie.

"Nou gaan jy te ver!"

"Ek sal nie meer jou leuens lewe nie! Met Gerhard se aanneming het ek dit nog ondersteun, omdat ek so graag nog 'n kind wou hê. Ek berou dit nou!"

Gerhard is heeltemal stomgeslaan.

"Maar wat jy aan daardie man gedoen het, en waarskynlik aan honderde ander ... ek sal dit nie, kan dit nie ondersteun nie! Ek voel vuil ... besoedel!"

Rudi kan haar net aanstaar. Só kwaad was Rika nog nooit. En die woede is op hóm gerig.

"Ma ...?"

Rika draai doelbewus na Gerhard. "Daardie vrou was nie mal nie," sê sy. "Sy is jou Ma. Ek is jammer, my kind."

Rudi laat sak sy kop.

Gerhard sukkel om haar woorde te verwerk. "Pa ...?"

Rudi lig sy hande. Dit is 'n gebaar van magteloosheid, van die verlies van alle hoop.

Rudi draai na Esmé. Sien dieselfde onverbiddelikheid in haar oë.

Gerhard draai weg, en begin hardloop.

Rudi staar hom met onbegrip agterna.

Rika keer hom die rug toe en stap weg.

By die deur sien Rika hoe Rudi by die hekkie na Esmé kyk en dan, 'n verslane man, net kan toekyk hoe sy dogter agter sy aangenome seun aan in die straat af wegstap.

— XI —

'n Mens gaan nie deur die lewe met 'n naam soos Vlooi sonder dat 'n groot klompie bollie in jou rigting gegooi word nie. Dis uiteraard nie 'n doopnaam nie. Dis meer waarskynlik dat dié bynaam 'n soort ouerlike reaksie was op 'n baba wat buitengewoon woelig was, of 'n volslae stout-gat van 'n kleuter. Die rede vir die naam kan bes moontlik ook herlei word tot sy onvoorspelbaarheid as kind, maar eintlik het dit alles te doen met Antoinette se gevoelens oor die familietradisies van die Cilliers-spul. Volgens ou Afrikaner-gewoontes word seuns na hul oupa aan vaderskant genoem, en aldus is Vlooi gedoop Johannes Adriaan Cilliers. Maar omdat einste daardie oupa sy eie twee seuns opgesaal het met sy twee name, Johannes en Adriaan, het sy oom Jan ook die tradisie verbreek en sy eersgeborene na homself genoem. Dit het die arme sieletjie opge-saal met die naam Boetjan om hom van sy pa te onderskei. Adriaan het sy seun geesdriftig Adriaan begin noem. Antoinette was bekommerd

– sodra 'n tweede kind gebore is, sou dit Boet Adriaan word, of Boeta Adriaan, en daarna Boet of Boeta, of sommer Boetie, en om heeltemal eerlik te wees, dis nou nie eintlik Antoinette se styl nie. Toe begin sy, willens en wetens, om die ou dingetjie wat so tydig en ontydig na haar borste toe wurm, en wat begin kruip het, dag en nag voordat hy oud genoeg was – volgens die bababoeke en verpleegsters by die kliniek – 'n troetelnaampie te gee. Sy het geweet hy is nuuskierig en energiek, en het besluit Vlooi is hy en Vlooi sal hy bly. Adriaan wou nog met die kind se voorletters speel en hom Jac noem, maar Antoinette het gesê hy moenie bedonnerd wees nie, die mense gaan dink hulle kan nie Jack spel nie, en sy klasmaats gaan dink hy probeer fensie wees. Jac is 'n boelie-magneet.

Hier sit hy nou saam met Susan en Albert in Die Ploegskaar, 'n loopdop voor hulle. Vlooi wil net wegkom saam met Susan, maar hier's 'n protokol wat hy moet volg. Twee weke gelede het hy nie eens van die protokol geweet nie, nou's hy trots deel daarvan.

En hy het 'n nuwe naam.

Roofdier.

Slegs in kleiner kring.

Hiér het hulle gesit, hy en Susan en Albert, toe hulle hom deurgekyk het. Hom getoets het. Uiteindelik gepraat het van die Wit Brigade.

En hy gesê het: Hy's in.

Hy't dit nie geweet nie, maar die bal was aan die rol.

Maandagmiddag laat het hy Susan en Albert weer hier ontmoet. Die plek was so te sê leeg, maar die stormloop sou later kom. Albert was in uniform – die een of ander sekuriteitsfirma, het Vlooi aangeneem.

Albert het Vlooi en Susan na 'n deur geneem wat vir Vlooi soos 'n stoorkamer se ingang gelyk het. Agter die deur was 'n donker gangetjie. Maar gou maak die netjiese afwerking van die trappies plek vir meer onegalige werk, en swenk die trapskag dieper in die aarde in as wat 'n gewone kelderverdieping s'n sou. Hulle het tot stilstand gekom voor die traliehek van 'n vertrek diep onder Die Ploegskaar. Die hoofkwartier van die Wit Brigade, het Vlooi besef.

Albert het die kodewoorde gesê: "Wit valke."

Die hek is geopen, en Vlooi, met sy Che Guevara-hempie aan, het hom begeef op sy nuwe lewensbaan.

Vlooi het geweet hulle is 'n paramilitêre groep, maar hy het nie sulke ordelikheid en formaliteit verwag nie. Vlooi se oë het alles ingeneem. Later in die aand sal hy dit feitlik presies kon teken, maar vir daardie oomblik kon hy net staar, alles indrink. Prominent, in die middel van die kamer, hang 'n groot banier. Dis 'n baie groot rooi banier, soos dié wat Vlooi al op foto's gesien het Hitler se Nazi's op Duitse vlaktes gebruik het. Nazi's, maar die wit sirkel van die Nazi's is vervang met 'n wit vierkant in die middel van die rooi, en daarbinne 'n swart sirkel, wat die agtergrond is vir 'n enorme gebalde wit vuis. Vlooi ontsyfer dit maklik: Black Power omgedraai ... wit vuis, swart agtergrond, in 'n see van bloed.

'n Lig skyn daarop.

Om die tafel in die middel van die kamer het 'n groep jong manne gesit. Vlooi kon sien hulle is harde manne. Die meeste in hul twintigs, lus om hul slag te wys.

Protokol: Niemand praat terwyl die leier in die vertrek is en hulle toestemming gee om te praat nie. En Albert, wat klaar seker gemaak het dat almal wat daar moet wees op hul plekke is, wou nie nou 'n gebabbel hê nie.

Dit was 'n belangrike aand. 'n Nuweling moes ingesweer word.

Albert het vir Vlooi gewys waar hy moet staan.

Vlooi het sy plek ingeneem.

"Vuiste van die Wit Brigade," het Albert uitgeroep. Sy stem het in die beknopte ruimte gegalm. "Ons het 'n aansoek vir lidmaatskap. Gewerf deur Susan. Sy naam is Adriaan Jan Cilliers. Hy word geken as 'Vlooi' – seker omdat hy weet hoe om weg te kruip en te byt wanneer hy bloed soek." Niemand het gelag nie. Albert se humeur is legendaries kort by sulke geleenthede, waar hy nie ligsinnigheid duld nie. Dié wat hom ken, het geweet dat hy die grappie gemaak het om Vlooi te toets. Gelukkig het Vlooi nie 'n teken van emosie getoon nie. Inisiasieprosesse is altyd die filter.

Albert het reg voor Vlooi gaan staan. "Jy het die reg om jou krygsnaam te kies."

"My krygsnaam?"

"Die naam waaraan ons jou as 'n kryger van die brigade sal ken. Jou vegnaam."

Vlooi het nagedink. Hy het 'n les onthou wat 'n jong lektor hulle in 'n tutoriaal geleer het, naamlik dat jy baie van mense kan leer as jy hulle die kans gee om hulle met 'n roofdier te assosieer. Dit verklap karakter én ideale.

"Roofdier," het hy geantwoord.

Albert het dadelik daarvan gehou. "Volgens Susan is Roofdier se hart op die regte plek, en ek moet erken, volgens my eie oordeel, dink ek Susan is reg. Ek vra julle, met die wys van hande, of ek 'n nuwe wit vuis tot die geledere van die wit brigade kan inwy."

Een vir een het die regterhande omhoog gegaan.

Albert was ingenome met die eenstemmigheid. Knik. "Die antwoord, broer, is ja." Hy steek sy regterhand uit en Vlooi skud dit, bly. "Is jy bereid om te doen wat gedoen moet word?"

"Ja, ek is."

Albert het weer geknik.

Susan het vorentoe getree, 'n Bybel horisontaal op heuphoogte langs haar broer gehou.

"Die Wit Brigade is 'n span wit vuiste ... ons veg teen onreg, onderdrukking en die swart sameswering teen ons volk. As ons slaan, slaan ons hard ..." sy kreet weerklink deur die vertrek, "al is die prys die dood! En ons het een leuse: As jy nie wil hoor nie, dan moet jy voel. Bloed in, bloed uit. Hoor jy wat ek sê?"

"Ja. Ek doen."

"Aanvaar jy wat ek sê?"

"Ja. Ek doen."

"Bal jou wit vuis."

Vlooi het sy gebalde vuis langs sy kop gelig. Albert het oorgereik, Vlooi se linkerhand geneem en dit op die Bybel geplaas.

"Sweer jy om jou broers met jou lewe te beskerm?"

"Ek sweer."

"Sweer jy om jou lewe neer te lê vir die oorlewing van jou volk?"

"Ek sweer."

Albert het 'n groot jagmes uit sy gespe aan die kant van sy heup getrek. "En sweer jy dat die bloed wat jy nou gaan stort, die eerste is, maar nie die laaste nie, van die bloed wat jy bereid is om vir die Wit Brigade te stort?"

"Ek sweer."

Albert het die punt van sy jagmes teen die bopunt van Vlooi se oor laat rus ...

"As jy nie wil hoor nie, dan moet jy voel ..."

... en vinnig die rand van Vlooi se oor gesny.

Vlooi het van skrik effens weggedeins, maar gou herstel en sy oor met die een hand vasgehou. Die bloed het tussen sy vingers teen sy gewrig afgeloop.

"Dra jou letsel met trots." Albert het na die ander gedraai. "Manne, ons het 'n nuwe vuis. Sy naam is Roofdier."

Een vir een het die manne om die tafel opgestaan en Vlooi omhels. Hulle het elk hul voorvinger gedruk in die bloed wat oor Vlooi se hand en wang en nek gestroom het en daarmee 'n bloedkol op hulle voor-koppe geverf, elke keer met die woorde: "Welkom, broer."

Daarna het almal weer hul plekke ingeneem.

Albert het 'n R4-aanvalsgeweer opgeneem en na Vlooi uitgehou, plegtig. "Daar staan net een naam op hierdie geweer geskryf, Roofdier, en dis jou naam. Dra hom met trots."

Vlooi het dit stadig uit Albert se hande geneem.

Toe lig Albert sy gebalde vuis en lei die koor: "Bloed in!"

Soos een man het die lede van die Wit Brigade geantwoord: "Bloed in!"

Albert: "Bloed uit!"

Die vuiste: "Bloed uit!"

"Wit vuis! Wit Brigade!"

"Wit vuis. Wit Brigade!"

"Vir ons land, vir ons volk, vir ons God!"

Vlooi het trots en regop gestaan, die geweer half omhoog.

Susan het vir hom geglimlag. In haar oë kon hy die vuur sien brand, fanaties en trots.

Hy was tuis, tussen sy mense!

"Jy sal 'n oproep ontvang," het Albert die byeenkoms afgesluit. "Jou opleiding begin binnekort."

Susan en Vlooi het agtergebly toe die ander agter Albert aan die trap uitklim na Die Ploegskaar. Sy het amper formeel die R4 uit Vlooi se hande geneem en op 'n tafeltjie teen die muur neergelê.

Vlooi het in verwondering na haar gekyk.

Sy het haar hande op sy skouers geplaas. "Jou 'opleiding', vuis van die Wit Brigade, begin hier. Nou."

Haar soen was hard en dringend, 'n passie daarin wat Vlooi laat voel het hy styg ten hemele.

"Jy sê jou naam is Roofdier. Wys my hoekom."

Hy het haar teen die Wit Brigade-banier vasgedruk. Nog nooit was hy só gelukkig nie.

Die oproep het gekom terwyl hy besig was om gras te sny. Hy het die grassnyer net daar laat staan en laat wiel. Bestemming: 'n Plaas op pad na die ou Warmbad. Naby die vyand.

As Albert gedink het hy sou Vlooi afskrik met die opleiding, was hy verkeerd. Vlooi is nou wel te laat gebore om nog in die ou bedeling militêre diensplig te verrig, maar hy was nog altyd nuuskierig daaroor. Hy veronderstel mens sou dit guerrilla-opleiding noem – paramilitêre kamoklere, black is beautiful op sy gesig, en leopard crawl deur die gras, sy R4 oor sy elmboë.

Albert wat met sy R4 in sy hande langs Vlooi loop en instruksies skree. "Kry jou gat laag! Teen die grond! Geweer plat oor jou elmboë!"

Elke nou en dan het Albert 'n skoot in die grond naby Vlooi afgetrek. Vlooi was nie bang daarvoor nie. Dit móét só wees.

"Beweeg! Beweeg! Jy kan nie gaan stil lê omdat die vyand terug-skiet nie! Beweeg!"

Aan die eindpunt van die kruipgang moes Vlooi aanlê op 'n teiken moer toe in die verte.

"Raait. Vyand voor jou ... tweeuur ... vyftig meter ... vuur!"

DWAH! DWAH! DWAH!

Een van die vuiste het die teiken na Albert gebring. Vlooi se drie gate was netjies gegroepeer: twee naby die middel en een effens na die kant.

Albert het met sy voorvinger oor die gate gestreel. "Nie sleg nie, Roofdier, nie sleg nie. Lyk my jy's 'n natural."

Daarna is hulle terug Ploegskaar toe. Semi-militêre konvooi, soveel as wat so iets moontlik is in 'n burgerlike omgewing.

Die manne het weer om die tafel vergader, met Albert aan die hoof. Vlooi moes aan die teenoorgestelde kant van die tafel in rus staan, hande agter die rug soos 'n soldaat. Alle oë op hom terwyl Albert praat.

"Elke man om hierdie tafel is deur 'n vuurdoop om sy lojaliteit aan die Wit Brigade te bewys. Jy doen dit, en jy doen dit alleen. Slaag daarin, en ons verwelkom jou as 'n wapenbroer op die slagveld. Is jy reg daarvoor?"

Vlooi was gereed. Roofdier het sy opdrag aangehoor sonder om enige reaksie te toon. Hy het elke oomblik daarvan geniet. Hom goed voor-berei. Eers die nodige dinge by drie verskillende winkels gaan koop. Daarna 'n lang nag. Verskeie recce's gery vooraf. Die wagte gesoek by die monument, twee gesien. Klaas Vakie het hulle kort ná tien onder sy vlerk geneem. Hy het hulle twee uur lank dopgehou.

En toe die ding gaan doen.

Rustig teruggery, 'n lang roete deur die stad, kruis en dwars, om sy spore uit te wis. Altesaam driehonderd kilometer op die meter byge-voeg. In sy kar gesit en slaap voor Susan se huis. Dagbreek het hy Susan met 'n soen gaan wakker maak.

"Vlooi, Vlooi," het sy geprewel, "Wat soek jy in my kooi?"

Tóé eers het dit by haar geregistreer dat hy in die huis is. Haar huis, met al sy diefwering en alarms.

Sy het hom koffie gegee, hy het haar gewys hóé mens met 'n agterdeur werk.

Toe hy by die huis kom om skoon klere te kry, het hy in die gang gehoor sy pa het die Sondagkoerant in die hande.

"Kyk watse ding gaan nou weer hier aan."

Hy kon hoor hoe sy ma werskaf. Elisabeth het 'n floue gecrack oor Steve en 'n nuwe vrou.

"Iemand het met 'n kan verf die woorde 'ons sal offer wat jy vra' teen die muur by die voorhek van Freedom Park geverf."

Neil het nie geweet wat Freedom Park is nie.

"Man, dis 'n monument wat die swartes op die berg langs die Voortrekkermonument opgerig het."

Toe stap hy in.

Adriaan was sommer dadelik vies. "En waar de hel was jy die hele nag?" Hy lees wat op Vlooi se T-hemp staan. *Ek is …*

"By pelle."

Vlooi se oë het gedwaal na die koerant op die tafel. Sy handewerk! Sy ma had 'n bietjie meer begrip. Sy dink natuurlik hy was heelnag by Susan. "Jy kon ons ten minste laat weet het jy gaan nie huis toe kom nie."

"Jissie, Ma, ek's nie meer 'n laaitie nie."

Toe wou sy ook nog hê hy moet kerk toe gaan saam met hulle. Asof hulle nie die hele verdomde laaste paar weke saam in die kerk geboer het nie.

"Jy kan nie in daardie klere kerk toe gaan nie."

Vlooi het besluit om maar met die sak patats vorendag te kom. Of ten minste die kerkdeel daarvan. "Ek gaan nie kerk toe nie. Ek het net vars klere kom haal."

"Wat bedoel jy jy gaan nie kerk toe nie?"

Wat? Dink sy ma dat hy sal aanhou kerk toe gaan net omdat sy pa se suster se man die dominee is? "Die kerk het ons volk verraai," sê hy. "Ek gaan nie meer kerk toe nie." Hy draai om en stap uit. Nou kan hulle almal lees wat op sy rug geskryf staan: *…'n volbloed-Afrikaner.*

Adriaan se mond gaan oop, maar hy kry niks gesê nie.

"Moenie na mý kyk nie," hoor Vlooi nog vir Antoinette sê. "Hy's jou seun."

In Die Ploegskaar het die vuiste reeds in die kelderkamer bymekaargekom.

Nadat Vlooi die kodewoord gegee het en hy ingelaat is, vang sy oog die voorbladberig van die koerant – uitgeskeur en teen die muur opgeplak.

Susan het van trots gestraal.

"Jou daad het regoor die land weergalm, Roofdier," sê Albert. Hy het epoulette aan Vlooi se skouers vasgemaak. "Dra hierdie kentekens en dra hulle met trots."

Toe die kreet van Albert kom – "Bloed in!" – het Vlooi uit volle bors saam met die ander vuiste geantwoord: "Bloed in!"

"Bloed uit!"

"Bloed uit!"

"Wit vuis! Wit Brigade!"

"Wit vuis. Wit Brigade!"

Gesamentlik het hulle afgesluit. "Vir ons land, vir ons volk, vir ons God!"

Nou sit Vlooi en wonder of Albert nie sy glas vinniger kan ledig nie. Langs hom sit Susan, haar bobeen teen syne gedruk. Dis 'n warm belofte wat sy maak.

Hy is die gelukkigste man op aarde, dink Vlooi. Nie alleen het hy sy sielsgenoot gevind nie, maar ook sy roeping.

— XII —

In haar ewigdurende almagtige wysheid sê haar ma altyd alle mans is dieselfde. Ja, right. Hoe weet sy? Het sy al met vandag se matriekseuns uitgegaan, alles reg gedoen, en dan probeer hulle nie eens 'n soen steel nie? Vergeet maar van die ander dinge. Hulle is só gepamperlang dat hulle daardie innerlike dier lankal verloor het. Speel liewers Playstation of praat oor rugby. Volgende jaar is hulle op varsity en dan dink hulle

hulle is groot. Daar's 'n moewiese verskil tussen groot en gereed. As mens nou weet wat goed is vir jou, mik jy altyd ten minste 'n jaar ouer. Kry daardie eerstejaars of tweedejaars om hul lewenslesse saam met jou te leer. Want wragtag, matriekseuns doen nie die ding vir matriekmeisies nie.

Neil is 'n jaar ouer as sy. As hy nie so nice was nie, sou sy gesê het hy laat haar dink aan die seuns in haar klas.

Sy hou daarvan om met hom te chat. Maar, innerlike gefladder van die wimpers hier, sy verwag soveel meer van hom as net nice. Sy het hom darem nou so ver gekry om nie verbouereerd te wees wanneer hulle saam in haar kamer is nie.

Hulle het nog albei hul kerkklere aan, hoewel Neil nie kan wag om sy boordjie los te knoop en die das los te wikkel nie.

Hulle het nou genoeg gepraat van oom Jan – "my cool oupa," volgens Neil – en hoe weird dit is dat tannie Rika onder gebed uit die diens gestap het. Wat sy nou wil doen, is om Neil te zap met 'n bietjie reality. Niks fokus die jongeling soos 'n kaal bors nie.

"Dis nou perfek ... my ma en pa is by die hospitaal, en my broer is wie weet waar." Sy gooi haar pasjmina op 'n stoel neer, maak seker dat haar lang hare nie oor haar skouer hang nie. Neil moet die kaal skouer sien.

"Ek weet nie of dit nou die tyd is om ..."

Sy help hom om die knope van sy hemp te begin losmaak. "Moenie maak asof jy nie dink wat ek dink nie." Sy druk hom lig teen die bors, dat hy op die bed gaan sit. Sy hou aan druk sodat hy effens agteroor leun.

"Ja, maar ... ek meen ..."

"Kom sit hier en dan vertel jy my wat jy meen." Sy plaas haar een knie langs hom en lig haarself dan ligkens, soos 'n perderuiter, oor sy bene sodat sy bo-op sy skoot sit. Sy kan die hitte dáár voel.

Hul gesigte is teenaan mekaar. Sy kan voel en hoor hoe intens Neil asemhaal.

"Vir al wat ons weet," sy begin hom terugdruk, "sien ek en jy mekaar vir die volgende paar jaar nie. Mens weet nooit wat gaan gebeur nie." Sy lê nou bo-op Neil. Albei van hulle is bewus daarvan dat die meeste van Neil se bloed nou in sy lende versamel is. "En besides, dis net innocent fun."

Elisabeth sit regop, haar kontak met sy lendene steeds ferm. "Of hoe?"

"Seker maar."

Sy begin haar rok se skouerbande afskuif. "Ek weet jy wil sien," prewel sy.

Elisabeth reik met haar hande agter haar rug, maak haar bra los.

Neil se oë is gerig op die heerlik sagte vel, nog nooit deur direkte sonlig getref nie, wat nou losgekom het.

Hulle hoor Vlooi nie die kamer binnekom nie – sien hom eers wanneer hy langs hulle staan.

Elisabeth spring van Neil af en bedek haar borste met die pasjmina.

Neil gryp weer na 'n kussing om die knop in sy broek onsigbaar te maak.

Vlooi se oë rek van skok. "My donner!" roep hy uit.

Neil sien die afdruk van 'n donkie op Vlooi se T-hemp en daarbo die groot letters *Hung like a ...*

Die woorde registreer glad nie by Elisabeth nie.

— XIII —

Gerhard hardloop net. Hy weet hy kan nie van die feite af weghardloop nie, maar die beweging, die gejaag van sy asem, die pyniging van ongewone oefening, dít alles skep 'n buffer tussen hom en ... daardie pastorie. Daardie mense. Daardie leuenaars. Daardie diewe van sy lewe. Hy hou aan hardloop, tot hy nie meer kan nie.

Hy sal die waarheid in die oë moet kyk.

—— *** ——

Dit help nie om weg te hardloop van jou probleme nie. Jy kan nie. Jy is nog jy.

Gerhard kom uiteindelik tot stilstand by die sekuriteitshek van hul woonbuurt.

Daar is net een ding wat hy absoluut vir seker weet, en dit is dat die mat vandag onder sy voete uitgeruk is. Hy het nie meer persoonlike sekuriteit nie. 'n Roos is 'n roos ... ja, en 'n mens 'n mens. 'n Paar maande gelede het hy 'n boek gelees waarin die skrywer verduidelik dat hoe jy na hierdie wêreld kyk, bepaal word deur wat jy weet. In die boek wys hy 'n skildery deur die een of ander klassieke skilder. "Kyk na hierdie skildery," het hy geskryf, "dink hoe jy daaroor voel ... en blaai dan die bladsy om." Vir Gerhard was dit nie juis 'n merkwaardige skildery nie, beslis nie iets waarvoor hy in 'n tou sou staan om te koop nie. Maar toe blaai hy die bladsy om en daar staan die woorde: "Hierdie skildery is vir vyftienmiljoen dollar verkoop." En hy moet erken, toe sien hy daardie skildery in 'n ander lig. 'n Roos is 'n roos, maar 'n mens is nie 'n roos nie, want anders as 'n roos, weet 'n mens hy's 'n mens. Dis daai weet wat die verskil maak. En wat maak jy dan as jy uitvind dat die roos-boom waarop jy geblom het, nie die roosboom is waaruit jy gegroei het nie? Wat beteken die naam "Mamma" dan? En wat beteken dit as sy vir jou sê: "My kind"?

ELNA

Jan het, toe Elna nog klein was, een oggend vroeg vir haar in die tuin geleer hoe om na voëls te luister. Te kyk watter geveerdes in die tuin is. Te luister hoe die mannetjies die wyfies roep. Hoe om onder die soorte voëltjies die mannetjies en wyfies aan hul kleure te onderskei. Hoe om te weet watter tyd van die dag daar paring sal wees.

Nou staan sy in dieselfde tuin, en die voëls kwetter rondom haar.

Op 'n gewone dag sou sy haar ore gespits het. Wie is die mannetjies, wie die wyfies? Maar haar gedagtes is by haar eie lewe. Bertus – en Neil. Dis seker moeilik in vandag se wêreld om te kan glo dat 'n jong tiener-meisie net een droom gehad het, en dit was om 'n goeie vrou vir haar man te wees, soos wat haar ma was, en 'n goeie ma vir haar kinders, weer eens soos wat haar ma was.

Toe sy en Bertus getrou het, het die dominee in sy preek gesê dat 'n huwelik is soos 'n huis wat twee mense saam bou. En miskien is dit waar ... maar wat gebeur as jy eendag na die huis van jou lewe kyk en besef dat daar 'n probleem is – nie met die fondament, of die mure, of die dak nie, maar dat daar hele kamers is wat nooit gebou is nie? Wanneer twee mense trou, trou hulle as 't ware met die huis wat daar langs hulle voor die kansel staan, en verwag hulle dat daardie huis so sal bly ... tot die einde. As die een ... of albei ... later begin kamers aanbou, kamers waarvan die ander nie weet nie, dan staan die een, of albei, verstom ... vervreemd ... en bang. Hoe sê mens: "Jammer, ek weet hierdie kamer was nie daar toe ons getrou het nie, maar as ek nog ek wil wees, dan moet ek hom nou aanbou."

Almal vrees die onbekende, veral in die mens wat hulle liefhet ...

en nog meer, die onbekende in hulleself. Om nie eers te praat van die onbekende in hulle kinders nie.

— I —

Kort nadat hulle in Vancouver aangekom het, het Neil sy pa gehelp om hul goed uit die kratte te haal, en die bokse een vir een te kontroleer teen 'n inventaris wat sy pa nog in Pretoria opgestel het. Party is onoopgemaak in die pakkamer agter die garage opgestapel teen 'n muur. Sommiges moes Neil oopmaak en nuwe naftaleen-balletjies daarin plaas. Een boks moes hy eenkant hou, maar voorlopig ook 'n goeie dosis naftaleen gee. Dis jou ma se boeke, het Bertus gesê, laat haar dit kom uitsorteer. Neil het vinnig geloer om te sien wat in die boks is. Later, sy pa was by die werk en sy ma het gaan inkopies doen, het hy na die boks teruggekeer, en een van die boeke uitgehaal. Dr. Jan van Elfen se *Wat meisies wil weet*. Voorin, in sy ouma se handskrif, staan: *Liefste Elna, met jou verjaarsdag, 1977. Al ons liefde, Mammie en Pappie.* Sy ma was 'n jaar jonger as hy toe sy dit gekry het.

Die boekie het Neil in een of twee felle sittings deurgelees en dinge agtergekom wat die lewe vir hom skielik meer kompleks gemaak het. Maar een ding het die goeie dokter Van Elfen hom geleer voordat hy die boekie teruggemoffel het in sy ma se boks, en dit is dat meisies ook lus raak. Vir vry en vryf, soos Bertus dit effens verleë gestel het toe hy so 'n klompie maande later met Neil begin gesels het oor die lewe en waar dinge vandaan kom. Bertus het hom een oggend in die badkamer raakgeloop en gesien Neil raak harig op die plekke waar 'n grootman harig is.

Elna het nie met hom oor seks gesels nie, nie direk nie. Sy het hom 'n paar keer uitgevra oor meisies by die skool. Een dag, toe hulle in die mall by Starbucks sit en koffie drink het, het sy met hom begin praat oor hoe mens weet jy het iemand lief. Hy het gedink sy praat oor haar en Bertus, maar ná 'n rukkie het hy besef dis oor hom en, nou ja, wie ook al. Hoe ver mens gaan. Wat jy kan verwag. En hoe 'n verskriklik lelike woord "verwag" is. Wat 'n man vooraf verwag en wat 'n vrou agterna verwag, dit is glad nie dieselfde nie.

Een aand het Bertus nostalgies geluister na 'n radiostasie wat net Rolling Stones-musiek speel. Die musiek wat hy jare laas gehoor het.

Toe kom daar 'n liedjie, "No Expectations", en Neil vra sy ma of dit 'n liedjie is oor 'n man wat nie by die meisie wil slaap nie, of oor 'n vrou wat nie swanger geraak het nadat hulle toe wel saamgeslaap het nie. Het die man 'n kondoom gedra? wou Neil weet. Sy ma het gebloos en sy pa het die enigste keer in Kanada Afrikaans gepraat: "Waar de donder kom jy daaraan?"

Met 'n omweg, en nog baie koffie by Starbucks, het Elna hom toe uiteindelik diep onder die indruk gebring daarvan dat seks 'n wonderlike ervaring is, maar dat mens volwasse daaroor moet wees, en dit net moet hê met mense vir wie jy lief is.

'n Paar maande later, toe Bertus hom op 'n dag geneem het om yshokkie te gaan kyk, het hy Bertus gevra of mens terselfdertyd vir meer as een mens lief kan wees. Bertus het gesê nee, mens is net vir een mens lief. Regtig lief. En 'n rukkie later het hy gesê nee, eintlik kan mens vir baie mense lief wees, maar jy gaan nie vir almal lus raak nie, en beslis nie met hulle vry en hulle bevoel en vryf soos mens doen met die persoon vir wie jy opreg lief is nie.

Neil kon sweer sy pa en ma het afgespreek wat hulle vir hom gaan sê. En hy was skepties daaroor. Hoekom het George Clooney al so baie vroue gehad vir wie hy lief is? En prins Charles, het hy dan nie twee vroue tegelyk liefgehad nie? Neil het gewonder hoekom prinses Diana gesê het daar was drie mense in hul huwelik. Nog net nie sover gekom om Bertus of Elna daaroor te vra nie.

Neil het verskeie blitskursusse in liggaamlike opvoeding gevolg, soos hy aan Elisabeth vertel het: saans laat vinnig gekyk hoe dinge lyk en gedoen word op die pornografiekanale op TV. Op die groot vrae in die lewe het hy nog geen antwoorde gehad nie. Hoekom gebruik vrouens so baie reukwater? Is dit omdat hul borste snaaks ruik? Hoe voel borste – is hulle hard of sag, of rubberagtig, plooibaar? En die *minge*, soos die Kanadese seuns van "daar onder" praat, het dit ook reukwater nodig? Op die pornokanale sien hy geen hare daar nie – kry meisies dan nie ook sulke veranderings aan hul liggame nie, of is die groeiende borste al?

Hy het só naby daaraan gekom om ten minste een antwoord te kry – hoe borste voel – toe bleddie Vlooi by Elisabeth se kamer instorm.

Elke keer as hy aan daardie oomblik dink, bloos hy opnuut. Helder rooi.

Elisabeth het bo-op hom gesit.

Hy het nog al sy klere aangehad. Sy hemp se boonste knope was los. Elisabeth was so haastig, sy wou nie almal losmaak nie.

Sy was lus vir vry en voel en vryf, en het só op hom gesit dat hy kon voel hoe warm sy kry.

Elisabeth het nog al haar klere aangehad, behalwe natuurlik haar bloes en haar bra, wat sy toe pas losgemaak het op 'n manier wat hom laat sien het hoe beur haar borste na vore, na sy gesig toe.

Sy mond was droog.

Voor hom, gereed om aangeraak te word, was die twee wonderbaarlikste dinge wat hy nog in sy lewe gesien het, spierwit, met sulke bruinpienk areolas en tepels wat effens uitstaan. Neil het geweet: Dís waar hy moet begin.

Maar hy het nie.

Vlooi ...

Vlooi het Elisabeth se kale borste gesien. Hy het gesien hoe Elisabeth wegspring en haar bolyf bedek met haar bloes. Hy het gesien hoe Neil 'n kussing gryp en oor sy skoot plaas sodat Vlooi nie kon sien wat dáár aangaan nie. "Donder!" het hy uitgeroep.

Lawaai en trane, geskreeu en nog meer trane.

Gelukkig was Antoinette en Adriaan by die hospitaal. Vlooi het hom teruggebring. Dikbek gesê hy sal hom moer as hy wat Neil is 'n woord sê, want hier is nou sommer 'n baie groot gemors.

Teen die tyd dat hy by die sekuriteitshek verby is en na sy oupa se huis begin stap het, het Elna al by die stoep vir hom sit en wag. Antoinette het haar histeries gebel – Neil het hul dogter probeer verlei en wat gaan sy daaraan doen?

Wat sy gedoen het, was 'n openlike gesprek met Neil. Een van die moeilikste wat hy ooit met sy ma gehad het.

Sy het hom nie kans gegee om die klere uit te trek wat hy kerk toe en daarna reguit na Elisabeth se slaapkamer aangehad het nie.

Natuurlik het hy onmiddellik gesê hy's jammer. Want hy ís jammer.

Haar antwoord – "ek's bevrees jy gaan moet beter doen as dit" – het hom onmiddellik laat besef waaroor sy bekommerd is.

Seks.

Daarna was dit maklik.

Dit het alles gegaan oor fun. Hulle wou net pret hê. Elna behoort te weet hy sou nie verder gaan nie.

Goed, hy moes die waarheid effens verdraai. Hy't sy ma goed laat verstaan dat naaktheid en kaal borste vir hom niks nuuts is nie. Sien dit gereeld op TV. Daai kanale.

Wat hy nie gesê het nie, was dat hy nog nooit sedert sy borsvoeddae so na aan kaal vroueborste was nie. En met soveel afwagting!

Elna het hom laat sleg voel deur hom te herinner dat Elisabeth sy niggie is.

Maar ook dáár het hy haar kon antwoord. Kleinniggie. En wat van die Europese adel wat so met hul neefs en niggies trou? Dit kan mos!

En toe vra hy haar of sy ook so teleurgesteld sou gewees het as dit met iemand anders as sy niggie was dat hy betrap is. Want dít is die eintlik storie – Elna is bekommerd daaroor of hy seksueel aktief is. So al asof seksueel aktiewe tieners se harsings met vakansie gaan wanneer hulle hul kliere ontdek.

Neil dink hy het sy argument skitterend geformuleer: "As Ma kwaad is omdat Ma bang is dat ek met haar 'n kind sou maak, onderskat Ma die seun wat Ma grootgemaak het. Ek's agtien. Op my ouderdom het oom Boetjan al mense op die grens doodgeskiet en waarskynlik lankal seks gehad. Ek het nie en sal ook nie totdat ek weet die meisie is iemand wat ek werklik liefhet nie. Dis mos wat Ma my geleer het. Het Ma seks gehad voor Ma vir Pa ontmoet het?"

Sy ma het opgestaan en sy klere begin opvou. Sy het die onderwerp probeer verander.

Neil het gedink: Hier kom dit! "Ek het nou net vir Ma gesê ek sou dit nooit gedoen het nie," het hy gesê. "Het Ma seks gehad voor Ma ...?"

Met ander woorde, voor Pa op die toneel verskyn het? Neil het geweet sy kan nie lieg nie. Sy Ma kon nog nooit leuens vertel nie. Lieg is nie in haar woordeskat nie.

"Net een keer. En ek het hom liefgehad."

Hy het van beter geweet as om haar verder uit te vra. Sy verdediging was nog nie afgehandel nie. Maar Neil het besef hy gaan sy ma iets moet gee wat haar sal laat besef dat sy altyd op hom sal kan vertrou. "Nou ja," het hy gesê, "ek is nie eers lief vir Elisabeth nie. Sy's my kleinniggie, wat ek skaars kan onthou, basies 'n vreemdeling, en ek hou van haar. Dis al."

En dít was dit. Vertroue herstel. Hy hoop – hoe anders? – om Elisabeth weer te sien, dalk verder te gaan as waarmee hulle voor Vlooi se koms besig was. Maar sy ma kan gerus wees, weet Neil. Hy kan ook nie lieg nie.

"Jy verstaan ek gaan met tannie Antoinette en oom Adriaan moet praat."

Maar alte goed. Hulle het albei besef dat Antoinette en Adriaan se reaksie totaal onvoorspelbaar is.

"Hopelik kan ek hulle oortuig om dit net tussen ons te hou."

Neil het net geknik.

"Dit gebeur nie weer nie. Nie met Elisabeth nie."

Neil het weer geknik. Ja, beslis nie, het hy gedink, hulle sal nie weer gevang word nie.

Elna het begin wegstap toe hy haar vra: "Het Ma vir Pa nog lief?"

Die vraag het haar wind heeltemal uit haar seile gehaal. Maar sy het eerlik geantwoord: "Ja, ek het."

"Hoekom is Ma dan nie by hom in Kanada nie?"

"Omdat my huis kamers het waarvan ek nie geweet het nie."

Sy het uitgestap.

"Unreal," het Neil geprewel, net vir sy eie ore. En besef dat hy waaragtig nie weet wat sy bedoel het nie.

Dit het Elna minder as 'n halfuur geneem om by Antoinette en Adriaan uit te kom. Sy het geweet presies hoe sy die gesprek sou aanpak. Dit puntsgewys vir haarself uitgepluis op pad soontoe. Sy is baie seker dat sy die regte benadering het. Hulle durf nie toelaat dat die kinders se gevry 'n groot familievete word nie.

Komaan, Elna! Sy moes vir haarself glimlag. Daar is reeds 'n vete. Jy weet dit. Dit gaan nie net oor 'n gevryery nie. Dit gaan oor die dood.

Die dood van die ou orde en die geboorte van die nuwe.

Dit gaan oor mag.

Antoinette en Adriaan ontvang Elna beleefd. Energie word nie op glimlagte verspil nie.

Antoinette skink vir hulle tee. Staan-staan.

Elna kies haar openingswoorde versigtig. "Al wat ek sê, is dat ek dink dis belangrik dat ons nie oorreageer nie."

Adriaan se spanning ontplof in 'n enkele woord: "Oorreageer?"

Genade, Elna, hulle is niggie en neef," sê Antoinette.

Elna luister fyn. Antoinette is nie so opgewerk soos Adriaan nie. "Ek weet," sê sy. "Kleinniggie en -neef. Maar, ja, ek verstaan. En ek ken my seun ... hy sou nooit so ver gegaan het as om ... julle weet dit ..."

Antoinette en Adriaan wag dat sy verder praat.

"Natuurlik het ek hom die dood voor die oë gesweer as so iets ooit weer gebeur ... dis vanselfsprekend, maar ek reken ons sal dinge net erger maak as ons nou 'n groot familie-issue daarvan maak."

Terwyl sy praat, hoor Elna voetstappe.

Dis Elisabeth.

"Ma ..."

Adriaan reageer voordat Antoinette haar mond kan oopmaak: "Jy, meisie, is gehok! Kamer toe!"

Elisabeth probeer nog teenstribbel, maar Adriaan se toorn laat haar vlug.

Elna voel verleë. Sy het nie so lelik met Neil gepraat nie.

Dit is Antoinette wat die gesprek hervat. Met dunnerige lippies, asof sy haar met moeite inhou. "As ek mag vra: Wat sê Bertus?"

Aha! dink Elna. Dít is hoe oom Adriaan-hulle die saak gaan probeer besleg. Hulle wil die spanning tussen haar en Bertus uitbuit. "Om die waarheid te sê," sê sy, "ek het hom nog nie vertel nie." Sy sien hoe lig Antoinette se wenkbroue. Sy weet Antoinette wil te kenne gee dat Elna besig is om dinge toe te smeer. Vir haar man weg te steek.

Hulle gaan sit in die sitkamer.

"Onder die omstandighede," sê Elna, "het ek gereken dit sal beter wees om dit later met hom te bespreek."

"En die omstandighede is ...?"

Antoinette druk haar, want sy wil graag die onplesierigheid deel maak van 'n breuk tussen haar en Bertus. "Ek's jammer," sê Elna, "ek verstaan nie die vraag nie."

"Ek sou reken as Neil se pa het hy die reg om te weet wat in sy seun se lewe aangaan."

Sy laat Antoinette nou geweldig baie vryheid toe, besef Elna, om só haar neus in haar sake te steek. Gee haar genoeg toe, dink Elna. "En hy sal," sê sy, "wanneer ek hom van aangesig tot aangesig kan vertel."

"En wanneer dink jy sal dit wees?"

"Ek is nie seker nie ... veral nie noudat my pa in die ICU lê nie. Feit is, dis ook 'n groot deel van die 'omstandighede', aangesien jy nou vra – ons familie het genoeg om te dra sonder dat ons nou van hierdie insident ook 'n verdere las vir almal maak ... veral vir my ma."

Antoinette voel sy het die argument gewen, sien Elna. Die manier waarop sy haar arm na Adriaan uitsteek wanneer sy begin praat, lyk asof sy dit ingestudeer het. "Ek weet nie hoe jy voel nie, Adriaan," sê Antoinette, "maar ek is bereid om dit voorlopig tussen ons te hou op voorwaarde dat al twee die kinders vir berading na Rudi toe gaan."

Adriaan kyk af na sy voete. Lig sy arm om te wys hy gaan akkoord.

Alles vooraf bespreek, besef Elna. Nou's dit haar beurt om onsekerheid te saai. "Na Rudi?"

"Ja," sê Antoinette, "hy's ons dominee. Jy't tog sekerlik nie 'n probleem daarmee nie?

"Nee. Glad nie." Sy wag. Weet wat kom.

Antoinette en Adriaan staan gelyktydig op. 'n Duidelike gebaar om Elna te laat verstaan hulle dink die gesprek is afgehandel.

"Nog een ding, Elna ..."

Elna werk hard om 'n glimlag te onderdruk.

"Ek wil nie voorbarig wees nie, maar ek wil voorstel dat jy dalk aan Neil verduidelik dat hy in die toekoms 'n bietjie meer diskresie gebruik wanneer dit by sy ... fisiese ... nuuskierigheid kom."

"Natuurlik," antwoord Elna. Sy het hierdie woorde al gereed gehad voordat sy aangeklop het. "Soos ek ook aanneem julle dit aan Elisabeth sal verduidelik. Soos die Engelse dit stel: It takes two to tango."

Sy sien hoe Antoinette haarself moet dwing om te glimlag. "Natuurlik."

Elna het mooi gedink oor die manier waarop sy haar oom sou hanteer. Sy draai nou na hom, haar houding skielik baie meer formeel. "Dan sien ek jou by die kantoor. Gegewe my pa se toestand het ons 'n paar besluite om te neem. Boetjan sal ook daar wees."

Wanneer sy haarself uitlaat, dink Elna aan Antoinette se poging om Bertus te betrek. 'n Nuttige weerligafleier. Sy gaan haar nie daardeur van stryk laat bring nie. 'n Groter slagveld wag.

— 11 —

Gerhard is diep dankbaar dat hy reeds die kwalifikasie BTh agter sy naam kan skryf. Hy is nou in sy tweede jaar van studie vir die MDiv-graad, waarna hy as predikant gelegitimeer sal word. Hierdie jaar is sy sogenaamde pastorale jaar, sy amptelike studie eintlik reeds afgehandel, en die praktiese bediening is nou aan bod. Hy was nog altyd seker in sy geloof. Tog het hy ook die insig dat nie alle persone presies eenderse belewenisse van geloof het nie. Hy is baie trots op die preek wat hy voorberei het oor die onderwerp van geloof en wat hom besonder hoë punte besorg het. Hy het naamlik die vraag gevra of diegene wat Gods Woord predik in die verlede nie té seker was oor wie God is, hoe God is en wat God sê nie. Vir hom veroorsaak die predikers bewustelik én onbewustelik dat die indruk gewek word dat hulle kennis het oor Gods aard. Daar het 'n persepsie ontstaan dat daar insae te kry is in hóé God sake sien. En deel daarvan is die houding dat wanneer gemeentelede nie die Woord verstaan soos die predikers dit verstaan nie, lê die fout by hulle en nie by die predikers nie. Betaam dit nie die predikers om 'n slag minder beterweterig te wees en te luister na die gemeentelede se belewenis van hul geloof nie? Gerhard dink trots aan hierdie preek van hom – maar hy word omtrent naar by die gedagte aan hoe ironies dit nou op hom terugslaan. Kennis, besef hy, is nie alleen kennis van God nie. Dit is ook kennis van die lewe en die dinge wat nié deel van God is nie. En dit is daardie kennis wat hy nog kortkom. Daaroor twyfel hy nie.

Hy twyfel wel oor die redes hoekom hy hom op hierdie lewensbaan bevind. Bewondering vir sy pa, sonder die minste twyfel. Hy het as kind die grond aanbid waarop Rudi Naudé loop. Later, as tiener, het hy besef dit is die waardigheid en erns van sy pa se hele lewensbenadering wat hom besiel het. Nie sy geloof in God nie. Nie 'n roeping wat hy spesifiek aangevoel het nie, hoewel daar sekerlik sprake van was. Iewers in sy bewussyn was daar 'n diep gevoelde behoefte om die mensdom met dieselfde waardigheid en erns as sy pa te benader en teenoor hulle op te tree. Dis vir hom 'n verleentheid om dit te erken, maar die verkondiging van Gods Woord was nie die groot dryfveer in sy lewe nie. Dít het hy besef toe hy vroeër vanjaar in 'n radiodebat opgetree het oor geloof en evolusie. Midde-in die debat het dit skielik tot hom deurgedring dat God net so min aan enige geloofsgroep behoort as wat dit aan enige ander behoort. Dit was vir hom 'n bevrydende gedagte, totdat hy dit later in die stilte van sy kamer oorpeins het. En besef het dat hy wat geloofsake betref, baie onafgehandelde sake het voordat hy dit kan waag om gelegitimeer te word.

Om alles net in 'n godsverskriklike reliëf te plaas, moet hy nou vrede maak met die wete dat hy 'n aangenome kind is. Dit is asof die meeste van sy sekerhede in die lewe skielik weggeraap is. Sy bewondering vir sy pa – gebou rondom 'n leë gedagte, naamlik dat hy spruit uit die lendes van Rudi Naudé en Rika Cilliers. Die wortels van sy lewenstrots het in die grond weggevrot en al wat oorbly is 'n vreemde vrou wat skielik, ná al die jare, haar opwagting kom maak om haar kind te leer ken. En sy pa – skynbaar 'n wellusteling! Moet hy daardie pad ook volg, gaan seker maak dat hy nie self diep, baie diep geneties besoedel is nie?

Hy wag buite die kerk op Rudi. Elke Sondag, ná die erediens, vergader Rudi eers met sy kerkraad vir 'n kort oorpeinsing van enige spoedeisende sake. Sodra hulle vertrek het, bly hy agter in die kerk, vir 'n paar minute stiltetyd.

Gerhard is ongeduldig. Hy weet egter van beter as om die kerk binne te gaan en daar met sy pa te praat.

Wanneer Rudi uitkom, stap hy ingedagte die trap af. Hy kyk in alle rigtings, asof hy iemand verwag. Hy sien Gerhard aankom, hande in sy sakke.

Dit kon enige Sondag gewees het, dink Gerhard. Die duiwe koer, die mossies kwetter verder op in die kerk se tuin. Maar dis nie enige Sondag nie. Hy loop sy pa trompop: "Hoekom het julle my nooit gesê nie?"

Rudi, alreeds verdedigend ingestel, raak beangs. "My seun ..."

Dan ruk Rudi van skrik soos Gerhard se volgende opmerking deur hom boor: "Ek is nie jou seun nie."

Rudi antwoord eers nie. Hy weet dit is diepe ontsteltenis wat Gerhard so laat optree. Hy sou waarskynlik ook as hy in Gerhard se skoene was. Hy haal 'n paar keer diep asem. "Wat jy moet verstaan ..."

"Moenie jy vir my sê wat ek moet verstaan nie!" roep Gerhard uit.

Dis genoeg om Rudi sy humeur te laat verloor. "Met wie dink jy praat jy? Jy sê nie vir my 'jy' nie!"

Tien jaar terug, en Gerhard sou weggehardloop het van die skrik. Nie vandag nie. "Wat moet ek sê? Pa?" Hy sê dit met soveel minagting as wat hy kan, maar hy weet self hoe dit klink – soos iemand wat glad nie selfversekerd is nie.

"Ja! Pa!"

"Jy is nie my pa nie."

"Luister jy nou na my en luister mooi. Jou ouers is nie die mense wat jou in die wêreld bring nie. Selfs diere kan dit doen. Jou ouers is die mense wat nagte deur met jou op hulle skoot sit, jou deur masels en waterpokkies en oorpyn troos, jou leer praat en lees en skryf en tel, jou lewenswaardes vir jou gee en jou liefhet soos hulle die liefde verstaan."

"Watse waardes het julle vir my geleer? Huh? Dat dit oukei is om vir 'n kind te jok! Om sy hele biologiese erfenis van hom te weerhou!"

"Ons het dit gedoen omdat ons gedink het dit sou die beste wees vir jou, nie vir ons nie."

"Die beste vir my? Hoe sou jy gevoel het as jy op my ouderdom moes uitvind dat jou pa nie regtig jou pa is nie, en jou ma nie jou ma nie? Dat daar nie 'n druppel van hulle bloed in jou are loop nie."

"G'n vrou gee haar kind weg omdat sy net wil nie ... omdat sy dink dis 'n goeie idee nie. 'n Vrou staan haar kind af omdat sy haar in moeilike, miskien selfs haglike omstandighede bevind. Jou biologiese ma het gedoen wat sy gedink het die beste vir jou sal wees, en ek en jou ... ek en jou ma het gedoen wat ons gedink het die beste sal wees. Nie vir ons nie! Vir jou! As dit nie vir jou goed genoeg is nie ... nou ja, dan moet jy maar doen wat jy moet doen."

"En Esmé?"

"Jou suster is ons biologiese kind ... maar ons het geen onderskeid getref nie."

Rudi stap weg en laat Gerhard agter, sy verwarde brein reeds oorlaai van spanning.

Rika maak dit vir Gerhard heelwat makliker. Sy nooi hom om op die patio by haar te kom sit – normaalweg Esmé se swot-plekkie weg van die huis se distraksies, maar op Sondae probeer Esmé van die boeke wegbly.

Rika wys vir hom 'n foto. 'n Vrou – jongerig, maar duidelik die vreemde vrou. "Dis hoe sy gelyk het toe sy jonk was ... toe ons jou gekry het."

Rika se stemtoon is ... anders. Gerhard verbeel hom miskien, maar dis hoe hy Rika se stem onthou toe hy nog baie klein was. En sy hom daagliks met haar liefde gekoester het.

Hulle sit langs mekaar by die patiotafel. Voor Rika is daar 'n skoendoos vol papiere.

Gerhard kyk lank en innig na die foto. Wonder hoe dit sou gewees het as dit sy was wat hom gekoester het, babawoordjies in sy ore gefluister het. "Wat is haar naam?"

Dis amper 'n bygedagte. Haar naam maak vir hom saak, maar onbewustelik het hy dit vermy.

"Haar getroude naam was Christine Swanepoel, haar nooiensvan was Els."

Gerhard wag vir die inligting om in te sink. "En my pa?" vra hy dan.

"Hy was nie haar man nie. Ek weet nie wat sy voorname is nie, maar sy van is ... of was ... Olivier. Ek weet nie of hy nog leef nie. Hy was 'n offisier in die weermag ... getroud met 'n ander vrou."

Nie onse soort mense nie, dink Gerhard. "So, hy en my biologiese ma het 'n affair gehad."

"Ja. Haar man was 'n boer naby Windhoek."

Rika grawe in die skoendoos en bring 'n ou groen geboortesertifikaat te voorskyn. "Dis jou oorspronklike geboortesertifikaat ..."

Gerhard neem dit by haar. Hy lees dit van voor tot agter. Dit voel vir hom vreemd om só na homself te kyk, en daardie mens bestaan nie. "So, my regte naam is Marius Els."

"Ja ... wel, nee. Dis jou geboortenaam. Ons het dit verander toe ons jou aangeneem het." Sy soek verder deur die boks, kom te voorskyn met nog 'n vel papier. "Dis jou aannemingsertifikaat. 'Dit word hiermee gelas dat die naam van die kind Marius Els verander word na Gerhard Rudi Naudé.'"

"My naam was Marius Els."

Sy knik net.

"Hoekom nie Olivier nie ... na my pa?"

"Hy was getroud. Sy wou sy naam beskerm ... toe registreer sy jou onder haar nooiensvan."

Gerhard kyk na die papier. In hierdie papiere, weet hy, lê al die veranderinge in sy lewe opgesluit. Veranderinge wat sonder sy medewete gemaak is, namens hom. "En net so word mens iemand anders se kind."

"En daarna verander hulle alles, tot by jou geboortesertifikaat." Sy gee hom 'n tweede geboortesertifikaat.

"Gerhard Rudi Naudé. Moeder: Rika Francina Naudé; vader: Rudi Pieter Naudé."

Gerhard probeer 'n tydlyn in sy gedagtes uitstip. "So, sy was getroud, sy't 'n affair gehad, toe raak sy verwagtend en toe gee sy my weg."

Rika wag 'n oomblik, asof sy haar bedink, maar dan gaan sy kalm voort: "Om die waarheid te sê, sy wou jou nie weggee nie. Maar dis 'n lang storie."

Hy het tyd, sê Gerhard vir Rika. Baie tyd.

— III —

Hulle voel al vier ongemaklik daaroor om vergadering te hou – agter die rug van Jan, as 't ware. Maar hulle moet vergader om die vinger op die operasionele pols te hou. Zweli en Boetjan kom albei uit verskillende gedagterigtings by dieselfde oortuiging uit: Hulle moet geen besluite neem voordat hulle weet hoe dit met Jan gesteld is nie. Hy het weliswaar nog 'n kort tydjie oor, maar dit sou heeltemal onvanpas wees om terwyl hy nog leef, besluite te neem waarmee hy moontlik nie sou saamgestem het nie.

Eintlik voel Adriaan ook so, maar hy en Antoinette het mos 'n bietjie gesels voor hy gekom het. Jy moet jou kanse nóú gryp, het Antoinette gesê, al voel jy dat Jan dalk uit daardie ICU gaan stap en op almal se koppe dinges omdat julle besluite geneem het terwyl hy siek was. In hul gesigte, dis waar hy nou moet wees. Heeltyd. Druk hulle, laat hulle nie kans kry om in mekaar se kantore te gaan sit en uitwerk wat om met jou voorstelle te maak nie. Laat hulle sweet.

Pleks dat sy self hier kom staan en moleste maak, dink Adriaan. Dis nie sy geaardheid nie.

Ja, sê Adriaan, hy stem saam hulle moet nie besluite neem voordat hulle helderheid het oor die situasie met broer Jan nie. Adriaan loop langs die raadstafel af, bril in die hand. Dan sit hy die bril terug, asof dit hom helderder laat dink. "As Jan hier was, sou hy self gesê het die lewe gaan aan. Hierdie bly 'n besigheid en besluite moet geneem word. En daarom stel ek voor, uhm, dat totdat Jan weer bykom en in staat is om sy opvolger te nomineer, uhm, ek as tussentydse hoof aangestel word."

Dis vir Zweli koddig om Adriaan so te hoor praat. Hy weet wat Jan nou die oggend vir Adriaan gesê het. Hom herinner het aan al die flops in sy loopbaan en hoe Jan dit altyd moes regmaak. En hom ook reguit laat verstaan het: Adriaan is nie leiersmateriaal nie. Jan het ook aan hom uitgestippel wat hulle ná sy dood van Adriaan kan verwag – probleem is net dat niemand, Jan die minste van almal, kon voorsien dat Jan siek sou word en buite bereik in 'n hospitaalbed sou lê nie.

Soos Adriaan nou praat, sou mens sweer Jan het niks aan hom gesê nie. Daarom besluit Zweli om so lank as wat moontlik is te wag. "My voorstel," sê hy nou, "is dat ons as raad alle belangrike besluite saam neem totdat oom Jan gesond genoeg is om beslissings te kan gee."

"'n Skip kan net een kaptein hê, Zweli ... oudste besigheidsbeginsel in die boek." Sy vrou het hom nog vanoggend daaraan herinner, kon hy bygevoeg het as hy wou.

"En as ek my nie misgis nie, het hierdie skip 'n kaptein."

Adriaan is bly om te sien Elna praat nog met daardie effense onsekerheid in haar stemtoon – dieselfde wat sy vanoggend gebruik het toe sy kom praat het oor die kinders se vryery. Aan die ander kant is hy ook nie doof nie. Hy weet sy sê vir hom eintlik dat hy nooit haar pa se skoene sal kan vol staan nie. Maar hy sal verdomp nie vir haar wys dat hy dit snap nie.

"Gaaf," sê hy. Antoinette het gesê in hul gesigte, maar nie dat hy op hul koppe moet sit nie. "As julle wil hê die raad moet gesamentlik besluit, dan aanvaar ek dit. As ek reg onthou, Elna, het jou pa vir Boetjan in die raad aangestel, maar nie vir jou nie."

Verdeel en heers, het Antoinette gesê. As dit enigsins moontlik is.

Elna antwoord nie.

Adriaan rig hom tot Zweli en Boetjan. "Die drie van ons sal dus alle besluite gesamentlik neem tot verdere kennisgewing." Hy begin uitstap voordat sy weer iets kan sê.

Maar praat sal sy praat. "As ek reg onthou, het my pa in sy testament sy vyftigpersent-aandeel in die maatskappy aan my en Boetjan nagelaat, en vir Boetjan stemreg oor al daardie aandele gegee, behalwe twaalf en 'n halwe persent wat hy vir jou gegee het. Is ek reg?"

Nie vir hóm gegee het nie. Vir jóú gegee. Adriaan merk dit onmiddellik op. "Ja," sê hy.

"Met ander woorde, Zweli en Boetjan het die meerderheid van die stemreg."

Wat kan hy sê? Dis mos waar! Hy pers sy lippe opmekaar.

Elna gaan voort, nou selfs met 'n besliste formele toon in haar stem. "Ek stel voor, Boetjan, Zweli, julle roep hier en nou 'n buitengewone aandeelhouersvergadering uit met die oog op my aanstelling in die raad as 'n tydelike raadgewer. Dit is per slot van sake ook my erfenis waarvan ons hier praat. Tussen die twee van julle het julle stemreg oor honderd persent van die maatskappy se aandele."

Adriaan is in 'n hoek waaruit hy nie kan kom nie! Hy sien hoe Zweli en Boetjan vir mekaar kyk en kopknik.

"Hiermee roep ek dan 'n buitengewone aandeelhouersvergadering uit," sê Boetjan, "en lê die mosie ter tafel dat Elna as tydelike raadgewer in die raad aangestel word. Almal ten gunste, lig asseblief julle hand."

Zweli en Boetjan lig die hand.

"So aanvaar."

Wat kan Adriaan anders doen as om by die raadsaal uit te storm?

Vir Antoinette is dit egter 'n dag van waterskeidings. Haar eerste dag terug in die harde lewe. 'n Sondag, om alles te kroon. Twee weke nadat haar ouers ...

Sy is lus om te baklei vir haar plek in die lewe. Sy gaan dit vir mense so moeilik moontlik maak om oor haar te loop. Vanoggend het sy Elna op haar plek gesit oor daardie klein loverboy van haar en nou, hier in die dag se vroegskemer, terwyl sy wag dat Adriaan terugkom van die noodvergadering by African Queen, gaan sy die narigheid nog 'n bietjie verder aanroer. Hoe meer golwe sy nou maak, hoe veiliger seil sy en Adriaan later.

Sy wil vir haar 'n sundowner skink, maar besluit om nou te bel, terwyl dit oggend in Vancouver is.

Dit klink vir haar asof sy deur die selfoon in 'n spelonk in praat: "Hallo, Bertus ...?"

"Yes, who is this?"

Hy klink merkwaardig naby, maar ook effens spokerig. "Dis ek, Antoinette ..."

Hy snap eers nie wie dit is nie, maar dan bring hy die kloutjie by die oor. "Hoe gaan dit met jou? Dis 'n verrassing!"

"Ek hoop nie ek het jou wakker gebel nie ... ek kan mos nooit die tydsverskil tussen julle en ons uitwerk nie."

Bertus het intussen begin agterdogtig raak. Sy sou ook. "Is daar 'n probleem?"

"Nee, nee, ek het net hier gesit en toe ewe skielik het ek aan jou gedink en toe tref dit my – siestog, die arme man sit stoksielalleen daar in die koue wildernis. Hoe gaan dit daar?"

"Ag jong, soos jy jou kan voorstel, die huis is maar 'n bietjie leeg."

Reguit in haar strik in. "Ek kan my net indink."

"Hoe gaan dinge daar?"

"Jy weet mos hoe gaan dit hier ... op en af. Mens weet nooit wat gaan gebeur nie. En nou met die ding met Neil en Elisabeth ..."

"Watse ding?"

Daar's hy! Het sy aandag. "Jy weet ... die ding."

"Nee, ek weet nie. Watse ding?"

"'Skuus man, ek het gedink Elna sou dit lankal met jou bespreek het
... jammer, ek moes seker nie gesê het nie."

"Wat het gebeur?"

"Miskien moet ons dit maar los sodat Elna jou self kan vertel. Ek
wil nie nou moeilikheid veroorsaak nie."

"Antoinette, wat het gebeur?"

Die res van die gesprek is net 'n oordrag van feite wat Antoinette
betref. Sy het net haar familiale pligte nagekom. Daaroor voel sy nie
sleg nie. Trouens, sy is in so 'n goeie bui dat sy dadelik vir haar 'n lekker
stywe whisky skink.

Dit was 'n meesterklas in goeie beplanning, mevroutjie, sê sy vir
haarself. Laat ou wipstertjie wat altyd alles weet nou maar kom en daai
ene regmaak. Daar gaan nou soveel bollie op patrollie in haar lewetjie
wees dat sy nie kans gaan hê om Adriaan se lewe te versuur nie. Sy sal
terughardloop Kanada toe, dis vir seker.

Verdomp, dink Antoinette. Laat iemand anders 'n slag huil.

— IV —

Antoinette sit nog en tob oor die groot gemoedsversteuring wat op
hierdie oomblik by Bertus moet heers wanneer Adriaan die voordeur
oopstamp en hoogs bedonnerd instap. Hy gooi sy leertas en baadjie op
die rusbank en pyl reguit op die drankkabinet af. "Bliksem!"

Sy vra nie wat aan die gang is nie. Wag geduldig. Sy sien hoe hy 'n
dubbel skoon in die keel afgooi, sy oë op skrefies trek en hard na sy
asem snak. Dan kalmeer hy. Gooi bedaard vir hom nog 'n dop, haal
ys uit die klein yskassie en giet selfs 'n klein bietjie water oor die glas
se inhoud.

Dan kom sit hy. Draai na haar. "Bliksem, donderweer en pitswere,"
sê hy. Hy lig sy glasie as saluut.

"Naand, my lief," sê Antoinette en beantwoord die groet.

Sy wikkel haar bene onder haar uit en stap oor na hom om 'n soen op sy voorkop te plant. Sy trek die gordyne toe en gaan sit weer. "Vertel my," sê sy.

Blyk dat Adriaan sy jis op kolossale manier gesien het die middag. En dít nadat hulle gisteroggend so duidelik was oor wat hom te doen staan. Nie dat Adriaan afgewyk het van hul plan nie. Dis net dat hul plan nie voorsiening gemaak het vir 'n baie slim skuif deur Elna nie. Hier het sy gisteroggend nog met bewende onderlip gestaan en smeek dat hulle nie 'n issue moet maak van loverboy se aanslag op Lizzy nie – en net daarna lei sy Adriaan in 'n lokval en donder hom op. Of laat hom opdonder deur haar twee lakeie, Zweli en Boetjan.

Adriaan het halfpad deur die storie vir hom nog 'n groot knerts gaan skink, en vertel die treurige verhaal terwyl hy in die kamer rondstap, op en af, op en af.

Antoinette het hom lanklaas so vodde gesien. Die man kan 'n nederlaag net nie verwerk nie.

"... en daar sit ek toe, soos 'n poephol! My hande vasgebind."

"Ek het jou oor haar gewaarsku."

Antoinette weet dis die verkeerde ding om te sê, maar daar is aakliger dinge wat sy ook gesê moet kry voordat hulle hul volgende stap kan begin beplan.

"Moet asseblief net nie met daai ek-het-jou-gesê-deuntjie by my kom nie!"

Sy bly bedaard: "Feit bly staan, ek het jou gesê. As sy bereid is om haar man te los dat hy alleen teruggaan Kanada toe, dan is daar niks wat sy nie bereid sal wees om te doen nie."

"Ek sweer ek moes jare gelede al my eie maatskappy gestig het."

Maklike toevlug, weet Antoinette. Moet hom nie nóú laat begin droom nie. "Ja, maar jy het nie, en jy het nie omdat dit nie jou forte is nie."

Sy kan sien hoe dit hom ruk, hoe die woede in sy houding begin kwyn. Sy weet wat kom en sal dit moet teenwerk. Selftwyfel is die allergrootste van bliksems, so van bliksems gepraat.

"Wil jy vir my sê jy glo nie dat ek my eie maatskappy sou kon bou nie?"

"Ja."

"Wel, baie dankie. Nou voel ek sommer beter."

Antoinette staan op en gaan staan reg voor hom. Sy neem 'n teug uit haar glas en kyk hom reguit in die oë. "Kom nou, Adriaan, dis belangriker vir 'n man om sy swakhede te ken as sy kragte ... Sy kragte sal hom dalk ryk maak, maar sy swakhede sal hom beslis arm maak. Jan was 'n briljante entrepreneur, jy nie, maar jou krag is om die mag agter die troon te wees."

Hy begin die lig in die tonnel sien. "As ek my nie misgis nie, is dit jou krag, nie myne nie."

"Dis waarom ek dit kan herken as ek dit sien. Jou broer het die talent gehad om maatskappye te begin, maar jou talent is om hulle te bou en aan die gang te hou. Hoekom dink jy het hy jou al hierdie jare aan sy sy gehou? Teen die tyd dat hierdie storie sy verloop neem, gaan jy nie die hoof van die maatskappy wees nie, jy gaan hom besit."

Hy gloei. "Hoe de hel gaan ek dit doen?"

"G'n idee nie, maar die eerste stap is om van Elna ontslae te raak, en daardie saadjie het ek reeds geplant. Waar daai seun van haar gaan, sal sy gaan, en ná my oproepie aan Bertus gaan hy beslis terug Kanada toe."

Adriaan is aangenaam verras. Oproep? Aan Bertus?

Hulle hoor die voordeur oopgaan.

Vlooi staan daar met 'n vrou wat in enige taal as beeldskoon beskryf sou kon word. "Ma ... Pa ..."

Nóg sy nóg Adriaan kan dink wat om te sê.

"... ek wil graag hê julle moet vir Susan ontmoet."

Antoinette gooi haar arms omhoog en beweeg dadelik in hul rigting, die perfekte gasvrou: "Uiteindelik! Ons het so baie van jou gehoor, Susan. Gaaf om jou uiteindelik te ontmoet."

Hulle laat die kinders dadelik op hul gemak voel. Gemeenplase sodat hulle voel hulle ken mekaar al jare teen die tyd dat Antoinette vir Vlooi en Susan saam op die rusbank gesete kry – en Adriaan sy baadjie en tas ná skerp skoor van haar kant af gaan bêre het – en Antoinette die belangrikste vraag kan vra: "So, Susan, wat doen jy vir 'n lewe?"

Die kykie tussen Susan en Vlooi ontgaan haar nie.

"Ek's 'n PA, Tannie." Gelukkig het Vlooi haar gewaarsku teen sy ouers se taamlik onverbiddelike ondervragingsmetodes – klassieke good cop én bad cop.

"O, vir wie nogal?"

"Vir die hoof van 'n kultuurorganisasie, Tannie."

"Nee, maar dis gaaf." Adriaan sorg dat hy ook sy stempel afdruk. "Afrikaans, hoop ek?"

"O ja, Oom."

"Is julle lede van die FAK?"

"Nee, Tannie, ons het nog nie aansoek gedoen nie. En ek dink nie ons sal nie … ons het ander doelwitte as hulle."

"Hoeveel lede het julle?"

"Dis 'n geslote organisasie, Ma," gryp Vlooi in. "Nie enige ou kan aansluit nie."

Haar woorde lui klokkies in Adriaan se geheue. "Dit laat my dink aan die twintigerjare toe die Afrikaners van hierdie land hulle vir die eerste keer onder die juk van die Engelse begin organiseer het."

"So iets, Oom."

"Nou maar goed so. Met jou invloed sal hierdie seun van ons hopelik uiteindelik 'n bietjie kultuur inkry."

"Ma!" Vlooi weet hulle is verby die ergste. Van nou af gaan dinge gemoedelik raak. Hy is baie trots op die manier waarop Susan rustig deur die vrae is, asof niks haar ooit sal ontstel nie.

"Jy weet mos wat hulle sê: Sonder vrouens in hulle lewe sou mans barbare gewees het." Antoinette se sardoniese laggie klink onbedoeld bitter. "Vra maar vir jou pa."

"As ek nou stry, is ek in die moeilikheid."

"Nou maar welkom," sê Antoinette. "Ek's bly jy't kom hallo sê." As Vlooi sy kaarte reg speel, het sy pas haar skoondogter ontmoet.

— V —

Hierdie een gaan hy wat Neil is maar as ondervinding moet beskou en sy bek daaroor hou. Sy gesprek met sy oom Rudi is die weirdste wat hy nog in sy lewe gehad het. Hy het verwag dit gaan soos in goor wees. 'n Stresbom. Maar hy is nie verniet op skool in die debatsvereniging nie. Hy het al lang aande deurgebring met onderwerpe soos voorhuwelikse seks en dwelmmisbruik en die morele kern.

Sy ma het hom by oom Rudi afgelaai.

Die tannie het niks gesê nie en hom reguit na die oom se studeerkamer geneem.

Eerste ding wat die dude doen, is bid. Soos in regtig outyds.

"Ons Hemelse Vader, lei ons in u wysheid in die gesprek wat ons nou gaan voer. Ons weet ons is almal sondaars wat ten spyte van ons beste bedoelings deur die versoekings van die vlees verlei word. Ons vra dat U ons die krag sal gee om ons sondes te bely en om rein te leef volgens u wet en u wil. Ons vra dit in u naam en uit u genade."

Oom Rudi het hom gevra om oorkant sy lessenaar te gaan sit. Toe gooi die oom vir hom 'n snaakse een: "Jou ma het my gevra om met jou te praat, maar miskien moet jy eers vir my sê hoekom jy dink jy hier is."

En toe begin die weirdness. Voordat Neil aan die gang kon kom, sê oom Rudi, so asof hy Neil waarsku, dat die Here alles weet, ook wat in Neil se hart is.

Neil het gewonder of oom Rudi soort van impliseer dat as die Here iets weet, dan weet oom Rudi dit ook. Dat hy meer as 'n predikant is – hy is ook 'n buddy van die Here.

"Oom Rudi ..." het hy begin, maar toe gooi die oom weer van, hy is nie nou Oom nie, hy is nou Dominee.

Toe klok Neil maar in soos hy Vlooi met sy ma hoor praat het: "'Skuus, Dominee."

Oom Rudi wou toe weet of Neil weet hoekom sy ma gevra het dat oom Rudi met hom praat. "Omdat tannie Antoinette daarop aange-dring het," sê hy. Wat anders kon hy sê?

Dis nie wat oom Rudi verwag het nie.

Weer moes Neil hom reghelp: "Dis wat my ma gesê het, Oom ... Dominee."

Hy kon sien oom Rudi is heeltemal gesteur deur die nuus. Hy kan dit self nie verstaan nie. Wat maak dit saak of sy ma ook wou hê dat hy met oom Rudi praat? Dis toe tannie Antoinette se storie hierdie, want sy wil haar dogter se goeie naam beskerm.

Oom Rudi maak toe daai skuif wat al die ou omies maak. "Jy moenie dink ek verstaan nie wat dit is om 'n jong man te wees nie. Ek was self een ... en ek het 'n seun ... van my eie ..."

Neil het gewonder of die oom siek is. Elke ding wat hy sê, laat hom meer verskrik lyk. Het hy en Elisabeth dít alles veroorsaak? "Ek weet wat ons gedoen het was verkeerd ..."

Oom Rudi het met die groot woorde uitgekom. "Bloedskande is 'n sonde ... 'n groot sonde."

Dis toe dat hy maar begin met die debatskompetisie-moves. Jy begin vrae vra. Mense skrik altyd as hulle skielik moet begin vrae beantwoord. "Ek verstaan dit, Dominee, maar wat ek nie verstaan nie is: Sou dit nog 'n sonde gewees het as ek haar iewers ontmoet het en nie geweet het sy's my kleinniggie nie?"

Neil het begin wonder of die dude moeilik oor seks praat. 'n Dominee behoort mos maklik daaroor te kan chat.

"Die feit bly staan dat julle dit wel geweet het ..."

"Nee, dit verstaan ek, maar wat as ons nie geweet het nie? Is 'n mens 'n sondaar as jy nie weet jy's besig om te sondig nie? Oom Boetjan het nou die dag vir my gesê hy voel nie skuldig oor die mense wat hy op die grens geskiet het nie omdat hulle daardie tyd vir hom gesê het dat hy die regte ding doen."

Dit het gelyk of oom Rudi op die punt staan om te begin opswel. Hy was bloedrooi in die gesig. Neil kon nie dink wat hy verkeerd gesê het nie.

"Jong ..." het oom Rudi gesê.

"Daar's nog iets wat my pla," het Neil gesê. "As die Here alles weet ... en Hy is ook almagtig ... watter ander keuse het Eva gehad as om daai appel te pluk? Want nog voor sy dit gepluk het, moes die Here mos geweet het sy gaan dit doen. En omdat alles wat die Here weet moet gebeur – aangesien Hy ook almagtig is – moes sy die appel pluk, anders sou sy die Here verkeerd bewys het. En net so moes die Here geweet het dat ek en Elisabeth sou doen wat ons gedoen het. So, of die Here kan nie alles weet en almagtig wees nie, of ek en Elisabeth het geen ander keuse gehad as om te doen wat ons gedoen het nie. Soos Eva."

Neil ken hierdie argument. Hy het dit al op debatsaande pro en contra evolusie gebruik.

En wat gooi oom Rudi toe?

"My seun ... kom ons bid."

Neil is seker die oom het issues. Hy het oor niks hiervan gebid nie. Net vir die Here gevra om Neil en Elisabeth te lei op Gods pad. Want die onrus staar vir hulle, soos vir Job van ouds, reguit in die oë.

En dit was dit.

Hy sal hom nou maar weer oom Rudi noem.

— VI —

Dat iemand met soveel karakter leiding oor seks moet ontvang van Rudi! dink Rika toe sy Neil by die voordeur afsien. 'n Man wat niks in sy lewe kan doen sonder om die kerklike dogma te raadpleeg nie. Wat van seks self so min weet as sy van ... wel, van egskeiding?

Hulle het gister laas 'n behoorlike gesprek gehad. Sy het tyd nodig. Om te dink. Om te besluit.

Rudi kon nie glo dat sy nie eers by hom toestemming gekry het om met Gerhard oor sy verlede te praat nie. Die vermetelheid!

Sy het alle reg, het Rika gesê. Afgemete, reguit. "Ek wou in die eerste plek nooit vir hom gejok het nie ... vir almal gejok het nie."

Vandaar ... ag, wat help dit? Rudi sal in sy oë nooit skuldig wees aan enigiets nie. Alles is met die beste wil in die wêreld gedoen. Vir die kind se onthalwe. Mense mog nie weet nie.

"Mens het altyd 'n keuse, Rudi," het sy gesê.

Maar hy is bang vir vrae uit die gemeente.

Die man is te arrogant om te besef dat sy eie vrou wil hê alles moet in die ope kom. "Besef jy wat kan gebeur as sy ma ...?"

"Ja, Rudi, ek weet! En miskien is dit wat ek wil hê ... sodat ek die las van wat ek toegelaat het, omdat ek te swak was om jou teë te staan, ná al hierdie jare van my skouers kan afkry."

Kwaad. Beskuldigings. Alles, alles behalwe verantwoordelikheid neem vir sy dade.

"Jy't 'n ding hier ontketen wat ek nie weet waar dit gaan eindig nie."

"Hopelik op 'n plek waar ek uiteindelik met 'n oop gemoed op my knieë voor God kan gaan."

Hy sou haar geslaan het. Daar. Op daardie oomblik. Maar hy kon nie.

Rudi was spierwit van woede. Vir 'n oomblik het dit gelyk of hy die tafel gaan slaan, maar sy hand het bly huiwer, in 'n vuis geklem. "Die Here help my ..."

Beteken dit vir hom nog enigiets? het Rika gewonder, en toe sê sy: "Dit kan jy weer sê."

Rudi het haar 'n woedende vuil kyk gegee en by die kombuis uitgestorm.

Goed, goed. Sy het 'n aartappel opgetel en teen die kombuismuur stukkend gegooi. Sy moes die stukkies selfs agter die stoof uitkrap om skoon te maak. Iets moes sy doen.

En nou?

Nou sit sy in die kerk. Laatmiddag. Mens sou dit seker mediteer kon noem, maar vir Rika is dit gewoon stiltetyd. Sy dink aan dinge wat vandag gebeur het, gister, vyf-en-twintig jaar gelede.

Sy kan nie Gerhard se gesig vergeet toe hy na sy geboortesertifikaat kyk nie. Sy sien Rudi weer sy hand magteloos lig, die hou wat nooit gekom het nie. Sy sien Esmé haar kop by die deur insteek en na haar aangestap kom.

Esmé gaan sit langs Rika en nie lank nie, of sy kom by haar kwellinge uit: "Ma, hoekom het Ma en Pa vir Gerhard aangeneem?"

Hoekom? 'n Duisend redes, my kind, en net een goeie een. "Ons wou nog 'n kind gehad het," sê sy.

"Nee, ek vra hoekom het julle hom áángeneem? Hoekom het julle nie 'n tweede kind van julle eie gehad nie?"

Ou wonde, lewenslange hartseer. Die gedagte kom, soos altyd, soos 'n vlug ganse laatmiddag op soek na slaapplek, hul geroep al by jou voordat die voëls self verbyswiep. Ons wou, ons wou. "Ons kon nie."

"Maar julle't dan vir my gehad."

"Daar was komplikasies met jou geboorte ... met my baarmoeder ... ek kan nie die mediese terme onthou nie ..."

Woorde soos messe, dink Rika. Haar gedagtes skiet ver terug. Ná klein Esmé se geboorte. Nooit die geboorte self nie. Nooit woorde soos "komplikasies" nie. Eerder "lewe". Nog 'n asem in die huis ... Die gevoel, so seker dis reg, dat haar kind 'n boetie of sussie moet hê.

"En toe ...?"

Terug na die aaklige werklikheid. "Toe moes hulle my 'n noodhisterektomie gee."

"Hulle't Ma se baarmoeder verwyder?"

Hoe kerf hulle die lewe anders uit mens uit, my kind? "Ja."

"Ná my geboorte?"

"Ja."

Esmé sit stil, seker besig om die implikasie te absorbeer. "So, die prys van my geboorte," sê sy uiteindelik, "was dat Ma nooit weer kinders sou kon baar nie."

Mens sou dit so kon stel, maar mens doen dit nie. "'n Prys wat ek nie sou huiwer om weer te betaal nie."

Esmé raak weer stil. Wanneer sy praat, besef Rika dat haar kind net haar moed bymekaargeskraap het. "Hoekom baklei Ma en Pa deesdae so baie?"

"Ons sukkel net 'n bietjie."

"Waarmee?"

Rika se oë is op die kansel, op die wynrooi kanselkleed. Sy lees die woorde wat in goud daarop geborduur is: *God is liefde*. "Die sondes van die vaders ..." sê sy.

— VII —

Dit neem Elna smiddae amper 'n uur om van African Queen se hoof-kantoor in Arcadia tot by haar pa se huis te kom – as sy dom genoeg sou wees om tussen vier en vyf van die kantoor te vertrek. Klim sy net voor ses in haar motor, is sy binne 'n halfuur tuis. Sy het vergeet hoe Pretoria se verkeer kan wees – die staatsdiensamptenare spring steeds om vier op hul perdjies, en die res van die stad galop agterna.

Bertus weet hoe dit werk. Hy het self hier gewerk. En hy ken Elna. Hy weet dat sy liewers laat sal werk as om tyd agter die stuurwiel te sit en mors.

Hy het sy tas in hul kamer gaan neersit. Teruggekom sitkamer toe – dit het vir hom gelyk of die huis verlate is, nie 'n siel in sig nie. Nie eens Ouma nie.

En hier kom Elna ingestap. Ure te vroeg.

Wanneer sy hom sien, kom sy geskok tot stilstand. Haar mond gaan oop, maar sy kry geen geluid uit nie.

"Ek het my gesin kom haal," sê hy.

Bertus het só gedink: Hy sou haar nie bel nie. Bel hy, praat sy haar uit die moeilikheid uit. Dís waarin sy is, moeilikheid. As hy vlieg, is sy onder 'n verpligting om die erns van die saak in te sien. Te besef dat hy hierdie keer nie besig is met ydele praatjies nie.

Goed, hy besef dit lyk asof hy haar op heterdaad wou betrap. Nes iemand wat sy vrou by 'n geheime minnaar probeer betrap. Snuffelend vir aanduidings van klandestiene ontmoetings. Snuiwend aan haar klere vir die reuk van 'n ander man se naskeermiddel. En wanneer hy haar betrap, kom die verduidelikings.

En hier staan hy nou, en sy staan by die ingang van die sitkamer. Hulle kyk mekaar aan, albei pynlik bewus daarvan dat nie een van hulle nadergetrippel het om die ander te omhels nie.

"Wanneer het jy hier aangekom?" vra sy uiteindelik.

Bertus weet sy wil tyd wen, haar gedagtes agtermekaar kry. Sy het baie om te verduidelik, die vraag is net hoe sy dit gaan doen. "Nou net," sê hy.

"Hoekom het jy nie laat weet jy kom nie?"

"Hoekom het jy nie laat weet dat ons seun en sy niggie na mekaar vry nie?"

Skaakmat.

Sy sal moet verduidelik hoekom sy sulke belangrike nuus nie met hom gedeel het nie – en hoe kan sy? Daar's niks te verduidelik nie. Sy het drooggemaak. Sy het sy vertroue in haar geskaad. "Ek wou jou nie ontstel nie," sê sy. "Niks ernstigs het gebeur nie."

Wanneer die afgelope maand het sy eerste aan hom gedink? Die woede wat hy voel oplaai het tydens Antoinette se oproep, begin weer in hom rys. "Jy wou my nie ontstel nie? Ek sit daar alleen in Kanada in goeder trou dat ons seun veilig by sy ma is, en dan moet ek van Antoinette hoor dat die seun dinge hier aanvang wat groot probleme kon veroorsaak het. En jy dink dis nie ernstig nie? Sê jy dit omdat jy dit werklik glo, of omdat jy nie 'n rede wil hê om jou seun terug na sy huis te moet neem nie?"

"Jy onderskat my."

Andersom, skattie, maar hy sê dit nie. Daar's reeds te veel skade gedoen. "Gee my 'n rede om dit nie te doen nie," sê hy.

Elna antwoord hom nie. Sy maak 'n wye draai in die sitkamer, hande op die heupe.

"Jy pak nou daai tasse." Dit is 'n bevel. Hy verwag nie van haar om teë te stribbel nie.

"Ek's bevrees dis iets wat ek nie nou kan doen nie."

Bertus veg om sy woede in bedwang te hou. Dan swaai hy terug na haar, beduie met sy wysvinger na haar, soos P.W. Botha van ouds, 'n bewende vinger wat mag veronderstel. "Jy moet nou versigtig wees, Elna. Jy maak nou keuses wat jy later kan berou."

Wanneer sy begin praat, klink dit vir Bertus of sy op die punt is om in trane uit te bars. Maar hy onderdruk die impuls om nader te staan, haar onder sy arm te beskerm.

"My pa lê bewusteloos in daardie hospitaal, Bertus. Ons weet nie of hy ooit weer sy bewussyn sal herwin nie. My ma sit hier alleen met my ouma om voor te sorg, en daar's besluite wat by die besigheid geneem moet word. Dit sou onmenslik van jou wees om te verwag dat ek nou saam met jou moet teruggaan."

Bertus moet 'n oomblik nadink. Hy het gedink hy het haar so op heterdaad met onderduimsheid betrap dat hy glad nie voorsiening gemaak het vir dit wat sy nou sê nie. Eintlik – moet hy toegee – het hy nie 'n keuse nie. Hy het nie 'n houvas op haar terwyl haar pa siek is nie. Maar hy het een op sy seun. "Gaaf," sê hy, "maar ek neem Neil saam met my."

"Miskien is dit iets wat jy vir hom moet vra. Ek reken as hy oud genoeg is om te stem en te drink en, durf ek dit sê, na sy niggie te vry, is hy oud genoeg om self te besluit wat hy wil doen."

Bertus kan nie glo dat Elna só naïef kan wees nie. Sê dit wat Sondag gebeur het vir haar niks nie? "Die mannetjie is skaars agtien jaar oud!" bars hy uit.

"Presies! Haal hom uit die watte, of jy gaan hom versmoor. Net omdat jy hom teen die wêreld wil beskerm, beteken dit nie dis wat hy wil hê nie. Die een of ander tyd moet hy die wêreld leer ken, moet hy sien dat dinge nie altyd presies verloop soos sy pa sê dit sal nie!"

"Ek sê dit weer ... moenie nou keuses maak wat jy later sal berou nie."

"Al wat ek berou, is dat ek nie lankal die keuse gemaak het wat ek nou eers oorweeg om te maak nie."

Hy word yskoud. Sy is nie meer besig om oor Neil te praat nie. Sy praat oor hul huwelik. "Dit sal joune wees om te dra," sê hy stroef.

"Weet jy, dit verstom my hoe die lewe draaie loop. Hier staan ek nou en ek gaan wraggies weer sê wat ek onlangs vir Antoinette gesê het."

Spaar my die mymeringe, dink Bertus. "En wat is dit?"

"It takes two to tango." En met dié stap sy uit.

Bertus staar haar agterna. Hy het die eensaamheid saamgebring uit Kanada uit. Dit weet hy nou maar té goed.

Neil lê in sy kamer en boek lees. Nie geweldig opgewonde om sy pa skielik in die deur te sien staan nie. Hy staan traag op, gee sy pa 'n soen, soos altyd.

Maar die kind weet wat kom, besef Bertus. Hy wil nou dink oor 'n manier om die aanslag makliker te maak, maar dit sukkel. Hy stap uit in die tuin, Neil agterna. Neil gaan sit op 'n bankie in die tuin.

Bertus plant hom voor Neil. "Vyf-en-twintig jaar terug, as ek gesit het waar jy nou sit en my pa het hier voor my gestaan, sou my agterent so gebrand het dat ek nie sou kon sit nie. Verstaan jy my?"

"Ja, Pa."

"Jy kan dankbaar wees die tye het verander. Wat het jou besiel om dit te doen?"

"Ek weet nie, Pa. Dit het soort van net gebeur."

"Soort van? Het sy jou verlei?"

Bertus sien hoe sy kind weifel, weet hy het die waarheid vlugtig beetgehad.

"Nee, Pa. Dit het net gebeur."

Bertus kalmeer heelwat. Hy begin 'n prentjie vorm van wat gebeur het. Op 'n vreemde manier voel hy geweldig trots op die kind wat hy en Elna grootgemaak het. "Besef jy watse moeilikheid daar sou gewees het as julle ... as julle te ver gegaan het?"

"Ja, Pa. Maar ons sou nie."

Ja, orraait. Bertus dink aan sy eerste keer ... hoe hy beheer oor sy liggaam verloor het, hoe net een ding in die wêreld belangrik is en dat jy dit nóú onmiddellik wil doen. Hoe kán die kind maak asof hy weet?

Bertus kook weer oor. "Mensdom, Neil, jy weet mos hoe ... nee, hoe sal jy nou weet? Wanneer dit by sulke goed kom, lei een ding na die ander ... 'n mens se oordeel raak ... 'n mens dink nie meer mooi oor wat jy doen nie."

"Ek's jammer, Pa."

"Ja, wel, ek is seker jy is." Hy stap 'n bietjie in die stukkie tuin rond om af te koel.

Die raas is verby. Nou kom die opdrag. "Ek weet nie wat jou ma se planne is nie, maar een ding is seker: Jy kom huis toe saam met my."

"Maar, Pa ..."

"G'n maar nie. Jy kom huis toe saam met my, en dis klaar."

"Ek wil nie teruggaan Kanada toe nie, Pa."

"Op hierdie oomblik is wat jy wil en nie wil nie, nie ter sprake nie. Die tye het dalk verander, maar ook nie soveel nie."

Neil sit ietwat dikbek. Verslae. Die soort gesig wat Bertus opnuut die heilige moer in maak. "En raak ontslae van daardie lang gesig, of ek gee jou 'n behoorlike rede om een te hê."

— VIII —

Geweld is die maklikste opsie. Elna wens dit was in haar geaardheid. Vinnig – en verby. 'n Paar klappe, 'n skop of wat, 'n knieg in die ribbes.

Sy sit in haar motor en huil. Afgetrek in 'n systraat op pad terug van Adriaan en Antoinette af.

Daardie gevreetjie! En die selftevrede grinnik wat dit so wreed laat glimlag. As sy dit net kon inslaan!

Elna kan nie help om te glimlag tussen die trane deur nie.

Dinge is net te veel vir haar op die oomblik. En maak nie saak wat sy doen nie, dit raak oraloor goorder. Haar pa lê op sterwe. Haar huwelik is baie broos – sal hulle ooit weer liefde en warmte kan vind ná hierdie snerpende emosionele koue?

Bertus wil Neil saam terugneem Kanada toe. Voordat sy kans gekry het om iets met African Queen uit te werk. Sy kan nie, wil nie, besluite neem nie. Sy sal haar seun nooit laat gaan nie – wag, nooit is 'n lang tyd. Sy sal hom nie nou ver van haar laat gaan nie. Dis beter. Nie ver gaan nie.

En tussen dit alles deur die haatlike, verpestelike vroumens. Antoinette.

Elna het die woede nie langer as 'n dag kon laat prut voordat sy na Antoinette gery het om haar aan te spreek nie.

En die vrou se streke is so deursigtig! Wat sê sy toe Elna haar vra hoe sy Bertus durf bel oor Neil? "Dit was nie my bedoeling om ..."

Nie die sin klaargemaak nie. Ja, orraait, dit wás haar bedoeling om Neil te gebruik om dinge tussen haar en Bertus deurmekaar te krap. 'Skuus vir die wals!

"O, laat ek dit nou mooi verstaan," sê Elna. "Jy bel, uit die bloute, vir

Bertus ... iets wat jy wanneer laas gedoen het? En dan vertel jy hom 'per ongeluk' van Elisabeth en Neil? Kom nou ... ek's nie gister gebore nie."

"Wel, dit is wat gebeur het, of jy my nou wil glo of nie. Ek het aangeneem dat jy ten minste vir jou man sou vertel wat in sy seun se lewe aangaan."

"Ek het jou gesê ek wou dit van aangesig tot aangesig met hom bespreek." Asof dit nodig is dat almal weet wanneer sy iets met Bertus bespreek.

"Ek het aangeneem dat jy hom kort ná ons gesprek geskype het! Dis mos van aangesig tot aangesig. Ek kon my nie vir een oomblik indink dat jy dit vir hom sou wou wegsteek totdat jy fisies weer in Kanada is nie."

O, sy's skelm! So listig!

"Sê my as ek verkeerd is," het Antoinette voortgegaan, "maar ek het aangeneem dat jou en Bertus se verhouding sterk staan. Gevolglik was dit vir my vanselfsprekend dat jy so gou as moontlik die saak met hom sou wou bespreek."

"My en Bertus se verhouding is niemand anders se besigheid nie, maar vir jou informasie staan ons verhouding so sterk soos altyd. Hy moes teruggaan om sy besigheid te behartig en ek wou graag nog 'n rukkie by my ouers kuier ... veral gegewe my pa se toestand. En nou is dit duidelik dat ek die regte besluit gemaak het."

Die probleem is net ... wel, om eerlik te wees, sy het nie geklink of sy self glo wat sy sê nie. Sy kon die bewerigheid nie uit haar stem kry nie. En Antoinette het dit besef. Sy het gesien hoe kwesbaar Elna is.

"Absoluut," het Antoinette geantwoord. 'n Woord waarvan die sarkasme soos dik stroop drup.

Weer kom die trane. As sy maar net by haar pa kon raad soek!

Sy het Antoinette aangesê om in die toekoms met haar wat Elna is te gesels wanneer Antoinette hul persoonlike sake met Bertus of Neil wil bespreek.

Sy's daar weg, kop omhoog, stert tussen die bene. Twee blokke verder het die trane gekom.

Dis hier waar sy anders is as Bertus. Hy het van sy probleem wegge-hardloop. Kanada toe. Sy sal die probleem liewer konfronteer. Maar hoe?

Elna probeer haar in Antoinette se posisie indink. Ouers weke gelede vermoor. Steeds in lanfer gehul, vandag dra sy 'n allergruwelike dieppers trui. Haar man is nog al die jare tweede viool by African Queen. Eintlik derde viool. Hulle woon in 'n baie gegoede voorstad, Brooklyn. Maar sy streef na meer. Werk nie self nie, was nooit deel van die werkende klasse nie, eerder 'n tuisteskepper. Wat 'n tuiste. Die enigste boeke in sig is dié wat nou al jare lank op haar koffietafel lê en stof vergader. Dogter is hormonaal. Seun is die ewige enigma – niemand weet waarheen hy op pad is nie. Studeer glo, maar wat? Nou lê African Queen se tweede viool op sterwe, die eerste viool is al onder die aarde. En die derde viool moet solis word. Só sal Antoinette dink. En hier kom die tweede viool se kinders, hulle is eintlik nie eens in die orkes nie, en die tweede viool wil African Queen vir hulle gee! Boetjan bied vir Antoinette geen bedreiging nie. Sy eet ouens soos hy vir brekfis op. Maar Elna ... Die ene wat saam met haar man landuit is. Wat al die kwalifikasies het om die maatskappy te bestuur, maar sit en krepeer van ellende in Vancouver. Lyk of daar dalk 'n wig te dryf is tussen haar en haar man, ook tussen haar en haar seun. Dwing haar om te kies, tussen haar lewe en man en kind doer anderkant, en die lewe in African Queen.

Sy raak bewus van 'n tuinier wat besig is om die sypaadjie oorkant die pad netjies te maak. 'n Ander swart man, baie netjies geklee, kom uit die motoroprit gestap. Gesels met die tuinier. Beduie vir hom iets oor die gras en die krismisrose. Elna besef dis die eienaar van die huis. Dis goed Bertus is nie hier nie. Sou dadelik bedreig gevoel het.

En dan dring dit tot haar deur hóé simbolies die toneeltjie oorkant die pad is. Albei voorheen deur apartheid verdruk, maar die een het hom opgewerk, getransformeer, dis mos die woord. Die ander nie, hy het werker gebly. Miskien is hul kwalifikasies verskillend – maar dis nie die punt nie. Wat sy hier voor haar sien, is die twee aangesigte van African Queen. Die werkgewer en die werker. Antoinette wil Adriaan uit die tuin uit kry. Sy besef net nie dat die huiseienaar besig is om die huis te verkoop nie ...

Elna begin haar grimering herstel, sover as wat moontlik is, in die motor se spieëltjie.

Sy mag verkeerd wees, maar laas was dit nog so dat die tuinier nie saam met die huis kom nie, tensy die eienaar dit so verkies.

Sy knik vir haarself in die spieëltjie. Hoekom het sy nou weer gehuil?

— IX —

Hoe het hy hier gekom? wonder Gerhard. Hier op die bankie in sy pa se tuin.

Weet nie.

Wat doen hy hier?

Is dit nie 'n vraag vir 'n ander konteks nie?

As hy nou in die bediening gestaan het en een van sy gemeente-lede het gesien hoe hy hom gedra het teenoor die man wat hy altyd Pa genoem het, en vir wie hy stadigaan alle respek verloor het, sou daardie gemeentelid hom nog as 'n waardige mens vir sy beroep beskou het?

Die antwoord kan nie anders as nee wees nie.

Goed, hy wás baie ontsteld. Sy ma – wel, noem haar vir eers nog só! – het hom alles vertel. Letterlik alles. Die sertifikate gewys, foto's.

Hy het gevoel soos 'n verwronge vorm van die Verlore Seun. Ja, ja, die gevaarliggies flits. Die Verlore Seun is 'n gelykenis. Streng gesproke vertel die Bybel net van twee seuns. Een was verlore, maar hy is gevind. 'n Eenvoudige metafoor vir lewe en wedergeboorte. Dit sou ook die eksegese wees wat hy daarvan sou maak as hy oor die gelykenis moes preek.

Maar mens dink altyd eers agterna aan sulke dinge.

Terwyl jy histeries op jou "pa" in die kerk staan en skreeu oor die selfsug waarmee hy 'n babakindjie met mag en mening van sy biologiese ma weggeneem het omdat hy daarvan oortuig was dat hy en sy vrou beter ouers sou wees as 'n vrou wat haar buite-egtelike baba met haar man se instemming in hul huis grootmaak ...

Gerhard raak skaam as hy daaraan dink – meer as skaam, uiters verleë.

Hy het met soveel onwaardigheid gestaan en skrou. Geklink soos 'n kind wat drank ingekry het.

En wat het hy reggekry?

Sy "pa" gedruk tot ook hy sy waardigheid verloor het?

Daar's geen manier waarop hy Rudi se gedrag destyds kan gedoog nie. En hoekom is dit vir hom so moeilik om nou met die waarheid vorendag te kom?

Wat is dit met Rudi en die waarheid? Hy is die bediener van Gods Woord en hy sukkel so met die waarheid?

Hy het altyd 'n snaakse verhouding gehad met die waarheid, dit kan Gerhard nou met sekerte erken.

Hy laat sak sy kop in sy hande. Sluit sy oë, druk hulle net om seker te maak met die hande ook toe. "Liewe Vader," begin hy prewel, "ons het vandag soveel verloor ..."

Hy kan nie genoeg op die gebed konsentreer om voort te gaan daarmee nie.

'n Predikant by wie se gemeente Gerhard 'n paar maande gelede gehelp het, het hom vertel dat een van die moeilikste dinge wat enige dominee ooit kan hanteer, die vreemde opvattings van sy gemeentelede oor hul dominee se heiligheid is. Hy is 'n gewone sterfling soos hulle almal. Tog dink soveel gemeentelede aan hom as iemand verhewe bo gewone menslike dinge. Skielik kan hulle nie oor gewone menslike dinge met hom praat nie. Hulle verdink hom dat hy, soos die liewe Hemelse Vader, weet presies wat in hul kop aangaan. En daarom kan hy ook dinge regmaak, harte genees, wat gewone mense nie kan doen nie. Die enigste manier om hierdie probleem te hanteer, is om te wys dat jy ook mens is, te praat oor die alledaagse – maar dat jy moet sorg dat jy altyd met waardigheid beweeg. Uit daardie waardigheid van gedrag word respek en agting en gesag gebore. En gesag, dit leer elke dominee bitter gou, is wat jy nodig het om mag oor jou gemeente te kry. God lei jou, maar jy het mag nodig om mense te lei.

Vandag ...

Vandag het Rudi die waardigheid verloor wat hy nog in Gerhard se oë gehad het.

Terwyl hulle op mekaar staan en skree in die kerk, het die koster daar aangekom met 'n boksie wat vir Rudi afgelewer is.

Rudi het dit stuurs geneem.

Oopgemaak.

'n Botteltjie uit die boks gehaal.

Hy het die inhoud van die botteltjie bekyk. Iets het in 'n waterige vloeistof gedryf.

Rudi se oë het skielik gerek toe hy besef wat in die botteltjie is.

Hy het die botteltjie laat val.

Tussen die stukkies glas het Gerhard dit sien lê: 'n swart oor.

Rudi het ineengetrek, sy gesig van smart vertrek. Smart en afgryse.

Gerhard kon nie glo wat hy sien nie.

Rudi wat sy gebalde vuis voor sy mond hou, in 'n toestand van algehele skok.

Hy het omgeswaai en by die kerk uitgestap.

Gerhard agterna.

Buite het 'n vreemde man gestaan. Rudi het hom aan die arm gegryp. "Jou swernoot!" het hy gebulder. "Ek het jou gesê jy kom nie weer hier nie!"

Voor die man kon antwoord, het Rudi sy arm teruggetrek en hom met een vuishou platgeslaan. Hy het wydsbeen oor die man gaan staan en hom aan die hemp opgepluk. "Kom weer hier of doen weer so iets, en die toorn van God self sal my nie keer nie," het Rudi geskree.

Die man het orentgekom, die bloed van sy mond met die agterkant van die hand afgevee.

Rudi het omgedraai, gesien dat Gerhard en die koster die hele petalje staan en dophou het. Hy het weggestorm, konsistorie toe.

Gerhard het na die man gedraai. "Wie is jy?"

"Die verlore seun. En jy?"

"Ek ook."

— X —

Hy moet nog een keer aan haar vat. Haar aanraak met daardie onkundige hande van hom. Moet, moet, moet!

Niks sal Elisabeth keer nie.

Sy kan nie haar oë toemaak, of aan enigiets dink, sonder dat sy weer sy gesig in haar gedagte sien opdoem nie. Daar waar hy onder haar vasgepen lê. Sy oë op haar borste, pas bevry.

Sy kan hom ruik. Die man in hom, 'n kenmerkende manlikheid wat verby die reukweerder in daardie wonderlike oksels van hom na haar neus aangesweef kom.

Sy oë, vol verwondering, vol onsekerheid.

So lomp nog, so ontginbaar. Sy kan hom met die hand grootmaak, en hy vir haar.

Dan ook – die smaak van sy lippe. Die klein stopseltjies van die baard bo sy lip wat hard teen haar vel geskuur het. Het hy vanoggend geskeer?

Wat Antoinette betref, is sy by die mall. By die mall, dolla, dink sy met 'n skalkse glimlag, maar sy het haar Pasola verby die mall gemik, Menlyn se koers toe, en daar links geswenk vir die lang trek na die rantjies bokant die Safari-kwekery.

Die sekuriteitswag het haar dadelik deurgelaat. Selfs met haar saamgespeel toe sy die Pasola by sy hut wegsteek – alles ter wille van die surprise.

Vir die eerste keer in haar lewe, en waarskynlik ook die laaste, het die lesse wat sy as drawwertjie by die Voortrekkers geleer het 'n paar jaar terug, haar goed te pas gekom. Sy het van boom tot boom geglip toe sy naby die huis is. Dikwels stilgestaan om seker te maak niemand sien haar nie. Tot by die huis, agterom op die stoep tot buite sy kamer.

Neil het dadelik opgekyk toe sy teen die ruit klop. Onseker oor waar die geluid vandaan kom. Omgedraai. Haar gesien.

En nou, nou kom hy na haar aangestorm ...

Hy skuif die groot vensterdeur oop, staan dadelik teenaan haar.

O, daardie reuk van hom ... Elisabeth staan self byna teenaan hom, sodat sy haar kop half skuins in die opdraai moet kantel.

"Wat maak jy hier? Hoe't jy hier gekom?"

Hy vind haar hande, maar sy maak een los en laat dit op sy heup rus.

"My Pasola. Sy's daar anderkant." Sy wag dat hy haar moet soen, maar hy's nog te verskrik.

"En die sekuriteit?"

As hy dan nie wil soen nie, sal hy ten minste haar reukwater ruik, iets om te onthou. "Ag asseblief, hulle ken my al jare lank." Sy los sy heup, streel met die agterkant van haar vingers dáár waar 'n six-pack sekerlik skuil.

"Jong, as hulle jou hier kry ..."

Sy staan vertroulik nog nader aan hom. Haar regterbobeen skuur teen hom aan. "Ek hoor jy gaan terug huis toe."

Neil knik.

"En jy kom sê nie eers koebaai nie." Daar is meer flirtasie as beskuldiging in haar stemtoon.

"Hy't my gehok, totdat ons waai ..." Hy kyk op sy horlosie. "En dis binnekort."

Sy hoop dat hy haar só sal onthou, met haar oë wyd oop. Die kleur van haar oë sal registreer. "My pa het my ook gehok, maar dit het my nie gekeer nie."

Elisabeth besef skielik dat Neil geweldig gespanne is. Wat hét oom Rudi aan hom gesê?

"Ek dink hy sou my doodgeslaan het as dit nie teen die wet was nie. Jy moet gaan voor iemand jou sien."

"Nie voor ek my favourite outjie in die hele wêreld 'n goodbye kiss gegee het nie."

Hy kyk beangs in die kamer rond. "Lizzie, as hulle ..."

Langer kan sy dit nie verduur nie! Elisabeth gryp hom agter die kop en trek hom nader, reguit in 'n warm, innige soen in.

Hulle hoor albei hoe Bertus buite die kamer na Neil roep.

Neil trek dadelik van haar weg en Elisabeth skuif agter die venster-kosyn in, buite sig van enigiemand in die kamer.

Neil gee 'n kort tree na binne en staan met sy rug na die venster.

Net betyds!

Sy hoor hoe Bertus vir Neil beveel om sy tas te bring, hulle gaan nou groet en ry.

Dan is hy weg, haar minnaar terug in haar arms.

Hy dink nie nou aan soen nie. "Ons praat op die internet."

"Ons kan meer doen op die internet as net praat ..."

Haar minnaar glimlag, waaragtig nog skaam.

"Baai."

Sy blaas vir hom 'n soentjie.

Sy ruik aan haar hand. Só uhm!

— XI —

Hoekom is dit altyd so dat wanneer mens raad vra by verskillende mense, die verstandiges onder hulle almal vir jou presies dieselfde raad gee? Jy sal na hulle luister – en die een ondubbelsinnige antwoord wat jy van hulle sal kry, is dat niemand namens iemand anders kan besluite neem nie. Party sal vir jou byvoeg dat al neem jy nie 'n besluit nie, is dit in wese óók 'n besluit.

Elna is baie bewus daarvan dat Bertus haar gewaarsku het oor die besluite wat sy nou moet neem. Sy sal nog kan aanbly totdat haar pa uit sy koma kom of doodgaan, watter een van die twee ook al eerste kom.

Losstaande daarvan moet sy besluit hoe sy haar verbintenis met African Queen gaan uitleef. Hier, of in Kanada? As sy dit hier doen, is daar 'n baie goeie kans dat sy haar man verloor. Wat sy nie wil doen nie. Hy is op homself ingestel en hoor nie wat sy vir hom wil sê nie, maar sy is lief vir hom. Baie lief.

As haar pa nou by sy positiewe was, sou sy met hom oor haar keuses kon praat. En wat hy vir haar sou sê, sou presies dieselfde wees as dít wat Ouma nou vir haar vertel.

Hulle sit in 'n sonhoekie net om die draai van die lapa.

Ouma hou koppig vol dat sy haar nie in Elna se situasie kan indink nie. En enige raad wat sy kan gee, wel, sal net ou foute wees wat as nuwe wysheid opgedis word.

"Ek is in twee geskeur, Ouma."

Dis 'n verlossing om dit teenoor iemand uit te spreek. Asof die uitdra van die klanke oor haar lippe haar bevry van die gewig waarmee hulle haar skouers afgerem het. En Ouma se reaksie, dat sy moet wag en sien hoe verskeurd mens raak wanneer jy kleinkinders en agterkleinkinders het, help haar om haar relatiewe nood te plaas teen veel erger dinge wat met mens kan verkeerd loop.

Sy kyk na die baksteenplaveisel waarop Ouma se rolstoel staan. Dit voel so bekend. En die plantegroei! Die enigste ding wat sy Antoinette beny, is die vrugbare rooi Pretoriase grond van haar tuin. Hier teen die koppie is daar minder daarvan, maar haar pa het heelwat grond laat opry vir die beddings. Grond wat so ongelooflik hemels ruik nadat 'n reënbui oor die stad getrek het. Sy onthou hoe sy as kind nadat dit gereën het met haar vingers in die modder gaan dolwe het op soek na daardie lang pienk erdwurms.

Elna kyk met verlange na die tuin om haar. Haal diep asem, die warm vars lug van die Jakarandastad.

Sy sit op haar hurke, hou haar Ouma se hande vas. "Ek voel soos 'n slegte vrou," sê sy, "en 'n slegte ma, maar ... ek weet nie hoe om dit te verduidelik nie ... daar's hierdie stem in my ... 'n binnestem wat nie wil stilbly nie. Die land roep na my, Ouma ... en ek weet dit klink simpel, maar ek het die diepste oortuiging dat ek 'n belangrike bydrae kan maak om Pa se lewenswerk te bewaar en selfs uit te bou."

As sy maar so met Bertus kon praat!

"Jy moenie vergeet nie," kom die antwoord, "toe daardie impi's oor die koppies en vlaktes van Bloedrivier aangekom het, het die vrouens die roers gelaai. Toe die Boeresoldate huis toe gekom het omdat hulle te moeg was om verder te veg, het hulle vrouens hulle terug na die slagveld toe gestuur. En toe die swartes uiteindelik teen apartheid opgestaan het, was dit hulle vrouens wat die swaarste kruise gedra het. Die vrouens van hierdie aarde is die rots van hierdie aarde, en elke mens het 'n binnestem; as jy nie daarna luister nie, is jy verlore."

Oor Neil moet Elna haar nie bekommer nie, sê Ouma. Kinders is taaier as wat mens dink.

Sy weet ouma het reg oor Neil. Hy is nie meer 'n kind nie – en hy het haar mateloos beïndruk deur die manier waarop hy hul gesprek oor die vryery met Elisabeth hanteer het. Só volwasse!

Bertus dring daarop aan dat Neil vir almal groet en stap saam met hom na Ouma se kamer. Dit lyk vir hulle asof sy vas aan die slaap is – maar soos soveel keer in die verlede misgis hulle hulle heeltemal met haar.

Sy het geweet hierdie oomblik sou kom. Dis bes moontlik die laaste keer dat sy en Neil ooit met mekaar sal gesels. Mense gaan dood rondom haar.

Bertus kondig hulle aan: "Jammer om te pla, Ouma, ons kom net gou groet."

Sy maak nie haar oë oop nie. "As jy moet gaan, dan moet jy gaan. Dit spyt my net dat jy my kleindogter en agterkleinkind saamvat."

"Elna kom nie saam nie, Ouma. Net Neil."

O, heuglike tyding, bron van hartsverblyding! Stadig open sy haar oë, swaai haar blik langsamerhand na Bertus. "So ... sy't 'n sterker wil as wat jy gedink het."

Hy het darem die ordentlikheid om so 'n effense laggie uit te blaf. "Tot siens, Ouma. Kom seun."

Nou moet sy praat. Sy roep haar agterkleinkind nader.

Bertus bly in die deur staan. Is dit goeie maniere of gewoon besorgdheid dat sy iets gaan sê wat sy nie moet nie?

Sy wink Neil met 'n maer vinger nader. "As jy daar in Kanada gaan seks hê, moet jy onthou ... kinders is duur ... in tyd en geld." Sy lig weer haar hand, wink hom steeds nader met die ou benerige vinger, skuins getrek van rumatiek. "Gebruik 'n kondoom." Sy knik vir hom, 'n glimlag wat om haar oë speel.

"Ja, Ouma."

Bertus lig net sy oë ter hemele.

Neil lê vorentoe oor, gee haar 'n soen op die voorkop. Skrander kind wat hy is, laat hy sy lippe 'n sekonde langer teen haar vel talm, en dan staan hy op en stap agter sy pa aan uit.

Haar hart wil bollemakiesie slaan. Hoe lank gaan Bertus die kind van sy ma kan weghou? Sy sal glad nie verbaas wees as sy haar voete nooit weer in Kanada sit nie.

Nou kan sy maar indut. Sy kan die kind se lippe nog teen haar voorkop voel. Lizzy het nie 'n kans gestaan nie.

— XII —

'n Kondoom! Wat 'n weird familie is die Cilliers's nie! Hy het nog nie eens behoorlik met Neil oor die goed gepraat nie – maar die kind se oumagrootjie het dit al vir hom aanbeveel ...

Dit is vertrektyd.

Bertus laai die laaste tasse in die kattebak van die taxi wat hulle kom haal het.

Neil soen sy ma vir oulaas.

Maria staan eenkant. Hy kan sien hoe blink die trane in haar oë.

Neil se hartjie is ook maar klein – hy probeer nou, in hierdie stadium, 'n belofte uit haar kry oor wanneer sy terugkom Kanada toe.

Elna stel net belang in nog 'n laaste soen.

"Oukei, dis die lot," sê Bertus. "Ons moet ry, of ons gaan laat wees."

Neil groet sy ouma, gee haar 'n druk.

Neil klim in die kar.

Hy is nie lus om dit te doen nie, maar Bertus draai na Maria, gaan staan voor haar. "Tot siens, Ma. Dit spyt my dat dit onder sulke omstandighede is."

"Bertus, jou gesin is jou gesin. Ek meng my nie daar in nie. Jy's my dogter se man en ek het jou lief."

Gee die ou lady dit ter ere na – sy het styl.

Maria se selfoon lui, en sy staan uit die pad om te antwoord.

Nou die deel waarvoor hy die heel, heel minste lus het. Eintlik wil hy in die motor klim en net ry. Elna laat weet hoe hy voel.

Hy staan met sy rug na haar gekeer by die taxi se deur.

Voor hy kan inklim, begin sy praat. "Bertus ..."

Hy draai om na haar. "Ek is lief vir jou, Elna."

"En ek vir jou."

Hulle soen en omhels mekaar dan.

Hy wil haar nie los nie, haar vashou. Daar's 'n noodroep diep in sy gemoed en sy moet dit kan hoor.

Die omhelsing word 'n innige druk – en dan sien hy Maria.

Sy lyk skielik verwese, skok op haar gesig geregistreer.

Bertus weet, die jaar het sy volgende swenk geneem.

Elna kyk op na hom, wil nog iets sê wat hy kan saamneem, liewe laaste woorde, maar dan sien sy die uitdrukking op sy gesig. Sy besef hy kyk na Maria.

Sy draai na haar ma. "Mamma ...?"

"Dis die dokter ... hy's dood. Pappa is dood."

Wat 'n weird familie, dink Bertus weer. Hier staan hy sy vrou en skoonma en vashou. En hy huil, uit dieselfde gevoel van gemis uit.

Neil klim uit die taxi, staan nader. Hy sal Elisabeth moet bel.

—— *** ——

Elna is terug in haar tydelike slaapkamer in haar ouerhuis, Bertus se reissak in haar hande. Bertus, wat sou teruggaan húis toe, Kanada toe, maar nie meer kan nie.

Jan is dood. Haar pa.

Haar trane kom nog in rukke en stote, maar die hartseer is al ou hartseer. Sy wag vir Bertus se voetval, staar nikssiende na die muur. Snaaks dat sy nou aan die toekoms dink. Die mens vrees die onbekende, dink sy, maar dis juis die onbekende wat sorg vir die vooruitgang van die mens. Bokke en sebras en kameelperde word elke dag, soos elke vorige dag, deur 'n roofdier betrap. En die rede is eenvoudig – hulle het geen besef van die toekoms of die verlede nie. Het hulle dit gehad, het hulle ook, soos die mens, begin planne uitdink en tegnologie ontwikkel om daardie onverwagse aanval te voorkom. Dis juis omdat mens onthou wat in die verlede gebeur het dat jy jou kan verbeel wat in die toekoms gaan gebeur ... maar met een belangrike voorbehoud: Die verlede herhaal hom, maar nie op presies dieselfde manier nie. Soos haar pa altyd gesê het: "Elna, besigheidsbestuur het net een doel: die bestuur van risiko." En daarom is daar versekering, daarom het ons plan A, plan B, plan C, en daarom bestee ons meer tyd aan die oorlewing in die môre as die leef in vandag, want anders as bokke en sebras en kameelperde weet ons dat môre 'n roofdier kan bring ... inderdaad, weet ons dat môre 'n roofdier sal bring.

VLOOI

Vlooi reken dat as jy regtig oortuig is van 'n saak, jy bereid sal wees om 'n koeël daarvoor te vat. En dis die probleem met ouens van sy ouderdom vandag: Hulle het nie meer 'n saak nie. Die enigste ding waaroor hulle worrie, is hoe hulle verby die BEE gaan kom, of hoe hulle 'n job oorsee gaan kry. Daar's niks waarvoor hulle bereid is om te sterf nie. En wat hulle nie verstaan nie – dis net as jy iets het om voor te sterf dat jy 'n rede het om regtig te leef.

Vlooi is een van daai ouens wat nou nie juis graag gedigte en sulke snot lees nie. Maar hy kry toe die ander dag by Susan 'n gedig geskryf deur die een of ander digter, en dit is die naaste wat hy tot nog toe aan 'n verduideliking gekom het. Dit is ook hoekom hy nou weer daarna wil kyk – dit is hier in sy laai. Ja, daar het hy dit nou; dis seker Susan se eie handskrif:

Wat sal ek praat of skryf in die duister
om hierdie volk, gestort uit die stofmoer
van Afrika – nuutste kind, jongste broer –
in die bek te ruk? Iets wat sê: Luister!
Daar's 'n groot ding aan die kom, 'n yster
doodmaakding wat geen God, gebed of roer
sal keer. Hoekom die verlore stryd voer?
Maar dan praat 'n ander stem, wat my verbyster,
'n ander stem, diep in my bloed, die raad:
"Dis 'n ou storie, my vriend, en te laat
vir woord of pen of dinge van die kop,

dit is hartland die, so hoe sal ons stop?
Daardie broer oorkant wat so dans en raas ...
veg hom of verdwyn, net een erf die plaas."

Hy vou die papier toe. Ja, hy is nie 'n gedig-ou nie, maar toe hy dit lees,
toe weet hy: Dis Afrika dié – die enigste rede hoekom hy vandag leef,
is omdat sy voorouers bereid was om vir die plaas te veg ... tot die dood
toe. Hulle het 'n saak gehad.

— I —

Hier voor die spieël voel Vlooi hoe die pyn soos 'n goeie set by J-Bay oor hom begin spoel. Hy vroetel in sy rugsak en kry die botteltjie met pille wat dokter Vorster vir hom saamgegee het. Sluk vier van hulle, twee meer as wat hy veronderstel is om op 'n slag te neem. De moer met Vorster. Só gaan hy nie ly nie.

Dit moes sy inlywing wees wat Albert so geïnspireer het. Dít, of Susan het 'n vriendelike woord of twee in haar broer se oor gefluister, want Albert het skielik planne gehad. Groot planne. Sedert die Wit Brigade gestig is, het hy nog altyd sy kaarte digby sy bors gehou. Almal het geweet die Wit Brigade staan vir 'n idee, maar hoe om daardie idee uitgevoer te kry – niemand behalwe Albert het geweet wat dit sou wees nie.

"Wanneer ons ons merk gemaak het," het hy dikwels onder in die Ploegskaar se kelder gesê, "sal die land van ons weet. Die ANC sal weet. Hulle het nie die alleenreg op die woord 'struggle' nie. En ons sal hulle wys hóé mens behoort te struggle. Met mag, en met mening."

Maar van hoe hulle hul merk gaan maak, het hy niks verklap nie, nog minder van wat hul struggle sal behels. Hy het hulle net opgelei en nogmaals opgelei.

Die dag nadat Vlooi sy verfmerke gemaak het, het Albert onverwags 'n ander deuntjie begin sing. 'n Moers ernstige deuntjie. "Om 'n monument se hek te verf, is goed vir 'n vuurdoop en dit maak 'n statement, maar dit verander niks nie. Wat het die ANC gedoen toe hulle besef dat die regering nie na hulle wil luister nie, huh? Hulle't gesê: 'Raait, as daai Boere nie wil hoor nie, dan moet hulle voel.' Toe stig hulle Umkhonto weSizwe en toe die land weer kyk, toe's daar bomme in winkelsentrums en restaurante. Dis wat die IRA gedoen het, om nie eers te praat van wat Al Kaïda aan die Amerikaners gedoen het nie."

En toe hy almal se aandag het, kom die groot noot op sy orrel: Die

Wit Brigade het geld nodig. Hulle kan nie in die buiteland gaan bedel soos die ANC nie. Hulle moet plaaslik oes.

"Oes?" het een van die Vuiste, Buffel, gevra.

"Jy't my gehoor." Albert het diep asemgehaal en Buffel se oë afgestaar.

Die Vuiste het geweet Albert is superernstig toe hy op 'n dag 'n boks oopmaak en vir elkeen 'n swart combat overall en swart bulletproof webbing gee. Agterop die overalls is 'n maatskappy se naam: SCORPION TRANSIT SECURITY.

Transitoroof.

Dit blyk dat Albert al ses maande lank die bewegings dophou van 'n transitowa wat geld by een van die groot firmas aflewer. Geld vir die wekloners. Einde van die maand 'n klomp ekstra sakke, vir die maatskappy self.

Vlooi het vir Susan gesê hy skrik nie vir uniforms nie. Daar's Boerebloed in sy are. Wat is die verskil tussen transitoroof en die guerrillaoorlog wat sy oupagrootjie teen die Kakies gevoer het? Niks. Absoluut niks.

En toe is daar 'n totale gemors.

Die roof vind wel plaas soos beplan. Maar terwyl die Vuiste nader storm vir die kill, daag 'n tweede transitowa op. En dié wa dra nie. Dis versterkings vir die eerste wa. En hulle is lus vir skiet. Dit gebeur toe ook so dat hy wat Vlooi is die enigste Vuis is wat 'n skoot vat – laag deur sy ribbes, regs voor, in en uit, sonder om die long te raak. Baie lucky, maar dit brand soos die hel vanself. Vlooi weet nie waar die geluide vandaan gekom het nie, maar hy het geskree soos 'n varkie wat geslag word.

Hulle't hom skreeuend na die Ploegskaar gebring en dokter Vorster laat kom. Hy't hom reggesien, vol pynstillers gejaag. Albert self het hom voor die huis afgelaai, net ná dagbreek.

En in wie loop hy hom vas toe hy die deur baie versigtig agter hom toetrek? Sy ma. 'n Helse please explain afgegee.

Die waarheid is darem geduldig. Was die hele nag by Susan, het hy gesê. Sy ma het dit gesluk. Sy wil nie uncool wees voor haar kinders nie.

Nou staan hy voor sy spieël.

Hy lig sy hemp op. Daar is 'n dik verband om sy middel en op die regterkant van sy maag stoot 'n kol bloed deur. Hy raak liggies aan die verband waar die bloed deurstoot. "Bloed in. Bloed uit," prewel hy.

Hy het een vir sy land gevat.

— II —

Daar sal 'n dag kom dat hy vir 'n gemeente iewers 'n preek sal lewer oor die onderwerp: Wat is geloof? Dit weet Gerhard maar te goed. Elke voornemende predikant weet dit. As hy voortgaan om dominee te word, natuurlik. Dan sal hy ook later 'n preek kan saamstel oor wat seker-heid is, waarskynlik met katkisante in gedagte. Hy sal die kenner wees. Niemand sal hom enigiets kan leer oor sekerheid nie. Want sy sekerheid is tjoeftjaf van hom weggeneem en nou baklei hy op die harde manier om dit terug te kry. Hy sal verbrands nie maak soos daardie man wat hy al die jare Pa genoem het, maar wat eintlik sy voog is nie. Hy sal nie op sy knieë gaan staan en hoop dat die helderheid iewers vandaan sal kom nie. Hy sal die waarheid gaan haal.

Rika maak dit vir hom soveel makliker. Sy is aan sy kant. Hy weet dat sy jammer is dat sy toegelaat het dat Rudi sy invloed as dominee misbruik het om Gerhard aan te neem. Maar sy is nie spyt dat hy haar kind geword het nie. Sy voel nie bedreig daardeur as hy sy biologiese pa en ma wil gaan soek nie. Sal hom selfs help daarmee. 'n Mens kan die tyd nie terugdraai nie, sê sy.

Sy wou hom van die begin af vertel het hy is 'n aangenome kind. Maar het nie. Wat kan sy nou daaraan doen? En alles in ag genome, is dit dáárdie vrou wat Gerhard gebaar het. Sy wat Rika is, het hom groot-gemaak en sal daarom altyd vir hom lief bly asof hy haar eie is.

Dit los egter nie sy probleme op nie. Hoe vind hy sy biologiese pa?

Hy moet by die Departement van Welsyn begin, sê Rika. Hulle het nóú nog alle rekords – hare inkluis. By hulle sal hy hoor wie hy is en waar hy vandaan kom.

Die Departement van Welsyn is baie hulpvaardig. Gerhard word tussen 'n paar toonbanke afgewentel totdat hy uiteindelik beland by 'n vrou van iewers in haar vyftigs, skat Gerhard. Sy raak nie betrokke by sy angs nie. Stel hom eerder op sy gemak – veral nadat hy heelwat beskuldigings in haar rigting geïmpliseer het deur die manier waarop hy praat.

"Een ding moet jy verstaan, meneer Naudé, jy is as aangenome kind geregtig op die info in hierdie lêer, maar jy is nie geregtig om, sonder haar toestemming, jou biologiese ma te kontak nie. Dit staan hier aangeteken dat dit 'n private aanneming was, en daardie privaatheid werk wedersyds."

"Sy't my reeds gekontak ... sonder my toestemming."

"Dit mag sy nie gedoen het nie."

Wat hy nie kan verstaan nie, is hoe sy hom opgespoor het.

"Dit weet ek nie, want sy behoort onder geen omstandighede toegang tot daardie informasie te gehad het nie."

"Wel, sy het, en nou wil ek met haar kontak maak."

Die vrou kyk hom woordeloos aan. Hoeveel mense met presies dieselfde storie, eenderse hartseer, sien sy elke week?

"Die enigste adres op lêer hier," sê sy uiteindelik, "is die adres waar sy gewoon het toe jy gebore is ... en dit was in Windhoek."

"Ek weet."

"O," sug die welsynwerker. "Nou ja, ek sal dat my sekretaresse 'n kopie van al hierdie dokumente maak, en dan wens ek jou alle sterkte toe."

So kry hy dan koers.

Wanneer hy by die Departement van Welsyn se kantore uitstap, lui haar laaste vermanings nog in sy ore: "Net een ding ... ek het baie ervaring van hierdie soort situasies ... ek wil hê jy moet onthou, daar is 'n groot verskil tussen gebore word en grootgemaak word."

Baie aangenome kinders, het sy afgesluit, romantiseer hul biologiese ouers. "Veral in die sin dat hulle wil glo dat hulle biologiese ouers die besluit om hulle weg te gee deur al die jare berou het."

Hy weet dat minstens sy biologiese ma presies so voel. Die werker het hom gewaarsku teen teleurstelling.

"In my geval," het Gerhard geantwoord, "is dit juis die punt dat sy my nie wou weggee nie."

Die welsynwerker het net geglimlag.

Agter haar kop het hy 'n plakkaat gesien: Christus, met 'n skare kindertjies wat aan sy voete sit, sy kop gehul in 'n stralekrans. Onderaan die prentjie was daar 'n spreuk: *Laat die kindertjies na my toe kom.*

— III —

Rysmiere, dink Elna. Wat krap aan die man?

Adriaan staan eers by sy stoel, dan stap hy in die vertrek, dan kom staan hy weer agter die stoel, leun op die agterkant daarvan, als maniere om sy punt te beklemtoon.

Dis die bestuur se eerste vergadering sedert die afsterwe van Jan Cilliers. Elna, Zweli en Boetjan sit aan die raadstafel; Adriaan du hom van die stoel af weg en hef sy oë na die plafon. "Voorheen was dit 'n kwessie van gesamentlike besluitneming," is die punt wat hy maak. "Omdat ons nie geweet het hoe dinge met my broer sou uitwerk nie. Nou is dit 'n hele ander ball game. 'n Maatskappy kan nie deur 'n komitee bestuur word nie. Daar moet 'n leier wees."

Almal kan sien waarheen hy op pad is, dink Boetjan. Net een manier om dit nekom te draai. "Ek het 'n gevoel ek weet wat jy gaan sê ..." sê hy.

"O rêrig?"

Boetjan lig 'n wenkbrou. Sulke snipperigheid van sy oom?

"En hoe sal jy weet wat ek gaan sê?"

"Jy gaan voorstel dat aangesien my pa sy beroerte gehad het voor hy 'n opvolger kon nomineer, en nou oorlede is, dat jy as hoof van die maatskappy aangestel word."

Elna sit met 'n halwe glimlaggie die oomblik se stilte en geniet.

Zweli staar hom net aan.

"Inteendeel ... ek wou voorstel dat ons Zweli as hoof aanstel ..."

Al drie sit dadelik regop. Wat het oor Adriaan se lewer geloop?

"En nie vir PC of BEE-redes nie, Zweli, maar omdat jy onder beide Jan en jou pa as 't ware in hierdie maatskappy grootgeword het, en sedert jy jou graad ontvang het, vir die maatskappy werk. Jy's jonk – relatief gesproke teen 'n ou ballie soos ek – maar oud genoeg om respek by banke en besigheidskollegas af te dwing. Jou jeug, relatief gesproke, gee jou 'n competitive edge, soos hulle dit in die besigheidsliteratuur stel en soos die sukses van die nuwe sosiale-netwerk-bemarkingsveldtog wat jy saam met Elna ontwikkel het, bewys. Ek reken jy is oud genoeg en slim genoeg om in 'n raadsaal jou man te kan staan."

Niemand weet wat om te sê nie.

Adriaan het hulle heeltemal onkant betrap.

Zweli is die eerste wat tot verhaal te kom. "Wel, uh ... dis nie vir my om te besluit nie."

"Persoonlik dink ek," Elna is nou die ene saaklikheid, "en ek's seker jy sal saamstem, Boetjan, dis 'n uitstekende voorstel."

Adriaan rig hom nou tot Zweli. "Aanvaar jy die nominasie?"

"As almal saamstem ..."

"Ek dink ons stem saam."

Adriaan verskoon hom dadelik. "Die fabriek roep."

Hy laat die drie agter, steeds verward oor presies wat nou gebeur het.

Zweli kom weer eerste tot verhaal. "Did I miss something?"

"Wys jou net," sê Elna, "mens moet nooit die oumense onderskat nie."

"Veral nie as hulle met die rug teen die muur staan nie." Boetman glimlag breed. 'n Mens moet jou elke klein oorwinning gun.

Dis egter nie die fabriek wat dadelik Adriaan se aandag kry nie. Buite sig van die ander het hy dadelik sy selfoon in die hand. Hy bel sy liewe vrou.

Sy antwoord dadelik, geen formaliteite nie. "En toe?" vra sy.

"Soos soetkoek opgevreet."

"Sien jy nou? En nou gaan hulle mekaar dophou, en nie vir jou nie. Welgedaan, my man, ek's trots op jou."

"Sê vir my dankie as ek vanaand by die huis kom."

"O, ek sal. En moenie laat wees nie."

— IV —

Die nuwe Suid-Afrika is op 2 Februarie 1990 geproklameer en het op 27 April 1994 sy beslag gekry. Die Suid-Afrikaanse Polisiediens het in die proses talle gedaantewisselings ondergaan. Die meeste daarvan het met effektiwiteit niks te make gehad nie, maar daar het hoekies oorgebly wat met die beste geregsdienaars ter wêreld vergelyk kan word. Een daarvan is 'n kantoor in Garsfontein. Die beamptes is nou nie die standaard-cliché van Suid-Afrikaanse speurders van die tydperk kort voor die einde van die Maja-kalender nie. Geen oorgewigprobleme hier nie. Geen drankmisbruik helder oordag of donker oornag nie. Wat miskien verklaar hoekom twee van die grootste weirdos in die Suid-Afrikaanse Polisiediens die kantoor deel en vir alle praktiese doeleindes vennote is in die tradisionele platvoet sin van die woord. Saam met hul bekkige papegaai, 'n African Grey met die naam Grootbek.

Die twee speurders noem mekaar op die van. De Wet en Davids. De Wet is in sy laat veertigs, lyk fiks en het 'n enorme vleiskuif. Davids is heelwat jonger, in haar dertigs, en in hierdie land waarin almal so verbete volgens bevolkingsgroepe geklassifiseer word, is sy wat bekend staan as bruin, hoewel sy gewoon aan haarself dink as goeie troumateriaal.

Die ander speurders, of inspekteurs, soos hulle heel anglisisties bekend staan, het baie agting vir die twee weirdos, maar meng nie graag met hulle nie. Die twee het 'n rap wat so aanmekaar is. Hy is haar mentor, sure, maar jeez Louise, is dit nodig dat die twee so heeltyd chat asof hulle niks anders in die lewe het as mekaar se gatte krap nie? En dan praat die fokken papegaai ook tussenin ...

Wat presies is wat nou aan die gang is.

De Wet en Grootbek is besig met harde polisiewerk.

"Dink voor jy doen, De Wet," sê die papegaai. "Dink voor jy doen."

De Wet staan voor die African Grey se hok met 'n grondboontjie tussen sy vingers. "Ja, ja, Grootbek, moenie vergeet wie't dit vir jou geleer nie."

De Wet gaan sit in sy stoel voor sy lessenaar, sit sy voete op die lessenaar. "Wat my pla is: Hierdie heist-poging voel nie soos ander heists nie."

Davids ontwaak uit haar mymering in die ander hoek van die kantoor. "Besef jy dit nou eers?" antwoord sy.

"Hei, moenie jy met my cheeky raak nie, daai voël gee my reeds genoeg ..."

"Oi, moenie die baas se memo vergeet nie – geen gevloek in die kantore nie."

"En daarmee het hy die kanse dat sake in hierdie kantore opgelos word met die helfte verminder. Ek praat nie oor die R4-doppies by die crime scene nie. Dis obvious – 'n swart gang kon R4's in plaas van AK's gebruik het."

"Onwaarskynlik."

"Maar moontlik. Ek praat van hulle modus operandi. Dit voel nie soos die normale ding nie."

Davids lyk maar net verveeld. In werklikheid weet sy dat dit nou die produktiewe deel is van die tyd wat De Wet op kantoor deurbring. Hy hanna-hanna maar so met die bleddie papegaai, eintlik sy kop iewers anders. Haar job is om te maak asof sy reeds alles uitgepluis het sodat hy aansporing het om net daardie stappie verder te dink. En dan word dit 'n lekker ding, hierdie manier hoe sy en De Wet tussen hulle die onbekende uiteindelik bekend maak.

"In watter opsig?" vra sy.

"Ek weet nie, maar iets voel anders. Die manier hoe die aanval gedoen is ... dit laat my dink aan aanvalle wat ons in die eighties op die grens gedoen het."

"En wat laat jou so dink?"

"Dit was soos 'n hinderlaag."

"Die meeste heists is 'n hinderlaag."

"Ja, maar hierdie een was anders. Daar was 'n duidelike doodsakker. En dit voel ... dit voel ... nuut. Iets wat ek nog nie gesien het nie."

"Grootbek," sê Grootbek.

De Wet gooi 'n boksie vuurhoutjies na Grootbek se hok. Hy mis die hok. "Ek maak nou-nou daai vuur!" sê hy.

Davids kyk die twee so. Righto, dink sy. Meer as 'n hinderlaag – 'n hinderlaag in die styl van die SA Weermag, circa 1985. Wat natuurlik die vraag wek wat die oudsoldate nou weer aan die doen is. Sy wag vir De Wet.

— V —

"Ma't gesê ek moet dit vir hom gee," sê Maria en gee die Krugerrand aan Ouma terug. "Toe sit ek dit in sy hand en reël met die verpleegster dat dit daar bly. En hulle was eerbaar genoeg om te sorg dat niemand dit steel nie. Hulle't dit vir Elna gegee toe sy die kamer opgepak het."

Ouma sit regop in haar bed, 'n kombers oor haar bene. "Wys jou net ... daar's nog eerlike swartes in hierdie wêreld," sê sy.

Die dood hang oor hulle soos 'n nat mis, maar die ou vrou sal niemand ontsien nie.

"Die meeste van hulle is eerlik, Ma. Mens hoor net nie van hulle nie, want hulle haal nie die koerante of die nuus nie ... nes eerlike wittes." Maria antwoord outomaties, eintlik is sy nie deel van die gesprek nie. Die begrafnis is op hande en sy neem nog afskeid.

Maar wat, dalk neem die ou vrou ook afskeid.

Dan begin dit tot haar deurdring dat Ouma ophou praat het.

"Ek wil nie na die begrafnis toe gaan nie," sê Ouma ná 'n ruk. "Ek dink nie ek sal dit oorleef nie."

"Ek ook nie," sê Maria. Wat beteken die woorde tog?

"So, nou's dit ek en jy."

"Ja, Ma."

"Ek's nie so moeilik as wat jy dink nie."

"Nee, Ma ... Ma's baie moeiliker as dit."

Hulle glimlag albei, sonder om tande te wys.

"Dankie. Ek beskou dit as 'n kompliment."

"En so bedoel. Ma het per slot van sake die man gebaar wat ek vir meer as veertig jaar liefgehad het ... en sal hê, tot die dag van my dood ... en hy was nie maklik nie."

"Hy was 'n goeie seun."

"En 'n goeie man."

Maria laat sak haar kop. Sy huil, 'n eensame huil, stilweg.

Ouma sit haar hand op Maria se kop om haar te troos.

— VI —

'n Aangename verrassing soos oom Adriaan se ommeswaai op die vergadering is altyd welkom, maar Elna weet dat Bertus by die huis sit en wag en dat daar geen manier is om te maak asof hy nie daar is nie. Wanneer sy tuiskom van die kantoor af, vind hulle mekaar uiteindelik in die lapa. Bertus dikbek soos altyd. En sy kan nie dink dat dit vir hom 'n plesier moet wees om haar só te sien nie. Die een oomblik opgewonde oor die dinge wat by die kantoor aan die gang is, die ander afgetrokke en stil oor hulle nie saamstem oor Neil se nonsens nie.

Bertus doen nie eens die moeite om oor ander dinge te gesels nie. Vra haar nie uit oor hoe sy voel oor die begrafnis nie. Hoe sy dinge bymekaar hou nie. Nee. En al waaraan hy dink, is hoe dit hóm raak. Sy planne deurmekaar krap. Sy ongerief. En al wat tel, is sy siening van sake.

"Dis asof daar 'n kosmiese sameswering is," sê hy.

Wat 'n pateet! "My pa se dood is nie deel van 'n kosmiese sameswering nie, Bertus," antwoord Elna. "Maar aangesien jy dit nou so stel – miskien probeer die kosmos vir jou iets vertel."

"Jy weet net so goed soos ek dat daar 'n baie beter toekoms vir Neil in Kanada is as hier. Hy kan my haat soveel as wat hy wil, dit pla my min."

"Daai seun, of jy nou daarvan hou of nie, is 'n Suid-Afrikaner in murg en been. Hy wil nie in Kanada woon nie."

"Ek het my gat afgewerk om hom na 'n land toe te neem waar hy, as wit man, 'n toekoms kan hê, waar hy keuses sal hê om sy lewe te lei soos hy wil."

"As daar nie 'n toekoms vir hom in hierdie land was nie, sou daar lankal nie meer 'n enkele wit mens hier gewees het nie. Ja, daar's probleme hier, maar wys my 'n land in die wêreld waar daar nie probleme is nie."

"Gaaf! Sê nou maar ek laat hom toe om hier te bly, en dan, ná 'n paar jaar kom hy na my toe en sê: 'Pa was reg. Daar is nie 'n lewe vir my in Suid-Afrika nie. Jammer, Pa.' Wat sal ek dan voel? Hè? Jippie, ek was reg! Ek wil nie later, ten koste van sy lewensgeluk, reg bewys word nie."

"Baklei jy vir sy lewe, of projekteer jy jou eie vrees? Dit help nie jy werk jou ... alie ... af om hom keuses te gee op voorwaarde dat hy die keuses maak wat jou pas nie. Dis mos nie 'n keuse nie."

"My magtag, Elna, hy's agtien! Wat weet hy?"

"Nie veel nie. Maar soos ek ouer word, besef ek dat niemand veel weet nie."

Bertus staar sy vrou aan. Meerderwaardig, soos net hy kan wees.

Dan haal hy diep asem. Dis die teken dat hy besluit het, weet Elna. Nou tel net sy woord. "Ná die begrafnis kom hy terug saam met my," sê hy. "Klaar." Hy stap weg.

Elna kners op haar tande. Stry is nie 'n opsie nie. Maar verset sal sy haar verset.

— VII —

Dis amper weer soos op skool, in die kleedkamer nadat die boys kak drooggemaak het en 'n game verloor het wat almal gedink het hulle sou wen.

Dis stil in die kelder van die Ploegskaar. Al die Vuiste is baie stil.

Albert is op die oorlogspad. "Hoe't hulle geweet?" vra hy, sy stem sag, neutraal.

Niemand antwoord nie.

"Ek vra julle," Albert kan hom nie meer beheers nie en nou bulder hy, "hoe't hulle geweet?"

'n Vuis genaamd Hardehout breek die stilte uiteindelik. "Miskien was dit 'n toeval."

Albert sluip na hom toe, praat met sy gesig sentimeters van Hardehout s'n, sy stem siedend van woede: "Moenie na my toe kom met 'toeval' nie. Ek het self daardie transittrok se bewegings uitgecheck." Albert hamer sy punte in met die voorvinger teen Hardehout se bors. "Nie een keer in al daai kere het 'n ander trok, gelaai met armed response, per 'toeval' by hom aangesluit nie, man!"

"Ek sê ons is verraai."

Dis Buffel, een van die ouer Vuiste.

Alle oë draai na Buffel.

"Wat is die kanse dat die transito-ouens skielik," gaan Buffel voort, "uit die bloute, backup na daai spesifieke deel van die roete sou stuur? Nul. Hulle't geweet."

"En hoe sou hulle geweet het?" blaf Albert.

Buffel het die antwoord: "Iemand het hulle vertel."

"Niemand anders, behalwe die mense in hierdie kamer, het van die operasie geweet nie," sê Albert.

Netjiese deduktiewe tegniek, dink Vlooi.

Antwoord Buffel weer: "Dan het iemand in hierdie kamer hulle 'n tip-off gegee."

Die stilte keer terug na die kelder. Almal kyk na mekaar.

Vlooi voel skielik kwesbaar. Hoekom? wonder hy. Hy's tog die een wat geskiet is.

Susan staan met 'n frons. Sy't 'n vermoede wat volgende kom.

Buffel gaan voort: "Ek wil nie die een wees om dit te sê nie, maar daar's net een ding in hierdie kamer wat in die afgelope tyd verander het."

Buffel stap nader, gaan staan voor Vlooi. Hy gluur Vlooi aan. Almal kyk na Vlooi.

Albert kyk na Vlooi.

Vlooi sê: "Albert, dit was nie ek nie. Ek sweer."

"Bring hom!" beveel Albert.

Soos blits spring Buffel en 'n ander man nader.

"Wag julle!" roep Susan uit.

"Kom jy uit die pad uit," sê Albert aan sy suster.

Die Vuiste sleep Vlooi na 'n stoel waar hulle sy hande agter die rug-leuning vasbind en sy voete teen die bene van die stoel.

Albert kom staan voor Vlooi. "My maatjie, is daar iets wat jy my dalk wil vertel?"

"Dit was nie ek nie, Albert. Ek sweer. Ek's dan die een wat gewond is."

"Goeie cover." Hy gee Vlooi uit die bloute 'n moerse hou in die gesig. Vlooi se kop ruk agteroor, maar hy draai dit dadelik terug.

Hy veg vir sy lewe.

Albert hervat die ondervraging. "Ek vra: Is daar iets wat jy my wil vertel?"

Die bloed loop nou uit Vlooi se mond.

Buffel glimlag.

"Ek sweer dit was nie ek nie." Vlooi se stem is naby aan breekpunt.

Albert pluk sy dolk uit sy heupsak. Dis dieselfde dolk waarmee hy vantevore Vlooi se oor gesny het. Hy sis naby Vlooi se gesig: "Bloed in, bloed uit." Hy hou die dolk op, draai in die rondte, kyk die Vuiste een vir een in die oë. "Ek soek 'n volunteer."

Buffel staan nader, arm uitgestrek vir die dolk. "Dit sal my plesier wees."

Albert oorhandig die dolk aan Buffel. "Is jy bereid om te doen wat gedoen moet word?"

Buffel antwoord: "As hulle nie wil hoor nie, dan moet hulle voel."

Albert knik goedkeurend.

Buffel sê vir Vlooi: "As jy wil bid, dan's dit nou die tyd."

Vlooi kyk op na die grimmige gevreet van Buffel. "Dit was nie ek nie!"

Buffel trek sy arm terug.

Uit die hoek van sy oog sien Vlooi die skoot afgaan.

Buffel stort voor hom neer.

Morsdood.

Vlooi kyk na die lyk. Deur die hart.

Albert staan oor Buffel se lyk. "Vir hoeveel stukke silwer het jy ons siele verkoop?" Hy spoeg op die lyk.

Die Vuiste is stil geskok.

Albert bring hulle tot orde: " My pa het my geleer: eerste geruik het die botteltjie gebruik – die man wat te gretig is om een van sy broers te beskuldig, is waarskynlik die skuldige." Hy raak stil, kyk af na Vlooi. "Jammer, jy was die lokaas ... en ek kon baie harder geslaan het as ek wou."

Vlooi sit, verstom, sy mond bebloed.

"As enige van julle dink," gaan Albert voort, afgemete, "dat ek hier is omdat ek boertjie-boertjie wil speel, moet julle nou julle lidmaatskap van die Wit Brigade heroorweeg. Ek gaan my volk en my land van die juk van swart slawerny bevry. Óf julle stap die pad met opregte harte saam, óf julle moet nou waai."

Stilte.

Albert kyk die Vuiste weer in die oog, een vir een.

Niemand sê 'n woord nie.

"Raak ontslae van hierdie Judas."

Albert stap uit, Ploegskaar toe.

— VIII —

Rudi is die laaste persoon wat Boetjan verwag om op hierdie oggend te sien. Hy sit in Jan se kantoor en lees finansiële state toe Rudi inkom en haastig verduidelik dat hy gehoor het Boetjan is in die stad. Hy het iets wat hy vir Boetjan wil vra – net vir Boetjan.

Boetjan is die ene ore. Hy wonder of Rudi in geldelike nood verkeer.

"Toe jy op die grens was ..."

Boetjan se wenkbroue lig omhoog. Dis glad nie die soort gesprek wat hy verwag het nie.

"Toe jy op die grens was ... het jy ooit ... was jy ooit betrokke by ..."

Boetjan sit nou doodstil, hou Rudi stip dop.

"... was jy ooit betrokke by ... dade ... waaroor jy vandag spyt is?"

"As jy wil weet of ek terrs geskiet het ..."

"Nee. Nee. Ek verstaan, dis wat julle moes doen ... hoekom ons daar was. Ek bedoel eintlik ... uhm ... ek bedoel eintlik ander dade ..."

Wat anders kon daar wees? Na Boetman se mening is die skiet van terroriste die ergste wat 'n mens kon doen. "Ek's jammer, ek verstaan nie."

"Jammer, ek stel dit nie duidelik nie," antwoord Rudi. Hy wag 'n oomblik, kry sy gedagtes agtermekaar. "Het jy ooit dinge op die grens gedoen wat teen die Geneefse Konvensie sou wees, byvoorbeeld?"

Boetjan raak stil. Hy hou nie daarvan om skielik op sy nugter maag – hoe waar dit ook al deesdae is! – oor dinge te gesels wat hy nog met niemand anders as sy pa bespreek het nie. Maar Rudi is, wel, betroubaar. En hy lyk gekweld genoeg om Boetman genoeg rede te gee om sy eie gruwelverhaal te vertel.

"O. Wel, een keer het ons 'n hinderlaag opgestel ... en toe stap 'n ou Ovambo deur die doodsakker ... ons het hom nie geskiet nie, maar my bevelvoerder wou hom nie toelaat om verder te stap nie ... ingeval hy ons posisie sou weggee ... toe gee my bevelvoerder my opdrag om hom aan 'n boom vas te bind ... en teen daai boom het hy die hele nag deur gesit. Die volgende oggend het ons hom losgemaak – die terrs het toe nie daar deurgestap nie – en toe ons hom losmaak, het dit verskriklik gestink, want hy het deur die nag in sy broek ... jy weet ..."

Boetjan raak stil. Hy skaam hom vir die dinge waarby hy betrokke was.

"Dit was vir my te veel, toe trek ek my onderbroek uit en gee dit vir hom. Ek weet nie wat die Geneefse Konvensie daaroor te sê gehad het nie, maar nou ja ..."

Rudi gee hom kans om hom te oriënteer, vra dan: "Het jy ooit 'n krygsgevangene gemartel?"

Ewe kalm.

Boetjan weet dat wat ook al hy nou sê, hy nie die besoedeling van Rudi se naam deur 'n onnoembare daad ongedaan sal kan maak nie. Rudi behoort dit ook te weet – as hy by so iets betrokke was. "Nee. Hoekom vra jy?"

"Nee, ek het ... uh ... net gewonder. Sou jy dit gedoen het as jy 'n bevel gekry het om dit te doen?"

"Jy moet verstaan, in daardie dae was die keuse: gehoorsaam, of verduur jare in die DB. En dit was nie eintlik 'n keuse nie, want soos ons almal verstaan het, was die DB hel op aarde ... en jou naam, jou familie se naam, was daarna tottie. So ... ja ... ek sou dit waarskynlik gedoen het."

"Wat van gewetensbeswaar?"

"Gewetensbeswaar? In oorlog is 'n gewete 'n duur ding. Een dag voor 'n oorlog verklaar word, is moord en doodslag 'n strafbare oortreding, een dag ná oorlog verklaar is, is moord en doodslag jou plig vir volk en vaderland. Ek's jammer, maar ek verstaan nie mooi hoekom jy vra nie."

"Wel, soos jy weet, was ek 'n kapelaan ... 'n jong kapelaan ... in daardie oorlog, en ek dink maar so 'n bietjie daaroor. Toe reken ek, ek sal met jou kom praat, want jy was daar ... het per slot van sake 'n broer daar verloor.

Boetjan besef hier is nou baie meer aan die gang as wat hy gedink het. "Het jy spoke?" vra hy.

Rudi knik, baie ongemaklik.

"Weet jy, daar word meer lewens per jaar aan padongelukke in hierdie land afgestaan as wat daar in die hele drie-en-twintig jaar van daardie oorlog gesterf het," sê Boetjan.

Rudi verstil, sy oë wyd gerek. "Ek het ... ek het ... as kapelaan op Ogongo ... Was jy ooit op Ogongo ...?"

"So twintig, dertig clicks suid van die grens ..."

"Ek het 'n soldaat daar beveel om 'n krygsgevangene te martel. In die naam van God. In die naam van God."

Boetjan reageer nie. Enigiets wat hy nou sê, sal verkeerd wees. Uiteindelik waag hy dit: "Ek's jammer ... maar daarmee kan ek jou nie help nie. Miskien moet jy met God praat."

"Ek het probeer, maar ek sukkel om sy stem te hoor."

Boetjan weet nie wat om te sê nie.

— IX —

Stadig maar seker is die lewe weer besig om hom te skik soos Antoinette dit wil hê. Sy is nie moeilik nie – mense moet net nie dwars wees met haar nie. Dan trek sy suur.

Wat sy nou uit Adriaan se mond hoor, is die soetste musiek. Sy weet hoe mense se kop werk. Sy weet hoe mislik hulle kan wees – en hoe maklik dit sal wees om hulle dinge te laat doen soos sy wil hê hulle dit moet doen. Veral daardie gespuis in Adriaan se familie.

Adriaan het tuisgekom met 'n bos blomme. "Jy moes hulle gesigte gesien het," sê hy toe hy die ruiker na haar uithou.

"Ek kan my net indink. Hulle't verwag jy gaan fight vir die pos, en toe's daar nie 'n fight nie."

"Ek sweer dit het gelyk asof hulle al drie tegelyk dieselfde spook gesien het."

Sy soengroet hom. Neem die blomme by hom. "Sien jy nou?" sê sy. "Jou broer was dalk 'n formidabele entrepreneur, maar my pa was self nie 'n man om te onderskat nie. Hy't my geleer: Kom altyd uit die son ... waar jou kompetisie jou nie kan sien nie. En dan slaan jy toe."

"As jy nie my vrou was nie, sou ek bang gewees het vir jou."

"Hulle moenie met hierdie wyfie se man lol nie ... sy baklei hand en tand vir hom."

Nou trek sy hom in 'n behoorlike soen in. Dis háár man hier teenaan haar.

"Ma ..."

Elisabeth ... Soms is daai temerige stemmetjie net genoeg om haar na bakstene te laat gryp.

Adriaan vererg hom nog meer. "As ek reg onthou, Elisabeth, mag jy slegs uit jou kamer kom vir kos en die badkamer."

"Dis waaroor ek wil praat, Pa. Ma?"

Wie aap sy nou weer na? Die kind is te jonk om enige Garbo-flieks te gesien het.

"Ek's gehok, fine, maar hoekom moet ek in my kamer bly? Die hele huis kan mos my tronk wees. Ek's moeg vir my kamer."

Antoinette vang Adriaan se oog. "Miskien kan sy ..."

"Moenie jy nou ook retireer nie," onderbreek Adriaan haar gedagtegang, maar sy het reeds met die blomme kombuis toe verkas. Adriaan se nek is styf ná 'n lang dag en dit maak hom kortgebaker. Hy gee Elisabeth 'n vuil kyk bo-oor sy bril. "Kamer toe. Nou!"

"Dis onregverdig. Vlooi was nog nooit so gehok nie."

"Vlooi het 'n pak slae gekry. Jy, meisie, kan dankbaar wees jy's nie 'n seun nie. En so gepraat, waar is Vlooi?"

Daar is min mense wat Elisabeth se dikbek kan nadoen. Wanneer sy praat, klink dit vir Adriaan asof sy die een of ander vreemde dialek uit Makwassie se wêreld beethet. "In sy kamer," mompel sy.

"Sê vir hom voor hy vanaand uitgaan, soek ek daai gras gesny. En die tuinslang opgerol en in die garage. Daar gaat jy!"

Met die uitstap probeer Elisabeth 'n laaste desperate maal op sy gevoelens speel: "Nou's ek sommer 'n slaaf ook."

Adriaan sien die bottel wyn raak wat Antoinette op ys gesit het. Nou is Elisabeth op geleende tyd.

Sy kom tot stilstand. 'n Briljante insig het haar pas getref. "En net vir julle informasie," sê sy, "ek's nie meer 'n kind nie." Sy stap uit met 'n houding so vol hormone gepomp dat Adriaan weet daar sál weerwraak wees, die een of ander tyd wanneer hy dit nie verwag nie.

Antoinette keer terug met die blomme in 'n pot.

"Jong, daai kind ..." sê Adriaan, gereed om die bottel se proppie te knak.

"Eerstens, sy's nie meer 'n kind nie, en tweedens ..."

"... moet dit nie eers sê nie. Sy aard nie na haar pa nie. Sy aard na haar ma."

"Dis dié dat sy so oulik en intelligent is."

Adriaan kry glase uit en skink vir hulle elk 'n ietsie.

Antoinette staan nog met 'n breë glimlag wanneer hulle hul glasies lig en 'n heildronk drink op die voorspelbaarheid van mense.

Hulle staan nog so, glasies gelig, wanneer hulle Elisabeth se krete in die gang af hoor. "Maaaaa! Paaaaa!"

Hulle hoor hoe Vlooi hom vir Elisabeth vervies en na sy kamer storm.

Later sal hulle besef dit was net hoe sy Vlooi teruggekry het vir sy klikkery oor haar en Neil se vryery, maar nóú klink dit ernstig.

Hulle storm die kamer in.

Oënskynlik is niks aan die gang nie. Vlooi staan daar, sy T-hemp uit-getrek maar teen sy sy gedruk. En Elisabeth ten volle geklee. Waarmee is die klein drama queen nou weer besig?

"Wat gaan aan?" vra Antoinette.

"Niks, Ma," sê Vlooi vinnig, "Elisabeth gooi net al weer 'n tantrum."

"Hy't 'n wond, Ma. 'n Groot wond."

"Wat?" 'n Kwelgedagte keer terug – Vlooi se hinkepink toe hy vanog-gend tuisgekom het.

"Waarvan praat ons nou?" wil Adriaan weet. Hy sien niks.

"Ek sê mos, sy's histeries."

Elisabeth beduie na Vlooi se sy. "Hier aan sy sy, Ma ... aan sy sy."

"Waarvan praat sy?" Adriaan begin nou ergerlik raak oor die kind se traagheid. "Vat weg daai hemp."

Vlooi huiwer.

"Moenie dat ek twee keer praat nie. Vat weg daai hemp!"

Vlooi trek sy hemp weg.

Antoinette se hande klap oor haar mond. "O, my magtag!"

"Vlooi! Wat de hel het gebeur?" Adriaan is baie ontsteld. Twee moorde in die familie was klaar genoeg.

"Dis niks nie, Pa."

"Dit lyk nie vir my soos niks nie."

"Ek's geskiet, oukei."

Wel hello, dink Antoinette. Van wanneer af is geskiet oukei? "Geskiet?" gil sy.

Vir volk en vaderland, Moeksie, vir volk en vaderland, dink Vlooi.

"Hulle't my probeer hijack, Ma," antwoord hy. Sy gebeurlik-heidsleuen, soos Susan dit genoem het toe hulle dit uitdink. "Maar ek's oukei."

Antoinette het hom dadelik aan die arm, mik garage toe. "Hospitaal toe, nou!"

Vlooi rem terug: "Ek's fine, Ma, ek's fine. Ek was klaar by die casualty gewees. Ek's oukei."

Adriaan se gedagtes is nou vol beelde van wat verkeerd kon geloop het. "Vlooi – wat de hel het gebeur?"

Vlooi probeer kwaai nonchalant wees oor die poging tot 'n kaping. "Ek het in my kar by 'n verkeerslig gestop, toe probeer twee ouens my hijack, toe baklei ek terug en toe trek die een 'n skoot af en toe kom 'n paar security guards aangehardloop, toe hardloop die hijackers weg en toe neem 'n ou my na die casualty, en nou's ek fine."

Antoinette slaan die histeries-skaal oor 'n honderd. "Ek sê jou, Adriaan, as die regering nie iets aan die geweld in hierdie land doen nie, gaan daar binnekort geen beskaafde mense hier oorbly nie."

"Ja-ja, bly net kalm. Mense word elke dag gehijack. Hy's nie dood nie. Alles is oukei."

"O, nou moet ek dankbaar wees hy's nie dood nie. Sou jy dit vir my sê as hulle hier ingebreek en my verkrag het? Wees dankbaar, ten minste is jy nie dood nie?"

Adriaan weet van beter as om nou met Antoinette in 'n woorde-wisseling betrokke te raak. "Vlooi, hoekom het jy ons nie dadelik kom sê nie?" vra hy.

"Ek wou nie vir Ma ontstel nie. Maar nou ja ..." hy kyk met onver-bloemde minagting na Elisabeth, "te danke aan jou, is sy nou."

"As so iets gebeur," roep Adriaan uit, "wil ek weet. Dadelik weet. Hoor jy my?"

"Ja, Pa."

Geduldig, gedienstig, gedwee.

"Het jy dit aan die polisie gerapporteer?"

"Wat sal dit help, Pa?"

Die Suid-Afrikaanse catch-22. Adriaan weet hy moet nie eers probeer antwoord nie. Die kind se wond is ten minste verpleeg, dit kan almal sien. "Nou ja toe, kry jou gat in die badkamer, laat Ma na die ding kan kyk en seker maak jy's oukei."

Dan sien Adriaan vir Elisabeth staan, pure nuuskierige agie. "En jy, meisie, in jou kamer."

"Pa't gesê ek moet vir Vlooi sê om die gras te gaan sny. Dis al hoekom ek hier ingekom het, en as dit nie daarvoor was nie ..."

Kinders wat nie wil hoor nie, moet voel. Op die moderne manier, natuurlik. "Jy't ook 'n antwoord vir alles." Adriaan ja sy dogter met 'n handruggebaar uit die kamer. "Ek sê jou wat, jy't gesê jy's moeg vir jou kamer ... nou ja toe. Die grassnyer staan in die garage ... ek soek daai gras kort en netjies voor sononder."

"Pa ...?"

Adriaan kan dit nie glo nie. Elisabeth het ook 'n gesigsuitdrukking gereed vir elke emosie wat sy naboots. Wat hom betref, kan dit netsowel Wena Naudé gewees het. "Of jy bly in jou kamer vir die volgende jaar!"

"Pa?"

"Jy's mos nie meer 'n kind nie."

Elisabeth waai by die deur uit, 'n laaste kartets van intense woede wat sy na Vlooi flits.

Hy sit op sy bed, rustig soos 'n kat wat pas room gekry het.

— X —

Toe Gerhard met die hoop papiere wat hy by die welsynwerker gekry het op Esmé se bed gaan sit, besef hy dat haar kamer die een vertrek in die huis is waar hy sedert sy laerskooldae die minste gekom het. Daar was nooit spruitwoede tussen hom en Esmé nie, maar sy is iemand wat nooit haar kamer as broeiplek gebruik het nie. As jy haar maar gaan soek het, was sy in die tuin of in die eetkamer. Hang net af wat die seisoen is. Nou, terwyl sy besig is met nagraadse studie, is dit steeds haar gewoonte – wanneer sy tuis is.

Esmé se slaapkamer is altyd netjies. Geen sweem van oorblyfsels uit haar kinderdae nie, buiten die een portret van haar toe sy in graad 1 was, die eerste dag op skool, geneem deur Rika. Daar's 'n skildery wat 'n kunsstudent van Esmé gemaak het, vier eienaardige, absoluut eenderse gesigstudies – volgens die kunstenaar in die styl van Warhol. Daarnaas is 'n groot ronde afdruk van 'n Aubrey Beardsley-tekening van die man in die maan. Teen die oorkantste muur hang 'n paar geraamde foto's uit haar hoërskool- en universiteitsdae, saam met vriende, koddighede, die soort van dinge waarvan Esmé hou – die uitsonderings op die reël. Wat haar kamer ook só anders maak as die ander vertrekke in die huis, is die helder kleure waarvoor sy so lief is – soos die blommetjieskombers waarop sy en hy sit.

Gerhard se soektog was nie heeltemal vergeefs nie – maar al die antwoorde het hy ook nog nie. Dis hoekom hy Esmé as klankbord wil gebruik. Die probleem is daar's nie veel meer inligting in die papiere as wat Rika hom reeds gegee het nie. Hy het gehoop om sy biologiese pa se volle naam te kry, selfs sy laaste adres of so iets, maar volgens die welsynwerker was sy nie verplig om die pa se naam te verklaar nie ... omdat Gerhard 'n buite-egtelike kind was. Rika is die een wat hom vertel het dat die man se van Olivier was – dit staan nêrens aangeteken nie.

Die enigste manier hoe Gerhard by Olivier gaan uitkom, is deur te gesels met sy ma. Biologiese ma nou – Christine Els, of Swanepoel, haar tweede getroude van.

Esmé, altyd prakties: "Een ding is seker, jy weet sy's hier in die stad, nie in Windhoek nie."

Sy raai Gerhard aan om in Windhoek te begin soek na die tweede man, Swanepoel. Hy was 'n boer en die kanse is sterk dat hy dit steeds is. As hy nog lewe. "Boere hop mos nie rond nie ... bly vir geslagte op dieselfde plaas. Hoeveel boere met die van Swanepoel kan daar naby Windhoek wees?"

Gerhard, voortvarend: "Cool. Ek koop môre vir my 'n vliegkaartjie."

Esmé bring hom terug aarde toe. Hy kan Swanepoel op die internet gaan soek. "My broer, een of ander tyd gaan ek jou op 'n get-with-the-program-kursus moet sit. As jy minder met jou neus in jou filosofie- en teologieboeke gesit het, sou jy weet dat jy elke Swanepoel in Windhoek se telefoonnommer op die internet kan kry."

Terwyl sy praat, sien sy hoe sy oë wasig raak. Sy gedagtes is op loop en nie saam met hare nie.

Toe Esmé die woorde "my broer" sê, het Gerhard se gedagtes die sprong gemaak. Hy sien haar as 't ware met ander oë.

"Ja?" vra sy wanneer sy sien hoe hy na haar staar.

Hy klink nes 'n teoretiserende dominee wanneer hy begin praat: "Is mens regtig broer en suster as jy nie dieselfde ouers se bloed deel nie?" Hy tob 'n oomblik. "As hulle my nie aangeneem het nie, kon ek en jy dalk mekaar iewers op 'n straathoek raakgeloop en verlief geraak het."

"Ek sou nooit op jou verlief geraak het nie," skerts Esmé.

Hy sien darem die humor daarin. "O, en hoekom nie?"

Omdat ek nie 'n dominee vir 'n man soek nie. Jy moet jou twenty-four seven gedra. Om 'n dominee se dogter te wees is reeds heavy genoeg – vra my, ek weet. Ek kan my nie eers indink hoe dit vir Ma moet wees nie."

Dit laat Gerhard se gedagtes 'n volgende, gevaarlike sprong maak. Hy toets dit aan Esmé: "Wat sou jy sê as ek vir jou sê dat ek dit oorweeg om nie meer dominee te word nie?"

Sy besef die grappies is op 'n stokkie. Gerhard is dodelik ernstig. Daarom spaar sy hom nie: "Dit sal Ma en Pa se harte breek."

So finaal soos dit.

"Hulle's jóú ma en pa," begin hy verdedigend, "... en die mense wat my grootgemaak het."

Dis onverwags, hoe seer sy woorde haar maak.

Gerhard besef dit nie. As hy 'n oomblik gewag en sy suster in die oë gekyk het, sou hy die diepe hartseer daarin gesien het. Maar Gerhard sien die lewe tans uit heeltemal 'n ander hoek.

Nie meer as twintig tree van waar Esmé nou begin om die dag af te sluit en gereed te maak vir slapenstyd nie, sit Rudi en Rika agter die geslote deur van hul slaapkamer op die bed.

Elk aan sy eie kant. Die rûe na mekaar. Hulle albei het al hul nag-klere aan en praat op hierdie manier, sonder om na mekaar te kyk. Hy probeer haar oortuig dat hy nie destyds op die grens geweet het presies wat hy doen nie. Hy kon net sowel erken het dat hy dom was, ongevoelig, onbeskaafd, ongelowig ... die implikasies van sy optrede het hy nie gesnap nie.

Rika gooi wal, en Rudi, wat weet dat as hy nie sy vrou kan oortuig nie, hy nooit eers sal kan dink daaraan om God self van iets anders te oortuig nie. Hy moet haar woorde, gelaai met ironie en dikwels sarkasme, maar sluk.

"Vader, vergeef hulle, want hulle weet nie wat hulle doen nie," sê Rika.

"So iets, ja."

Rika sê lank niks. Sy is diep ingedagte. Dan verbreek sy haar swye: "Ek wil hê jy moet weet dat ek my bes doen om vrede daarmee te maak."

"Ek weet." Dit klink vir Rudi so laf, sy antwoord. "En ek's jammer." Hy voel dis sy beurt om te lei. "Dit het my baie seer gemaak dat jy vir Gerhard die waarheid van sy verlede vertel het sonder om my te raadpleeg."

"Ek weet. Ek's jammer."

Rudi wonder: Koggel sy hom?

Dit is Rika wat uiteindelik met die vraag vorendag kom wat hy graag iewers vanaand wou ophaal: "Dink jy daar's nog hoop vir ons?"

"Terwyl ons hulp van bo het," antwoord Rudi, "is daar altyd hoop."

"Hoe seker is jy dat daai hulp werklik bestaan?"

Hy dink nie eens voor hy antwoord nie: "Oor God en sy genade is ek doodseker. Twyfel jy?"

"Nee. Ek vra."

Hy dink hy weet wat sy te kenne probeer gee. Dat sy geloof nooit sterk genoeg was nie. Hy weier om tot daardie vlak te daal. "Ek is doodseker," sê hy ferm. "Anders het ek my lewe in 'n lugkasteel gebou." En besef dat dit dalk presies is wat sy vrou van hom dink. Kan nie wees nie, nooit wees nie.

Ná 'n ruk staan hy op, loop om die bed na Rika. Hy gaan staan voor haar. "Genoeg gepraat. Ek het jou lief en ek mis jou." Hy buk af en soen haar ligweg. Eers op die voorkop, dan op die lippe.

Rika begin praat terwyl sy lippe nog naby hare is, asof sy onbewus is van die intimiteit van sy daad. "So, jy is 'doodseker' omdat die alternatief – 'n lewe in 'n lugkasteel – onaanvaarbaar is?"

"Ek is doodseker omdat ek doodseker is." Hy probeer haar weer soen.
Rika trek terug. "Hoe gaan jy die kerk reinig?"

Hy het nie die vaagste benul wat sy bedoel nie. "Die kerk reinig?"

"Van daardie oor ... al daardie ore."

Hy steier van haar weg, asof sy 'n slang is. Hy is sprakeloos.

Dan gaan Rika voort. "Ek het met Maria gepraat, en sy het my her-
inner dat 'n huwelik op vergifnis staan, en ek weet dit is waar ... maar
ek kan nie die woorde uit my kop uit kry nie: 'Jy moet die Here jou God
liefhê met jou hele hart en met jou hele siel en met jou hele verstand.
Dit is die eerste en groot gebod. En die tweede wat hiermee gelykstaan:
Jy moet jou naaste liefhê soos jouself.' Die seuns in daardie oorlog het
in die naam van volk en kerk geveg, hulle was julle dissipels, maar
kan jy die ore terugsit wat jou dissipels in daardie verwronge tuin van
Getsemane in die naam van onse Here Jesus Christus afgesny het? Hoe
gaan jy daardie ore terugsit, Rudi?"

Elke woord wat sy sê, sny hom binne aan flarde. Rudi is verby die
punt van trane. Hy kyk reguit by die poorte van die hel in. "Gaan jy
nou waaragtig die kruis van daardie hele oorlog op my skouers laai?"
roep hy uit.

"Nee ... ek is seker daar is baie ander wat saam met jou moet dra,
maar jy is die een wat ek ken, met wie ek getrou het, met wie ek een
kind gebaar en 'n ander aangeneem het ... en as ek na jou kyk, weet ek
nie meer wie jy is nie."

"Ek is Rudi Naudé," kom sy kreet, "die man vir wie jy ja gesê het toe
hy jou op sy knieë gevra het om met hom te trou!" Alles in sy liggaam
smeek haar: sy oë, sy houding, sy gesig.

"Ek het nie geweet met wie ek trou nie!"

Rudi weet nie hoe om hierdie verloëning te verwerk nie. Hy loop
in 'n sirkel in die kamer, diepe ellende op sy gelaat sigbaar, terwyl
hy uitroep, "O, Here help my, Here help my!" Hy sak op sy knieë
neer, koponderstebo.

Rika sit stil. Sy sien hom daar op die vloer en sien hom ook nie. Sy
weet net dat sy nie naby hierdie pateet wil wees nie. Haar huwelik was

'n lugkasteel, en sy vind dit nie nou in haar om meegevoel met Rudi te hê nie. Sy neem haar kussing en staan van die bed op. "Ek gaan in die spaarkamer slaap," sê sy. "Moenie vergeet nie ... môre begrawe jy my broer." Sy stap uit met die kussing in haar arms.

Esmé kom op hierdie oomblik uit die badkamer gestap. "Ma ...?"

"Gaan slaap."

"Is dit my skuld?"

Rika kyk met 'n vraagteken na Esmé.

"... dat julle so baklei."

"Nee."

Skuld het in hierdie huis klaar 'n ander tuiste gevind.

— XI —

Vlooi en Susan was heelaand maar doenig in sy kamer. Vat (nie te hard nie), vryf (versigtig) en soen (met oorgawe). Tussen die tortelduifie-spelery deur gesels hulle oor maniere om geld in te samel en net voor middernag slaat Vlooi 'n brainwave. Hy bel Albert, en voordat Susan weet wat haar getref het, is hulle terug in die Ploegskaar. Hy drink bier en Susan, haar lippe al 'n bietjie lekker van die soenery, vra vir 'n glasie witwyn. Die Ploegskaar is vol manne wat al heelaand aan 't kuier is. Hulle sing ou volksliedere – "Kent gij dat volk vol heldenmoed" – en Vlooi kan na hartelus met Albert praat.

"Ek lees nou die dag in die koerant," begin Vlooi, "een of ander swart mynbaas het onlangs 'n swartwitpensbul vir vier-punt-vyf miljoen rand op 'n veiling gekoop. 'n Enkele bok."

"En jou punt is ...?" vra Albert.

"Hulle's mos die nuwe rykes van die land. Die res van die swartes leef in armoede en 'n paar van hulle sit met al die geld."

"Wat stel jy voor? Ons gaan klop aan 'n deur en sê, Hei, jy't biljoene, ons soek net 'n paar miljoen?"

"Nee, maar as een van hulle bereid is om vier-punt-vyf miljoen vir 'n bok te betaal ... dink wat hy bereid sou wees om te betaal vir sy kind."

Albert het daardie ene nie sien kom nie. "Sê jy dat ons ...?"

"Dis presies wat ek sê: Operasie Swart Diamant."

Susan kyk met diamante in haar oë na Vlooi.

Albert knik.

Die dronkgatte sing van hul volk: "... en toch zo lank geknecht ..."

— XII —

Davids weet nie hoekom hulle bodder om so laat nog op kantoor te sit nie. Hulle pay nie oortyd vir sake soos hierdie nie. Pay nie oortyd vir dink nie. En dis wat hulle die grootste deel van die dag gedoen het. Chat. Dink. Kak praat met die papegaai.

De Wet is weer op 'n ander level. Hy raak soms só. Hanna-hanna met daai bird. Vol lawaai, albei van hulle. En dan, wham!, het hy 'n idee. Klink gewoonlik na niks op Gods aarde nie, maar mark my words, dis gewoonlik reg. De Wet is die beste. Moet net nie dat hy agterkom jy dink so nie.

De Wet sit by sy lessenaar, sy voete net langs sy kladpapier op die blad.

Davids staan op en neem haar baadjie. "Raait, that's it," sê sy. "Dis middernag verby en ek kan nie onthou wanneer laas ek overtime gekry het nie, never mind 'n ordentlik salaris."

Cue Grootbek: "Voetsek, Davids."

Antwoord De Wet: "Dis 'n wit bende."

"Hulle't handskoene, balaklawas aangehad. Niemand het 'n wit vel gesien nie."

"Ek sê jou nou ... dis 'n wit bende. En ek sal 'n maand se salaris wed dat hulle Boertjies was."

"'n Maand se salaris? Great. Dan kan ek vir my 'n ekstra pakkie slaptjips kry."

"Jy moet verstaan, speurder Davids, ek is jou senior. Ek verdien meer as jy. Jy sal vir jou 'n bier ook kan kry."

"Nou's ek opgewonde. Sien jou môre."

De Wet bly 'n paar sekondes so sit. Gee Davids kans om weg te kom.

Dan staan hy op, strek en stap oor na Grootbek. "Sê my, Grootbek, waarvoor dink jy het 'n groep Boertjies so baie geld nodig?"

"Dink voor jy doen, De Wet."

"Ek is besig om te dink."

"Voertsek."

"Hoender ... met peri-peri-sous!" De Wet stap na die deur. Skakel die lig af.

"Poephol."

"Poephol jouself." De Wet trek die deur toe.

Die deur is skaars toe, of hy hoor die papegaai hom koggel met 'n FAK-liedjie: "Wie is die dapper generaal, De Wet, De Wet ..."

—— *** ——

Vlooi skakel sy slaapkamer se lig aan. Hy maak saggies en versigtig die deur agter hom toe; stap na 'n trommel wat eenkant in die kamer staan. Hy vroetel daarin en kom te voorskyn met sy R4. Hy voel met sy hand oor die geweer en begin dit dan uitmekaar haal en skoonmaak.

Sy ouma wat op 'n plaas in die Vrystaat grootgeword het, het hom vertel van haar ma en tannies wat gedurende die Boereoorlog in die konsentrasiekampe was, hoeveel vrouens en kinders in daardie kampe van siektes en honger gesterf het. Hy het ook al gehoor mense sê dat as daardie Boerevrouens en -kinders nie in daardie kampe gesterf het nie, die Afrikaner vandag een van die grootste bevolkingsgroepe van Suid-Afrika sou gewees het. Sy ouma het hom ook vertel hoe hulle mense ná die oorlog op die myne moes werk en hoeveel meer van hulle ook daar gesterf het. Dis vir hom duidelik dat dit nog altyd die Afrikaner se lot was om vir sy voortbestaan te veg.

Vlooi trek die skoonmaker deur die geweer se loop. Hy dink aan 'n voorval die vorige week toe hy by die universiteit 'n vorm moes invul, in Engels. Hulle vra daar: Race: Black, White, Indian, Asian, en hy weet nie wat nog nie. Toe skryf hy: Afrikaner. Die ou wat hom die vorm gegee het – hy was self 'n Afrikaner – sê toe: "Ek's jammer, Meneer, maar in die nuwe Suid-Afrika is dit nie polities korrek om jouself 'Afrikaner' te noem nie. Sê liewers wit Afrikaanssprekende." Toe sê Vlooi vir hom: "Hoor hier, maatjie. Ek is nie 'n wit Afrikaanssprekende nie, ek is 'n Afrikaner, my volk het in baie oorloë met bloed vir hulle bestaans-reg betaal. As Zoeloes hulleself Zoeloes kan noem en Xhosas hulleself Xhosas kan noem, kan ek myself noem wat ek is."

Vlooi druk die kolf van sy R4 teen sy skouer vas, lig dit op en tuur deur die visier na 'n kol iewers teen die kamer se oorkantste muur. "Julle kan maar kom," sê hy hardop vir homself, "ek het vir julle net een woord: Bloedrivier."

Rudi

Rudi kom byna nooit meer op die preekstoel nie – Sondae staan hy by die kateder vir die duur van die erediens. Dit is net wanneer 'n koor kom sing tydens die diens, of wanneer vriende en familie by begrafnisse 'n spesiale woordjie oor die oorledene doen dat hy kans kry om op die stoel op die preekstoel te sit. Dit gee hom 'n wonderlik vredige gevoel.

Selfs nou, terwyl sy kwellinge aan die toeneem is, is die bui wat oor hom spoel van so 'n aard dat sy gedagtes 'n vry en onbelemmerde loop neem.

Hy het eenkeer 'n kind gedoop. Die kind se familienaam was Treurnicht ... en toe gee sy ouers hom die voornaam Smartryk. Smartryk Treurnicht. Rudi staan op, beweeg tot agter die kateder. Hy kyk af na die Bybel wat daar ooplê. Onthou dat toe hy die water oor die klein Smartryk se kop gooi, hy nie seker was of hy moet huil of lag nie. Hy beweeg na die trap wat na die preekstoel oplei. In plaas van die woorde van die doopformulier wou hy uitroep: "Kind ryk aan smart, o moenie huil nie, o moenie treur nie, want die Stellenbosse boys kom weer!" Maar hy het natuurlik nie. Rudi is nou tussen die kerkbanke, langs die doopvont. Hy het hom in die naam van Christus gedoop, met die diepste oortuiging dat as hy net ná sy doop sou sterf, hy gered sal wees uit die kloue van Satan – sy plek in die hemel soos 'n sitplek op 'n vliegtuig bespreek.

Rudi het sy aangenome seun, Gerhard, gedoop. Onder ander omstandighede sou hy waarskynlik 'n kollega gevra het om die seremonie waar te neem, met homself net as die ouer, maar hy was vir myle in enige rigting die enigste dominee op die sendingstasie. En om eerlik te wees ... as hy nou daaraan terugdink ... wou hy dit self doen, nie net om hom persoonlik uit die kloue van Satan te red en sy plekkie in die hemel te verseker nie, maar om hom, met daardie heilige water, werklik syne te maak en om enige sondes wat verbonde was aan die manier hoe hy hom gekry het met daardie water weg te spoel. Maar daar is sekere dinge wat water nie van jou hande kan afwas nie ... nie eens die heilige water waarmee kinders gedoop word nie.

— 1 —

Hier is dit nou. Die oomblik waarop almal die afgelope maande gewag het. Jan is begrawe. Die kis is met aarde bedek en vir die volgende paar weke sal net hulle weet watter hopie grond hul geliefde s'n is. Voordat die graf sy steen kry.

Hier begin dit dan. Die lewe sonder Jan Cilliers.

Maria en Jan het verskeie male daaroor gepraat. Dit was deel van sy planne. Al daardie prentjies wat hy met soveel toewyding geteken het.

Hy wou daarmee vir alles voorsiening maak – net jammer, dink Maria, hy kon nie teken hoe dit nóú in haar hart pyn nie. Sy het baie gehuil die afgelope paar dae. Dis natuurlik. Dis die rou wond wat agtergelaat is wat nié so natuurlik is nie. Hou dit ooit op? Hierdie gevoel dat hy weg is en tog ook nie. Dat hy eenkant in die kamer staan en kyk na haar. Dat hy soms nog met haar praat. Haar aanpor, haar vermaan, haar troos.

"Ek sal eers dood wees," het Jan een aand in hul slaapkamer aan haar gesê, "wanneer jy van my vergeet het."

Mens kan 'n liedjie daarvan maak, het sy gegrap. Maar sy het gesnap wat hy bedoel. Sy, Maria Cilliers, sal hom lewend hou.

Sy vra almal om nader te staan, haar kinders langs haar.

Jan se prentjie: Elna links van haar, Boetjan regs.

Die familie kry hul plekke, nie presies soos Jan geteken het nie, maar só gegroepeer: Adriaan en Antoinette reg teenoor Maria, met Elisabeth en Vlooi wat agter hulle staan. Ouma op haar rolstoel, links van hulle, met Rika tussen Ouma en Boetjan. Esmé en Rudi aan die ander kant van Ouma. Bertus en Neil langs Elna.

Die enigste een wat heeltemal uit sy plek staan, is Gerhard – weg van sy ouers, tussen Neil en Zweli.

Vir 'n oomblik wonder Maria daaroor. Rika het haar wel van die aannemingskwessie vertel, maar sy plaas die gedagte dan vir eers eenkant.

"Ek wil vir julle almal dankie sê," begin Maria, "vir julle ongelooflike ondersteuning, nie net in die dae ná Jan se dood nie, maar ook nadat ons uitgevind het dat hy nie meer lank het om te leef nie. Ek is ook dankbaar dat hierdie man, wat ek so liefgehad het – en moenie dit onderskat nie: 'n man wat 'n besigheid soos syne gebou het, is nie altyd 'n maklike man om lief te hê nie ..."

Sy hoor almal beleefd lag. Sy vang Ouma se oog, sien hoe Ouma instemmend knik. Dit tref haar: Ouma sit woordeloos, klankloos en huil.

Vir 'n oomblik raak almal vaag voor haar oë. Haar sluise het weer oopgegaan, maar sy bring dit onder beheer.

Rudi kyk na Rika. Sy voel dit aan, maar hou haar oë moedswillig op Maria.

"Ek is ook dankbaar dat hy nie lank gely het nie, want soos jy self weet, Adriaan, jou broer was nie 'n man wat dit sou kon verduur het om lank bedlêend te wees nie."

Voor sy kan verder gaan, is Adriaan op die been. "Hy was 'n kryger tussen krygers en dit was vir my, as sy laatlammetjie-boetie, 'n eer om onder sy leierskap sy maatskappy te dien. Is nog steeds. Sy gees sal altyd deur daardie gange loop."

Boetjan en Elna kan nie help om te glimlag nie. Selfs as hul oom hoes, klink dit vir hulle vals.

Antoinette ondersteun haar wederhelf met 'n glimlag waaraan sy sou kon verstel, as dit nie was dat sy te lui is om vir hierdie spul die moeite te doen nie.

"Dankie," antwoord Maria. "Dan is daar nog iets. Aangesien ons vandag met die verdriet van vaarwel besig is en aangesien ons almal bymekaar is, wil ek graag hê julle moet weet dat ons vir geliefde lewendes ook vandag vaarwel sê. Bertus en Neil en Elna vlieg binnekort terug Kanada toe."

Elna hou die gesigte van Adriaan en Antoinette dop. Stomme vreugde.

"Jy kan maar kyk," het Jan voorspel, "iewers gaan hulle iets gesê hoor wat hulle soos 'n kat oor 'n piering room sal laat spin van plesier."

Maria sien hoe Antoinette teen Adriaan aanleun.

Elna sien dit ook raak. Haar brawe glimlag, puur uit selfverdediging, verstrak op haar gesig.

Die gevegslinies is alte sigbaar, dink Maria. Jan se prentjies was in die kol.

Maria kyk na Bertus. Sy glimlag is onseker – hy besef dat die stryd nog nie volledig gewonne is nie. Hy het alle rede, dink Maria. Haar dogter aard na haar pa.

Langs hom staan Neil, koponderstebo. Sy verstaan hierdie dinge, dink Maria, maar eintlik is sy bly. Die rede vir haar kleinkind se neerslagtigheid staan dik bedonnerd agter haar ma haar broer en aangluur.

Vlooi steur hom nie aan haar nonsens nie.

"Dit breek my hart, maar nou ja, die lewe gaan aan," sê Maria.

"Wanneer kom julle terug?"

Ouma! Kan haar skoonma nie ophou karring nie?

Elna kyk vlugtig na Bertus. "Ons weet nog nie, Ouma," sê sy. "So gou as moontlik."

"Onthou daai wortels."

"Ons sal hulle baie water gee, Ouma," sê Bertus. Hy het nie die vaagste idee waarvan die ou bemoeisieke vrou praat nie. Hy hoor hoe Elna langs hom snork en besef hy het pas sy naam krater gemaak by minstens twee mense in die geselskap.

Maria wil die formaliteite agter die rug kry voor Ouma weer 'n weerligstraal kan loslaat. "En nou moet julle die tee los en iets sterkers drink. Jan sou my erg kwalik neem as hy moes weet dat mense net tee by sy begrafnis gedrink het. Sy gunsteling-aanhaling was mos Uys Krige: Die lewe is alleen draaglik as 'n mens 'n bietjie dronk is."

"Met die klem op 'bietjie'!" voeg Boetjan by.

Maria lag beleefd saam met die ander. Stadig, baie stadig maar seker is Boetjan besig om haar hart se nuwe punt te word.

Rika maak self 'n beleidsverklaring: "Nou ja, in daardie geval sal ek my broer se wense eer met 'n brandewyn en water as ek mag."

Maria vra Bertus en Boetjan om skinkers te wees.

Boetjan vermoed iets is in die lug. "Rika, hoeveel vingers innie glas?"

"Jong, begin maar eers met een ... maar een van myne, nè, nie joune nie."

"Ek sê ons split die difference?"

Rudi hoor dit strak aan. Hy hoor hoe Adriaan skuins voor hom vir Antoinette vra wat sy gaan drink.

"Sjampanje."

Rudi kyk af, sien 'n vreemde listigheid in Adriaan se oë wanneer hy antwoord: "Ons sal dit by die huis drink. Ek bring vir jou 'n whisky."

Die woorde registreer nie by hom nie. Hy kyk na Gerhard aan die oorkant van die geselskap. Sien hoe sy seun hande in die sakke, sy ken op sy bors, die grond staan en aangluur. Rudi ken die gevoel.

— II —

Dit gaan nie altyd oor wat jy sê nie, maar hóé jy dit sê. Bertus probeer sy bes om sake tussen hom en Elna te normaliseer, maar al wat hy regkry, is om soos 'n pateet te klink – en lyk! – en die blou hel uit Elna uit te irriteer.

Soos nou. Sy staan langs die bed in hul kamer, hul tasse amper obseen oopgespalk op Bertus se kant van die bed. Sy het 'n laaste kledingstuk opgevou en 'n plekkie in die tasse laat vind. Die kaste is skoon, alles is in die koffers en gereed vir die pad terug Vancouver toe.

Bertus staan in die kamer rond en probeer uit Elna se pad bly, maar kom gewoonlik onder haar voete. Dan sug hy. "Ek wil nie hê dit moet gesê word dat ek jou gedwing het om saam te kom nie," sê Bertus.

Elna gaan staan stil. Staar in die verte, soos 'n netbalspeler wat met die tiende probeerslag steeds nie die net kan vind nie. Sy sug en swaai na hom. "Wat wil jy hê moet gesê word, Bertus?"

Hy is soos 'n seuntjie wat aanhou neul vir soetgoed. "Dat jy die eerste keer hier gebly het omdat jou pa baie siek was, en dit kon ek verstaan."

Verduideliking én instruksie.

"En nou's hy dood."

Hy het genoeg verstand om nie dadelik iets te sê nie. Hy weet maar te goed wat sy besig is om te doen. Sy het gekapituleer. Sy gaan terug Kanada toe. Sy gaan nie aanbly en by African Queen werk nie. Maar hy weet, die oomblik is nie ver wanneer sy erkenning gaan eis, op watter manier ook al, vir die wyse waarop sy inval by Bertus se planne nie.

Elna maak 'n tas met groot gebaar toe. "My man en seun woon in Kanada. My plek is daar, by hulle."

"Solank dit jou besluit is."

Nie eens 'n persoon wat stoksielalleen in die middel van 'n woestyn staan, met geen verpligtinge teenoor enige ander persoon, dier of ding, se besluite is hulle eie nie. Dit weet Elna – en dít behoort Bertus ook te weet. Maar natuurlik, dis waarop hy reken! "Soos my pa altyd gesê het: Alle besluite word deur die veranderlikes van die besluitnemingsmodel bepaal. As jy en Neil nie in my lewe was nie, sou ek nooit in Kanada gewees het nie. Maar julle is in my lewe en ons woon in Kanada."

Elna sien hoe haar woorde Bertus irriteer. Uiteraard gesnap wat sy vir hom sê – dat hy 'n veranderlike in haar lewe is. Die laaste ding wat hy wil wees. Hy soek permanensie. En hy weet Elna is, ná hul skuif Kanada toe, die enigste vaste punt in sy lewe.

"Die mense staan reg om te groet," sê hy.

Sy kyk hom agterna. Haar gedagtes is in die toekoms. Sy teken nie prentjies soos haar pa nie, maar sy karteer verskillende scenario's op baie dieselfde manier.

Minder as 'n week later kom die vervulling van Elna se gedagtes. Sy sit op die bank in hul sitkamer in Vancouver, glasie wyn in die hand. Neil steek sy kop by die vertrek in om aan te kondig dat sy ouma 'n e-pos gestuur het.

Elna sal dit later lees; sy roep Neil terug wanneer hy wil wegstap, nooi hom om op die rusbank langs haar te kom sit. "Toe ons nou in Suid-Afrika was," vra sy wanneer hy tot ruste gekom het, "het jy ooit bang gevoel?"

Neil het nooit bang geword in Suid-Afrika nie, blyk dit. Hy was bewus van die gevare, die andersheid van die land. Die mengsel van Eerste en Derde Wêreld. En om die waarheid te sê, hy het Suid-Afrika baie meer opwindend gevind as Kanada.

Elna wonder watter aandeel Elisabeth aan sy reaksie het.

"Een van die eerste grappies wat ek gehoor het toe ons in Kanada aangekom het was: Hoekom het die Kanadees die pad oorgesteek?" sê Neil met 'n skewe laggie. "Om in die middel te kom. Ek het nooit regtig die grappie verstaan nie, totdat ons nou in Suid-Afrika was. Hier in Kanada is die lewe so ... in die middel ... in Suid-Afrika is dit op en af. Ek weet nie hoe om dit te verduidelik nie, en ek weet dis baie gevaar-liker daar, maar ek het meer ... lewend gevoel daar. Hier kan ek reeds my lewe sien totdat ek tagtig is ... daar is ek nie seker of ek die vol-gende dag nog sal lewe nie. En ek weet dit klink snaaks, maar dit het my nie bang gemaak nie, dit het my meer lewendig laat voel. In fact, ek is banger om te weet hoe en wat ek gaan wees as ek tagtig is, as wat ek daarvoor is om soos Elisabeth en Vlooi se ouma en oupa geskiet te word."

"Until someone puts a bullet through your head ..." Bertus staan in die sitkamerdeur. Hy moes geluister het hoe Neil praat. Hy stap die vertrek in, op sy gemak, hande in die broeksakke. So selfversekerd dat Elna sommer kwaad word vir hom. "... then you might think differently about it. In fact, you won't be thinking at all."

"Hi, Dad," sê Neil.

Die hoof van die huis knik. "Neil, if you don't mind, I'd like to have a word with your mother."

Sodra Neil by die deur uit en in die gang af is, gaan staan Bertus teenoor Elna. "I thought we agreed that we speak English in this house."

Sy is gereed vir hom. "Yes, we did. Maar jy sien, ek het besluit dat terwyl ek uit my eie na Kanada teruggekom het, dat dit 'my besluit' was, soos jy dit gestel het, ek 'n paar veranderlikes gaan verander, en een van hulle is dat ek met my seun sy moedertaal gaan praat. En met my man. As daar Ierse en Skotse en Italiaanse Kanadese kan wees, kan daar Afrikaanse Kanadese ook wees."

Die hoof van die huis wil nog antwoord, maar Elna gee hom nie kans nie. "Verder gaan ek die reg toe-eien om in Suid-Afrika te gaan kuier wanneer ek wil, en dat ek vir Neil sal saamvat indien hy wil saamkom.

Jy is natuurlik ook welkom om saam te kom – solank dit 'jou besluit' is om dit te doen."

Bertus is stomgeslaan. Dan onthou hy hul gesprek net voordat hulle teruggevlieg het.

"Ek het jou baie lief, Bertus," sê Elna, "maar ek gaan jou nie vir baie langer lief kan hê as ek nie kan wees wie ek moet wees nie. Suid-Afrika is my vaderland, en my vader lê nou letterlik in die grond van daardie land. My lewe is hier, maar my wortels is daar en, soos wat ek kan aflei, ons seun s'n ook."

Bertus bloos. Hy besef skielik hoe absoluut idioties sy antwoord aan Ouma was toe hy haar verseker het hy die wortels sou water gee.

Elna staan op. "Jy moet my verskoon, daar's 'n e-mail van my ma wat ek moet lees."

Bertus kyk haar stil agterna. Die magsverskuiwing het stil en onver-biddelik geskied, sonder bloedvergieting, sonder 'n geskreeu of 'n gekyf. Hy het sy vrou heeltemal onderskat.

— III —

Dit neem Albert nie lank om Vlooi se blink idee aan die Vuiste te verduidelik nie.

Rykes hou daarvan om hul rykdom ten toon te stel. Mense wat nooit iets gehad het nie, wil graag aan almal wys dat hulle nou iets het. Dis maklik om dit op daaglikse basis te doen. Kyk net met watse karre ry mense rond. Maar, soos een van die Vuiste tereg opgemerk het, dit kan maatskappymotors wees. Daarom dat Vlooi se analise so goed is. Kyk wie koop skilderye op groot veilings. Gaan kyk wie bie by huisveilings. Wie jaag die pryse verby punte waar dit lank nie meer die intrinsieke waarde van óf skildery óf huis reflekteer nie. Dán sien jy die manne met die nuwe geld. Blink skoene, snyerspakke. Designer-hemde. Goue polshorlosies kan 'n mens enige plek kry. Jermyn Street-hemde nie. Dis dieselfde ouens wat 'n paar miljoen opdok vir diere vir hul nuwe plasies in die Bosveld.

Albert het 'n eenvoudige mikpunt. Dit galm so mooi hier in die kelderverdieping van Die Ploegskaar. "Tien miljoen ... niks minder nie." Hy laat die woorde insink. "Ons noem dit Operasie Swart Diamant." Hy glimlag vir sy eie grappie. Almal is mos deesdae gaande oor die black diamonds.

"Wat gebeur as die ou weier om die geld te betaal?" Susan dwing haarself om prakties te bly. Iemand moet.

"Waar sal 'n ou wat miljoene vir 'n bok vir sy wildsplaas kan betaal, huiwer om nog meer vir sy kind se lewe te betaal?"

"Ja, maar wat as ...?"

Dis nodig, weet Albert. As hulle 'n plan B moet formuleer, sal hy liewer sy eie sus se kop volg as 'n paar van hierdie slimkoppe s'n.

Albert laat die stilte swaar en lank uitdy. "Dan sien hy nooit weer sy kind nie," sê hy uiteindelik.

Vlooi hoop nie dit kom ooit by dié punt uit nie. "Dis ook hoekom ek voorgestel het dat ons 'n meisie vat," sê hy. "Ouers is lief vir hulle kinders, maar vra my – 'n pa en sy dogter? ... Hy sal enigiets betaal om haar terug te kry."

Vlooi weet presies wat sou gebeur as Elisabeth ontvoer word. Behalwe dat sy die ontvoerders sal mal maak, sal sy pa hom kaal uittrek om sy dogtertjie te red.

"'n Hoëprofiel-ou soos hierdie sal baie kontakte in die regering hê," sê Susan. "Ook by die polisie. Jy mors jou tyd om so 'n ou te waarsku dat hy nie die polisie moet kontak nie, want hy sal."

Albert snap nie mooi waarheen sy op pad is nie. "En ...?"

"Ons watch mos almal crime channel op TV. As die polisie eers betrokke raak, gaan hulle probeer om ons aan 'n lyntjie te hou, om tyd te wen om haar op te spoor. Hulle gaan sê hulle't tyd nodig om die geld bymekaar te kry en weet nie watse ander verskonings nie."

Albert besef hulle kan nie toelaat dat hul kaping deur magte van buite bestuur word nie. Dis tyd vir harde dade. "Die enigste rede hoekom ouens in situasies soos hierdie gevang word," sê hy, "is omdat hulle onderhandel. Ons gaan nie onderhandel nie. As die geld nie teen die spertyd is waar ons gesê het dit moet wees nie, verdwyn ons. En die kind ook. Is ons akkoord?"

Algemene akkoord onder die Vuiste.

"Onthou mense," Albert laat die woorde dramaties hang, "hierdie is nie speletjies nie ... dis oorlog. Ons is die wit vuiste," sy stem styg skielik, "van die Wit Brigade en ons veg vir die oorlewing van ons volk!" Hy lig sy vuis op, 'n spieëlbeeld van die WB-vlag agter hom teen die muur. "Bloed in!"

"Bloed uit!" laat die Vuiste dit deur die keldervertrek dreun.

— IV —

Adriaan mis Jan glad nie. Hy het sy kopskuif klaar gemaak. Dis 'n nuwe maatskappy, 'n nuwe baas. Orraait, Jan was reg oor sekere dinge. Hy was altyd die ou wat toegesmeer het wanneer Adriaan drooggemaak het. Maar dit was lank in die verlede. Adriaan het sedertdien baie geleer. Hy ken sy storie en kan draaie hardloop om almal wat by African Queen in die produksie-sy werk. Maar om die waarheid te sê, hy voel nou eers dat hy tot sy reg kom. Hy en Antoinette is die ander altyd 'n paar treë vooruit. Daar is nie 'n strategiese denker soos sy vrou op aarde nie. Dit laat hom veilig voel. Laat die ander maar kom. Hul planne is gereed. En hierdie nuwe omwenteling is presies wat hulle nodig het.

Zweli het Adriaan laat kom en 'n drukstuk van 'n e-pos voor hom ingestoot. Adriaan lees. Snap presies wat al die implikasies is, maar hy maak of hy alles dubbel lees. Gee hom kans om te dink hoe Antoinette hierop sou regeer.

'n Moontlikheid om reusagtig na die VSA uit te brei.

"Wie is hulle?" wil Adriaan weet.

"Amerikaners." Dit verstom hom hoe gemaklik Zweli dadelik in hierdie stoel van wyle Jan lyk.

"Ons het nog nooit besigheid met Amerikaners gedoen nie. Hoe weet hulle van ons?"

"Die sosiale-netwerk-veldtog."

Elna se nalatenskap. Gee haar krediet daarvoor. En herinner haar daaraan sodra dit 'n verleentheid begin word. "En hulle wil wat ... ons produkte verkoop?"

"Hulle soek die exclusive franchise vir die States. Om en by twintig persent van die bevolking van die States is swart."

"Ja, en daar's baie ander cosmetics-maatskappye wat reeds daardie mark bedien."

Zweli is 'n geniale bemarker. En hy verduidelik dit met soveel inge-boude humor. "Maar nie een wie se produkte in Afrika gemaak word nie. Hierdie ouens reken dit sal hulle competitive advantage wees: African cosmetics for African-Americans. Jy weet mos hoe's daai swart Amerikaners ... hulle soen die grond as hulle vir die eerste keer in Afrika kom ... asof hulle uiteindelik by die huis is."

"En dan hardloop hulle 'n week later terug na die Eerste Wêreld met hulle sterte tussen hulle bene."

"Ja, maar gelukkig kom die meeste van hulle nooit in Afrika nie, so African Queen Cosmetics se produkte sal 'n manier vir hulle wees om Afrika te soen, net soos ouens wat muesli eet dink dat hulle nader aan die natuur lewe."

Adriaan sien dinge kom na sy kant toe. Dis maar hoe dit altyd is. Die bemarkers doen hul job té goed en dan chop produksie af. Só was dit onder Jan, hoekom sal hy nou anders verwag onder Zweli? "Wat verwag hulle van ons?"

"'n Eerste aflewering op consignment."

Hel. 'n Mens het hare op jou tande nodig in hierdie besigheid. Consignment beteken al die risiko is African Queen s'n. Hulle gee die middels aan die Yanks, wat eers vir African Queen begin betaal sodra die produk van die hand gesit is. Adriaan skud sy kop. "Dis 'n hoë risiko."

"Maar aanvaarbaar. As dit werk, is ons in die grootste en rykste mark ter wêreld."

"China is die grootste mark ter wêreld."

"Maar nie die rykste nie ... en sover ek weet, is daar nie baie swartes in China nie."

"Wel, wat kan ek sê – jy's die CEO, dis jou besluit. As dit werk en ons maak geld, sal dit fantasties wees."

Zweli is nie doof vir die versweë dreigement nie. "En as dit nie werk nie ...?"

"Kom ons wees positief. Ek vertrou jou oordeel. Buitendien, dis jou slim sosiale-netwerk-ding wat hierdie deur oopgemaak het."

"Ek en Elna."

"Ja, maar Elna is nie meer hier nie. Dis nou joune." Adriaan stap uit met 'n lied in die hart. Zweli gaan nou aan hom wil bewys dat die con-signment-transaksie nie so riskant is nie. Dat dit hulle stinkryk gaan maak op die lange duur.

Haal uit, pappie, haal uit en wys. Adriaan glimlag. Voor jy weet wat gebeur, is daar 'n traan op elke vrolike snaar. Só skryf die digter mos. En in elke lag 'n sug van pyn.

— V —

Kinders het op Buffel se lyk afgekom. Hulle het kortpad deur die veld gekies van die skool af huis toe. Nes elke middag. Maar wat gister-middag nog net so 'n suggestie op die middagluggie was, het vandag, danksy die son en die wolkelose hemele veel meer geword. 'n Stank. En niks maak 'n mens so nuuskierig soos 'n stank op 'n plek waar daar gewoonlik net tonne vars lug is nie. Hulle het gaan onder-soek instel en afgekom op die lyk in die gras. Eers goed gekyk, en toe gehardloop asof die liggaam kon opspring en hulle jaag, heelpad huis toe. Hulle het nie telefone nodig gehad nie. 'n Verkeersbeampte het die hardlopende kinders gesien en hulle ingehaal voordat hulle by die huis gekom het. Hy het die nuus ingeradio, en dit was dit.

Hier staan Davids en De Wet nou en kyk af na dieselfde stinkende Buffel as wat die kinders 'n uur gelede gesien en geruik het.

Steeds ewe dood.

Die polisiefotograaf neem foto's van die lyk. 'n Paar polisiemanne

en -vroue is besig om die lang gras rondom die lyk te fynkam vir lei-
drade. Tot dusver sonder enige sukses.

"Hy's nie hier geskiet nie," sê De Wet ná rype oorpeinsing.

"Besef jy dit nou eers?"

Davids, met rubberhandskoene aan, buk af en voel in Buffel se gatsak
en ander sakke.

"Jy sal niks kry nie. As hulle die moeite gedoen het om hom te dump,
sou hulle die moeite gedoen het om sy sakke leeg te maak."

Sy maak of sy hom nie hoor nie. Vroetel in letterlik elke sak. Kry
niks. Sy kom weer orent. "'n Hijack?"

"Miskien. Ons kyk wat sê die vingerafdrukke."

De Wet het 'n gewoonte. Hy gaan staan eenkant en draai in 'n krin-
getjie rond. Maak 'n mental note van alles wat hy sien. Soms, hou die
ou polisiemanne vol, staan die moordenaar tussen die mense wat kom
ginnegaap by die toneel van die misdaad. "Wat ek wil weet ... hoekom
sou hulle 'n Boertjie se lyk hier kom dump?"

"Omdat dit in die middel van nêrens is." QED, volgens Davids.

"Maar hoekom hierdie middel van nêrens?"

"Waarskynlik omdat dit 'n middel van nêrens is wat hulle ken."

De Wet kan nie die kans laat verbygaan om Davids se standaard-
antwoord teen haar te gebruik nie. "Besef jy dit nou eers?"

Davids uhm 'n bietjie hier en aa daar agter 'n graspolletjie. Dan vra
sy: "Hoe weet jy hy's 'n Boertjie?"

"Gatgevoel. Ek wed jou 'n maand se salaris."

"Ons het klaar 'n maand se salaris op die 'Boertjie-status' van die
heist-ouens."

"En daai roof het skeefgeloop omdat iemand die transit-maatskappy
'n tip-off gegee het."

Davids kyk weer af na Buffel se lyk.

Die twee speurders se gedagtes loop langs dieselfde bane, kom by
dieselfde antwoorde uit.

"Dis 'n long shot, De Wet. 'n Baie long shot."

Sy kon netsowel met haarself gepraat het.

"Weet jy hoekom Kasparof die beste skaakspeler in die wêreld was?" De Wet knyp sy een oog toe teen die son. "Omdat hy tien bewegings vooruit kon dink. Die meeste mense sukkel om by drie uit te kom."

"Die odds sê die heist was 'n swart groep se werk. Ek stuur vir jou solank my bank-details." Davids draai om om weg te stap.

De Wet laat haar terugdraai. "Ek het gepraat met die ou by die transitomaatskappy wat die tip-off-oproep ontvang het," sê hy.

"Ek het klaar die transcript van daardie onderhoud gelees. Die ou het twee keer gebel – eers om geld te praat, en 'n paar dae later met tyd en plek."

"Daai transcript was wat hy gesê het. Niemand het gevra hoe hy dit gesê het nie. Ek het weer met die ou wat die oproep ontvang het gaan praat ..."

Nou het hy Davids se aandag.

"Die man wat gebel het, het Engels gepraat ..."

Net wat sy gedink het. Sy wil weer begin aanstap, motor toe.

"... met 'n Afrikaanse aksent," sê hy.

Nou ruil hulle rolle om. Sy staan stil, hý wil aanstap.

"Ek stuur vir jou solank my bank-details," sê hy.

Davids kyk hom vies aan.

"Tien stappe, Davids, tien stappe."

Davids is so lief vir De Wet, só lief. Moet die bliksem altyd reg wees?

— VI —

Maria hou vir 'n oomblik op met werk waar sy in die kombuis toebroodjies maak vir haar en Ouma. Sy kyk na die tamaties wat sy reeds in skywe opgesny het. Ryp tamaties, helderrooi van die laaste oggend wat sy dit in die son laat lê het. Daarnaas die skyfies spierwit mozzarellakaas wat sy met Jan se ou draadsnyer in pragtige egalige skywe kon sny, dun, maar nie té dun nie. En eenkant lê die pragtige groen flardes basiliekruidblare. Sy het dit oudergewoonte in haar kruietuin gaan pluk, vinnig onder die lopende kraanwater deurgejaag en toe rofweg met die vingers aan flarde geskeur.

Sy bring haar vingers na haar gesig, ruik die bietjie tamatie en die skerp, wonderlike skoon reuk van die basiliekruid.

Sy het die brood die oggend self gebak. Nou sny sy dit in dikkerige snye – Maria glo dis 'n sonde om tuisgebakte brood dun te sny. Dis so minagtend.

Sy gaan staan skielik doodstil.

Maria is seker sy het 'n stem uit die hoek van die vertrek gehoor. Daardie hoek waar Jan altyd gestaan het, glasie whisky in die hand en teen die muur aangeleun terwyl hy en sy saans gesels.

Sy stap nader aan die middel van die vertrek. "Jan?"

Haar oë wyk nie van die hoek nie. "Jan?"

Stilte.

"En nou, as jy so met die mure praat?"

Maria het nie gehoor toe Ouma haar op haar rolstoel die vertrek instoot nie.

"Niks nie, Ma." Sy begin die toebroodjies aanmekaarsit. "Ma het laas gesê Ma hou nie meer van peper nie."

Nou is dit Ouma se beurt om horende doof te wees. "Toe my man sy afskeid geneem het," sê sy, "het ek vir maande daarna gedink ek hoor hoe hy na my roep ..."

Sy ook?

"... dit was so duidelik dat ek uiteindelik eendag 'n koppie gegooi het na die plek in die kamer waar ek seker was hy staan omdat hy my nie geantwoord het nie. Op die ou end was daar nie meer 'n enkele dêm koppie in die huis oor nie. Nee, nie peper nie, maar sout, ja."

Maria sprinkel sout oor.

"En ná al die koppies stukkend was, sê ek vir hom: "Ek weet nie of jy daar is en of dit net my verbeelding is nie, maar net soos met die mens en God, wil ek glo dat jy uit die hiernamaals na my kyk ... want anders is menswees niks beter as dierwees nie. Toe koop ek nuwe koppies en maak seker ek praat net met die mure as niemand anders my kan hoor nie."

Maria wens Ouma wil nie so ligsinnig daaroor wees nie. Dis vir haar só kosbaar, hierdie gevoel dat sy nog met Jan in verbinding is. "Dit was so duidelik asof hy net daar gestaan het," sê sy.

Ouma kyk na die hoek waar Maria vermoed Jan staan. Dan neem sy die tamatietoebroodjie by Maria aan en plaas die bord op haar knieë.

Tot Maria se irritasie spreek haar skoonma skielik die hoek aan: "Ek gaan jou straf as ek daar aankom, mannetjie. Jy het g'n reg gehad om voor my te gaan nie ... maar ten minste kan ek nog 'n tamatiebroodjie geniet."

Met 'n dramatiese gebaar draai Ouma haar stoel weg van die hoek en stoot haar die vertrek uit.

Met die uitgaan hoor Maria haar sê: "Ná 'n jaar of twee kwyn dit weg, soos mis voor die son. Geniet dit maar terwyl jy kan, en sê vir hom om vir my 'n mooi plek daar anderkant te bou ... soos die plaashuis toe hy 'n kind was."

Maria staan 'n oomblik tjoepstil. Miskien moet sy 'n blad uit Ouma se boek neem. Sy begin 'n deuntjie neurie. Dan stap sy na die middel van die kombuis, haar oë op Jan se hoek. Sy lig haar hande, asof sy hom nader wink. "Ek's jammer," sê Maria gemaak skaam, "maar my ma en pa het gesê ek moet tienuur by die huis wees. Maar daar is nog tyd vir een dans ..." Sy neurie verder aan dieselfde liedjie. "Dit is een van my gunsteling-liedjies. Hou jy van Jim Reeves?"

Maria neem haar dansgenoot se hande en begin dans, soos sy en Jan altyd op maat van die liedjie gedans het, 'n stadige dans, met al die grasie gekonsentreer op die hande wat mekaar verbind en Jan wat haar laat rondomtalie:

From a Jack to a King,
From loneliness to a wedding ring.
I played an Ace and I won a Queen,
And walked away with your heart ...

Sy dans by die kamer uit, haar hart lig soos hul voete toe hulle die laaste keer op die maat van dié liedjie langs die swembad gedans het, nie te lank gelede nie, in 'n vorige lewe.

— VII —

Gerhard spoor vir Esmé in die tuin op waar sy oudergewoonte langs die swembad 'n boek in die vredige omgewing sit en lees.

Hy het groot nuus. Hy het haar raad gevolg. Die internet het 'n lys name opgelewer, en hy het begin bel.

Eintlik vreemd hoe goed dit hom laat voel. Dié kennismaking met iets buite die bediening. Die regte lewe. Gewone mense met wie hy nie oor God hoef te gesels nie. Vir wie hy nie hoef te preek nie. By wie hy net inligting soek. 'n Mens kan gewoond raak daaraan ...

"Schalk Jakobus Swanepoel," sê hy triomfantelik.

Esmé kyk op, weet vir die oomblik glad nie waarvan hy praat nie.

"En jy was reg," storm hy voort, "hy boer nog steeds op dieselfde plaas."

Esmé glimlag. Sy's by.

"Hulle't 'n jaar gelede geskei, en sy woon nou in Suid-Afrika, hier, in die stad. Hy weet waar sy is, want hy betaal nog onderhoud."

Esmé antwoord nie. Sy kyk op na Gerhard – wat korter as sy is, maar nou skielik oor haar troon. Dit maak haar benoud en sy staan op. "Gerhard ..."

"Ek weet wat jy gaan sê ..."

Sy ou laai. Wanneer Gerhard die stang tussen die tande vasgebyt het, kan niks hom stop nie. Hy wil net vorentoe, agter wat dit ook al is wat hom op die oomblik aan die gang het aan. "Nee, luister na my," sê sy. "Jy weet ek ondersteun jou, maar verstaan jy dat ...?"

"Ek verstaan, glo my, ek verstaan ..."

"Nee, verstaan jy wat dit dalk aan Ma en ...?"

"Moenie met emotional blackmail kom nie."

"Ek sê net dat ..." Hoekom moet sy haar verdedig? wonder Esmé. Dis asof Gerhard uitgevind het hy is die slagoffer van die grootste leuen wat nog ooit vertel is, en nou moet niks en niemand in sy pad staan nie. Hy sal vir die Waarheid veg, en enigiemand wat soveel as 'n woordjie teen hom uiter, sal dit ontgeld. Dis asof hulle weer klein is en baklei oor wie regtig met die bal in die swembad mag speel.

Hy neuk voort: "Maklik vir jou om te sê ... jy't nie so pas uitgevind dat jou ma en pa nie jou ma en pa is nie; en nog erger, dat die persoon wat jy gedink het jou gebaar het, dit berou dat sy toegelaat het dat haar man sy invloed gebruik om jou te kry."

"Hei, moenie defensive raak nie. Ek judge jou nie."

"Ons ... Ma ... het aangebied om my te help om my biologiese ma te vind, en ek verstaan presies hoekom."

"Omdat sy jou liefgehad het ... liefhet ... asof jy uit haar eie maag gekom het. Ek sê net: Moenie vergeet dat sy ook gevoelens het nie."

Maar Gerhard het heeltemal ander gedagtes. Rika het hom gehelp omdat sy skuldig voel. Haar gewete pla haar. Niks anders nie. En Esmé, wel, sy dink hy sien nie deur haar nie. Hy weet wat met haar aan die gang is. "Jy trek nou terug omdat jy skuldig voel oor jy die rede was dat hulle my op daai manier moes kry."

As iemand Esmé nou van kindermolestering beskuldig het, sou dit minder onaangenaam gewees het as die mislike dinge wat Gerhard hier kwytraak. "Excuse me? Hallo?"

"Jy't my gehelp om uit te figure hoe om my ma, my biologiese ma, op te spoor deur die man met wie sy getroud was, en nou worrie jy ewe skielik dat my aanneem-ma gaan seerkry as ek dit doen! Worrie jy oor haar, of worrie jy oor jouself?"

"Waarvan praat jy?"

"Jy het ook nie geweet dat ek 'n aangenome kind is nie ..."

Sy sien hom nou vir wat hy is – 'n eensame mens wat van alles gestroop is en veg om sy behoud. 'n Enkeling, grimmig en walglik in sy poging om almal rondom hom te kasty vir sy lyding.

"... dat ek nie regtig jou broer is nie ..."

Sy voel hoe haar mondhoeke begin afrem, hoe haar keel toetrek. Net nie nou huil nie! Esmé sukkel om haar emosies te beheer.

"... dat ek hier is omdat, nadat sy jou gehad het, die vrou wat ek Ma noem en jou ma is, nie meer kinders kon hê nie ..."

'n Traan stoot uit Esmé se oog en loop oor haar wang. Sy ignoreer dit. Sy gaan hom nie hiermee laat wegkom nie.

"... en omdat Pa ... jou pa ... sy status as dominee gebruik het om my biologiese ma te oortuig om my weg te gee, juis omdat jou ma, as gevolg van jou geboorte, nie meer kinders kon hê nie."

Esmé huil, maar sy veg daarteen. Dan begin sy praat, haar stem bewend van emosie – emosie en opgekropte woede: "Eerstens, dit beteken vir my niks dat jy 'n aangenome kind is nie, selfs biologiese ouers moet vat wat die Here hulle gee, en daar's geen guarantees nie – hulle kry wat hulle kry, 'n reject of iets aanvaarbaars, en as hulle geluk-kig is, 'n wenner; tweedens, jy is my broer, ons het saam grootgeword en gespeel en baklei en beddens gedeel ... ek het jou geleer hoe om 'n koek te bak en jy't my geleer hoe om 'n kettie te skiet; derdens, ek was 'n baba toe ek gebore is ... ek het geen sê gehad oor die feit dat ek my ma se baarmoeder vernietig het nie; en vierdens, ek is bly dat Pa ... my pa, aangesien jy dit nou so stel ... sy invloed gebruik het om jou te kry, want anders sou ek nie 'n broer soos jy gehad het nie."

Gerhard is onseker oor wat hy nou moet doen. Sy oë dwaal in die tuin rond.

Esmé wag tot hy weer na haar kyk. Sy kyk hom reguit in die oë, en die woorde vind hul weg oor haar bewende onderlip: "Jy breek my hart, Gerhard, jy breek my hart." Sy gooi haar boek neer en stap weg.

Gerhard wil agterna, maar besef niks wat hy nou sê, sal die skade kan herstel wat hy pas aangerig het nie.

Hy staan nog so wanneer Rika na hom aangestap kom. "Gerhard, was Esmé nou by jou gewees?"

Hy knik.

"Hoekom huil sy?"

Hy haal sy skouers op, lig sy hande, laat sak hulle weer. Hoe kan hy verduidelik?

"Wat het gebeur?"

Hy moet hier wegkom! Gerhard draai weg van Rika sodat hy hom uit die voete kan maak, weg van hierdie vrae.

"Gerhard, moenie jy wegstap nie. Ek vra: Wat het gebeur?"

"Ons het gepraat ... oor my ... oor my biologiese ma ..." Hy sien sy verwag uitvoerige inligting, maar dis nie wat hy nou wil gee nie. "Dis al." Weer probeer hy by Rika verbykom.

Sy gryp hom aan die arm. Hy sal hom fisiek moet versit teen haar as hy wil spore maak, en daarvoor sien hy nie kans nie. Nie nóú nie.

"Wat het jy gesê?" vra sy.

Hy draai terug na Rika. "Meer as wat ek moes."

Rika laat nie sy arm los nie. "Gerhard, jy weet dat jy en jou suster die twee kosbaarste dinge in my lewe is."

Dis meer as wat enige mens kan verduur. Iewers vandaan, hy weet nie van waar nie, kry hy die woorde om die vraag te vra wat haar die seerste sal maak: "Hoe kry Ma dit reg om sleg te voel oor hoe Ma my gekry het en terselfdertyd te sê dat ek een van die kosbaarste dinge in Ma se lewe is?"

Nou los sy Gerhard se arm.

Hy strompel by haar verby, na die huis, na sy kamer. Kamer maar nie tuiste nie. Hier sal hy moet weg. Daaroor twyfel Gerhard nie meer nie. Uiteindelik sal dit net hy wees wat oor is in sy lewe. Soos dit veronderstel was om te gewees het. Maar nou ...

Hy worstel met 'n ander onrus wat maar net nie in sy gemoed werklik ryp wil word nie. Hy het die afgelope twee aande nie gebid voor hy gaan slaap nie. Het nie die behoefte gevoel nie – maar hy was ook moedswillig. In opstand teen Rudi. En Rudi was altyd sy impuls, sy skakel met God. Hy het gewonder hoe dit sou voel, en tot sy verbasing het niks eintlik verander nie.

Soggens het hy wakker geword met sy biologiese ouers steeds sy grootste kwelling. Hy het albei oggende op sy knieë gegaan en hom ernstig tot sy Skepper gerig. Agterna baie verleë daaroor toe hy agterkom hy het gesmeek om hulp en leiding in sy soektog na sy ma en pa, en in die proses vergeet het om oop kaarte te speel met sy Hemelse Vader.

Dit bekommer hom nie – en dáároor, weet hy, behoort hy die meeste bekommerd te wees.

— VIII —

Dit neem Rika 'n ruk voor sy daarin slaag om Esmé te oortuig om haar kamerdeur vir haar oop te sluit. Van alles wat sy die afgelope weke moes aanhoor, is die mees ontstellende die rou krete van haar dogter wat in die kamer agter 'n geslote deur huil. Rika se natuurlike reaksie is dié van enige moeder: Sy wil haar kind in haar oomblik van nood te hulp snel. Haar vertroosting bied en haar oortuig, indien dit moontlik is, dat dinge nie só erg is nie.

Sy kon hoor hoe Esmé in die kamer beweeg, elke nou en dan weer uitbars in trane. Dis die eerste keer dat sy Esmé as volwassene só hoor huil. Dit wek by Rika gevoelens veel sterker as enige van dié wat haar stryd met Rudi nog ontketen het. Dit maak in haar die drang wakker om haar kind met mag, as dit moet, te beskerm.

Wanneer Esmé oopmaak, bars Rika die kamer in. Haar bekommernis het haar so oorheers dat sy nie gedink het wat sy sou sê wanneer sy eers binne is nie.

"Wat Gerhard ook al gesê het," roep sy uit, haar hande in vuiste gebal langs haar sye, "ek's seker hy het dit nie bedoel nie. Hy's deurmekaar, ontsteld ..."

Esmé draai haar gesig weg van haar ma. Wanneer Rika die rooigehuilde oë van haar dogter sien en haar gesiggie wat lyk asof dit wil swel van die ontsteltenis, besef sy dat sy oomblikke weg van haar eie tranevloed is. Sy haal diep asem, probeer haar in bedwang hou. Kyk in die kamer rond. Dit is die netheid wat sy van haar dogter verwag – net 'n paar dinge uit plek, 'n boek hier, 'n stapel aantekeningboeke daar, wat verklap dat die netheid met plesier deur Esmé verbreek word.

Esmé staan met haar rug na Rika. Dan vra sy: "Was daar ooit 'n tyd toe Ma my gehaat het?"

Ons is nie besig met ydele praatjies nie, besef Rika. Dit is die ernstigste vraag wat Esmé haar in baie jare gevra het. "Mensdom, kind, waarvan praat jy nou?"

Esmé draai stadig na haar ma sodat sy haar in die oë kan kyk. "Was daar ooit 'n tyd toe Ma my gehaat het?"

Rika stap die kamer dieper binne. "Jy ... en jou broer ... is die beste dinge wat ooit met my in my hele lewe gebeur het." Sy wens ... sy wens sy het die gawe van woorde gehad. Dan sou sy nie so moes terugval op gemeenplasighede nie.

"Ma antwoord nie my vraag nie. Ná Ma my gekry het en hulle Ma se baarmoeder moes verwyder, het Ma my ooit daarvoor gehaat?"

"Jy ken my goed genoeg om te weet dat ek nog nooit die weë van die Here bevraagteken nie."

"Praat Ma nou van dieselfde Here wat Pa in daai oorlog gedien het?"

"Nee, ek praat van die Here wat liefde is."

"Hoe is dit liefde om my te gebruik om Ma se vermoë om enige ander kinders te hê, te ontken?"

"Sodat ek kon leer om 'n kind wat nie myne is nie soos my eie lief te hê. En as ek 'n keuse gehad het, sou ek dit nie anders wou hê nie."

"Maar sou Ma ... as Ma kon ... sou Ma graag nog 'n kind van Ma se eie wou gehad het?"

Rika weet daar is geen eenvoudige antwoord op hierdie vraag nie. Sy moet diep delf daarvoor, en die antwoord wat sy vind, is vir haar nie aangenaam nie. As Rudi enigiets verkeerd gedoen het met die aanneming van Gerhard, was sy deelagtig daaraan. Sy dra saam aan daardie sondelas. Die ding, soos daar in Job 3 staan, die ding waarvoor sy bang is, hierdie geweldige dade teen Gods Woord waaroor Rudi skuld bely het, dié ding kom aan na haar toe. Sy weet sy sal geen kalmte en rus vind nie, dat hierdie onrus haar gaan kom kasty ...

"My kind ..."

"Ek is nie meer 'n kind nie, Ma. Ek vra ..."

"Ja, ek verstaan wat jy vra, maar jou vraag is te eenvoudig vir die kompleksiteit van die situasie. Natuurlik sou ek graag nog 'n kind van my eie wou gehad het, maar dit was nie die Here se plan vir my nie."

"Hoekom het Ma dan toegelaat dat Pa sy invloed gebruik om Gerhard se ouers te oorreed om hom weg te gee? Hoe was dit die Here se plan? Miskien was dit die Here se plan dat Ma en Pa net een kind moes gehad het."

Esmé kyk haar stil aan. Sy verstaan die uitdrukking op haar ma se gesig nie. "Die feit dat Ma hom die waarheid vertel het, sal nie die feit dat ek die rede is hoekom julle teen die Here se wil opgetree het, afwas nie."

Nou is dit Esmé wat uit die kamer wil vlug. Wegkom van die onrus. In die deur stop sy, draai om sodat sy haar ma se gesig kan sien. "Om nie eers te praat van die feit dat Ma vir die afgelope paar aande in die spaarkamer slaap nie."

Rika sluit haar oë. Haal diep asem. Mag God lig gee aan een wie se weg verborge is!

— IX —

Daar is baie dinge wat 'n mens nie op TV sien nie. Dit het Davids nie lank in die Suid-Afrikaanse Polisiediens geneem om dít agter te kom nie. As jy lekker in jou voorkamer sit en CSI kyk, sien jy hoe Horatio Kane of wie ook al voor die rekenaarskerm staan, 'n knoppie druk, en binne sekondes kry hy 'n match vir 'n vingerafdruk wat op die moord-toneel gevind is. In Horatio Kane se wêreld beweeg alles supervinnig.

In Pretoria is dit 'n ander storie. Hulle het ook rekenaars. Die beste in die land, volgens die polisiediens se rekruteringspamflette. Voer hom met 'n vingerafdruk en druk die knoppie. Dan kan jy sit en staar na die skerm. Jy sal sien hoe looi die ratte of wat de fok hulle ook al binne die goeters het die data. Daar waar RESULTS in sy blokkie staan, daar hardloop die verwysingsnommers soos die bloeddruktellings by 'n per-dewedren. Aanmekaar en deurmefokkenkaar.

Normaalweg staan sy op en gaan maak 'n koppie koffie. Strek haar bene. Kyk met minagting na die verdomde papegaai. Maar nou is De Wet hier en hulle is haastig en hy bly sit op haar stoel voor die reke-naar en sy staan langs hom en sy ruik die hele tyd net die knoffel wat hy gisteraand gepers het vir sy spaghetti alla matriciana in plaas van dit op te sny en só te gebruik, en wanneer gaan hy leer dat geperste knoffel jou asem skurf maak en jou ganse lyf goor geil?

Skielik flits die hele skerm, 'n verwysingsnommer flits in die RESULTS-blokkie en Buffel se gevreetjie, soos dit nog gelyk het toe hy springlewendig was, verskyn in 'n groter raam onder die opskrif IDENTIFICATION.

"Marthinus Hendrik Basson," prewel Davids.

"'n Boertjie."

"Grootbek," sê Grootbek.

Verdomp. De Wet was reg. Daai gut feel van hom. Daai's 'n bliksem. "Oukei, oukei, De Wet, nou's jy Kasparof," sê sy, "maar daar's g'n bewyse van 'n connection tussen hierdie Marthinus Basson en die heist-bende nie. En ek gee nie om wat jou ..."

"Ô, ô ..." antisipeer die papegaai.

"... agterent se gevoel is nie."

De Wet is reeds aan die hardloop. Sy vermoede is bevestig. Nou moet hy die kloutjie by die oor bring. "Twee insidente binne 'n paar dae: 'n heist wat soos 'n grens-hinderlaag voel en skeefgeloop het omdat iemand met 'n Afrikaanse aksent die teiken 'n tip-off gegee het, en 'n Boertjie wat van baie naby in die rug deur die hart geskiet en toe in die veld gedump is. As dit twee maande uitmekaar was, sou ek sê: Hei, dinge gebeur, maar binne 'n dag of twee vanmekaar ..."

Davids staan op en stap oor na 'n groenbord teen die muur. Sy veeg vir haar 'n plekkie skoon en kry 'n wit kryt om mee te skryf. "Don't assume anything ..." sê sy, neem 'n glimpen en skryf die woord "Assume" op die bord, "... because you will make an ass," sy trek 'n skuins strepie net ná ASS in assume, "out of U," strepie ná die U, "and ME." Sy draai om na hom. "Jy dink jy's 'n supercop, maar my oom Jan was 'n super-cop, en dis die eerste ding wat hy my geleer het. En nou gaan ek vir my iets kry om te eet."

Net om dit in te vryf, prewel sy so in die verbygaan: "Checkmate."

Davids laat De Wet agter met sy gedagtes en sy papegaai.

"Supercop? You said it baby," sê hy.

"Poephol," korrigeer die papegaai hom.

De Wet verwerdig die papegaai nie 'n kyk nie. Hy staar steeds na Buffel se gesig op die rekenaarskerm. "Grootbek! Sing! Of ek maak nou daai vuur!"

"Wie is die dapper generaal, De Wet, De Wet ..."

Dis vir hom so 'n mooi liedjie.

— X —

Die lekkerste ding van 'n geheim is om dit te hou. Joune te maak. Antoinette loop 'n middag lank met haar geheim. Sy glimlag soos 'n dwaas, aanmekaar. Sy weet – want sy het dit iewers gelees – dat gelukkige gedagtes, goeie nuus, lekker fantasieë, allerhande dinge met jou hormonale afskeidings laat gebeur. Die geringste lekker prikkel, en jy is 'n dag lank eufories.

Die prokureur het op die sitkamerbank gesit, presies waar haar pa die middag met hul laaste besoek gesit het, enkele ure voor hy vermoor is.

Antoinette kon haar ore nie glo nie.

"Ná alle rekeninge vereffen is, is dit die finale bedrag ..." het hy herhaal.

En toe hy die bedrag weer sê, het haar ore begin suis. Sy het lig gevoel. Lig, en vrolik.

Nou dot sy 'n laaste bietjie L'Eau d'Issey agter haar ore, kyk na haar verleidelike négligé in die spieël, en stap bed toe.

Sy stap nie om na haar kant nie. Sy pyl op sy kant af. "Verskoon my, mijn heer," sê sy, so 'n effens outydse sangerigheid in haar stem, "maar dis so ver na my kant toe, ek het gewonder of ek die kasteel hier kan binnegaan?"

Adriaan lig die duvet blitssnel op.

Sy klim in langs hom en laat rus haar kop onder sy ken, met haar wang teen sy bors. Issey Miyake sal die ding vir Adriaan doen. "Ek kan jou nie sê nie," begin sy met 'n amperse fluister, "hoe bly ek is dat julle daardie aanbod van Amerika gekry het. Ek dink nou al 'n rukkie daaroor. Maar voor ek verder daaroor praat, gee ek jou drie kanse om te raai wat vandag met my gebeur het."

"Jy't jou kar in die hek in gereverse."

"Dit was gister. Probeer weer."

"Jou kredietkaart is geweier omdat die arme ding reeds so gestraf is."

"Ek het 'n man wat hom gereeld afbetaal, so, dis nie moontlik nie. Laaste kans."

"Ek haat raai as ek rus, want dit voel soos werk ... soos wanneer jy my vra om jou met blokkiesraaisels of daardie dekselse sudoku te help ... veral net voor ek wil slaap."

Komaan Issey!

"Raai."

"Jy't die lotto gewen."

"Nee, maar nou's jy warm ... die prokureur was vandag hier."

"O hel, wat het nou gebeur ...?"

"My pa se prokureur. Hulle het my pa en ma se boedel gefinaliseer ... belasting betaal, krediteure betaal, water, ligte ... En soos jy weet, het hulle alles aan hulle enigste kind nagelaat ..."

"Wel, my vrou, as jy 'n bietjie spandeergeld gekry het as vergoeding vir die pyn wat jy moes verduur, dan is ek bly vir jou."

"Jy weet, dit was nie net jou broer wat 'n talent vir geld maak gehad het nie ... my pa het self talente in daardie rigting gehad."

"Behalwe g'n mens kon hom ooit kry om oor sy geldsake te praat nie."

"En nou vertel die prokureurs my dat, bo en behalwe sy spaargeld en beleggings, hy ook twee groot versekeringspolisse gehad het."

"So, nou kan jy self daardie kredietkaart afbetaal. Dankie tog."

"Sestien miljoen."

Goed. Laat dit insink. Adriaan kom stadig tot verhaal.

"Sestien miljoen wat?"

"Rand."

Adriaan lê tjoepstil. Sy oë knip 'n paar keer. Hy sukkel om sonder sy bril te dink. "Jou ouers het jou ..."

"... sestien miljoen rand!"

Adriaan spring uit die bed op. As sy nie van beter geweet het nie, sou Antoinette gesweer het hy het 'n skerpioen in sy bed ontdek. Hy stap in die kamer rond, slaan selfs 'n slag met die plathand teen die muur, net om seker te maak hy droom nie. "Sê dit net weer ..."

"Sestien. Miljoen."

"Wanneer het jy gehoor?"

Dom donner. Sy het mos gesê die prokureur was vanmiddag hier. "Vandag."

"En jy sê my nou eers!"

"Ek het gewag vir die regte tyd."

"Die regte tyd? Hoe de donner gaan ek nou slaap?"

"Dis hoekom ek gewag het ..." Sy gee hom 'n kyk, haar bedroom eyes, soos sy verkies om daaraan te dink, "... juis om jou wakker te hou ..."

Adriaan stap nader soos 'n adonis wat pas hoofdanser van die Chippendales geword het. "Jy besef ons sal kan aftree ..."

"Inteendeel, ons werk begin nou eers ..."

Natuurlik sal haar ou lovey-dovey dink dat sy nou aan die lyfgesprek dink. "En watse werk sal dit wees ...?" vra hy inderdaad.

"Geld maak geld. Sestien miljoen is baie, maar niks in vergelyking met wat ons kan hê nie. Ons gaan my pa se geld gebruik om die besigheid te koop waaraan jy jou bloed en lewe oor die afgelope twintig jaar gegee het."

Die pa van haar kinders reageer steeds soos sy vermoed het hy sou. Hy is nou die bronstige hings, hande en vingers net waar 'n mens kyk, en sy neus snuffel al agter die L'Eau d'Issey agter haar ore aan. "Jou erfgeld is 'n klein fortuin," prewel hy langs haar oor, "my vrou," nou raak sy tong sommer baie stout, "maar as jy daardie besigheid wil besit, gaan jy meer as dit moet uithaal."

"Nie as die besigheid bankrot is nie ..."

Adriaan trek terug, kyk verbaas na Antoinette.

"... dan koop ons hom vir sy skuld en niks meer nie. En ons begin met daardie mannetjies in Amerika. Jy moenie dink net omdat ek 'n huisvrou is, ek nie so 'n ding of twee van besigheid weet nie. En so van besigheid gepraat ... wil jy nie 'n bietjie geld by hierdie bank kom leen nie?"

"Ek sal eerder 'n deposito maak ..."

Sy trek sy kop nader en soen hom.

— XI —

Ontvangs het laat weet hier's 'n miesies Basson vir hom. De Wet wou nog vir Ontvangs aanspreek oor aanspreekvorme in die nuwe Suid-Afrika, maar dis goed hy het nie.

"Miesies Basson," het sy haar voorgestel.

"Kom sit hier, Tannie," het De Wet gesê.

Davids het sy oog gevang en hare ten hemele gerol.

Haar klere en voorkoms het vir De Wet net een ding gesê: Harde lewe. Hy skat haar so laat vyftigs. Dit nooit breed gehad nie. Nog steeds nie.

"Marthinus was so 'n goeie seun," sê sy. "Met die sagste hart. Ek kan nie dink hoekom iemand hom sou seermaak nie."

"Dis wat ons wil uitvind, Tannie," sê Davids. Hel, hoor net vir haar, Tannie nogal. Werk saam met 'n Boer, nou praat sy ook soos ene. "Kan Tannie ons sê wie sy naaste vriende was?"

"Hy was 'n stil seun. Jy weet, sy pa is mos oorlede toe hy dertien was ... dis dié dat hy nog by my in die huis gebly het."

"Ag shame," sê Grootbek.

De Wet beduie met 'n gevaarlike vinger na Grootbek, maar dis nie nodig nie.

"Ja wragtag," sê miesies Basson. "Baie shame."

"'Skuus," sê die papegaai.

"Dan het hy tog seker vriende huis toe gebring?"

"Nooit nie."

"Wil Tannie my sê dat Tannie nooit sy vriende ontmoet het nie?"

"Ek dink hy was skaam."

"Skaam?"

"Om hulle na ons plekkie te bring. Julle moet verstaan, ons is nie ryk nie … en ná die Here my man geneem het, het dit maar moeilik gegaan." Miesies Basson begin weer huil. "En nou sal dit net erger gaan. Hy was my enigste redding. Die weë van onse Here is onbekend, maar o, mensdom, hulle is ook swaar. Dis dié lat ek verstaan hoe Jesus gevoel het toe hy daardie kruis deur die strate van Jerusalem moes dra."

"Voorwaarts Christen stryders …" sing Grootbek

De Wet kan die stuipe kry.

"'Skuus," sê die papegaai weer.

"Ek kan sien julle's goeie Christene," sê miesies Basson. "Selfs julle papegaai ken onse Redder."

"Ja, Tannie," antwoord Davids.

"Nou ja, julle moet my verskoon, ek moet met die pastoor oor die begrafnis gaan praat." Sy staan op, huiwer 'n oomblik terwyl sy haar asem terugkry. "Ek weet julle gaan die mense vang wat my Marthinus se lewe gevat het. Ek sal vir julle bid."

"Dink voor jy doen, De Wet," sê die papegaai, gelukkig nie baie hoorbaar nie.

"Waar het hy gedrink?" vra De Wet uit die bloute, voor sy die kamer uit is, 'n ou truuk wat hy by Colombo op TV geleer het.

Miesies Basson ruk haar 'n bietjie op oor die vraag. "Hy was nie soos sy pa nie."

"Ek's seker hy was nie, maar soos enige goeie Boer het hy tog sekerlik 'n plekkie gehad waar hy 'n biertjie kon geniet."

"Daai seun van my was 'n goeie seun."

"Ons weet dit, Tannie. Waar het hy gedrink?"

"By Die Ploegskaar … maar net op Vrydagaande … en partykeer op 'n Dinsdag."

Sy begin uitstap, met Davids wat haar deur toe vergesel. By die deur draai sy terug na Davids. "Weet jy wat die ergste is? 'n Paar dae voor hy … voor hulle hom … het hy vir my gesê ons dae van lyding en armoede is verby."

"Hoe so, Tannie?"

"Hy wou nie sê nie. Dit was sy geheim ... soos daardie show wat hulle in die ou dae op TV gehad het."

Wanneer Davids weer by De Wet aansluit, sê hy doodluiters: "Hy wou sy mammie help."

Haar partner hardloop al weer onder haar uit. Ankers, ou pel, ankers! "Jy't g'n bewyse van 'n connection tussen hom en die heist-ouens nie," sê sy.

"Die transito-maatskappy het ingestem om 'n beloning vir die tip-off te betaal ... maar niemand het die beloning kom haal nie."

"Miskien was hy te bang ..."

"... of te dood. Kom ons gaan drink 'n bier."

Davids en De Wet kry Willie agter die toonbank van Die Ploegskaar. De Wet lees die plek dadelik. Dis nie eers ou Suid-Afrika nie. Dis nog Boererepublieke – die ou Transvaalse vlag, voortrekker-taferele teen die mure, allerhande Boere-memorabilia.

Willie kom nader.

"Nice plek," sê De Wet, haal sy polisie-ID uit en wys dit vir Willie.

Willie trek effens terug, maar gee niks weg nie. "Waarmee kan ek help?"

De Wet wys hom 'n foto van Marthinus Basson. "Ken jy hierdie man?"

"Ja," sê Willie dadelik. "Dis Buffel."

"Buffel?"

"Dis hoe ek hom ken. Wat het hy gedoen?"

"Hy's dood."

Willie lyk regtig geskok. "Sê weer?"

"In die rug geskiet en in die veld gedump."

"My donner."

"Sy ma sê hierdie was sy watergat."

"Elke Vrydagaand, en Dinsdae ... as hy geld gehad het."

"So, hy was 'n regular?"

"Almal wat hier kom is regulars."

"Wie was sy maatjies?"

"In Die Ploegskaar is ons almal maatjies."

De Wet staan met sy rug teen die kroeg, kyk weer na die kamer. "Interessante naam vir 'n kroeg," sê hy.

"Ek kon verduidelik, maar nie voor die dame nie." Hy knipoog vir Davids.

De Wet skryf sy besonderhede op 'n drupmatjie en gee dit vir Willie aan. "Dis my nommer. Ek sal dit waardeer as jy vir al die maatjies sal sê om my te bel as hulle iets weet wat my kan help om die man ... of mense ... wat dit gedoen het op te spoor."

"Hy was 'n goeie ou ... ek sal met almal praat ... en as ek iets hoor, bel ek self."

De Wet en Davids stap uit.

Die laaste wat De Wet uit die hoek van sy oog vang, is dat Willie versteen bly staan en hulle by die vertrek uitkyk.

— XII —

Wanneer Adriaan Zweli se kantoor – Jan se ou kantoor – binnekom, voel hy dadelik aan iets is verkeerd. Zweli staan by die venster, sy hande op sy kop. Die atmosfeer is so dik 'n mens kan dit sny.

"Jy wou my sien ..."

Zweli draai na Adriaan. Hy is sigbaar ontsteld. "Het jy met die Amerikaners gepraat?"

"Nee. Hoekom?"

"Hulle't die aanbod teruggetrek."

"Om watter rede?"

"Hulle wou nie sê nie. Daarom vra ek of jy met hulle gepraat het."

Adriaan lig sy hande, asof hy wil sê: "Nee hel, g'n clue nie." Natuurlik het hy 'n clue, maar met Zweli sal hy dit beslis nie deel nie.

Zweli draai weer na die venster, skud sy kop. "Dêmmit!"

"Jy weet hoe's daai Amerikaners," sê Adriaan, "vat en doen net wat hulle wil."

En my vroutjie kan meer met een foonoproep uitrig as wat julle met al jul fênsie bemarkingsfoefies saam kan vermag.

— XIII —

Met Albert in bevel is daar geen kans dat die Vuiste hierdie keer enige foute sal maak nie.

Beplan. Dink weer. Beplan, dink weer.

Twee dinge tel by enige kaping: Jy moet verrassing aan jou kant hê; jy moet die kans van toevallige ingrepe tot die absolute minimum beperk.

Vlooi is getaak om aan laasgenoemde aandag te gee. Nou wys hy vir Albert en Susan hier op die tafel in Die Ploegskaar se kelder wat hy gevind het. Op die tafel lê 'n klomp foto's van 'n groot dubbelverdiepinghuis; van 'n duur 4x4 wat uit die huis se voorhek ry; van 'n skool se voorhek.

Albert wys na 'n paar dinge wat hulle almal op die foto's kan sien: "Die huis is 'n Fort Knox. Daar's geen manier waarop ons daar gaan inkom nie. Beams, honde, security guards ..."

Vlooi het sy iPad byderhand. Hy het reeds tot dieselfde gevolgtrekking gekom en bring nou op die klein skerm 'n kaart uit Google Maps op. "Ons vermy die kind se skool," sê hy. "Te veel mense. Druk verkeer. 'n Gemors."

Hy het hul aandag.

"Ons kyk na die pad van die huis na die skool," verduidelik hy. "Elke oggend om sewe dertig ... en dis soos klokslag, neem die ma die meisie skool toe. Ons kan obviously niks buite hulle hek doen nie, maar sy ry 'n klomp paaie deur die woonbuurt ... en daai paaie is stil, min verkeer ... voor sy by die besige strate kom."

Soos almal in groot stede het die ma 'n roete wat sy vir haarself uitgewerk het wat sy die maklikste bestuur, en wat haar presies op tyd van punt A na punt B neem, van huis na skool.

Susan sien iets raak: "Die woonbuurt het sy eie security-patrollies."

"Dis nie 'n probleem nie," sê Albert, "ons pos twee manne by elk van die ingange tot die straat waar ons dit doen. As hulle kom, looi ons hulle."

"Die moeilike deel is om haar te kry om te stop," sê Vlooi. "Ons wil nie soos cowboys haar kar deur die woonbuurt jaag nie."

"Dit, Susan, is waar jy inkom ..."

'n Ma en haar dogter kom uit hul sekuriteitshek gery, op pad skool toe. Dis 'n rykmansbuurt, nie 'n siel in sig nie. Sy ry verby 'n groot SUV wat langs die pad geparkeer staan. Honderd tree verder sien sy 'n vrou in die pad lê; hou net voor die vrou stil en spring uit. 'n Deftig geklede swart vrou wat 'n bewustelose wit vrou in die pad te hulp snel. Sy sien die bloed in Susan se hare. "Oh my God, oh my God!" roep sy uit. "Stay in the car," skree sy aan haar kind.

Die vrou merk nie twee figure, balaklawas oor die gesig getrek, wat agter 'n struik uitkom en haar van agter haar motor benader nie.

Sy gryp haar selfoon om hulp te ontbied vir die wit vrou.

Sy raak van die man agter haar bewus wanneer dit heeltemal te laat is. Hy gryp haar met die een arm vas en die ander bring 'n lap wat in chloroform gedoop is om en oor haar neus. Sy snak na haar asem, ruik die soet-skerp reuk, en alles word swart voor haar.

Hulle lê haar versigtig in die pad neer. Gryp haar selfoon. Die skoolkind word uit die motor gepluk, oor die skouer gegooi. Die kind gil, maar die kaper snoer gou haar mond.

Susan spring op.

Die SUV wat in die straat op geparkeer was hou met skreeuende bande langs hulle stil. Dis Albert, sy venster oop.

Vlooi prop die kind agter in Albert se SUV; Susan spring langs haar in en lê plat. Die oorblywende kaper spring in die swart vrou se SUV, trek weg. Hy mis haar net-net.

— XIV —

Hy hoort nie meer hier nie, dink Gerhard, hier in die pastorie van die man wat hom as sy eie kind aangeneem het. Hy is nie die man se eie kind nie.

Hy besef hy is besig met 'n losmaakproses. Hy hou nie daarvan nie, maar hy vermoed hy sal beter daaroor voel wanneer die skeiding finaal is.

Sy gesprek met Esmé het hom ontstel – maar nie heeltemal om dieselfde redes as wat dit haar ontstel het nie. Hy het daarop gereken dat sy sy kant van die saak sou insien. Dat sy deur alles sy vriendin sou bly. Sy "suster", maar ook sy beste vriendin.

Haar reaksie het hy nie verwag nie. Hoe kan sy voorspraak vir Rudi en Rika doen? Hulle wat hulle die reg toegeëien het om 'n besluit te neem wat God duidelik nie wou hê hulle moet neem nie. Hulle was 'n eenkind-egpaar. Kon hulle nie Gods raadsplan raaksien nie?

Nou is hy die een wat ly.

Hy soek Rudi in sy studeerkamer, maar hy is nie daar nie. Dan kan daar net een ander plek wees.

Hy kry Rudi in die kerk, in een van die voorste banke, 'n pak dokumente in sy hande. Gerhard steur hom nie aan formaliteite nie. "Ek het gedink ek skuld dit ten minste om te vertel dat ek uitgevind het waar my biologiese ma bly ... en dat ek haar gaan sien."

Rudi pak sy dokumente netjies op mekaar, sit dit neer. Hy staan op en kyk Gerhard besorg in die oë. "As dit is wat jy wil doen, kan ek jou nie keer nie," sê hy.

"Dis nie my bedoeling om julle seer te maak nie."

Rudi antwoord nie. Gerhard begin ongemaklik voel in sy teenwoordigheid. "In elk geval," sê hy, "ek wou net sê." Hy wag 'n oomblik, besluit dan om nie langer sy groot aankondiging uit te stel nie. "Ek wou ook vertel dat ek besluit het om nie met my graad aan te gaan nie."

Hy sien hoe die skok op Rudi se gelaat registreer; vryf die nuus verder in. "Ek wil nie meer 'n dominee wees nie."

"Jy maak 'n fout," antwoord Rudi uiteindelik.

"Ek het geweet jy gaan dit sê, maar ek het diep daaroor gedink, en ek is oortuig dat ek reg is."

Rudi begryp wat in sy kind – sy kind! – se gemoed aangaan. Hy het simpatie daarmee. Maar hy kan nie toelaat dat 'n emosionele besluit geneem word oor iets wat, glo hy vas, die kind se roeping is nie.

Gerhard begin stap, na die voordeur wat Hannes laas nog so galmend laat toeswaai het.

"As jy jou biologiese ma wil ontmoet," sê Rudi, "gaaf met my. Ek was naïef gewees om te dink dat daardie dag nooit sou kom nie. Maar ek gaan nie toelaat dat jy jou lewe verongeluk omdat jou oordeel deur buitengewone emosionele omstandighede belemmer word nie."

"Ek het klaar besluit ..." Gerhard kom tot stilstand, draai om na Rudi.

Hoe kan hy tot die kind deurdring? wonder Rudi. "Nee jy het nie! Nou luister jy na my ..."

"... en was vandag by die varsity se admin om my inskrywing vir die jaar te onttrek."

"Ek verbied jou om dit te doen!" Sy woorde weerklink bo in die galery.

"Klaar gedoen."

"Jy gaan terug na daardie universiteit en jy sê vir hulle ..."

"Ek sal nie."

"Gerhard Naudé," bulder Rudi, " ek sê vir jou ..."

"My naam is Marius Els."

Rudi voel die woede warm in sy nek uitslaan. Dit krenk hom tot in sy siel dat Gerhard hom so uitdagend verloën. "Jou naam is Gerhard Naudé, en volgens die wet is ek jou pa en ek sê vir jou ..."

"In die oë van die wet is ek jou seun, maar God se wil is hoër as enige mens se wet en Hy het nog voor ek gebore was my pa gekies." Hy swaai om en stap uit.

Rudi se woorde is desperaat, amper smekend: "Eer jou vader en jou moeder!"

Gerhard draai terug in die deur. "Dis juis wat ek doen."

Rudi kan nie glo wat pas gebeur het nie. Van sy ouerlike gesag is niks oor nie. Van die liefde wat sy kind soveel jare teenoor hom bely het – niks. In 'n dwaal stap hy terug na sy studeerkamer. Hy gaan sit op sy stoel, vou sy hande voor sy hoof.

Rudi het 'n diepe behoefte om te bid. 'n Behoefte soos hy dit in al die jare dat gebede maklik gekom het, nooit gevoel het nie. Hy besef dat gebed vir hom nie veel meer as 'n ritueel geword het nie. Die regte woord op die regte tyd. En almal voel so goed daarna.

Maar nou – nou móét en wíl hy met God praat. Praat, bieg, smeek, verduidelik, bid.

En hy vind, hande teen die voorkop, dat hy nie kan nie. Hy besluit om te bly sit, sy oë gesluit, en sy gedagtes net skoon te kry. En dit is hoe Rika hom aantref, stil agter sy lessenaar, skynbaar in gebed.

"Rudi ..."

Hy kyk na haar op. Sê niks.

"Ek het besluit dat ek nie meer in die spaarkamer wil slaap nie."

Hy sit eers stil, maar dan breek daar tog 'n glimlag op sy gesig oop. Hy staan op en kom staan voor haar, lig sy een hand op en streel haar wang teer. "Ek is so bly om dit te hoor."

"Ek gaan vir 'n ruk by my ma en Maria bly. Ek het reeds met Maria gepraat."

Rudi laat sy hand sak stadig. Hy het energie vir niks oor nie. Die veglus is uit hom uit.

"Ek sal dit waardeer as jy nie probeer om my anders te oortuig nie," sê Rika.

Lank staan hulle só.

"Dankie," sê Rika, en verlaat hom.

Hy bly vir eers só staan, draai dan stadig om en stap self die huis uit, kerk toe. Wanneer hy by die voordeur inbeweeg, stroom sonlig die koel saal binne.

Rudi stap in die rigting van die kansel. Sy gelaat is dié van 'n man wat vernietig is. Wat sy trots verloor het. Wat alles wat hy liefhet deur sy vingers sien glip het.

Hy is stukkend.

— XV —

Sy bly in 'n woonstelblok wat in die maer jare net ná die Tweede Wêreldoorlog gebou is, hier aan die westekant van Pretoria se middestad. Baksteengebou, outydse vensters en rame. Die stoepe rooi gepoleer.

Gerhard klop aan die deur.

Christine Els maak oop.

Hulle staar mekaar 'n ruk lank in stilte aan. Sy met 'n hart wat tegelyk van vrees en opgewondenheid wild bons, hy met 'n keel wat toegetrek is van onsekerheid.

"Ek's nie nou seker of ek Mevrou ... of Tannie ... of Ma moet sê nie," sê Gerhard uiteindelik.

Sy maak die deur wyd oop. Wil hom nog ewe formeel innooi, maar dan steek sy haar hand uit en trek hom gretig terug in haar lewe.

—— *** ——

Rudi staan in die kerk, sy oë op die deur waardeur Gerhard as sy seun ingestap het en as 'n ander man se seun weer uit, en sy gedagtes gaan terug na klein Smartryk Treurnicht. Wat hom by die doop van klein Smartryk Treurnicht getref het, was dat, anders as die meeste kindertjies by die doop en ten spyte van sy naam, hy glad nie gehuil het nie. Om die waarheid te sê, Rudi kon sweer hy't geglimlag.

Nou val dit hom by dat Smartryk se ouers, toe hulle hom daardie naam gegee het, dalk iets besef het wat hy nie besef het nie: dat die mens in trane gebore word en deur trane vergesel die hiernamaals tegemoetgaan ... en tussen geboorte en dood doen ons ons bes om, soos daardie outjie by sy doop, soveel moontlik te glimlag.

Miskien het die Here, toe hy sy asem in daardie stukkie klei geblaas en die eerste mens gemaak het, lankal besluit dat, ongeag die naam wat mense hulle kinders gee, die mensdom net een ware naam het: Smartryk Treurnicht.

Die volle ellende van sy situasie dring tot Rudi deur. Hy kyk op na die kateder waar hy Sondae preek. Na die rooi kanselkleed waarop daar in goue letters geborduur staan: *God is Liefde.*

Sy kreet, wanneer dit kom, is diep uit sy siel: "My God, my God, waarom het U my verlaat?"

RIKA

Rika pak die inhoud van haar tas oor in die laaikas van die kamer wat Maria aan haar toegewys het – 'n laaikas wat nog uit haar pa se huis kom en wat altyd in haar slaapkamer gestaan het toe sy nog kind was.

Die oop- en toemaak van die laaie bring ou herinneringe terug – en dan ook een van meer onlangse oorsprong: Gerhard het haar eenkeer 'n uittreksel uit die een of ander Amerikaanse filosoof se werk gegee om te lees. Die man het hom in 'n huisie langs 'n meer gaan afsonder, om redes wat net filosowe waarskynlik sal verstaan. Al wat sy van die uittreksel onthou, is waar die man geskryf het:

Two roads diverged in a wood, and I –
I chose the road less traveled by,
And that has made all the difference.

Sy weet nie hoekom sy dit onthou het nie ... miskien omdat sy iewers, diep in haar agterkop, weet dat sy in haar lewe nie die "road less traveled by" gekies het nie.

Toe sy jonk was, het 'n vrou geweet dat sy net een pad het – om 'n goeie man te kry en kinders te baar. En die Afrikaanse vrouetydskrifte van daardie dae het nie oneindige rubrieke gehad oor die sielkunde en hoe om jou man seksueel te bevredig, en veral nie "Wees die vrou wat jy wil wees" nie. Dit het gegaan oor hoe om jou huis goed te behartig, hoe om 'n goeie ma te wees vir jou kinders, en hoe om die lewe makliker te maak vir jou man terwyl hy sy man-ding doen en kos op die tafel sit. En daar was beslis nie enige rubrieke oor wat jou lewe sal wees as jy met 'n dominee trou nie.

Inderdaad, toe sy negentien was, was daar vier belangrike mense in die samelewing – die skoolhoof, die dokter, die prokureur ... en die dominee. En sy het gedink ... nee, nie gedink nie, geglo ... dat sy een van die uitverkorenes was omdat sy 'n dominee gekry het.

— I —

Jare gelede het Rika saam met 'n paar skoolvriende in die Staatsteater gaan kyk na 'n opvoering – een van P.G. du Plessis se stukke, as sy reg onthou. Een van die rekwisiete was 'n omraamde spreuk wat almal instemmend laat knik het, maar ook laat lag het, omdat dit in effens common mense se huis gehang het. Die spreuk was: *Wat is 'n huis sonder 'n vader?*

En hier het sy nou 'n kamer, haar eie kamer, in die huis van haar pas ontslape broer, Jan. Sy wil nie dink aan die spreuk wat nou tuis in die pastorie sou kon hang nie: *Wat is 'n huis sonder 'n moeder?* Sy voel skuldig dat sy Rudi so met die twee kinders agterlaat. Anders kon dit egter nie.

Heenkome in 'n huis sonder 'n vader.

Rika glimlag – hoe kan die ironieë van die lewe 'n mens nie inhaal nie! Maria maak dit ook so maklik vir haar. Geen druk nie.

Rika wou nog begin praat, verduidelik, toe Maria haar by haar kamer kom haal om te eet, maar Maria wou niks hoor nie. "Jy is my geliefde skoonsussie en in my huis sal daar altyd 'n kamer vir jou wees. Ek is jammer vir jou pyn, en ek sou dinge tussen jou en Rudi net so," Maria het met haar vingers geklap, "regmaak as ek kon, maar dis 'n plesier om jou hier te hê. Die huis voel so leeg soos die Kangogrotte noudat Jan nie meer hier is nie."

En toe Rika wou verduidelik hoekom sy Rudi verlaat het, het Maria ferm verklaar dat sy Rika nie uitgevra het omdat dit nie haar saak is nie.

"Ek weet nie of ek die regte ding doen nie," het Rika gesê.

Maria het haar op haar gemaak gestel. Mens moet na jou hart luister, het sy gesê. Dán sal jy weet.

Sy het na haar hart geluister, weet Rika. Maar sy kon dit ook nie oor haar hart kry om Rudi net so te los nie. "Ek het vir hom 'n week se kos, wat ek klaar gekook het, in die vrieskas gelos."

Maria se antwoord het Rika dadelik laat besef dat haar keuse van Maria as toevlug die regte een was. Maria het 'n manier om balans te bring, Rika se skeefgetrekte fokus te herstel. "Rika, my sus," het Maria gesê, "as hy die verantwoordelikheid kan aanvaar vir 'n hele gemeente se pad na die hiernamaals, kan hy ook die verantwoordelikheid aanvaar om kos te loop soek as hy honger is."

So in die stap eetkamer toe het Maria by Rika ingehaak. "Ten minste kan ek en jy nou opvang met al die gesprekke wat ons die afgelope hoeveel jare nie gehad het nie," sê sy, "en kan ek jou 'n paar dinge van jou broer vertel wat jy nie geweet het nie."

Daar is baie om te vertel, weet Rika. Maar tot tyd en wyl sy gereed is om self te vertel, sal sy liewer net luister.

Daar is 'n leeftyd – vyf-en-twintig jaar! – se gewoontes wat sy nugter moet bekyk en besluit hoeveel sy van haarself prysgegee het die dag toe sy die vangs van die vrome dominee gemaak het. Sy weet sy het verander, en die tyd hier saam met Maria en haar ma sal haar dalk help om die ou Rika terug te vind. Die vonk aan te blaas, die lewenslus weer wakker te maak.

Van nou af, besef Rika, sal sy die raad moet volg wat sy as predikantsvrou aan soveel vrouens gegee het wat by haar eerder as by Rudi aangeklop het om huweliksraad en lewenswysheid.

Een dag op 'n slag.

— II —

Dit was soveel makliker toe Jan nog geleef het: Zweli kon instap by sy kantoor, die deur agter hom toetrek en met hom gesels. As daar iets vertrouliks in die gesprek was, het dit tussen hulle twee gebly.

Toe Jan nog geleef het.

Nóú het Zweli 'n ongemaklike gewaarwording. Hy weet dat hy met sy bestuurspan inligting moet deel, maar hy weet nie of almal te vertroue is nie.

Almal?

Adriaan, as hy heeltemal eerlik moet wees.

Soos vanmiddag toe hy, Boetman en Adriaan 'n noodvergadering hou, en hy wat Zweli is hulle meedeel dat die consignment-produkte reeds in die containers en op see is.

Wat sê Adriaan? "Dit gaan weke neem om dit weer terug te kry." Asof die Amerikaanse mark heeltemal verlore is.

En net om hom en Boetjan te oortuig dat hy die implikasies snap, gaan Adriaan toe voort: "Intussen verteenwoordig die produkte in daardie containers 'n helse lot werkskapitaal wat geen inkomste genereer nie."

Wat? Dis so 'n beginner-MBA-ding om te sê. Ander mense sou gedink het Adriaan patroniseer hom.

Maar Adriaan het reg. Dis omtrent twee miljoen se geld wat opgesluit lê in daardie voorraad.

"Dis nie te sleg nie," het Boetjan gesê.

Dollar, nie rand nie, moes Zweli hom reghelp.

Toe klim Adriaan behoorlik in. "En die probleem is, ek moes ons voorrade hier dun trek om daai containers vol te maak. Dis so goed of iemand twee miljoen dollar se voorrade uit ons store gesteel het. So, gegewe dat die produkte in die containers geen inkomste genereer nie, moet ons nou nog kontant uithaal om ons voorrade hier weer op te bou sodat ons distribusiepyplyn nie leegloop nie. Want dan kan ons nie ons huidige bestellings deliver nie, wat beteken ons verloor ook hier verkope, en as dit gebeur, gaan ons kontantvloei beslis onder druk wees. African Queen is 'n sterk besigheid, maar ons het nie oneindige toegang tot kontant nie, veral nie ná wat die resessie aan verlede jaar se verkope gedoen het nie. En soos julle weet, is die banke deesdae tight."

Zweli het in die raadsaal op- en afgestap. Elke sin wat Adriaan gesê het, het vir hom gevoel soos 'n persoonlike aanval, so asof Adriaan te kenne wil gee dis Zweli se skuld dat alles gebeur het.

En Boetjan! Adriaan se woorde het wrede dinge by hom wakker gemaak. "Zweli, ek het die notules van daardie vergadering weer gelees voor ek vandag hiernatoe gery het. Adriaan het gesê dat hy bekommerd is oor die risiko van hierdie deal met die Amerikaners, maar jy't gesê ..."

"Ek het hulle uitgecheck, oukei! Ons het vyf, ses videokonferensies gehad, hulle's 'n groot soliede maatskappy. Die vraag is nie of dit 'n aanvaarbare risiko was nie – geen besigheid groei sonder om verdere risko te aanvaar nie – die vraag is: Hoekom het hulle ewe skielik besluit dat ons – African Queen Cosmetics! – vir hulle 'n te groot risiko is? Dis wat ek wil weet."

Zweli het na Adriaan omgedraai. Hy kon geen uitdrukking op die man se gesig lees nie.

"Ek reken dis wat ons almal wil weet," het Adriaan geantwoord, sy gesig uitdrukkingloos.

Miskien beoordeel hy Adriaan te kras.

Is Adriaan dan nie die een wat gesorg het dat Zweli die leisels by Jan oorneem nie? Is Adriaan nie die een wat hom van sy onvoorwaardelike steun verseker het nie? Voor Elna en Boetjan.

Zweli probeer die saak vanuit elke moontlike hoek bekyk, en uiteindelik hou hy presies dieselfde oor: sy gesonde verstand wat hom wysmaak dat hy Adriaan verkeerd takseer, en sy kropgevoel dat hy Adriaan nie kan vertrou nie.

As die Amerikaners net wil sê wat dit is wat hulle die groot bestelling laat kanselleer het! As hulle maar net wil verklaar hoekom African Queen Cosmetics skielik vir hulle 'n te groot risiko inhou! Maar hulle swyg. Iewers moes daar inligting gekom het wat hulle só laat besluit het. Maar waarvandaan? African Queen het tog nie noemenswaardige mededingers nie, en dié wat daar is, sal nie van enige onderduimse taktiek gebruik maak om 'n besteling wat reeds geplaas en uitgevoer is te kelder nie.

Zweli wag tot laatmiddag en skype dan vir Elna. Sy het genoeg afstand op die saak om hom dalk te kan help met die soort insigte wat hy kort. "Die containers was al halfpad oor die see toe ek hulle mail kry," verduidelik hy die neteligheid van die situasie aan haar.

"Maar hulle het tog sekerlik 'n rede gegee?"

"Dis wat ek nie verstaan nie ... maak nie saak hoe hard ek hulle gedruk het nie, hulle het net gesê omstandighede het verander en die deal is af. Ek wou oorvlieg vir 'n face-to-face-vergadering, maar hulle't my geblok."

Elna antwoord nie. Hy kan sien dat sy hard probeer om die kansellasie se implikasie te begryp.

"En nou lyk ek soos 'n poephol," sê Zweli, "want dit was my eerste groot besluit as CEO."

Elna se reaksie herinner Zweli dadelik aan Jan. Nie geneig om derms uit te ryg nie – hou daarvan om 'n praktiese oplossing te vind: "Laat ek kyk wat ek van hierdie kant kan doen. Ons praat later."

Elna se beeld verdwyn van sy rekenaarskerm.

Hy hoop sy doen wat hy nie die moed gehad het om te vra nie, maar wat beslis voorop in sy gedagtes was: om te gaan snuffel by die Yanks, te probeer agterkom wat hulle so skielik van besluit laat verander het. Dalk ook: Wié hulle van besluit laat verander het.

African Queen se naam is op die spel – dalk sy toekoms ook ...

Zweli dink weer aan vanmiddag se laaste woorde tussen hom en Adriaan: "Ek reken dis wat ons almal wil weet." Hoe kan iemand so iets sê sonder om te frons?

Zweli het by die venster gestaan en uitstaar. Hy het vir Adriaan 'n opdrag gegee, sy rug steeds na hom gekeer: "Kry die pyplyn vol en sorg dat ons bestaande bestellings geëer word. Hier's iets nie lekker nie, en ek gaan uitvind wat dit is."

Maak nie saak hoeveel keer hy sê dat iets nie reg is nie, as Elna nie iets uitgesnuffel kry nie, sal hy nooit weet wat dit is wat nie reg is nie.

— III —

Voor hulle verder gaan, begin hulle weer van voor af. Albert kontroleer met Vlooi alle moontlike gebeurlikhede van die tydstip van die telefoonoproep aan die ouers van die ontvoerde kind. Hier waar hulle in die kelder van Die Ploegskaar sit, voel dit ligjare verwyder van die swart dogtertjie in haar bedompige sel in die kelder van 'n ou gebou van die Departement van Binnelandse Sake wat ontruim is en in onbruik geraak het, met die klem op onbruik.

Susan besoek die kind elke paar uur, net om seker te maak sy verstik nie aan haar muilband nie. En om vir haar kos te gee. Albert en Vlooi het hulle dáár skaars gehou, dis nou die tyd van totale waaksaamheid.

Natuurlik kou dit Susan se senuwees om so alleen in die stil gebou in te gaan. Maar dis die veiligste so. Buitendien, ná die episode met Buffel wil Albert sorg dat die Vuiste so min moontlik in die openbaar sáám gesien word. 'n Mens tart nie die noodlot nie, sê hy.

Albert het oudergewoonte meer oor alles nagedink as wat enige van die ander Vuiste, Vlooi inkluis, gedoen het. Hy weet alles van tegnieke om oproepe op te spoor. Sy plan, weet hy, is absoluut foutvry. "Hier's hoe dit gaan werk," sê hy. "Geen selfone of landlyne wat hulle na ons toe kan trace nie. Hardehout," een van die Vuiste wat lank by Telkom gewerk het, maar sy werk weens BEE verloor het, "ken van telefone en sulke goed en hy sê die enigste manier om caller ID en waar jy is te beskerm, is om een van daai kaarte te koop wat jy in 'n tiekieboks kan gebruik, of om by 'n internetkafee deur Skype te bel, maar 'n internet-plek is vanselfsprekend nie privaat nie. So, dis die tiekieboks."

Vlooi het nie geweet dat daar nog sulke dinge bestaan nie.

Albert skuif 'n vel met adresse oor die tafel na Vlooi en Susan. "Hy't vir my 'n lys van al die tiekies geprint wat te naby is aan waar ons is. Enige ander een is fine, hoe verder hoe beter. As hulle polisie toe gaan en hulle trace die foon wat jy gebruik het, sal hulle 'n foon kry wat nie naby ons is nie. Geen onderhandeling nie – een oproep aan haar ouers: 'Hallo ... tien miljoen, dis die bankrekening, doen die trans-fer teen hierdie tyd of julle sien haar nooit weer nie. Gaan polisie toe, en julle sien haar nooit weer nie. Koebaai.' Drie-Twee het my gegua-rantee dat daar g'n manier is dat hulle daai geld se pad deur hierdie rekening sal kan trace nie ... Soos ek dit verstaan, gaan die geld binne 'n sekonde of twee driekwart om die wêreld deur weet nie hoeveel lande en bankrekeninge nie, voor dit in die ware rekening, wat net ons ken, gestort word."

Vlooi trek die lys nader. Kyk na die adresse. Daar is selfs een tiekie-boks naby sy pa se huis. Sal dit uiteraard vermy. "Een oproep," sê Vlooi.

"Een oproep. Sê vir die tata, as hy sy dogter wil hê, tien miljoen in daardie rekeningnommer. Praat so kort as moontlik. Hy skryf neer, en jy sit neer. Op die oomblik dink hulle waarskynlik dis 'n hijack. Teen die tyd dat jy bel, sal daai rykgat so dankbaar wees dat sy dogtertjie nog leef dat sy vingers sal brand om die geld oor te plaas."

Vlooi neem die lys en papiertjie en staan op. "Hierdie is vir my ouma en oupa – execution style vermoor – nou is dit payback time."

"Nie net vir jou ouma en oupa nie ..." sê Susan. Sy kom orent. Haar arms gly om Vlooi se nek. Sy trek hom nader, tot teen haar. "Dis vir elke boer op elke plaas, vir elke Afrikanerman en -vrou en -kind wat vermoor is – execution style."

Albert gee nie om vir sy sussie en Vlooi se gevoelens nie. Hulle moet net die konteks onthou van dít wat hulle gaan doen. "En ons gaan hierdie geld gebruik om ons onderdrukkers, en die wêreld, te herinner dat hulle ons volk kan skop, ons volk kan slaan, maar dat ons volk deur die Here na hierdie beloofde land gelei is, en nooit – nooit! – sal gaan lê nie!"

Albert stap uit, op na Die Ploegskaar.

Susan en Vlooi is vir die oomblik vir die wêreld verlore. Albert los die tortelduifies alleen agter sodat hulle hul heil kan uitwerk.

Willie is agter die kroegtoonbank. Daar is net 'n paar mense in die kroeg.

Albert begin so in die aanstap met Willie praat: "Jy't gesê jy't iets om my te vertel."

Willie kyk links en regs om seker te maak hulle's veilig. Dan gee hy die drupmatjie waarop De Wet sy nommer geskryf het vir Albert.

Daar is niemand naby hulle nie, maar Willie fluister amper wanneer hy praat: "Sy naam is De Wet. Polisie. Gevra dat ek al die ouens vra om hom te bel as hulle enige informasie het oor wie vir Buffel getik het."

Albert staan 'n paar sekondes sprakeloos na die kroegman en staar. "Hoe't hy geweet om hier te kom vra?"

"Buffel se ma."

"Shit! Ons moes daaraan gedink het." Albet se gesig versomber. Hulle is skielik albei hiperbewus van die paartjie by die deur wat met 'n irriterende gegiggel vir mekaar vertel van die skade wat 'n dieptebom kan aanrig as jy nie weet dat jy dit liefs op 'n leë maag moet drink nie.

Dan neem Albert 'n harde besluit. "Bel vir Drie-Twee, sê vir hom om haar dun te maak en haar lyk te laat verdwyn. As hulle nie 'n lyk het nie, het hulle net 'n vermiste persoon."

Willie weet van beter as om vrae te vra. Dis 'n oorlog dié. Hy stap weg.

Albert kyk na die naam en nommer op die coaster. Die bliksem gaan 'n lang pad moet stap voordat hy vir hom wat Albert is, sal kry.

In 'n ou pakkamer in die kelderverdieping van die ou gebou van Buitelandse Sake volg die kind se verskrikte oë elke beweging van Susan.

Die kind sit op 'n matras op die vloer. Daar is niks anders in die kamer nie, buiten die 40 W-gloeilampie wat kaal teen die plafon brand. Horatio, die Vuis wat bedags nog by een van Eskom se instandhoudings-eenhede werk, het gesorg dat hulle krag in die gebou het.

"I want my mommy," prewel die kind.

Susan kan sien hoe bevrees sy is. "Don't worry, you'll see your mommy soon," sê sy.

Die kind staar net die vrou met die balaklawa aan.

"Eat!" beveel Susan haar.

"I don't like chips."

"If you want to see your mommy again, you better eat those chips."

Die kind neem een tjip en plaas dit in haar mond.

"Good girl!"

'n Rukkie is daar silte en dan begin Susan met haar praat, in 'n stem wat baie aan dié van die kind herinner, maar sonder die onskuld van die kind. "Snaaks hoe die lewe werk, nè? Voor vier-en-negentig sou jy in 'n kaia agter in 'n wit mens se erf saam met jou mammie gebly het en geleer het hoe om 'n bediende te wees, en nou is jy 'n klein prinses-sie wat in 'n paleis woon terwyl die wit mense en hulle kinders in die kaias woon."

"I don't understand that language," antwoord die kind.

"Eendag sal jy, my meidjie, eendag sal jy."

Susan los haar daar. Later sal sy terugkom met 'n piepiepot. Laat die kind vir eers knyp.

— IV —

Dit het Gerhard plesier gegee om haar te sien ween. Hy en Christine het mekaar verlede week al hier ontmoet – die dag waarop sý gehuil het. Tóé het hy besef daar is beloftes wat gebreek sal moet word. En niemand sou hulle breek as hy hulle nie dwing nie.

Christine se belofte aan sy gesiglose pa dat sy nooit sy identiteit sou verklap nie. Om mee te begin.

"Ek's nie seker of dit 'n belofte is wat … wat jy … die reg gehad het om te maak nie." Só het hy aan haar gesê. Doelbewus "jy" gebruik. Om haar af te druk.

Dit was ook nie sy pa se reg om op anonimiteit aan te dring nie, het hy ook vir haar gesê.

In haar antwoorde was nuwe pyn saamgebondel met ou feite. Sy pa – sy biologiese pa – het geweet die baba is weggegee. Nooit probeer om die baba op te eis nie, dis ook waar. Wou nie die kind hê nie. Soos Christine wel wou gehad het nie.

Maar hoekom het sy, nadat sy kinderjare volledig afgehandel was, skielik na hom begin soek?

"Omdat ek dit elke dag van my lewe, elke dag sedert ek jou laat gaan het, berou het. As ek kon, sou ek die tyd terugdraai en …"

Het sy gesê.

Die futiliteit daarvan het Gerhard hard laat sug.

"As," het sy begin, "as ek kon …"

Hy moes haar stuit. "Daar is een ding wat ek wil hê jy baie goed moet verstaan," het hy gesê. Hy het afgemete gepraat, sodat Christine sy onverbiddelikheid kon begryp. "Daar is 'n vrou op hierdie aarde, haar naam is Rika Naudé; sy het nagte deur met my op haar skoot gesit, sy het Sondagaande my ore skoongemaak en my naels geknip, sy't my geleer om te lees en somme te doen. Sy was by elke rugbywedstryd wat ek op laerskool gespeel het. Inderdaad, sy't op en af langs die kantlyn gehardloop en 'gee die bal aan, seun, gee die bal aan!' geskreeu en rustyd lemoene aangedra; sy was daar toe ek in eisteddfods gesing en in skoolkonserte opgetree het; sy was daar toe ek my arm gebreek het en vyftien steke in my been moes kry; vir die twaalf jaar van my skooljare het sy in die snoepie gewerk, en toe ek nog op agt jaar my bed natgemaak het, het sy sonder 'n woord my matras in die son laat sit en nie 'n woord daaroor gesê nie. Daardie vrou het my nie gebaar nie, maar sy was, en is nog steeds, my ma."

Hy het stilgebly sodat die volle lading van sy woorde kon insink. En toe voortgegaan, voordat sy kon praat, voordat sy hom van insig kon laat verander. "Jy is die vrou wat my gebaar het, maar ek ken jou nie en jy is nie my ma nie."

Christine het gegryp na grashalms, na 'n logika sonder rede: "Ek weet, maar ek sou gewees het as sy jou nie by my gesteel het nie."

Weer wou hy skree. Verskonings! Pateties! wou hy die woorde uitspu. Maar toe hy begin praat, het hy self geskrik vir die ys in sy stem. "Sy't my nie by jou gesteel nie, jy't my weggegee ... omdat jy, uit jou geloof, my aanneem-pa geglo het dat die enigste manier om jou van die sonde van jou affair met my biologiese pa te verlos, was om my weg te gee ... en dit terwyl die man met wie jy getroud was jou reeds die affair vergewe het en bereid was om my soos 'n eie kind groot te maak."

Christine het saggies begin huil. Hier, op dieselfde bankie waar hulle nou sit.

Hy het net gesit en kyk hoe sy huil. Weg van haar gesit. En toe het hy verder gepraat. Hy het hard probeer om 'n bietjie warmte in sy stem te kry, maar die Vader weet, hy het dit nie gevoel nie. "Jy moet weet ... ek sal jou graag leer ken ... ek is seker my ma ook, maar dit gaan nie gebeur tensy jy my vertel wie my biologiese pa is nie."

"Ek het hom belowe ..."

"... en my gebaar."

Dit het haar stilgekry. En 'n besluit laat neem. "Hy was 'n offisier," het sy gesê. "Op die grens ... 'n jaar of twee voor die einde van die oorlog. Dinge tussen my en my man het nie goed gegaan nie. Ek het hom in 'n kroeg in Windhoek ontmoet ... kaptein Marius Olivier. Ons het mekaar daarna oor die volgende twee jaar aan en af gesien toe hy op pas was ... en gedurende daardie twee jaar het ek en my man weer reggekom, maar net voor dinge weer reg was, toe raak ek verwagtend ... met jou."

Gerhard het haar onderbreek: "Lewe hy nog?"

"Ek weet nie ... het hom nooit weer daarna gesien nie."

In die stilte wat gevolg het, het Gerhard weer die woede in hom voel opborrel. Hy het opgestaan. 'n Paar treë van haar weggeloop en toe omgeswaai. "As jy my kom soek het omdat 'dinge' nie tussen jou en jou man uitgewerk het nie, moet jy nou weet, jy sien my nooit weer nie."

"Dinge het nie uitgewerk nie ... omdat ek en hy nie kinders kon hê nie – hy was onvrugbaar. Daarom was hy bereid, ná ek hom vertel het dat ek 'n ander man se kind dra, om jou soos 'n eie kind groot te maak. Hy wou, meer as enige iets anders, 'n kind hê, maar ek het jou wegge-gee om my siel te red, en op die ou end het dit ons verhouding geknak."

Gerhard het na die vrou voor hom gestaar. Hoeveel male al het die-selfde woorde deur haar gedagtes gemaal in haar pogings om haarself, haar lewe te regverdig? "Dit spyt my dat jou siel so duur gekos het," het hy gesê en weggestap.

Nie omgekyk nie.

Hy sou nie kon verduur om te sien hoe sy weer huil nie.

Sy groot probleem, het hy besef, is dat dinge in die ou apartheids-dae anders gedoen is. Hy kan baie daarvan nie werklik verstaan nie. Veral nie hoe die weermag-dinge gewerk het nie. Hoe moet hy nou, met die apartheid-regime reeds kort duskant twintig jaar uit die stoel gelig, werklik verstaan hoekom mense so anders opgetree het as wat beskaafde mense veronderstel is om te gedoen het? Rudi en Christine is vir hom een en dieselfde. Swakkelinge wat nie hul geloof gestand kon doen nie. Ander mense uitgebuit of gebruik het om uit hul eie verknor-sings te kom. Waar was hul geloof?

— V —

Davids bring die nuus wat De Wet nie wil hoor nie: Buffel se ma is weg.

"Weg soos in 'nie daar nie' of weg soos in 'weg'?"

Davids het al die bure uitgevra, en die nuus is weird. "Sy't eenvoudig verdwyn."

"Sy was 'n dag of twee gelede in hierdie kantoor."

Ag Vader, De Wet is weer op een van sy logika-trips.

"En nou is sy weg."

'n Mens kan dit ook net op soveel maniere sê, dink Davids.

De Wet klaarblyklik ook. Hy is tjoepstil. Staan op, stap in die kantoor rond. Gaan sit weer. Praat met daardie verdomde papegaai. Staan op, stap op en af in die kantoor. "En haar huis?" vra hy uiteindelik.

"Wasgoed op die draad ... geen teken van moeilikheid nie."

"Ek wed jou 'n maand se salaris daai tannie is nie net weg nie, sy's regtig weg, soos in weg-weg. Haar seun se lyk word in 'n veld gedump en 'n paar dae later is sy 'weg'."

"Ek wed nie meer nie. Maar totdat ons 'n lyk het, is sy net weg, soos in missing person weg."

"En die huis is skoon?"

Sy moet veg om haar humeur te beteuel. "Ja." Sy haal 'n plastieksakkie uit haar sak. "Maar ek het hierdie in die huis gekry." Sy gooi die sakkie met 'n armband daarin op De Wet se lessenaar.

De Wet gebruik 'n pen om die armband uit die sakkie te haal sonder dat sy vingers daaraan raak. Die armband het die WB-kenteken daarop. Rooi agtergrond, swart sirkel, wit vuis teen die swart agtergrond. "Dis 'n nuwe een," sê hy.

No shit, Sherlock. Sy het ook oë. Maar sy weet hulle is besig met 'n ander gesprek, 'n baie lang een oor die opvolg van leidrade, die uitpak van leidrade, die maak van afleidings, die verifikasie van feite. De Wet het maar net, danksy jare se ondervinding, 'n manier gevind om dit alles by implikasie te teleskopeer in opsommende vrae.

"Voel vir my soos 'n paar ander wat ek oor die jare gesien het," sê hy.

"Ja."

"Nou hoekom dink jy sou mevrou Basson so iets in haar huis hê?"

"Miskien moet ons haar seun vra."

"Haar seun wat in die lykshuis lê?"

"Ja, maar hy't maatjies wat nog lewe, en soos ek dit verstaan, is hulle manne wat 'n vrou kan bevredig." As De Wet stuitig kan wees, hoekom nie sy ook nie? dink Davids.

"En hoe sou jy dit weet?"

"Hulle ploeg diep."

O, die onverbiddelikheid van polisielogika, dink Davids. En so voorspelbaar.

By Die Ploegskaar kry hulle vir Albert en Willie diep in gesprek oor rugby.

"Dagsê, manne," laat waai De Wet.

Dis hoekom sy so baie van haar partner hou, al sal sy hom dit nooit laat agterkom nie. Hy kan die een oomblik nog gesels oor die sielkundige verskille tussen die ondervragingstegnieke van die KGB en dié van die Chinese, oor die subtiliteit van suggestie, en die volgende oomblik kan hy inval by die plaaslike vernacular, soos hy dit noem. "Dagsê."

Antwoord Albert: "Dagsê."

Eggo Willie: "Dagsê." En dan: "Albert, dis die speurders waarvan ek jou ... en al die ander manne vertel het."

"Aangename kennis," sê Albert, steek sy hand uit om formeel te groet. "Welkom." Hy skud ook met Davids blad.

"Hoe gaan dit daar met die ondersoek?" vra Willie.

"Ons kap aan," sê De Wet. "Ons kap aan."

"Nee, maar ek's bly om dit te hoor. Waarmee kan ek help?"

"Snaakse ding ... Marthinus se ma ..."

"Van wie praat ons nou?" vra Albert.

"Buffel," verduidelik Willie.

"O, sorrie, ons het hom as Buffel geken – Buffel Basson – soos Vleis

Visagie en Os du Randt, jy weet ... Ek betaal honderd rand vir iemand wat my kan sê wat hulle regte name is."

De Wet glimlag net vir hom, knik.

Val Davids in: "Was sy ooit hier?"

"Wie?" Willie gaan dit nie vir hulle maklik maak nie.

"Sy ma."

"Nie sover ek weet nie," sê Willie.

"Hel," val Albert in, "ek weet nie eers of sy geweet het dat hy hier gekuier het nie."

"Dit was sy wat ons van hierdie plek vertel het," verduidelik De Wet.

Davids sien hoe Albert vir Willie kyk, 'n gesig trek. Asof hy wil sê: Donder, kan jy dit glo?

De Wet gaan aan asof hy dit nie gesien het nie, "en nou het sy verdwyn."

"Hoe bedoel jy verdwyn?" vra Willie.

"Verdwyn. Vermiste persoon."

"Shit, Willie," sê Albert, "as dinge so aangaan, gaan die ouens vir hulle 'n nuwe watergat loop soek en ek saam met hulle."

De Wet draai na Willie. "So, jy't niks gehoor nie? Ons weet mos hoe dit gaan ... 'n kroegman hoor alles."

"As ek iets gehoor het, het ek dadelik gebel. Die nommer wat jy my gegee het, lê net daar."

Voor hulle uitstap, trek De Wet weer sy Colombo-truuk. "Terloops, het julle dalk al dit vantevore gesien?" Hy hou die WB-armband tussen duim en voorvinger op.

Albert en Willie staar na die armband. O, hulle is goed, dink Davids. Hulle is goed. Knip nie 'n oog nie.

"Wat is dit?" vra Albert.

"'n Kenteken wat jy om jou arm dra," antwoord De Wet.

"Dit kan ek sien, maar wie dra dit?"

"Dis wat ek gehoop het julle vir my kan sê."

"Nog nooit so iets gesien nie," sê Willie.

Albert beaam: "Ek ook nie, no clue."

De Wet knik. Hy en Davids stap uit.

Sy weet wat De Wet volgende vir haar gaan sê. Dat hulle teen die tyd dat hulle uitgepluis het wat met Buffel en sy moeks gebeur het, 'n baie groter vraagstuk gaan hê om op te los. Maar gee hom kans. Hy sal dit iewers op pad terug kantoor toe sê.

— VI —

Rudi blaai deur sy versameling preke. Hy het dit deur die jare netjies bygehou, in sy eie handskrif.

Ons dink altyd aan sonde as 'n lysie goed wat ons nie mag doen nie, het hy op 26 Februarie 1984 gepreek, een van sy eerste preke, nog voor hy getroud was. *En drank, dobbel, seks, owerspel is nie die ergste daarvan nie. Stilte is. Mense wat nie met mekaar kommunikeer nie. Nie vir mekaar sê wat hulle pla nie.*

Hy was so jonk. So wys.

Op 7 Juie 1991 – die kinders was nog kleuters, dalk 'n bietjie ouer – het hy vir die Kindersondag gepreek oor die mure van Jerigo. Hoe 'n mens nooit moed moet verloor nie. *Soms gebeur dinge nie gou nie. Die mure van Jerigo het eers geval die sewende dag nadat hulle sewe keer om die stad geloop het. Is dit die moeite werd om altyd op die Here te vertrou? Soms begin ons daaroor twyfel. Om aan te hou doen wat die Here van jou vra, al lyk dit nie of dit enigiets gaan verander aan jou probleem nie. Dis geloof. Wanneer ons begin twyfel, staan op, en sê vir jouself: Nogmaals om die mure van Jerigo.*

Só het hy gepreek. Mense het geluister na hom. Hy was nog jonk, maar die gemeente het hom al op die hande begin dra. Die dominee wat harde dinge gedoen het – vir die Here.

Nou word daar van hom verwag om in sý lewe die moeilike dinge te doen. Maar hoe vra 'n mens soveel jare ná jou dwaling vergifnis? En by wie? Sy vrou het hom verlaat, sy seun het hom verloën en Rudi het 'n diepe behoefte om na iemand uit te reik. Te praat. Menslike begrip te ervaar.

Waar hy nou is, is dit koud, bitterlik koud.

Hy staan op en stap tot voor Esmé se kamerdeur. Hy klop, maar kry geen antwoord nie. Hy klop weer en hoor ná 'n ruk 'n gedempte stem: "Ek's besig."

"Esmé ..."

"Ek wil nie nou praat nie."

Hy wil – hy móét, kan sy nie begryp nie?

"Ek verstaan," sê hy uiteindelik, "maar daar's iets wat ek vir jou moet sê."

Sy antwoord nie.

"My kokkerot ... asseblief ..." smeek Rudi. Hy is desperaat.

Hy wil omdraai om na sy studeerkamer terug te keer, maar hoor hoe sy van die bed opstaan. Sy maak die deur oop, maar nooi hom nie in nie. Hy merk nie die sprankeling van lewenslus wat altyd by haar te sien is nie.

"Ek wil hê jy moet weet, hierdie moeilikheid tussen Ma en my ... dis net tydelik ... alles sal weer regkom," sê hy.

Esmé kyk by hom verby, in die gang af. Hy weet daar is niks om te sien nie, maar sy doen dit doelbewus. Dis 'n sein. Hy is nie meer die belangrikste persoon in haar lewe nie.

"Ek wil nie hê dit moet jou ... moet jou ..." Rudi verstil. Hy kan die woorde nie raakgevat kry nie, "... van stryk af bring nie, as jy weet wat ek bedoel ... veral jou studies. Die meeste huwelike gaan maar die een of ander tyd deur 'n ... 'n rocky patch soos die Engelse dit stel, maar hulle kom daardeur."

"Ek reken dit hang af van watse soort rotse in daardie patch is – 'n man in 'n gat op die grens; dat Pa God se naam gebruik het om 'n vrou se kind by haar te vat; of die feit dat my ma, as gevolg van my geboorte, nie meer kinders kon hê nie. Is dit die soort rocky patch waarvan Pa praat?"

"My kind, dis nie waar nie."

Dit klink so pateties, hy kan verstaan hoekom sy nou so 'n harde trek op haar gesig kry.

"Watter deel is nie waar nie, die gat op die grens, die onetiese optrede, of die baarmoeder wat iewers op 'n ashoop lê?"

Rudi verkies om nie te antwoord nie.

Esmé stoot die deur stil in sy gesig toe.

— VII —

Antoinette kan nie wag vir die middag om af te wentel skemer toe nie – Adriaan se tuiskoms het skielik 'n groot ding geword. Sy sit met die senuwees van 'n ware samesweerder: wag vir nuus, wag vir bevestiging dat die planne wat hulle tot saans laat maak, besig is om dinge aan die gang te sit by African Queen.

Vandag het Adriaan groot nuus, hy het dit reeds oor die foon gesuggereer.

Dit is vir Adriaan 'n al-die-veld-is-vrolik-dag. Hy neurie die liedjie, sal nie waag om te sing nie, koester liewer die herinnering aan Ouma wat dit gesing het, jarre trug, voor sy haar kunsgebit gekry het.

Hy staan langs Antoinette in die kombuis. Sy skoene reeds uitge-trek, stap op sy sokkies op die Italiaanse marmer rond. Terwyl sy vir hom 'n whisky bou, trek hy sy das los.

"En ...?" por sy hom aan.

"Al ooit 'n Parktown prawn in 'n bottel sien rondspring? Dis hoe hy lyk."

Sy neem aan dis die benoude Zweli van wie hy praat.

"Dis verstommend wat mens met een oproep kan vermag."

Dis die gevolg, maar eers wil Antoinette weer die warm lekker voel van die oorsaak wat hulle saam uitgebroei het. "Ek wil die presiese woorde wat jy gebruik het weer hoor."

"This call is confidential, but, as a director of African Queen," erg formeel, "I am morally obliged to inform you that our CEO is not being quite honest with you. The world recession has placed the company's cash flows under severe pressure. Insolvency is a real possibility. En dit was dit."

Hulle sit in die sitkamer. Antoinette op die rusbank waar haar pa enkele weke gelede gesit het. En sy sien spoke. "Maak net seker dat nie hy, of Boetjan of Elna of enigiemand anders, ooit jou spoor na daai Amerikaners kan volg nie."

"My skat, ek het daardie kommunikasie so diep begrawe dat nie eers die Skerpioene of die Hawks dit sal kan volg nie, never mind 'n laitie van dertig wat hom verbeel dat hy die besigheid wat hy by sy pa geërf het soos ek kan bestuur."

Antoinette geniet die rol van samesweerder baie. Sy laat haar stemtoon val. "En die manna wat my pa en ma uit die hemele na ons gestuur het, bly ons geheim ..."

"... totdat ons dit gebruik om wat ek gebou het, uiteindelik te besit. Dan gaan almal weet, en glo my, ek gaan seker maak hulle weet: Laatlammetjie staan altyd agter in die tou, maar nie meer lank nie."

"Nou ja, jy weet mos wat hulle sê: Geld maak jou nie gelukkig nie, maar dis baie lekkerder om gelukkig en ryk te wees as ongelukkig en arm."

Adriaan lig sy glas in 'n stille heildronk op haar.

Hulle klink glase.

Elisabeth kom saam met die gerinkel van hul glase die kamer binne. Sy weet dit nie, maar albei haar ouers is op die toppunt van euforie. Sy sal met hulle kan toor, as sy wou.

Heel onskuldig, maar darem met erg voorbedagte rade, laat biggel sy die vraag oor haar onskuldige lippe: "Ma, Pa, hoe lank gaan ek nog gehok wees?"

Adriaan reageer eerste. "Weet jy wat? Jou hok is klaar."

"Adriaan ...?" Antoinette wil nog nie toegee nie, die klein merrie nog so 'n bietjie bloots ry, dat sy nederig kan bly.

"Wat help dit mens het 'n bietjie sukses in die lewe en mens deel dit nie met jou kinders nie?"

Antoinette gee hom 'n lief-klappie teen sy boarm. Binne die gesinskodes weet sy dat daar net een manier is hoe hierdie dag gaan eindig, en dit sal nie met Elisabeth onder dieselfde dak wees wanneer sy en Adriaan klaarmaak nie.

"Dankie, Pa!" Die kind is so oorbluf dat sy nie heeltemal die regte gesig vir die geleentheid gedra kry nie.

Adriaan neem die leiding: "Ek stel voor jy neem my kar en gaan vier dit met jou vriende. My sleutels is in die voorportaal." Hy haal sy beursie uit sy gatsak, haal met flinke vingers driehonderd rand uit en gooi dit met dramatiese swier op die koffietafel voor Elisabeth neer. "Sorg net dat jy nie drink en bestuur nie."

Elisabeth raap die geld op en omhels haar pa. "Pa is my hero!" Nou begin die stralende gesig darem naastenby by die borrelende stem pas.

"Ek sou so bleddiewil hoop."

Elisabeth hardloop uit.

Antoinette is gemaak kwaad: "Jy weet daai meisie draai jou om haar pinkie ... van sy gebore is."

"Wat kan ek sê? Sy's haar ma se kind en haar ma het my lankal om haar pinkie."

Antoinette beweeg nader aan haar hart se punt. "Daar is niks so aantreklik soos 'n man wat verstaan hoe die wêreld werk nie ..." Sy byt sy oor en knor. "Al die voëltjies sing," neem sy Adriaan se deuntjie van flussies oor.

— VIII —

Op 'n manier was Gerhard voorbereid op sy gesprek vanoggend met Christine. Toe hy die adres sien op die pakkie wat sy na hom uithou, het hy geweet presies hoe waardevol sy gesprek met Boetjan was.

Gerhard het geweet Boetjan is die een persoon wat hom dalk helderheid kan gee. Hy het by hom gaan aanklop. En uit die staanspoor het hy onder die indruk gekom van hoe belangrik nommers in die weermag was.

"Het sy jou sy nommer gegee?" het Boetjan gevra.

Eenvoudige vraag, maar vir iemand wat ritse selfoonnommers ken en daarnaas niks, was die antwoord 'n kulturele ontdekkingstog.

Boetjan het die een of ander army-tipe nageboots wat op iemand skree: "Nommer, rang en naam!" Toe antwoord hy met sy eie stem, effens bang, baie pateties: "84479227 BG, skutter Johannes Hendrik Cilliers! Korporaal!"

In die weermag het elke soldaat 'n nommer gehad, het Boetjan ver-
duidelik. "Om die waarheid te sê, jy was nie 'n mens nie, jy was 'n
nommer." Hy het twee metaalplaatjies wat aan 'n ketting om sy nek
hang van binne gehaal. "My dog tags. Een vir die body bag en een aan
jou groottoon vasgebind – as jy op die grens dood is."

Gerhard het die twee dog tags geneem en gelees wat daarop staan.
84479227 BG; Cilliers, J.H; Bpos.

"B positief. My bloedgroep."

"Jy onthou nog jou nommer?"

"Dis 'n nommer wat jy nooit vergeet nie. Daar sal baie M. Oliviers
oor die jare in die weermag gewees het. In my kompanie, byvoorbeeld,
was daar twee J.H. Cilliers. Maar daar sal net een M. Olivier wees met
sy nommer en net een lêer wat iewers in 'n kommandement se argief
lê met daai nommer bo-op geskryf. Daar was baie persoonlike infor-
masie in daardie lêers."

"Hoekom dra Oom nog die dog tags?"

"My broer, Francois, is op daai grens oorlede. Syne was aan sy lyf
en body bag. Myne hou ek hier ... dis hoe ek hom naby my hart hou."

Toe Gerhard uiteindelik van Boetjan wegstap na sy kar, het hy
Boetjan se stem agter hom gehoor: "Ses, trippel agt, vier, vyf." Hy het
gestop, omgedraai.

"My geweer se nommer," het Boetjan verduidelik. "Die ander
nommer wat jy nooit vergeet nie."

Was sy pa ook só? het Gerhard gewonder. Gebrandmerk met
twee nommers?

Die gesprek was nog helder in sy gemoed toe Christine vanoggend
vroeg weer bel. Sy wou hom sien. Het iets vir hom.

'n Pakkie ou briewe, blyk dit. Aandenkings van 'n minnaar, met 'n
toutjie vasgebind. Die soort dinge wat 'n mens om onverklaarbare redes
hou, al is die verhouding verby. Afgehandel.

"Miskien omdat hulle die enigste dinge was waaraan ek kon vat, wat
my na aan jou laat voel het," het Christine probeer verduidelik. Sy het
die pakkie aan Gerhard gegee.

Hy het daaroor gestreel. Asof hy aan sy biologiese pa raak. Hy het die pakkie omgedraai, en dit is toe dat hy die adres van die afsender op die agterkant van die onderste brief sien. In blou ink:

76346628 BG
M. Olivier (Kapt.)
Privaatsak X 63
Grootfontein

"Watse soort werk het hy in die weermag gedoen?" het hy gevra.

"Ek weet nie. Hulle mag mos nie gepraat het oor wat daar aangaan nie."

Gerhard het die pakkie briewe in sy hand omgedraai. Om en om. "Dankie," het hy geprewel.

"Ek wil hê jy moet weet," het Christine gesê, "dat al was hy en ek albei getroud, het ons mekaar baie liefgehad. Dis vir my moeilik om hieroor te praat, maar jy … ons … dit was nie net 'n seks-affair nie. Ons het mekaar liefde gegee in 'n tyd toe ons albei liefde nodig gehad het."

Sy het 'n oomblik verstar. "En in daardie liefde is jy gemaak."

Gerhard het weer gewag dat sy moet voortgaan. Moontlik soek sy net na woorde.

"En so sal ek altyd aan jou dink … my liefdesbaba."

Die woord ruk hom. Hy het sy oë gesluit om te keer … Dit het nie gehelp nie. Die trane het gekom, van iewers af, hy weet nie. Hy het gevoel hoe sy skouers skud, hoe sy mond ooptrek, gereed vir die klanke wat moes kom. Maar nie gekom het nie.

Christine het haar arms om sy skouers gesit en hom getroos. Gerhard was bewus van haar arms, van die woorde wat sy gesê het. Dit het nie saak gemaak nie. Niks kon herstel word nie, maar vir die oomblik was die band tussen ma en kind weer heel.

En nou, terwyl hulle nog so sit, die trane wat op sy wange begin droog word, dink hy aan die skrywers en wysgere van die verlede, hoe presies hulle geweet het hoeveel die mens kon ly. Hoe maklik dit gebeur terwyl mense eet of vensters oopmaak, of sleepvoet deur 'n park drentel, soos die ma en kinders dóér in die verte. Of op 'n bankie sit, en die verlore jare en vergete liefde saamkom in die vorm van 'n arm om 'n skouer.

— IX —

Die man wat antwoord praat 'n fênsie Engels. Dit hoor Vlooi aan die manier waarop hy "hallo" sê. Was seker by 'n privaat skool.

"Have you got a pen?" vra Vlooi. Nie nou die tyd om te worry of sy Engels orraait is nie.

"Who is this?" vra die man.

"The man who's got your daughter. Have you got a pen?"

Vlooi hoor hom na sy asem snak, iets onverstaanbaars mompel.

"Yes?"

Vlooi lees, stadig en duidelik, sodat daar absoluut geen misverstand kan wees nie: "You are going to transfer ten million rand to the account I'm going to give you, or you will never see your daughter again ... Talk to the police, she dies, miss the deadline, she dies ... You will not hear from us again. We will not negotiate. Now write this down ..."

Vlooi gee die banknommer en rekeningbesonderhede, spesiaal vir Albert geskep deur 'n ou Nasionale Intelligensie-hand. Niemand gaan dit kan trace nie.

Vlooi beëindig die oproep. Vee die gehoorstuk net vir die wis en onwis 'n laaste keer met sy sakdoek skoon.

Hy is al halfpad op pad terug na Die Ploegskaar wanneer die argument wat hy in die luuksueuse woning in Waterkloofrif ontketen het, behoorlik op dreef kom.

"Gaan polisie toe," fluister die vrou op Zoeloe.

As Vlooi die huis se interieur gesien het, sou hy dadelik geweet het hulle het die jackpot getref. Nie eens sy oorlede oom Jan het in sulke weelde gewoon nie.

Haar man probeer ook fluister, hoekom weet hy nie, want benewens die bediendes en tuiniers is daar niemand op die perseel nie. "Ons was klaar by die polisie!"

"Nadat dit gebeur het – maar toe het ons gedink die motor is net gekaap."

Met vrees wat sy oë groter laat lyk as wat hulle is, sê haar man: "Hy het gesê as ons polisie toe gaan of die spertyd mis, maak hulle haar dood."

"Ek het hierdie soort dinge al op TV gesien," sê sy vrou. "Dis wat hulle altyd sê. Toe, jy is 'n vooraanstaande sakeman. Hulle sal hul beste mense bring."

"Hierdie is nie TV nie!" Hy is verbaas oor sy vrou se kortsigtigheid. "Hierdie is die real deal. Ons gaan daardie geld voor die spertyd oorplaas, anders is ons dogter dood."

"Dis my dogter waaroor jy praat!" Sy skree nou amper.

"Sy is my dogter ook," kom sy antwoord, sag.

Die vrou loop so vinnig in die kamer op en af as wat haar Jenny Button-pakkie dit toelaat.

"Ons betaal, of sy sterf," sê haar man.

Die vrou kom tot rus. "Hoe weet ons dat hulle haar nie in elk geval gaan vermoor nie, maak nie saak of ons betaal of nie?"

"As ek nie betaal nie, is sy vir seker dood."

Nou moet hulle besluit.

Maklik.

"Betaal hulle – en mag God ons help!"

— X —

Jan het twee spreekwoorde gehad wat hy graag gebruik het, die een as motivering – *Die lewe is alleen draaglik as mens 'n bietjie dronk is*, wat hy by Uys Krige gekry het – die ander as verduideliking vir 'n milddadigheid buite die sfeer van verjaarsdae en feesvierings – *barmhartigheid begin tuis*.

Nou goed, Maria weet dis maar net 'n vertaling van die ou Engelse spreuk *charity begins at home*. Jan het altyd met groot omhaal van woorde verduidelik dat dit 'n ou Engelse gesegde is, die eerste keer in 1383 opgeteken, en dat dit verband hou met dinge wat die ou Griek Theocritus verkondig het. In daardie tye het dit beteken dat 'n mens liefdadigheid tuis moes beoefen en dit van daar uitsprei na die kringe buite jou huis, dit wil sê die gemeenskap. "'n Middeleeuse ubuntu," het Jan altyd met 'n gelag gesê. Maar in moderne tye het dit begin beteken wat Jan wou hê dit moes beteken: dat 'n mens vir jou vrou en gesin geskenke gee wanneer jy lus gevoel het om dit te doen, of wanneer 'n emosionele opkikker welkom sou wees.

Hier, onder haar dak, sit haar verwese skoonsuster. Haar huwelik is nie te lekker nie. Haar seun gee haar hope smart. Haar gemoed is aan flarde. Sy is 'n Cilliers, bygesê, wat verklaar hoekom sy nie eintlik die sluise oopgetrek kry en 'n slag haar emosionele rampgebied skoonhuil nie.

Maria gaan dit verander. Barmhartigheid begin tuis.

Rika is besig om met die hand skottelgoed te was wanneer Maria van die winkels terugkom, 'n groot plat boks in haar hande. "My sus," roep Maria uit, "ek het jou gesê as ek jou weer met jou hande in daardie wasbak vang, stuur ek jou terug huis toe."

Rika lag verleë – wat Maria se aandag net daarop vestig dat sy geen grimering gebruik nie. "Ek kan nie net sit en niks doen nie," probeer sy verduidelik.

'n Klomp koppies, borde, bakke en potte staan op die werktafel gestapel. Maria kan sien hulle blink soos net 'n geoefende hand hulle kan laat blink. "Dis jou probleem, Rika," sê sy. "Jy was vir so lank die hoofdienaar van jou man se kerk dat jy vergeet het dat daar buite daardie mure 'n wêreld is waar mense elke nou en dan 'n bietjie pret het." Sy maak die boks sonder woorde oop en haal 'n pragtige rok daaruit. "Ta-raaaaa!" roep Maria, hou die rok omhoog.

Rika staar terwyl sy haar hande droogmaak.

"En? Wat dink jy daarvan?" Maria kan nie glo dat Rika nie opgewonde is nie.

"Dis pragtig."

"Dis joune!"

Nou kom daar lewe in daardie twee oge. "Myne?" Rika neem die rok by Maria, druk dit teen haar.

Wanneer laas, wonder Maria, wanneer laas ...? "Ek en jy, suster," sê sy, "gaan vanaand by die heerlikste restourant eet en drink en lekker kuier, want as ons nog 'n dag langer in sak en as in hierdie huis sit, gaan ons albei binnekort soos twee ou hekse lyk."

"Maria ..." Rika probeer terugrem, onseker oor hoe 'n enge mens so 'n voorstel kan aanvaar.

"Ek vat nie nee vir 'n antwoord nie."

"En wat van my?" Ouma het haar rolstoel tot in die kombuis se deur gebring.

Maria kyk haar verbaas aan. Is die ou vrou ernstig?

"Moet ek nou alleen hier bly?"

"Nee, ek het Elisabeth tweehonderd rand aangebied om by Ma te wees terwyl ons weg is." As daar nou een ding is wat Maria nie gaan doen nie, is dit om Ouma saam te sleep na 'n besige eetplek.

"Nou hoekom sal ek heelaand met 'n agtienjarige flerrie wil sit en gesels?"

Maria besluit om dit lig te hou, effens spottend. Sal niks skade doen om die ou vrou ook uit haar dop te laat kruip nie. "Eerstens, omdat Ma nie 'n keuse het nie, en tweedens omdat, volgens die stories wat ek oor die jare oor Ma gehoor het oor toe Ma jonk was, Ma waarskynlik vir daardie agtienjarige flerrie 'n paar tips oor pret en plesier sou kon gee."

"Skaam jou!" Ouma het die toon gesnap. Wise old girl, sy. "Ek was nooit 'n flerrie nie. Ons het pret gehad, maar ek was nie 'n flerrie nie."

"Elisabeth ook nie. Sy's 'n sexy jong meisie soos Ma was; sy's Ma se kleinkind en miskien kan Ma haar die geheim leer van hoe om pret te hê sonder om 'n flerrie te wees. En terwyl Ma dit doen, gaan ek en Rika vir 'n paar uur ons vlerke sprei." Maria mik slaapkamer toe. "Kom, Rika, ek kan nie wag om te sien hoe jy in die rok lyk nie."

Sy lei Rika by Ouma verby, en wanneer Rika in haar kamer verdwyn, sluip Maria stil terug kombuis toe. Ouma sit soms met haarself en gesels, en Maria mis dit nie graag nie.

Jan se ma sit met 'n salige uitdrukking op haar gesig; ooglopend met 'n aangename ou herinnering. Dan begin sy praat, asof Maria en Rika steeds in die vertrek is: "Ooooe, ek wens julle kon die rok gesien het wat ek aangehad het toe ek hom die eerste keer ontmoet het." Sy maak 'n kring met haar hande, duim teen duim, middelvinger teen middelvinger. "Hy kon sy vingers so om my middel sit ..."

Maria druk haar vuis teen haar mond, byt hard op haar wysvinger, sodat sy nie kan lag of proes nie. Dan draai sy om, kamer toe. Sy moet gaan aantrek.

Wanneer Maria en Rika later soos vrolike debutante by die huis uitborrel op pad motor toe, is Maria besig om Rika te vertel van die dae toe Jan na haar kom vry het. Rika lyk verruklik in die nuwe rok, dink Maria. En haar grimering laat Maria dadelik vergeet van die vaal eendjie wat met 'n gebreekte vlerk hier aangekom het.

"En dis toe dat my pa vir hom sê: 'Verskoon my, jong man, maar as jy die opsitkers by my dogter wil brand, sal jy baie meer geld as dit moet verdien!'"

Hulle lag lekker – albei kan Jan se gesig by die aanhoor van die woorde sommer sien.

"So, hy't eintlik die besigheid begin om met jou te kan trou," skerts Rika.

Kort voor hulle by die motor kom, steek hulle vas.

Hulle sien hom tegelyk: Rudi, wat in die oprit staan.

Hy lyk verwese. Rika sien die hartseer wat sy gelaat in 'n grimas laat vasslaan.

Maria reageer eerste: "Miskien moet ek ingaan."

"Nee," prewel Rika. "Ek sal dit verkies as jy bly."

Maria stem met 'n knik in. Dis 'n moeilike situasie en sy wil nie hier wees nie.

Rika draai na Rudi: "Ek het jou gevra om nie te probeer om my te oortuig om terug te kom nie."

Hy kan net kopskuddend beaam.

"En jy't ingestem ..."

Hy is steeds sprakeloos, asof hy homself nie vertrou om te praat nie.

"Hoekom is jy dan hier?"

Uiteindelik praat hy: "Om jou te oortuig om terug te kom."

"Rika," begin Maria. Dis vir haar uiters ongemaklik om hier te staan en luister. "Jy weet dat ek jou in enige keuse wat jy maak, sal onder-steun, maar ek het julle albei lief en ek sal verkies om nie by hierdie gesprek betrokke te wees nie." Sy draai om en stap terug in die rigting van die huis.

Die egpaar Naudé staan vir mekaar en kyk.

"Rika ..."

Rika voel die irritasie by haar opwel. As hy net nie so wil teem nie!

"Ek is nie hier vir myself nie ... ek is hier vir ons gesin. Ek weet dat jy ..."

Sy wil nie verder luister nie. "Voor jy verder praat," sê sy. "Ek wil hê jy moet verstaan: Ek lê nie die manier hoe ons Gerhard gekry het voor jou deur alleen nie. Ek het geweet wat jy doen en ek het toegelaat dat jy dit doen. En ten spyte daarvan het ek in al die jare daarna geglo dat ons 'verkeerd' baie minder as ons 'reg' was en dat ek 'n soort heilige bediende was in 'n heilige huis. Maar ek glo dit nie meer nie. Ek het nie geloop om jou te straf nie, ek het geloop omdat ek nie skynheilig wil leef nie."

"As jy huis toe kom kan ons saam ..."

Rudi smeek, maar vir haar klink dit soos 'n neulende kind. "Nee, ons kan nie," sê sy ferm.

"Ons kinders ..."

"Is nie meer kinders nie. En hulle weet waar ek is."

"Is daar geen manier waarop ek ...?"

"Nee, antwoord sy nou, baie kalm. "Ons het albei 'n gat, Rudi, iewers op 'n grens, jy joune en ek myne, en totdat ons dit wat ons in daardie gate begrawe het opgrawe en daarmee vrede maak, sal ons nooit weer 'n gesin kan wees nie. En nou moet ek jou vra om my te verskoon; ek en Maria het 'n tafel bespreek, by haar en Jan se gunsteling-restourant, en ek wil nie die rede wees hoekom ons laat is nie."

Rudi antwoord nie. Sy skouers hang, nes sy mondhoeke, nes sy hele gesig. Daar is niks meer wat hy kan doen nie.

Albei draai om om van mekaar weg te stap.

"Dis 'n mooi rok," sê hy onverwags.

"Dankie." Goeie maniere kos niks.

— XI —

Hulle is drie mense in die huis en dit gaan erger as op 'n partykongres. Bertus roem hom altyd, in sy stil oomblikke van introspeksie wanneer hy nadink oor sy lewe, op die feit dat hy 'n gesonde en aktiewe humorsin het. Hy is nou nie 'n skatergat nie, maar wanneer dit regtig rof gaan, kan hy dinge makliker vir homself maak deur 'n bietjie terug te staan en die humor van die situasie in te sien.

Elna is die afgelope ruk besig met allerhande bellery en internetspeurtogte en -korrespondensie vir Zweli. Hy weet daar is 'n krisis, maar wil nie te veel uitvra nie.

Neil is meestal in sy kamer. Dwaal ook op die internet, vermoed Bertus. Soms is hy uit in die tuin in, en daar is ook tye dat die kind gaan 'speel' by skoolmaats.

Hyself is bedags by die werk, en saans bring hy werk huis toe. Sy onderneming is nou ook in 'n baie sensitiewe groeifase.

Dis hoe 'n mens sake op die oppervlak sien.

Maar Elna en Neil kry kans om kopstukke te gesels. Dis goed so. Normaalweg voel hy vere vir die *waaroor* hulle gesels. Maar nou, besef hy, is dit min of meer strategiese sessies soos hulle beplan om hom wat Bertus is te manipuleer.

'n Mens moet lag daaroor.

En hy moet erken, dit laat hom selfs belangrik voel. Dié gekonkel agter sy rug.

Gister het Elna hom bekruip terwyl hy ná werk met admin-goeters besig was. Die eetkamertafel vol papiere. Sy humeur darem nie te kort nie – dit was, glo dit of nie, 'n goeie maand, al was hulle so lank in Pretoria.

Hy het eers gemaak of hy nie bewus is van haar nie, maar sy het haar nie laat afsit nie. Haar strategie was om reguit te wees. "Neil wil teruggaan Suid-Afrika toe en sy graad daar doen."

Hy het sy pen neergesit. Die papiere voor hom rondgeskuif. Hy het gedink: As dít haar boodskap is, wat gaan die weerligafleier wees? "Buite die kwessie," het hy geantwoord. Geen toornigheid in sy stemtoon nie. Net fermheid.

Sy het natuurlik sy reaksie verwag. "Aangesien jy moet weet dat ek geweet het dit jou antwoord sal wees," het sy gesê, "moet jy jou afvra hoekom ek, ten spyte daarvan, besluit het om dit met jou te bespreek."

Na binne het hy breed geglimlag, na buite nie. Elementêre gevegskunde. "Omdat jy, om die een of ander rede, glo dat jy my kan oortuig," het hy gesê.

Sy het afgekyk, geglimlag.

Hy het besef dis 'n strategiese glimlag. Bedoel om hom sag te maak, maar ook te intrigeer. Nuuskierig te maak. Nou kom die weerligafleier, het hy ook besef.

"Weet jy, Bertus, my pa was 'n streng pa. Ons was almal bang vir hom toe ons kinders was, en my broers nog banger – banger as wat Neil vir jou is."

Daardie een was onverwags. Hy had geen ander keuse as om te sê presies wat hy weet sy verwag het hy gaan sê: "Hy's nie vir my bang nie."

Sy het 'n klein laggie gelag.

Dié kon hy maklik interpreteer – suiwer gemik daarop om hom te laat verstaan sy is 'n vrou en sy weet dat mans tog so min verstaan van die lewe.

Sy het sy antwoord geïgnoreer. "Maar die een ding wat ek en my broers altyd geweet het," het sy gesê, "en wat hy ons goed laat verstaan het, is dat, anders as wat hy grootgeword het, hy wou hê dat ons elkeen ons eie pad in die lewe moes kies, en dat ons doen wat ons regtig graag wil doen, nie wat ons dink hy of my ma wil hê ons moet doen nie. Ek het met jou getrou en 'n kind gehad omdat dit is wat ek daardie tyd wou doen. Ons seun voel 'n pad aan, 'n pad wat hy wil stap, en dis nie ons reg om ons pad op hom af te dwing nie."

Bertus het instinktief gegryp na 'n vinnige antwoord wat haar van haar koers kon dwing. Al waaraan hy kon dink, was om die wulpse Elisabeth deel te maak van die gesprek. Hy weet mos hoe gekrenk Elna was oor Antoinette se agterbaksheid, oor hoe Antoinette gemaak het asof daardie gewraakte vryery alles Neil se skuld was. "Daardie seun, Elna, voel nie 'n 'pad' aan nie … hy is agtien en vol testosteroon. Hy dink met die verkeerde kop."

Toe Elna hom begin antwoord, besef hy hy moes dieper nagedink het, nie so vinnig geantwoord het nie. Sy het Bertus se gedagtegang voorsien. "Jy onderskat hom as jy dink hy wil daar wees omdat Elisabeth daar is," het sy gesê. "Hy hou van Suid-Afrika."

Hoe kon dít moontlik wees? Kan Neil dan nie insien wat verkeerd is met daardie land nie?

Elna het opgestaan. Die gesprek was verby wat haar betref. Maar sy het 'n laaste skoot gewaag, oor sy boeg, as 't ware, net om met sy kop en emosies te smokkel. "En ja, hy is agtien en vol testosteroon … dankie vader daarvoor. Dis wat hom 'n man maak. Jy kan hom nie vir die res van sy lewe teen die lewe beskerm nie. En wat die gekafoefel tussen hom en Elisabeth betref … daar kan nie baie mense op hierdie aarde wees wat nie, toe hulle jonk en vol testosteroon was, met 'n nefie of 'n niggie of die buurman se kind for that matter, hulle seksuele selwe ontdek het nie. Ek het, en ek's seker jy ook … al was dit net in 'n fantasie."

Sy het uitgestap. Hom agtergelaat, nie met die probleem van Neil se terugkeer na Suid-Afrika nie, maar wel met 'n kwelvraag wat hom heelaand en hierdie hele dag besig gehou het.

Is die kind werklik vir hom bang?

Bertus het van die werk gekom, gaan stort en verklee.

Nou is hy by Neil se deur. Binne hoor hy sy kind se stem, maar kan nie uitmaak wie dit is wat met hom oor die internet praat nie. Vir al wat hy weet, is Neil besig om met Elisabeth te skype.

Hy klop aan die deur.

Daar is 'n geskarrel aan die binnekant, en Neil maak self die deur oop.

"Is jy besig ?" vra Bertus.

"Nee, Pa. Lê maar en dink oor al die goed wat ek moet doen voor ek gaan."

"Ek wil graag met jou oor iets praat. Kom ons sit."

Bertus is nie heeltemal gelukkig oor die vreeslik formele manier waarop hy met sy seun praat nie.

Neil gaan sit op die kant van sy bed.

Bertus trek die stoel wat voor Neil se lessenaar staan nader en gaan sit teenoor Neil. Dan staan hy weer half op. Hy voel met sy hand op die stoel se kussing. Dis warm. "Jy bedoel 'sit' en dink," sê hy.

"Ja, Pa."

Hy moet iets doen, besef Bertus. Daar is nie baie wedersydse vertroue in hierdie vertrek nie, en hy maak dit net erger. Bertus gaan sit weer.

Neil kyk na sy pa. Hy verwag ooglopend die ergste.

"Moenie worrie nie, ek het nie my mind oor Suid-Afrika verander nie ..."

Neil ontspan effens.

"Ek wil jou iets vra, en ek wil hê jy moet eerlik antwoord."

Neil sprak steeds geen sprook nie.

"Hoekom is jy bang vir my?"

Sy kind kyk dadelik weg. Weet nie wat om te antwoord nie.

Bertus praat voort: "Het ek jou ooit ... bo en behalwe die twee of drie keer wat ek jou met die plat hand op jou boud 'n pak slae gegee het toe jy jonk was ... het ek jou ooit geslaan?"

"Nee, Pa."

"Het ek ooit jou ma geslaan?"

"Nee, Pa."

"Sê dan vir my, hoekom is jy bang vir my?"

Die antwoord kom, moeilik, maar dit kom. "Pa is my pa."

"Ek's jammer, maar as jy oud genoeg is om alleen terug te gaan na Suid-Afrika, dan wil ek 'n beter antwoord hê as dit."

"Was Pa bang vir Pa se pa?"

Het Neil en sy ma die gesprek beplan? wonder Bertus. Daardie antwoord het hy nooit sien kom nie. "Ja, ek was," sê hy, "maar toe jou ma my vertel het dat sy verwag en toe ons uitvind dat dit 'n seun gaan wees, het ek gesweer dat ek nie die soort pa sou wees vir wie sy seun bang is nie. Hoekom is jy nie vir jou ma bang nie?"

Neil trek sy skouers op. "Sy's Ma. Miskien is dogters bang vir hulle ma's en seuns vir hulle pa's."

So jonk en hy is die basiese sielkunde van die lewe al baas.

"Miskien, ja."

"Ek wil hê jy moet weet dat ek baie graag wou gehad het dat jy hier swot, maar dat ek ook weet dat jy nou oud genoeg is om jou eie pad te kies ... en dat ek vertrou dat jy slim en volwasse genoeg is om die regte pad te kies."

Sy kind is skoon oorhoops. Sy pa se kapitulasie was só onverwags dat hy nie weet hoe om sy dankbaarheid te wys nie. Al wat hy kan mompel, is: "Dankie, Pa."

Bertus wens hy kan die kind vasdruk en net 'n ruk lank so hou. Hy beteuel hom – hy is seker Neil is nou op daardie ouderdom waar 'n openlike vertoon van liefde hom net uiters ongemaklik sal maak.

"Nou ja, ek neem aan jy het nog baie dinge om oor te dink, of jy nou sit of lê, voor jy gaan." Bertus staan op en stap na die deur.

Neil roep hom terug voor hy by die deur kan uit. "Pa, ek dink nie dis 'bang' nie, Pa. Ek dink dis net respek."

Bertus kyk hom aan met 'n glimlag wat wil-wil speel om die mondhoeke. "En eendag, as jy 'n vrou het, sal jy leer dat 'n man vir 'n vrou kan bang wees," sê hy, stap uit en laat sy seun agter om daardie een te probeer ontsyfer.

— XII —

Wie was Marius Olivier? Wat het sy kop maak werk? Hoeke mens was hy?

Voor Gerhard op sy bed lê nege briewe van Marius Olivier aan sy ma.

Sy regte ma. Verder weg lê die res van die stapel briewe wat Christine aan Gerhard gegee het.

Hy haal 'n tiende brief uit sy koevert. Vou die brief oop. Dit is op SAW-skryfpapier geskryf . Netjiese, outydse handskrif. Blou ink. Dis 'n kort brief, net een bladsy lank.

Hy lees:

My liefste Christine. Ek weet nie wat om te sê nie. Is jy seker? Was jy by die dokter? Het jy toetse laat doen? Jy moet weet ek het hierdie brief met 'My liefste Christine' begin omdat ek jou liefhet, maar omstandighede is so dat ek nooit my vrou sal kan los nie. My twee kinders is alles vir my, en as ek my vrou los om by jou te wees of as sy van ons verhouding uitvind, sal ek hulle vir seker verloor. Ek's nie seker wat ons nou moet doen nie. Met liefde – en ek bedoel dit, Marius.

Nie iemand wat doekies omdraai nie. 'n Reguit mens.

Een ding is vir Gerhard kristalhelder. Sy regte pa sou nooit by sy regte ma ingetrek het om hom, Gerhard, te help grootmaak nie. Hy skryf oor die baba asof dit 'n 'ding' is, en hy, Marius Olivier, gaan nie sy lewe ontwrig vir die ding in liewe Christine se maag nie.

Gerhard lê die brief neer.

In hierdie huis word nie meer saam gebid of saam geëet nie; elkeen keer terug na sy eie gaatjie.

Hy stap na Rudi se studeerkamer. Die kamer waaruit Rudi hom 'n paar weke gelede gejaag het. Vind hom in 'n gepynigde soort houding, baie soos daardie Rodin-beeld van die Denker, net jammer Rudi se skouers is dié van 'n pateet wat geen sware las kan verduur nie.

"Wat het jy vir haar gesê?" Gerhard is nie lus vir enige vertoon van respek of hoflikheid nie.

Wat hy nie verwag het nie, is dat Rudi 'n vlak van gatvolheid bereik het waar hy dit met presies daardie woord self sou beskryf. Hy verander nie sy posisie nie, kyk nie eens op nie. Praat net. "Weet jy, ek verstaan dat jy vir my kwaad is, maar as jy nie met respek met my kan praat nie, dan moet jy maar soos jou ma jou tasse pak en jou lewe iewers anders gaan soek."

Gerhard word yskoud. Hy het dié verwerping glad nie verwag nie. Ja, hy het heeltyd gespeel met die idee om sy tasse te pak, soos Rudi sê, maar hy wou dit op sy voorwaardes doen. Hy wil nie weggejaag word nie.

Rudi sien watse uitwerking sy woorde op Gerhard het. Hy staan op uit sy stoel. "Ek verstaan – ná alles wat gebeur het – dat dit vir jou moeilik is om 'Pa' te sê as jy met my praat, maar antwoord vir my dit, jy wat filosofie geswot het en hopelik iets van die kompleksiteit van menswees begin verstaan het, sê vir my: As jy na die vrou kyk wat haar lewe gegee het om jou die beste opvoeding te gee wat sy kon, sien jy nou 'n vreemdeling of sien jy 'n vrou wat, al was jy nie haar biologiese kind nie, in alle ander opsigte jou ma was? En jy hoef dit nie te antwoord nie, want as jy enigsins 'n hart en 'n siel en 'n verstand het, kan jy net een antwoord hê. En ja, ek weet ek is nie meer die man wat jy al die jare gedink het ek is nie, maar nes daardie vrou jou ma is en altyd sal wees, so is ek en sal ek altyd, jou pa wees."

Gerhard antwoord nie. As daar een ding is wat hy op kweekskool geleer het, is dit die goeie raad om stil te bly wanneer jy begin agterkom jou gespreksgenoot is nie volkome seker van sy saak nie. Hy sal hom gou-gou in 'n knoop in praat.

Rudi staan agter sy lessenaar, sy veilige hawe. "As jy sukkel om my Pa te noem, sê dan gerus 'jy', maar nie met daardie stemtoon nie." Hy gluur Gerhard aan. "Na watter 'haar' verwys jy?"

"My biologiese ma."

"Ek het vir haar gesê dat as sy jou in my en my vrou se sorg laat, jou siel van haar sonde gered sal wees."

Gerhard kan sy ore nie glo nie. Watse Roomse swewing het Rudi beetgehad? "In watter teologiese teks staan dit geskryf?"

"Dit staan nêrens geskryf nie, maar hoeveel Christene ken jy wat 'n dominee se wysheid sal betwyfel?"

"Jy't haar geloof misbruik."

"Ja, en as ek sê dat ek daaroor spyt is, sal jy my verwyt omdat ek jammer is dat ek jou gekry het, en as ek sê dat ek nie spyt is nie, dan sal jy my verwyt omdat ek haar geloof misbruik het. So, sê jy nou vir my wat ek moet sê sonder dat ek veroordeel word."

Gerhard kyk na die dak en dan weer af. Die kamer voel vir hom so vreemd. Hierdie kruiperigheid van Rudi kan hy nie langer verduur nie. "Die vrou wat my grootgemaak het, het dit klaar gesê," sê hy, soek na woorde. "God – en op hierdie oomblik glo ek nog steeds daar is 'n God – het jou eerste kind gebruik om jou vrou se baarmoeder weg te neem sodat ek en jy nou – op hierdie oomblik – hier kan staan en jy, soos baie ander dominees in hierdie land, jou pad moet vind om daardie onreg wat jy aan iemand soos daai man Hannes gedoen het, reg te maak deur hom in die oë te kyk. Dankie dat jy my vraag eerlik beantwoord het."

En daarmee stap hy uit die studeerkamer.

Hy kyk met die uitgaan na Rudi, wat teruggesak het in sy stoel. Dit lyk asof sy siel sy liggaam verlaat het.

— XIII —

"'n Wat?" roep Adriaan geskok uit.

Zweli het nie oë agter sy kop nie, maar hy is seker Adriaan se gesig is inmekaargetrek soos hy frons.

Toe Zweli Adriaan na sy kantoor ontbied het, het hy nie geweet hoeveel hy aan hom moet verklap oor die dinge wat hy en Elna die oggend met hul Skype-sessie raakgepraat het nie. Wat hy wel geweet het, is dat wat hy ook al gaan sê, die las op sy skouers gaan vererger.

Hy is wel Adriaan se senior in die maatskappyhiërargie, maar sy junior in terme van jare diens. Adriaan kan kringe om hom hardloop op die meeste terreine.

Hy het gewens dit was Jan wat nog agter hierdie lessenaar gesit het. Die verantwoordelikheid gedra het. Maar nou is die groot las syne.

Hy en Elna was op Skype besig om te praat oor haar idee dat sy die verteenwoordiger vir African Queen in Noord-Amerika word en dan hul produk aan African-Americans verkoop. Hulle was besig om te skerts oor die Afrikaanse vertaling – moet dit 'Afrikaanse Amerikaners' wees? – toe Elna die vraag vra: "Hoekom kan die wit girls nie ook African Queens wees nie?"

Die gedagte het hulle albei tot stilstand geruk. Hulle het onwetend heeltemal buite die boks beland. En gehou van wat hulle sien.

Oomblikke vantevore moes Elna Zweli nog herinner aan die maatskappy se nederige begin, agter uit die kattebak van Zweli se pa se kar. En toe, onverwags, sien hulle saam 'n visioen.

"Jy besef dat as jou Kanada-plan nie werk nie, ons twee miljoen dollar gaan verloor," het Zweli skielik gesê.

"As jou pa en my pa hier was, wat dink jy sou hulle gesê het?"

"Wie nie waag nie, wen nie."

En om African Queen-produkte aan wit Suid-Afrikaanse vrouens te bemark? Watse waagstuk is dit?

Nie lank daarna nie het Zweli Adriaan by die sekretaresses ontmoet, saam met hom in die gang af na sy groot nuwe kantoor gestap. Sommer so in die loop vertel hy hom toe van die plan om na die noorde van Amerika uit te brei, met Elna as verteenwoordiger daar.

"'n Wat?" gil Adriaan.

Zweli is die bedaardheid vanself, laat blyk glad nie dat hy weet hoe Adriaan se gesig nou verwring is nie. "'n Nuwe maatskappy," sê hy, "in Kanada … en van daar distribusie na Amerika. Die containers is klaar op pad soontoe. Ons reken daai Amerikaners het ons 'n guns gedoen: Hulle't ons die mark gewys en toe weggeloop."

Adriaan wil hom nou eers langsaam haas. "Moenie my verkeerd verstaan nie," sê hy, "maar Elna het nog nooit 'n maatskappy bestuur nie."

"Dis waar, maar voor oom Jan en my pa African Queen Cosmetics begin het, het hulle ook nog nooit 'n maatskappy bestuur nie."

"Wel …" Die wind is uit Adriaan se seile. Hy hou nie van hierdie besluit nie. Dis duidelik. "Dis jou besluit," sê hy ná 'n ruk. Waarmee hy natuurlik die volle risiko en verantwoordelikheid by Zweli laat tuiskom.

"Ja, dit is." Zweli haal diep asem. "En ek wil ook praat oor ons planne vir die wit mark – hier – in Suid-Afrika." Hy laat die woorde in die lug hang. Kyk Adriaan reguit in die oë.

Adriaan is absoluut stomgeslaan.

Zweli onthou 'n ou Afrikaanse gesegde wat sy pa graag gebruik het toe Zweli klein was: Dis brommertyd. Maar hy sê dit nie.

— XIV —

Die oomblik toe hulle bevestiging van hul mol by die bank kry dat die geld inbetaal is, het alles blitssnel geskied.

Susan het die dogtertjie geblinddoek. Sy het haar aan die arm geneem en gelei na die motor in die gebou se ou goedereloods. Hulle het in die kar geklim en platgelê agter.

Vlooi het hom ingehou en nie met skreeuende bande by die gebou uitgejaag nie. Kalm, stil het hulle met die verkeer een geword, tot waar hulle by die Fonteine-sirkel links geswenk het na Koningin Wilhelmina en by daardie kruising regs opgeskiet het.

Almal het hul balaklawas oor die kop getrek toe hulle by die kind se straat kom.

Hulle het haar blinddoek nie verwyder nie. Sy het daar in die straat bly staan, skaars 'n honderd tree van haar ouerhuis af, haar hande uitgestrek. Sy het in die rondte gedraai, te bang om te skree.

Die bure het op haar afgekom.

Die balaklawas is by Magnoliadal in vullisdromme geprop, netjies toegedraai in swart plastieksakke. Teen die tyd dat die dogtertjie met haar ouers herenig is, was hulle op pad na Die Ploegskaar.

Albert het die Vuiste laat kom. Hy staan breëbors, groet almal met 'n stil glimlag. Hul eerste groot sukses laat hom 'n ruk sonder woorde.

"Manne," begin hy wanneer almal in die kelderkamer bymekaar is. Hy talm 'n oomblik tot almal se oë op hom is. "'n Vuis vir Roofdier, wat Operasie Swart Diamant voorgestel het."

Soos een hand gaan die vuiste omhoog in trotse saluut.

Vlooi se gesig gloei, en hy voel die gloede in sy nek.

Susan staan trots langs hom.

Albert verklaar: "Met hierdie geld gaan ons die saad koop om die lande van hierdie land te saai en 'n oes te kweek wat die vyand met hulle bloed sal maai."

"Hoor-hoor!" uit een mond.

"Ons gaan haal wat ons pa's en ma's vir 'n appel en 'n ei verkoop het!"

"Hoor-hoor!"

"En ons kinders se kinders sal eendag oor die berge en dale van Kanaän kyk en sê: 'Dit is die Kanaän wat ons vaders vir ons gegee het!'" Albert lig sy gebalde vuis omhoog: "Bloed in ..."

"Bloed uit!"

—— *** ——

Sy sit op haar bed. Die bedlampie is aan en die venster is wyd oopge-
gooi. Die aand is onverwags warm – nie snaaks vir Pretoria nie. Maar
vir Rika laat dit die insekte-simfonie buite die venster skrikwekkend
duidelik opklink en sy sukkel om aan die slaap te raak.

Dis 'n vreemde gevoel om alleen in 'n bed te lê nadat jy jou bed vir
vyf-en-twintig jaar met 'n ander persoon gedeel het. Dis asof 'n stuk van
jou eie lyf nie daar is nie, asof jy dit deur die loop van die dag iewers
verloor het en dit eers agterkom as jy in die bed inklim.

Sy het nooit verstaan hoekom hulle altyd sê dat daar drie ervarings
is wat vir 'n mens die mees traumatiese is nie: die dood van 'n geliefde,
die trek na 'n nuwe huis en egskeiding. Dit het vir haar so uiteenlo-
pend geklink – die dood, 'n ander huis, egskeiding, maar dit tref haar
nou: Nie net die dood is die dood nie, hulle is almal 'n soort dood ...
die dood van 'n mens, die dood van jou aardse ruimte en sekuriteit,
en die dood van daardie stuk van jouself wat langs jou in die bed gelê
het. En miskien is dit die punt: dat totdat jy as mens leer, en miskien
belangriker, aanvaar dat jy alleen gebore word en alleen doodgaan, jy
nooit sal leer hoe om jou eie pad, as onafhanklike mens, te stap terwyl
jy daardie pad met ander mense deel nie.

ZWELI

Zweli voel nog nie heeltemal tuis in Jan se kantoor nie. Maar hy doen sy bes. Dit is nou syne, en daar is geen manier waarop hy die nagedagtenis aan Jan deur die modder gaan sleep deur hierdie kantoor nie dinamies te vul nie.

Hy staan voor die pragtige vertoonkas langs die ingang, waar African Queen Cosmetics se belangrikste produkte staan – amper soos trofeë in die kabinet van iemand wat baie goue medaljes op die Olimpiese Spele gewen het. In elkeen van hierdie produkte, weet Zweli, is 'n deel van sy pa en Jan se geskiedenis opgesluit.

Coconut, dis die hedendaagse woord vir wat sy pa destyds vir hom gesê het: swart buite en wit binne.

Toe Nelson Mandela in '94 president geword het, was Zweli op hoërskool, maar nie in 'n township nie. Teen daardie tyd het sy pa en Jan reeds African Queen Cosmetics van 'n kar se kattebak tot 'n groot maatskappy gebou.

Hy was in 'n Engelse privaat skool, die soort skool waarheen al die ryk wit mense se kinders gegaan het. Net 'n paar swart kinders se ouers kon bekostig om hulle na sulke skole te stuur. Dis hoekom hy hom deesdae makliker in Engels uitdruk, want dis die taal waarin hy sy matriek gekry het ... soos baie Afrikaners se kinders. Op skool het Zweli-hulle daardie laities "Dunglish" genoem – Dutchmen who speak English. En hy sal nooit vergeet nie, met die prysuitdeling in sy matriekjaar het 'n Afrikaanse ou die prys vir Engels gewen – een van die min Afrikaners in die skool, maar hy kon die beste Engels praat, beter as die Engelse ouens in die skool – Chris Viljoen. Chris het hom vertel, toe hy klein was, het sy pa vir hom gesê: "My seun, ons is Afrikaners, in ons huis praat ons ons moedertaal, maar as jy in hierdie wêreld in besigheid 'n leier wil wees, moet jy Engels praat, beter as die Engelse self."

Toe vertel Zweli hom wat sy pa in '94 vir hom gesê het: "Zweli, in hierdie land is dit vandag beter om 'n swart vel te hê as 'n witte, maar die man wat regtig mag in besigheid wil hê, veral internasionaal, is die man wat swart buite is en wit binne – witter as die wit mense self."

En nou reken Zweli sy pa was reg. Barack Obama is 'n coconut, en hy's die CEO van die grootste besigheid ter wêreld.

— I —

Die winter het al elders in die land tekens gegee dat dit wil deurbreek, maar in Pretoria is die oorgang stadiger. Net soggens vroeg miskien sal 'n mens 'n gevoel kry dat dit skielik koud geword het. Soos gewoonlik in Pretoria, verdwyn daardie indruk die oomblik dat die dag aan die gang begin kom.

Zweli staan gereeld by die venster van sy kantoor en kyk af na die strate van Arcadia.

Jan het ook altyd so gestaan en tob, onthou hy. Het hy ook raakgesien hoe die jakarandas hul blomme begin afwerp? Was dit ook vir hom snaaks hoe die rooigrond die motors se swart wiele begin kleur – veral wanneer een van die laaste somerbuie die grond goed moddernat gemaak het? Of was sy gedagtes besig, soos Zweli s'n, met raaiskote oor watse voorspelbare gedrag daar by African Queen se werknemers gaan wees?

Soms kan 'n mens jou lelik misgis – wel, amper lelik misgis.

Zweli het verwag Adriaan gaan nie heeltemal inval by sy planne nie. Zweli het gesit en wag vir die koppie met sy vuilblonde hare en oë weggesteek agter dik brilglase om daar by die deur in te loer. Maar Adriaan het hom vyf dae laat wag. Zweli het selfs begin dink dat hy hom met Adriaan misreken het.

Maar toe kom dit op die sesde dag.

'n Klop aan die deur, die oggend net ná die sekretaresses hul rekenaars aangeskakel het.

Adriaan het gou tot die punt gekom: "Ek wou nie te vinnig praat nie, nie voor ek eers 'n bietjie gaan dink het nie. Ek het gedink en ek voel dis my plig, as 'n direkteur van hierdie maatskappy, om te sê dat ek ernstige bedenkinge het oor jou planne om via Kanada, onder Elna se bestuur, die Amerikaanse mark te penetreer. En ook oor jou plan om ons produkte hier aan wit vrouens te probeer bemark."

Zweli het die oomblik toegelaat om goed lank te word. Hy het nie verniet presies besluit wat hy sou antwoord nie, dae gelede al. "I'm going to say this in English: Is this because you are afraid that the business will take a knock, or because you are afraid that I will succeed?"

Adriaan het dit nie verwag nie. Hy het beslis nie Zweli se reaksie voorsien nie en kon nie vinnig genoeg reageer nie.

"No offense intended," het Zweli bygevoeg.

Adriaan se uiteindelike antwoord het hy ook geantisipeer, en sy maklike toevlug het ook Zweli se reaksie daarna bepaal.

"Hoekom op aarde sal ek bang wees dat ons sukses het daarmee?" het Adriaan uitgeroep, skielik gegrief. "My magtag, Zweli. Jy is maar 'n paar jaar in hierdie besigheid; ek het my hele lewe aan hom gewy. En hoekom sou ek wou hê jy moes faal? Moenie vergeet nie, dit was ek wat voorgestel het dat jy as CEO aangestel word."

"Dan wil ek vra dat jy die man wat jy voorgestel het, jou volle vertroue en ondersteuning sal gee."

Wat die volgende oomblik gebeur het, kon niemand in Hollywood nadoen nie. Dit het Adriaan totaal platgeslaan.

"Jy kan op myne staatmaak," het Elna by die deur uitgeroep en die kantoor binnegevaar.

Adriaan het gelyk of hy 'n spook gesien het.

"Dagsê, manne!"

Zweli het verskonend na Adriaan gedraai. "Ek het vergeet om te sê – Elna is terug."

"Met goeie nuus," het Elna bygevoeg, en daarmee een van die besigste dae in African Queen se bestaan aan die gang gesit.

Zweli draai van die venster weg, die dag het verbygevlieg. Hy stap rustig in die gang af, sy gedagtes ver, ver weg. In die raadsaal sluit hy by Elna, Adriaan en Boetjan aan.

Elna is besig om die situasie in Noord-Amerika vir hulle te skets. "Die realiteit is dat – al mag jy dit nooit vir 'n Kanadees sê nie – hy sal jou kop afbyt – Kanada is Amerika se een-en-vyftigste staat."

"So, die entiteit wat jy daar geregistreer het ..."

"... met die aandele presies dieselfde verdeel as die aandele hier ..."

"... daardie entiteit het nou die Noord-Amerikaanse regte op verspreiding soos wat die Amerikaners wat ons gedrop het sou gehad het."

Zweli se oog het Adriaan s'n gevang. Hy wens hy kan peil wat in die man se kop aangaan, maar daardie dik lense maak dit onmoontlik om enigiets anders as ongemaklik te voel wanneer Adriaan jou in die oë kyk.

"Presies. En omdat daar g'n manier is dat ons vinnig genoeg 'n distribusienetwerk in die VSA sou kon of selfs sou wou vestig nie, het ek Young 'n' Beautiful genader om ons produkte, vir 'n kommissie, deur hulle netwerk te versprei. Een van Bertus se kollegas het my aan een van hulle direkteure voorgestel, 'n baie nice vrou. Sy was mal oor die idee 'African cosmetics for African-American women'."

"Ek's seker sy was," sê Adriaan. "Hulle dra amper geen risiko nie."

Zweli korrigeer hom: "Hulle moet nog steeds hulle distribusiekoste uit hulle kommissie verhaal."

Adriaan steur hom nie veel daaraan nie; hy kan maar nie afsien van sy verstokte siening nie. "Jammer om dit te moet noem," sê hy, "maar as Amerikaners wat Amerika ken, reeds na die idee gekyk en besluit het dat ons produkte nie daar sal werk nie, hoekom dink óns dit sal werk?"

"Omdat ek dink hulle hét gedink dit sal werk. Iets anders het hulle laat wegloop."

Boetjan is op Zweli se golflengte. "Miskien het hulle probleme gehad wat hulle nie met ons wou deel nie," sê hy.

Elna beaam. "Waarskynlik. So," sy begin saamvat, nes haar pa se gewoonte was, om seker te maak dat hulle weet presies wat sy doen, "my werk is dus om met hoofkantoor hier te werk om die produkte daar te kry en om die produkte daar te bemark." Sy glimlag skielik. "En gelukkig was bemarking een van my hoofvakke, so, ek is nie heeltemal in die duister nie."

"Dit het ons reeds met die social-marketing-veldtog agtergekom, Sus," sê Boetman.

"Dankie, maar dit was net soveel Zweli s'n as myne."

Zweli is bewus daarvan dat Adriaan begin swyg het. "Ek stel voor jy begin met presies dieselfde soort veldtog daar," sê hy. "Nou ja, dit klink vir my alles goed. Welgedaan, Elna."

"Dankie vir die geleentheid," sy draai na Adriaan, "en julle vertroue."

Adriaan staar na die glas water voor hom op die tafel. Dan kyk hy op na Elna, met naakte agterdog. Hy sê niks nie.

— II —

Waardigheid. Rudi kan nie meer veg vir sy waardigheid nie. Hy onthou hoe hy as student ligweg geamuseer was toe een van die kweekskool se hoogleraars 'n boek uit 1623 te voorskyn bring. Constantijn Huygens se *De goede predikant.*

Soms het Rudi en sy medestudente te heerlik gelag. *Een dominee moest waardigheid uitstralen en schaapjes die afdwalen van de kudde, tot de orde roepen*, kan hy die een opmerking van Huygens vandag nog woordeliks aanhaal.

Ná die gelag bedaar het, het die kwekelinge baie oorgehou van die vrome leringe daar uit die dae toe Jan van Riebeeck nog nie 'n verversingspos in Afrika kom vestig het nie.

Op 'n manier het dit die riglyne geword, naas Gods Woord, waarvolgens Rudi sy lewe wou inrig. Nie te koop loop met jou nederigheid nie. Sy gelaat weerspieël sy siel, solank beleefdheid dit toelaat. Hy frons gewoonlik, maar kan ook lag as dit moet. Hy het net soveel kerke as wat daar huise is waar mense in nood is. In daardie huise getuig hy van die ewige saligheid en deel ook manhaftig in ander se verdriet sonder om daarvoor terug te deins. Hy bemoei hom nie met politiek nie en neem net die geweer op wanneer God beledig word. En 'n mens moet jare met 'n kwelling loop voordat ander 'n bose woord oor jou lippe sal hoor rol.

Al die skanse, al die vrome skanse! En in die proses van dit uitlewe, het hy God verraai, God teleurgestel. Daarvan is Rudi heeltemal seker. Hy kan dit nie meer ontken nie.

Of hy nou lag of frons, of sy gelaat sy siel kaats en of hy hom oor sy gemeente ontferm – toe dit saak gemaak het, destyds aan die grens met Angola, het hy nie opgestaan en Gods Woord gepredik nie. Hy het nie vir God getuig nie. Hy het die kant van die politici gekies. Hy het nie deur hul drek gesien nie. Hy het geglo – ja, wat 'n eenvoudige woord, "geglo" – dat hulle in 'n stryd vir God was.

Hoe het hy hom nie misgis nie. Hoe lig was sy geloof nie!

Onvermydelik bring Rudi die afgelope ruk lang dele van die dag in gebed deur. Verduidelik hy, smeek hy vergifnis.

Maar die onrus kom steeds aan. Hy vind nie rus vir sy gemoed nie.

Hy weet dat God wil hê hy moet reageer op Hannes se aanklag.

Hoe? In hemelsnaam! Hoe?

Hy het sy hoed in sy hand geneem en Hannes gebel. Hom genooi om te kom gesels.

Hannes het ingewillig. Nadat Rudi hom met hul vorige ontmoeting met die vuis bygedam het, het hy ingewillig!

Hy vra Hannes om in een van die gemakstoele in die studeerkamer te sit. Hy gaan sit self in een regoor Hannes. Skink vir hulle koffie.

Rudi is ongeskeer. Dit hinder hom nie. Hannes is nie die dames van die gemeente nie. "Ek wil vir jou dankie sê dat jy bereid was om te kom," sê hy. "Veral ná wat ek laas …" Rudi voel hy begin bloos. Op sy ouderdom! "… hoe ek my laas gedra het. Ek vra om verskoning daarvoor."

Hannes kyk stil na Rudi, sê nie 'n woord nie.

"Ná jy vir die eerste keer hier was, moet ek eerlik wees, wou ek …" Rudi sukkel om reguit te praat oor die onderwerp, "… kon ek myself nie sover kry om te begin dink dat die ervarings wat jong manne op die grens gehad het, dalk 'n vernietigende impak op die res van hulle lewe sou hê nie."

"Dit begin met nagmerries," sê Hannes. "Dan begin jy drink om te vergeet, maar jy kan nie vergeet nie. My vrou het my kinders gevat en geloop, en ek kon haar nie kwalik neem nie. Teen daardie tyd het ek al swaar gedrink. Ná sy geloop het, het ek sterker goed begin gebruik.

Toe verloor ek my werk. Ek het eers 'n jaar gelede myself in daardie donker gat gaan soek, om myself daar uit te haal, en dit was nie maklik nie ... is nog steeds nie maklik nie. Daar is duiwels en monsters onder in daardie gat en hulle laat jou nie maklik los nie."

"Ek kan my net indink." Rudi probeer oogkontak behou, met moeite.

"Nee, jy kan nie," sê Hannes.

"Dis waar. Ek kan nie, maar ek het die afgelope paar weke iets begin verstaan van hoe diep en donker daardie gat kan wees. My vrou is weg en ek weet nie of ek my kinders meer het nie ..." Rudi se stem slaan weg. Hy haat dit om so 'n patetiese figuur te slaan.

"Ek's jammer, maar wat wil jy hê moet ek daaraan doen?"

Dis die vraag waarop Rudi ook 'n antwoord soek. Maar uiteindelik is die vraagstuk sekerlik baie eenvoudig. "Ek wil hê jy moet my vergewe," sê hy.

"Sodat jy jou vrou en kinders terug kan kry."

Rudi knik stil en nederig sy kop. Hannes het alles verloor – weens Rudi. Wie is hy nou om te hoop dat hy iets van sy gesin gaan behou?

Hy is verbaas dat Hannes nie in 'n woede-uitbarsting op hom begin skree nie. Die man se stem is ferm, maar daar is nie haat of nyd daarin te hoor nie.

"Laat ek iets mooi duidelik maak, Dominee: Ek het jou lankal vergewe. Ek het jou nie opgespoor omdat ek wou sien hoe jy op jou knieë om vergifnis smeek nie. Ek het jou kom sien omdat ek, totdat ek weer in God kan glo, nooit regtig uit daai gat sal kom nie. Jy het my geloof by my gevat, en net jy kan dit vir my teruggee."

"Hoe moet ek dit doen? Sê my, en ek sal dit doen."

"Ek weet nie."

Rudi laat sak sy kop.

Hannes stap uit.

Dis 'n kwessie van geloof, nie van waardigheid nie, dink Rudi, sy kop steeds hangend. Maak jou geloof reg, en jy sal weet wat om te doen.

— III —

Wanneer Hannes by die pastorie uitstap, is dit in Esmé vas. Sy kom van die biblioteek af, was veronderstel om die hele dag daar deur te bring, maar kon nie gekonsentreer kry op die taak voor hande nie.

Hy groet haar en sy antwoord outomaties. Dan registreer dit by haar wie voor haar staan. "Jy's Hannes," sê sy.

Hy knik.

"Ons het nog nie formeel ontmoet nie." Esmé steek haar hand na hom uit. "Aangename kennis. Ek's Esmé."

Ewe formeel skud hulle blad.

"Seker nie aangenaam nie," antwoord hy, "maar ek weet wat jy bedoel. Ek's jammer as ek ..."

"Daar's niks om voor jammer te sê nie. Ek weet wat gebeur het en ek's jammer dat jy rede het om te kom." Esmé besef hoe haar woorde vir hom moet klink. "Nie jammer dat jy gekom het nie, jammer dat jy so 'n rede het om te kom."

"Ek ook."

Hulle is nie ongemaklik in mekaar se geselskap nie.

"In elk geval," sê Hannes en draai om om te stap, "nice om jou te ontmoet."

"Selle."

Sy roep hom terug wanneer hy by die voorhek kom. "Jy wil nie dalk 'n koppie koffie hê nie?"

Hannes swaai met sy arms, onseker oor wat hy moet doen. Hy het pas saam met haar pa 'n koppie koffie gedrink.

"Daar's 'n lekker plekkie in die tuin hier agter."

Klink na 'n goeie rede. "Oukei."

Hulle gaan sit by die tafel op die patio in die tuin waar Esmé soveel middae deurbring met haar boeke. Sy verdwyn gou om vir hulle koffie te gaan haal, en wanneer sy terugkeer, sit Hannes presies soos sy hom agtergelaat het, sittend met sy hande in sy sakke. Asof hy bang is.

Esmé doen haar bes om hom op sy gemak te laat voel. Hy ontdooi vinnig.

Sy probeer haarself nie vir hom ophemel nie – hy weet tog wie se kind sy is. Vertel hom 'n bietjie van haar studie in die kommunikasiekunde. Noem dat sy eintlik reeds opgelei is as maatskaplike werker. Sien sy wenkbroue lig.

Maar soos dit al meermale met haar gebeur het, is Hannes gou aan die woord. Sy hoef net te luister.

Vreemd, dink sy, dat mense wat trauma beleef het op die regte tyd en plek so graag daaroor praat. Die dinge oproep waaroor hulle normaalweg volledig swyg.

Hy vertel haar van die dinge wat hy reeds aan Rudi genoem het. Maar hierdie keer draai hy nie doekies om nie. Sy is 'n maatskaplike werker, nie 'n vrome dominee nie.

Hy vertel haar van die grens. Die oorlog. Hoekom hulle oorlog gemaak het – teen die kommunisme, teen die verloënaars van God. Maar eintlik vir die behoud van die wit bestel.

Hy hou hom goed in toom. Hy vertel van die marteling van gevangenes en sy aandeel daaraan. Van sy verset en hoe die jong kapelaan, rou uit die universiteit, sy kop vol dogma en propaganda, vir hom aangesê het om dit in die naam van die Vader te doen.

In die naam van die Vader.

Hy vertel haar hoe dit voel om van die grens af terug te kom en te besef die mensdom het 'n baie dun pantser van beskaafdheid. Sodra daar een keer aan daardie pantser getorring is, word onheil deel van jou gees. Die blydskap om terug te wees by jou vrou en kinders maak plek vir boosaardige nagmerries wat jou snags uit die slaap wek. Sy vrou se vertroosting het niks beteken nie. Met die koms van dagbreek het sy hom vir al die dagligure verlaat. Het hy alleen in die huis gedwaal, van kamer tot kamer, sy kinders se teddies opgetel en gestreel, hom verbeel hy voel die ore van Ovambo's wat hy afgesny het. Hy het begin drink om die angs te verdoof. Daarna dagga begin rook, maar dis 'n vrolikheid wat jou ref, en jou depro is nie 'n gabba van daai vrolikheid nie.

Ná 'n ruk begin jy lang lyne kokaïen snuif, en wanneer die nagmerries dan saam met die verwoestende vlae terneergedruktheid terugkeer, is heroïen jou laaste toevlug.

"Ek het rock bottom geslaan net om die draai van oom Paul se standbeeld op Kerkplein," vertel hy. "My arms was vol blou en pers bloedkolle soos ek die are misgesteek het met die spuitnaald. My lyf was vol swere en ek het aan niks anders as die volgende fix kon dink nie. Ek was lank nie meer by my vrou en kinders in die huis nie. Sy het al moed opgegee voordat ek kokaïen begin snuif het. O, en dan was daar ook nog in die vroeë negentigs allerhande pilletjies, spesiaal vir die geleentheid. Ek het lank reeds nie meer 'n vaste werk gehad nie. Moes steel en lelike dinge doen om geld in die hande te kry vir die volgende wit draak."

Hy was lank in daardie donker gat, vertel Hannes. Hy is nou maar 'n paar maande daaruit. "Hoekom? Ek het nie meer omgegee nie. Ek het my geloof verloor."

"My pa ..."

Hannes het niks gesê nie. En eers tóé begin ontspan. "Dis die storie," sê hy.

"Ek kan nie glo dat die mense van Suid-Afrika dit toegelaat het nie."

"Hulle't nie geweet wat aangaan nie. En as jy hulle probeer vertel het, het hulle gedink jy's bossies. Ek het eenkeer in daardie tyd 'n vrou ontmoet, en dit het regtig gebeur, wat my met oortuiging vertel het dat sy vir 'n feit weet dat ouens in die army nie vloek nie, want haar seun vloek nie."

"Het julle gevloek?" vra Esmé met 'n glimlag. Sy kan die antwoord raai.

Sê Hannes met 'n ewe breë glimlag: "Ek sal jou eendag 'n demonstrasie gee."

Hulle sit weer, sonder woorde. Gemaklik.

"Nog koffie?"

Maar hy verskoon hom.

"Dankie dat jy my vertel het," sê Esmé terwyl hulle na die voorhek begin drentel.

"Dankie dat jy geluister het."

Hulle sien Rudi uit die huis gestap kom. In hul rigting.

Rudi steek vas wanneer hy hulle so sáám sien staan.

Só bly hulle sekondes lank, en dan draai Rudi om, vlug die huis in.

"Jy moet my pa vergewe."

"Ek het."

— IV —

Vlooi is nie heeltemal gelukkig nie. Hoe kan hy wees? Die enigste vrou wat sonder slag of stoot die kompetisie vir Mej. Pretoria sal kan wen, is verlief op hom, en hy begin wonder of dit 'n goeie ding is, want hy het probleme met haar broer, Albert.

Dis nou in 'n neutedop gestel.

Die probleem is seker veel groter. 'n Sielkundige sal miskien 'n baie lang sessie met Albert nodig hê om agter te kom wat presies met hom verkeerd is. Nie dat Albert mal is nie. Vlooi kry net seine waarvan hy nie hou nie.

Wat help dit hy en Susan sien alles dieselfde, maar Albert beur stroomop?

Susan herinner Vlooi daaraan dat Albert nie gister gebore is nie. Hy was al vandat hy 'n laitie was betrokke by weerstandsbewegings.

Vlooi het versigtig probeer verduidelik: "Ek bevraagteken nie sy leierskap nie, glad nie – wat my betref is hy 'n ware kryger, my *role model*, maar ek dink ons moet geduldig wees, dophou wat gebeur daar buite, ons tyd versigtig kies, en dan 'n ding doen wat die hond se kop afblaas."

Maar hulle het kwalik asem geskep ná daardie gesprek, of die stront spat behoorlik.

Albert het die Vuiste bymekaargekry in die kelder van Die Ploegskaar. Hy wou die demokratiese ding doen, blyk dit, en vir hulle vertel hoekom hy 'n groot deel van die geld wat die klein Swart Diamantjie vir hulle ingebring het landuit gaan stuur.

Albert het afskrifte van 'n e-pos aan almal gegee en nadat hulle genoeg kans gehad het om minstens die eerste bladsy te lees, vra hy: "Wat dink julle?"

Die Vuiste is, met die uitsondering van Vlooi, in hul skik met die plan.

Albert staar 'n oomblik in Vlooi se rigting, maar storm dan voort. "Soos ek dit sien, gaan ons net ons doelwitte behaal as ons affiliasies met ouens soos hierdie het. Hulle's internasionaal, en hulle kan vir ons toegang gee tot wapens en tegnologie wat ons andersins nooit in die hande sal kry nie, en waarskynlik dollars ook. Ons gaan baie meer geld nodig hê as wat ons uit die Swart Diamantjie gemaak het."

Vlooi vra: "Wie is hulle?"

"Aryan Soldiers of God."

Vlooi het ook die e-pos gelees. Albert is mos nou besig om moedswillig te wees. "Ja, maar wie is hulle?"

"Ouens met dieselfde doelwitte as ons."

"Wat is die prys van affiliasie?"

"Vyfhonderdduisend dollar."

"Dis vier miljoen rand."

"Ons het tien."

"Wat kry ons daarvoor?"

"Toegang, ondersteuning, 'n internasionale netwerk."

"Wat ons sal help om wat te doen? Wat weet hulle van die Afrikaner se stryd? Watse toegang of netwerk het hulle in Suid-Afrika?"

"Ons sal hulle eerste netwerktak in Suid-Afrika wees."

"Dan behoort hulle ons te betaal."

Die probleem is natuurlik dat Albert nie daaraan gewoond is dat mense in sy omgewing selfstandig dink nie. 'n Mens kan dit sien aan hoe dikbek hy skielik is. Hoe sy gesig geval het. "Laat ek hierdie mooi verstaan, Roofdier," sê hy. "Sê jy ek weet nie wat ek doen nie?"

"Nee, ek wonder net hoekom ons geld, geld wat ons kan gebruik om iets groots hier te doen, aan 'n Amerikaanse organisasie moet stuur. My pa het my vertel hoe die Amerikaners ons in die tagtigs aan die begin van die grensoorlog ondersteun het, maar toe dinge internasionaal te warm word, ons net so gedrop het. Ons weet nie wie hierdie ouens is nie. En ons weet ook nie wie hulle dophou nie. Vir al wat ons weet, kan hulle 'n front wees vir Amerikaanse sekuriteitsdienste om juis ouens soos ons op te spoor."

Albert dink 'n oomblik na oor hierdie uiteensetting, maar die oomblik toe Albert praat, weet Vlooi dat Albert nie met hom saamstem nie. "Laat dit nooit gesê word dat enige man in hierdie kamer nie die reg het om sy sê te sê nie. Is daar enige iemand anders wat iets het om te sê?"

Albert kyk na almal langs die tafel, een vir een. "Nou ja, dan stem ons," sê hy dan. "Almal ten gunste van die affiliasie?" Hy lig sy hand terwyl hy die vraag vra.

Al die ander hande gaan op – behalwe Vlooi en Susan s'n.

"Gaaf. Ek sal hulle laat weet. Kom ons gaan drink 'n bier."

Die Vuiste staan op en stap uit.

Vlooi en Susan bly 'n bietjie langer sit en stap dan laaste uit. Nes Vlooi by die deur kom, Susan net agter hom, kom Albert weer met 'n spoed binne. Hy gryp Vlooi teen die bors en stoot hom oor die kamer en teen die oorkantste muur vas, sy voorarm teen Vlooi se nek. "As jy ooit weer my leierskap bevraagteken, sal ek jou minder maak, mannetjie, hoor jy my? Ek sal jou minder maak!"

"Albert!" roep Susan.

"Bly stil, jy!"

"Ek het nie jou leierskap bevraagteken nie," sê Vlooi. "Ek dink net ons kan daardie geld beter gebruik. Jy't gesê dat ons 'n oes gaan saai wat hulle met hulle bloed gaan maai."

"En hulle sal. Glo my hulle sal – en jy saam met hulle as jy ooit weer in hierdie kamer so iets aan my doen."

Hy laat Vlooi skielik los, sodat hy half vorentoe val.

Albert staar Vlooi nog 'n paar sekondes aan, swaai dan om en stap uit.

Vlooi wonder hoe 'n woestaard Albert sou gewees het as dit sy oupa en ouma was wat teregstellingstyl om die lewe gebring is.

— V —

Ou gewoontes is goeie gewoontes. Boetjan, Neil en Ouma is reeds by die lapa, besig om 'n stewige vuur aan die gang te kry. Vandag het hulle sterk kole nodig.

Boetjan het Neil aan die gang om die rooster met 'n staalborsel skoon te maak. Terwyl Jan nog gelewe het, is dit iets wat hy met die grootste sorg gedoen het.

"Maak seker daai ding is goed skoon, ek soek nie laas keer se brandsels op my tjop nie." Ouma is die een wat Jan geleer het hoe om dit te doen – sy wil nie, soos sy destyds al vir Jan gesê het, halfpad deur 'n tjoppie moet hardloop met die rinnerpes van 'n maag nie.

Neil ken sy plek: "Ek maak so, Ouma."

"Sien jy hierdie tang, Neil?" Boetjan hou 'n braaitang na Neil uit. "Hierdie was jou oupa se gunsteling-braaitang. Tegnies gesproke hoort ek nou hierdie braaitang oor te neem, maar ek reken jou oupa sou baie graag sy kleinseun as meester van die braai aangestel het. Hierdie braaitang is nou joune. Gebruik hom met trots."

Daar is goedige gespot in die oomblik, maar Boetjan se oë skiet vol trane.

"Jislaaik, dankie, oom Boetjan."

Lê Ouma ook haar eiertjie: "Toe ek jonk was, het 'n oupa sy kleinseun 'n pyp en twak en 'n roer gegee; nou kry hy 'n braaitang."

"Rook is mos deesdae uit die mode uit, Ouma."

"'n Man kan nie behoorlik dink as hy nie 'n pyp in sy mond het nie; en hoe sal hy sy vrou en kinders beskerm as hy nie 'n roer het nie?"

"Daarom het ons armed response, Ouma."

"Ja-nee, ek kan sien jy's Jan se kleinkind: altyd 'n antwoord vir alles."

Neil glimlag. Hy voel so tuis.

Wanneer Maria, Rika en Elna aankom met die kos, lig Boetjan hulle plegtig in dat Neil bevorder is tot braaimeester van die familie.

"Veels geluk!" sê Maria, haar oë eweneens effe waterig. "Dis 'n groot eer."

"En ook 'n manier," sê Elna, "hoe die ouer mans dit regkry om die jong manne te oortuig om die vuil werk te doen."

Die sagte lig van die laatmiddag maak alles soveel draagliker. Vandag was 'n tipiese snikheet warm Pretoriase dag. 'n Bank wolke het gekom en gegaan, asof hulle eers met die oorglyslag besef het die reënseisoen is reeds agter die rug.

Elna se terugkeer, oënskynlik om Neil te kom help om sy studie op koers te kry, maar ook om die jongste ontwikkelings by African Queen aan die gang te help kry, laat Maria meer gerus voel oor die stabiliteit binne haar familie. Hulle skerts oor Neil se braaitang en vir 'n oomblik is Rika se nood heeltemal vergete. Sy lyk asof sy geen kwellings het nie.

Tot Gerhard by die ingang van die lapa verskyn en binnestap. Haar gesig versomber, asof sy slegte nuus verwag.

Maar Gerhard het Neil kom nooi om saam met hom na 'n nuwe *band* te gaan luister, en om gou iets met Boetjan te bespreek.

Die luim raak weer ligter om die braaivleisvuur. Gerhard en Boetjan gaan staan om die draai van die lapa by 'n tuintafeltjie. Gerhard gee vir Boetjan 'n klompie van die koeverte van die briewe wat Christine aan hom oorhandig het. Boetjan kyk na die adresse voor en agterop die koeverte. Dis die terugadresse wat hom die meeste interesseer.

"Ek het weet nie hoeveel nommers by die weermag gebel, maar ek kry net swart ouens wat nie 'n clue het waarvan ek praat nie. Ek word elke keer na 'n ander departement verwys."

Hoe baie het alles nie in vyftien jaar verander nie, dink Boetjan. "Die weermag het verander, maar daar's sekere rekords wat 'n regering nooit vernietig nie, veral nie rekords van wie hulle vorige vyand was nie." Hy kyk weer na die naam. "As hy 'n kaptein was, was hy 'n PF."

"PF?"

"Permanent force. Voltydse soldaat, nie 'n nasionale dienspligtige nie." Boetjan beduie na 'n koevert. "Kan ek hierdie een vir 'n ruk hou?"

Gerhard knik.

"Ek het 'n pel wat tot onlangs nog PF was," verduidelik Boetjan.

"Hy't ná '94 aangebly toe die res van die ouens gewaai het. Ek's seker hy sal nog sy kontakte daar hê. Glo dit of nie, daar is nog wit ouens in die weermag. Laat ek kyk wat ek kan doen."

Gerhard begin aanstaltes maak.

"Jy weet, Gerhard," sê Boetman onverwags. "As hy nog lewe – en as jy hom kry – jy sal dalk ..." Hy moet Gerhard waarsku. Die man wat hy ontmoet, mag dalk nie wees wat Gerhard hoop hy sal wees nie.

"Ek weet, Oom. Maar as ek dit nie doen nie, sal ek nooit weet nie."

"Die meeste van die dienspligtiges het na daardie grens toe gegaan omdat hulle moes, en die dienspligtiges wat rêrig paraat was het vir kortdiens aangesluit; maar die PF's was 'n ander klomp – hulle wou na daardie grens toe gaan, en hulle sou vir die res van hulle lewe daardie oorlog baklei het as hulle moes."

Die boodskap is duidelik.

Gerhard staar 'n oomblik in die verte, vra dan: "Wou Oom na die grens toe gaan?"

"Ja, maar ek was jonk en ek was stupid. 'n Man van dertig wat kies om oorlog toe te gaan is besig met iets heeltemal anders. Kom, braai saam totdat jy en Neil die dorp op horings neem."

— VI —

Adriaan sien meer uit na sy daaglikse gesprekke met Antoinette as eni-giets anders – terugrapportering oor hoe hul strategie verwesenlik word. Hy het op skool laas toneel gespeel, maar kom nou agter dat hy daardie ondervinding goed kan gebruik – en dat dit uitstekend werk. Hy sien hoe kyk die mense na hom. Zweli, Elna, Boetman. Lees sy gesigsuit-drukkings. Hou dop hoe lank hy wag voor hy antwoord. Spits hul ore vir ontsteltenis of jaloesie.

En hy perform – boeta, hy perform!

Dan kom hy saans terug, gesels met die meesterstrateeg. As hulle Antoinette by Codesa gehad het, het die Grondwet nou radikaal anders gelyk.

Vlooi en Elisabeth is – wel, hulle is iewers. Elisabeth op soek na nuwe vriende, Vlooi sonder twyfel besig om aan die lippe van Susan te hang.

Adriaan en Antoinette sit en eet.

Dit is mos waaroor die lewe gaan!

Adriaan probeer hard om sy geesdrif 'n bietjie te temper. Hy is baie beïndruk met sy performance vandag. "Ek sê jou nou, ons koppe is deur. Dit het gewerk soos 'n bom – hoe meer ek hulle probeer oortuig het om dit nie te doen nie, hoe meer vasbeslote was hulle om my verkeerd te bewys. In minder as 'n jaar gaan die maatskappy op sy knieë wees."

Antoinette luister geduldig na hom. Geduldig en trots. Dit was, alles in ag genome, háár plan. "Inteendeel," korrigeer sy Adriaan ligweg, "die maatskappy gaan groter en sterker wees as ooit."

"Waarvan praat jy nou?"

"Jy het die deal met die Amerikaners gekelder omdat jy ook geglo het dat julle produkte daar sal verkoop. Ek glo ook dit sal daar verkoop. En ek glo ook dat die produkte wat julle vir wit velle hier gaan ontwikkel, gaan verkoop. Hoekom kan 'n wit vrou in Afrika haarself nie as 'n African Queen beskou nie? Dis 'n bemarkingsfoefie wat die regte knoppies kan druk. Ek kan al klaar die advertensie op TV sien – 'n pragtige jong wit vrou smeer room op haar gesig en die stem sê: 'African Queen Day Cream: for sensitive skins in the African sun.'#"

"In daardie geval kan ek maar netsowel bedank en dan gebruik ons die geld wat jou pa en ma vir jou gelos het om iewers op 'n bleddie eiland te gaan aftree."

"As ons nou sewentig jaar oud was, ja, maar ek kan jou nou sê ons gaan baie meer as sestien miljoen nodig hê as ons vir die volgende vyf-en-twintig jaar op 'n eiland wil gaan leef. Om nie eers te praat van iets om vir ons kinders na te laat nie."

Adriaan is nou geïrriteerd. Antoinette het nog 'n kinkel in die bleddie plan uitgedink. Hy kyk na die leë tafel. "Waar is die kinders?"

"Elisabeth is nie meer gehok nie. Hoef ek meer te sê? En Vlooi sleep vlerk by Susan."

"Ek sien hom amper nooit nie. Hy moet net sorg dat hy nie sy studies, waarvoor ons ten duurste betaal, verwaarloos nie."

Adriaan weet hy moet geduldig wees. Sy sal haar plan verder aan hom openbaar. Hulle eet 'n paar skeppies in stilte, en dan praat sy. "Jy moet die boom se wortels vergiftig."

Adriaan verstaan nie mooi nie.

"Die nuwe tak in Kanada is presies net dit – 'n tak. Die wortels is hier. Vrek die wortels, vrek die tak."

"Wat help dit die ding is dood teen die tyd dat ons hom koop?"

"Het jy al gesien hoe 'n dooie stam weer wortelskiet en blare uitstoot as hy water kry? Elna en Boetjan en Zweli se rykdom sit op papier, in aandele. Ons s'n is in kontant waarvan hulle niks weet nie. Wanneer die droogte die besigheid tref, sal ons die enigste met die water wees. My pa het altyd gesê: Omset is verwaandheid, profyt is 'n opinie, maar kontantvloei is 'n feit." Sy staan van die tafel op, neem hul borde. "Ek het die heerlikste broodpoeding gemaak. Wil jy hê?"

Adriaan knik. As sy rug nie so seer was van gisteraand nie, sou broodpoeding maar net die begin gewees het.

— VII —

Die pastorie het Rudi se dwaalbaan geword. In die dae toe sy gesin voltallig onderdak was, het hy omtrent nie uit sy studeerkamer gekom nie. Dit was die sentrum van waar hy sy domein regeer het. Sy gesin én sy gemeente het geweet dít is waar Rudi sy geestelike weg deur die lewe beplan en karteer. Nou is alles anders.

Rudi dwaal van slaapkamer tot slaapkamer. Hy ontdek dinge in die sitkamer wat hy maar altyd net raakgesien het. Boeke wat hy nooit gelees het nie – hy moet aanneem Rika of een van die kinders het. Hy blaai deur die boeke, asof hy leidrade kan vind van die liefde wat verseil geraak het. Die ware aard kan bepaal van die mense wat hulle gelees het.

Maar hy sukkel om te konsentreer. Hy vou die boeke ná enkele paragrawe toe, konfuus oor wie dit is na wie hy eintlik soek.

Hy maak sy draaie in die kinders se kamers. Met 'n kwalik teenwoordige gewetenswroeging snuffel hy deur hul laaie, kyk na hul boekrakke. Hy soek sy kinders, maar vind vreemdelinge.

Hoeveel tyd, hoeveel energie het hy nie deur die jare in hulle belê nie? En kyk waarmee sit hy?

Was dit dan wyse beleggings? Werklike beleggings? Was hy nie maar afwesig daar in die studeerkamer nie – terwyl Rika die kinders stil en besig gehou het, gesorg het dat Rudi sy belangrike lewenstaak kon vervul?

Hy besef skielik: Hy was 'n afwesige vader. Aanwesig maar afgeskakel.

En wat was sy raad aan sy gemeentelede in dieselfde posisie?

Rudi snork. Hy sou sy eie toetse gedruip het.

En Rika? Kan haar liefde vir hom werklik getaan het? Rika, in wie se arms hy die huweliksirkel kon voltrek. Rika, wat hom geweier en daarna verlaat het.

Die huis ruik vir hom muf. Hy sien die stof wat besig is om te vergader, kyk in die spieël en het nie krag om sy stoppelbaard met 'n skeermes te takel nie. Hy ruik homself, sien homself in sy volle feilbaarheid.

Saans sit hy alleen by die etenstafel aan. Esmé en Gerhard eet nie meer saam met hom nie. Esmé dek nog die tafel, sorg soms dat daar kos op die stoof is. Soms.

Hy kyk televisie om saans aan die slaap te kan raak. Vanaand het hy weer hard probeer – talentkompetisies in nuwe gedaantes. Jan Alleman wat probeer kok word. Dit het hom dadelik verveel. Rudi weet niks van voedselvoorbereiding nie en stel nie belang om te leer nie. Hy het van kanaal na kanaal gespring. 'n Duisend variasies op die leegheid van die Amerikaanse siel.

Hy moes ingedommel het, maar wanneer hy hom kom kry, hoor hy iemand by die voordeur inkom. Rudi staan op, reeds in sy kamerjas en pantoffels, en kry Gerhard in die gang, skoene in die hand, by sy kamerdeur. "Gerhard," sê Rudi sag.

Gerhard draai na hom, maar sê niks.

Rudi kan sien hoe wieg sy seun. "Is jy gedrink?" vra Rudi.

"Ja, maar moenie worrie nie, dit was nie die nagmaalwyn nie."

Hy sê dit met soveel minagting dat Rudi terugdeins.

Gerhard skakel sy kamer se lig aan en slof op sy sokkies na binne. Rudi volg hom tot in die deur. "Gerhard ..."

Gerhard swaai om, woede wat sy gesig begin skeeftrek nog voordat hy 'n woord gesê – of geskreeu – het, want dít is hoe hy op Rudi losbars. "As jy my uit die huis uit wil skop, skop my uit die huis uit! Maar ek is gatvol daarvoor om die goeie seuntjie te wees. Ek was dit my hele lewe lank – beste punte in die klas, elke prys gewen, nie 'n enkele reël gebreek nie."

"Gerhard, bedaar." Rudi weet dit sal nie help om nou in 'n woordewisseling betrokke te raak nie. Dronkes is nie toerekeningsvatbaar nie.

"... nooit laat uitgegaan nie," bulder Gerhard voort, "nooit gedrink nie, nooit gerook nie. Gerhard Naudé, elke ouer se droomseun! Dis nie ek nie! Dis die seun wat jy wou gehad het, wat jy gemaak het!"

"Ek gaan nie weer praat nie!" Rudi wil ferm wees, in beheer, maar hy weet self daar is weinig gesag in sy stem.

"Jy't die stuk klei wat 'n ander vrou tussen haar bene uitgestoot het, gesteel, en toe vorm jy dit soos God in 'n beeld van jouself!"

Rudi is oombliklik woedend. Siedend. Gerhard se woorde laat hom vir 'n oomblik alle rede verloor. Hy storm op Gerhard af, sy arm gelig en gereed om die hou te slaan.

"Slaan maar," roep Gerhard uit, "en as jy klaar geslaan het, sal ek die ander wang draai."

Die opmerking laat Rudi tot verhaal kom. Hy sien onmiddellik die belaglikheid van die situasie in. Hy blaas af, laat sak stadig sy bewende hand. Draai sy rug na Gerhard.

"Weet jy wat wou ek eintlik gewees het?" vra Gerhard.

Rudi steek vas, maar draai nie terug nie. Hy bly met sy rug na Gerhard gekeer. Hy wil nie die bravade van die dronklap aanskou nie.

"Ek wou in die kunste wees. Ek wou 'n akteur wees, maar ek het nooit die moed gehad om dit te sê nie, want ek het geweet ek sal jou bitter teleurstel. Maar toe reken ek – wel, dominee-word is nie 'n slegte

opsie nie, want dis ook toneelspel. En die gehoor betaal om jou perfor-
mance te sien – nes in die teater. En die toneelstuk is 'n goeie een, want
hy speel al vir tweeduisend jaar."

Rudi sluit sy oë vir 'n oomblik. Hy praat met sy rug steeds na Gerhard
gekeer, sy stem sonder lewe. "As dit is wat jy wil doen, dan moet jy seker
maar dit loop doen." Hy stap uit, na sy slaapkamer. Hy dink nie aan wat
pas gebeur het nie, sy gedagtes is by Esmé.

Vanmiddag, toe sy Hannes by die hek afgesien het, het hy op haar
gewag. Hy het haar gewaarsku – dat Hannes deur baie pyn en lyding
in sy lewe is. Sy vrou en kinders het hom verlaat, en Rudi is bang dat
Esmé ook daardeur geraak sal word.

Esmé het hom tereggewys. Haar sake is nie sy besigheid nie.

"Jy is nog steeds my dogter," het hy geantwoord.

"Jou mondige dogter. Maar dankie vir die raad. Ek sal op my hoede
wees vir mans met pyn wie se vrouens hulle gelos het."

Sy het in haar kamer in verdwyn.

Rudi het die berg voor hom gesien. En elke keer dat hy aan Esmé
se woorde dink, is die berg groter.

— VIII —

Onder die grasdak van die huis wat Jan Cilliers bo-op die koppie gebou
het, smee die vroue van die clan nuwe bande.

Rika geniet dit baie om weer 'n slag met haar ma te kan verkeer,
hulle twee alleen. Pas het sy Ouma gehelp aantrek, en help haar nou
in haar rolstoel in.

Ouma vra haar om 'n oomblik te wag. "Weet jy wat is die ergste?
Ná ek met hierdie dekselse draadkarretjie klaar is, gaan hulle my in 'n
kis toespyker."

Rika help haar ma verder. "Gelukkig sal Ma nie weet Ma is in 'n
kis nie."

"Dis waar. Maar o, wat ek sou gee om nog een keer 'n polka te dans!
Moenie Oom Paul vergeet nie."

Rika gaan haal die Krugerrand wat op Ouma se bedkassie lê. "Hoekom bêre Ma nie daardie muntstuk in die kluis nie?"

"Hierdie, my kind, is nie net 'n muntstuk nie, dis die goue herinneringe van my lewe. As ek hom in my hand het, dans ek en jou pa 'n polka net wanneer ek wil. En lat ek jou sê, partykeer is die polka wat jy in jou kop dans baie beter as die een wat jy in die regte lewe kon dans. Miskien moet jy vir jou ook een kry."

Watse herinneringe sou sy kon saambring? wonder Rika. Daar is miskien 'n paar – een of twee. "Miskien is Ma reg."

Wanneer Rika die rolstoel kombuis toe wil begin stoot, stop Ouma haar. Sy plaas haar hand op Rika se hand. "Daar is natuurlik net een reël wanneer dit by so 'n muntstuk kom," sê sy. "Jy mag hom eers kry as jy nie meer 'n polka kan dans nie – en jou bene lyk vir my asof hulle nog baie lewe in hulle het."

Rika stoot haar ma uit die kamer.

Ouma sing die beroemde polka van *The King & I* se "Shall we Dance": "Shall we dance, ta ta ta, on a bright cloud of music shall we fly, ta ta ta ..."

Nog baie skop, dink Rika. En miskien 'n bietjie vasknyp ook.

Rika los Ouma by Maria en Elna aan die ontbyttafel. Sy moet stad toe, 'n paar dinge gaan doen.

Ouma begin dadelik aan 'n stuk brood kou. Sy merk dat daar nog een plek aan die tafel gedek is. "En waar is Neil?" vra sy.

Sy ma tree vir hom in die bres. "Hy slaap nog, Ouma."

Maria glimlag by haarself. Sy het Neil se terugkoms gisteraand meegemaak. Smories, soos Jan altyd gesê het. Goed gepleister.

"Hy kan dankbaar wees hy't nie in my dae geleef nie," karring Ouma voort. "Dan was hy al vieruur in die stal met 'n melkemmer tussen sy bene."

"Ek vermoed hy was laat uit gisteraand," sê Elna. "Gelukkig was hy saam met Gerhard, so hy was in veilige hande."

"En nugter hande, wat belangriker is," merk Maria op, plesierig bewus van die bietjie ironie waarmee sy nou speel.

Antwoord Elna: "Presies. En in elk geval, hy moet maar slaap terwyl hy kan, want binnekort begin sy kursus en ek hoor die werkslading is uiters swaar. Ma, ek wil vir Ma weer dankie sê dat ..."

"My kind, dit sal 'n plesier wees om hom by ons te hê. Ten minste is ons dan nie net twee ou tannies wat soos spoke hier rondsweef nie."

"As ek maar net kon sweef," val Ouma in.

Maria ignoreer haar skoonma. "Dit sal soos die ou dae wees, toe jy nog uit die huis geswot het."

"Ma moenie huiwer om te bel as hy handuit ruk nie."

"Ek dink ek sal hom kan hanteer. Ek het mos twee seuns grootgemaak. Hoe laat moet jy by die lughawe wees?"

"Ek wil so vyfuur daar wees."

"Ek wens jy kon vir nog 'n dag of twee aanbly."

"Ma gaan my nou gereeld sien, veral in die volgende paar maande terwyl ons die nuwe besigheid aan die gang kry."

"Dink jy dit gaan werk?"

"Ek weet dit gaan werk."

Maria kyk vir 'n oomblik na Elna. Haar oë skiet vol trane, en sy neem Elna se hand oor die tafel. "Pa sou so trots gewees het."

Elna se gemoed skiet ook vol. "Dankie, Ma."

Ouma begin weer praat, maar Maria dink aan iets heeltemal anders. Sy dink aan 'n paar van Jan se tekeninge. Sy prentjies. En sy dink aan sy voorspellings.

— IX —

Rudi meng nie in wanneer Rika 'n klomp van haar klere en goedjies in tasse kom pak nie. Gerhard help haar om die koffers na buite te dra en in die kar se kattebak te laai. Die beklemming wat sy gevoel het toe sy vanoggend die pad pastorie toe gekies het, was puur verniet. Voor sy in die kar klim, wil sy van Gerhard weet of hy al besluit het wat hy gaan doen. Klink nie so nie, maar ...

"Ma weet ek wou altyd graag voor ek varsity toe gegaan het 'n jaar afgevat het om die wêreld 'n bietjie te sien – om te kyk of die *band* wat ek en Christoff op skool gestig het ietsie meer kon word."

Sy onthou maar té goed.

"Ek't gedink ek sal Christoff vra of hy weer lus is om te traai. Ek't vir my 'n werk as waiter gekry sodat ek myself kan onderhou."

Haar ou les aan haarself: maak nie saak wat jy dink nie, moedig aan. "Ek dink dit sal goed wees vir jou om dit te doen," sê sy.

Rika gee hom 'n soen op die wang. Die predikant wat kelner geword het. Sy stap dan na die bestuurder se kant van die voertuig.

Maar Gerhard het nog iets op die hart. Hy stap om na haar. "Ek het gewonder of ek Ma aan my biologiese ma kan voorstel."

Haar hart ruk van die skrik. Sy het so iets glad nie verwag nie, nie in die toestand waarin die kind die afgelope ruk was nie.

"Ek het haar onlangs opgespoor," sê hy.

Só vinnig!

"Ek het haar goed laat verstaan dat ek net een ma in hierdie wêreld het, en dis Ma ..."

Rika se oë swem skielik in trane.

"... en dat sy nooit my ma sou kon wees nie. Maar sy is 'n nice vrou. En sy is die vrou wat my gebaar het – my genetiese verlede, ek weet nie wat mens dit noem nie – my stamboom-vrouepersoon, en ek sou dit baie waardeer as Ma haar ontmoet. Om die waarheid te sê, ek wil graag hê sy moet sien hoe gelukkig ek was."

Die trane stroom nou oor Rika se wange. "Dit sal vir my 'n eer wees," sê sy deur die trane.

"Dankie, Ma." Gerhard neem Rika sag in sy arms. Ma en seun bly lank in die omhelsing – die koestering van mekaar, 'n seun wat woordeloos dankie sê aan iemand net so weerloos soos hy.

Hulle sien nie vir Rudi in die eetkamer se venster nie, hoe hy die gordyn ooptrek en na hulle staar nie. Hulle sien ook nie hoe hy die gordyn weer laat toeval en verdwyn in die somber donkerte van die pastorie nie.

— X —

Vlooi en Susan het tot diep in die nag gesels. Hoofsaaklik oor Albert. Sy onsekerheid, sy maniere.

"Jy moet net nie aan hom slaan nie," het Susan in 'n stadium gesê.

"Slaan?" Vlooi het nie eens aan so iets gedink nie. "Is jy mal? Dis soos 'n skrumskakel van die blindeskool se span wat 'n Blou Bul-voorryman wil tik."

"Die tikkery is nie die probleem nie," het Susan gesê.

"Dis die minder-makery agterna?"

"Jy stel dit so fyn," het sy geantwoord.

Hulle het niks verder gesê nie, maar Vlooi was bly dis in die oopte.

Die dag toe Albert vir Buffel skiet, het die implikasies hom nie dadelik getref nie. Dit was eers 'n ruk later, toe Susan hom een aand vra hoe dit gevoel het om sekondes weg van die dood te wees, dat hy die dolk in Buffel se hand onthou het, en die verligting en dankbaarheid wat hy jeens Albert gevoel het omdat Albert hom uit die kake van die dood gered het.

Vlooi het begin uitpluis dat dit alles deel was van Albert se plan om verraaiers te elimineer. Hy het nie Vlooi se lewe gered nie. Vlooi was maar net deel van die charade. Hy het Buffel vermoor. En die Vuiste het dit help toesmeer.

En hy het Buffel se ma laat vermoor.

Weer sal geen Vuis 'n woord daaroor rep nie.

Wat beteken dit alles?

Vlooi het net twee dinge in sy gedagtes: Eers gaan hy wraak neem op die moordenaars van sy ouma en oupa, en daarna gaan hy Susan syne maak. Om dit te kan doen, sal hy in sy pasoppens moet wees vir Albert.

Nou strompel hy as 't ware reguit uit die bed die kombuis binne, sien sy ouers by die ontbyttafel. Hy is geklee in die kortbroek en T-hemp waarmee hy geslaap het.

Adriaan sit so uit die hoek van sy oog nog en koerant lees.

Antoinette kyk op, sien die groot kreet op Vlooi se T-hemp: TOT
SO VER ...

"My wêreld, vrou, die verlore seun het teruggekom. Kry die vetge-
maakte skape, vanaand hou ons paartie."

Vlooi gaan sit, dis 'n mengsel van lê en sy eie weergawe van die oer-
chill. "Môre, Pa, môre, Ma."

Sy ma skink vir hom 'n glas lemoensap. "Lekker om jou weer by die
huis te hê. Is Susan uitstedig?"

Hy is op die plek lus om haar te vra of hy nie dalk sy lakens moet
saambring vir inspeksie elke oggend nie. Maar hy sug net. Fokken
Albert. "Ek's nie altyd by Susan nie, Ma. Partykeer is ek by my pelle."

Adriaan kan nie stilbly nie. "Hel, toe ek by jou ma aangelê het, het
ek nie meer pelle gehad nie. Dis mos wat 'n meisie aan 'n ou doen –
klap die pelle soos vlieë weg. Is jy seker julle's ernstig?"

"Baie ernstig."

Adriaan vee sy mond met 'n oordrewe gebaar met sy servet af. "Nou
ja, anders as die jong mense van hierdie huis, het ek werk om te doen."
Hy rig hom direk tot Vlooi, sy eersgeborene en trotse draer van die
Cilliers-saad: "Sodat jy kan laat slaap en meisies kan ..."

"Adriaan!" Sy ma.

"Geniet dit maar terwyl jy nog kan," sê Adriaan.

"Onthou wat ons bespreek het." Antoinette is terug by die groter
prentjie; Vlooi en Susan se gekafoefel is nie nou belangrik nie.

"My vrou, dis al waaraan ek dink."

En daarmee is sy pa die huis uit.

Vlooi drink sy lemoensap. Oor die rand van die glas lees hy sy pa
se koerant.

Hy gryp die koerant nader, lees die berig weer 'n keer. Dan is hy op
en op pad, Antoinette wat hom net agternakyk en die groot ... EN NIE
VERDER NIE agter op sy rug lees.

"Jy't nog nie geëet nie!" roep sy.

"Ek's nie honger nie," antwoord Vlooi. Hy moet Albert onmiddel-
lik in die hande kry.

— XI —

Daar is iets in die vertrek wat Vlooi nie kan verduidelik nie – hy kan dit net aanvoel.

Daar is net drie Vuiste in die keldervertrek van Die Ploegskaar – Albert, Vlooi en Dryfas. Vlooi en Dryfas staan weerskante van die groot Wit Brigade-vlag teen die muur. Albert staan by die tafel.

Om die tafel sit die leiers van die Afrikanervolk.

Elkeen van hulle het 'n adjudant wat nes Vlooi en Dryfas waaksaam rondom die keldervertrek teen die mure wag staan.

Vlooi is nie 'n bietjie trots nie. Dit is hy wat Albert so ver gekry het om hierdie raadsvergadering van magshebbers te belê. Drie oggende gelede, toe hy Adriaan se koerant by brekfis sien lê, het dit begin. Die berig wat hom laat opstaan en na Die Ploegskaar laat jaag het.

Albert het sy brekfis net so gelos toe hy Vlooi se gesig sien. Hulle is af na die WB-kelder; Vlooi het die koerant oopgeslaan, Albert het afgekyk na die opskrif waarna Vlooi wys: *Afrika-leiers kom na SA.*

"Hulle gaan 'n groot kongres hou," het Vlooi dadelik verduidelik. "Elke president van elke Afrikastaat gaan hier wees. Al die leiers op een plek. As ons vir hulle 'n bloed-oes wil plant, hoekom nie die hele Afrika nie? Hoekom nie die hele kontinent laat bloei nie – ná alles wat hulle aan die wit man gedoen het?

Albert het 'n paar oomblikke na die berig gestaar voor hy gerea-geer het. "Nie eers die Amerikaners kan die hele Afrika laat bloei nie."

"Ek weet, maar ons kan die swartes help om dit self te doen. Die een ding wat ons van Afrika weet – elke keer as hulle 'n nuwe leier soek, dan loop die bloed in die strate. Dink wat sal gebeur as die mense van feitlik elke staat in Afrika mekaar tegelyk begin uitmoor. Dink hoeveel sal doodgaan. Dink watse chaos daar sal wees. Die wêreldmedia sal nie weet waar om te kyk nie. En in daardie chaos kan ons ons move maak om dit wat aan ons behoort, terug te vat, en met goeie rede. Die wêreld sal waarskynlik dankbaar wees dat die land weer in ons hande is. Ek sê, bogher daai Aryan ouens. Jy ken mos van Afrikaner-organisasies soos ons. Laat weet hulle die tyd kom vir ons almal om saam te staan en die wit Vuiste van die Wit Brigade sal die eerste skoot vuur."

Dit was al wat Albert nodig gehad het om te weet. Die Wit Brigade sou die eerste skoot vuur. Albert het gevra dat Vlooi later die dag terugkom.

Susan was by toe haar broer sy reaksie uitstippel. "Hierdie ding – dis groot."

"Ja of nee?" wou Vlooi weet.

"Dis nie so eenvoudig nie. Ons kan dit nie alleen doen nie. Ons het nodig dat almal, alle organisasies soos ons, dat almal uit een mond praat wanneer die stront eers begin spat sodra die bom afgegaan het. Ons kan nie bekostig dat ons eie mense agterna teen ons draai nie."

Binne 'n dag het Albert 'n reaksie gehad van almal. Een dag! Wys wat die WB se status is.

Nou staan Albert aan die hoof van die bondstafel waarby daar agt leiers sit. Kryger-leiers, oud en jonk, grysbaarde en bruinbaarde. Niemand het hul uniforms aan nie, buiten die drie Vuiste van die Wit Brigade, in wie se hoofkwartier hulle is.

Albert is besig om te verduidelik hoekom die ou Transvaalse leuse moet geld: *Eendracht maakt mag.* "En as dit eers gebeur, dan staan ons almal soos een man op en vat oor. Elke groep hier verteenwoordig sal 'n teiken hê: die SAUK, die hoofkwartier van die weermag, die presidentswoning, ensovoorts."

Een van die ander leiers besluit die oomblik is ryp om die moeilike vrae te vra. Sy van is Cronjé, nes dié van die generaal wat by Paardekraal aan die Kakies oorgegee het. Hy lyk soos 'n klipharde boer wat die afgelope ruk miskien te veel skaduwee gesien het. Die regte klere, die verkeerde soort bleekheid.

"Wat ek wil weet," begin hy, sy gesig somber en suur, "hoekom sou ek my mense wou oortuig dat hulle onder die leierskap van die Wit Brigade moet dien?"

Albert se teenvraag kom onmiddellik: "Ek neem aan julle wil almal daardie vraag vra." Hy kyk hulle een vir een in die oë, rondom die tafel. "Die antwoord is eenvoudig: omdat julle hier sit – en nie ek in een van julle hoofkwartiere nie – en omdat dit die Wit Brigade se Vuiste gaan wees wat onder in daardie gebou met kratte vol plofstof gaan wees."

Die bleek Boer kap terug: "Wat my betref, kan ek en my mense dit self doen."

Albert leun vorentoe, sy hande in vuiste gebal en as stutte op die tafel gedruk, sodat hy baie naby aan die meeste van die manne om die tafel kom. "Jy en jou mense? Bedoel jy nou dieselfde mense wat jaar ná jaar byeenkomste roep en in kakieklere met armbande groot toesprake afsteek, 'n paar boereworsrolletjies eet en dan huis toe gaan? Bedoel jy die mense wat sedert '94 al dreig om in opstand te kom en nog niks gedoen het nie? Bedoel jy die mense wat van 'n Afrikanertuisland praat en in 'n dorre hoekie van die land laer wil trek terwyl hierdie hele land hulle beloofde land is? Want as dit jou mense is, moet jy maar hierdie kamer verlaat, want dis nie die soort mense waarvan ek praat of onder my bevel wil hê nie."

Die leierskorps om die tafel raak stil.

"Grootpraat is een ding, 'n groot daad iets anders," sê Albert. Hy wag 'n oomblik en vra dan die belangrikste vraag: "Wie is saam met my?"

Om die tafel gaan die hande een vir een op en heel laaste, ná 'n oomblik van oorpeinsing, ook dié van die bleek Cronjé.

Albert knik, 'n tipiese dankgebaar deur 'n leier met baie gravitas. Dan sluit hy af met die woorde wat die leierskorps om die tafel vir die res van hul lewe sal onthou: "Hulle het die wind gesaai, nou gaan hulle die warrelwind maai."

— XII —

Dis die polisie-pingpong.

Davids en De Wet is in hul kantoor saam met die waansinnige papegaai Grootbek. Hulle is op 'n roll, dis duidelik.

De Wet dink hardop.

Davids dink hardop.

Grootbek klets tussenin.

Die speurders ignoreer Grootbek heeltemal. Sommige dae het 'n mens nie tyd vir sulke snert nie.

"'n Man wil sy ma uit armoede red," sê Davids. "Vir die belofte van 'n beloning gee hy die transit-security-ouens die waar en wanneer van 'n heist op een van hulle voertuie."

De Wet laat dit insink.

Davids gaan voort: "Die heist-poging faal, maar die bende ontsnap en die ou wat die tip-off gegee het, kom haal nie sy beloning nie."

De Wet laat dit nog 'n bietjie dieper insink. "Jip," sê hy.

Sê Davids: "Paar dae later kry ons die lyk van 'n Boertjie in die veld, van agter en naby deur die hart geskiet. Die transit-ouens sê die ou wat die info wou verkoop, het 'n Afrikaanse aksent gehad. So, die bende was heel moontlik Afrikaans."

De Wet is steeds woelig aan die dink. "Jip."

Sê Davids: "Ons praat met die lyk se ma en kort daarna verdwyn sy, en wanneer ons dan haar huis deursoek, kry ons iets wat soos 'n neo-Nazi-kenteken lyk."

Grootbek trek De Wet se aandag af.

Nou is Davids op volle toere: "Hier's jou probleem." Sy trek 'n groot sirkel op die skryfbord teen die muur. In die middel van die sirkel teken sy 'n swastika en 'n stokmannetjie om Buffel te verteenwoordig. "Daar is honderde Boertjies wat lede van neo-Nazi-organisasies is en wat om die een of ander rede deur hulle maatjies, of enige iemand anders, gewhack kon word." Sy trek 'n afsonderlike sirkel aan die teenoorgestelde kant van bord en skryf *Heist-bendes* in die sirkel. "Daar is 'n helse klomp bendes wat heists beplan, en sekerlik nie almal net swart of Engels nie. Net omdat die ou wat die tip-off vir die heist gegee het 'n Afrikaanse aksent gehad het, beteken dit nie dat hy, Marthinus Basson, also known as Buffel, aan daardie neo-Nazi-groep behoort het nie." Sy trek 'n dubbelpuntpyl tussen die twee sirkels met 'n groot vraagteken oor die middel van die pyl. "Sonder bewyse daarvoor het ons net 'n lyk, 'n heist gone wrong, en 'n armband."

De Wet staan op en stap sonder om iets te sê na die tekenbord. Hy

neem die kryt by Davids en skryf die syfers: 10 000 000 onder die vraag-
teken en stap dan na die deur.

"Tien miljoen," sê Davids.

"Jip."

"Tien miljoen wat?"

"Lees vanoggend se koerant."

Wat sy doen. Die opskrif lui: *Ouers betaal R10 miljoen vir kind.*
Davids lees.

De Wet het teruggesluip van waar hy ook al was. Davids stel nie in
die detail belang nie, sy lees.

"Lees die laaste paragraaf," sê De Wet.

Lees Davids: "Volgens die kind het 'n vrou wat Afrikaans praat vir
haar kos gegee." Sy kyk op na De Wet.

Sê De Wet: "Weet nie van jou nie, maar voel vir my die Boertjies is
baie besig op die oomblik."

Grootbek kies presies hierdie oomblik om "O Boereplaas" te
begin sing.

Van buite lyk die huis soos net nog 'n rykmanspaleis wat in die goeie ou
slegte ou apartheidsjare opgerig is deur een van die rykes onder die des-
tydse bevoordeeldes, maar die oomblik dat De Wet en Davids die woning
van doktor Ronald Mahlele betree, besef hulle hoeveel die skyn bedrieg.

Doktor Mahlele, prokureur en sakereus wat in die direksies dien van
verskeie bemagtigingsmaatskappye, het die huis van binne omskep in 'n
moderne tegnologiese wonderwerk, met binneversiering uit die voorste
Europese en Skandinawiese ontwerpershuise om daarmee saam te gaan.

Wanneer doktor Mahlele hulle aan mevrou Mahlele voorstel, weet
hulle wie se smaakstempel op hierdie estetiese wonderwerk afgedruk is.

Saam met mevrou Mahlele kom hul dogtertjie, die onlangs
ontvoerde Winifred.

Die gesprek geskied in Engels – Winifred verstaan nie Afrikaans nie.

Davids vra Winifred of sy die vrou ooit gesien het.

"No, she wore a black thing over her head."

Het sy enigiets gesê?

"She told me to eat, or I will never see my mommy again."

Hoe dan so?

"I don't know, because she spoke in Afrikaans like my friend Marelize sometimes does at school."

Van die kamer kan Winifred ook bitter min onthou. "It was dark. I sat on a mattress. I was cold."

Davids haal die Wit Brigade-epoulette te voorskyn, vra of die vrou iets soos dié gedra het.

Nee, skud Winifred haar kop.

Davids bedank mevrou Mahlele vir die kans om met Winifred te kon gesels. Mevrou Mahlele neem Winifred aan die hand en saam verdwyn hulle na die weelderige interieur daar binne.

De Wet is die een wat die formele, gemaklike gang van sake versteur. "As ek mag vra, hoekom het u nie die polisie gebel nie?"

"Hy het my twaalf uur gegee om die geld oor te plaas. Geen onderhandeling nie. Ek het geweet die polisie sou wou onderhandel. Ek was nie bereid om die kans te waag nie."

Davids begin aanstaltes maak voordeur toe.

"Kan ek aanneem dat hy met 'n Afrikaanse uitspraak gepraat het?" vra De Wet.

"Die vrou het Afrikaans met my dogter gepraat. Wat sou jy raai?" vra doktor Mahlele.

De Wet trek 'n derde sirkel op die groen muurbord. Skryf daarin: *Swart kind R10 milj.*

Davids en Grootbek hou hom dop.

De Wet tel 'n lap van die liasseerkabinet af op, vee die vraagteken, die syfer 10 000 000 en dubbelpyltjie tussen die vorige twee sirkels uit. Daar is nou net drie sirkels wat 'n driehoek op die groenbord vorm. Dan trek hy 'n afsonderlike pyltjie van elke sirkel na die oop ruimte in die middel van die driehoek.

Hy draai na Davids. "Een gemene deler." In die oop stukkie waar die drie pyltjies in die middel ontmoet, skryf hy: *Afrikaans*. "Afrikaner-transitoroof," sê hy. "Afrikaner-neo-Nazi se lyk. Afrikaner-ontvoering. Almal binne 'n baie kort tydperk."

Die papegaai begin weer sing. "Afrikaners is plesierig, dit kan julle glo ..."

Sluit my op en gooi weg die sleutel, dink Davids.

— XIII —

Op dieselfde parkbankie waar sy en Gerhard nie te lank gelede nie ontmoet het, vat-vat Christine aan haar klere, skuif hier reg, trek daar.

Sy is angstig oor dit wat voorlê. Sy het nog nooit voorgegee dat sy iets is wat sy nie is nie. Bewus van haar plek in die samelewing, en dis beslis nie tussen die rykes en slimmes nie. Nie dat dit haar gehinder het nie. Sy was opreg in alles wat sy gedoen het, en dis genoeg vir haar.

Sy druk weer aan haar hare. Kan nie veel daaraan doen nie, maar dis ten minste gewas vir die ontmoeting met mevrou dominee.

Sy sien hulle al van die hek af aangestap kom. Die vrou wat sy nie ken nie en die seun wat sy aan daardie vrou afgegee het. Christine sluit haar oë. Nie nou weer in daardie spiraal af nie! Wanneer hulle naby is, staan sy op.

Gerhard praat eerste. Selfversekerd, dink Christine. "Christine, hierdie is my ma, Rika."

Hulle groet in die rondte. Makliker as wat albei gedink het dit sou wees.

"En nou gaan ek julle alleen laat," sê Gerhard.

Rika kyk benoud na hom. Sy voel onverwags baie gespanne.

"Two's company," sê hy. "As ek hier is, sal julle nie regtig ontmoet nie." 'n Stil, rustige glimlag, en hy stap weg.

Rika en Christine hou hom 'n ruk lank saam dop.

Christine vra: "Is hy 'n goeie seun?"

Rika begin praat, "Christine ..." asof sy iets anders wil sê, maar dan ruk sy haar reg. "Ja, hy's 'n goeie seun – en ek het my bes gedoen om hom ..."

Christine val haar in die rede. "Hy sou my nie gesê het dat jy sy enigste ma is, as dit nie die geval was nie."

Rika gaan sit op die bankie. "Wat destyds gebeur het ..." begin sy.

"Ek het ingestem." Christine gaan sit langs Rika, effens na haar gedraai sodat hulle na mekaar kan kyk terwyl hulle praat. Elkeen wil alles onthou wat hulle nou gaan hoor.

"Ek sal lieg as ek nie sê dat ek dit elke dag daarna berou het nie," sê Christine, "maar ek het ingestem."

"Hierdie is nie vir my 'n maklike situasie nie," sê Rika, "en ek's seker ook nie vir jou nie. Ek wil hê jy moet weet dat destyds, destyds toe ons hom gekry het ... Ons wou bitter graag 'n kind gehad het ..."

"Ná Esmé?"

Christine het Rika effens onkant betrap. Eenvoudige woorde. Soveel diepe hartseer wat daaragter lê. "Ja – ná Esmé."

"Hy't my vertel."

Hoeveel van haar intieme inligting het Gerhard aan Christine verklap? wonder Rika. Sy is nie ontsteld nie, maar sy besef dat sy werklik nêrens meer iets het waaragter sy kan skuil nie. "Ná Esmé kon ek nie meer kinders hê nie," sê sy. "Ek het geweet wat my man doen is verkeerd – om jou te oortuig om hom weg te gee. Maar ek wou so graag nog 'n kind, en veral 'n seuntjie, hê dat ek hom nie teëgegaan het nie. En toe bevind ek my in die jare daarna in die situasie waar ek, soos jy, my besluit berou het, maar anders as jy, wat hom verloor het, dit nie berou het dat ek hom gekry het nie."

Hulle sit 'n rukkie stil. Christine het nie berou by Rika verwag nie – en sy kan nie daarop aandring nie. Haar kind het in 'n goeie huis by 'n man van God en sy vrou grootgeword. "Ná julle hom gevat het," sê sy, "het ek teruggegaan na my man wat onvrugbaar was. Ons het nooit kinders gehad nie."

"Ek's jammer." Die arme vrou! Rika kan haar kwalik in Christine se posisie indink.

"Ek het dit geweet toe ek teruggegaan het." Punt. Méér kan sy nie daaroor sê nie.

Hulle sit weer 'n ruk in stilte, draai die nekke om die parkie te bekyk.

"Ek en my man is op die oomblik nie saam nie," sê Rika, sonder enige emosie.

"Ek's jammer."

"Dankie, maar ek dink dis dalk die prys wat ons nou betaal vir wat ons gedoen het."

Albei versink 'n paar minute in hul eie gedagtes.

"Ek moes hom gehou het," sê Christine.

"Ja, jy moes. Maar ek is so bly jy het nie. En ek weet nie hoe om die twee te vereenselwig nie. Ek is tegelyk jammer en dankbaar dat ek daardie rede het om jammer te wees."

"Dan's jy gelukkig, want ek is net jammer."

Rika weet nie hoe om op so 'n aanmerking te reageer nie. Sy plaas haar hand op Christine se hand. Hulle hou styf hande vas. Elk voel 'n warmte van dankbaarheid oor hulle kom.

"Dit het my getref," sê Rika uiteindelik, "toe ek hier aankom, hoe baie hy na jou lyk."

"Dit het my getref, ná ek die eerste keer met hom gesels het, hoe baie hy na sy pa aard. Sy manier ... hoe hy praat ... die blik in sy oë."

"Watse soort man was sy pa?" vra Rika.

"Hy was 'n offisier – 'n kaptein. Aantreklik, vol selfvertroue en uiters sjarmant. Ek het hom in 'n kroeg in Windhoek ontmoet. Hy was op verlof van die grens. Dit was 'n karaoke-aand en hy't die een of ander ding gesing. Al was hy 'n offisier in die army, o, kon hy sing."

"Dan aard ons seun beslis na sy pa."

Christine kyk vraend na Rika. "Ons?"

"Jy't hom gebaar, ek het hom grootgemaak. Ek ken hom beter as jy, maar hy's die seun wat 'ons' gemaak het."

— XIV —

Gerhard ry reguit van die park af huis toe, en so in die aankoms sien hy Boetjan se bakkie het pas voor die hek stilgehou.

Boetjan is haastig om by die wildplaas te kom. Hy buk terug in sy bakkie in en kom met 'n groot, dik A4-legger te voorskyn.

Gerhard kyk af na die groot bruin legger wat Boetjan na hom uithou, 'n lint wat netjies daaromheen gebind en in 'n strikkie vasgemaak is.

"My pel sê jy skuld hom 'n bottel single malt," sê Boetjan.

Gerhard neem die lêer asof dit 'n heilige artefak is. Hy kan dadelik sien dat dit 'n baie ou legger is.

Op die voorkant staan in groot swart syfers en letters geskryf:

76346628 BG
M. Olivier (Kapt.)
Inligtingskorps

"Ek dink ek moet hom vra om sommer myne ook op te spoor," sê Boetjan, "sodat ek die dêm ding kan verbrand."

"Sal dit die lêer in Oom se kop uitwis?"

Boetjan glimlag. "Nee."

Sodra Boetjan koers gekry het, suiker Gerhard na sy slaapkamer met die legger. Hy trek die strikkie los en maak dit oop.

Aan die binnekant van die voorblad van die lêer is daar 'n swart-en-wit foto van 'n man van om en by dertig vasgekram. Hy het donker hare, nes Gerhard.

Marius Olivier, ouderdom 30.

Die foto wys net kop en skouers. Marius Olivier het drie pips op sy skouer.

Gerhard sien vir die eerste keer hoe sy biologiese pa lyk.

— XV —

Dit is nie net die nagmerrie van die grens en die Ovambo se oor wat Rudi snags teister nie. Hy herleef dinge wat in die daaglikse omgang met hom gebeur – skrik wakker uit skaamte en vrees. En as hy eers wakker is, raak hy nie weer aan die slaap nie.

Hy tob oor die oggend toe Rika nog 'n klompie tasse vol klere kom haal het, die oggend ná Gerhard dronk teruggekom het van 'n gefuif af. Dis nie die gesprek tussen hom en Rika wat hom pla of die herinnering aan hoe na hy die vorige aand daaraan gekom het om Gerhard met die vuis te slaan nie. Hy weet mos dis nie in sy aard om sulke dinge te doen nie. Wat hom pla, is sy onvermoë om met 'n bietjie waardigheid uit enige gewone gesprek met sy vervreemde vrou of sy kinders te tree. Maak nie saak wat hy sê of doen nie, die ander sal altyd iets in sy woorde vind wat sy swakhede reflekteer.

Dit is presies wat gebeur het toe Rika haar tasse kom haal het.

Nadat sy klaar met Gerhard gepraat het, het Gerhard die tasse motor toe gedra. Rudi het Rika gevra om 'n oomblik agter te bly, daar is iets wat hy met haar wil bespreek. "Dinge gaan op die oomblik nie te goed tussen my en Esmé nie," het hy gesê. "Om die waarheid te sê, dinge gaan nie te goed tussen my en Esmé en Gerhard nie. Maar die ander dag het Esmé vir Hannes ontmoet. Hulle't buite gesit en gesels, koffie gedrink. Ek's bang dat ... ek's bang dat ..."

"... hy dinge nog moeiliker tussen julle sal maak?"

"Nee. Dat hy haar sal seermaak."

Rika het nagedink oor wat hy gesê het. "Is dit moontlik om deur die lewe te gaan sonder om seer te kry?" het sy gevra.

Rudi het onmiddellik gesnap waarna sy verwys. Sulke oomblikke kom terug, in die middel van die nag, en brand hom.

Die kerk is nie vol nie, trouens, dis omtrent net 'n derde vol. Rudi is pynlik bewus van die een ding wat sekerlik tot elke enkele persoon in die kerk deurgedring het: Die bank waar Rika, Esmé en Gerhard sou gesit het, is leeg. Mense sit in die bank agter hierdie bank, maar nie 'n enkele mens in die dominee se gesin se bank nie.

Elke woord wat Rudi in sy preek sê, weerklink daar iewers diep in sy gemoed waar dit lastig word van al die weer- en wanklanke.

Hy het swak geskeer, en elke nou en dan vang die sonlig die stoppels teen sy ken, maar hy weet nie hiervan nie. Hy weet net van die woorde wat hom teister.

"... en dink 'n bietjie, broers en susters," sê hy, aarselend, hortend, "dink 'n bietjie wat dit moes geneem het, hoe diep Abraham se geloof moes gewees het, om sy geliefde seun, Isak, aan daardie rots vas te bind, sy mes uit te trek. Hy het nie geweet dat God 'n engel gaan stuur om hom te keer nie. God het gesê: 'Bewys jou liefde vir my en offer jou seun op aan My ...'" Die woorde sny deur hom, lem deur sy gewete. "'... offer jou seun op aan my ...'" Rudi aarsel, onbewus daarvan dat bekommerde gemeentelede onder mekaar begin fluister, "... hoeveel pa's is daar wat hulle geliefde seuns sou opoffer ... om ... hulle seuns sou opoffer ... hulle seuns sou opoffer ..."

Die weerklanke laat hom uiteindelik sy mond sluit, die kateder vasgryp. Hy laat sak sy kop.

Sy gemeentelede is onseker oor wat hulle moet doen.

Rudi hoor hul gefluister. Hy kyk op na hulle en besluit hy moet vlug. Hy wil nie toelaat dat sy gemeentelede hom só sien nie, hom aanskou met die oë van die hart nie. "Ek's jammer," sê hy, sy stem skor, "ek kan dit nie meer doen nie ... ek kan nie meer nie."

Hy stap af van die kansel, nog in sy toga, en stap op in die loopgang tussen die gemeente deur na die ingang van die kerk. Soos hy stap, trek hy sy toga uit en laat val dit in die loopgang.

Die gemeente kyk verstom soos hy verby- en uitstap. Die kerkdeur swaai met 'n luide klapgeluid agter hom toe.

Hy het dit net so hard laat klap soos Hannes, dink Rudi, met trane wat oor sy wange stroom.

—— *** ——

Zweli staan by 'n grafsteen – die gesamentlike grafsteen van sy ouers.
Mabuzo Sibanyoni 12.10.1944 – 15.3.2008, Thandi Sibanyoni 5.11.1948 – 6.7.2007.

Sy mense het 'n gesegde: *Ngakubona ngamehlo entiziyo* – Ek sien jou met die oë van my hart. Dis wat twee mense vir mekaar sê as hulle mekaar regtig sien en verstaan.

Sy pa het altyd gesê dat die Afrikaner en die Zoeloe mekaar met die oë van die hart gesien het. Ons is dieselfde soort mense, het hy gesê. So, miskien is ons almal coconuts op 'n manier. Thabo Mbeki het altyd gepraat van die African Renaissance – wat vir hom wat Zweli is altyd so ironies was, want "renaissance" is geheel en al 'n Europese begrip, maar Mbeki het dit gebruik om na die heroplewing van die Afrika-kultuur te verwys. Go figure. Maar miskien is dit wat coconuts doen: Hulle gebruik die beste van wit Europa en die beste van swart Afrika om 'n nuwe wêreld te bou. En dis wat hy met Elna en Boetjan gaan doen ... hierdie mense ... hierdie Afrikaners, wat hy lankal met die oë van sy hart gesien het en wie se pa, sy pa, met die oë van sy hart gesien het. *Ngakubona ngamehlo entiziyo.*

ESMÉ

Esmé begin altyd vanself lag wanneer sy haar probeer indink hoe haar kantoor eendag gaan lyk. Sy het deur die jare eienaardige gewoontes aangeleer. Sy kan by die varsity in die bib gaan swot, maar haar beste leerwerk doen sy by die tafeltjie in die pastorie se tuin. Sy kan ook by haar lessenaar in die kamer werk, maar sy voel altyd gevange daar. En wanneer sy 'n bietjie eenkant wil wees, vir dink, of om te bid, stap sy tuin toe – en verby, tot in die kerk. Taamlik agterlangs is daar 'n hoekie waar daar een kort bankie is. Dis haar meditasiekamer.

Dit is waar sy nou sit, 'n ou bruin tassie langs haar.

'n Paar maande gelede het haar ma met so 'n bruin tassie na haar toe gekom en gesê: "Ek dink dis nou tyd dat jy dit kry." Die tassie was vol papiere – die eerste prentjie wat sy ooit geteken het, haar kleuterskool-rapporte, laerskool- en hoërskoolrapporte, verjaarsdagkaartjies wat sy vir haar ma gemaak het, briewe aan Kersvader, en 'n blikkie met al haar melktande wat die tandmuis uit haar pantoffel langs haar bed kom haal het.

En terwyl sy haar kinderjare stukkie vir stukkie uit daai tas pak, tref dit haar: Haar ouers het haar sien mens word lank voor sy die verstand gehad het om te besef wat dit beteken om mens te word en wees.

Eeue gelede het 'n filosoof geskryf: *Gee my die kind tot die ouderdom van sewe, en ek sal jou die volwasse mens wys.* Gedoen en gedaan teen die ouderdom van sewe. En sy kan dit glo. In die tassie kry sy die juffrou se verslag oor haar vordering in haar eerste jaar op kleuterskool. Sy lees die opmerkings oor haar geaardheid, haar temperament, wat haar kwaad maak, gelukkig maak. Sy kon dit net sowel gister geskryf het.

In daai klein dogtertjie was die fondament vir die volwasse vrou klaar gelê. Daarom ken ouers hulle kinders baie beter as wat hulle kinders hulle ken. Ouers kan vir hulle kinders 'n tassie gee, gevul met wie hulle was en steeds is, maar kinders kan nie so 'n tassie vir hulle ouers gee nie. En nou, vir die eerste keer in haar lewe kyk sy na haar ma ... haar pa ... en wonder: Wie is julle?

— 1 —

Die hoofouderling, broer Gert Greyling, ontmoet Rudi in die konsistorie 'n paar oggende nadat hy in die middel van 'n kerkdiens uitgestap het. Hy is geskok om die verwese figuur daar aan die hoof van die lang tafel te sien sit. Dominee Naudé het 'n paar dae laas geskeer en daar is donker kringe om sy oë.

Broer Greyling wonder in watse soort persoonlike hel hul gewilde leraar hom tans bevind. Hy hoop, en vertrou, dat dominee Naudé deur hierdie moeilike tyd sal kom en dat die liewe Vader hom sal lei en beskerm. Hy kan egter nie so ver kom as om dominee Naudé uit te vra oor die rede vir sy ineenstorting nie. Die kerkraad het egter deeglik kennis geneem dat geeneen van sy gesin teenwoordig was by die diens die oggend toe dit gebeur het nie. Dit is duidelik dat dominee Naudé en sy vrou op die oomblik van mekaar vervreem is – die gemeente het oë.

"Rudi," begin broer Greyling huiwerig, "en ek gaan nou Rudi sê, nie dominee nie, want ons ken mekaar al soveel jare en ek wil hê jy moet my woorde as dié van 'n vriend hoor en nie dié van 'n ouderling nie. Ons het 'n vergadering gehad en eenstemmig besluit dat jy rus nodig het. Dit spyt my dat jy en Rika deur 'n moeilike tyd gaan. Ek kan my net indink watse emosionele druk dit op jou plaas. Ons het vir dominee Coetser geroep om vir die volgende maand jou werkslading en verpligtinge te behartig."

Dominee Naudé staar na die tafel terwyl ouderling Greyling praat, en wanneer hy praat, is dit amper in 'n fluisterstem. "Dankie."

"Broer, ons dien almal saam, en ek is daarvan oortuig dat, soos met Job, die Here sy genade oor jou sal uitstort. Staan vas in jou geloof en hou moed. Ek het self al deur dale van donker skaduwee geloop, en net een ding was my redding: gebed."

Broer Greyling beweeg tot langs dominee Naudé. "En weet die gemeente bid ook vir jou," sê hy.

Dominee Naudé knik stil sy kop.

Broer Greyling stap uit en laat sy grimmige leraar alleen agter.

Rudi sit 'n ruk lank tjoepstil. Dan staan hy op en stap lusteloos na die ry stoele langs die langtafel. Hy trek een uit en kniel daarnaas. Vou sy hande in gebed.

"Onse Vader wat in die hemel is ..."

Die woorde stol in sy keel. Rudi rig sy verslae oë na bo. Die trane loop oor sy wange. Hy voel so verlate dat hy geen woorde het om by sy Skepper te pleit nie.

— 11 —

Vlooi het in sy laerskooldae vreeslik probeer om vinke en spreeus in die tuin te vang. En as jy hulle gevang het, wat gaan jy met hulle doen? het Adriaan hom altyd gevra. Daarop had Vlooi nie eintlik 'n antwoord nie. Sy pa se woorde kom terug om by hom te spook waar hy en Susan saam met Albert staan en planne beraam in die kelderkamer van Die Ploegskaar.

Hulle het die geld, hulle het die planne, en wat nou?

Op die tafel voor hulle lê 'n klomp foto's van die ruïne van die Alfred P. Murrah-gebou in Oklahoma City nadat Timothy McVeigh dit op 19 April 1995 met 'n bom probeer opblaas het. Altesame 168 mense is in die ontploffing dood en meer as 800 ernstig beseer of vermink.

"Daai ou het nie dinamiet of sulke plofstowwe gebruik nie." Vlooi weet hy hoef dit nie vir Albert uit te spel nie, maar hy voel hy moet dit darem sê. Netnou dink Albert dit was 'n konvensionele bom. "Hy't sy eie bom met kunsmis en ander chemikalieë, wat mens maklik in die hande kan kry, gemaak. Ek het 'n bietjie gaan surf – daar's baie info op die internet beskikbaar. Check hierdie ..." Hy skuif 'n klomp drukstukke van dinge wat hy op die internet gevind het oor die tafel na Albert. Voeg by: "Dis soos kookresepte, maar vir tuisgemaakte bomme."

Albert maan hom dadelik tot versigtigheid. "Jy moet oppas. Hierdie soort sites word dopgehou."

"En elke dag deur honderdduisende mense besoek. Teen die tyd dat my footprint iewers op 'n lys verskyn, is dit lankal te laat."

"Hoeveel sal ons nodig hê?" vra Susan.

"McVeigh het dit," Vlooi druk met sy vinger op een van die foto's, "met een enkele trok vol kunsmisbomme gedoen, seker so agt of tien vier-en-veertig-gallon-dromme. Dink wat kan twintig of dertig doen ..."

"Genoeg om die Uniegebou tot in die hiernamaals te blaas," antwoord Susan

Albert voeg by: "En elke Afrika-leier daarmee saam."

"McVeigh het die trok in die straat voor die gebou geparkeer," sê Vlooi. "Ons s'n sal binne die gebou wees. Tien keer erger."

"Nie binne nie," korrigeer Albert hom. "Onder. In die kelder. Susan, praat met Langhoring. As ek reg onthou, het hy nog maatjies in die stadsraad. Ek soek die planne van die Uniegebou. As ons hierdie ding gaan doen, moet ons hom reg doen. Ons het net een kans."

Albert staan op en stap na die deur.

"Nog een vraag," roep Vlooi hom terug. "Is jy seker dat ons op die ander groepe kan staatmaak?"

Susan deel sy gevoelens. "Ek's bekommerd oor Cronjé."

"Cronjé is 'n grootprater," sê Albert.

"Jy't hom voor die ander verneder."

"Hy't homself verneder, maar hy sal saamtrek, want anders staan hy alleen."

Albert swaai om, is by die deur uit terwyl Vlooi Susan se oog vang. Hy wil nie oorgerus raak en iemand trek 'n Buffel op hom nie.

"Jy besef dat hierdie pad geen afdraaie het nie." Susan weet wat die implikasies van hul optrede is. "As ons hom ry, dan ry ons hom tot die einde."

"My ouma en oupa se moord was net twee van duisende. As ons nie hierdie pad stap nie, is ons in elk geval by die einde."

Die hele ding is vir Vlooi baie persoonlik. En hoe meer persoonlik dit is, hoe beter voel hy daaroor.

Susan kyk Vlooi diep in die oë. "Jy's 'n ware kryger."

Vlooi glimlag skalks vir haar. Dit klink melodramaties, maar dis super-waar. "Jy ook," sê hy.

Hulle lig saam hul gebalde vuiste, druk dit teen mekaar. Dan maak hulle stadig hulle hande oop totdat hulle vingers met mekaar verweef is.

Susan sê: "Tot die dood."

Vlooi antwoord: "Tot die dood."

— III —

Die beplande beraad van Afrika-leiers in die Uniegebou krap vir Davids om. Sy sit by haar lessenaar en koerant lees terwyl De Wet eenkant na die groenbord met sy sirkels staan en staar.

Dis een van daardie Pretoriase dae waarop 'n mens lugverkoeling nodig het, en almal in die gebou vloek omdat die stelsel nie aangeskakel kan word nie weens die jaarlikse versiening daarvan. Die humeure oraloor is baie kort en die hemde natgesweet.

"Wat ek nou wil weet ..." Davids praat, al is sy nie heeltemal seker dat De Wet luister na enigiets anders as die geluide in sy eie skedel nie, "... as al die leiers van Afrika klaar gepraat en 'n helse klomp belastingbetalersgeld opgedrink en opgeëet het, om nie eers te praat van die koste van die sekuriteit en karre en hotelle nie, wat presies gaan verander?"

Wonder bo wonder het De Wet geluister en geregistreer. "Dis hulle werk om om tafels te sit en praat. Dis hoe hulle hul salarisse verdien."

"En dis hoekom die BA-departemente van die universiteite vol is en die BSc- en wetenskapsdepartemente leeg. In 'n BSc moet jy leer om iets te doen wat gemeet kan word, in 'n BA leer jy om k–"

"Taal," waarsku De Wet haar. Kon net sowel gesê het: Nie voor die papegaai nie ...

"... snot te praat."

"Sodat jy dan 'n politikus kan word en belastingbetalers se geld kan uitgee."

Grootbek vra op die gebruiklike tyd vir kos, en De Wet gee dit met groot gebaar en baie lawaai. Davids doen mee, seker dat geen werk hierdie paar minute gedoen sal kom nie. In die proses raak sy meer betrokke by die papegaai as De Wet.

De Wet is voor die groot groenbord; tik met sy vinger op die stokmannetjie wat daar geteken is en Buffel se lyk verteenwoordig. "Ons het gewonder hoekom hulle die lyk juis in daardie stuk veld gedump het."

Davids geniet dit. Die papegaai kan maar kom lawaai maak, De Wet se logiese denkprosesse sal op die agtergrond aan die werk bly. "Omdat hulle hom ken."

"Ja." Davids voel die "maar" kom met swiepende vlerke aan. "Maar hoekom ken hulle hom?"

Hy kyk na haar. "Tien stappe, Davids."

"Omdat hulle dit tevore gebruik het?"

Vra De Wet: "As jy iets doen wat jy tevore gedoen het ..."

"... dan is dit 'n gewoonte."

De Wet rig met duim en voorvinger 'n denkbeeldige pistool op Davids. "Presies!" Hy maak 'n klapgeluid met sy tong.

"Wat was die area se naam?" vra Davids.

"Doringspruit. Ek wed jou 'n ..."

Davids stap na haar lessenaar en gaan sit daaragter. "No deal," sê sy voordat hy aan die gang kan kom met dié simpel storie. "Ek maak nie bets wat ek weet ek gaan verloor nie. Hoe ver moet ek teruggaan?"

"Begin met die laaste vyf jaar."

Sy begin tik.

De Wet draai terug na die groenbord. "Hoe lyk 'it Buffel," sê hy vir die stokfiguurtjie, "het jy geselskap?"

— IV —

Maak nie saak wat mense sê of dink nie, hulle kan jou nie op universiteit voorberei op die moeilikheid wat die harde lewe in jou rigting gaan gooi nie. Dáárvan is Zweli absoluut oortuig. Hy het hoeveel grade, een van hulle nogal van Wits se sakeskool, die beste in die land, en niemand het ooit 'n woord gesê oor Adriaan Cilliers nie.

Zweli het ou handboeke van die rak gaan haal. Die ghoeroes se wyse woorde gelees, van Peter Drucker tot Paul Samuelson. Nêrens gee hulle 'n aanduiding van hoe 'n mens werklike probleemgevalle hanteer nie.

Die knallers is daar: *Openhartigheid. Kommunikasie. Probleemstelling. Onderhandeling. Oplossing.* Maar wat van 'n bedryfsbestuurder wat teen natuurlike groei en uitbreiding is? Die sogenaamde mag agter die troon – hoeveel kere het Adriaan nou al vir Zweli voor ander mense en in die privaatheid van hul kantore daaraan herinner dat dit hy is wat Zweli gesalf het vir die pos van uitvoerende hoof nie? Twintig jaar se diens al agter die rug. Broer van die medestigter van die maatskappy. En niks wat Zweli of enigiemand anders doen, vind goedkeuring in sy kritiese oë nie.

Niks!

En om alles te kroon, sit Zweli boonop nou met die probleem dat iemand in die maatskappy uitpraat, en dit moet gestop word voordat dit kritieke dimensies aanneem.

Dank Vader Adriaan het hom nog nie daarvoor óók begin blameer nie!

Maar nou is Adriaan steeds besig om sy en Boetjan se gatte te krap omdat hy nie soos hulle glo in die Amerikaanse uitbreiding nie. Hulle is in Zweli se kantoor in African Queen se hoofkantoor – net hy en Boetjan en Adriaan. Dit gaan nie goed met die gesprek nie – hulle staan langs die tafel, want hulle kan nie regtig sit en skree op mekaar nie. Die beklemmende hitte, so diep in herfs ook, word effens verlig deur die lugversorger, maar wanneer die ergste hitte van binne kom, help sulke foefies nie juis nie.

"My magtag, Zweli, ons kan nie sulke geld waag nie!" Adriaan se stem kry 'n amper desperate toon.

"Ons praat hier van 'n bemarkingsveldtog in Amerika, nie in Suid-Afrika nie." Zweli slaan met die vuis op die tafel.

"Dis hoekom ek in die eerste plek teen die hele idee gekant was."

Boetjan tree tussenbeide: "Bottom line is: Ons het ingestem om na

Noord-Amerika uit te brei. Die containers is klaar in Kanada. Ons het Elna bemagtig om die begrotings en veldtog te hanteer, en dis wat sy sê sy nodig het om die produkte daar te bemark."

Adriaan staan met sy arms oor sy bors gekruis, asof hy alle onheil wil afweer. Hy praat darem nou sagter, asof hy besef skree help nie. "Besef julle wat daardie soort geld aan ons reserwes gaan doen? Ons sal geen backup hê as ons kontantvloei hier, om die een of ander rede, onder druk kom nie."

"Hoekom sal dit gebeur? African Queen Cosmetics is an established brand in South Africa, the company is a cash cow."

"Ja, en jy weet wat met 'n koei se melk gebeur wanneer haar weiveld opdroog?"

"Die rede, Adriaan, hoekom ek die besigheid probeer ontwikkel, is juis om daardie risiko te verminder!"

"Al wat ek sê, is totdat ons dit regkry – indien ooit – om in die VSA te wei, is ons kwesbaar, veral as ons die soort geld wil uithaal waarvan Elna praat."

En dan doen Adriaan dit weer! "Maar," sê hy, mompelend amper, terwyl hy deur se kant staan toe staan, "jy's die baas, dis jou besluit."

Zweli sug van frustrasie.

"Jy moet eintlik vir hom dankie sê," meen Boetjan. "Ten minste is hy nie 'n jabroer nie. My pa het eenkeer vir my gesê dat die beste raadgewer die een is wat nie bang is om vir die koning te sê hy's verkeerd nie."

"Hy't dit vir my ook gesê, maar volgens Adriaan is alles wat ek doen verkeerd. En in hierdie geval is hy verkeerd. En ek gaan hom wys."

"Wel, ek het nie die ervaring of kwalifikasies wat jy het nie, maar een ding weet ek: Doen wat jy doen omdat jy glo dis die regte ding om te doen. Nie om iemand anders verkeerd te bewys nie."

"Ek weet dis die regte ding. Ek voel dit hier." Zweli slaan met sy vuis op sy hart.

"Sê dan vir Elna die geld is op pad." Boetjan staan op. "En nou moet jy my verskoon, die eienaar van die wildplaas is in die stad en ons gaan by my ma 'n broodjie breek."

— V —

Is dit liefde of is dit vriendskap? Hoeveel keer moet 'n mens vir jouself sê dat jy net geïnteresseerd is in interessante mense, niks anders nie? As 'n mens elkeen na wie jy uitreik, beskou as 'n potensiële minnaar, sal jy soos 'n bakvissie deur die lewe gaan, soekend na elke vlesige nuwe paar lippe teen wie jy kan aanskuur. En dít, weet Esmé, is nie wie sy is nie.

Nogtans gaan die gevaarliggies diep agter in haar gedagtes so effens af. Sy is nie iemand wat graag vriende huis toe nooi nie. Mans vind dit moeilik om onder die wakende oog van een van Pretoria se strengste sedebewakers 'n hand op 'n knieg te probeer sit. En haar vriendinne vind sy teenwoordigheid onder dieselfde dak baie dempend. Hoe kan 'n mens oor gemeenplasighede gesels, dalk 'n verdwaalde skinderstorietjie vertel, sonder om te voel jy is besig om iewers die Tien Gebooie te oortree?

Esmé weet sy is onbewustelik besig om dinge te bespreek wat sy eintlik sou wou vermy. 'n Mens praat nie oor die feit van die *date* terwyl julle besig is met presies daardie *date* nie!

Hannes kom kuier. Sy is so opreg en hy so ongemaklik. Albei kan nie ophou glimlag nie.

Sy vra: "Wil jy nie jou kar inbring nie?"

Antwoord hy: "Ek het gedink dis miskien wys om hom buite te laat ingeval ek 'n vinnige getaway moet maak."

Hy skerts, sy beweeg op die grens van 'n ligte flirtasie.

"Toe ek agtien was, ja." Sy hou haar hande besig met die hek se afstandbeheer. "Tóé moes die ouens camouflage dra en deur die blombeddings kruip om by my uit te kom."

Oepsie, verkeerde verwysingsveld.

"Ongelukkig het ek nie meer camo-klere nie."

Massiewe humor-misverstand, besef sy. Gee hom nog 'n kans. "En gelukkig is ek nie meer agtien nie."

"Ek kan dink daar was baie van hulle."

"Aaah ... Vroumens vlei eerstejaar: sê vir haar al die mans in die wêreld lê aan haar voete ... hulle swaarde in diens net van haar."

Hannes gaan staan botstil. Hy kyk na Esmé. "Hoekom?" vra hy.

"Hoekom wat?"

"Hoekom het jy my gebel?"

Hy ís ongemaklik. Wonder oor my motiewe, dink sy. "Omdat ek die gesprek wat ons laas gehad het geniet het, en ek nog wou praat."

"Ek het twee keer gedink voor ek ja gesê het."

Hy is só ernstig!

"Esmé, jy moet verstaan dat ek nie iemand is wat jy wil ken nie. Ek's ... as jy nie so 'n ordentlike vrou was nie, het ek nou ander woorde gebruik."

As hy nog harder dink, gaan sy oë in hul kasse omrol.

"Maar kom ons sê net, ek's opgedinges, en jy moet verstaan dis al klaar 'n groot stap vir my om dit te kan erken. Jy's 'n nice mens, en ek's seker daar's 'n nice man wat deur razor wire sal leopard-crawl om by jou uit te kom."

'n Lui denker? "Doringdraad" nie goed genoeg vir hom nie. Dalk ken hy dit nie. "Hannes, ek het jou nie hiernatoe genooi omdat ek 'n verhouding met jou wil hê nie. Ek wou net nog praat. As jy twee keer gedink het voor jy ja gesê het, hoekom het jy my uitnodiging aanvaar?"

"Omdat ek die gesprek wat ons laas gehad het geniet het, en ek nog wou praat."

Al die dermsuitrygery net sodat hy kon sê wat sy gesê het? Miskien is hier tog iets aan die broei. Esmé kyk hom 'n paar sekondes stil aan. "As ek reg onthou," sê sy, "is dit swart met twee suikers."

Hannes glimlag in sy skik.

— VI —

Rudi sit in die voorste ry van die kerkbanke. Hy sit sommer net. Hy weet hy lyk asof hy in sy klere geslaap het. Sy baard is nou in die ernstige stoppelstadium en die kringe om sy oë is verby die skakering waar mense dit met grimering sou kon verwar.

Hy voel vere. Niks.

Hy probeer bid, maar halfpad in die gebed in kom hy agter dat sy gedagtes lankal in ander rigtings versplinter het. Hy kan die angs nie afskud nie. Die vrees dat hy nooit 'n manier sal vind om daardie grensdade ongedaan te maak nie. Boete te doen daarvoor nie. Dat hy gedoem is om vir die res van sy lewe met daardie swaard oor sy kop te lewe. Die angs in die gesig te staar, maar dit kom net nooit heeltemal só naby dat dit hom verswelg en leweloos anderkant uitspu nie.

Hy raak bewus van iemand wat langs hom staan. Rudi kyk op, sukkel om behoorlik te fokus.

Dis Gerhard. Groot sak in een hand, kitaar in die ander.

Wat? Wat gaan aan, is sy eerste gedagte, en dan skuif alles weer in hul plek, hul aaklige plek.

"Ek het net kom groet," sê Gerhard.

Rudi kyk hom net aan.

"Ek het dit oorweeg om te waai sonder om koebaai te sê, maar toe reken ek, net omdat ek nie meer dominee gaan wees nie, beteken nie dat ek nie meer maniere hoef te hê nie."

'n Begrypende glimlag speel vir 'n sekonde om Rudi se mondhoeke, verdwyn net so vinnig. Hy kom moeg orent. "Waarheen gaan jy?"

"Ek trek in by Christoff. Hy't 'n spaarkamer in sy woonstel."

"Hoe gaan jy ... hoe gaan jy oorleef ... eet ... betaal ...?

"Dit sal jou dalk verbaas, maar ten spyte van die feit dat jy my nooit aangemoedig het om vir myself te dink nie, het ek tog geleer om dit te doen en om selfstandig te wees. Ek het reeds vir my 'n werk by 'n restourant gereël, en ek en Christoff gaan weer ons *band* begin."

Rudi kan dit nie help nie – wat hy hoor, laat al sy vaderlike instinkte oorneem. "Mensdom, Gerhard, dis nie 'n toekoms nie."

Gerhard se oë swiep in die rondte. Hy wys met sy arms na die vertrek waarin hulle is: "En hierdie is? Net die Here ken die toekoms. Die mens moet hom uit vrye wil gaan soek. En ja, daar's 'n groot kans dat jy op die verkeerde plekke sal gaan soek, maar ten minste sal ek dan weet – eerder as om vir die res van my lewe te wonder of ek die lewe wat ek eintlik moes gelewe het, nooit geleef het nie. Omdat ek na jou geluister het en nie na my eie hart nie. En soos ek dit verstaan, praat die Here met 'n mens deur sy hart. Nie deur sy ouers se vrese nie."

Gerhard stap af met die loopgang. Hy tel sy sak en kitaar op.

Rudi staar hom aan met sy arms wat langs sy sye afhang. Magteloos, verstom. "Jy weet ek het my bes gedoen!" sê hy uiteindelik.

Gerhard kyk hom aan, sluk 'n knop in die keel weg. "Ek ook." Hy laat sy aanneem-pa alleen in Gods huis agter.

— VII —

Pa se kind, seker. Maria het haar vertel, ná die begrafnis, van Jan se groot oomblik van waarheid met Adriaan. Ná jare van doekies omdraai oor sy foute en tekortkominge, het Adriaan uiteindelik begin glo hy is eintlik goed genoeg om African Queen oor te neem wanneer Jan nie meer daar is nie. En toe dit in 'n ander rigting begin ontwikkel, het hy Jan daarmee gekonfronteer. "Konfronteer", wat 'n woord! Soos Maria dit vertel, het Jan daar en dan besluit om heeltemal eerlik te wees met Adriaan. Adriaan kon niks sê nie. Hy het geweet dis waar. Niks kon hom daarvan weerhou om dwars te trek nie. Hy het dit ten minste nie blatant gedoen terwyl Jan gelewe het nie. Agterna, wel, dis 'n ander storie, en een waarmee Elna daagliks te make het.

"Hanteer dit maar soos jou gut feel jou sê om te doen," het Maria haar aangeraai. "Jou pa het gesê as jy net jou kop volg, alles in plek is om te verseker dat dinge nie ondergaan nie."

Sy wens sy het geweet presies wat Jan só laat dink het, maar dit daar gelaat.

Waarop sy nou konsentreer, is om die oomblik van waarheid op Bertus af te dwing. Hom uit te lok, sodat sy die waarheid as troefkaart kan gebruik.

Hulle het al baie argumente gehad die afgelope jaar. Die Vader weet, soms het dit kwaai gegaan. Maar hierdie een is die grote.

Sy het hom eers ligweg getoets. Los jou besigheid. Kom werk vir my.

Bertus staan daar met sy hande voor sy oë. Aan sy ore kan hy niks doen nie. Die klanke is reeds daarbinne. "Jy kan nie ernstig wees nie!" roep hy uit.

"Ek is doodernstig."

"As jy my probeer toets om te sien of ek ..."

"Jou toets? Dink jy werklik ek sou so verwaand wees om jou te 'toets'?"

Hulle staan in die sitkamer van hul huis in Vancouver. Elna pas iets toe wat sy met die jare aangeleer het. Sy bly hom in die oë kyk. Sy is heeltyd naby hom, eis sy aandag, sorg dat hy dadelik reageer elke keer as sy iets sê.

Dit voel vir haar of hul ondervloerse verhitting glad nie nodig is vanaand nie.

"Hoekom op dees aarde sou ek die besigheid waarvoor ek, sedert ons in Kanada aangekom het, bloed gesweet het om te bou, net so laat gaan?"

"Omdat jy nog steeds bloed sweet om daardie besigheid te bou. Nee, ek's jammer, maar ek moet dit sê: Kom nou, Bertus, wees eerlik – ná al hierdie jare se bloedsweet ..."

"Rome is nie in 'n dag gebou nie!"

"Jammer om dit te moet sê," al is sy glad nie jammer dat sy dit wil sê nie, "maar as dit nie vir die geld was wat my pa oor die afgelope jare elke maand vir my gestuur het nie, sou ons ..." Sy laat die woorde 'n rukkie hang, sodat hy kan besin oor hoe afhanklik hy van haar en Jan was die afgelope jare. "Jy't amper vir twee jaar feitlik geen salaris getrek nie, en selfs nou is die ..."

"Om 'n nuwe onderneming te vestig kos tyd!"

"Twee, drie jaar, ja. Maar vyf, ses? En moenie my verkeerd verstaan nie, ek kritiseer jou nie, maar die ding waarmee ek nou besig is, kan groot word, baie groot, en ons kan dit saam doen. My pa het jou so vertrou dat hy jou as die hoof van sy maatskappy wou aanstel, en as daar nou een man is wie se oordeel ek vertrou, dan is dit my pa."

Bertus sukkel om die aanslag te verwerk. Hy draai sy rug op Elna, om 'n blaaskans te kry. 'n Dinkkans.

Elna stap na hom sodat hy haar weer reg van voor sien. "Dis die beste van twee wêrelde," gaan sy voort. "Ons bly in Kanada soos jy wou gehad het, en ons bou my erfenis uit soos ek wou gehad het."

Bertus lig sy kop stadig op en kyk na haar met yskoue oë.

Goed, laat hom terugbaklei!

"Jy't reeds my seun van my weggeneem, en nou wil jy my besigheid ook wegneem. My antwoord is nee." Hy stap na die deur.

Hy probeer wegkom! Die saad is geplant. "Demmit, Bertus, hoekom is julle mans altyd so hardkoppig?"

"Om te verhoed dat julle vrouens nie dit wat ons mans maak van ons wegneem en op 'n silwerskinkbord wegdra en ons dan minag omdat ons nie meer mans is nie. En jammer as ek dit nie goed genoeg gestel het nie, maar soos jy weet, sukkel ek deesdae met my Afrikaans."

En daarmee slaan hy op die vlug na sy studeerkamer.

Elna het nog baie wat sy wou sê. Vir eers, dink sy, was dit heeltemal genoeg. Laat die gedagte groei.

— VIII —

Terugrapporteringstyd.

Adriaan en Antoinette sit in hul sitkamer. Lekker gemaklik. Hul dagklere losgemaak sodat 'n mens kan beweeg, skoene uitgeskop. Dop in die hand. Antoinette is die skinker en haar hand is rojaal.

"En jy sê toe jy stem nie saam nie?" vra sy.

"En toe weet ek hy gaan daardie geld na Elna stuur – net om my verkeerd te bewys. Daardie mannetjie vergeet ek ken hom van hy in nappies rondgekruip het."

"Mooi. Dan's ons reg vir die volgende stap."

Daar is niks lekkerder as die magspel nie – die manipuleer van mense sonder dat hulle weet hul toutjies word getrek. Sy sou Adriaan vir 'n Oscar kon benoem vir sy aandeel aan die spel, dink sy.

"African Queen het 'n baie hoë operating leverage." Adriaan voel hy moet verduidelik wat die agtergrond is. Al het hy dit reeds soveel keer verduidelik. "Enige val in omset gaan feitlik direk na die bottom line, en dan's die kontantvloei onder druk."

"In daardie geval, my slim man, moet ons sorg dat daardie omset 'n knock vat. Jy het die Amerikaners gebel; ek sal hierdie een hanteer. Dan's jou hande skoon."

"Wat gaan jy doen?"

Die bliksem kan natuurlik nie wag om hom te gaan verlustig in Zweli se ongerief nie. Wat hy nou wil weet, is tot hoeveel grade sy die oond gaan opstook. "Julle mans het mos julle manne-netwerk, ons vrouens het die mamma-netwerk. Onthou jy vir Estelle van Niekerk? Haar man werk mos vir julle kompetisie – in bemarking. Hulle kinders was saam met Elisabeth en Vlooi op skool. Jy weet mos hoe dit werk: As jy wil hê 'n man moet iets weet, dan vertel jy dit vir sy vrou en vra haar dan om dit met niemand te deel nie. Ek wou haar al lankal vir 'n koppie tee uitnooi."

Adriaan gooi sy hande in die lug. Hy straal van bewondering vir haar. "Jy weet, hulle sê mos agter elke suksesvolle man is daar 'n vrou, maar wat ek weet, is dat ver voor elke suksesvolle man is daar 'n vrou wat lankal die pad gesien het en geduldig wag dat haar man hom moet stap."

Antoinette glimlag stout, raak aan sy lippe, skuif nader aan hom. "Die kinders is albei uit vir die aand, dis net ek en jy. Is jy honger ...?"

Die adonis van Brooklyn kry die boodskap, loud 'n' clear. "Ja, maar nie vir kos nie."

Sy lippe het skaars Antoinette s'n geraak, of hulle hoor iemand in die voorportaal. Hulle trek teësinnig van mekaar weg.

Dis Vlooi. Op pad na sy pelle, maar kom gou eers bad en aantrek.

"Sien jy, vrou? As jou kinders klein is, is jy hulle bediende en as hulle ouer is, is jy die eienaar van die bed and breakfast."

'n Mens kan ou Adriaan vertrou om nie die obvious raak te sien nie. "Hoe gaan dit met Susan?" vra Antoinette.

"Great."

"Jy moet haar oornooi vir 'n braai. Ek wil haar graag beter leer ken."

"Sy's 'n bietjie besig op die oomblik, maar ek sal haar vra." En daarmee pyl hy na die badkamer.

"Ons sal ons ... 'besigheid' ... 'n bietjie moet uitstel," prewel Antoinette. Sy glip haar hand teen sy been op en gee hom op die regte plek 'n druk.

"Die lekker waarvoor jy moet wag, is altyd die soetste." Adriaan begin sing: "Suikerbos ek wil jou hê ..."

Sy klap hom speels teen die arm. "Suiker? Bos?" vra sy.

Adriaan staan op. Hy's op pad na hul badkamer. 'n Man moet doen wat 'n man moet doen," sê hy.

Wanneer Vlooi verbykom op pad uit, sit Antoinette nog alleen en peins.

"Baai, Ma. Sien Ma môre. Waar's Pa?"

"'n Paar oproepe in sy studeerkamer gaan maak," jok sy.

"Ek slaap vanaand hier, maar ek gaan laat wees. Sien julle môre." Hy wil uitstap.

"Voor jy gaan, kom sit hier." Geen twyfel waar hy moet sit nie. Reg langs haar.

Vlooi sug. Verwag seker weer 'n bombardement oor sy studies wat agterbly, ver tweede in die ry ná liefde. Of iets ergers: die voëltjies en bleddie bytjies. "O hel, as Ma so tik dan weet ek," sê hy. "Ma moet weet: Ek weet lankal wat elke seun moet weet."

"Ek sou my as 'n mislukte ouer ag as jy dit nie teen jou ouderdom geweet het nie."

Hy kry sy sit.

"Hoe ernstig is julle?" Sy gee hom nie behoorlik kans om eers asem te skep nie.

"Ma moet my verskoon, maar daar's g'n manier dat ek oor my seks-lewe met Ma gaan praat nie."

"Dis nie wat ek vra nie. Ek vra: Hoe ernstig is julle?"

"Ons staan nie op trou nie, as dit is wat Ma wil weet."

"Ek sou so hoop, julle's nog glad nie lank genoeg bymekaar nie.

Maar ek het lank genoeg geleef om te weet mens kry 'boyfriend en girlfriend' en dan kry jy 'ek dink jy's die mens met wie ek die res van my lewe wil deurbring'."

"Susan is die coolste meisie wat ek nog ooit ontmoet het."

"So, dis ernstig."

"Sy's twee jaar ouer as ek."

Woepswaps, dink Antoinette. Darem nog nie cradle snatching nie. "Wel, dan sal die seks goed wees."

"Ma!"

"Wat?"

"Ma embarrass my."

Sy is bly sy kan dít darem nog regkry. "My seun, jy sal nog leer, al is 'n vrou jonger in jare as haar man, is vrouens van nature ouer as mans. Hoekom dink jy *date* meisies in graad 10 seuns in graad 12 of selfs uit die skool? Dis hoekom pa's haelgewere het. En as 'n man nog boonop een kry wat in jare effens ouer is, dan het hy die lotto gewen, want dan weet sy, beter as die man, wie sy is en wat sy wil hê – uit die lewe ... en in die bed."

Vlooi sit 'n rukkie stil om te verwerk wat sy ma hom pas vertel het. Dan kom dit tog, diep uit die hart. "Wat sal Ma sê as ek Ma vertel dat Susan nie net weet wat sy wil hê nie, maar dat sy bereid is om daarvoor te veg? Tot die dood, as dit moet."

"Ek sal sê jy't vir jou 'n vrou gekry wat nes jou ma is."

"Wel, Ma, dis die soort vrou wat sy is."

Antoinette gee Vlooi 'n innige soen op die wang. "Dan, my seun, het jy vir jou 'n goeie een gekry."

Hy sit nog 'n paar minute in stilte. Sy wonder waaraan hy nou dink. Iets maak haar wys dis nie Susan nie. Dis iets groters, buite hul albei om.

Vlooi staan op, kyk af na haar wanneer hy praat. "Ma moet weet, ek het nie Ouma en Oupa se moord vergeet nie."

Sy kyk af na haar glas whisky. "Die dag as ek moet hoor dat daardie mans in die tronk vermoor is, sal ek 'n partytjie hou soos hierdie huis lanklaas gesien het." Sy bedoel dit opreg. Sy is absoluut seker sy sal jubel.

"Hulle gaan betaal, Ma. En nie net hulle nie ... hulle gaan almal betaal."

"Die rede, Vlooi, hoekom jou pa so hard werk om geld te maak, is sodat hy, en ek, vir jou en jou suster 'n agterdeur kan gee. Toe ek jou ouderdom was, was daar nog hoop vir die Afrikaner hier, maar ek's jammer om dit te sê, daar is nie meer hoop nie. Pa en ek werk nie meer vir ons lewe nie; ons werk sodat jy en Elisabeth eendag 'n nuwe lewe, in 'n land waar ons mense welkom is, kan begin."

Tot haar grootste verbasing het haar woorde heeltemal 'n ander uitwerking op Vlooi as wat sy gedink het dit sou hê.

"Ma hoef nie te worrie nie, dit gaan nie lank wees nie, dan's die land wat my voorvaders gebou het, weer 'n land waar ons mense welkom is."

Sy kan Vlooi baie dinge verkwalik, maar optimisme is nie een daarvan nie. "En wat gee jou rede om dit te dink?"

"Ek voel dit, Ma." Hy druk met sy hand op sy hart: Ek voel dit hier. "Sien Ma later."

En daarmee is haar eersgeborene vort op sy pad.

Sy sit nog 'n lang ruk stil nadat sy Vlooi se motor buite hoor vertrek het. Dan lig sy haar glas en sing: "Nooit hoef jou kinders wat trou is, te vra, wat beteken jou vlag dan Suid-Afrika ..."

— IX —

Hy sal nou nie die obvious ding sê, soos dat hy voel soos die verlore seun wat ná jare tuiskom nie. Gerhard kan omtrent nie die konsep "seun" in sy skedel hanteer sonder om 'n massiewe depro te slaan nie. Maar dis 'n feit. Hy voel asof hy terug is by die huis. By 'n huis waar die winde van vryheid 'n lekker briesie oor die patio stuur, sodat die klank van sy en Christoff se kitare oor die swembad kan beier en die bure langsaan met soete musiek vermaak.

Dis asof daar nie jare tussenin was nie. Hul vingers vind die snare met gemak. Gerhard neem die ritme, Christoff vul die frills in. Hul stemme het al beter saam geklink, maar die harmoniëring is perfek, gegee die lang stilte wat dit voorafgegaan het.

Christoff het 'n rustige *pad*, 'n kasteel van 'n huis in Mooikloof. Eienaar is eintlik in Londen, paar weke van die jaar hier om die familie oor Kersfees te sien. Christoff het 'n lekker pozzi – kombuis en badkamer so groot soos 'n rugbyspan s'n op Loftus. En dan nog twee groot slaapkamers. Gerhard help om die huur te betaal, en die lewe is 'n fees. Niemand kla oor die lawaai nie. Een van sy meubelstukke is 'n ou jukebox uit die sestigs, gelaai met musiek uit die sewentigs. Hy luister veral Boston dat die hel op die box staan. Wanneer "Smokin'" verbykom, staan Christoff altyd op aandag. Die universele volkslied, reken hy.

Christoff is 'n volbloed-muso. Nie sterk op netheid nie, maar onweerstaanbaar vir meisies wat graag sy ma wil wees.

Dit pas Gerhard. Hy gaan nou in 'n fase in, weet hy, waar hy 'n bietjie gaan moet werk aan hierdie beeld van hom, dat hy die bleeksiel-tokkelok is, soos in boring. Net eers 'n paar dinge uitsorteer, jy weet, maar vanaand party hulle.

Hulle het, net om te toets hoe dinge staan, een van die eerste liedjies wat Gerhard ooit geskryf het gespeel. "Meer as 'n gevoel" nogal.

"Ek kan nie glo jy onthou nog die ding nie." Gerhard het gesukkel om by te bly, maar Christoff het elke woord onthou.

"Dude, daar's baie songs wat ek nie meer kan onthou nie, maar daai een sal ek kan speel al lê ek in 'n koma. Dit was een van jou beste songs ooit."

Gerhard het probleme om in die oomblik te kom. "Ek moet jou sê, Christoff, dis donners lekker om weer hier te wees. Hier, as jy weet wat ek bedoel."

"Jy is die een wat ons droom geabandon het. Ek het nooit ophou glo nie."

Tyd om 'n paar ander persepsies te verander, dink Gerhard. "Ek wil jou iets wys." Hy gaan haal die bruin legger van sy biologiese pa.

"Toe ek jou die ander dag gebel en gesê het, 'Hoe lyk 'it, broer, sal ons ons ding weer probeer doen?' het ek een ding nie genoem nie: Ek het onlangs uitgevind my pa en ma is nie my pa en ma nie."

Christoff kyk hom verdwaas aan. "Sorrie, hierdie kop kry nie lekker wat jy nou sê nie."

"Ek is 'n aangenome kind."

Christoff het 'n repertoire van arm- en skouerbewegings wat hy gewoonlik gebruik om te antwoord op meisies wat hom van ontrouheid beskuldig. Hy gebruik nou een daarvan wat baie duidelik beteken dat hy heeltemal verward is.

Gerhard herhaal: "Die pa en ma wat jy geken het toe ons op skool was, is nie my biologiese pa en ma nie."

"Oukei. Whau. Nou raak ons heavy. Great content vir 'n song, maar waaroor praat ons nou?"

"Ek het onlangs uitgevind dat ek 'n aangenome kind is. Ek het my biologiese ma opgespoor, en nou soek ek my biologiese pa." Hy wys die foto wat op die eerste blad van die legger vasgeplak is. "Dis my pa, my biologiese pa."

Christoff kyk na die foto. "Hoe weet jy?"

Nie stadig van begrip nie. Net baie versigtig. "My ma, my biologiese ma, het my briewe met sy army-nommer agterop gegee, toe help my oom my om hierdie legger in die hande te kry."

Christoff skink vir hulle elkeen 'n shot tequila. "Jissie, dude, dis hard core. Ek meen, is jy seker jy wil hom ontmoet? Sorrie om dit te sê, maar after all, hy't jou weggegee."

Die tequila byt aan Gerhard se gorrel. Hy trek sy gesig soos hy dit nooit in sy hele tokkelok-loopbaan getrek het nie. 'n Man se pyn. "Maklik vir jou om te sê; jou ouers is jou ouers."

Christoff sien net die groter konteks van dinge in die kosmos, en hier is nou 'n klomp negatiewe vibes rondom ouerskap en dinge. "Hel, nou's ek nie seker nie, ek sal met hulle moet check."

Gerhard is 'n bietjie sekerder oor Christoff se bloedlyn as sy eie. "Jou ouers is jou ouers – jy't jou ma se mond en jou pa se neus."

"Moenie nou personal raak nie." Christoff skink vir hulle nog 'n shot elk.

"Ek sê net: Jy ken die mense wat jou gemaak het, jy weet waar jy vandaan kom."

"Dis nie altyd 'n advantage nie. My ma is bedonnerd en my pa is 'n loser."

"Ten minste weet jy."

Hulle sink die shot. Gerhard se gorrel vang gees.

Daar's 'n klop aan die woonstel se voordeur.

"Dis Neil," sê Gerhard dadelik. "Ek hoop nie jy mind dat ek hom genooi het nie ... hy's 'n cool ou ... ná jare terug in Suid-Afrika."

"Mi casa su casa ... veral omdat jy nou die helfte van die rent betaal."

Gerhard maak die deur oop en in plaas van Neil staan Elisabeth daar. Sexy aangetrek, haar gesig smeulend. Onweerstaanbaar.

"Het jy enige idee hoeveel airtime ek moes gebruik om uit te werk waar jy gaan wegkruip het?" sê sy.

Gerhard gooi haar met 'n lui Mexikaanse "Hei, Lizzie."

Sy begin by hom verbystap, maar langs hom stop sy en sê met 'n pruilmond: "Moenie jy vir my hei sê nie." Haar uitdrukking versag. "Die minste wat jy kon gedoen het, is om vir jou niggie te laat weet jy trek in jou eie plek in. Ek is so jealous jy kan met my toor."

En dan neem sy 'n bietjie oor. Tef vir Gerhard oor hy nie laat weet het sy selfoonnommer het verander nie, maak kennis met Cristoff, tef weer vir Gerhard oor sy moet verneem dat hy 'n house warming hou waarheen hy vir Neil genooi het, maar nie vir haar nie.

"Dis nie 'n house warming nie; dis net die drie van ons."

"Wel, nou's dit vier, tensy julle wil hê ek moet waai ...?"

Gerhard besef dat soos Lizzie nou lyk, hy ernstige weerstand van Christoff sou kry as hy van haar ontslae probeer raak. Christoff spring hom voor. "Hel nee, jy's welkom," sê hy. "Dude, hoekom het jy my nie gesê jy't so 'n sexy niggie nie?

Lizzie protesteer sonder om haar siel daarin te sit.

Gerhard probeer die konteks skilder. "Omdat toe ons in graad twaalf was, sy in graad sewe was."

"Hallo?" sê Lizzie op haar giftige beste. "Graad agt!"

"Jammer, graad agt."

Christoff sug nie daarvoor nie. "Op skool is jy 'n baby snatcher as jy in graad twaalf 'n graadagt date," sê hy, "maar ná skool is alles fair game. My pa is nege jaar ouer as my ma."

Lizzie gooi gesig en mond in Gerhard se rigting: "Hallo? Need I say more?"

Sal sy geluk wees. Pas ontsnap aan die waaksame vadersoog van Rudi, nou loop hy hom vas in die grootste schemer in gans Suid-Afrika.

Lizzie gaan vly haar op die bank neer langs Christoff.

Hy is besig om vir Gerhard 'n paar runs te wys wat hy pas uitgewerk het.

Hy het Lizzie in 'n ander bloedgroep in *impress.* "Hoe lank speel jy al kitaar?" vra sy.

"Ek's met 'n kitaar gebore."

Gerhard ken sy ou vriend se gewoontes. Die manier waarop Christoff sy kitaar neersit en praat beteken net een ding: Hy het hierdie moves al op verskeie chicks getrek.

"Jy moes my pa se gesig gesien het toe die dokter my in daardie kraamsaal vang en sê: Dis 'n muso!" sê Christoff. "Hy wou so graag 'n normale seun gehad het – goed en gehoorsaam, hoofseun, eerstespan-rugby, BCom of advokaat, oulike vroutjie, twee-punt-vyf kinders, mooi huis en 'n BMW. Maar toe kry hy my."

Lizzie swymel oor hom soos sy innemend kop skud oor die wonderlike *rap.* Voor sy kan begin praat, is daar weer 'n klop aan die deur; Gerhard staan op en stap daarheen.

Lizzie beweeg blitssnel. "Ná my *gap*-jaar wil ek drama gaan swot en dan wil ek op *Villa Rosa* wees. My ouers support my totaal."

"Hoekom nie *7de Laan* nie?"

"My ma sê kykNET is die beste kanaal om 'n Afrikaanse gehoor te bereik, en hulle produce mos *Villa Rosa*. Een ding van my ma en pa moet jy weet: Hulle's passionate oor Afrikaans."

Gerhard kom teruggestap, Neil op sy hakke. Neil het 'n plastieksak in die hand met 'n six-pack biere daarin.

"Christoff ... my nefie Neil."

Korrigeer Lizzie: "Kleinnefie."

Neil bied sy hand aan Christoff, maar sy oë flits na Lizzie. Hy het haar nie hier verwag nie. "Haai," sê hy. Hulle het die hele dag omtrent gesit en skype en allerhande rowwe dinge vir mekaar belowe, en hier is sy nou, byderhand en beskikbaar. En hy het hom eintlik geestelik voorberei op die tem van 'n paar koues.

Die manne maak die regte geluide. Christoff kry die six-pack uit Neil se hande getoor.

Neil wil net gemaklik raak, wanneer Lizzie haar volgende kartets loods.

"Groet jy nie?"

"Haai, Elisabeth ..."

Haar oë rek waarskuwend.

"Lizzie."

"Dis beter."

"Ek het nie geweet jy kom vanaand nie."

Sy kyk wys met 'n beweging van die kop, sonder om haar oë van hom te haal, na Gerhard en Christoff. "Hulle ôk nie. Maar as julle dink julle gaan my sideline, het ek nuus vir julle." Sy staan op van die bank en stap voor hom verby sodat hy 'n goeie idee het van hoe glad geskeer haar bene is en hoeke sieraad dit in die konteks van die Skepping is. "Ek's nie meer in graad agt nie. En wat so cool is ..." sy rig haar met die volle lading van lyftaal en gebare tot Neil, "ons het nou 'n plek waar ons kan kuier sonder dat die old folks back home ons pla."

Neil glimlag flou. Hoe gelukkig kan 'n man wees om deur 'n vrou met soveel kick gevange geneem te word?

Christoff hou van die moves. "En gaan ons kuier. Dankie vir die biere, dude. Ek sê, ons straf hulle nou en dan gaan soek ons die antwoorde op die universe en existence in daardie bottel tequila wat ek in die kombuis het."

Lizzie glimlag onderlangs vir Neil.

"Gerhard, my vriend," roep Christoff uit, "vanaand celebrate ons jou ontsnapping uit die tronk. Onthou jy die einde van *Braveheart*?"

Jip, hy doen.

"Sê agter my aan: Freeeeedom!"

"Freeeeedom!"

Lizzie draai met 'n glimlag en vaak oë na Christoff: "Jy, meneer, is 'n hooligan."

Hy vat half suggestief aan haar wang. "Jy't nog niks gesien nie, Gerhard se sexy niggie. Muso's speel nie net musiek nie, hulle speel die lewe, en hierdie man ..." hy slaan Gerhard op die rug, "het lanklaas gespeel."

— X —

De Wet en Davids maak soos Eskom versoek het. Hulle bespaar krag. Op elk se lessenaar is 'n enkele lampie om hulle te help sien wat hulle doen, maar die res van die kantoor is in duisternis gehul. Buiten nou vir die spookagtige glimmering van die rekenaars. Sou wou oortyd insit, maar dit moes vooraf goedgekeur gewees het. Nou werk hulle, hul tyd 'n geskenk aan die staat en die groter stryd teen misdaad en korrupsie.

Davids sit en tik soos 'n besetene. De Wet is die rustigheid vanself, sy lyf op verskeie maniere gestut deur die stoel, die lessenaar en die muur waarteen hy die agterste streke van sy groot bles stut. Dit lyk of hy slaap, maar aan die manier waarop sy voete elke nou en dan op die lessenaar skud, weet Davids dat die toe oë net 'n voorwendsel is. Hy is besig om te dink. As Rodin 'n beeld van hom moes maak, sou Rodin binne ure stapelgek gewees het.

En dan kom dit, woorde wat lui oor sy lippe stort en die algemene rustigheid van die kantoor net verder versterk: "Weet jy wat wens ek?"

Sy kyk op, maar weet van beter as om enigiets te sê.

"Ek wens dat my lewe rêrig soos die Crime Channel se shows was:

stap rond, kry clues, stuur 'n sample vir DNA-toetse, uit gaan die SWAT teams, arresteer die suspect, ondervra hom, hy crack, case closed, volgende. As die mense daar buite moes weet hoeveel crimes nie opgelos word nie, sou hulle baie minder rustig slaap."

Dan moet sy maar die nuus breek. "Ka-tsjieng!"

De Wet se oë is dadelik so wyd oop dat 'n mens nie kan glo hulle was millisekondes gelede gesluit nie.

"Twee en 'n halwe jaar gelede. Doringspruit."

Hulle is op hul eie trajek. Sy wat gesoek het, hy wat gedink het. Maar hulle weet ten minste van mekaar en waarvan gepraat word.

"En laat ek raai: Dit was 'n wit man."

"Benjamin le Roux."

"'n Boertjie."

"'n Boertjie."

De Wet vra: "Hoe dood?"

"Geskiet."

"Surprise, surprise."

"Een skoot ... deur die kop. Reg daar in die veld. Hulle't die koeël in die grond gekry."

De Wet sê: "Hulle't geleer."

Davids verstaan nie.

"'n Kopskoot maak baie meer gemors as 'n lyfskoot, veral as jy 'n forty-five gebruik. Wat was die kaliber?"

"Forty-five."

"Die exit-gat in Buffel se bors was nie 'n punt twee-twee nie."

"Thirty-eight of forty-five. Autopsy reken dit was waarskynlik 'n forty-five."

De Wet sit skielik regop. "So, nou het ons 'n mafia cemetery op ons hande."

"Wat de hel het die mafia hiermee uit te waai?"

"Daar's plekke in Amerika, veral in die omgewing van New York, wat as mafia cemeteries bekend staan. Dumping grounds, veral as hulle juis wil hê die lyk gevind moet word: waarskuwing vir al die res wat nog leef.

As jy wil hê 'n man moet verdwyn, gee jy hom 'n paar sementskoene, maar as jy hom vir PR wil gebruik, dump jy sy lyk waar hy gevind sal word. Die koerante sit dit op die voorblad en jy kry free publicity."

Davids begin anders oor die Boere voel. "Aan wie stuur hierdie ouens 'n boodskap?" vra sy.

"'Selfde as die mafia – hulle maatjies. En nou, kollega, gaan ek huis toe. Ek het reeds twee huwelike op die altaar van hierdie job geoffer. My vrou lê in die bed vir my en wag, en soos daai einste Amerikaners sê: Three strikes, and you're out."

"Sy's nie jou vrou nie, De Wet, sy's jou girlfriend."

"Op my ouderdom, Davids, het jy nie meer girlfriends nie. Dis óf 'n vrou, ring of nie," hy begin deur toe beweeg, "óf mevrou Palm-van-jou-hand en haar vyf dogters."

De Wet trek die deur agter hom toe. Gode sy dank dat die papegaai slaap.

— XI —

Gerhard het gekry wat hy gesoek het: 'n adres vir mevrou Marius Olivier, die vrou wat sy biologiese pa nie wou verlaat om by sy biologiese ma te gaan woon nie.

NAAM: Marius Olivier
NOMMER: 76346628 BG
RANG: Kaptein
KORPS: Inligting
NAASBESTAANDE: Sandra Mari Olivier
VERWANTSKAP VAN NAASBESTAANDE: Vrou
WOONADRES: Proteastraat 23, Verwoerdburg, Transvaal

Hy spoor die huis maklik in Centurion op. Ooglopend nie 'n baie gegoede deel van die dorp nie. Hy haal diep asem en klop aan die deur.

'n Nurkse jong man maak ná 'n ruk oop.

Dis duidelik dat hulle mekaar van geen kant af ken nie.

Die lat het nog nooit van Marius Olivier gehoor nie – en hulle woon al tien jaar by daardie adres.

Gerhard draai teleurgesteld om.

Die jong man roep hom terug. "My pa en my ma het geskei," sê hy, "en sy't die huis gekry, omdat ek en my sussie nog laities was, jy weet, maar sy's nou meer by haar nuwe ou as wat sy hier is. Maar ek moet jou waarsku, die ou dink hy's Tarzan. Ek kan vir jou sê waar sy boomhuis is as jy wil."

Gerhard kry by hom die adres. *Aluta continua*, dink hy.

— XII —

Boetjan het die eienaar van die wildplaas waar hy werk huis toe gebring om sy ma te ontmoet. Hy is Richard Meyer – "'n Afrikaanse Rigard" – verduidelik hy wanneer hulle aan mekaar voorgestel word."

Maria skat hom in sy vyftigs en sy hou sommer dadelik van hom. Soos sy later aan Rika verduidelik: "Hy is een van daardie mans wat rykdom en die lewe soos 'n gemaklike pak klere dra."

Hulle het in die lapa gesit, Rika en Maria elk met 'n glasie witwyn; Richard het gevra vir 'n skoon brandewyntjie.

"Boetjan sê vir my julle beplan groot uitbreidings daar by julle," val Maria reguit met die deur in die huis nadat die snoeselpraatjies agter die rug is.

"Ja, dit sal jou verstom wat die Amerikaners en Europeërs sal betaal om by 'n private wildplaas te kuier – vyf-, sesduisend rand per aand – maar dan moet die geriewe, en die wild, die prys regverdig."

"Mensdom, vyf-, sesduisend rand per aand?" Rika is verbysterd oor die bedrae wat hulle noem. Wat sou sy nie met daardie geld vir kindersorg en welsyn kon gedoen het nie!

"Per persoon," help hy haar reg, "en selfs meer as jy die Groot Vyf kan aanbied."

Boetjan het Maria gewaarsku hoekom hy Richard die middag

oorbring. Sy besef sy moet dit vir hom makliker maak. "Lyk my jou pa was in die verkeerde besigheid, Boetjan," sê sy. "Miskien moet ek my aandele in African Queen verkoop en vir my 'n wildplaas aanskaf."

Met 'n glas sodawater in sy ander hand gee Boetjan vir Richard sy drankie. Richard beduie na Boetjan, maar praat met Maria en Rika: "Raar, 'n wildbewaarder wat nie drink nie. Dis dié dat ek hom tot elke prys by my wil hou."

Maria glimlag. Dis 'n lang storie en sy gaan dit nie nou vertel nie.

"Ma praat so van wildplaas koop," Boetjan draai na Richard, "is dit oukei as ek vertel ...?"

Richard glimlag goedkeurend.

"Die uitbreidings wat ons wil aanbring," gaan Boetjan voort, "ons praat hier van groot geld – Richard, miskien moet jy tog verder verduidelik."

"Ek wil vyf-en-twintig persent van die wildplaas aan beleggers verkoop om die uitbreidings te finansier."

"So, hierdie is nie net 'n kuiertjie nie," sê Maria laggend.

"Nee, Ma. Ek het vir Richard gevra om, voor hy met ander beleggers praat, vir ma die eerste opsie te gee."

"En dit beteken glad nie dat jy onder enige verpligting is nie," sê Richard. "Ek het 'n paar mense wat reeds aangedui het dat hulle sal koop."

"Ek is gevlei, maar ek neem aan jy ken die mense wat reg staan om te koop – hoekom hulle hierdie geleentheid om my onthalwe ontsê?"

"Omdat ek gevra het."

"En omdat dit in my eie belang is," voeg Richard dadelik by. "As my hoofbewaarder se ma 'n aandeel in die plaas het, weet ek dat hy baie meer as net my hoofbewaarder is. Hy is, as 't ware, die bewaarder van sy ma se belegging."

"Dankie vir jou eerlikheid, Richard. Jy en my oorlede man sou goed oor die weg gekom het." Maria se gedagte loop skielik in 'n ander rigting, een wat sy nie dadelik onder woorde wil bring nie. "Wat sê jy, Rika? Moet ek 'n stukkie van Afrika koop?"

"Jong, ek's die laaste persoon wat jy moet vra. Van BComs en MBA's se slim planne weet ek maar min."

Richard se volle aandag is dadelik by Rika. Sy kan voel hoe haar nek warm raak.

"My ervaring is dat dit juis daardie mense is wat die beste besighede bedryf," sê hy. "Die manne wat te veel weet, raak te bang om kanse te vat juis omdat hulle weet wat alles verkeerd kan gaan. Die ongeleerdes soos ek duik oor die rand van daardie loopgraaf en worrie later oor die koeëls wat om ons koppe klap."

"Daar het jy dit." Maria lag, dan draai sy na haar skoonsuster en vra haar reguit: "So, wat sê jy?"

Maria weet maar alte goed dat Rika tog baie van dieselfde talente het as wat Jan gehad het – dis net dat sy nooit die kans gekry het om hulle uit te leef en toe te pas nie.

"Jan het nooit in vrees geleef nie," sê Rika dadelik.

Maria verduidelik vir Richard: "Ek weet nie of Boetjan jou vertel het nie, sy pa was Rika se ouer boetie."

"Hy het dit genoem, ja."

Maria kan haar skoonsus soen – Rika het die besluit soveel makliker gemaak. "Weet jy, Rika, jy's reg," sê sy. "Jan sou oor die rand van die loopgraaf gespring het, veral hierdie een. Wat vra jy per aandeel?" vra sy aan Richard.

— XIII —

Rudi het sy aandete in stilte en eensaamheid geniet. Daarna 'n bietjie TV probeer kyk, dit nie geniet nie, en toe na sy studeerkamer gestap.

Op die lessenaar voor hom staan 'n bottel brandewyn waarvan die verseëlde doppie nog nie oopgedraai is nie. Langs die bottel staan 'n skoon leë glas.

Rudi sit en kyk stip na die bottel. Binne hom kook dit. Hy het iets nodig om hierdie ondraaglike spanning te verlig. Dan neem hy blitssnel 'n besluit. Hy draai die bottel se dop af en skink 'n stywe dop.

Rudi sluk dit alles weg, klap die leë glas op die lessenaar neer en kyk dan stip na die niet iewers in die kamer voor hom. Hy wag dat die vog sy warm verlossing bring.

Geïrriteerd dat dit so stadig begin, steek hy sy hand weer na die bottel uit.

Later die aand, hy moes aan die slaap geraak het op 'n kol, skrik hy wakker. Hy het eiehandig 'n derde van die bottel se inhoud gesink.

Hy raak bewus van bewegings in die voorportaal, staan op om ondersoek te gaan instel.

Esmé is besig om die voordeur se slotte die een na die ander te sluit.

Rudi voel 'n groot behoefte om net met haar te gesels, aan iemand te verduidelik wat gebeur het. Hy gaan in die gang staan terwyl sy nog met die slotte sukkel. "Ek weet jy't gesê dis nie my besigheid nie ..." sê hy en gaan staan agter haar.

Esmé laat sak haar kop teen die voordeur, moedeloos en nie lus vir hierdie gesprek nie.

"... maar jy is my dogter en ek het jou lief."

Sy draai om na hom en hy kan dadelik sien dat haar houding teenoor hom ook vergiftig is.

Rudi besef hy is nog effens aangeklam en probeer dit verberg deur vinniger te praat, sonder verposing. "Ja, ek weet jy's 'n volwasse vrou wat haar eie besluite kan neem, en nee, hierdie is nie iets persoonliks teen Hannes nie, maar my meisie, my kokkerot, jy is in jou middel twintigs en Hannes in sy veertigs. Indien niks anders nie, is dit klaar 'n rooi vlag. En moenie vir my sê daar's niks aan die gang hier nie, want ek het gesien hoe julle weer sit en gesels, en al dink jy en Gerhard dat ek my reg verpand het om enigsins met julle te praat oor hoe om 'n goeie en 'n gelukkige lewe te lei, is ek nog steeds die man wat saam met julle ma julle albei grootgemaak het om die mooi mense te wees wat julle vandag is."

Die stortvloed woorde het Esmé tot op die rand van trane beweeg. Sy begin praat. Sy probeer, maar kan nie die doodse verslaenheid uit haar stem weer nie: "Ek weet nie meer wie ek is nie. Ek weet nie meer wie julle is nie. Ma is weg. Gerhard is weg. En as dit nie vir die feit was dat my studies my so besig hou dat ek nie tyd het om deeltyds te werk om geld te verdien nie, was ek ook weg."

'n Stilte kom hang soos 'n doodstyding tussen hulle.

Esmé begin wegstap, maar draai halfpad na haar kamer toe terug na haar pa. "Ek het gisteraand op my knieë voor my bed vir die Here dankie gesê dat hy my 'n vrou geskape het en dat die kerk so chauvinisties is, want anders het ek, soos Gerhard, my my hele kinderjare voorberei om dominee te word. Om jou te word."

Dan draai sy om, finaal.

Rudi laat sak sy kop. Hy weet op hierdie oomblik waaragtig nie waar sy hulp vandaan sal kom nie.

— XIV —

Richard bring vir Maria 'n stel dokumente sodat haar prokureurs dit kan deurgaan en vra dan uit die bloute 'n vraag wat sy nie verwag het nie: Hy wil 'n oomblik of twee alleen met Rika wees.

Wie is Maria om in sy weg te staan? Rika en Rudi is nie geskei nie, maar dit sal haar niks kwaad doen om 'n bietjie mansaandag te kry nie. Sy skink dus vir Richard 'n koppie koffie, gesels 'n bietjie oor die koffiedrinkery en laat hom agter terwyl sy Rika gaan soek.

Wanneer Rika inkom, so niksvermoedend soos môre heeldag, sien sy dadelik aan die manier waarop hy opstaan wanneer sy die vertrek binnekom dat hy senuweeagtig is.

Hulle groet heel plegtig. Hy begin praat, verduidelik heeltemal te veel, wat Rika verder oortuig dat die man se senuwees hom kou.

"Ek het vir Maria die kontrak vir die aandele gebring," verduidelik hy, "en toe was sy gaaf genoeg om my in te nooi vir 'n koppie koffie, jy weet, voor ek weer wildplaas toe ry, en toe sê sy sy sal jou vra om gasvrou te speel omdat sy 'n paar dinge het om te doen wat nie kan wag nie." Hy kyk af na sy koffie, gryp die pot en skink dadelik vir hom 'n tweede koppie. As nagedagte, verleë: "Kry vir jou." Maar hy neem die pot en skink vir haar.

"Dankie."

Koddig, dink sy terwyl sy oorkant hom gaan sit.

Hulle gaan deur die hele melk-suiker-bleek-bitter-ritueel en dan gaan sit Richard weer waar hy gesit het toe sy ingekom het. Hulle sit 'n rukkie in stilte en proe-proe aan die koffie.

Uiteindelik kry hy sy moed bymekaargeskraap. "Weet jy, ek beroep my altyd daarop dat ek 'n reguit man is. Wat jy sien, is wat jy kry. Maar nou moet ek erken ek voel soos 'n laitie wat vir die eerste keer ..."

Rika hou hom stil dop. Voel vreeslik gevlei en self 'n bietjie oorhoops.

"Nou die dag, ná al die hallo's en kry-vir-jou-'n-drankie-dinge, toe ons ná ons klaar geëet het en so, en ons gepraat het, ek en jy ... en ek wil weer sê ek's jammer dat dinge nie vir jou en jou man ... dat dinge, jy weet, skeefgeloop het." Hy sukkel om te sê wat hy wil sê; hou skielik op, haal dan diep asem en begin weer. "Wat ek eintlik wil sê, is dat ek baie bly was om rede te hê ... die kontrak en als ... om terug te kom ... hier ... want ek het gewonder, ek wou graag vra, en jy's natuurlik onder geen druk om dit te aanvaar nie, maar ek het gewonder of jy dit sou oorweeg – no strings attached – om 'n naweek by die wild-plaas deur te bring. Jy sal natuurlik jou eie suite hê – en al sê ek dit self, dis nogals mooi. En daar's ook baie ander mense daar, maar ek het gewonder ..."

Sy het geweet wat haar antwoord sou wees, lank voordat hy begin stamel het. "Ja, Richard. Ek sal dit graag doen."

Richard is stom geskrik, só bly is hy. "En ek wil hê jy moet weet dat ..."

"Ek weet," antwoord sy. "Ek sou niks minder van jou verwag nie."

"Goed," sê hy op gedempte toon. Dan roep hy: "Great!"

Rika kan nie help om saam met hom te lag nie.

Hy sê: "Goed so dan. Ek sal jou kom haal. Nog koffie?"

"Hy's nog vol."

"En om te dink ek ken kastig die Bosveld en kan 'n leeu 'n myl ver sien."

Rika kan nie onthou wanneer laas sy so lekker maklik geglimlag het nie.

— XV —

Snaaks hoe 'n mens se oë geleidelik oopgaan, dink Esmé. Twee maande gelede sou sy nie vir 'n oomblik gedink het enigiets kan hul huislike kalmte en blymoedigheid van gees versteur nie. En tog het dit gebeur. Die een oomblik lees haar pa nog uit Job voor – hoe kan sy die woorde vergeet? *As ek iets vreesliks vrees, kom dit oor my; en die ding waarvoor ek bang is, kom na my toe. Ek het geen kalmte en geen stilte en geen rus nie, of daar kom die onrus.* En toe, die volgende oomblik, is Hannes daar, en alles, maar alles raak heeltemal betjoings. Haar ma en pa is uitmekaar, Gerhard moet hoor hy's 'n aangenome kind, en ontaard in 'n absolute buffel.

En sy verloor haar respek vir haar pa.

Esmé staan op die drempel van haar eie groot besluit: Durf sy voortgaan om by haar pa onder een dak te woon? Hy is geen gevaar vir iemand nie, maar is besig om in 'n trooslose afwaartse spiraal te verval.

Moontlik het Rika intussen tot ander insigte gekom. Of weet sy raad vir die pad vorentoe.

Maar nee. Hulle sit by een van die tafeltjies in Maria se tuin, en Rika het nie die vaagste idee wat volgende gaan gebeur nie.

"Ek's jammer," sê Rika, 'n vreemd vrolike glinstering in haar oë, "maar op hierdie oomblik kan ek nie daardie vraag beantwoord nie. Ek wens ek kon, maar ek kan nie."

Esmé kyk na die plante om hulle. Die herfs het al sommige van hulle laat sap verloor. "Ma kan tog nie vir die res van Ma se lewe hier by tannie Maria bly nie."

"Nee," weer daardie glimlag, "maar net soos ek nie kan sê of ek en jou pa weer sal saam wees nie, kan ek ook nie sê wat ek in die toekoms gaan doen nie."

"Een of ander tyd gaan Ma moet besluit."

"Ek weet. Maar weet jy, my dogter, vir die eerste keer in my lewe voel ek asof ek wakker is, asof ek uit 'n diep slaap wakker geword het. En jy weet hoe dit is as jy uit 'n diep slaap wakker word: Dit neem jou 'n rukkie om by die wakker-wees aan te pas. Jy bad, jy borsel jou tande, jy trek aan en dan, dan stap jy die wêreld binne en sê: Nou's ek hier, wat gaan ons vandag doen?"

Vir Esmé het hierdie woorde 'n vreemde, ontwykende waarheid. "Dink Ma ek is aan die slaap?"

"My skat, dis nog 'n vraag wat ek nie kan beantwoord nie. Maar dis goed dat jy vra, want jy vra dit op 'n ouderdom waarop ek nie eers sou gedink het om dit te vra nie."

Esmé dink weer daaroor na. "Is Ma nie bang nie?"

"Verskriklik." Sy staar 'n rukkie na haar hande. Esmé sien dat die naels pragtig versorg is. Hulle blink, en haar ma se kenmerkend droë vel het ook 'n nuwe tint. "Kom jy vanaand?" vra Rika.

Esmé voel hoe haar maag op 'n knop trek. Gerhard en sy vriend Christoff gaan hier by tant Maria se lapa vir hulle sing en sy is uitgenooi. Sy het glad nie lus daarvoor om die gemene klein pes gou weer te sien nie. "Ja," sê sy, en dan vinnig: "Ek wou nie. Hy't my baie seergemaak."

"Net omdat hy so seergekry het."

"Ek weet. Dis hoekom ek kom."

Sy moet pasop dat barmhartigheid nie haar ondergang beteken nie, dink Esmé wanneer sy terugry pastorie toe.

— XVI —

Sy naam is Jannie Theron en hy is 'n argitektuurstudent aan die technikon. Vlooi kan nie onthou dat hy hom al vantevore onder die Vuiste gesien het nie, maar hy kan nie anders as om aan te neem dat Albert nie altyd alle lede van die Wit Brigade onder in Die Ploegskaar-kelder kan bymekaarkry nie.

Jannie het sy konneksies gebruik, en waarskynlik ook sy vakkennis – hy is alles in ag genome al twee-en-twintig, soos Albert hom graag herinner – om 'n stel argitekstekeninge van die hele Uniegebou in die hande te kry.

Jannie verduidelik aan Vlooi, Susan en Albert wat dit is waarna hulle kyk. Net Vlooi het werklik 'n idee, maar hy maak nie die fout om voor Albert te pronk met sy kennis nie.

Jannie trek 'n vel weg en haal 'n ander te voorskyn. "So, dis die view van voor, en hierdie ..." hy plaas die volgende vel bo-op die ander, "is wat onder die gebou aangaan."

"My donner, Jannie," vaar Albert teen hom uit, "al wat ek sien, is 'n klomp strepe."

"Omdat jy nie by die tech argitektuur swot nie."

Vlooi kan dadelik sien dat Albert binne 'n breukdeel van 'n sekonde van geïrriteerd tot dik bedonnerd gespring het.

"Ek swot nie by die tech nie, Jannie, omdat ek my graad in hoe-sal-ek-my-volk-red swot. En omdat ek dit doen, kan ouens soos jy lekker student-student speel."

Susan probeer die vrede bewaar. "Albert, moenie jou stert so vinnig wip nie."

"Ek het nie 'n stert nie en ek wip niks nie. Ek sê net."

"Hei, broer!" Jannie kyk die Vuiste se leier in die oë. "Ons veg vir dieselfde saak. Ek ken van hierdie planne, en jy ken van planne om ons volk te red. Bloed in, bloed uit, en my oor het jy self gesny."

Albert bedaar sienderoë. "Fine. Sorrie. Fine."

Vlooi hoop die kinders het klaar gekekkel. "Is dit die kelders?" vra hy.

"Ja, en daar's baie, soos julle kan sien, maar hierdie een ..." Jannie beduie na 'n spesifieke plek op 'n tekening, "hierdie een is in die middel van die gebou, en belangriker – in hierdie een is daar tien moerse pilare. Val hierdie pilare, dan val die meeste van, indien nie die hele gebou nie, soos die World Trade Center, maar net baie vinniger, want hy word onder geblaas, nie bo nie."

Almal staan met verstarde oë en visuals kry.

Albert sê: "Dan's ons job straightforward. Ons moet daai kelder van voor tot agter met McVeigh se bomme pak."

"Dit gaan nie maklik wees nie." Vlooi wou dit anders gestel het, maar hy kies sy woorde sodat Albert nie aanstoot kan neem nie. "Ons praat nie hier van toegang kry tot 'n strip club nie."

Albert stem saam. "In 'n strip club het die meeste girls 'n limit op wat hulle vir geld sal doen. Die ouens wat in hierdie plek gaan wees, sal enigiets doen as jy genoeg betaal. En wat toegang kry betref, as jy in 'n fancy club wil kom, dan moet jy die bouncer by die deur 'n paar rand onder die tafel gee. Elke man het sy prys en ons het oorgenoeg om te betaal. Ek ken nie baie ouens wat verdien wat die poepholle verdien wat hierdie gebou watch, wat nie vir 'n miljoen in die ander rigting sal kyk nie. En die mooiste is dat daardie einste poephol saam met die gebou sal verdwyn."

— XVII —

Die hel is los by African Queen. Hul sterkste opposisie in die Suid-Afrikaanse mark, Petunia Investments, het op 'n nuuskonferensie bekend gemaak dat hulle voortaan ook die jong wit mark gaan teiken.

Die raadsaal is in donkerte gehul – nie 'n probleem nie, die vensterskerms is daarvoor ontwerp, maar nou raak dit snikheet warm hier binne en hulle kan nie regtig die lugversorging gebruik nie, want hulle moet Elna kan hoor praat ook.

Hulle praat met haar via Skype en projekteer haar gesig op 'n groot silwerdoek teen die een muur.

Boetjan het die woord. "Wat ek wil weet is hoe! Hoe de hel is dit moontlik dat ons kompetisie, ons enigste kompetisie in die Suid-Afrikaanse mark, per 'toeval' kan besluit om hulle *brand* na die wit mark, en veral die jong wit mark, uit te brei?"

"Jy is nie die enigste een wat dit wil weet nie," sê Adriaan, of liewer, dis nader aan bulder, want hy is onder die indruk Elna kan hulle nie mooi hoor nie.

Elna is kalmer as die drie mans in die raadsaal. "Die enigste mense wat van ons strategie geweet het, was die vier van ons wat nou praat. Ons het nog nie eers begin om dit te implementeer of met bemarking te bespreek nie."

"Wel, gegewe dat hierdie letterlik 'n familiebesigheid is, gaan ek swaar sluk aan die idee dat een van ons dit uitgelek het," sê Adriaan.

Zweli weet dis nie nou die tyd om aan die stry te raak nie. "Oukei. Let's calm down," sê hy. "Bottom line is hulle gaan nou first-mover advantage hê. Dis die realiteit. Ons weet almal daar's twee paaie wat 'n besigheid kan volg: óf jy kry first-mover advantage óf jy los jou competition om die risiko van nuwe produkte na 'n nuwe mark te bring, en as dit werk en hy het die pad klaar deur die woud gekap, dan gebruik jy sy pad en kom jy in met al jou kennis en al jou mag en jy colonise die land wat hy ontdek het."

Dit klink vir Boetjan na die aangewese uitweg. "So, ons wag en kyk wat gebeur."

"Wie weet?" vra Zweli. "Miskien werk dit nie. Miskien was ons verkeerd."

Elna se beeld steek vas terwyl sy verder praat, 'n eenvoudige buffering-probleem wat gou vanself regkom. "Hou net duim vas dat dit nie te goed en vinnig werk nie," sê sy. "Dit kos baie meer om 'n *brand*, wat die markleier is, van sy troon te stoot."

Adriaan antwoord vinnig: "Nie so baie soos 'n bemarkingsveldtog in Amerika nie."

Elna weet maar te goed waarop hy sinspeel. "Dis waar, maar dan weer, die Amerikaanse mark is tot die mag tien groter as die mark in Suid-Afrika."

Boetjan glimlag in die stilte.

Zweli bevestig die besluit: "Fine. Dan is dit wat ons gaan doen."

Adriaan kom nie tot rus nie. "Ek wil nog steeds weet hoe de hel hulle ons een vooruit was."

Boetman is gatvol vir sy oom. "Ek sê jou wat, hoekom probeer jy nie uitvind nie?"

"Ek sal."

Zweli en Boetjan kyk hoe hy uitstap, met skynbaar veerligte tred.

— XVIII —

Die braaivuurtjie langs Maria se lapa knetter. Gerhard en Christoff gaan hul eerste openbare uitvoering in baie jare gee voor 'n uitsoekgehoor: Ouma, Maria, Rika, Esmé en Neil.

Dis 'n heerlike aand, soos net Pretoria hulle kan bring: Nie koud nie, en die lug voel skoon en droog. Die herfs-byt wat daar in die lug was die afgelope ruk, is vanaand glad nie 'n faktor nie. Dis amper asof die somer sy laaste swaai kom maak het.

Gerhard verduidelik wat hul doel is: "Ons wil vir julle dankie sê. Julle's ons eerste gehoor. Ons doelwit is om 'n soort Simon & Garfunkel-duo te wees, maar obviously vir 'n moderne gehoor. Ons het nog nie 'n naam nie, maar hierdie is ons eerste song. Ek het die lirieke geskryf en ons het saam die musiek geskryf."

Gerhard en Christoff begin speel. Dis dadelik vir almal duidelik dat hierdie musiek iets spesiaals is. Twee kitare, twee stemme. En vir elkeen wat dit hoor, sê die liedjie iets persoonliks:

Hier op die grens
tussen wie ek was en nog sal wees
hier op die grens
tussen glo ek kan en donker vrees
staan ek stil en kyk ek na 'n onbekende land
hier op 'n grens
reik ek uit na jou hand.
As ek kon, dan sou ek die heelal oorbegin,
en as ek daarmee klaar is en alles maak weer sin,
sal ek vir jou, my liefling, my eie lig kan bring.
Maar tot dan ...
sal ek hier op die grens,
hier op 'n grens,
hier op die grens
my drome vir jou sing.

—— *** ——

437

Die streke van die gees, dink Esmé. Sy sit tussen haar ma en tannie Maria na Gerhard en Christoff se sang en luister. Haar gedagtes is nie by die musiek nie. Sy dink weer aan daardie tassie vol aandenkings van haar kinderjare. Ná jy daardie tassie uitgepak en van ver af gekyk het, soos wanneer jy deur die verkeerde kant van 'n verkyker kyk, na die mens wat jy so lank gelede was en tot jou verbasing nog steeds is, begin jy besef, stadig, bietjie vir bietjie, dat dit nie net jou ma en jou pa is wat jy nog nooit regtig geken het nie, maar dat jy eintlik niemand regtig ken nie: jou ma, jou pa, jou broer, jou suster, jou beste vriend of vriendin en veral jouself. Net die digters kan dit verwoord:

Maar weet, soos vele pionier met ruie baard,
die streke van die gees bly ongekaart.
D.J. Opperman. Digter. Hy't verstaan.

ANTOINETTE

Antoinette het 'n spieëltafel wat Adriaan vir haar by 'n kabinetmaker in Sinoville laat maak het – swaar tambotie wat maak dat sy dit glad nie in die kamer kan skuif nie. Die spieël is in 'n dik, swaar houtraam en teen die muur vasgeskroef. Maar 'n lekker groot spieël, sodat sy onder enige omstandigheid kan sien wie sluip agter haar rond, Adriaan of Elisabeth. Vlooi kom selde hier.

Sy sit nou hier, besig om haar gesig aan te sit, soos Adriaan dit beskryf. Dis omtrent 'n proses. En die gedagtes staan nie stil nie. Toe sy in matriek was, onthou sy, of graad 12 soos hulle dit deesdae noem – Vader weet, sy moet elke keer op haar vingers tel om uit te werk watse standerd 'n kind in is as hulle in hierdie of daai graad is – toe sy in matriek was, het hul onnie hulle vertel 'n goeie drama het altyd 'n protagonis en 'n antagonis. Die protagonis is die goeie ou van wie almal hou en wat uiteindelik wen. Die antagonis is die een wat die lewe vir die protagonis moeilik maak, maar uiteindelik verloor. "Want op die ou end," het hy gesê, "is die groot dramas van die wêreld 'n uitbeelding van die stryd tussen goed en kwaad, reg en verkeerd, inderdaad, die stryd tussen God en Satan, uitgespeel in die alledaagse aardse lewe van die mens."

Sepies is nie verniet so populêr nie, dink sy, want die lyn tussen die protagonis en die antagonis is duidelik: Sy is nice, en ons bid dat alles vir haar sal uitwerk; en sy is 'n bitch, en ons sit en wag om te sien wanneer sy uiteindelik val en kry wat haar toekom. Maar wat Antoinette oor die jare agtergekom het, is dat dit juis die antagoniste in 'n sepie is, die bose bitches of bastards, wat die gewildheid van 'n sepie bepaal.

Dink maar aan Joan Collins in *Dynasty* of J.R. in *Dallas*. Kom ons wees eerlik, Bobby was boring. Ons het Dallas gekyk om te sien watse bose ding J.R. volgende gaan doen.

Die mens word gefassineer deur sonde – 'n mens hoef net elke dag te kyk na wat die koerante op die telefoonpale plak: moord, skandale, bedrog, krisisse en rampe. Maar in die regte lewe, anders as in 'n drama of 'n sepie, is dit dikwels die bitches en bastards wat wen.

— I —

Antoinette skraap Adriaan wanneer hy by die huis kom: Hy moet die vullissak in die kombuis indra na die buitenste vullishouer. Hulle gesels sommer so in die stap, want Ariaan rapporteer oor sy gesprek met Zweli. Ook hy het op hierdie dag 'n baie troebel gemoed.

"Een ding moet jy weet, as dit ooit uitkom dat ek daardie ..."

Maar die ma van sy kinders het alles onder beheer. "My liefling, hulle sal nooit in honderd jaar ooit kan dink dat iemand in die familie – om nie eers te praat van hulle broer en oom! – iets sou doen om die maatskappy seer te maak nie. En as hulle dit uitvind ná ons die maatskappy verkoop het, dan's die geld in ons rekening en maak dit in elk geval nie meer saak nie. Ons sal op ons eiland wees met 'n strawberry daiquiri in die hand."

Vandag lawe sy hom nie so maklik nie. "Ek weet nie of ek my verbeel nie," mor hy, "maar ek kon sweer ek het 'n soort skaduwee, iets, in Zweli se oë gesien toe hy my sê om uit te vind hoe die plan uitgelek het."

'n Ou kwelling, wat hom die hele naweek gery het.

Antoinette maak 'n kleinmeisiestem na: "'En toe vat Ma my handjie vas en lei my deur die gang. Die skelm was my eie jas wat aan die kapstok hang.' 'n Mens wat bang is, sien skaduwees orals."

Hulle stap weer die huis in. Skinktyd.

"Ek is nie bang nie," sê Adriaan.

"Jy behoort te wees. As ons faal, is ons verlore." Antoinette plaas haar hande op Adriaan se wange, praat naby sy gesig. "But screw your courage to the sticking place, and we'll not fail – die enigste stukkie Shakespeare wat ek nog kan onthou. Jy gaan na Zweli, jy kyk hom direk in die oë en jy sê vir hom jy't elke kontak wat jy het gebruik, selfs die mense wat jy in die kompetisie se personeel ken, en jy kon niks kry nie. Dan kyk ons of daar nog 'n skadu in sy oë is."

Sy soen hom liggies op die wang. Enige ander plek en hy haak weer uit.

— II —

Daar's so baie reality shows dat 'n mens soms nie meer kan onder-skei tussen die akteurs en die ware jakob nie. En Comedy Central is een van die voorposte van die verhoogpret, dink Davids, met haar en De Wet die clowns. Skerts heeldag lank, gesels met waansinnige papegaaie. Gaan weddenskappe aan oor volgende maand se salaris. Gee twaalfuur vir die papegaai sy peanuts, anders chirp hy jou heeldag. En tussen dit alles deur, daar onder waar die duiwel roer, is hul verstand besig met serieuse polisiebesigheid. Volg die prosedures, doen die stappe, meet die temperatuur. Al is dit net in hul gedagtes. Laat die show aangaan. Wie gaan vandag die eerste 'n korrekte polisie-ding doen?

De Wet, is wie.

Hy't die dinge aan die gang gesit nadat hulle die lyk van Buffel se maatjie in daardie selfde lappie aarde opgegrawe het. Benjamin le Roux. En hy wat De Wet is, het Benjamin se pa opgespoor en hom in tale aangespreek.

Hier sit hy nou. Die waardige meneer Le Roux, vader van die so jong gestorwe Benjamin. Hy lyk soos 'n ou Boeregeneraal. Soek, en jy sal hom op een van daardie ou sepia-kiekies iewers links van Jannie Smuts sien sit.

En hy vat nie drama van De Wet nie. "Ek moet eerlik wees met julle," sê hy. "Ek het ingestem om in te kom, maar eintlik weet ek dis 'n mors van tyd. Toe hulle Bennie se lyk gekry het, het hulle vir maande aan die saak gewerk. Ek en my vrou het weet nie hoeveel onderhoude gedoen nie. Hulle't met almal gepraat wat hy geken het van hy basies 'n stofpoepertjie was. Geen leidrade nie. Plaas dat julle net deur die lêers gaan, dan hoef julle dit nie alles van voor af oor te doen nie."

Davids veg hard om 'n glimlag te onderdruk. Sit jou gatvolgeit oppie tafel, Oom, dis reg so. Ek en De Wet kla ook dag en nag oor die tyd wat hulle mors sonder om enige resultate te wys.

"Ons het," sê De Wet. "Die ding is, meneer Le Roux ..."

"Poephol." Die papegaai maak 'n baie dramatic entrance. Davids sien hoe De Wet sy nek byna uit sy skarnier draai, die papegaai die vuilste kyk van sy lewe gee en dan weer sy aandag terugbring tafel toe.

"... toe jou seun in Doringspruit gevind is, was hy die enigste lyk wat in die afgelope weet nie hoeveel dekades nie daar gevind is. Maar nou't ons nog 'n lyk daar gekry, amper op presies dieselfde plek as waar Bennie gevind is."

"Gegewe die misdaadsyfers van hierdie land is ek nie juis verbaas nie." Die oubaas is hard op De Wet.

Val Davids in: "Dis waar, maar die lyk wat ons nou daar gekry het, was ook 'n wit man."

"In sy twintigerjare," voeg De Wet by. Hy staan op, begin aanstap na 'n ander lessenaar in die kantoor. "En Afrikaans ..."

Davids en meneer Le Roux volg hom.

"... nes jou seun."

Die Mutt 'n' Jeff Show.

Grootbek koggel uit sy hok uit, maar De Wet ignoreer dit. "Nou ja, ek gee toe dat die misdaadsyfers van so 'n aard is dat ons nog baie lyke gaan vind, maar die kanse dat twee vermoorde Boertjies in hulle middel twintigs op amper presies dieselfde plek gevind word, is ..."

"... amper nul," sê meneer Le Roux.

"Presies." De Wet trek 'n laai oop en haal Buffel se WB-armband uit. Hy hou dit op vir meneer Le Roux om te sien. "Het jy al ooit hierdie kenteken gesien?"

Meneer Le Roux skud sy kop.

De Wet sê: "In Bennie se lêer staan dit opgeteken dat Bennie 'n lid van die Afrikaner Vryheidsaksie was."

"Dis g'n geheim nie. Ek was self 'n lid. Dis 'n wettige organisasie. En dis nie die AVA se kenteken daai nie."

Natuurlik weet De Wet dít. Hy laat hom nie van stryk bring nie. "Jy sê wás."

"Ek het onttrek."

Davids vra: "Mag ons vra hoekom?"

Vir die eerste keer lyk dit of die oubaas vir De Wet die run-around gaan gee. Maar dan antwoord hy tog. "Ons het verskille gehad."

"Waaroor?"

"Jy weet mos hoe dit gaan. Partykeer kom mens met mense oor die weg en partykeer nie. Niks spesifieks nie."

De Wet weet hoe dit is. Hy kom nie oor die weg met die meeste mense nie. Hy gee Le Roux 'n lang kyk, so al met die neus af. Dan vra hy: "So, jy't geen idee of vermoede wat met Bennie kon gebeur het nie?"

"Soos ek reeds twee jaar gelede gesê het."

De Wet lig sy hand om Le Roux s'n te skud. Die onderhoud is verby. "Nou maar dankie dat jy gekom het," sê hy. "Ons waardeer dit."

Davids begelei hom na die deur.

Wanneer hy by die deur is, trek De Wet die ou Colombo-truuk. Hy roep Le Roux terug. "Ek wou nog vra ..."

Le Roux staan in die deur.

"Wanneer het jy van die AVA onttrek?"

"Twee jaar gelede."

"Net ná Bennie se dood." Dis nie 'n vraag nie.

"Ja."

"Is dit waaroor die verskille gegaan het?"

Le Roux kom so effens terug in die kantoor in. "Ek wil hê jy moet mooi verstaan," sê hy. "Ek is 'n harde man, 'n trotse Afrikaner, en ek is besorg oor die toekoms van my volk. Daarom sal sekere mense sê ek's 'n fanatikus, maar ek's ook eerbaar en 'n Christen en ek glo nie in gewelddadige oplossings nie. Ek beskuldig ook niemand op grond van 'n 'idee' of 'n 'vermoede' nie. Een van die moontlikhede wat ek oorweeg het, was dat iemand in die AVA by my seun se dood betrokke was, maar daar was hoegenaamd geen bewyse nie."

Davids staan langs hom. Sy kan aanvoel hoe gespanne die man raak. "Tog het jy onttrek," sê sy.

"Ek het onttrek omdat lank voor my seun vermoor is, ons reeds meningsverskille gehad het oor die toekomstige rigting en strategie van die AVA. Daar was faksies wat tot meer radikale aksie wou oorgaan en ek was daarteen gekant. Nie alle Afrikaners wat trotse Afrikaners is, is terroriste wat hulleself en almal om hulle wil vernietig nie. En nou moet julle my asseblief verskoon."

Hy stap uit. Davids volg 'n entjie op sy hakke, maar dan besef sy die bedagsaamheid dien geen doel nie. Sy kom teruggestap.

De Wet het nog die WB-kenteken in sy hand. Hy kyk daarna en hou dit dan vir Davids op. "Wie dink jy is hierdie ouens?" vra hy.

"Wit Vuis?"

De Wet stap oor na die witbord en skryf *AVA* bokant die stokfiguurtjie wat Bennie verteenwoordig en *WIT VUIS* bokant die figuurtjie wat Buffel verteenwoordig. "As die AVA 'n wettige organisasie is, sal hulle 'n website hê," sê hy. "Kom ons kyk 'n bietjie wie's baas van daai plaas."

Wat 'n show, dink Davids. Stuur die clowns in.

— III —

Dis 'n vreemde gevoel, hierdie een wat 'n mens kry as jy besef jy gaan geskiedenis maak. Nie almal kry hul name in die annale opgeteken nie, maar dit is honderd persent seker dat die Wit Brigade s'n daar gaan wees voordat hierdie jaar verby is.

Vlooi staan saam met Albert en Susan weer in die kelder van Die Ploegskaar na Jannie Theron en luister. Die planne van die Uniegebou lê weer voor hulle oopgesprei. Hierdie keer het Jannie ook 'n klomp foto's op die tafel geplaas. Die Uniegebou uit verskeie hoeke afgeneem.

Jannie sê hy het al die somme gemaak en dit lyk goed. "Ek reken as ons veertig dromme gebruik, dit genoeg krag sal hê om al hierdie steunpilare weg te blaas en ook die eerste twee of drie vloere bokant die kelder, presies waar die vergadersaal is."

Vlooi en Albert staan en tintel by die gedagte, maar Susan voorsien groot probleme. "Om veertig vier-en-veertig-gallon-dromme vol plofstof daar in te kry en uit te pak sonder om gesien te word, gaan nie maklik wees nie," merk sy op, so effens sonder intonasie, sodat Albert nie weer op sy ou perdjie spring nie.

"Jy moet onthou die plek is basies soos 'n moerse hotel," sê Jannie, "daar is groot service entrances vir rommelverwydering, aflewerings en al daai goed."

"So," sê Albert, "ons kan deur die loop van die dag met 'n paar trokke daar inry, een vir een, dat ons nie soos 'n konvooi lyk wat aandag sal trek nie. En dan hoef ons niks uit te pak nie. Ons maak soos McVeigh, en blaas die trokke saam met die gebou op."

Vlooi wonder of 'n konvooi nie 'n baie verkeerde idee is nie. Dink buite die kassie, dís sy gewoonte. "Hoekom nie net een trok nie?" vra hy.

Skielik het hy al die aandag. Wil hy die show bederf? "Ek dink maar net," verduidelik hy vinnig, "plaas dat ons so min as moontlik aandag probeer trek, hoekom gebruik ons nie een groot trok, soos 'n removals van nie? Hulle sê mos die beste manier om 'n bank te beroof, is om soos 'n kliënt by die voordeur in te stap. Ons probeer nie wegkruip nie; ons bring nuwe meubels wat een van die president se vrouens bestel het."

Susan besef dit is 'n briljante voorstel. "En dan is ons tyd in die gebou tien of vyftien minute teenoor 'n paar uur as ons kleiner trokke een vir een inbring."

"Veertig dromme, een trok." Vlooi kry só lekker dat hy die volgende woord so 'n bietjie rek: "Boem!"

"En binne sekondes," kraai Albert, "is dit op elke TV-skerm dwarsoor die wêreld. Afrika se 9/11. Die Eerste Wêreldoorlog het begin omdat een man 'n koning geskiet het. Daardie trok is ons een skoot, en ons gaan nie net een koning skiet nie. Met hierdie koeël gaan ons hulle almal skiet."

In stilte lig hy met mening sy vuis bo sy kop.

Die ander lig ook hul hande met gebalde vuis in saluut. Hulle gesigte is strak.

Dis die saak wat die res van sy lewe sal bepaal, dink Vlooi.

— IV —

As daar een besluit is wat die regte besluit was, is dit die ene dat hy sy studies moet los. Nie dominee te word nie. Dit het niks met geloof of roeping te doen nie. Hier waar hy nou buite die tent van 'n karavaan in die buitewyke van die stad in 'n karavaanpark staan, met 'n vreeslike vrou voor hom, weet Gerhard: Hy hou nie van alle mense nie. Hy sou dit nooit in die bediening gemaak het nie.

Sy het 'n kaftan aan, wel, soort van 'n halwe kaftan. Bo-oor 'n langbroek met vuil kolle op die knieë. Dit het al beter dae gesien en was moontlik so tien seisoene gelede net-net in die mode. Sy dra slops, 'n namaaksel van 'n bekende *brand*. Die kaftan-toppie hang oop, sodat hy haar bloes sien en die enorme kunsroos wat sy aan die bloes vasgesteek het. Haar hare is effens olierig.

Maar dis nie wat Gerhard pla nie. Hoewel haar gesig skoon lyk, kan hy haar op vyf tree ruik. So 'n warm sweterige reuk wat hy nie kan plaas nie, maar hom baie ongemaklik laat voel.

Hy stel hom aan haar voor.

Sy't haar tong ingesluk.

Hy maak dit vir haar mooi duidelik dat hy haar adres gekry het by haar seun wat nog in haar huis in Centurion woon.

Gerhard se oë dwaal af na die quad bike wat voor die karavaan staan. Dis makliker om daarna te kyk as na haar.

'n Manstem roep uit die karavaan uit: "Wie is dit, baby?"

Sy kry haar tong terug. "Ken hom nie."

Haar stem klink so common soos dié van die dronk boemelaars wat hy verlede jaar in Pretoria-Wes moes bearbei.

"Ek het gewonder of u my dalk kan sê wie u huis besit het voor u en u vorige man hom gekoop het," sê Gerhard.

Die eienaar van die stem kom uit die tent gestap. Kaal bolyf, bles, hare wat in toutjies op sy skouers hang. Hy is aggressief, soos die lat in Centurion Gerhard gewaarsku het.

Gerhard kan nou sien hoekom die outjie hom Tarzan genoem het.

Hy wil nie in 'n bakleiery met hierdie ou beland nie. So ver Gerhard kan sien, het hy nie kettings of messe by hom nie, maar 'n mens weet nooit nie.

"Hallo," sê Gerhard, en hy wens sy stem wil nie op kritieke geleenthede soos 'n bleeksiel s'n klink nie.

"Ek gee nie om wat jy verkoop nie," sê Tarzan en wys dreigend met die vinger na Gerhard, "ons soek 'it nie."

Die vrou raak skielik spraaksaam, en nou het die common streep uit haar spraak verdwyn. "Hy's nie 'n salesman nie," sê sy. "Hy soek by wie ek en Kennie die huis gekoop het."

Tarzan is dadelik die moer in omdat sy van sy voorganger praat. "Ons sê nie daai man se naam in my huis nie."

"Ek weet, baby! Maar dis wat hy gevra het."

Tarzan kom staan agter haar; sy arms hang oor haar skouers en hy trek haar vollengte teen hom terug. Sy kyk terug na Gerhard. "Hulle van was Van Rensburg – kannie onthou wat hulle name was nie."

Hei, nog 'n bummer, dink Gerhard. "U weet nie dalk waar hulle nou woon nie?" vra hy.

Tarzan staan weer so half by die vrou verby om Gerhard beter te kan dreig. "Woon? Excuse me! Mense 'woon' nie, maatjie, hulle 'bly'."

"Wag nou, baby, gee hom 'n break."

Gerhard kan sien hoe druk sy terug teen hom, ooglopend om sy aandag af te lei. Gee haar krediet vir 'n bietjie verstand, dink Gerhard. "'Skuus, u weet nie dalk waar hulle nou bly nie?"

"Ons praat van tien jaar gelede. Vir al wat ek weet, is hulle lankal dood."

Gerhard verskoon hom en stap so vinnig moontlik na sy motor. Wanneer hy die deur wil oopmaak, hoor hy die vrou se benoude gilletjie.

Tarzan het haar met een beweging opgelig en stap nou met haar na die karavaan terwyl hy Johnny Weissmuller se Tarzan-krete in die flieks namaak.

Die vrou giggel en stribbel glad nie teë nie.

Nou weet Gerhard hoekom dit so ruik hierso.

Christoff kan Gerhard nie eintlik help om uit die depro te kom wat hy gekap het ná sy ontmoeting met Tarzan en sy Boere-Jane nie. Dis 'n depro van *Star Wars*-proporsies, sê Christoff, en al raad wat hy het, is die Mexikaanse gif. En die bottel is leeg.

Só erg gaan dit dat Gerhard nie kitaar wil speel of sing nie. Christoff oefen sy licks, maar 'n man kan ook net sóveel daarvan doen, dan tune jy uit.

"Miskien is dit 'n teken." Christoff neem altyd die groter storie in ag.

"Ek glo nie in tekens nie."

"Ek sê jou, dude, as ek jy was, sou ek net sê let bygones be bygones."

"Dis nie 'n 'bygone' nie, dude! Dis my verlede!"

"Oukei, oukei, sorrie, chill."

'n Dominee wat "dude" sê, dink Gerhard wrang, sou nooit gedeug het nie. "Hy kan enige plek in die hele land wees," antwoord hy.

"As hy nog lewe."

"Dit ook."

Die lig in die tonnel is rooi en hy ry weg van Gerhard af.

Christoff probeer hom troos. "Jy sal dit uitfigure," sê hy, onthou dan iets plesierigs. "En nou is dit my beurt om vir jou iets te vertel. Ek het met Pine Pienaar gepraat – goeie pel van my – hy't sy eie recording studio en hy't al vir 'n klomp bands geproduce. In fact, van die songs wat hy geproduce het, het al hits geword, en hy sê hy's bereid om vir 'n cut van die profits 'n CD vir ons te record."

Gerhard kan net nie die jubelasie produseer nie. "Dis cool," is al waartoe hy in staat is.

"So, nou het ek en jy nog twaalf songs om te skryf."

"My ouma is meer as negentig jaar oud."

"Cool!" Christoff gryp na sy kitaar. "Ek hoor dit al klaar: Die lewe ken sy lank, meer as negentig jaar ... Nostalgie is mos die in ding."

Gerhard sukkel om te konsentreer. "Hy moes tog seker ouers gehad het. Miskien lewe hulle nog."

"Waarvan praat ons nou, dude?"

Sê Gerhard: "Ou mense trek baie minder as jong mense."

Christoff voel-voel aan 'n akkoord-progressie, maar Gerhard wil nie weet nie. Hy staan op. "Sê vir Pine dis cool," sê hy. "Ons sal die songs skryf. Sien jou later."

Gerhard is weg voordat Christoff kan kla. Maar hy hoor darem nog hoe sy vriend hom terg: "Die lewe ken sy lank, meer as negentig jaar ..."

Christoff soek na 'n beter sleutel. "Sy's krom gebuk," sing hy, "nie meer slank, maar sy's lank nog nie klaar ..."

Gerhard bel Christine sommer so in die ry. Hy't verder as sy om te ry en sy sit al op haar geliefde bankie in die park vir hom en wag wanneer hy daar aankom. Van die pragtige dag en die ma's met kinders in die park merk hy niks.

Hy vertel vir Christine wat gebeur het in Centurion en by Tarzan. Hy is baie gefrustreerd en sukkel om hom in toom te hou. "Ek gee nie om wat julle mekaar belowe het nie!" sê hy driftig. "Hy's my biologiese pa en ek het die reg om ... ek het die reg om die man te ontmoet wie se saad my gemaak het."

"Ek het hom belowe ..." Christine probeer voet by stuk hou, maar Gerhard se aanslag laat haar wonder vir hoe lank.

"Jy't my in 'n kastige 'geslote aanneming' weggegee, en tog het jy my kom soek," tier hy voort. "'n Geslote aanneming is tog sekerlik ook 'n soort belofte wat jy nie net aan die ouers wat hom aanneem maak nie, maar ook, en veral, aan die kind wat jy weggegee het. Weet jy wat dit aan my gedoen het toe ek uitvind dat die mense wat ek gedink het my ma en pa is, nie my ma en pa is nie? Hoekom hom beskerm en nie vir my nie? Hy't my gemaak en laat staan."

Sy antwoord hom nie, maar aan haar gesigsuitdrukking kan hy sien dat sy woorde die kol getref het. Nou wag hy geduldig. Hy weet sy sal praat.

Sy staan op en begin teen 'n wandelpas stap.

Gerhard val by haar in. Dalk is hy verkeerd. Dalk gaan sy nou permanent swyg. "Wees eerlik," sê hy, sy stem nou sagter en meer intiem. "Jy weet meer as wat jy voorgegee het toe jy my sy briewe gegee het." Hy kyk stip na haar.

Christine kyk weg, haar oë volg 'n ma en kind wat naby aan hulle op die gras rol. Dan begin sy praat. "Sy ma en pa was albei oorlede teen die tyd dat ek hom ontmoet het. Maar hy't 'n suster gehad – 'n jaar of twee jonger as hy. Ek het haar ontmoet. Sy was 'n baie oulike vrou. So snaaks soos wat dit klink, ons het vriende geword, en selfs gebly, nadat dit verby was."

"Is julle nog steeds vriende?"

Sy wag weer voor sy antwoord. "Ja."

Yes! Hy wil op en af spring. Die lig in die tonnel kom nou na hom toe aangery, en dis spierwit. "Waar woon sy? Of soos 'n ou wat ek onlangs ontmoet het sou sê: Waar bly sy?"

Christine antwoord nie.

"Waar bly sy?"

"In die Kaap."

Hy stap nog 'n rukkie saam met Christine. Vra haar uit oor die suster se adres. Sy beloof om dit te SMS.

In sy kop maak Gerhard klaar planne om in die Kaap uit te kom. Dis eers wanneer hy by haar kar van haar afskeid neem dat hy besef hulle het die laaste vyf minute in stilte gestap. Hulle het nie veel vir mekaar te sê nie.

Watse soort mens is hy besig om te word? wonder Gerhard. Hy voel nie eens skuldig daaroor nie.

— V —

Maria het 'n boodskap wat sy nog aan Boetjan wil oordra. 'n Rukkie al, maar sy vergeet elke keer om hom daarvan te sê. Sy luister maar so met die een oor – sy jok, met albei ore gespits – wanneer Elna of Boetjan, of selfs Zweli wanneer sy hom toevallig sien, praat oor die dinge wat by African Queen aan die gang is.

Jan het haar laat belowe om nie in te gryp nie. "Die kinders moet self leer," het hy gesê. "Al is dit op die moeilike manier."

Jan het aan haar probeer verduidelik met prentjies en diagramme oor alles wat moontlik sou kon gebeur. Die terme wat hy gebruik het, het nie daardie dag vir haar baie sin gehad nie, maar nou begin alles ineenskakel en weet sy hy had reg.

Sy is bly wanneer Boetjan die naweek net vinnig inloer om dankie te sê vir haar besluit om aandele in die wildplaas te koop.

Ouma lei hom, soos haar gewoonte is, uit die gesprek uit reguit in 'n lokval. Boetjan praat nog rustig by die lapa se tafel, toe kom die neulerige stemmetjie met sy seerderige toon daar uit die rolstoel aangesweef. "Wat ek nie kan verstaan nie, is hoe mens 'n dieretuin 'n 'plaas' kan noem."

"Dis nie 'n dieretuin nie, Ouma." En hy kan haar gaan wys ook.

"Maar die ding het dan 'n heining om."

"Ja, Ouma, maar ..."

"Nou ja, 'n ding met 'n heining is mos 'n hok, en in 'n dieretuin is al die diere in hokke. En hulle noem hom 'n dieretuin omdat, soos elke tuin in elke stad, die ding omhein is. Dis g'n wildplaas nie, dis 'n dieretuin soos in die stad, al verskil is die ding het groter hokke. En as jy my nie glo nie, gaan praat met oom Paul, hy't geweet, dis dié dat hy die Krugerwildtuin gevestig het, nie die Krugerwildplaas nie. 'n Plaas is 'n plek waar boere boer, nie toeriste rondry om makgemaakte leeus te sien nie."

Ouma is besig om 'n vergeefse stryd teen moderniteit te stry. Sy sien die bedreigings oral, en dit ontstig haar dat niemand daarteen optree nie. Terwyl sy voortstoom, vang Boetjan en Maria mekaar se oog. Hulle ken Ouma te goed om haar te onderbreek terwyl sy nog op pad is na haar argument se eindpunt.

"Ons noem dit 'n plaas Ouma, omdat ons met die wild boer," sê Boetjan.

"Dan's hulle nie meer wild nie."

Maria besluit om tog die stroom in 'n ander rigting te kanaliseer. "Sê my, Boetjan, hoe gaan dinge by African Queen?"

"Ons wag om te kyk wat met die uitbreiding na die VSA gebeur. Die bemarkingsveldtog kos duur."

"Ek het 'n voëltjie hoor fluit dat ons kompetisie in Suid-Afrika ons een stap vooruit was met die plan om ons produkte aan die wit mark te bemark."

"By watter voëltjie het Ma dit gehoor?"

"My seun, moenie dink omdat ek soos 'n verlepte ou sakkie bene en vel hier by die huis sit, ek nie weet wat in die besigheid aangaan nie. Ek het orals spioene."

Net om aan African Queen te dink, laat Boetman lus voel om te vlug. Hy stuur liewer die gesprek in 'n ligter rigting. "En om te dink ek het planne begin maak om Ma tandarts toe te neem vir 'n stel tande."

Maria terg terug. "Oppas jy, jy's nie te groot vir 'n pak slae nie."

"Asseblief, Mammie," terg hy haar verder, asof hy ses is, "moenie my slaan nie, ek sal dit nooit weer doen nie."

Maria lag, en raak dan heeltemal ernstig. "As ek jou een stukkie raad kan gee: Jou pa het altyd Henry Kissinger aangehaal: 'If anything happens in politics, you can bet your bottom dollar it was planned that way.' Wat vir jou soos toeval lyk, is dalk iemand anders se plan."

Boetjan kyk stil na sy ma. Sy hét ore oral! Hy knik, sodat sy verstaan dat hy die boodskap loud 'n' clear gehoor het.

Ouma weet egter van geen sout of water nie. Sy stem net saam. "Dit kan jy weer 'n keer sê. Vra maar vir onse ou volkie. Die een dag het ons 'n plaas gehad en die volgende dag, toe's ons bywoners."

Maria en Boetjan kyk weer na mekaar. Ouma se woorde bevat sonder dat sy bewus is daarvan, 'n aaklige voorspooksel vir die Cilliers-kinders en African Queen. En vir Zweli die ergste teken.

— VI —

Twee dae later bel Zweli vir Boetjan. Die ongelooflikste gesprek het pas tussen hom en Adriaan plaasgevind.

Adriaan het laatoggend by hom ingestap.

"Toe hy aankom in die gang af, het sy gesig nog gegloei van die een of ander van sy grappies wat hy aan die sekretaresses vertel het. Ek het hom só gesit en kyk terwyl hy aankom. By die deur het hy skielik 'n groot frons gehad. Toe hy begin praat, besef ek dit gaan oor my laaste opmerking aan hom verlede week, dat hy moet kyk of hy kan uitvind wie inligting laat uitlek het.

"En so wragtag, hier storm hy in met 'n frons en vertel dat hy die besigheid al twintig jaar ken. Nie net hierdie een nie, sê hy, ook ons kompetisie en die hele bedryf. Inderdaad, daar's 'n paar ouens in die topbestuur van ons kompetisie wat hulle loopbane as verkoopsmanne by ons begin het. Hy het elke kontak gebruik wat hy het, maar kon absoluut niks uitvind nie.

"Toe sê ek vir hom dat dit dan net 'n ongelooflike toeval is.

"Hy't omtrent hoera geskree, want toe kon hy die gesprek in 'n ander rigting probeer stuur. Vertel my van hoe die toeval 'n rol gespeel het by die uitvinding van die kamera."

Daar is by Zweli geen twyfel nie dat Adriaan met iets besig is, want toe hy hom daarop wys dat hul kompetisie net in die straat af is, toe is dit asof hy vir Adriaan wil sê sy kontakte beteken niks en sy navorsing is bok se gat werd.

Voordat hy uitstorm, sê hy vir Zweli: "Wel, ek sê net, ek het diep gekrap en niks gekry nie. As jy iemand anders op die job wil sit, fine met my. Ek het werk om te doen. Die pyplyn is onder druk met alles wat in Kanada en Amerika gebeur."

Zweli sê hy was sprakeloos. Al wat hy kon uitkry, was: "Cool."

Minder as agt uur later sit Bertus by die tafel in hul eetkamer in Vancouver. Hy is nie 'n bondel vreugde nie. Elna is op die punt om lughawe toe te gaan vir 'n bemarkingsreis so wyd soos die Heer se genade, van New York na Los Angeles, waar sy sal eindig.

Bertus is sielsongelukkig. Hy sit met sy elmboë op die tafel met onsiende oë na sy skootrekenaar en staar. Hy is allesbehalwe ontspanne.

Wanneer Elna, jas oor die arm, haar tas op wieletjies van die kamer af sleep, wil sy net 'n laaste klomp instruksies gee, wat hom op sigself nukkerig maak.

"Die taxi gaan nou hier wees," begin sy. "Ek het die vrieskas volgepak.

Dis alles mikrogolfetes, so jy hoef nie te worrie om die oond of potte te gebruik nie."

Sy kan aan die manier waarop hy dankie sê, hoor dat hy suurgat is oor iets.

"Ek's nie presies seker wanneer ek terug sal wees nie, maar nie langer as tien dae nie, miskien vroeër. Die verspreiders het vergaderings gereël met hulle agente in New York, Chicago, Atlanta, Los Angeles en ek weet nie hoeveel ander stede nie. Ek dink ek gaan dood wees voor ek terug is."

Bertus is nie lus vir hoflike gemeenplase nie. "Is dit hoe dinge van nou af gaan wees," knor hy, "my seun in Suid-Afrika en my vrou meer van die huis af weg as wat sy hier is?"

"Bertus, ek het nie nou die krag om ..."

Hy weet die tyd is ongeleë, maar wat de hel. Sy is 'n meester van die kuns om self op ongeleë oomblikke te kom derms uitryg. Laat haar 'n slaggie voel hoe dit voel. "Ek's seker jy het nie," sê hy sarkasties en staan op om haar in die oë te kan kyk. "Jy's twaalf tot veertien uur elke dag op kantoor of in vergaderings."

"Ek's besig om 'n nuwe besigheid te stig, Bertus. Toe jy jou besigheid hier begin het, het ek jou ook amper nooit gesien nie. Maar ek het jou ondersteun, kos wat wag as jy enige tyd van die dag of nag hier aankom, jou klere gewas en gestryk, jou huis in orde gehou en ons seun grootgemaak. Nou bou ek 'n besigheid en ek sukkel om te verstaan hoekom jy nie nou vir my kan ondersteun nie."

Kan sy nie verstaan nie? Sy moet net nie tranerig begin raak nie. "Dit was nie ons deal nie."

Maar hy het haar onderskat. "Verskoon my? Ons deal? En watse 'deal' was dit?"

Heeltemal onderskat.

Hy aarsel, en Elna glip deur die gaping. "Wag, laat ek raai. Jy is die besigheidsman en ek is die huisvrou wat met jou pantoffels en pyp wag totdat jy by die voordeur instap en sê: Honey, I'm home."

Hy gryp na 'n grashalm, stuur die gesprek slaapkamer toe. "Hoe gaan ons 'n verhouding hê, Elna? As ons mekaar nooit sien nie, hoe gaan ons 'n verhouding hê?"

Sy praat met 'n drif en innerlike oortuiging wat hom ongemaklik maak. Laat besef dat hy hierdie gesprek heeltemal verkeerd benader het. Haar donker oë skitter, iets wat hy gewoonlik net merk wanneer sy absoluut passievol oor iets voel. "Soos enige ander getroude paar wat albei loopbane het," sê sy, "waar en wanneer ons kan."

"Ek weet ek klink nou soos 'n chauvinis en ek weet dis hoe die wêreld vandag werk, veral hier, maar ek kan nie sien hoe so 'n verhouding regtig kan werk nie. Toe ons getrou het, het ons ander planne gehad."

"Toe ons getrou het, Bertus, het ons ook nie planne gehad om na Kanada te emigreer nie. Die plan het toe verander, en nou het dit weer verander." Hulle hoor die huurmotor buite toet. "My taxi is hier. Ek moet gaan."

"Daar is een ding wat nooit sal verander nie: Ek is 'n gesinsman – en ek het nie meer 'n gesin nie."

Daarop het sy geen antwoord nie. Sy knik in afskeid en stap uit.

Bertus weet wat sy kon geantwoord het – waarop hy weer geen antwoord sou hê nie. Een van hulle twee sal altyd alleen wees.

— VII —

Die dae verlangsaam. Rudi dryf deur die ure, haak vas aan sekondes. Hy het 'n nuwe maatjie, die man in 'n winkelsentrumpie naby Menlyn wat sy drank aan hom verkoop, ver van sy gemeente. Die lewe kos hom nie veel nie. Die lewe is nie veel nie, as hy die waarheid moet praat. Hy steier al verder weg uit die bereik van sy Hemelse Vader, skaam oor wat met hom aan die gebeur is, totaal in die duister oor hoe hy dit sal kan keer. Hy het geen antwoord nie op die een vraag wat hom teister in sy nugter oomblikke en in die tye wanneer hy wyle swaer Jan se raad volg en die lewe draaglik probeer maak met 'n dop: Hoe doen hy boete vir die krasse dade van sy jeug, daar op ons land se grense?

Hy bedink planne, o ja.

Maar hy skeer net wanneer die harde stoppels sagte baard wil-wil begin word. Hy borsel sy tande wanneer hy onthou en sy kop nie te seer is soggens nie. Hy bly dra dieselfde onderklere, want hy weet nie hoe om die wasmasjien te gebruik nie.

Gert Greyling, die hoofouderling, betrag die skokkende agteruitgang van die gemeente se geliefde leraar.

Ná verskeie mislukte pogings om Rudi so ver te kry om te praat oor wat aan die gang is, kry hy Rudi een oggend by die kerkraadskantoor.

Dominee Naudé het 'n vraag.

Hy vra dit.

Broer Greyling is so uit die veld geslaan dat hy eers afhandel waarmee hy besig is, om die kantoor te sluit, en stap dan agter die dominee in die konsistorie in.

Rudi se vraag weerklink nog in sy ore: "Hoekom straf God my so?"

Broer Greyling het nie 'n antwoord nie. Maar hy moet Rudi aan die praat kry. "Dis 'n gevaarlike vraag wat jy nou vra, broer."

"Ek het my hele lewe gewy aan die bediening van onse Hemelse Vader soos Hy hom in die Heilige Woord geopenbaar het. Ek het my bes as gevalle mens gedoen om sy wet te gehoorsaam. Ek het nie gesteel nie, ek het nie egbreuk gepleeg nie, ek het nie doodgeslaan nie, ek het niks van my naaste begeer nie, nie eers van my vrou se broers wat soveel meer as ons het nie. Rika sê ek word gestraf omdat ek as kapelaan op die grens gedien en troepe oorreed het dat die vyand op daardie grens ook die vyand van Jesus Christus is."

Broer Greyling besef dis 'n nuwe bedeling, maar hy weet ook wat hy weet. "Hulle was," sê hy. "Daar was Kubane en Russe op daardie grens, broer, wat g'n god of Christus gedien het nie. Ateïste wat die kerk in hulle eie lande onderdruk het."

"Hoekom word ek dan gestraf?"

Broer Greyling het op 'n afstand gesien hoe dominee daardie losloper Hannes met die vuis bydam, maar kan nie die verband sien nie. "Die weë van die Here ..." sê hy.

Rudi het daardie een ook al gebruik. "Nee! Moenie dit vir my kom sê nie! Ja, die weë van die Here is onbekend, maar hulle moet ook regverdig wees!"

Broer Greyling wil vir die Here in die bres tree, maar Rudi laat om nie in die rede val nie.

"Die wêreld is vol kriminele wat tot die einde van hulle lewe die vrugte van hulle boosheid geniet. Hoekom sal 'n regverdige God die mense wat Hom liefhet en sy gebooie bewaar straf, maar mense wat plunder en breek en moor ongestraf laat leef?"

Nou het broer Greyling 'n antwoord, woorde wat hy jare gelede juis uit Rudi se mond gehoor het. "Omdat hulle die kinders van Satan is, en totdat hulle hulle sondes bely en die Almagtige om vergifnis smeek, is hulle verlore en sal hulle nooit deur die poorte van die hemel stap nie. Die Here stort sy genade oor sy kinders uit, nie oor die kinders van Satan nie."

Rudi besef nie dat sy eie woorde aangehaal word nie. "Genade? Watse genade?"

Die hoofouderling sug. Hy begin 'n idee kry van die omvang van Rudi se diepe sielsongelukkigheid.

"As ek gestraf word vir sondes wat ek nie gepleeg het nie, behoort ek daardie sondes te gaan pleeg sodat ek ten minste kan verstaan hoekom ek gestraf word."

Broer Greyling kan nie leiding gee nie, maar hy weet wie kan. "Bid," sê hy. "Bid, en Hy sal jou antwoord."

Rudi voel hoe die swaar las weer sy skouers afdruk. Hoeveel ure was hy nie nou al op sy knieë nie? "Ek kan nie meer bid nie."

Broer Greyling kyk met begrip na Rudi. Hy sê niks.

"Ek hoor Hom nie meer nie," fluister Rudi.

"Onthou Jesus op die kruis. Hy het ook in daardie donker uur gedink dat sy Vader Hom verlaat het."

Rudi kyk met moeë oë na broer Greyling. Hy voel self gestroop van alle gevoel van uitverkorenheid. "Ongelukkig is ek nie die Seun van God nie." Hy laat sak sy kop. "Ek is net 'n mens, net 'n mens." Hy kyk nie weer op nie – stap kop onderstebo uit.

Dit lyk vir broer Greyling of die dominee huil en nie eens die krag het om sy eie trane af te droog nie.

— VIII —

Maria wonder hoe regverdig dit teenoor Rudi is, hierdie ding wat nou besig is om te gebeur. Hulle is net van mekaar vervreem, en hier gaan Rika saam met 'n man vir 'n naweek op 'n Laeveld-wildplaas. En die man is tien keer aantrekliker as Rudi wat, as sy nou heeltemal eerlik moet wees, eintlik maar 'n vaal, verbeeldinglose mannetjie is. Sy kon nooit verstaan wat Rika in die man sien nie. Sy het deur die jare van hom leer hou, so op 'n manier. Maar toe sy nou die dag vir Rika sê dat sy hulle albei liefhet, het sy so effens oordryf na die een kant. Rika is 'n bondel opgekropte sensualiteit wat nooit ontsluit is nie. Wie weet, dalk kry Richard dit reg.

Natuurlik is sy self sekerlik nou in die visier van loslopermans, maar sy dink nie eers aan sulke dinge nie. Sy sal nog baie lank rou. En Jan se prentjies is nog lank nie uitgespeel nie.

Soos Rika nou daar met Richard in die sitkamer sit en praatjies maak, lyk sy so mooi soos sy laas op haar troudag gelyk het.

"Ek wil net hê jy moet weet, Rika, ek is baie jaloers." Maria verlang werklik Bosveld toe – saam met Jan daar in die hoek. "My enigste troos is dat ek ten minste 'n hoekie van die Bosveld waar jy gaan kuier my eie kan noem."

"Meer as net 'n hoekie," skerts Richard.

Wat 'n aantreklike man, dink Maria. Daardie snor gaan Rika kielie. "So van jaloesie gepraat," sê sy, "ek moet jou sê, Richard, as my man my nou uit die hemele kan sien, dan weet ek dat hy nou baie jaloers op my sou wees. Hy was so lief vir die Bosveld. 'Enigste plek waar ek ware rus vir my siel kan vind,' het hy altyd gesê. Ons het soveel as wat ons kon in die Krugerwildtuin gaan kuier. Dit was sy gunsteling, veral die Orpen-kamp."

Richard weet daar wag groot verrassings op Maria: Orpen is in die woestyn vergeleke met die wildplaas wat Boetjan bestuur. "Om eerlik te wees," sê hy, "die privaat wildplase soos wat ek – en nou jy – besit, is goeie besighede. 'n Swartwitpensbul gaan deesdae vir meer as vier miljoen, en die toeriste betaal premium juis omdat jy hulle kan guarantee dat hulle die Groot Vyf sal sien, maar vir ons wat hier woon en weet, is daar net een plek, en dis die Kruger."

Hoeveel male het sy en Jan nie al hieroor gepraat nie! "Want daar gaan dit nie net oor die Groot Vyf nie," sê Maria, "dit gaan oor om in die ongerepte Bosveld, soos die Here hom geskape het, te wees." Dan rig sy haar tot Rika: "Wie weet, Rika, miskien kan ons Richard se arm draai om ons vir 'n paar dae na die Kruger te neem. Kan jy jou indink, 'n kenner van die Bosveld as ons eie gids!"

Rika sê dadelik: "Ek was nog nooit in die wildtuin of op 'n wildplaas nie."

Hoe kon sy? Met 'n man wat ...

Maria en Richard kyk na mekaar. Hy kan dit nie glo nie, sy weet hoekom. "Dan is ek baie bly om te kan sê dat ons daardie fout in die volgende paar dae gaan regstel," sê Richard. Hy neem Rika se tas. Beduie na die deur. "Dames ..."

Maria kyk hoe hul SUV in die rigting van die sekuriteitshek verdwyn, stap dan terug na die kombuis, waar sy by die kombuistafel gaan sit. Sy staar by die venster uit, maar dink aan die hoekie van die vertrek. Haar oë skiet vol trane, maar sy huil nie.

— IX —

Bennie le Roux se pa het niks opgelewer nie, sure, maar Davids weet dit het ook baie dinge helderder gemaak in die geroesemoes van gedagtes wat op 'n daaglikse basis makietie hou in De Wet se edele skedel. Nou slaat hulle die lys van name rondom Bennie, oorlede Bennie wie se lyk opgegrawe is en die vlamme onder De Wet se jis aangesteek het.

Begin heel bo. By die leier. Cronjé.

Cronje is duidelik versot op die Boere-idee. Dít kan Davids sien.

Die klere wat hy dra: Verskeie skakerings van ligbruin. Kortmouhemp. Chino's. Velskoene, waarskynlik dié wat van robvel gemaak is en ingevoer word van Henties, die Boere se visvanghemel.

Die koffie wat hy drink uit 'n groot beker kom van 'n enemmel-koffiepot met die moer wat in 'n moeseliensakkie binne-in die pot hang. Soos die Voortrekkers dit seker gedoen het, dink Davids.

Daar is teen die mure horings en ou afdrukke van Voortrekkerwaens wat teen die Drakensberg uitpiekel. Teen een muur hang daar 'n geraamde Transvaalse Vierkleurvlag, en op 'n tafeltjie daarnaas staan net een ding: 'n klein brons-borsbeeld van dr. Hendrik French Verwoerd.

Cronjé het 'n stoel waarop hy beslis die grootste deel van die dag deurbring nadat hy sy werk by die destydse Yskor verloor het. Kunsleer, met so 'n gedoente wat uitskop en jy jou voete kan laat rus wanneer jy TV kyk. Sy sien dan ook die groot flatscreen teen die oorkantste muur.

In hierdie kamer word geleef, die oue en die nuwe naas mekaar.

Davids en De Wet neem hul bekers en gaan sit soos getroudes op die tweesitplekrusbank teenoor Cronjé.

Cronjé gee hulle nie bra kans om gemaklik met die gesprek te begin nie. Hy begin praat die oomblik toe sy groot boude die kunsleer tref. "Dit was vir ons almal 'n groot skok – en verlies. Bennie was 'n goeie seun en 'n getroue lid van die AVA. Ons het die polisie gedruk om die saak op te los, maar nou ja, dis mos die nuwe Suid-Afrika, en as 'n Afrikaner vermoor word, maak hulle waarskynlik 'n bottel sjampanje oop en stel 'n heildronk in op die moordenaars eerder as om hulle op te spoor."

Davids kyk maar af op haar hande. Sy weet dis waar. Maar wat de hel kan sy daaraan doen?

De Wet soek dit egter glad nie sterk nie. Sy kan voel hoe sy rug reguit trek hier langs haar. En sy weet, as sy nou na sy gesig gekyk het, sou sy sien hoe sy ore se punte teen sy Andy Capp-hoedjie skuur soos die vel bo-oor sy groot pankop in tandem met die frons op sy voorkop beweeg. "Soos jy kan sien en hoor, meneer Cronjé," sê hy, "is ek 'n Afrikaner, en ek het beslis geen plan om 'n bottel sjampanje oop te maak nie."

Cronjé knip nie 'n oog nie. Davids is besig om 'n baie groot gly in dié arrogante man te vang.

"Daarvoor kan ek net dankie sê. Jy weet mos hoe dit gaan, bel jy 'n winkel of 'n besigheid, dan bid jy net 'n wit mens antwoord sodat jy met iemand kan praat wat jou verstaan."

Davids slaan weer haar oë na benede. Dan besef sy skielik dat Cronjé dit waarskynlik as teken van oorgawe sal beskou en lig haar ken fier orent.

Sê De Wet, sy lippe nou effe meer reguit terwyl hy praat: "Ek wil vir jou dankie sê dat jy bereid is om met ons te gesels."

"Wanneer dit by hierdie saak kom, is ek enige tyd beskikbaar."

"Ons het met Bennie se pa gepraat," begin De Wet.

Davids sien hoe Cronjé se oë op skrefies trek.

"Soos jy weet, het hy kort ná sy seun se dood van die AVA onttrek," sê De Wet.

"Ja." Cronjé sê dit uitdrukkingloos.

"Hy sê dit was as gevolg van beginselverskille wat hy met die AVA gehad het."

"Weet jy, nou praat jy oor die interne gesprekke van ons organisasie en ongelukkig is ek nie by magte om dit te bespreek nie."

"Natuurlik. Maar hy't gesê julle wou die AVA in 'n meer – hoe sal ek dit stel? – radikale rigting neem."

"Jy moet verstaan, Le Roux het sy idees, en ander manne het hulle idees. Wat 'radikaal' betref, dis 'n relatiewe begrip."

De Wet glimlag stil, kyk vir 'n oomblik af en weg, en dan kom sy oë soos twee laserstrale terug na Cronjé. "Ek wil nie my tyd mors nie en ook nie joune nie," sê hy. "Ons is albei manne van die wêreld, ons weet hoe dinge werk en ons weet waarvan ons praat – en ek is een van daai Afrikaners wat jy bid sal antwoord as jy bel, veral as jy die polisie bel."

Is dit skok wat Davids op Cronjé se gesig sien? Die voorgevoel dat hier lelike woorde kom?

De Wet trek hom regopper as wat hy reeds sit.

Davids weet hy is diep die bliksem in.

"Wat ek van jou wil hê, is 'n lys met die name en mugshots – want ek weet jou soort organisasie het nie net julle eie 'interne' gesprekke nie, maar ook julle eie interne sekuriteit –van al julle lede oor die afgelope vier jaar, en as jy vir my sê dis onmoontlik omdat dit 'n 'interne' saak is, gaan ek soveel oë op die AVA en jou rig dat jy soos Adam sal voel toe hy kaal uit die paradys gestap het, maar anders as Adam sal jy nie eers 'n blaartjie hê om oor jou tottie te hou nie."

Cronjé kyk stip na De Wet. Maar hy weier nie.

— X —

Dis die laaste ding wat Vlooi verwag het.

Hy sit in Die Ploegskaar 'n bier en vertroetel; Susan het gevra dat hy haar hier moet ontmoet. Nou's sy laat.

Hy's so kwart in die glas in wanneer sy ingestap kom. Hy sit by die toonbank met sy rug na die tafels en sy raak aan sy rug voordat hy weet sy's daar.

Hulle stap na 'n tafeltjie en Vlooi vra so in die stap: "Wat's die probleem?" Hy verwag Albert is weer besig om drama te pomp.

"Wie sê daar's 'n probleem?" vra Susan wanneer sy sit.

Vlooi lig sy hand op, hou sy vingers by sy oor soos 'n foon. "'Kry my by Die Ploegskaar.' 'Hoekom?' 'Ek sal jou sê as ons daar is.' Miskien is dit net ek, maar dit klink nie vir my soos 'hei, baby, wat van 'n lekker biertjie?' nie."

Susan reageer nie dadelik nie. Iets pla haar. "Ek wil jou iets vra," sê sy dan. "As die ding wat ons gaan doen verby is en die land behoort weer aan ons, sal ek en jy 'n item wees?"

Watse vraag is dít? "Ons ís 'n item."

"Ek bedoel nie item soos in 'item' nie, ek bedoel item soos in man en vrou."

Vlooi neem haar twee hande in syne en kyk haar diep en innig in die oë. "Kom ek sê dit so: As daar 'n ander girl in hierdie wêreld is wat

463

so reg vir my is as jy, dan reken ek die kanse is een tot ses biljoen dat ek haar ooit sal ontmoet. So, ja – ons sal 'n item wees – soos in man en vrou."

Sy antwoord onmiddellik: "Ek gaan 'n baba hê – jou baba."

Vlooi beweeg nie, sy oë direk in hare. Hy dink. Hy weet sy hou hom nou fyn dop. Hier word baie tale tegelyk gepraat. "Die een ding wat ek van ouers weet," sê Vlooi, "as jy hulle sê jy en jou girl het 'n baby gemaak, dan kraam hulle self eers vir 'n rukkie, en dan gooi hulle 'n paartie en koop nappies en klere."

Dis nie heeltemal wat sy verwag het nie. "Is dit 'hel, ek's happy' of is dit 'hel, nou's daar moeilikheid'?"

"Dis 'hel, hoe het 'n ou soos ek 'n vrou soos jy gekry?'"

Sy omhels hom, gee hom 'n lang en innige soen. Dís wat sy wou gehoor het!

Sy vra, uiteindelik terwyl Vlooi soos 'n betowerde na haar staar met 'n glimlag wat nie wil wyk nie: "Wanneer gaan jy jou ouers vertel?"

"Wanneer die tyd reg is."

Dan trek Vlooi sy hande terug en staan op. "Willie!" skreeu hy uit volle bors in die rigting van die kroegman. "Twee brandewyn-en-Coke-dubbels!"

Sy protesteer nog: "Ek mag nie meer drink nie."

Vlooi sê, die ene man: "Jy mag nie meer hierna drink nie, maar hierdie een drink ons saam.

— XI —

Dit was 'n bietjie van 'n mission om by Antoinette verby te kom, en in die verbygaan nog R300 vir sakgeld te score, maar hier staan Elisabeth nou by die lanie deur van Christoff se *pad*. Sy het weer 'n somerrok aan en lyk onweerstaanbaar, al moet sy dit self sê.

Christoff maak die deur oop en die ligte gaan in sy oë aan. "Hei, die sexy niggie," gooi hy.

"Wat 'n naam het, by the way."

Lekker hardegat. "Elisabeth."

Wil hy haar uitfreak? "My vriende noem my Lizzie."

"Lizzie. Kom gerus binne."

Elisabeth stap verby hom, gee hom die voordeel van 'n agteraansig.

"Gerhard is nie op die oomblik hier nie," sê Christoff.

"En hoekom sal ek net kom kuier as hy hier is?" Sy kan sien hy kan sien wat sy bedoel.

Christoff kyk met nuwe belangstelling na haar. Sy het hom mos nou toestemming gegee. "Kan ek vir jou 'n glasie wyn aanbied?"

"Net as ek daardie wyn kan drink terwyl jy, meneer Muso, vir my 'n song sing." Antoinette het haar gewaarsku teen musikante. As hy kitaar speel, sal sy hande lekker warm word.

"Dit, Lizzie, sal my plesier gee," deklameer hy, ietwat dramaties, net vir haar.

"Nie so groot soos vir my nie." Elisabeth glimlag 'n belofte waarvoor mans by die Lollipop Lounge 'n paar duisend rand betaal.

Hy skink vir haar 'n lekker glas chenin blanc en Lizzie gaan sit op die rusbank met haar bene onder haar ingekrul.

Christoff besluit om af te wyk van sy ou patrone wanneer hy liedjies vir vrouens sing, veral vrouens alleen. Hierdie keer sing hy 'n ou liedjie waarvan Lizzie nog nooit gehoor het nie, die Moody Blues se "Nights in White Satin".

Dit het die gewenste effek. Hy het daai song nog net 'n paar keer vir 'n chick gespeel en elke keer was dit die laaste song vir die aand. Dan was hulle gereed vir die besigheid. Hy's 'n muso. Hy weet hóé.

En Lizzie laat hom begaan. Hulle gebruik die bank in sy volle lengte. Lizzie wil seker maak hierdie ou sal hierdie gekafoefel nooit vergeet nie.

Ná 'n ruk is die bank te ongemaklik en hulle vly hulle op die mat neer. Dit gee 'n mens net soveel meer scope. Haar bloes trek eenkant, sy hemp anderkant. Sy hou haar bra aan, maar sy weet dis 'n kwessie van tyd en toegewydheid.

Daar is 'n klop aan die voordeur.

"Agge nee," sê Christoff, sy lippe lam en lekker.

"Wie dit ook al is," sê Lizzie vanuit haar rustige posisie, "stuur hulle weg."

Christoff staan op en stap na die voordeur.

Lizzie bly op die vloer lê en strek haar uit soos 'n leeuwyfie in die son. Dis net die begin van 'n briljante aand, dink sy.

Christoff maak die deur oop.

Dis Neil, met 'n sak in die hand.

"Hi, dude, hoe lyk 'it?" Christoff is nie die ingat soort van ou wat sy flatmaat se familie sal wegjaag nie. Maar hy besef ook hy moet die ou 'n bietjie stall sodat sy flatmaat se sussie haar in orde kan kry.

"Nee cool," antwoord Neil. "Ek was alleen daar by die huis, toe dink ek, hoekom sal ek alleen hier sit? Ek gaan by my nefie en sy maatjie 'n draai gooi."

Wanneer Lizzie sy stem hoor, gryp sy haar bloes en trek dit aan.

Neil gee 'n laggie en voeg by: "En ek weet mos nou al die entrance fee is 'n six-pack."

"Gerhard is nie op die oomblik hier nie," sê Christoff.

"Ek weet. Ek het hom so tien minute gelede ge-SMS en hy't gesê hy sal nou hier wees."

Nou het Christoff geen keuse nie. "Cool. Jy't jou entrance fee, die club is oop. En ons het alreeds customers."

Neil snap nie heeltemal mooi nie en begin instap. Hy hoor nog hoe sê Christoff "nou net hier aangekom" wanneer hy Lizzie op die bank sien sit met Christoff se kitaar in die hand.

"Hi, Neil." Botter sal nie in haar mond smelt nie.

— XII —

Gerhard is haastig om by die huis te kom, maar ry eers gou by sy ma 'n draai. Daar is 'n kwessie van 'n vlug na Kaapstad wat hy met haar moet aanroer. En van die oomblik af dat tant Maria die deur vir hom oopmaak, weet hy iets is nie pluis nie.

Sy ma is nie daar nie, sê tant Maria. En dit help nie hy kom later nie, sê sy.

Maar sy hou iets terug. Wat op aarde is aan die gang?

Sy is weg vir 'n paar dae, sê tant Maria.

Waarheen? Gerhard kan sien hoe sy tante huiwer om te antwoord, hoe sy frons.

"Sy's, uhm, sy't op 'n klein avontuur gegaan – in die Bosveld."

"Die Bosveld?" Sy ma was in haar dag des lewens nooit sonder Rudi en die kinders buite Pretoria nie – wat sal sy nou gaan staan en avontuur soek in die Bosveld?

"Ja, die wildplaas waar Boetjan werk."

"O." Hy weet hy is veronderstel om nou gerus te voel. Maar nee. Sommer net so? Bosveld toe. Alleen?

"Wel, uhm, wat julle nog nie weet nie," sê sy tante, "is dat ek aandele in die wildplaas gekoop het, en toe nooi die eienaar van die wildplaas by wie ek die aandele gekoop het jou ma om vir 'n paar dae 'n bietjie te kom kuier en die plek te sien."

"Hoekom het Tannie nie saamgegaan nie?" Die logiese vraag, en hy sien hoe sy tante begin bloos. Uitgevang!

"Omdat ... ek ... die ... plek reeds gesien het voor ek my aandeel gekoop het en omdat ek ander verpligtinge het."

Gerhard knik. Hy weet hy is veronderstel om dit te glo, maar hy kan eenvoudig nie.

Sy nooi hom in, maar hy sê hy is haastig.

Hy is.

Terwyl hy wegry, dink hy en sy tante presies dieselfde gedagte: Hier kom kak. Sy taalgebruik is net skoner as hare.

Die volgende oggend suiker hy so vroeg as wat fatsoenlik is oor na die pastorie om met Esmé te gaan praat.

Sy sit waar hy haar altyd kry, in die tuin by haar tafel op die patio en lees.

Wanneer sy hom aangestap sien kom, kyk sy op, haar gesig uitdrukkingloos. Sy het hom nog nie vergewe nie.

Hulle groet, en Gerhard wil dadelik weet of "hy" hier is.

"Nie sover ek weet nie."

Gerhard stap nader en gaan sit teenoor haar. "Ek het uitgevind waar die suster van my biologiese pa bly … woon."

Esmé knik net.

"Sy's in die Kaap." Hy bly 'n ruk stil, kyk na die tuin waarin hy as kind gespeel het, maar wat nou vir hom vreemd geword het. "Ek het na tannie Maria se huis gery om Ma vir geld te vra om 'n vliegkaartjie te koop, maar sy was nie daar nie." Hy bly 'n ruk stil. "Sy's op 'n wildplaas."

Hy kan sien dis nuus vir Esmé.

"Die eienaar het haar uitgenooi om 'n paar dae daar deur te bring."

Albei ruik lont.

"Alleen?" vra sy.

"Alleen."

Aan haar manier van luister en sit, kan Gerhard sien sy wil nie glo dat haar ma besig is met onderduimse dinge nie.

"Ek's seker sy weet wat sy doen," sê Esmé.

Gerhard sien hy irriteer haar. "Ek's nie so seker nie," sê hy.

Esmé wip haar behoorlik. "Wat bedoel jy?"

"Sy't onlangs vir … sy't onlangs haar man gelos. Ons weet mos almal van rebound en daardie goed. En, bliksem, dis vir my so moeilik – ek kan nie meer 'Pa' sê nie, maar ek sukkel ook om 'hom' of 'hy' te sê. Ek weet nie meer wat om … wat om …" Sy stem raak weg. "… die man wat jou grootgemaak het en wat my by my ma gesteel het …"

Esmé sit regop, vou haar boek toe. "Iets wat ek nie verstaan nie – en jy moet verstaan dat ek ook my issues het, groot issues: ek sou ook uitgetrek het as ek kon – is hoekom jy so graag die man wat jou weggesmyt het wil vind, maar nie meer die man wat jy jou hele lewe 'Pa' genoem het, 'Pa' kan noem nie."

"Maklik vir jou om te sê, hy is jou pa, of jy nou wil of nie. Jy het nie 'n keuse nie. Jy kan dit ontken soveel as wat jy wil, maar jou pa sal hy wees, of jy issues het of nie." Hy staan op. "Sorrie, ek wou eintlik net vir jou kom sê ek's bekommerd oor Ma." Nou is hy vir háár vies.

Gerhard draai om om weg te stap en steek vas.

Rudi staan by die oploop na die patio.

"Hallo, Gerhard."

Gerhard voel uiters ongemaklik. "Hallo."

Esmé kyk stip na albei.

"Hoe gaan dit met jou nuwe plek?" vra Rudi. "Ek hoop jy's gemaklik daar."

"Ja. Dankie."

En nou irriteer Rudi hom ook. Hierdie manier wat hy het om te teem terwyl hy praat.

"Jy moet my vergewe, maar ek kon nie help om te hoor wat jy vir Esmé gesê het nie."

"Het jy afgeluister?"

"Ek kon vroeër uitgestap het as ek wou. Mens sou dit seker maar afluister kon noem."

Gerhard stap sonder 'n verdere woord by Rudi verby na sy kar. Hy ry weg sonder om om te kyk.

Rudi staar Gerhard se motor agterna en wend hom dan tot sy dogter. "As jy geld nodig het om jou eie plek te kry – ek het deur die jare 'n paar rand vir 'n reëndag opsy gesit – en ek reken daardie dag het gekom."

Esmé se ore suis. "Skop Pa my uit?"

"Nee. Maar ek wil nie hê dat jy hier bly net omdat jy nie kan bekostig om iewers anders te gaan bly nie." Hy draai om en stap terug na die pastorie, sy laaste toevlug.

Esmé se mond hang oop. Nou weet sy hoe 'n fraksie van die pyn voel wat haar pa die afgelope ruk belewe het.

— XIII —

De Wet is taamlik opgeklits met die manier hoe dinge uitwerk. Hy het duidelik die vrees van die Here in Cronjé ingejaag, want binne dae het 'n bode 'n boks met dokumente en foto's by hom kom aflewer. En toe begin die lang grind. Hy en Davids het dit een vir een deurgegaan. Eers hy, dan sy. Hy kan sien dit maak haar oor 'n honderd bedonnerd. "Waarvoor soek ons nou presies?" As sy dit al een keer gevra het, het sy dit 'n duisend keer gevra.

Natuurlik weet hy nie waarna hulle soek nie. Hy sal dit herken sodra hy dit sien.

"Ek wil jou net herinner, ons is nie cold case detectives nie," sê sy. "Benjamin le Roux se case is meer as 'n jaar gelede toegemaak."

Tyd om haar 'n ding of twee te leer. "Jy weet obviously nie van die vlinder nie," sê hy.

"Watse vlinder?"

"Die een wat sy vlerke in China klap en 'n tornado en vloede in Amerika veroorsaak." Terwyl hy praat, hou hy aan om die foto's op te lig, om te draai, die naam agterop te lees en dan weer na die bakkies op die foto te kyk. Tyd om haar te leer hoe dinge gekonnekteer is. "My eerste vrou het my geskei omdat sy uitgevind het dat ek 'n affair gehad het. Dit was nie my skuld nie – daai vrou het deur die jare regtig nasty geraak, en g'n man bly lank by 'n bitterbek nie."

Grootbek probeer hom van stryk bring, maar De Wet verskree hom vinnig en gaan dan voort. "Toe ontmoet ek hierdie oulike poppie en dinge gaan soos daardie dinge gaan, en toe ek weer kyk, turns out die knypie oppie kant was die suster van my vrou se hairdresser – en jy weet hoe praat daai vroumense. Alles is geconnect, Davids. Alles is geconnect."

Hy blaai verder deur die foto's. Dan steek hy vas, blaai terug. Daar, in die middel van die papier, is Albert se gesig. Sy naam langs die foto: Albert Cornelius Venter. De Wet druk sy voorvinger op Albert se foto. "Nou hoekom ken ek daai gesig?"

Die man wat hulle in Die Ploegskaar gesien het.

— XIV —

Die dag nadat Rika teruggekeer het van haar wildplaasnaweek, maak Esmé 'n draai by haar tant Maria se huis om agter die kap van die byl te kom.

Esmé is huilerig. Presies hoekom kan sy nie sê nie. Sy weet sy is diep ongelukkig – het 'n gevoel dat haar laaste sekerhede in die lewe besig is om weg te kalwe. En sy soek sekerheid. Dit weet sy nóú.

Natuurlik, die oomblik toe Esmé haar ma vra wat die naweek se storie is – so onskuldig gestel, "die naweek se storie" – pluk Rika haar op en begin die tuin in stap.

Esmé agterna. "Moet my nie verkeerd verstaan nie, Ma, maar ná alles wat Ma en Pa oor die jare ..."

Rika is besig om haar humeur te verloor, maar hoor ook die huil wat wil deurbreek in haar stem en val haar in die rede. "Weet jy, my kind, jy is die pêrel van my hart, maar ek is nie jou maatjie nie, ek is jou ma, en ek dink nie ek gaan my optrede of besluite aan jou probeer verduidelik nie."

Sy sal nie skuldig voel oor die naweek nie.

"Ma moet weet, ek's bly Ma doen wat Ma dink Ma moet doen, maar Ma is nog steeds my pa se vrou. En ja, ek weet nie meer op hierdie oomblik hoe om met hom te praat en of ek ooit weer met hom sal kan praat nie." Hulle gaan sit op 'n klipmuurtjie. "Maar hy is Ma se man, en totdat Ma hom skei, is Ma gebind deur die belofte wat Ma in die huwelik voor God gemaak het."

"Hoekom is dit aanvaarbaar om hom te skei, gegewe dat ons 'n belofte voor God gemaak het, maar nie aanvaarbaar om 'n paar dae saam met 'n ander man deur te bring nie? 'n Man met wie ek niks ... fisies ... gedoen het nie, net 'n heerlike tyd gehad het?"

Esmé kan die trane nie meer stuit nie. "Omdat ... omdat ek wil hê dat alles moet wees soos dit was."

Sy bars uit in trane en Rika slaan haar arm om haar kind se skouers. Sy trek Esmé nader, teen haar bors. "My lieflingkind, die een ding wat jy sal leer is, niks in hierdie wêreld – niks – bly soos wat dit was nie."

Nie vir een van die twee nie.

— XV —

Daar kan by niemand enige twyfel wees nie, Esmé is Rudi en Rika se kind. Tot voor Hannes se koms was Rudi een van die beginselvasste dominees in die Gauteng-ring. As hy iets besluit het of vas oortuig was daarvan dat hy reg het, kan niks hom van standpunt laat verander nie. Ná Hannes se koms het Rika dieselfde karaktertrekke openbaar. Geen wonder nie dat Esmé nou daardie selfde fermheid van opvatting het.

Sy wag 'n paar dae ná haar gesprek met haar ma. Sy het genoeg tyd om te dink. Seker te maak dat sy nie oorhaastige besluite neem nie. Dan bel sy Hannes en nooi hom om die middag oor te kom.

Wanneer hy aankom, is Rudi gelukkig nie daar nie. "Moenie worrie nie, my pa is nie hier nie," sê sy. "Wil jy buite sit, of sal ons in die sit-kamer sit?"

Hulle beland in die sitkamer.

Esmé gaan sit langs Hannes op die rusbank. "Ek neem aan jy't van my oproep afgelei dat ek ... dat ek nie net oor ditjies en datjies oor 'n koppie koffie wil praat nie."

Hy sê niks, moedig haar met 'n kopknik aan om voort te gaan.

Dan kom sy vorendag met alles wat haar gekwel het en wat nou, met een slag, van haar gemoed kom. "My hele lewe lank, tot onlangs, het ek 'n lewe gelei waarin ek regtig geglo het, 'n lewe sonder donker hoekies of twyfel of onsekerheid. Van ek klein was, was aandete altyd om sesuur in die somer en halfses in die winter. My pa het altyd ná aandete vir presies een en 'n half uur in sy studeerkamer gewerk, en daarna het hy en my ma in die sitkamer gesit en gesels tot elfuur. Elke aand van my lewe het ek aan die slaap geraak met die klank van hulle stemme in die sitkamer. Dat môre net so seker soos vandag sou wees, was vir my so seker as dat die son elke dag sou opkom en die sterre elke nag sou skyn. Maar nou is ek nie meer seker of die son in die oggend sal opkom en of die sterre elke aand sal skyn nie. En ek weet dis simpel dat 'n meisie van my ouderdom dit nou eers besef, maar die waarheid is, ek het dit nou eers besef. En wat my nou verstom, rêrig verstom, is dat ek nie omgee of die son môre opkom of die sterre môreaand skyn nie. Al waarvan ek seker is, is dat ek hier is, hier, nou," sy kyk hom reguit in die oë, hou sy blik, "en dat ek jou wil hê. En daarom het ek gebel."

Hy sê niks. Steek net sy hand uit en raak liggies aan haar gesig. Hy trek saggies sy duim oor haar lippe, en dan kom hulle bymekaar, honger, twee mense wat lewe in die ander vind, asof hulle siele verruil.

— XVI —

Vroegoggend vlieg Gerhard Kaap toe met een van die goedkoop vlugte. Hy verdwaal 'n slag op pad na Eversdal Heights, maar uiteindelik kry hy die huis agter 'n hoë heining, 'n moderne aanpassing van die Kaaps-Hollandse styl.

Marius Olivier se suster het vir hom die sekuriteitshek met 'n knoppie van binne geopen en wag hom op die grasperk in.

Haar naam is Martie, en Gerhard moet glimlag oor die gedagte wat by hom opkom: om haar tant Martie te noem. As sy só lyk, dink Gerhard, kon haar broer sekerlik nie so onaardig gewees het nie.

"En jy is seker Gerhard," groet sy hom. "Christine het my alles van jou vertel. Kom binne." Sy plaas haar hand op sy skouer en lei hom die huis binne.

— XVII —

Die Vuiste kom bymekaar op die plaas van een van die veteraan-Vuiste naby Bronkhorstspruit.

Albert het die vier-en-veertig-gallon-drom met plofstof so 'n tweehonderd tree weg in die veld staangemaak. Waar hy staan saam met Susan en Albert, en die ander Vuiste in 'n falanks agter hulle, kan hulle die drade sien loop tot by die drom. Die toestel waarmee die bom gedetoneer sal word, is in Albert se hande.

"Raait-ho, maatjie," kekkel Albert, "kom ons kyk of jy verstaan het wat McVeigh gedoen het."

Vlooi herinner hom dat die drom net halfvol is. Hy wil net eers sien of die mengsel werk.

Albert druk die knoppie.

Almal sien hoe 'n suil vuur die lug in klim, en dan bereik die slag hul ore.

Almal klap hande en juig.

Wanneer die stof gaan lê, draai Albert na Vlooi. "Wel, as dit 'n halwe drom is, kan jy dink wat veertig vol dromme gaan doen?"

— XVIII —

Zweli, Boetjan, Adriaan en Elna – via Skype – sit in die raadsaal en luister na 'n voorlegging deur een van die jong wiz kids van die Suid-Afrikaanse sakewêreld. Haar naam is Xolile, sy is in haar laat twintigs en sy het 'n MBA van Wits. Sy staan in die korporatiewe sfeer hoog aangeskryf – as Xolile jou maatskappy ondersoek het, luister jy met gespitste ore.

En wat die ore in hierdie raadsaal van African Queen op hierdie dag hoor, is hoogs onaangename dinge.

"I tasked the market research department," vat sy haar voorlegging uiteindelik saam, "to do a conjoint analysis to quantify utility preferences as well as a pair-wise comparison study of critical drivers common to us and the competition, and both studies showed that black women in LSM 8, 9 and 10 have begun to migrate to the competition because they now perceive the competition as offering a more cosmopolitan cosmetic range – one that is not targeted at race, but rather one that serves women, regardless of race. In fact, their campaign slogan 'we don't do race, we do women' is currently registering the fastest uptake of any campaign slogan in the last twenty-two months."

Zweli sit met sy gesig in sy hand, elmboog op die raadstafel. Dis 'n absolute nagmerrie.

"And that's it."

Hulle groet haar, en sy herinner hulle aan die pakkies wat sy saamgestel het vir elk van hulle – al die data en die uitslag.

Wanneer Xolile die raadsaal verlaat, heers daar 'n begrafnisatmosfeer onder die drie manne. Elna sit met 'n somber gesig op die skerm na hulle en staar.

Dan slaan Adriaan die tafel met sy vuis. "My magtag," roep hy uit, "dit was ons idee!"

"Dit help nie ons raak nou kwaad nie." Boetjan soek nou koel koppe. "Ons weet wat die probleem is, wat's die oplossing?"

Elna maak keel skoon. Almal draai na die skerm teen die muur waar die rekenaar se beeld gekaats word. "Zweli, as die migrasie van ons kliënte na die kompetisie aangaan soos dit nou begin gebeur het, wat's die implikasie vir ons kontantvloei en die koste verbonde aan die VSA?"

Almal weet wat die antwoord is, maar in 'n situasie soos hierdie is dit nodig dat Zweli dit uitspel, sodat dit genotuleer kan word.

"As die trend aanhou soos hy nou loop – net aanhou, nie eskaleer nie – en ons hou by ons begroting vir die VSA soos ons hom het, sal ons koste – let me say this in English: Within a few weeks our overheads will exceed our gross profits."

Adriaan is dadelik by om die implikasies duideliker te maak. "Wat basies beteken dat ons dan teen 'n verlies opereer tensy ons onsself en al ons werkers fire. En gegewe dat ons ons reserwes feitlik opgebruik het vir die uitbreiding na die VSA, het ons ook nie meer daardie safety net om ons deur te help nie, 'n safety net waarop, en jammer om dit te moet sê Zweli, 'n safety net waarop jou pa en Jan altyd aangedring het."

Geen geluid kom van Zweli nie.

Almal wag op sy reaksie.

Dan neem hy sy besluit, baie kalm. "Hier's wat ons gaan doen: Ons reserwes is onder stres, ja, en ons customers word deur ons kompetisie seduce, maar ons opereer nog nie teen 'n verlies nie en ons het nog reserwes. Elna, doen jou somme en laat my weet wat jy nodig het om ons produkte te bemark. Soos Anton Rupert gesê het: 'Everywhere, all the time.' Adriaan, jy sê vir research and development ek soek African

Queen Cosmetics se wit range op my lessenaar drie weke vroeër as die timeline."

Adriaan se mond hang oop.

Boetman onderdruk 'n glimlag wanneer hy die skok op sy oom se gesig sien registreer.

Zweli gaan voort: "Elna, Adriaan, Boetjan, sometimes the best form of defence is attack."

Adriaan wil nog keer. "Jy besef dat as dit nie werk nie, is African Queen Cosmetics insolvent."

"Jou broer, Adriaan, het my baie dinge geleer, maar my pa was 'n Zoeloe, en hy't my geleer: As jy val, val met jou assegaai in jou hand."

Boetjan glimlag breed. "Of jou roer."

Zweli glimlag vir Boetjan en knik een knik. "Yebo."

— XIX —

Adriaan gaan sit op die voetenent van hul dubbelbed. Hy verduidelik aan Antoinette, woord vir woord, wat Xolile gesê het, wat Zweli se reaksie was, hoe hy wat Adriaan is die aaklige implikasies vir hulle uiteengesit het. Natuurlik kon hulle nie weet dat hy en Antoinette die formulering van sy reaksie haarfyn uitgewerk het nie. Nog minder dat alles wat Zweli gesê het reeds die vorige week deur Antoinette in die vooruitsig gestel is.

Antoinette sit voor haar spieël. Sy glimlag soos 'n kat wat pas room gekry het. Sy is besig om haar grimering af te haal en haar vel te reinig. Sy is reeds in haar chiffon-japon.

Adriaan maak sy das en hemp los, op die punt om uit te trek, sien sy in die spieël.

"Ek sê jou nou, Antoinette," sê hy met 'n genoeglike steun, "ek het nie in my wildste drome gedink dat die impak so groot en so vinnig sou wees nie."

Hulle kan nie ophou glimlag nie. Die katastrofe is enorm en groei presies soos hulle wil hê dit moet ontwikkel. Dit raak ryp vir die pluk.

"Ek het jou gesê, my skat, hulle idee om 'n produk aan die wit 'queens' van hierdie land te bemark was 'n briljante idee. Dis die goeie ding van 'n briljante idee: Hy werk, maak nie saak wie hom 'n realiteit maak nie. Maar briljante idees het g'n lojaliteit teenoor die brein wat hulle uitdink nie."

Teen hierdie tyd staan Adriaan in sy onderbroek. Hy kom staan agter Antoinette en soen haar van agter in haar nek. Sy bronstigheid ken geen perke nie. "En nou gaan ek in die stort spring," sê hy, "en dan gaan ek en jy in daai bed spring en ons verbeel ons ons lê op die wit sand van daai eiland."

"Moenie lank vat nie."

— *** —

Adriaan is in die bad en nou haal Antoinette weer, met produkte wat nie deur African Queen vervaardig is nie, haar gesig af.

Skaam jy jou nie? vra sy haar in onbewaakte oomblikke af. En elke keer is die antwoord: Nee! Sy het nie gewetenswroeging oor die feit dat sy en Adriaan nie heeltemal eerlik is met almal oor hul doen en late nie. Hoekom sou hulle? Sy weet goed hoekom. Toe sy 'n tiener was, het sy regtig geglo dat as jy vriendelik is teenoor almal om jou, as jy altyd die beste in iemand anders probeer sien, jy omring sou wees deur goeie vriende wat jy tot die einde van jou dae sou ken en wat altyd daar sou wees as dinge moeilik gaan of as jy 'n bietjie liefde of aanmoediging nodig het. Maar teen matriek het sy begin besef dat jy net gaaf is teenoor 'n ander mens omdat daardie ander mens iets het wat jou lewe beter maak.

Sy weet dit klink wreed, maar as jy daaraan dink, hoeveel mense is daar werklik in jou lewe wat alles sal opoffer om jou te help? En selfs hulle sal net daardie opoffering maak omdat dit wat hulle betaal presies balanseer met dit wat hulle op die een of ander manier van jou terugkry.

So, miskien verstaan die bitches en bastards iets wat baie nie verstaan nie: Ons word alleen gebore en ons gaan alleen na die graf, en tussenin is dit veg of verdwyn.

Adriaan

Adriaan bad twee keer per dag. In die aand – wanneer hy al die aaklige herinneringe aan die werk wil afwas – en in die oggend, want in Pretoria kan 'n mens nogal kwaai perspireer in die bed. En al moet hy dit nou self sê, hy is getroud met 'n vrou wat nogal baie geesdrif vir die lewe het.

Die lekkerte van die bad is dat niemand hom daar kom pla nie. Die kinders vind die oumenslyf nie 'n lekker ding om te sien nie, en Antoinette weet hy wil nie gesteur word nie.

Hy sit maar altyd met homself en ander mense en chat. Hulle kan nie terugpraat nie, en hy kan die dinge sê wat hy andersins nooit sal sê nie omdat hy te taktvol is. En met sy bril af is die wêreld in 'n waas gehul, soos hy dit verkies. 'n Filosoof hoef mos nie 20/20-visie te hê nie.

'n Mens kan sê wat jy wil, maar die een ding wat die Romeinse keisers beter as enige ander leiers verstaan het, is dat as jy die wêreld wil regeer, dan is daar geen plek vir sentimentaliteit nie, nie eens teenoor jou eie familie nie. Doen wat gedoen moet word om die ryk te bewaar en jou beheer daarvan te verseker. As 'n ander volk jou pla of bedreig, verower hulle en kap hul leiers se koppe af; as een van jou eie generaals lyk asof sy ambisies jou eie troon insluit, voer hom vir die leeus; en die dag dat jy die mag het en op die troon sit, vermoor jou broers en enige ander persoon wat dalk mag dink dat hulle eintlik op daardie troon geregtig is, want as jy dit nie doen nie, kan jy seker wees dat dit nie lank sal wees voor jy een aand gaan slaap en nooit weer wakker word nie. Dit klink dalk wreed, maar dis hoe dit werk. Soos Machiavelli eeue later verduidelik het: Mag en politiek is 'n modderbad. As jy dit nie kan aanvaar nie, moet jy liewers nie in die eerste plek in daardie bad klim nie. Gaan plant mielies of verkoop kleipotte.

Raak sentimenteel, en jy sal aarsel om te doen wat jy moet doen, en dan kan jy jou dae begin tel. Dit was Adriaan se broer se probleem – pleks daarvan dat hy Adriaan gelos het om sy eie lewe te vind of sy eie besigheid te begin, het hy sy laatlammetjie-kleinboet 'n toekoms in sy maatskappy aangebied, hom opgelei en bevorder. Maar hier's die ding, iets wat die keisers baie goed verstaan het: Gee vir jou boetie 'n pos van aansien in jou paleis, en al waarin jy slaag, is om daagliks sy neus te vryf in die bittere besef dat hy nie die mag het nie. Hoeveel mense is daar in hierdie wêreld wat werklik juig wanneer hul broer die jackpot slaan of die lotto wen? Hm? En moenie sentimenteel wees nie, wees eerlik.

— I —

Antoinette sal nooit vir die kinders vertel waaraan sy gedink het nie. Sekere dinge bly privaat.

Hulle het hier aangekom, Vlooi en Susan, by die huis. Helder oordag. Vlooi en Susan op die rusbank, sy op een van die stoele in die sitkamer.

Noudat sy daaraan dink – hulle hét effens gespanne gelyk.

Sy't nog vir Susan gesê dat hulle – dis nou sy en Adriaan – haar gans te min sien. Susan het daai glimlag van haar geglimlag en gesê dit gaan die laaste tyd maar 'n bietjie rof by haar werk.

Sulke dinge het hulle gepraat. Small talk.

Sy't vir hulle almal tee geskink. Vlooi sal hom wat verbeel.

Die twee tortelduifies het vir mekaar gekyk. Dit moes 'n soort teken tussen hulle gewees het.

"Daar's eintlik iets wat ek en Susan vir Ma wil sê," het Vlooi gesê, "en ons hoop Ma gaan bly wees."

En dít is waar sy haar naam heeltemal krater gemaak het. "Moenie my sê julle twee …!" het sy uitgeroep. Dat sy nie agtergekom het hoe die twee verstyf nie is haar gat se deksel. En toe gaan sy aan sonder dat die uitdrukkings op hul gesig by haar registreer. "O my wêreld, dis fantasties! Die eerste keer toe ek jou ontmoet het, Susan, het ek geweet dis iets meer as net 'n boyfriend-girlfriend-ding. En al is jy 'n paar jaar ouer as Vlooi … Vra vir hom, ek het gesê dis die beste ding wat met 'n man kan gebeur." Sy het vir Vlooi gekyk, kon nie help om hom te waarsku nie: "Jou pa gaan natuurlik sê jy's te jonk, maar hy was presies jou ouderdom toe ons verloof geraak het. Die troue sal natuurlik moet wag tot ná jy jou graad gevang het, maar dis ook nie meer lank nie."

"Ons is nie verloof nie, Ma. Susan gaan 'n kind hê." En net om heeltemal duidelik te wees: "My kind."

Sy wil nie oordryf nie, maar die hele wêreld het vir haar op daardie oomblik stil gaan staan.

Sy weet hulle het seker gewonder hoekom sy so staar. As hulle maar haar gedagtes kon lees! Waaraan sy gedink het, op daardie oomblik, is dat sy nie durf vinger wys nie.

Kan sy enigiemand ooit vertel hoe haar en Adriaan se verhouding begin het? Hoe sy op die Pil gegaan het die oomblik toe daardie aarts-jagsgat haar die eerste keer gesoen het? Hoe sy besef het hierdie is die ou vir die langpad, maar dat sy hom eers 'n paar weke lank op dun rant-soene moes hou sodat die Pil kon inskop. Hom natuurlik nie daarvan vertel nie. Hy was nie soos sy broer, Jan, nie. Jan die sakeman, wat gefokus was. Adriaan was 'n rokjagter, iemand wat nie sukses in terme van geld gemeet het nie. Jan het geld gebank, Adriaan het saad gestort. Jan het groot barmhartigheidswerk gedoen deur Adriaan 'n loopbaan te gee. Adriaan was op 'n ander manier barmhartig. Antoinette het in 'n wit rok getrou as gebaar teenoor haar ouers, wat na hul graf toe is sonder om te weet dat hul dogter welberese was toe sy en Adriaan hul gesament-like lewenspad onder die goedkeurende oë van die gemeente begin het.

Sy hoor Susan begin praat. Antoinette konsentreer hard om te luister. Intussen het sy begin diep asemhaal, leeg uitblaas. Diep in, heeltemal uit.

"Ek weet Tannie is geskok – ek sou ook wees as ek Tannie was – maar ek wil hê Tannie moet weet ek en Vlooi het ons opsies bespreek, en as Christene het ons albei morele probleme met aborsie. Ek het ook vir Vlooi gesê dat hy geen verpligting moet voel nie en dat ek nie 'n man wil hê wat net my man is omdat hy verplig gevoel het om met my te trou net omdat ek sy kind dra nie. Ek het reeds my ma vertel, en sy is baie opgewonde."

Toe Susan klaargepraat is, was Antoinette reg. Sy kon sommer die drama ook 'n bietjie pomp deur stadig en duidelik te praat, soos iemand wat elke woord weeg voordat hy dit sê. "Ek was bly toe ek gedink het julle het my kom vertel julle's verloof. Dit beteken, Susan, my seun, dat ek glo dat julle twee reg is vir mekaar. Dit gesê, ek het dit nie verwag nie. Ek is inderdaad, soos jy dit stel, Susan, geskok, maar dit sou skyn-heilig van my wees om te glo julle's reg vir mekaar en dan 'n probleem te hê met die nuus dat julle twee 'n kind gaan hê."

"Sien jy?" het Vlooi verlig aan Susan gesê. Toe draai hy weer terug na Antoinette. "Susan was obviously bang om vir Ma te kom sê, maar ek het haar gesê dat daar g'n ander vrou op hierdie aarde is wat die lewe so in haar stride kan vat as Ma nie."

Antoinette het daardie een maar laat insink.

Susan wou ook iets sê: "Ek wil net hê Tannie moet weet ek's verskriklik lief vir Vlooi, en ek verdien genoeg om vir ons al twee te sorg totdat hy met sy graad klaar is. Dis vir my baie belangrik dat hy sy graad kry, veral vir ons toekoms in hierdie land."

"Dis nie julle toekoms waaroor julle julle moet bekommer nie, dis julle kind se toekoms in hierdie land waaroor julle bekommerd moet wees."

"Ek is baie optimisties oor die toekoms, Tannie." Sy het Vlooi se hand geneem. "Ons is albei optimisties."

'n Mens sou sweer hulle weet iets oor die land wat sy nie weet nie. "Ek wens ek kon dieselfde sê. Waar gaan julle bly?"

"Ons het nog nie besluit nie, Ma. Daar's nog baie tyd."

Antoinette se kop was in hoogste versnelling. Vlooi moet haar net nie in die steek laat nie. "Wel, ek dink julle moet dit aan my oorlaat om jou pa te sê."

"Weet Ma, ek waardeer wat Ma nou sê, maar ek's nie meer 'n laitie nie en as ek man genoeg is om pa te word, dan moet ek man genoeg wees om my pa self die nuus te vertel."

Antoinette kon hom sommer 'n druk gee.

Susan het geblom van trots.

"Ek dink dat Vlooi gelukkig is om 'n vrou van jou kaliber te gekry het, Susan, maar ek wil vir jou ook sê ek dink jy's ewe gelukkig."

"Dit kan Tannie weer sê."

Susan en Vlooi het na mekaar sit en kyk met daardie kyk. As liefde strale was, het hulle mekaar geskroei.

Antoinette kon net glimlag.

Dit was vanoggend. Nou is nou, en dit is 'n bietjie meer formeel as wat sy gedink het streng gesproke nodig is. Hulle sit by die eetkamertafel, geen drank voor hulle nie. Vlooi en Susan teenoor haar en Adriaan.

Adriaan het die nuus soos 'n man gevat. Hy sit nou net en herkou daaraan.

Sy kan dink wat in sy gedagtes aangaan. Hoe streng moet hy wees? Kan hy hulle vertel van sy eie roemryke verlede? Maar sy weet Adriaan sal aan praktiese dinge dink. Hy is nie 'n vingerwyser nie.

Uiteindelik praat hy: "En hoe presies is julle van plan om julle kostes te dek?"

"Teen die tyd dat die kind gebore word, sal ek net 'n maand of wat van varsity oorhê," antwoord Vlooi.

"En Susan het 'n uitstekende werk," voeg Antoinette by.

"Ek het nie vir jou gevra nie, my vrou, ek vra vir Vlooi, wat vir Susan en die kind sal moet sorg wanneer Susan nie meer kan werk nie."

"Ek sal 'n plan maak, Pa," sê Vlooi.

"'n Plan? En watse plan sal dit wees?"

"Ek wil net sê, Oom," tree Susan tussenbeide, "ek het die afgelope paar jaar 'n paar rand opsy gesit en ek dink dit sal genoeg wees om ons deur te sien totdat Vlooi sy graad klaarmaak en 'n werk kan kry."

Adriaan kyk hulle 'n paar sekondes stip aan.

Antoinette kan nie help om te glimlag nie. Sy knip vir hulle oog om hulle gerus te stel.

"Ek wil julle albei twee vrae vra," sê Adriaan. "Ek wil hê julle moet my absoluut eerlik antwoord, want ek sal julle eendag herinner aan dit wat julle nou sê. Is julle albei seker julle is regtig lief vir mekaar, dat julle bereid is om julle lewe vir mekaar op te offer?"

Vlooi en Susan knik albei.

"Ja, Pa."

"Ja, Oom."

"En is julle doodseker dat julle hierdie kind, en die verantwoordelikheid van pa- en ma-wees, regtig wil hê?"

"Ja, Pa."

"Ja, Oom."

"Want vra maar vir die vrou wat hier langs my sit, die huwelik is nie 'n grappie nie, en kinders grootmaak nog minder."

Hulle knik net.

Sienderoë verander sy luim. "Nou ja," sê hy, "ek behoort die donner in te wees, en ek gaan beslis vir 'n maand of twee vies wees omdat julle vir Ma eerste vertel het, maar dit gesê, my seun," en hy staan op, stap om na Vlooi om sy hand te skud, "veels geluk."

"Dankie, Pa."

"Susan," hy soen haar op die wang, "welkom in ons familie."

Antoinette kan net glimlag, hierdie keer diep uit haar gemoed uit.

"My vrou, oor minder as 'n jaar is ek en jy oupa en ouma. Ek reken dis tyd vir sjampanje."

Antoinette staan op. "Ek gaan sit dadelik 'n bottel op ys."

Susan vra: "Kan ek help?"

"Weet jy, my skat, hulp het ek nie nodig nie, maar daar is 'n klomp vrouedinge waaroor ons tweetjies moet gesels."

By die kombuisdeur gaan staan Antoinette, net buite sig. Sy neem Susan se arm, beduie sy moet stil wees.

Hulle hoor Vlooi sê: "Ek wil vir Pa dankie sê dat Pa ..."

En Adriaan antwoord: "My seun, jy sal nog leer, g'n pa op hierdie aarde is regtig die donner in as sy seun, wat reeds 'n jong man is, sy saad saai en vind dat dit op vrugbare grond geval het nie; tweedens, jy't vir jou 'n dêm mooi en oulike lappie aarde gevind; en derdens, soos die Jode sê: 'n Man word eers 'n man as hy kinders het. En wat geld betref, sal ek en Ma nou ooit staan en kyk hoe een van ons kinders sukkel?"

Antoinette en Susan kyk met betraande oë na mekaar.

"Ek het jou suster baie lief," sê Adriaan, "baie, maar jy is my enigste seun, die voortbestaan van my naam en bloed, en ek het jou liewer as die lewe self."

"Ek het groot planne, Pa. Pa sal nog sien."

"Ek is seker jy het, my seun, ek is seker jy het."

"Ek gaan Pa trots maak."

Dan word dit stil. Hulle hoor Adriaan iets mompel, maar kan dit nie uitmaak nie. Susan lig 'n wenkbrou. "Hy sê seker hy is reeds trots op jou," sê Antoinette, maar tussen die trane deur kan Susan die woorde nie uitmaak nie.

— II —

Albert sit sommer net en gesels met Willie in Die Ploegskaar. Willie hou hom maar besig met allerlei agter die toonbank en Albert doen die praatwerk. Willie is altyd sy klankbord.

Hulle drink nie. Albert is besig met ernstige dinge.

Hy is besig om die plan vir die aanval op die Uniegebou te verfyn. Hy kry daagliks nuwe idees, en Willie is die regte ou om te luister en ankers te gooi wanneer Albert die noodlot te erg tart.

Tot dusver het Willie geen tekens van bekommernis getoon nie. Hy hou waarvan hy hoor.

"Wat ek nou dink, is: Aangesien ons een groot trok gaan gebruik, hoekom die geld mors om die wagte by die afleweringshek om te koop? Hulle sal nooit in 'n honderd jaar die ding wat ons gaan doen, verwag nie. Ek sê ons kom daar aan, sê hulle ons het 'n aflewering vir die president se vrou, dan stoot ons 'n paar koeëls deur twee of drie koppe en ry in. Vyf minute in en uit, en dan druk ons die knoppie."

Dis omtrent hoe ver die storie kom. Willie sê nog "klink goed", maar uit die hoek van sy oog het hy reeds vir De Wet en Davids by Die Ploegskaar se voordeur sien inkom. "Geselskap," sê hy soos iemand wie se een kant van sy gesig verlam is.

De Wet en Davids pyl reguit op Albert by die toonbank af. "Dagsê, dagsê ..." Davids raak skoon geïrriteerd met hierdie Boere-by-die-braai-manier waarop De Wet soms mense groet.

Willie en Albert gooi albei 'n "dagsê".

"Lyk my julle ouens is besig om regulars te word," voeg Albert by.

"Ons het laas so lekker gekuier, ons kon die versoeking nie weerstaan nie."

Davids voel 'n bietjie buite-invloed is nodig, anders gaan hierdie hele gesprek soos stinkstories rondom die braaivleisvuur klink. "Dis die dekor wat my gevang het," sê sy.

Haar opmerking laat Albert frons.

Mooi skoot, dink Davids.

"Wat kan ek vir julle kry?" Willie keer terug tot sy eintlike rol.

"Ongelukkig is ons aan diens," keer De Wet, "anders sou ek 'n bottel brandewyn saam met julle geklap het."

"So, dis besigheid, nie die dekor nie."

Davids forseer haarself om te glimlag.

De Wet storm voort. "Julle manne was laas keer so behulpsaam, ons het gewonder of julle ons dalk met iets anders kan help?"

"Vir die manne wat ons protect and serve enigiets. Nè, Willie?"

"Mens wens net daar was meer van julle."

De Wet steur hom nie aan hul praatjies nie. "Wat kan julle my vertel van Bennie le Roux?"

"Bennie le Roux?" Albert dink 'n rukkie na. "Ken jy 'n Bennie le Roux, Willie?"

Willie dink baie diep, trek sy mond, skud ook sy kop. "Nie by daai naam nie. Miskien het hy 'n bynaam gehad? Jy weet mos, driekwart van die ouens hier het 'n bynaam."

"Nie waarvan ek weet nie."

De Wet plak 'n foto van Bennie le Roux op die toonbank neer. Albert en Willie kyk daarna; hulle ken hom beslis nie. De Wet draai dan spesifiek na Albert. "Jy ken hom nie?"

Albert skud weer sy kop.

"Dis snaaks, want soos ek dit verstaan, was jy 'n lid van die Afrikaner Vryheidsaksie toe hy een was." De Wet lyk skoon ingenome terwyl hy dit sê.

Albert bly onversteurbaar. "Dis 'n groot organisasie daai. Honderde lede. Hoekom vra jy?"

De Wet kyk vir 'n oomblik stip na Albert. "Hy's twee jaar gelede vermoor."

Albert lyk opreg geskok. "Hel, dis heavy. Deur wie?"

"Cold case. Nooit opgelos nie. As ek mag vra: Hoekom het jy van die AVA onttrek?"

Een ding van Albert, hy raak nie gou gerattle nie. "Meningsverskille," sê hy ongeërg.

"Interessant. Bennie se pa het om dieselfde redes onttrek. Watse meningsverskille was dit?"

"Toe ek gejoin het, was dit die AVA se doelwit om Afrikaner-kultuur te bewaar en bevorder. Maar toe ontstaan daar faksies wat meer wou doen as net ons kultuur bewaar en bevorder. Een ding moet jy mooi verstaan, ek glo daar's 'n komplot in hierdie land om die Afrikaner se hele geskiedenis te kriminaliseer en uit te wis, en ek sal my deel doen om daardie beweging teë te werk, maar die een ding wat ek nie doen nie, is geweld. Ek stel meer belang in dekor as bomme en gewere."

Dit neem De Wet 'n rukkie om dié antwoord te verwerk. "Aan watter organisasie behoort jy nou?" vra hy dan.

"Hoe bedoel jy?"

"Om Afrikaner-kultuur sonder geweld te bewaar en bevorder."

Albert beduie na die vertrek waarin hulle is. "Aan die Ploegskaarklub. Hier praat ons net Afrikaans en niemand neem jou kwalik as jy 'Die Stem' sing nie."

De Wet en Davids is stil.

Willie besluit om weer in te meng, net om die spanning te verlig. "As jy wil, kan jy die foto by my los. Miskien het een van die regulars hom geken."

"Dit het nie met Buffel gewerk nie," sê De Wet. "Ek twyfel of dit met hom sal werk. As jy hom nie herken nie, hoekom sal iemand anders? Jy's die grootste regular hier van almal."

"Ek sê maar net ..."

"Maar dankie." Hy neem die foto terug. "Dankie vir julle tyd, manne."

"Enige tyd," groet Albert hulle. Hy en Willie kyk hoe De Wet en Davids by die voordeur uitstap.

"Ek sê jou nou, daai ou gaan moeilikheid maak," sê Willie.

"Nie so groot as wat ons gaan maak nie."

— III —

Gerhard bring Christoff oor 'n bak graanvlokkies op hoogte met sy vordering. Christoff luister met 'n muso se sardoniese humor, wat Gerhard op 'n eienaardige manier baie gerusstellend vind. Hy voel hy is besig om deur 'n groot transformasie te gaan – kyk, 'n mens hou nie sommer op met teologiese studie en dink jy gaan geen wroeging oorhou nie – en Christoff het sy voete plat op die aarde. So iemand het Gerhard nou meer nodig as mense wat hom help om derms uit te ryg.

Hulle is besig om te gesels oor Gerhard se ontmoeting in die Kaap met die suster van sy biologiese pa.

"Jissie dude," sê Christoff. "Jy't 'n aangenome ma, 'n aangenome pa, 'n biologiese ma, 'n biologiese pa, maar jou biologiese ma was met 'n ander ou getroud, so jy't 'n biologiese stiefpa en jou naam is Gerhard Naudé, maar eintlik is jy Marius Els of Olivier, as jy jou pa se van gekry het. G'n wonder jy's so deurmekaar nie."

"Christoff, daar's 'n vrou daar buite wat eendag jou sensitiwiteit regtig gaan waardeer." Die tokkelok in hom kan nie help om uit te kom nie.

"Dankie. Jy moet weet my hart," hy slaan met diepe opregtheid sy hart met sy vuis, "is met jou."

"Die laaste keer dat sy hom gesien het, het hulle baklei."

"Van wie praat ons nou?"

"Hy en sy suster. Hy't by haar gekuier in die Kaap, toe pak hy sy tasse en loop. En dit was dit."

Christoff is sigbaar afgehaal. "So, dis back to square one."

"Nee. Sy't my die adres gegee waar hy gewoon het. En dis hier, in die stad."

"Oukei, now we're talking. En sy nommer?"

"Ná hulle baklei het, het hy sy nommer verander."

"Wel, ten minste het jy 'n goeie lead, dude. Wanneer gaan jy hom sien?"

Iets val Gerhard by. "Hulle't oor my baklei."

Christoff kyk hom verbaas aan.

"Haar standpunt, van die begin af, was dat hy sy verantwoordelik-heid moet eer teenoor die kind wat hy gemaak het. En dat as hy dit gedoen het, my ma – my biologiese ma – die krag sou gehad het om my te hou. Maar hy't haar gelos om daardie besluit self te maak, en toe oorreed my aanneem-pa haar om my op te gee."

Christoff dink vir 'n oomblik. Dan vra hy: "Kan ek jou iets diep vra, broer? Jy hoef nie te antwoord as jy nie wil nie."

"Gaan aan."

"Dink jy die lewe wat jy sou gehad het as sy jou gehou het, beter sou gewees het as die een wat jy gekry het?"

Gerhard is 'n rukkie stil voordat hy antwoord. "Ek weet nie."

"Hoekom wil jy hom dan so graag ontmoet?"

"Omdat hy my bloed is en ek in die oë van my bloed-pa wil kyk."

"Om wat te sien?"

"Wat in my bloed is."

Christoff is baie beïndruk. "Besef jy wat jy nou net gesê het, dude?"

Waarvan praat die dude tog?

"Dit is die titel van ons eerste CD – *My Bloed*."

"Weet jy Christoff, as jy nie my beste pel was nie, het ek nou vir jou gesê jy's 'n totale ..."

"Oi! As daar een ding is wat ek weet, 'n artist se grootste gift is sy pyn."

"Dankie. Nou voel ek beter."

"Wag tot ons CD nommer een strike. Dan sal jy op jou knieë gaan en dankie sê."

Gerhard glimlag. Hy besef hoe ironies Christoff se woorde is.

— IV —

Elna se hart bloei vir Zweli. Elke keer dat sy met hom gesels, klink dit asof dit net slegter en slegter met African Queen gaan. Sy sit vroeg die oggend voor haar rekenaar, en skielik pieng die bekende Skype-sein. Sy bring die venster met Zweli se gesig na vore.

Hy lyk moeg. Só moeg het Elna hom nog nooit gesien nie.

Dis al laatmiddag in Arcadia, Pretoria. Hy pleit by haar om vinniger beter resultate in die VSA te probeer behaal.

"Hou net in gedagte, Zweli, die VSA is nie Suid-Afrika nie. Elke staat is feitlik 'n land op sy eie, met sy eie regulasies en red tape."

"Ek weet dit, maar dis crucial dat ons so gou as moontlik inkomste daar genereer, en dit hoef nie baie te wees nie. Dis dollars, en 'n honderdduisend dollar daar word amper 'n miljoen hier."

Desperaat. Dít is die woord wat by haar opkom. "Ek verstaan dit," sê sy, "maar ons versreiders hier het hulle eie manier van dinge doen en hulle eie strategie. Ek het nie die mag om vir hulle voor te sê hoe om hulle pyplyn te bestuur nie."

"Volgens die syfers wat ek gister gesien het, is die migration van African Queen se swart customer base na die kompetisie besig om te eskaleer. En ons lyn vir die wit mark hier gaan eers oor 'n paar maande op die rakke wees. Ek gee nie om hoe jy dit doen nie, maar jy moet jou versreiders druk om ons top of shelf, top of mind te gee, en nie môre nie, gister."

Sy sug, maar draai haar gesig effens weg, sodat Zweli nie moet hoor nie. "Ek sal kyk wat ek kan doen." Sy besef dis 'n leë belofte, maar sy sal kyk wat sy kan regkry.

"Moenie kyk nie. Doen dit."

Sy neem nie aanstoot nie. Sy besef elke sent inkomste begin nou tel. "Fine. Ons praat weer."

Sy verbreek die konneksie; weet nie nou watter kant toe met hierdie probleem nie. Dan raak sy bewus van Bertus wat agter haar in die deur staan.

"Ek het 'n vergadering vanaand," sê hy. "Ek gaan laat wees."

Elna se kop is nog by die gesprek met Zweli. Sy lig haar hand om vir Bertus te wys sy hét gehoor en sy hét geregistreer wat hy sê.

Hy draai om en stap uit.

Elna laat sak haar kop in haar hand. Hoe gaan hulle ooit uit hierdie gemors kom?

Maar dit is nie al wat haar kwel nie. As hierdie proefneming van African Queen in die VSA en Kanada misluk, is dit iets waaraan Bertus haar altyd sal herinner. Altyd. En haar kans om weg te kom daarvan om 'n goeie ou Kanadese huisvroutjie te word, sal vir ewig daarmee heen wees.

— V —

Esmé kry Rudi in die bed met die klere aan wat hy die vorige dag gedra het. Hy lê en snork soos hy slaap. Sy sien die bottel whisky, net kwart vol, aan die ander kant van die bed op die grond staan.

Dan bekyk sy hom van naderby. Hy het dae laas geskeer en sy hare is vuil. Wanneer hy wakker word, is sy seker, gaan hy 'n babelaas uit die hel uit hê.

Sy por hom om wakker te word.

Hy hoor haar nie.

"Pa ..." Sy praat nou harder, stamp-stamp hom met die een hand.

Rudi word wakker en is ooglopend heeltemal deurmekaar.

"Dis tienuur in die oggend, Pa."

Wanneer hy sy oë oopmaak, trek hy hulle onmiddellik op skrefies. Die sagte lig in die slaapkamer is te skerp vir Rudi – sy het reg, dit gaan die koning van babelase wees.

"Pa't gesê dat ek nie hier moet bly net omdat ek nie kan bekostig om uit te trek nie ..."

Rudi draai effens skuins om haar beter te kan sien, maar antwoord nie.

"... ek het 'n plan gemaak. Ek trek vandag uit."

Haar woorde moet vir hom 'n geweldige skok wees. "Wat ... hoe bedoel jy?"

"Ek trek uit die huis. Vandag. Nou."

"Jy't nêrens om te gaan nie. Hoe gaan jy ...?"

"Ek gaan by Hannes bly."

Dis vir haar duidelik haar pa dink hy droom. Hy vee hard oor sy oë om behoorlik wakker te word. "Hannes?"

"Ja. En moenie dit eers oorweeg om vir my 'n preek af te steek nie."

Hy kom regop, kry dit uiteindelik reg om teen sy kopseer of wat ook al in op te staan.

Sy gaan voort: "Ek wou ook sê, dankie dat Pa aangebied het om my finansieel te help, maar ek reken Pa gaan Pa se spaargeld nodiger kry as ek."

Sy kyk na die bottel whisky.

Rudi volg haar oë na die bottel. "Ek's seker als sal uitwerk," sê hy, "met God se genade."

Sy wil uitstap. Dit ontstel haar baie om haar pa só te sien.

"Esmé!" roep hy uit.

Sy steek vas, maar draai nie terug na hom nie.

"Ek gaan nie 'n preek afsteek nie. Ek wil net hê jy moet weet – ek wil hê jy moet weet ... ek en Ma ... dinge sal uitwerk ..."

Nou draai Esmé met mening terug na Rudi. Sy het nagedink hieroor, maar sy weet dat die enigste manier om haar pa tot ander insigte te bring, is om hom te skok. "Nee! Dinge sal nie uitwerk nie," sê sy.

Hy kyk haar verbaas aan, maar sê niks.

"Ma het aanbeweeg. Sy het 'n nuwe man in haar lewe!"

Rudi is totaal uit die veld geslaan.

"En sy lyk gelukkiger as wat ek haar in jare gesien het."

Rudi se mond hang oop – hy kan steeds nie woorde vind om haar te antwoord nie.

"Weet Pa wat my verstom? Dat Pa al hierdie jare met Pa se neus in Pa se Bybel kon sit en nooit gewonder het of Ma gelukkig is nie – dat Pa net aangeneem het dat sy, ons almal, ek en Gerhard ook, net dankbaar was dat die Here Pa as die hoof van ons huis – nee, nie ons huis nie, ons lewe – aangestel het. En ek neem Pa nie kwalik nie. Want Pa het regtig geglo dat wat Pa gelukkig maak, ons almal gelukkig sal maak. En weet Pa wat regtig ironies is? Tot onlangs het ek dit ook geglo. Maar nie meer nie, Pa, nie meer nie. Ek is bang vir die onbekende wat ek nou gekies het, maar ek is banger, baie banger, vir die bekende wat ek tot nou geleef het."

Nou moet sy stap. Hier wil sy nie langer vertoef nie.

"Daardie man het 'n donkerte in hom." Hy sê dit asof dit sy laaste troefkaart is.

"En Pa sal weet."

— VI —

De Wet is die een wat die plan maak. "Daardie bliksems ken ons gesigte," sê hy. "Ons het nou iemand aan die binnekant nodig. Met ons gaan hulle nie weer praat nie."

Drie sinne, oor 'n kwessie van tien kilometer uitgesprei tussen Die Ploegskaar en hul kantoor. Met baie vloekery op dom motorbestuurders wat nie volgens die visie van De Wet motors lanseer nie.

Teen die tyd dat hulle by die kantoor terug was, het hy al geweet wie hy gaan bel om te hoor of daar beskikbare talent is.

En hier staan die talent nou. 'n Man van twee-en-twintig as hy 'n dag ouer is. 'n Man wat op polisiekollege gepresteer het op die verhoog. 'n Man wat in die moeilikheid was omdat hy poetsoproepe in die styl van Leon Schuster gemaak het. 'n Man met die regte voorkoms.

Die talent se naam is Johann Neethling. Johann met twee n̈e.

Grootbek het baie te sê voor die talent, wat nog jonk genoeg is om vir woorde soos "poephol" te lag wanneer 'n papegaai dit sê. De Wet en Davids is in 'n anderste skedelspasie. Hulle maak al die regte geluide, sê die regte dinge vir die groen terroris in die hok, maar eintlik is hulle besig om baie ernstig met Neethling te gesels. De Wet voer die gevoëlte so nou en dan 'n grondboontjie, of skel in sy rigting, maar vir enigiemand wat hulle ken, sal dit duidelik wees dat die twee op die oomblik besiel is deur die wendings wat hul saak geneem het.

Hulle het die foto van Albert, wat deel is van die AVA-lederegister, vir die talent gegee.

Hul undercover cop kom blitssnel agter dat die papegaai deel van die ameublement is.

"Die plek se naam is Die Ploegskaar," sê Davids. "Dis 'n – hoe sal ek nou verduidelik? – dis 'n plek waar jy nie baie 'nieblankes' sal raakloop nie." Die term voel vreemd op haar tong.

"Waar jy geen 'nieblankes' sal raakloop nie," korrigeer De Wet.

"Hulle ken vir my en De Wet, so, ons kan nie gaan nie."

Vra Neethling: "Waarvoor soek ek?"

"Ons weet nie," moet Davids erken. "Jy gaan drink 'n dop. Sing 'Die Stem', en kyk wat gebeur."

"Meer as dit ..." De Wet stap oor na Johann. "Jy drink 'n paar doppe, jy sing 'Kent gij dat volk' en jy laat almal verstaan dat jy 'n eend van hulle dam is, en dan waai jy. Gooi die aas in en trek hom weer uit. Moenie probeer om iets te vang nie. As ons gelukkig is, sal," hy wys na Albert se foto, "daardie vissie aan die aas kom ruik. Volgende keer sal hy byt."

"Hoekom is hy die teiken? Wat het julle?"

"Niks." De Wet stap oor na die groenbord. "Maar iets in my gat sê vir my hy pas iewers in hierdie prentjie. Ek weet net nie waar nie."

Grootbek kies hierdie oomblik om "Bobbejaan klim die berg" te begin sing.

"Oulike voël," sê die talent.

Davids: "Jy sal anders dink as jy elke dag in hierdie kantoor werk." Sy dink soms, veral dae wanneer dinge skeefloop, aan maniere waarop sy permanente stilte in die kantoor kan herstel.

"Jy moet haar verskoon," sê De Wet. "Sy't 'n probleem met voëls."

"Nie alle voëls nie, De Wet, net joune." Trust Davids.

"Veral groot voëls ... sy's meer die kanarie-tipe."

"Presies," sê Davids. "En daarom vind ek jou so aantreklik."

"En dis waarmee ek elke dag in hierdie kantoor moet werk."

Sê die talent: "Nuwe Suid-Afrika, swaer, nuwe Suid-Afrika."

"Die nuwe Suid-Afrika is amper twintig jaar oud, manne," sê Davids. "Time to get with the programme."

— VII —

Maria hoor die geklop aan die voordeur. As die man by die sekuriteits-hek haar nie gebel het om toestemming te kry dat iemand deurgelaat mag word nie, beteken dit dis 'n familielid of vriend. Maar hoekom sou so 'n persoon aan die voordeur klop? Hulle weet mos by die Cilliers's klop en stap jy in.

Sy maak die deur oop.

Rudi.

Hy lyk gehawend. Hy dra beslis die klere al lank; en hy het lanklaas geskeer.

"Is Rika hier?" vra hy sonder om te groet.

"Ja, maar ek dink nie dis nou ..."

"Ek wil met haar praat."

Sy ken hom nie so nie. Weg is die maniere, weg die saggeaarde man wat nooit 'n harde woord laat val het nie. "Ek dink nie dis nou 'n geleë tyd om ..."

Hy stoot verby Maria in die voorportaal in.

"Rudi, jy het geen reg om ..."

Hy is buite homself, besef sy.

"Dis my vrou waarvan ons praat, Maria. My vrou! Waar is sy?"

"Ek wil hê jy moet nou hierdie huis verlaat."

"Óf jy sê my, óf ek stap deur elke kamer in hierdie huis!"

Maria is woedend, maar hou haar in. "Ek vra jou weer: Verlaat asseblief my huis, of ek bel sekuriteit."

"Gaaf, dan neem ek die lang pad." Hy storm die huis in.

Maria tel die handstuk van die interkom op wat teen die muur by die voordeur is. Terwyl sy praat, probeer sy agterkom waar in die huis hy nou is.

Richard en Rika stap in die tuin, onbewus van die komende konfrontasie.

Terwyl Rudi in Rika se kamer is, vertel Richard vir Rika van 'n wildbewaarder wat sy vrou agtergelaat het op die gholfbaan toe 'n klomp wildehonde op die setperk verskyn.

"Haai, nee!" Rika is gemaak geskok.

"En dit ná al sy grootpratery."

"Ek kan dit nie glo nie."

"'n Maand later, toe's hy weg ... kon nie daarna sy kop tussen die ander bewaarders hoog hou nie."

"En sy vrou?"

"Sy't met die kinders in Skukuza gebly. Ek dink sy's nou nog daar."

"Wat ek nie kan verstaan nie, is hoekom hulle nie heinings om die ..."

Sy voltooi nie haar sin nie. Sy en Richard kom na die lapa aan – en Rudi van die lapa af na die tuin. Met 'n vaart. Hy steek vas as hy hulle sien, neem die situasie in.

Rika kyk verbaas op. Richard swyg ook.

"'n Belofte, Rika! 'n Belofte voor God!" Rudi skree nie, maar sukkel om hom in toom te hou.

Rika luister swyend. Richard kyk na haar, dan terug na Rudi.

"Dat jy 'n bietjie tyd op jou eie nodig gehad het, kon ek aanvaar, maar nêrens in daardie gesprek was egbreuk ter sprake nie."

Richard besluit hy kan nie stilbly nie. "Ek verstaan dat jy ontsteld is," sê hy, "maar laat ek een ding net baie duidelik maak ..."

"Daar's niks vir jou om duidelik te maak nie, Meneer, hierdie is my vrou!" Rudi skreeu nou. "Ek stel voor jy stap nou hier uit, voor ek ..."

"Voor jy wat?" Richard staan 'n tree nader aan Rudi.

Rudi aarsel. Hy was nog nooit 'n man van geweld nie; hy draai na Rika. "Rika, ek wil met jou praat."

Rudi huil, maar die woede dryf hom nog aan.

Rika was nog nooit so verneder in haar lewe nie. "Ek sal verkies om nie te praat nie."

"Rika!"

Richard gryp weer in. "Ek dink die dame het nee gesê."

Die trane wyk voor die woede. "Die dame? Die dame? Dis my vrou, jou bliksem!"

Soos 'n luiperd wat 'n bok uit 'n boom bespring, spring Richard vorentoe en gryp Rudi voor die bors.

Rika staan met haar hand oor haar mond.

Richard praat met sy mond 'n duim van Rudi se mond, sy stem laag maar absoluut onverbiddelik. "Die dame het gesê sy wil nie met jou praat nie. Nou, óf jy luister na haar uit vrye wil óf ek help jou?" Hy kyk vas in Rudi se oë.

Twee swart sekuriteitswagte kom ingehardloop, gevolg deur Maria.

Richard gee Rudi 'n laaste waarskuwende stamp en staan dan terug.

Maria wys Rudi aan die wagte uit; hulle begelei Rudi deur die lapa na sy motor.

"Ek is jou man, Rika! Ek is jou man!" skreeu hy 'n laaste keer.

Rika staar Rudi verwese aan van waar sy saam met Maria en Richard in die tuin bly staan.

"Ek's so jammer, Rika." probeer Maria troos. "Ek het probeer om hom te keer, maar ..."

"Jy't niks om voor jammer te sê nie. Dis nie jou werk om my teen Rudi te beskerm nie." Rika laat sak haar kop. Sy kan haar gedagtes nie met hulle deel nie. So afstootlik as wat Rudi was, so innig het sy simpatie met hom gevoel. Sy is self verbaas daaroor. Maar sy weet sy sal met waardigheid deur hierdie volgende paar dae moet beweeg, en niks sal haar intimideer nie.

Maria en Richard kyk na Rika, ongemaklik, veral Richard. "Rika, as my teenwoordigheid hier jou probleme gaan veroorsaak ..."

"Richard, as ek reg onthou, hou jy van 'n whisky op ys."

Hy kom agter dat sy tot elke prys die waardigheid van hul verhouding wil bewaar. "Uh, ja," stamel hy.

"En ek hou van 'n glasie wyn," sê Rika. "Maria, wat kan ek vir jou bring?"

Maria is ook onverwags betrap. "Ek, uh ..."

"As ek my nie misgis nie," sê Rika, "het ek netnou al daai Boeing hoor oorvlieg."

Jan se bekende woorde.

"Wyn. Dankie."

Terwyl sy weg is, kyk Maria na Richard. Hy kyk na haar.

"Jy moet my vergewe as ek ..."

"Vergewe?" Sy skud haar kop.

— VIII —

Rudi staan min of meer op sy nuwe tyd op, net voor tien. Hy het die vorige aand meer gedrink as wat onlangs sy gebruik is. Hy het 'n brutale hoofpyn wat in sy kop klop. 'n Naarheid kom in vlae oor hom, maar hy druk uiteindelik deur. Gelukkig hoef hy nie aan te trek nie. Hy het vir die soveelste maal met sy klere aan gaan slaap.

Hy borsel sy tande en maak sy gesig skrik met koue water. Dan stap hy studeerkamer toe. Hy probeer nog daagliks begin met die lees van 'n deel uit Gods Woord en 'n gebed.

Soggens lees hy nie volgens 'n plan uit die Bybel nie. Hy laat dit net oopval voor hom en lees dan wat sy oë vind. Vanoggend doen hy dit weer en begin lees voordat hy presies besef waar hy is. Job 3, vers 23.

Sy inleidende woorde toe hy hierdie deel weke gelede met sy gesin gedeel het, skiet hom onmiddellik te binne: Job wonder hoekom God weier dat 'n ellendige man doodgaan.

Hy lees weer: *Waarom gee Hy lig aan 'n man wie se weg verborge is, 'n man wat deur God aan alle kante ingesluit is? Want soos my brood kom my gesug, en my gebrul word uitgestoot soos water. As ek iets vreesliks vrees, kom dit oor my; en die ding waarvoor ek bang is, kom na my toe. Ek het geen kalmte en geen stilte en geen rus nie, of daar kom die onrus.*

Rudi lig sy oë geskok van die Bybel, staar by die studeerkamervenster uit.

Dis 'n teken.

God het vir hom hierdie droewige verse gekies! Die boodskap is vir hom glashelder.

Hy maak 'n laai oop, haal skryfpapier en sy pen uit. Sonder om verder daaroor na te dink, skryf hy sy bedankingsbrief. Dan bel hy vir Gert Greyling, wat die nood in sy stem herken, en Rudi binne 'n halfuur agter by die kerk ontmoet.

Rudi stop die koevert in sy hand. "Gert," sê hy, "laat ek jou die moeite spaar. Dit is my bedankingsbrief."

Hy wil omdraai en wegstap, maar broer Greyling is al agter hom aan. Rudi kies sommer koers die kerk in.

"Broer, jy moet my vergewe," sê Gert, "maar ek dink jy maak nou 'n groot fout."

"Ek het lankal 'n groot fout gemaak," sê Rudi.

"Kom ek roep 'n beradingsgroep byeen, dan kan ons ..."

"Nee. Nee. Ek is klaar. Klaar. Ek het jou gevra om te kom juis sodat ek nie met ander hoef te praat nie. Jy was deur die jare 'n goeie vriend, Gert, en nou vra ek jou hierdie laaste guns."

Broer Greyling dink op sy voete. "Ek sê jou wat ek gaan doen. Ek sal hierdie brief aanvaar, maar ek hou hom by my vir 'n week of twee, en as jy dan nog steeds oortuig is dat jy nie meer kan dien nie, stuur ek hom deur."

Rudi draai weg, sy hande in sy hare, die emosie stoot soos 'n golf in hom op. Hy vat-vat in die lug asof hy na iets gryp. Trane stoot uit sy oë en dan draai hy terug na Gert. "Verstaan jy nie, Gert? My sondes het my ingehaal! Kan jy nie verstaan nie, my sondes het my ingehaal! My God het my van sy aangesig verban. My vrou en kinders het my verlaat. Alles wat vir my kosbaar was, is van my weggevat."

Rudi begin aan sy klere ruk en pluk. Hy skeur sy hemp oop.

Gert Greyling staan versteen na hom en kyk.

"Ek is kaal! Kaal!"

Gert staan geskok en kyk hoe Rudi sy skoene begin uitpluk, dan sy sokkies en selfs sy broek, totdat hy uiteindelik net in sy onderbroek voor in die kerk staan. "Wat is dit hierdie? Niks! Dis alles niks ... blare om die skaamte te bedek."

Uiteindelik staan Rudi kaal voor die kansel.

Gert kan nie meer kyk nie. Hy stap stil weg terwyl Rudi na die hemele skreeu. Rudi draai na die kansel en die kruis daaragter teen die muur. "Hier is ek!" roep hy huilend uit, sy stem skor. "Hier is ek! Is Jy nou tevrede? Ek het niks! Ek het niks meer om te vat nie!"

— IX —

Saterdagaand en dis woelig in Die Ploegskaar. In een van die uithoeke van die kroeg is 'n paar tafels teen mekaar getrek, en dis waar Albert, Susan, Vlooi en 'n klomp Vuiste 'n lang koue sit en geniet.

Albert het pas die groot nuus gebreek. "Manne, toe ek hierdie bliksem die eerste keer ontmoet, het ek nooit gedink hy sal van my 'n oom maak nie!"

Vlooi kry so na aan 'n staande ovasie as wat in hierdie beperkte ruimte moontlik is.

Dan voeg Albert by: "Maar as daar nou een ou is wat ek die reg sal gun om van my 'n oom te maak," hy kyk lank en diep in Vlooi se oë, "dan is dit hierdie man."

Vlooi knik; hy erken die kompliment.

Susan hou aan Vlooi se arm vas, glimlag warm. Voor haar staan 'n lang glas water met 'n suurlemoenskyfie in.

Albert lig sy glas om 'n heildronk in te stel. "Laat ons vrouens die kinders van ons volk se toekoms baar, en laat ons manne seker maak daar's 'n toekoms vir die kinders om te erf!"

Almal lig glase en cheer.

Johann Neethling sit by die kroeg. Sy oog val 'n paar keer op die tafel waar die Vuiste sit. Hy herken Albert dadelik. Hy sien hoe hulle hul glase lig.

Johann sluk sy bier weg en staan op. Hy stap langs die kroeg af totdat hy voor die Vierkleur staan wat in die middel van die kamer hang. Dan begin hy sing, uit volle bors:

Kent gij dat volk vol heldenmoed,
en toch zo lang geknecht,
het heefd geofferd goed en bloed,
voor vrijheid en voor recht ...

Albert kyk op na Johann; dis mos onse mense daardie. Die Vuiste kyk ook na Johann.

Komt burgers! Laat de vlaggen wapp'ren, ons lijden is voorbij ...

Nou kyk baie mense in die kroeg na Johann. Van die manne wat kyk begin saamsing.

Roemt in de zege onzer dapp'ren, dat vrije volk zijn wij.

Albert se oë is stip op Johann. Vlooi en Susan kan nie anders as om die voorsanger te laat begaan nie.

Sing die talent:

Dat vrije volk, dat vrije volk,
dat vrije, vrije volk zijn wij.

Die dak van die joint lig omtrent soos almal hande klap en fluit. Neethling het die plek aan die gang gekry.

Hy rig hom tot die hele kroeg: "Dames en Here, Afrikaner-broeders en -susters ..."

Dis so stil 'n mens kan 'n muis hoor poep in Die Ploegskaar.

"Ek het pas na hierdie pragtige stad van julle verhuis ..."

'n Paar hande word geklap.

"Vanuit die Kaap ..."

Negatiewe fluite en roepe.

"Ten minste het ek uiteindelik tot my sinne gekom."

'n Klompie mense klap hande, juig dramaties.

"Dis my eerste keer in hierdie," Neethling beduie na Die Ploegskaar se binneruim, "ongelooflike plek, en ek kan nie vir julle sê wat dit vir my as trotse Afrikaner beteken om uiteindelik tussen mense van my eie volk te staan nie; my moedertaal, en net my moedertaal om my te hoor, en nie 'n enkele swart bedelaar, nie 'n enkele swart kelner, nie 'n enkele swart swernoot! voor my oë te hê nie. Dankie."

Groot gejuig en geklap.

Albert hou hom stil dop. Hy het 'n ongemaklike gevoel. Hierdie een is undercover cop. Of 'n spook.

Neethling stap terug na die kroeg.

Willie sit 'n bier op die toonbank voor hom neer. "Welkom, broer," sê Willie. "Dis oppie huis."

"Dankie, man. Ek hoop nie jy gee om dat ek ..." Hy swaai met sy arm na die plek waar hy pas die gemeente gelei het met die sing van die ou Transvaalse volkslied.

Willie gee nie om nie: "Verstaan mooi, my vriend ..."

"Johann."

Hulle skud blad.

"Verstaan mooi, Johann," sê Willie, "in hierdie plek, anders as in hierdie land, kan enige man opstaan en sy sê sê. Ons harte is almal op dieselfde plek – en jou hart is duidelik ook daar."

Neethling is skielik stil. Hy kyk intens na Willie, sodat die kroegman sommer weet hier kom 'n lewensbeskouing. "Ek sal jou sê waar my hart is, Willie. Ek kyk na my mense in hierdie land en al wat ek sien, is 'n klomp slapgat joiners wat op hulle knieë hulle onderdrukkers se voete soen sodat hulle net 'n paar rand kan verdien en hulle jobs nie aan 'n swarte verloor nie. Daar was 'n tyd toe ons krygers was, maar nou's ons slawe, en wat erger is, dankbaar dat ons 'n meester het om te dien!"

"Daar is nog krygers in hierdie land, my maat."

"Ek's bly jy dink so. Al wat ek sien, is poepholle soos ekself wat voor 'n vlag staan en 'n volkslied sing wat net die ouens in hierdie kroeg nog ken. Krygers? Wys my 'n kryger, en ek sal hom volg. Deur die poorte van die hel."

Willie glimlag stil. Gee kans, gee kans.

Johann sluk sy bier weg. "En nou, Willie, sê ek koebaai. Ek het vir die wyfie gesê net een, en toe was dit drie. Sien jou weer."

"Mooi loop." Willie hou Johann dop soos hy wegstap.

Albert ook.

Albert en Willie vang mekaar se oog. Willie knik.

— X —

Christoff se rusbank is die slagveld van die liefde. Hy en Lizzie is lekker rustig daarop. Hy sing 'n liedjie vir haar. Dieselfde een wat hy en Gerhard in Maria se lapa gesing het op die eerste dag van Gerhard se vryheid: "*Sal ek hier op die grens hier op 'n grens, hier op die grens my drome vir jou sing.*"

Hy streel die laaste akkoord.

Elisabeth is vol gloede. "Dis so beautiful," sê sy.

"Dankie. Sommer net iets wat een aand so poef! in my kop gekom het."

"Jy's 'n genius. Het jy dit al vir Gerhard gespeel?"

"*Of course.* Dit gaan op ons CD wees."

"Ek kan nie glo julle gaan julle eie CD maak nie. Dis so cool." Sy trek dan ewe teatraal 'n dikbek, Britney Spears se moses. "En ek weet wat gaan gebeur, dit gaan 'n top seller wees, en dan gaan julle famous wees en die meisies sal in toue staan om jou handtekening te kry en ek sal die vaal ou dingetjie wees wat in die hoek vir jou staan en wag."

"Baby, teen jou is alle ander meisies vaal dingetjies in hoeke."

"Jy sê dit net om my hier te hou totdat jy famous is."

"Die dag as ek en Gerhard ons Sama-toekenning vir die beste debuut-album gaan haal, sal jy, en net jy, aan my arm wees."

Elisabeth trek Christoff se kop stadig nader, bring haar lippe feitlik tot teen syne, kyk hom diep in die oë. Nie eens Angelina Jolie kan dit met haar botox-lippe en al nadoen nie. Lizzie is dodelik op 'n kort afstand. "Belowe?" sê sy.

Christoff sluk. "Belowe."

Vir die tweede keer in hul romanse is daar 'n klop aan die deur terwyl hulle op 'n lotsbepalende oomblik is.

Lizzie beweeg nie. Sy hou Christoff vas net waar hulle is.

"Daar's iemand by die deur," fluister hy.

"Hulle sal weggaan."

Die persoon by die deur klop weer.

Lizzie is besig met 'n soen wat sy gelyke nie ken nie. Altans nie in Christoff se ondervinding nie.

"Moenie beweeg nie," sê sy. "Hulle sal weggaan."

Hulle wag om te sien wat gebeur.

Christoff se selfoon lui in sy sak.

Elisabeth se oë gaan moedeloos, dramaties toe.

Christoff vis die foon uit sy sak; kyk wie dit is. "Dis Neil," sê hy.

Elisabeth val terug in die bank. Christoff antwoord. "Hei, Neil, hoe gaan dit, dude? Jy's waar? O. Sorrie, man, ek het nie gehoor nie. Ek's nou daar."

Christoff druk die foon dood. "Hy's by die deur."

Lizzie slaan haar hande oor haar gesig.

Christoff stap na die voordeur.

Elisabeth sug diep en sit dan regop, maak seker haar hare is netjies, vat dan Christoff se kitaar wat teen die bank rus en plaas dit op haar skoot, asof sy die ding speel.

Neil en Christoff kom ingestap.

"Hei, Neil. Nice om jou te sien."

"Hei, Lizzie. Ek het nie geweet jy's hier nie."

"Christoff gee my lesse." Sy streel 'n noot uit die kitaar uit. "Kitaarlesse."

Neil is nie oortuig nie, maar wat kan hy doen? "O, cool," sê hy. "Ek het eintlik vir Gerhard kom soek. Sy foon is af. Julle weet nie dalk waar hy is nie?"

"G'n idee nie. Jy weet mos hoe's hy, vergeet altyd om die ding te charge."

Neil kyk weer na Elisabeth. Stilte. Christoff en Elisabeth wil hê hy moet waai, maar Neil se oë is op Elisabeth, iets anders in sy kop. Neil steek sy hand in sy sak.

"Christoff, ek sal graag wil hoor wat Lizzie al geleer het. Ek wonder of ek jou 'n guns kan vra – ek het vergeet om my entrance fee te bring, maar ek het bucks hier vir net waarvoor jy lus is." Neil hou tweehonderd rand na Christoff uit.

"Dit lyk vir my soos 'n bottel tequila daai." Christoff sien 'n party wink. Hy neem die geld; weet ook waar om geholpe te raak. "Ek's nou terug," sê hy; kyk na Lizzie. "Onthou wat ek gesê het, werk saggies met daai snare."

Wanneer hy weg is, bly Neil stil; kyk net na Lizzie.

Sy raak bewus van sy blik, maar wil nie 'n issue daarvan maak nie. "Ek kan jou nie veel wys nie," sê sy. "Ek het nog net 'n paar lesse gehad."

Elisabeth speel 'n paar akkoorde. Sy moet hard konsentreer, want dit is wat 'n klasmaat haar 'n jaar gelede op 'n sleepover geleer het, maar sy kry hulle wel reg.

"Weet jy, Lizzie," sê Neil. "Jy's miskien meer ervare as ek, maar ek is ervare genoeg om te weet dat hierdie nie jou eerste 'les' met Christoff is nie."

Lizzie kyk op na Neil, direk in sy oë. "Moenie jy my judge nie, Neil. Jy is die een wat my ewe skielik die cold shoulder begin gee het. En nou staan jy hier en trap my uit soos 'n jealous lover!"

Neil is nou op ongekaarte terrein. Hy het die teregwysing gereed gehad, maar kon nie die verloop van die gesprek voorsien nie. En so vinnig kan hy ook nie op sy voete dink nie.

Lizzie kom in met die smoelneuker: "As jy nie wil hê dat ek by Christoff 'lesse' moet neem nie, gee my 'n rede!"

Sy stap kop omhoog uit die kamer.

Hy hoor hoe die voordeur toeslaan. En dan onthou hy sy pa se woorde.

By die huis gekom, probeer Lizzie een van haar skoolvriendinne ompraat om die aand saam met haar na Christoff en Gerhard se *pad* te gaan. Sy noem dit nie, maar sy weet vir 'n feit dat daar 'n bottel tequila is wat die lewe soveel draagliker gaan maak. En 'n vuur in die buik gaan sit van elke man wat daar is.

Sy lê op haar bed en praat. Sel tussen skouer en oor geklem.

Maar haar vriendin wil gaan fliek.

"Ek kan nie vanaand nie, suster, ek het klaar planne. Maar hoekom kom jy nie saam nie? Dis die coolste plek, en jy sal mal wees oor Gerhard."

Elisabeth hoor 'n geluid by die venster. 'n Klop. Sy sien Neil se gesig aan die ander kant van die venster en tralies. Trek 'n gesig. Soos in baie verbaas. "Hoor hier, vriendin," sê sy vinnig, "ek bel jou later, my ma soek my al weer. Mwah, mwah."

Sy gooi die foon eenkant op die bed neer en gaan na die venster, maak dit oop en praat deur die tralies. "Wat, as ek mag vra, soek jy buite my venster? As iemand jou hier sien ..." Hy moet onthou, dis sy skuld dat sy tot onlangs gehok was.

"Ek het meer as 'n uur buite die hek gewag," sê Neil. "Jou ma het vyf minute gelede gery en ek sien nie Vlooi se kar nie."

"En wat laat jou dink ek wil jou sien?"

"Jy't eenkeer na my venster by tannie Maria-hulle gekom, nou's ek by joune. Jy't gesê ek moet myself bewys. Ek bewys myself."

Elisabeth glimlag. Ja, mens kán dit só sien ... Maar sy wys dit nie. "Kry my by die voordeur," sê sy.

Sy maak vir hom oop, maar voordat hy die huis kan binnegaan, moet sy net vir hom sy *parameters* uitstip. "Een ding moet jy mooi verstaan, net omdat jy jouself bewys het, beteken nie jy's op iets geregtig nie."

"Cool."

"Kom." Sy neem sy hand en hulle beweeg vinnig saam na haar kamer.

In die kamer gaan staan Neil met sy rug na die bed terwyl sy die kamer se deur toemaak. Dan gaan staan sy reg voor hom. Haar oë sluit op Neil s'n. "Sê my, Neil, is jy seker jy wil hier wees?"

"Nee, maar ek het gereken as ek dit nie doen nie, sal ek vir die res van my lewe wens ek het."

Lizzie beweeg nog nader aan hom. Sy staan nou met haar lyf teen Neil. Sy tik hom net liggies, en hy val agteroor op die bed.

"Jy sê jy't buite gewag," sê sy.

"Meer as 'n uur."

Lizzie klim bo-op Neil. "Jy weet wat hulle sê, nè?"

Neil skud sy kop. Hy weet nie wat hulle sê nie.

"Agteros kom ook in die kraal." Sy kyk hom met 'n stoute glinstering in die oë aan. "Good things come to those who wait ..."

— XI —

Daar is geen ander manier om dit te beskryf nie: 'n noodvergadering.

Elna moes inderhaas uitvlieg hierheen – trouens, sy is die een wat die alarm gemaak het. Ná 'n telefoongesprek met African Queen se verspreider in die VSA en Kanada.

Dié gesprek sal sy nooit vergeet nie. 'n Nagmerrie, 'n absolute nagmerrie.

"I don't understand why it should be such a problem ... but when we made the deal you agreed that my timeline was feasible ... yes, yes, I understand that, but what you must understand is that I conveyed our undertaking to my head office in South Africa, and based on that information they transferred the capital for the marketing campaign, a campaign for which I have already paid millions and which begins to air next week. I can't advertise a product that is not on the shelves! ... I am not shouting, Judd, I want you to understand that any delays will have a serious impact on my company ... Well, sorry to be so frank, Judd, but that is not my problem ... and I certainly will not accept that my products be sidelined because you guys have proprietary arrangements with other clients ... fine ... if that's the way you want to do business, fine, but it's not the way I do business."

Nou sit hulle hier. Zweli, Adriaan, Boetjan en sy.

En elke woord wat oom Adriaan sê, is gelaai met innuendo. Geïmpliseerde teregwysings vir haar, haar insigte, haar voorstelle: Dít is waar die probleme begin het.

"Ek is jammer," sê hy, "maar nou moet ek 'n streep trek. Onder ons huidige omstandighede, met binnelandse verkope wat eksponensieel daal en dit wat ons reeds op die VSA-uitbreiding gewaag het, is daar g'n manier dat ek kan instem om hierdie maatskappy aan nog groter risiko bloot te stel vir die moontlikheid – die 'moontlikheid', let wel – dat Elna daarin sou slaag om 'n distribusienetwerk te stig nie. Ek's klaar op rekord dat ek teen die hele skema gekant was, maar ek was in die minderheid. Nou moet ek daarop aandring dat hierdie raad tot sy sinne kom en 'n besluit neem wat African Queen nie oor die afgrond sal stoot nie."

"Ons is klaar oor die afgrond." Boetjan se antwoord is stilweg gesê, sonder emosie. Elna wonder wat in sy kop broei.

Dan tree Zweli tot die gesprek toe. "Elna, as ons doen wat jy voorstel en jy kry nie die verkope wat jy hier projekteer nie ... Wat jy hier voorstel," hy wys na die geskrewe dokumente wat sy voor elkeen neergesit het, "dit sal die laaste van ons reserwes wees, en soos ons hier sit, is ons fasiliteit by die bank tot op sy limiet gedruk."

"Ek het amper elke groot stad in die VSA besoek," sê Elna. "Ek het mense ontmoet. Ek het gesien hoe hulle distribusiepyplyn werk." Terwyl sy praat, sien sy hoe elke woord wat sy sê, haar oom grief. Wat sy nie kan verstaan nie, is hoekom daar telkens 'n glimlag om sy mondhoeke speel, net om onderdruk te word?

"Ek weet, ek weet in my hart," gaan sy voort, "dat daar 'n mark vir ons produkte daar is. En as ons ons eie distribusie beheer, dan betaal ons nie kommissie nie. Ek het die agentskap wat ons veldtog behartig met 'n belofte van al ons besigheid vir die volgende twee jaar oorreed om die veldtog uit te stel – en as julle my gee wat ek nodig het, sal ek die produkte op die rakke kry, al maak dit my dood."

"Dit sal meer as jou dood wees, Elna," sê Adriaan, "dit sal ons almal se dood wees."

"Boetjan?" Zweli wil almal se insette hê.

"Soos ek dit sien, het ons g'n ander keuse nie. Ons gaan nie die skade wat hier in Suid-Afrika gedoen is in 'n paar weke regmaak nie. Maar een ding weet ons vir seker, ons kompetisie het nie hulle vingers in die Amerikaanse *pie* nie. Hulle het ons hier voorgespring, maar daar is ons voor – en die inkomste is in dollar."

"So, it's do or die." Dit is bitter woorde vir Zweli om te sê.

"Do or die," eggo Boetjan.

Adriaan gooi sy hande in die lug.

"Dankie," sê Elna.

— XII —

Die talent meld hom ná 'n paar dae weer by Die Ploegskaar aan. Dis vir hom soos 'n hofmakery. 'n Man moenie té gretig lyk nie. Laat haar voel jy stel dalk nie belang nie.

Neethling gaan sit by die kroegtoonbank, waar Willie die gulheid vanself is. "Dagsê, Johann ou maat. Lekker om jou weer hier te sien."

Johann sien nie hoe hy 'n knoppie onder die toonbank druk nie.

"Soos ek gesê het, Willie, as 'n man eers 'n holte vir sy hart, never mind sy voet, gevind het ..."

"Ja-nee, en daar's deesdae nie baie holtes oor waar 'n Afrikaner-hart sy rus kan vind nie." Willie ken die formule vir hierdie soort gesprekke uit sy kop uit. Al die spoke val daarvoor.

"Dit kan jy weer sê. Jy moet oppas, dit gaan nie lank wees nie, of daar's wetgewing om plekke soos hierdie toe te maak."

"Die dag as dit gebeur, haal ek my roer uit die solder."

"Bel my, ek sal langs jou kom staan."

Neethling sien verbaas hoe Albert aankom en langs hom op 'n kroeg-stoeltjie inskuif. "Hoe lyk 'it?" groet Albert.

"Nee lekker, en self?"

"Willie, dis mos die man waarvan jy my vertel het. Johann, nè?"

Die talent besef Albert weet nie dat hy hom verlede Saterdagaand daar by die tafel met die Wit Brigade se mense sien sit het nie. Hoekom sou Albert nou lieg? "Neethling," sê hy.

"Albert Venter."

Hulle skud blad.

"Willie, wat gaan hier aan?" Albert wys na die leë kroegtoonbank voor hulle. "Die man sit al lank en hy't nog niks voor hom nie." Hy draai na Neethling. "Dis op my."

Hulle vra Willie vir twee biere.

"Willie sê vir my jy's 'n man met sy hart op die regte plek," sê Albert.

Neethling haal sy skouers op.

"Ek sê jou wat," Albert nou meer vertroulik, "kom ons drink hierdie bier, en dan gaan wys ek jou watse moontlikhede beskikbaar is vir 'n man wie se hart op die regte plek is." Albert hou sy glas op na Johann en hulle klink glase.

"Gesondheid!" Neethling glimlag, glas omhoog.

Albert glimlag ook, maar Neethling merk nie die donkerte daarin nie.

— XIII —

Op die trap van die hoofgebou kyk Gerhard na die geboue in die omgewing. Hoop dat hy nooit hier sal beland nie, maar is diep binne erg omgekrap omdat sy soektog na sy biologiese pa hom uiteindelik hiér uitgebring het: Groendakkies.

Sy pa se suster het hom 'n adres in Pretoria gegee, en by dié adres het 'n wildvreemde meisie hom in 'n oomblik van gewone behulpsaamheid die adres gegee waarheen hulle alle pos vir die vorige inwoner van die woonstel, sy pa, stuur.

Dit het hom by sy biologiese pa se vrou gebring. Moet hy haar sy stiefma noem? Hy glo nie.

Sy het hom vertel van haar kinders – sy stiefbroers en -susters. Hoe hulle hul pa verwerp het toe hulle verneem dat hy 'n buite-egtelike kind het. By daardie vrou.

Maar, het sy gevra, wil hy regtig sy pa ontmoet?

"Ja," het hy gesê. Ja. Sonder om te vra hoekom sy vra.

Nou staan hy hier. Die Groendakkies. Die malhuis, as hy dit so kan noem.

Een van die ordonnanse neem hom deur gange, verby lawaaierige sale, verby baie stil sale, verby mense wat in die gange staan en staar na die muur – by dit alles verby na 'n stil deel van die Groendakkies.

Sy pa is in 'n saal waar hy die enigste pasiënt is.

Die ordonnans sluit die traliehek vir hom oop. "Daar's niks om oor te worrie nie," sê die ordonnans. "Hy's nie gewelddadig nie."

Gerhard stap versigtig die kamer binne.

Sy pa – Marius Olivier – sit stil op sy bed. Hy merk Gerhard nie op nie – is heeltemal in homself gekeer.

"Hallo, meneer Olivier," sê Gerhard versigtig.

Onmiddellik begin sy pa sy hande beweeg en vinnig praat. Dit lyk vir Gerhard of hy besig is om 'n viskatrol se slinger te draai.

Gerhard het kwalik kans om van die skok te herstel, wanneer Marius Olivier begin praat – met iemand wat nie daar by hulle in die vertrek is nie. "Draai, draai ... lekker skok ... ja, ja, jou Swapo-hond, hoe voel jy nou daar onder in jou gat? Huh? Huh?" Skielik hou Marius sy een hand by sy oor, asof hy oor 'n foon praat. "Zero zero alfa, dis zero zero charlie oor ... wat sê die bliksem nou? Praat hy? Gee hom nog, Marius, gee hom nog." Hy los die telefoon en draai weer sy slinger. "En wat sê jy nou, jou terrorishond? Huh? Huh? Draai daai slinger, Marius, skok hom laat hy hop. Wil mos met die wit man fight! Nè! Nè! Los hom in die gat, Marius, laat hy vir 'n paar dae kook ... dan sal ons sien wie crack."

Dit is te veel vir Gerhard. Hy hardloop uit die kamer uit.

Die ordonnans kry hom buite sy pa se kamer, rug teen die muur – bleek geskrik. "Als oukei?"

"Wat? O. Ja ... uhm ... wat het met hom gebeur? Hoekom is hy ...?"

"Hy't gedurende die grensoorlog in die inligtingskorps gedien. Hulle was mos 'n rowwe klomp gewees. Het jy gesien hy draai sy hand so?"

Gerhard knik.

"Hulle't veldtelefone gebruik om die Swapo-terrs te skok ... in gate in die grond."

Gerhard staar die ordonnans aan. Dan dring dit tot hom deur: Sy regte pa is 'n groter monster as wat Rudi ooit sou kon wees.

Gerhard besef hy kan nie die hele dag hier staan en staar na hierdie man nie.

Hy draai verdwaas weg, stap asof bedwelm dieselfde pad terug. Hy sien mense raak, vermy oogkontak.

Uiteindelik bars hy in die sonlig uit, versnel sy pas na sy motor.

Wanneer hy die sleutel uithaal om die deur oop te sluit, bewe sy hand so dat hy sukkel om die sleutelneus in die slotgleuf te kry.

Dan sit hy agter sy stuurwiel, gryp dit vas.

Van êrens af, soos by Rudi, kom die woorde uit Job ook terug om by hom te spook: *As ek iets vreesliks vrees, kom dit oor my; en die ding waarvoor ek bang is, kom na my toe. Ek het geen kalmte en geen stilte en geen rus nie, of daar kom die onrus.*

Dit voel vir Gerhard of sy lewenskrag uit hom wegsypel.

Die verwyte wat hy Rudi teen die kop geslinger het. Rudi wat só gewillig was om vrede te maak, jammer te sê, dinge te laat voortgaan asof niks gebeur het nie. Hoeveel aandeel het hy aan die smartlike hel waarin Rudi hom nou bevind?

Gerhard besef hoe oppervlakkig en infantiel sy reaksie was. Hoe kinderagtig.

En nou, gelouter deur God, kom vir hom die finale aaklige open-baring: Marius Olivier se genetiese spore is in hom vasgelê. Hy sal vir die res van sy lewe geen stilte of rus ken nie. Die onrus sal altyd met hom wees. Dit kan hom enige dag tref.

Hy is tot dieselfde in staat as sy biologiese pa. Die inbors van sy aan-neem-pa sal hy nooit hê nie.

— XIV —

Die telefoon lui. Davids antwoord. De Wet sit agter sy lessenaar en luister, so met 'n halwe oor. Hy en Grootbek is doenig.

"Davids ... ja ... ja, hy is ... wat? ... is jy seker? ... oukei ... oukei ... nee, ons sal dit self hanteer."

Davids plaas die telefoon stadig terug op sy mik.

De Wet wag vir haar om te begin praat.

Sy kom orent, skok oor haar gesig geskryf. "Hulle't Johann se lyk gekry. Langs die pad. Koeël deur die kop."

Neethling het die prys betaal vir die antwoord wat hulle soek.

— *** —

Adriaan het nooit uitgeblink in skaak nie. Jan was die meester. Maar hy geniet hierdie beplanning waarmee hy en Antoinette die afgelope ruk besig is terdeë. Daarom kan hy laat in die aand, terwyl Antoinette besig is om haar gesig skoon te kry, in die sitkamer kom sit en vir hom 'n slaapdop skink.

Hy sit in die vergaderings met Zweli en die ander en speel hulle. Maak skuiwe – hoe dommer, hoe beter – terwyl hy weet ander sake is by die kompetisie aan die gang. Hy kyk hoe Zweli, Elna en Boetjan op die muur afstorm om hulself te verbrysel.

En hy voel nie dít nie.

Hoekom sou hy? Het hulle ooit oor hom so gevoel?

Die ding met kinders wat in 'n ryk huis grootword, soos Zweli, Elna, Boetjan byvoorbeeld, is dat hulle begin glo dat hulle ook bygedra het tot die weelde waarin hulle leef, dat rykdom hulle geboortereg is en dat daar g'n manier is dat hulle ooit armoede sal ken nie.

Maar soos ons almal uiteindelik agterkom, is daar geen waarborg dat net omdat jou pa of ma iets besonders in die wêreld vermag het, jy dit ook sal doen nie. En dit, op die ou end, was die ondergang van die Romeinse Ryk: Elke keiser het hand en tand baklei om te sorg dat sy seun of, indien nie sy seun nie, iemand van sy eie bloedlyn, ná hom op die troon sou sit, of daardie opvolger nou die talent en karakter gehad het om te heers of nie.

Dis moeilik vir 'n ouer, veral 'n ouer wat bogemiddeld is, slim is, talent het, om te erken dat hulle kind net gemiddeld of onderge-middeld is, dom is, geen talent het nie ... Maar sien, dis weer daardie ding, sentimentaliteit.

En dankie Vader daarvoor, dink Adriaan, dit maak dinge soveel makliker vir die mense wat eintlik verstaan hoe die wêreld regtig werk.

Ouma

Dit lyk of Ouma indommel in haar rolstoel, maar eintlik hou sy Oom Paul, haar goue Krugerrand, stip dop terwyl sy dit aanmekaar tussen haar vingers rol. "Die sondes van die vaders," sê sy dan, asof die woorde met 'n sug van diep, diep in haar opgestoot word.

Ouma is in 1917 gebore, presies in die middel van die groot oorlog. Hulle't gesê dis die oorlog wat alle ander oorloë moet beëindig. As hulle maar net geweet het hoeveel daar nog sou wees. Die name kom by haar op soos paddastoele onder 'n boom. En miskien die vernaamste van hulle almal – die Midde-Ooste, waar die soldate van Christus en Hashem en Allah mekaar tweeduisend jaar lank met spies, geweer en bom probeer oortuig dat hulle die eerste reg op daardie stukkie woestyn het. En 'n mens kan dit verstaan, want daardie stukkie woestyn was op sy tyd die paradys.

Almal wil in die paradys wees, dink Ouma nou, al is dit deur onreg en moord en doodslag. As jy die bloed moes meet wat deur die eeue heen daaroor gestort is, sal dit waarskynlik meer wees as die waters van die see. En hulle baklei met goeie rede, want die paradys is nie net 'n "plek" nie, dis 'n plek van melk en heuning, 'n beloofde land, waar 'n mens, ná die verbanning van wat dit is om mens te wees, uiteindelik sy rus kan vind.

Sy kyk na die Krugerrand. "Hy't ook vir sy volk 'n paradys gesoek," sê sy asof sy met Paul Kruger self praat, 'n vinger kromgetrek deur die ouderdom vermanend gelig, "en selfs gevind, maar dis die ding van die paradys, dis moeilik om in hom te bly, veral as daar 'n boom van goed en kwaad in die middel staan ... vra maar vir Adam en Eva."

— I —

Lang vlugte is veronderstel om 'n mens baie kans te gee om te dink. Maar dit gee gewoonlik 'n monster af. Jy sit en verknies jou oor jou sitvlak net nie gemaklik wil raak nie. Jy dink honderd maal presies dieselfde besorgde gedagtes oor jou probleme. Jy kan probeer om variante van uitkomste te probeer figureer, maar as jy jou weer kom kry, is jy net weer besig om die hele patroon van gedagtes te herhaal. En meestal is die uitkomste negatief, en die positiewes verwerp jyself as dagdromery. Jy voel vuil en sweterig, en die kos wat hulle bedien het lankal enige pretensie op uniekheid verloor. En dan, in die huurmotor op pad terug van die lughawe af, is jy beleef wanneer die bestuurder jou enige vrae vra en jy begin kekkel oor die allervreeslikste klomp tjol denkbaar.

Elna wens sy kan gewoond raak daaraan.

Dis laat laataand. Sy blaas asem uit en sien hoe die wasem dwarrel; sleep haar tas moedig teen die oprit uit, sluit die voordeur oop en sleep haar tas moeg die huis in.

Bertus sit op die rusbank vir haar en wag. Sy wil nog die bekende reuke ruik om haar te oortuig sy is tuis, maar sy besef iets is nie pluis nie. Hy sit regop. Hierdie tyd van die aand. Aan sy gesig kan sy sien hy het nog nie 'n oog toegemaak nie. "O," sê sy. "Jy's hier."

"Ja."

"Ek dag jy't gesê jy gaan laat werk vanaand."

"Ek het vroeër klaargemaak as wat ek verwag het."

"Nou maar dis lekker," sê sy, lugtig nou, "hallo."

"Hallo."

Elna buk en gee hom 'n soentjie. Sy voel ongemaklik – hy voel ongemaklik, dis vir seker. Daar is absoluut geen geesdrif in enigiets wat hulle nog gesê het nie.

Elna stap aan, die huis in, kamer toe. "En nou gaan ek in 'n diep, warm bad lê," asof sy enige verdere poging om haar terug te hou, by voorbaat wil stuit.

"Elna ..."

Sy steek vas. Sy ken daardie stemtoon. Sy staan net, wag om te hoor wat hy gaan sê, rug steeds na hom gekeer.

Dan staal sy haar en draai na hom. "Bertus, ek's jammer, ek was die afgelope agtien uur op 'n vliegtuig en in lughawens en ek het nie nou die krag om ..."

"Ek het besluit om my aandele in my besigheid aan my vennoot te verkoop."

Die nuus ruk Elna tot stilstand. Sy voel asof iemand skielik uit 'n dwarsstraat in haar vasgejaag het terwyl sy in 'n ander rigting gekyk het. Sy probeer dink hoe hy by hierdie punt uitgekom het – sy maatskappy is sy lewe, en hy het weke gelede nog Jan se ongelooflike aanbod van die hand gewys.

"Jy moet weet," hy kyk af na sy hande en gaan voort wanneer hy geen reaksie van haar kry nie, "ek het nie beplan om vanaand laat te werk nie. Ek het 'n afspraak vir aandete gehad," sy blik skuif van haar oë weg oor haar skouer, "met 'n ander vrou," sê hy.

Bam! Iemand het pas van die ander kant in haar vasgejaag. Alle wind is uit haar seile. Sy staar hom aan.

"Ons het al vantevore saamgeëet," sê hy. "Toe jy daai tien dae in Amerika was. Ons het niks gedoen nie. Net in 'n restaurant gekuier." Sy wil iets sê, maar hy vervolg vinnig, heftiger: "Maar vanaand was die plan om te gaan eet en dan na haar woonstel toe te gaan. En ons het soontoe gegaan. Ek het haar in my arms geneem, haar in die oë gekyk – en in daardie oomblik het ek besef dat as ek nou doen wat ek gekom het om te doen, ek dit wat vir my meer kosbaar is as die lewe self, sal verloor."

Stilte.

"Dit het my baie seergemaak toe jy voorgestel het dat ek vir jou kom werk, dat ek alles waarvoor ek deur die jare gesweet het en wakker gelê het, net so moes afskryf. Ek was kwaad en ek was alleen. Maar toe ek daar staan, met haar lippe 'n paar sentimeter van myne, het ek skielik geweet dat as ek daardie paar sentimeter oorbrug en my lippe teen hare druk, ek daarna vir die eerste keer in my lewe 'alleen' regtig sou verstaan." Bertus kyk uiteindelik op van sy hande, hou Elna se blik. "Ek wil nie vir die res van my lewe in Suid-Afrika bly nie, maar ek wil vir die res van my lewe saam met jou wees. As die aanbod nog staan, sal ek graag my kennis gebruik om jou te help om van hierdie massiewe taak wat jy het, 'n sukses te maak."

Haar gedagtes maak verskeie spronge – haar mond wil huil én lag – en eers ná 'n ruk kry sy dit reg om iets te sê: "Ek het nie bedoel om jou seer te maak nie," sê sy. Bertus hoor die vergifnis in haar stem. "Ek verstaan dat ek het, maar ek wou nie." Sy stap na hom toe. "En ek is baie bly dat jy nie daardie laaste paar sentimeter oorgesteek het nie, want dan sou jy nie die enigste een in hierdie kamer wees wat 'alleen' vir die eerste keer regtig verstaan nie."

Bertus staan op. Hulle kyk stil na mekaar. Dan beweeg Bertus nader, maar hy gee nie toe aan die drang om haar dadelik in sy arms te neem nie. Vir die tweede keer in een aand staan hy sentimeters weg van 'n paar pragtige lippe.

"Kom ons kom mekaar tegemoet," fluister Elna.

Stadig beweeg hulle al twee nader totdat hulle lippe raak, geniet die sensasie, voel die dankbaarheid deur hulle spoel, en dan omhels hulle mekaar soos twee verliefdes wat mekaar 'n jaar laas gesien het.

— II —

"Dis hy!" bulder De Wet. Sy vinger tik-tik teen die foto van Albert Venter op hul kennisgewingbord. "Hý sit daaragter."

Die nuus van Neethling se dood het hom in 'n woedebui laat ontplof wat selfs vir Grootbek stil het.

Davids probeer hom kalmeer. "Dis circumstantial, De Wet! Dis circumstantial."

"Ek sê jou ek weet, ek weet hier," hy druk sy vinger teen sy broek se sitvlak, "dat Albert Venter in die middel van hierdie ding staan!" en hy swaai met sy arm oor die groenbord, al die sirkels, al die pyltjies, alles wat dáár geskryf staan.

"Sê dit vir sy defence, sê dit vir die judge: 'Hei, Your Honour, ek weet da's nie concrete evidence nie, maar ek voel dit hier!'" en sy druk haar vinger teen haar broek se sitvlak.

"Evidence se gat! Daardie bliksem het 'n koeël deur Johann se kop gesit en sy lyk soos 'n sak vullis langs die pad gedump! Ek het al die evidence wat ek nodig het."

"Dink voor jy doen, De Wet, dink voor jy doen," tjirp Grootbek.

Davids stap na die veiligheid van haar lessenaar. "Vir die eerste keer in my lewe stem ek saam met daardie bleddie voël."

De Wet loop gefrustreerd rond. Geleidelik bedaar hy. Hy vee met sy hande oor sy gesig, diep ingedagte. "Le Roux," sê hy uiteindelik, sy stem weer normaal. "Ons moet weer met Le Roux praat. Ek wil weet wat hy nie wou sê omdat hy nie evidence gehad het nie."

'n Uur later het Davids vir meneer Le Roux aangetree en sit hy weer voor De Wet se lessenaar. Davids help De Wet op dié manier as sy moer suur getrek het. Dis maar haar manier. Hy sal dit vir haar ook doen, weet sy.

Le Roux is steeds die slimmigheid vanself. "Julle moet my verskoon, maar soos ek laas gesê het, ek maak nie aantygings teen enige man as ek nie goeie rede het nie."

"Meneer Le Roux," De Wet se stem het daardie moenie-vir-my-kom-kak-verkoop-toon waaroor Davids so mal is, "jou seun was nie die enigste man wie se lyk ons in daardie veld gekry het nie. Daar's 'n patroon hier, en nou is een van my eie manne ook dood, en ek glo dat al drie hierdie moorde geconnect is en dat daardie konneksie in die Afrikaner Vryheidsaksie lê. Ek kan niemand arresteer totdat ek konkrete bewyse het nie, maar konkrete bewyse kry begin met 'n aanvoeling."

Le Roux tob hieroor. Hy weet De Wet het aanbeweeg, en mooi praatjies gaan nie nou meer werk nie. Dan sê hy: "Ek wil nie 'n man se naam beswadder en dan uitvind ..."

Davids tree vinnig tussenbeide om sy gedagtegang te stuur: "As ons nie konkrete bewyse kan kry nie, dan bly dit net hier en niemand word beswadder nie."

Le Roux dink weer.

De Wet en Davids maak of hulle hope tyd het.

"My gevoel was – en dis net 'n gevoel – my gevoel was dat Bennie vermoor is omdat hy op die een of ander manier 'n dreigement verteenwoordig het vir een van die faksies in die AVA wat tot meer radikale en gewelddadige aksies wou oorgaan. Ek vermoed dat hulle iets beplan het wat Bennie onaanvaarbaar gevind het en aan die leierskap wou rapporteer."

De Wet reageer blitssnel. "Wie was die leier van die faksie?"

"'n Jongerige lat: Albert Venter."

Davids kyk na De Wet. De Wet se oë bly op Le Roux.

"Maar ek sê weer – dit was net 'n vermoede. 'n Pa wat sy seun op so 'n wyse verloor, gryp ook maar na strooihalms om daarvan sin te maak."

"In my werk, meneer Le Roux, begin elke saak met 'n enkele strooihalm."

Dit kan jy weer sê De Wet, dink Davids, dit kan jy weer sê.

— III —

Willie het die keldervertrek van Die Ploegskaar verander in die Vuiste se operasionele hoofkwartier. Teen die mure is die argitekstekeninge van die Uniegebou opgeplak. Met 'n rooi glimpen is kruise getrek om aan te dui waar die kelder gepenetreer sal word en waar die vragmotor sal staan om die maksimum skade aan te rig wanneer die bom daarin gedetoneer word. In die middel van die vertrek is 'n paar kroegtafels teen mekaar geplaas sodat al die leiers van die verskeie Afrikanerweerstandsfaksies sitplek sal hê.

En dit is waar hulle nou sit. Teen die muur waar die groot Wit Brigade-banier hang, staan Willie, Vlooi en Susan op aandag saam met die twee sterkste ysters onder die Vuiste. Almal in uniform.

Albert beweeg met oorwoë tred om die tafel terwyl hy praat. "Ons staan op die drumpel, broers – ons staan op die drumpel van 'n daad waarvan die slag dwarsoor die wêreld sal weergalm en waarna ons volk uiteindelik uit die woestyn sal kom om hulle Kanaän op te eis.

Elkeen van julle, en die mense onder julle, weet wat om te doen as die chaos begin. Maar wees gewaarsku, ons word dopgehou. As dit nie vir 'n maatjie was wat ons in die sekuriteitsdienste het nie, het een van die varke heel moontlik hierdie operasie geïnfiltreer. Hoe de donner hulle by ons uitgekom het, weet ek nie ..."

Albert sien nie hoe Cronjé 'n jeukplek aan sy nek liggies krap nie.

"... maar vanaf hierdie oomblik praat niemand met niemand nie."

Daar is geen teëspraak rondom die tafel nie.

Albert staan nou aan die hoof van die tafel, met die ysters van die Wit Brigade reg agter hom, en agter hulle die banier met die wit vuis teen 'n swart agtergrond. "Gaaf. Kom ons bid," beveel hy.

Almal buig die hoofde.

"Ons almagtige Vader, U weet hoekom ons vandag hier vergader is. Ons vra U om ons krag te gee vir die stryd wat kom, en soos U vir Dawid gedoen het, die klip uit ons slinger na sy merk sal lei. Ons is min en hulle is baie, maar met u seën en krag sal ons, soos ons voorvaders by Bloedrivier, die vyand trotseer en u naam weer heilig maak in hierdie land wat U aan ons gegee het. Amen."

— IV —

Rika het vir haar en Richard koffie gemaak. Richard het die skoot hoog deur en sien omtrent niks anders as vir Rika raak nie. Hulle stap uit die huis uit na een van die tafeltjies naby die swembad.

"Een ding wat ek baie duidelik wil maak, Rika," sê hy so in die stap, "ek wil nie die een wees wat tussen jou en Rudi gekom het nie."

"Richard, jy moet ..."

"'Skuus. Jammer. Ek wil net graag klaar sê wat ek wil sê, dis vir my belangrik." Hulle gaan sit by die tafeltjie en wanneer hy haar in die oë kan kyk, gaan Richard voort. "Jy is 'n verskriklik aantreklike vrou, in alle opsigte – en as ek my sin kon gehad het, het ek jou lankal oor my skouer gegooi en na my grot weggedra. Maar die realiteit is, jy is nog volgens wet 'n ander man se vrou. En tot dit verander, kan ek jou nie – al wil ek hoe graag – oor my skouer gooi en wegdra nie."

Rika sit effens vorentoe, vertrouliker nou. "Ek het gister met Maria se prokureur 'n vergadering gehad," sê sy en skuif byna onopgemerk haar trouring van haar vinger af. "Sy was gaaf genoeg om my aan hom voor te stel, en Rudi sal binnekort die egskeidingsdokumente ontvang." Met 'n half ingehoue glimlag sit Rika die trouring aan die ringvinger van haar regterhand.

Richard is opreg verbaas. Soos hy die tekens gelees het, sou dit Rika nog 'n taamlike ruk geneem het voordat sy so 'n besluit kon neem. Miskien het Rudi se besope besoek haar besluit aangehelp. "O," sê hy; probeer haar gevoel deur haar oë peil. "En jy's seker dit is nie as gevolg van ..." Hy wil sê "my nie", maar sy weet reeds wat hy wou sê. Hulle is reeds só op mekaar ingestel.

"Nee. Dis as gevolg van my. Ek, en ek alleen."

Hy knik begrypend.

"Vir die eerste keer in my lewe loop ek 'n pad wat ék wil loop," sê Rika, haar oë vas op syne. "Nie 'n pad wat my pa of ma of Rudi of my kinders wou gehad het ek moes loop nie. 'n Pad wat ek wil loop. En ek kan jou nie sê hoe bly ek is dat ek jou op daardie pad raakgeloop het nie. Jy is 'n verskriklik aantreklike man – in alle opsigte – en as ek my sin kon gehad het, was ek lankal in jou grot."

Richard beweeg nader, vat saggies aan haar wang en soen haar dan liggies op die lippe.

Rika se oë sluit, op soveel sorge.

— V —

Rudi doen alles outomaties. Hy pak al sy boeke en besittings in bokse. Wil nie te veel dink nie. Die meganiese afhaal, afstof en verpak van die boeke en dinge wek natuurlik ou herinneringe. Hy probeer om nie te veel daaroor te tob nie.

Hy het net 'n kortbroek en frokkie aan, is andersins kaalvoet en sonder hemp, en op 'n eienaardige manier voel hy bevry. Hy kom los van iets, weet nie wat nie, maar hy kom los.

Wanneer Esmé die kamer binnekom, is hy nie dadelik van haar bewus nie. Sien nie hoe sy na hom kyk nie.

"Pa ..."

Nou eers weet hy sy is daar. Hy swaai om. Hy kyk 'n paar sekondes na haar, draai dan om en pak verder.

"Oom Gert het my vertel dat Pa bedank het."

Rudi pak net voort. Hy het nie praatjies met Esmé te make nie.

"Ek het nie gekom om om verskoning te vra oor hoe ek voel nie," sê Esmé teen sy rug vas. "En Pa was reg, daar is 'n donkerte in Hannes," sy loop driftig om die lessenaar na hom, "maar nie soos Pa dit bedoel het nie. Hy slaap swak en word drie, vier keer in die nag wakker met nagmerries of trane. Ek leer ook om hom te los as hy skielik in sy gemoed na 'n ander plek gaan. Maar hy's 'n goeie mens, Pa," hy kyk vlietend op na haar, "en ek's baie lief vir hom. Sy donkerte is nie iets waarmee hy gebore is nie – dis 'n donkerte wat deur ander in hom geplant is." Rudi verstok, kyk na haar, maar met moeite. "En ek glo hy sal dit eendag oorkom en weer in sy eie lig lewe."

Het hy verwag dat sy enigiets anders sou sê? Nee. Rudi stap met mening na sy lessenaar, raap 'n wit koevert op wat reeds oopgemaak daarop lê, stap oor na Esmé en stop dit in haar hand. "Ek het ook 'n donkerte," sê hy, "een wat ek tot onlangs ontken het." Hy wys na die koevert. "Bly by hom en dit sal jou voorland wees." Dan draai hy om en gaan aan met sy pakkery. Dit skeel hom min wat Esmé van die koevert maak.

Esmé haal die papiere uit, vou dit oop, lees wat daar staan. Die emosie trek aan haar mond. Sy kyk dan op na Rudi. "Wanneer het Pa dit gekry?"

"My seun het my gelos. My dogter het my gelos. Hoekom sal my vrou my nie ook los nie?"

Esmé kyk weer na die dokument, vou dit dan op en stoot dit terug in die koevert. "Waarheen sal Pa gaan?"

"Weet nie. Hulle't my tot die einde van die maand gegee. Dis eers oor twee weke."

"Pa ..."

Rudi kom orent en swaai na Esmé. "Wat ek nie verstaan nie, is hoekom jy eintlik hier is." Haar oë vra, pleit; hy kyk weg. "Jy's nie lid van die kerk se vrouevereniging nie. Ek kon nog verstaan hoekom hulle by my voordeur tou gestaan het om my met besorgde oë van hulle liefde en gebede te verseker – as jy koeksisters wil hê, die yskas staan volgepak – maar hoekom is jy hier?"

Esmé weet nie wat om te antwoord nie. Trane wel in haar oë op.

"So, voor die hele bleddie familie nou ook een vir een begin opdaag, weet net dit, my dogter: My God het alles wat nog ooit vir my kosbaar was van my weggeneem. Maar ek het nie verniet my hele lewe aan die lees en bestudeer en stoei met die Woord van God gewy nie, om alles wat ek daar geleer het, te vergeet nie. Ja, ek voel nakend soos Adam toe hy uit die paradys verban is, en ja, ek voel onwaardig om man vir my vrou of pa vir my kinders of leraar vir my gemeente te wees, maar die een ding wat ek nooit sal doen nie, is om die God in wie ek uit diepste oortuiging en teen alle logika in glo, te vervloek nie. So, as jy gekom het om, ten spyte van alles, versekering te kry dat God nog steeds bestaan, is my antwoord eenvoudig: Dit is iets wat jy vir jouself sal moet besluit."

Esmé laat val die koevert – sy wil antwoord, wil iets sê, wil die een of ander versekering gee, maar wát? Sy maak maar dat sy wegkom.

Rudi staan tjoepstil. Hy sluit net sy oë. Wanneer haar voetstappe weggesterf het, maak hy hulle oop. Dis net hy wat oor is.

— VI —

Zweli kan een ding net nie begryp nie. Hoe het dit gebeur dat African Queen se kompetisie presies dieselfde marksegment as hulle in die visier kry? En dit boonop gedoen het op presies dieselfde tyd toe African Queen groot geld uitgehaal het om die Amerikaanse mark te penetreer.

Hy en Boetjan sit in sy kantoor en kajuitraad hou.

Daar is die gebruiklike verdagtes: personeel op laer vlakke wat as industriële spioene opgetree het. Maar Zweli self het gou besef dit kan nie die geval wees nie. Op die een of ander manier moes die kompetisie op hoogte gewees het van die besluite wat op bestuursvlak geneem is.

Boetman is geneig om gedane sake as afgehandel te beskou en vir die toekoms te beplan. "Wat gebeur het, het gebeur," sê hy. "Een ding waarvan ek oortuig is, is dat met Bertus nou ook aan boord, die distribusiepyplyn tussen hom en Elna vinniger operasioneel sal wees – en dit beteken inkomste."

Zweli voel 'n mens moet tog altyd die besluite van die verlede in gedagte hou. "Miskien het ek 'n fout gemaak. As ek nie die Amerikaanse ding goedgekeur het nie, het ons meer as genoeg kapitaal gehad om die situasie hier in Suid-Afrika te hanteer."

"Jy't nie daardie besluit alleen geneem nie."

"Jy weet mos hoe dit gaan, Boetjan. As 'n maatskappy goed vaar, dan's dit omdat hy 'n goeie executive team het, maar as hy in die moeilikheid is, then they crucify the CEO."

"Nie in die maatskappy wat jou pa en my pa gebou het nie. Ons staan saam en ons val saam. As hulle, 'n swart man en 'n wit man, gedurende apartheid die ding teen wil en dank kon bou, dan kan ons hom deur hierdie sloot sleep."

"Dis nie 'n sloot nie, broer, dis die Grand Canyon."

"Fine, dan sleep ons net langer en harder."

Zweli verwonder hom aan Boetjan – hy wat so lank in die donker klowe van depressie en dranksug gedwaal het. "Hoe doen jy dit? Hoe kry jy dit reg om in hierdie situasie optimisties te wees?"

"Ek was vir twee jaar in die weermag. En op daardie ouderdom is twee jaar 'n ewigheid. Ek het die dae wat ek nog moes doen van driehonderd begin aftel. As mense nou vir my sê dinge is sleg, dan sê ek: Jy doen nie twee jaar op die grens of in die townships nie, daar is nie meer bomme wat in winkelsentrums ontplof nie, die ekonomie groei en hierdie land is vandag 'n baie sterker demokrasie as wat hy ooit gedurende apartheid was. En omdat ons weer deel is van die wêreldgemeenskap, het ons al twee wêreldbekers gewen. Om bankrot te speel is 'n tragedie, maar om nie internasionaal rugby te kan speel nie, dis 'n disaster."

Zweli kan nie help om te lag nie. Die lag verwyder egter nie die bekommernis uit sy oë nie. "My pa was lief vir rugby," sê hy ingedagte.

"Hoe dan anders? Sy beste pel en partner was 'n Boer."

Dat een man só gevat kan wees van sodawater drink!

— VII —

Neil klop aan Gerhard en Christoff se woonsteldeur – hy het geweet waar om Lizzie te gaan soek. Dit is dan ook sy wat die deur oopmaak. "Hallo, jy," sê sy, "kom gerus binne."

Neil stap in.

"Cool, huh?" sê sy ewe koel. "Gerhard is die hele dag weg en Christoff is by die studio-ouens, toe vra ek vir Christoff of ek die plek kan gebruik om 'n bietjie te chill en op my eie te wees. Dis amper asof ons ons eie plek het."

Neil reageer nie.

Lizzie gaan sit op die rusbank. "Kom hierso, handsome."

"As jy nie omgee nie, sal ek eerder staan," antwoord Neil.

Nou dring dit tot haar deur dat hy nie sy inskiklike self is nie. "Hallo? Is daar iets aan die gang waarvan ek nie weet nie?"

Neil dink al die hele nag na oor presies hóé hy dit aan haar moet stel. "Ek het gister 'n draai by Die Watergat gaan gooi," sê hy, "toe loop ek vir Christoff raak. Ons drink toe 'n bier saam – en jy weet hoe's Christoff – praat oor alles, veral die panties wat hy alreeds versamel het."

Elisabeth verbleek. Skielik weet sy waarheen hierdie gesprek op pad is.

"Ek weet vir jou was ek net nog 'n ou wat jy gebruik het omdat jy kon," sê hy, "en omdat dit jou op die een of ander manier powerful laat voel, maar ek wil hê jy moet weet, jy was my eerste keer. Die rede hoekom ek vandag jou uitnodiging hiernatoe aanvaar het, is omdat ek vir jou wou dankie sê – ek het nie enige issues met die feit dat ek en jy distant cousins is nie. In fact, vir 'n jong ou soos ek is 'n distant cousin soos jy waarskynlik die enigste kans wat hy sou gekry het om iets meer te doen as wat jong ouens van my ouderdom doen. So, daarvoor wil ek dankie sê, ek sal dit altyd onthou, maar waarvoor ek eintlik dankie wil sê, is dat jy my geleer het dat as ek eendag 'n meisie ontmoet en dink, met hierdie meisie wil ek trou, ek seker moet wees dat sy by my is omdat sy my liefhet en regtig vir my omgee en my nie net gebruik om haar powerful te laat voel nie."

Hy draai om, mik na die deur.

Lizzie het net een vraag wat haar kwel. "Neil," vra sy met haar vuiste wit gebal teen die lycra wat oor haar heupe span, "het jy vir Christoff van jou en my vertel?"

Hy draai terug, sê so oor die groter wordende afstand tussen hulle: "Een ding het my pa my geleer: 'n Man praat nie uit die huis uit nie – en veral nie uit die slaapkamer nie. Ek dink jy en Christoff sal 'n goeie couple maak."

Hy maak die deur oop en stap uit. Hy wonder watter gesigsuitdrukking sy nou, op hierdie oomblik, oefen.

— VIII —

Davids het De Wet nog 'n guns bewys. Sy het Willie, die kroegman van Die Ploegskaar, gebel en hom aangesê om te sorg dat hy hom by hulle aanmeld vir verdere vrae, pronto.

Willie het eers gehanna-hanna, toe klim sy in haar kar en gaan haal hom. Nou sit Willie in die ondervragingskamer, met De Wet teen die muur anderkant die tafel. Davids is langsaan, kyk deur die eenrigtingvenster.

Willie probeer baie vriendelik wees. Hy kan nie nou die drol in die drinkwater laat val nie. "Moenie my verkeerd verstaan nie," sê hy vanuit die gloed van 'n lig wat laag oor die tafel voor hom hang, "as ek kon help, dan sou ek, maar Albert Venter is 'n regular by my bar. Hy drink bier as hy begin en brandewyn-en-Coke daarna. Dis wat ek vir seker kan sê. As jy wil weet wat in sy kop aangaan, hoekom praat jy nie met hom nie?"

De Wet staan Willie só en kyk. Asof hy vir die smet hier oorkant hom wil sê: Ek glo nie 'n woord wat uit daai bek van jou kom nie. Hy weet die bliksem lei hom aan die neus rond. Dan stap hy nader, draai die stoel om en sit met sy arms op die rug van die stoel. "As ek nog nooit in my lewe in 'n bar was nie, sou ek nou sê dankie en tot siens," sê hy. "Maar jy en ek weet albei dat as daar nou een mens is wat meer van 'n man weet as watse drank hy drink, dan's dit die ou agter die bar. Vir 'n vrou is dit haar gunsteling-haarkapper by die haarsalon, vir 'n man is dit die ou agter die kroegtoonbank, veral as hulle regulars is."

Willie laat val sy smile. Nou is hy hardegat. "Hy's 'n Bloubulondersteuner; hy like dit as ek Patricia Lewis en Kurt Darren en Bobby se songs speel; hy't nie 'n girl op die oomblik sover ek weet nie; soos ek dit verstaan, werk hy vir die een of ander security company; en dis omtrent dit."

"Wie's sy maatjies?"

"In die kroeg? Almal. Die ouens hou van hom."

"En sy politieke oortuigings?"

"Sorrie, sy politieke oortuigings? Jy was mos daar, meer as een keer." Hy slaan sy oë luiweg skuins na bo. "Jou partner het juis so baie van die dekor gehou. Dis 'n Boerebar en sover ek weet – en nou praat ek net van die regulars wat ek, as die ou agter die bar, goed ken – stem nie een van hulle vir die ANC nie." Hy sit sy hande op die tafel en leun vorentoe. "Is ek onder arres of kan ek gaan?" vra hy. "Ek het regulars wat wonder hoekom ek nie agter die bar is nie."

De Wet beduie dat Willie vry is om te loop.

Daar's 'n bietjie van die windgat terug in sy stap. By die deur draai hy terug na De Wet. "En kan ek vra: Volgende keer as jy met my wil praat, moenie my soos 'n krimineel kom haal nie."

Hy maak 'n duck voordat De Wet kan reageer.

Davids kom die kamer binne. "Great," sy kan dit nie help om

sarkasties te wees nie. "Ek het jou gesê jy gaan niks uit hom kry nie. Oor 'n uur weet almal in Die Ploegskaar dat ons aan hulle deure ruik."

"Hoekom anders sou ons dit doen? Die enigste manier om 'n gogga uit sy gat te kry, is om 'n bietjie rook in sy gat te blaas. Kom ons kyk wie kom en gaan nou – en nie in die aand nie, in die dag, want 'n regte regular kuier nie net in die aand nie. Hy staan in die oggend en wag dat die deure oopgesluit word."

Hy wag nie vir haar nie, begin stap, rigting garage. "Onthou Kasparof, Davids. Tien stappe. Tien stappe."

— IX —

Gerhard en Hannes kom byna gelyktydig by die kerk aan. Rudi se kerk – sy gewése kerk. Gerhard het Hannes se telefoonnommer by Esmé gekry, en die trap voor die kerk was 'n plek wat hy gereken het hulle albei goed ken. En Hannes het wonder bo wonder dadelik ingestem.

Hulle het skaars hul sit op die koue sement gekry, of Gerhard sê wat op sy hart is: Sal Hannes die Ogongo-kamp weer kan kry?

"Hoekom vra jy?" Enigiets wat met Ogongo te doen het, wek by Hannes nie alleen agterdog nie, maar vrees.

"Want ek wil soontoe gaan." Hy sien die vraag, die verbystering, op Hannes se gesig. Die versoeking is groot om Hannes dadelik te vertel van hoe hy agtergekom het sy biologiese pa en aanneem-pa was in 1981 saam op Ogongo – die martelaar en die een wat die seën oor die marteling uitgespreek het. Hy wil vertel van sy besoek aan die laaste vrou in Marius Olivier se lewe – Chantel Olivier – wat getuie was van hoe die gebeure op Ogongo letterlik daartoe gelei het dat sy biologiese pa 'n gat begin grawe het waarin hyself wou verdwyn. Maar hy sê dit nie. Hy sê bloot: "En ek wil hê jy moet saamkom."

Hannes is onmiddellik amper aggressief oor die versoek. "Daar's g'n manier wat jy my ooit weer op daardie plek sal kry nie."

"Ek het vermoed dis wat jy sal sê. Maar jy sien Hannes, jy het uit die bloute, en uit 'n verre verlede, eendag aan ons deur geklop en die man wat ek gedink het my pa is, gevra om jou die God wat hy by jou op Ogongo weggeneem het, terug te gee. Dis hoekom ek jou gevra het om my hier te ontmoet."

Hannes kyk met nuwe oë na Gerhard. Hy't gedog Esmé se boetie is ietwat van 'n deeghand-wimp, maar hy het hom duidelik misgis.

"Die ding is," sê Gerhard, soek na Hannes se oë, "ek het die man wat my gemaak het, opgespoor. Ek het gedink ek gaan 'n soort eureka-oomblik hê wanneer ek hom uiteindelik ontmoet. En ek het, maar dit was nie die soort eureka wat ek in gedagte gehad het nie."

Hannes merk, tot sy verbasing, dat Gerhard stilweg huil terwyl hy praat.

"My biologiese pa was die offisier wat in daardie gat op Ogongo mense gemartel het toe my aanneem-pa jou God gesteel het."

Hannes besef hy het Gerhard volkome verkeerd gelees.

Gerhard het sy emosies nou weer onder beheer. "Hy's nou in 'n inrigting vir kranksinniges, maar hy draai nog steeds die slinger van die veldtelefoon waarmee hy die mense in daardie gat geskok het. Maar sy eie siel is nou in daardie einste gat waarin hy die siele van krygsgevangenes soos 'n kers se vlam, tussen sy vinger en duim, doodgedruk het. Ek verstaan hoekom jy nooit weer soontoe wil gaan nie, maar ek het die gevoel dat jy – en my Pa – daar, en net daar, 'n God uit 'n gat kan gaan haal."

Hannes kan nie weet dat Gerhard terugval op een van die oudste lesse in die bediening nie. Dit is dikwels, in situasies waar mense getraumatiseer is, nodig om hulle te help herstel deur innerlike sake, soos geloof, te probeer veruiterlik. Gee konkreet gestalte aan iets abstraks, en die stryd is so te sê gewonne.

Soos Gerhard se laaste woorde insink, gaan Hannes se hande na sy kop. Hy probeer hom inhou, maar dis tevergeefs. Hannes begin snik, en die snikke word 'n diep gevoelde vloed van emosie. Dit is asof hy aan 'n lus om sy nek pluk, sy kop heen en weer skud om van iets ontslae te raak.

Gerhard tree nader, kry hom beet, bring hom effens tot bedaring en sit huiwerig sy arm oor Hannes se skouers. Troos hom.

En daar sit hulle, langs mekaar, op die trap van die kerk. Die een wat nie meer sy God kan dien nie, en die ander wat sy God verloor het.

— X —

Willie panic. "Ek sê jou, Albert, hulle weet iets!" Sy woorde weergalm in die kelder van Die Ploegskaar, waar hulle twee alleen staan.

"Moenie jy nou begin panic nie."

Willie hoor kwalik wat Albert sê. "Hulle was al twee keer hier, en nou kom haal hulle my! As daardie ou ..."

Albert stamp vir Willie hard teen die bors, onverwags. Willie steier 'n tree of twee agteruit. Albert stap dreigend na Willie en praat met sy voorvinger in Willie se gesig. "Hulle het niks! Hoor jy my? Niks! Ek weet hoe hulle werk. My pa was in die polisie voor die swartes oorgeneem het. Dis hoe hulle werk."

"Hy't my oor jou gevra, Albert. Oor jou."

"Omdat ek hier was toe hy kom kuier het. Ons weet mos klaar dat hulle ons dophou. Hoekom sou hulle anders 'n mol probeer plant het? As ons nou begin rondskarrel en ons patrone verander, sal hulle weet hulle's op die regte spoor. Ons het een van hulle boeties dun gemaak. Hulle's kwaad en hulle's honger, en nou druk hulle op ons knoppie om te kyk wat ons maak."

Willie begin bedaar. Hy's nog onseker, maar hy panic nie meer nie.

Albert herstel die orde: "Kry jou gat agter daardie kroegtoonbank en gaan aan."

Willie vlug boontoe.

Albert bly in die middel van die kamer staan. Hy kyk na al die argitekstekeninge teen die muur. Dan ontvou 'n glimlag stadig oor sy gesig – die glimlag van iemand wat weet hy gaan wen nog voordat hy die dobbelstene gegooi het. "Jy wil ons knoppie druk, De Wet? Druk maar. En dan's dit ons beurt ..."

— XI —

Gelukkig weet hulle hoe lank hulle hier voor Die Ploegskaar gaan sit. Normaalweg, wanneer hulle plekke dophou, kan dit 'n lang storie word. Lank, soos in vyf keer gaan piepie wanneer jy nie langer kan knyp nie (Davids) of akute aanvalle van rustelose been (De Wet). Davids weet wat die ergste is van die twee. Aan 'n nood kan 'n mens nog iets doen. Maar as jy 'n rustelose been het, wat gewoonlik ná so drie uur van sit begin, is daar niks wat jy kan doen behalwe jou oorgee aan ligte bewegings van die been nie, nes 'n kind wat senuagtig is. Later skud die hele kar saam soos jy probeer om daai been se binnebrand te verlig. En dit maak haar mal. Stark raving mad.

Davids hanteer die kamera, De Wet is die seremoniemeester.

Hulle is 'n entjie straatop van Die Ploegskaar geparkeer. Moet 'n topuitsig op die lappie grond tussen die pad en Die Ploegskaar se ingang hê. Anders neem hulle almal af wat in die straat stap. Hulle soek net die indraaiers.

Vandag tjaila hulle saam met die spitsverkeer. Hulle wil nie weet wie die suiplappe is wat vanaand teen skemer opdaag nie; hulle wil weet wie is bedags daar.

Albert Venter se pelle.

Hulle sien 'n jong lat en 'n blonde meisie hand aan hand in die straat afkom. Inswenk in Die Ploegskaar in.

Kliek. Kliek. Kliek.

Davids wens sy het 'n motordrive soos die paparazzi het.

"Wie's dit?" wil De Wet weet.

Davids weet nie.

"Wanneer gaan jy vir jou 'n man kry, Davids?" wil De Wet weet.

"Wat laat jou dink ek soek 'n man?"

"Kyk na daai tweetjies wat nou net daar ingestap het, hand aan hand, so verlief."

"Verlief, verlep, verlore."

"Dis sinies."

"Verskoon my, meneer twice divorced!"

"Ek het nooit ophou glo nie."

"Nee, jy't nooit ophou jags wees nie; liefde is iets anders."

De Wet scope vir Albert en drie ander Wit Brigade-raadslede. "Hallo, meneer Venter."

Davids neem foto's.

Albert en die manne verdwyn die kroeg in.

"Weet jy wat wonder ek nou? Hoe is dit dat ek en jy in hierdie kar sit en werk terwyl ander mense gedurende die dag in 'n kroeg kan kuier?"

Nog twee Wit Brigade-lede swenk kroeg toe.

Davids verduidelik terwyl sy die snappies trek. "Hulle's almal wit. Miskien is hulle victims van BEE."

"Goeie punt. En hulle hou hulle support-group-vergaderings in Die Ploegskaar sodat hulle ná die tyd nie hoef te ry ..."

"... om hulle sorrows te drown nie. Presies."

"En wie het nie sorrows om te drown nie? Ek dink dis tyd dat ons 'n formele kuiertjie by Die Ploegskaar reël."

"Ek twyfel of ons welkom sal wees."

"Natuurlik sal ons. Ons sal 'n uitnodiging hê."

De Wet skakel die motor aan.

Davids is baie gelukkig. De Wet se rustelose been het nie aan die gang gekom nie.

— XII —

Vir die eerste keer sedert sy hierdie hele oorname-ding aan die gang gesit het, via haar nommereen-troep, Adriaan, is Antoinette ietwat bekommerd.

Nie baie bekommerd nie. Ietwat bekommerd.

As sy baie bekommerd was, sou hulle gestaan en praat het. Sy kan nie sit en paap nie. Sy staan en paap.

Sy en Adriaan ontspan op die rusbank, elkeen 'n drankie byder-hand, hy whisky sy witwyn.

Bertus is die oorsaak van haar onrus. "Jy vergeet, Adriaan," sê sy, "dat Jan nie vir Bertus die pos as hoof van African Queen aangebied het omdat hy sentimenteel was nie. Ja, Bertus het gesukkel met die besigheid wat hy in Kanada probeer bou het, maar dáár was hy sonder kapitaal en sonder 'n ondersteunende netwerk. Hierdie is 'n heel ander ball game, want die een ding wat Bertus ken, is operasionele bestuur."

"My liewe vrou, wat jy nie verstaan nie is dat ek hoop en bid dat Elna en Bertus 'n uitstekende job doen. Dat hulle beter as my wildste drome slaag."

Antoinette gee hom 'n kyk. Dié slag, vir die eerste keer, is hy haar 'n stappie vooruit met die strategiese denke.

Adriaan spin soos 'n kat. "Wat help dit ons besit 'n maatskappy wat miljoene in die ontwikkeling van 'n distribusienetwerk en die bemarking van sy produkte in die VSA belê het – inderdaad elke laaste sent van sy reserwes – en dan niks het om vir daardie belegging te wys nie? Om die waarheid te sê, ons behoort vir Elna en Bertus aanmoedigingsbriefies te stuur."

"As hulle in Amerika inkomste begin genereer, sal die maatskappy ..." Antoinette sien steeds moeilikheid.

Adriaan sit sy vinger teen Antoinette se lippe. Sjuut. "Wat's die gesegde wat hulle altyd gebruik?" vra hy. "Too little, too late."

Hy vat sy vinger weg.

Antoinette is stil, oë op Adriaan wat 'n draai in die kamer stap, haan van die hok, die feit geniet dat hy nou sy vrou 'n bietjie van die wêreld kan leer.

"Dis uiters belangrik dat daardie tweetjies inkomste in die VSA begin genereer, want dan weet ons dat dit die regte besluit was om die geld te belê, maar ek het my sommetjies gemaak, en danksy die gesprekke wat jy met die kompetisie gevoer het is daar g'n manier dat die VSA in die volgende paar weke, of selfs maande, genoeg inkomste sal genereer om die daling in binnelandse verkope te dek nie. En aangesien ons reserwes en bankfasiliteite uitgeput is, voila! 'n maatskappy met groot potensiaal, maar wat insolvent is. Tensy daar iemand anders is wat die kapitaal het om die maatskappy, teen 'n prys natuurlik, te red." Hy kom sit weer langs haar. "En daardie iemand, as ek my nie misgis nie, is ek en jy, met die geldjies wat jy by jou ouers geërf het."

Hy gee haar 'n piksoentjie en sug dan tevrede.

Antoinette kyk trots na haar kryger.

— XIII —

'n Baie somber gees heers in die raadsaal van African Queen Cosmetics. Zweli, Boetjan en Adriaan sit by die tafel, en Elna en Bertus is via Skype met hulle in verbinding. Hul gesigte staar vanaf die grootskerm na die tafel.

Zweli het pas vir Elna meegedeel dat hulle nie enige kontantreserwes oorhet om Amerika toe te stuur nie.

"Maar julle het self die syfers gesien wat ons deurgestuur het!" Sy is hewig ontsteld – en geskok. "Dis nou wel nie oorweldigend nie, maar dit dui duidelik daarop dat ons beslis 'n mark in die toekoms hier kan vind."

"Sonder twyfel, en welgedaan," sê Zweli. "Ek kan nie glo wat julle in so 'n kort tydperk vermag het nie. Maar ons probleem is dat, tensy julle verkope in die volgende paar weke ten minste verdriedubbel, ons nie by daardie toekoms gaan uitkom nie."

Bertus was al vantevore in sulke situasies, lank gelede. Maar toe was daar altyd 'n ridder op 'n wit perd – 'n belegger of 'n bank wat geld voorgeskiet het. "Is daar g'n manier dat julle daar 'n ander plan kan maak om ons vir die volgende maand of twee deur te help nie?"

Zwelli knik in Bertus se rigting. "Ek het met die banke gepraat. Hulle skud net kop."

Boetjan verduidelik: "In die huidige ekonomiese klimaat trek die banke soos 'n skilpad terug in sy dop as hulle net dink, never mind weet, dat 'n maatskappy 'n kontantvloeiprobleem het."

"Daar's niks meer wat ons kan doen nie," sê Zweli, ooglopend baie terneergedruk oor die situasie. "Ek is jammer om te sê, en as CEO aanvaar ek volle verantwoordelikheid, maar African Queen Cosmetics het nie meer opsies nie."

"Ek kan dit nie aanvaar nie," sê Elna. Die implikasies van Zweli se woorde begin insink. En Bertus het pas sy maatskappy aan 'n ander man oorgegee.

"Ek's bevrees Zweli is reg, sus." Boetjan is baie afgehaal. Sy lewe het nou op nuwe, opwindende bane beland, danksy sy nugterheid. En nou is een van hulle daarmee heen.

"Ons is so naby aan die doellyn," sê Elna, haar stem sagter as voorheen.

"As daar nie geld is nie, dan is daar nie geld nie." Boetjan haat dit om hierdie woorde te sê. "Kontant is koning."

Adriaan was tot dusver stil. Hy het die gesprek terdeë geniet, maar sy gevoelens agter 'n somber masker weggesteek. "Daar is dalk 'n ander oplossing," sê hy onverwags.

Nou het hy almal se aandag. Hulle is stom verbaas dat hy – hý! – die bringer van goeie nuus kan wees.

"As ek my sommetjies reg gemaak het," sê hy, sy voorarms op die raadstafel se glinsterende blad uitgestrek, vingers demonstratief ineengevleg, "sal 'n bedrag van omtrent vyftien miljoen ons die nodige kontantvloei gee totdat ons die soort inkomste in Amerika genereer wat Elna en Bertus projekteer." Hy verpoos 'n oomblik. Dalk wil een van hulle iets wys kwytraak. Wanneer niemand praat nie, druk hy hom regop en met sy vingerpunte nog liggies op die blad, gaan hy voort: "Soos julle weet, was Antoinette 'n enigste kind. En as gevolg van die tragiese feit dat haar ouers tegelyk oorlede is, het hulle boedel na haar gekom." Adriaan paradeer om die raadstafel, gaan staan waar hy almal vierkant in die oë kan kyk. "My arme vrou het nie vir een oomblik enige erfenis verwag nie. Miskien 'n paar rand. Maar beslis nie," sy spraaktempo raak afgemete, "die sestien miljoen wat dit toe op die ou end was nie."

Dit is die eerste keer dat enigeen van hulle daarvan hoor.

"My magtag," sê Boetjan, "ons het niks daarvan geweet nie."

"My broer het nooit sy private finansiële sake met my bespreek nie."

Adriaan kan nie die versoeking weerstaan om Boetjan ligweg oor die vingers te tik nie.

Boetjan kyk af, skaam dat hy dit genoem het.

"Toe ek sien dat ons dalk probleme gaan hê, het ek met Antoinette gepraat, en sy't sonder om te aarsel, ingestem. Ons is bereid om daai sestien miljoen in die maatskappy te sit." Adriaan se ken is fier, sy oë helder. "In ruil vir vyf-en-sewentig persent van die maatskappy." Hy kyk triomfantelik na Zweli en Boetjan, en dan met kwalik verdoeselde genot na Elna en Bertus. Laat daai merrie dít in haar pyp sit en rook!

"Vyf-en-sewentig persent?" sê-vra Boetjan uiteindelik. "Die aandele is vier, vyf keer dit werd!"

"Anders as Bertus, Boetjan, het jy nie 'n graad in besigheid nie." Adriaan sê dit met 'n duiwelse behae. Hy kan Jan nie terugkry vir die vernedering wat hy Adriaan aangedoen het nie, maar die sondes van die vader ... "Hy sal vir jou sê dat 'n aandeel net werd is wat die mark bereid is om daarvoor te betaal, en 'n maatskappy wat insolvent is se aandele is niks werd nie." Hy maak met duim en voorvinger 'n nul in die lug. "So, aangesien ons reeds aan elke bank se deur geklop het en aangesien die maatskappy self nie meer 'n pennie oorhet nie, en tensy ek verkeerd is, daar niemand om hierdie tafel is wat binne vier-en-twintig uur sestien miljoen kontant op die tafel kan neersit nie, reken ek, om Zweli aan te haal, het die maatskappy geen ander opsie nie."

Adriaan begin deur toe beweeg. "Dis my aanbod," sê hy in die loop. "Ek sal myself, soos protokol vereis, van hierdie vergadering onttrek terwyl julle besluit."

Hy laat 'n doodse stilte in die raadsaal agter.

— XIV —

In die Wit Brigade se operasionele hoofkwartier staan Albert en kyk na die gesigte rondom hom. Sy hart swel met trots – met hierdie mense, sy mense, sal hy in die laaste loopgrawe gaan veg.

Susan en Vlooi is daar. Die twee Vuiste wat die vergadering met die

Afrikaner-leiers bygewoon het, is daar. Nog twee Vuiste, bestuurders van die ontvlugtingsmotors, is ook daar.

"Kollegas," begin Albert, formeel, "ek het julle wat in hierdie kamer staan, gekies omdat julle die beste van die beste is. Môre maak ons geskiedenis. Ek sê vir elkeen van julle: Doen wat jy moet doen, doen net wat jy moet doen, en doen dit al betaal jy daarvoor met jou lewe."

Hy draai na Vlooi. "Roofdier, ter erkenning van die feit dat hierdie heldedaad jou idee was, sal jy die een wees wat die vuur na die vyand bring."

Albert oorhandig 'n selfoon aan Vlooi en hy neem die foon asof dit 'n heilige voorwerp is.

Albert het die foon reeds geprogrammeer. "Skakel ses, ses, ses en dan stuur ons Satan se kinders terug na die hel," sê hy. "Ons sien mekaar nie weer tot ná die daad gedoen is nie."

Albert steek sy vuis met passie in die lug.

Die ander volg. Vuiste in die lug.

Vir 'n oomblik staan hulle almal so, gesigte strak en vasberade.

— XV —

Een stop nog, en dan sal hy met sy pa gaan praat. Sy aanneem-pa.

Gerhard maak 'n draai by Maria om sy ma te gaan sien.

Hulle kry haar in die sitkamer, haar gepakte tas langs haar voete. Hulle soengroet, en dan verduidelik Rika: Sy is op pad vir 'n paar dae se ontvlugting op 'n wildplaas.

Hy vra of hy haar vir 'n oomblik alleen kan sien, en hulle gaan staan in die lapa.

"Hoekom kry ek die gevoel dat dit ernstig is?" vra Rika. "Ek hoop nie jy gaan my 'n lesing gee oor," sy glimlag effe senuagtig, "ek so rond-galavant nie."

"Nee, Ma. Ma het my nooit sulke lesings gegee nie."

Sy merk 'n nuwe warmte by hom. "Jy't my nooit rede gegee nie," sê sy so innig sy kan. "Soms wens ek jy het."

Hy laat sak sy kop, byna asof hy buig, en kom dan orent met die nuus: "Ek het my biologiese pa opgespoor."

Rika sê niks, net die vaagste roering aan haar mond.

"Hy was die man wat die manne gemartel het toe ..." hy kyk weg en dan is sy ernstige oë weer op haar, "... toe Pa kapelaan op Ogongo was en Hannes na Pa gekom het."

Rika staar na Gerhard asof sy na 'n brandende bos staar.

"Ek wou net vir Ma dit sê. Die man wat my grootgemaak het, het in daardie tyd jong seuns aangesê om mense in die naam van Christus dood te maak, en die man wat my gemaak het, het mense met sy eie hande gemartel. Ma onthou toe Ma my wiskunde geleer het, as daar 'n een bo die lyn is en 'n een onder die lyn, dan kanselleer hulle mekaar uit. Al wat oorbly is dat 'n man die moeite gedoen het om my groot te maak. Dis al wat ek wou sê."

Voordat Rika kan antwoord, kom Maria die lapa binne. Sy kom Rika haal, Richard het aangekom.

Met 'n laaste kyk na Rika, draai Gerhard weg en stap na die lapa se ingang waar Maria staan.

Rika se oë volg Gerhard waar hy stap. Sy sien hom in 'n heeltemal nuwe lig. Dis haar seun wat langs sy eie moeilike weg wasdom bereik het.

"Tannie Maria," Gerhard wend hom nou tot sy tante – die eintlike rede vir sy besoek. "Ek wil vir Tannie vra of Tannie my kan help. Ek het geld nodig, nogals baie geld."

Maria is effens uit die veld geslaan. "Mag ek vra waarvoor?"

"Daar's 'n gat op die grens wat ek moet gaan soek."

Maria se wenkbroue lig soos vraagtekens; dan vertel Gerhard haar van sy plan.

Wanneer hy tien minute later die pad huis toe vat, is dit met die sorgeloosheid wat hy baie jare nie gehad het nie.

Rudi maak die deur vir hom oop wanneer hy klop; kyk met weemoedige oë na Gerhard.

Gerhard praat eerste. "My hele lewe het ek jou in alles vertrou. Nou vra ek, hierdie een keer, dat jy ... dat Pa ... my vertrou."

Rudi kyk steeds sprakeloos na sy aangenome seun. Daar is geen verwyt in sy oë nie. Ook geen trots nie, geen veroordeling nie. Hy sal luister – wat het hy oor om te verloor?

— XVI —

Richard wag by die voordeur, in die ingangsportaal, vir Rika. Gerhard is reeds verby – net 'n paar woorde van vriendskap en vrede met hom gewissel, en toe is hy opgeslurp deur die nag.

Sy weifel 'n oomblik wanneer sy hom sien.

"Hallo, my skat, is jy reg? Ek het nou net vir Gerhard ontmoet. Ek het hom gesê ons moet 'n tyd maak dat hy kom kuier."

"Richard ..."

Wanneer hy haar stemtoon hoor, weet hy onmiddellik dat alles verander het. Hy is 'n subtiele mens.

Hulle staar mekaar 'n paar sekondes in stilte aan. Hy glimlag effens. Hy weet. "Ek het bedoel wat ek gesê het," sê hy dan, "oor jou."

Sy sien die weemoed in sy oë.

"En as dinge ooit verander," sê hy, "my aanbod oor die grot bly staan."

"Richard ..."

Hy lig sy hand. "Ek weet, moet niks sê nie."

"Dankie."

Die nag sluk ook vir hom in.

Rika bly 'n oomblik in die voorportaal. Sy besef sy staan voor 'n ander drempel.

— XVII —

Twee dae. Ná Rudi ingestem het, het alles soos blits verloop. Een dag om van O.R. Tambo na Windhoek te vlieg. En een dag om die pad te vat na Grootfontein, na Rundu, en dan die Transcaprivi-hoofweg wat in die vroeë tagtigs net 'n stowwerige witterige grondpad was na Katima Mulilo. Dit lyk vir Gerhard soos goeie ou ruie Bosveld. Rudi en Hannes sit stil en laat die kilometers verbyflits.

"Het ons maar sulke teerpaaie gehad destyds," sê Hannes.

"My aarde, sê Rudi wanneer hulle padtekens sien om te waarsku dat olifante anderkant Omega vry rondloop.

Anderkant Omega.

Waar daar jag gemak is op terroriste.

"Alles net woorde," sê Hannes. "Basiskamp. Katneste. Doibie. Staaldak."

Rudi was die een wat die afdraaiplek herken het. Wat eens 'n besige pad was, troepedraers en tenks wat die grond hard vasgetrap het, is nou amper toegegroei.

Dit was moeiliker om Ogongo op te spoor, maar Hannes het 'n bruggie oor 'n droë donga wat die sappers opgerig het – of was dit sommer 'n tiffie-maaksel hier in die bos? – en wat steeds staande bly, dadelik raakgesien.

Ogongo.

Hannes en Rudi stap in die veld rond, oë op die grond. Elke nou en dan staan een van hulle stil, skop met sy voete iets los, roep die ander.

Gerhard drentel agterna. Hy is bekommerd oor Rudi. Die bietjie sielkunde wat hy ingekry het in sy studie gee hom 'n goeie idee waarmee hy besig is. Vir Hannes is dit 'n vorm van traumabehandeling. Alles wat Hannes en Rudi hom meegedeel het, laat hom besef dat Hannes aan posttraumatiese stres ly. Ná die oorlog het hy nooit berading gekry nie, kon hy nie closure vind nie.

Maar Rudi? 'n Man wat nie werklik posttraumatiese stressindroom gehad het nie. Wat eers jare later vanweë die konfrontasie met Hannes insig in sy groot geloofsdwaling gekry en daardeur 'n baie erge vorm van trauma beleef het. Hoeveel ander ondersteuners van die destydse regime is nie in dieselfde posisie as Rudi nie?

Rudi sien iets raak – krap dit los en tel dit op. 'n Ou 7.62 mm-doppie, 'n R1 s'n, vol fyn sand. Hy draai dit in sy vingers. Hy laat sak sy kop, voorkop teen die doppie. Ou herinneringe stoot op in hom.

Hannes kyk rond, sien 'n groot boom wat uitstaan tussen die ander bome en bosse. Hoekom lyk dit bekend? Hy stap in die rigting van die boom. Kyk links, kyk regs. Hy gaan staan stil, draai stadig in die rondte, en dan sien hy iets. 'n Ysterpaal wat nog penregop in die sand staan, omtrent drie meter hoog.

Hannes stap nader en sien 'n tweede ysterpaal, so ses meter weg van die eerste paal.

Hy draai in die rondte. Sien 'n derde en 'n vierde paal. Op 'n paar plekke aan die pale hang daar nog stukke doringdraad.

"Hier!"

Gerhard en Rudi hoor sy roep, stap dadelik nader.

Hannes staan en kyk na die pale.

Terwyl hy kyk, sien hy weer die oorspronklike strukture rondomheen – 1981.

Die vier pale vorm 'n hok van omtrent ses meter by ses meter. Doringdraad is van onder tot bo met intervalle van omtrent twintig sentimeter van paal tot paal gespan. Tussen die doringdraad is streepsak-lap sodat 'n mens van buite af glad nie in die hok kan sien nie. Teen die een paal is daar 'n hek. Hannes beweeg na die hek en stoot dit stadig oop. Hy stap die hok binne, sien weer die iglo van sandsakke omtrent 1,2 meter hoog, met 'n houtvaldeur bo-op. Onder die iglo, diep in die grond, lê tien of elf Bedford-buitebande plat op mekaar begrawe. 'n Ondergrondse Bedford-buitebandtronk. 45° Celsius bedags en yskoud snags. 'n Poort tot die hel. Die valdeur bo-op die iglo is oop. Op die boonste rand van die sandsakke staan 'n veldtelefoon. Twee drade, gekoppel aan die veldtelefoon, verdwyn deur die valdeur in die gat af. Langs die veldtelefoon staan 'n jong Marius Olivier in browns en boshoed, op sy skouers die pips van 'n tweede luitenant. Hy draai die slinger van die veldtelefoon en draai dan na Hannes.

"Watch nou mooi," sê Marius Olivier. "Hy's nou al goed getrain: As hy geskok word, dan weet hy hy moet opkom."

Hannes staar na die opening van die gat. Hy beweeg stadig nader aan die gat – die gat is 'n deur na die hel.

Bietjie vir bietjie kom 'n swart man se kop uit tot bokant die valdeur se opening. Die man se oë is oop, maar daar is geen mens oor in die oë nie.

Marius klap sy vingers voor die swart man se oë, maar die man reageer nie.

"Sien jy," kraai Marius, "ons haal hulle siele uit, en dan sit ons 'n nuwe een in."

Hannes se gesig vertrek, sy hande gaan oor sy kop en hy sak op sy knieë neer. Hy huil, hy skree, maar niemand hoor die klank nie.

"Hannes ... Hannes ..."

Hy hoor die stem. 'n Sagte vertroostende stem. Hannes maak sy oë oop, vee die trane met sy voorarm weg. Gerhard staan by hom, sy hand op Hannes se skouer, vertroostend.

Rudi stap nader.

Gerhard gee hom een kyk – besef dat die emosie ook besig is om by sy pa op te laai.

Rudi se oë is op 'n plek naby Hannes waar die grond effens opstoot, waar die rand van 'n Bedfordtrok se buiteband effens uitsteek. Rudi kyk stip na die buiteband, stap tot daar en sak dan op sy knieë naby Hannes neer. Hy vee die sand van die band af.

Hannes kyk op en sien wat Rudi doen, kruip nader en begin help om die sand van die band af te vee en krap.

Gerhard gee 'n stappie weg van hulle af. Hy durf hulle nie nou steur nie.

Rudi en Hannes vee al hoe vinniger totdat die hele boonste kant van die band ontbloot is. Albei kom regop op hul knieë, aan weerskante van die buiteband wat hulle blootgelê het. Hulle kyk na mekaar. Rudi reik met albei arms uit na Hannes se skouers; Hannes bring sy hande op en vat Rudi se skouers.

Vir Gerhard lyk dit of dit 'n golf is wat in sy pa opstoot, 'n vreemde soort gekokhals van gevoelens.

Rudi kan dit nie terughou nie, hy begin rukkend, kermend huil. Nóú weet hy hoe voel Job se pyn.

Hannes se oë gaan toe. Hulle hou mekaar steeds vas. Rudi, mond oopgerek, sy gesig vertrek, gee 'n kreet wat vir Gerhard amper 'n ewigheid duur. En hy begryp, met sy hele hart en sy hele siel, sy pa se oerkreet van verdriet.

— XVIII —

Rudi staan tussen die bokse in sy studeerkamer, hande op die heupe, toe Rika stadig ingestap kom. Hy gewaar haar, maar sê niks nie.

Sy stap berekend, met vaste tred na hom toe. "Jy moet weet," sê sy, haar oë onwrikbaar, "ek kan nie meer die persoon wees wat ek was nie."

Dit is asof Rudi sy oë vanuit die dieptes ophaal, maar ook hy kyk haar uiteindelik vierkant aan. "Ek ook nie," sê hy.

Nie een van hulle beweeg nie. Rika trek haar asem stadig in voordat sy praat: "Dink jy ons sal mekaar kan vergewe?"

"As ons dit nie kan doen nie," sê Rudi, "hoe sal ons ooit onsself kan vergewe?"

Hulle beweeg nader aan mekaar. Hou mekaar vas. Net vas.

— XIX —

Twee uur nadat Bertus en Elna se vliegtuig op O.R. Tambo geland het, staan hulle langs Zweli, Boetjan, Adriaan en Maria in African Queen Cosmetics se raadsaal.

Die prokureurs het inderhaas die dokumente gereed gekry. African Queen se geldnood is akuut.

Adriaan sit met 'n blinkgoue pen in die hand en 'n kontrak voor hom op die tafel.

Maria voel daar is sekere pligplegings wat eers afgehandel moet word. "Voor jy teken, Adriaan, wil ek net sê," sy draai na Zweli, "as ek mag ..."

Zweli beduie met 'n klein glimlag dat sy moet voortgaan.

"My man was jou broer. Ons ken mekaar langer as die jare wat ons gelewe het voor ons ontmoet het. Uit respek vir jou broer en Zweli se pa, wil ek jou 'n laaste keer vra om die terme van jou aanbod te heroorweeg. Dat jy en Antoinette bereid is om julle kapitaal in die maatskappy te belê, is iets wat ek diep waardeer en ek weet Jan sou ook so gevoel het, maar jy weet so goed soos ons almal dat die aandele baie meer werd is as dit wat jy betaal."

Adriaan, wat peinsend na sy skoonsuster sit en luister het, reageer onverstoorbaar. "Maria," sê hy plegstatig, "ek hoor wat jy sê, en as hierdie 'n familiesaak was, het ek saamgestem. Maar hierdie is besigheid – en ek is doodseker dat Jan, wat so 'n bekwame besigheidsman was, dit beslis sou waardeer het. As ek reg is, Zweli, het die bank bevestig dat die geld in die maatskappy se rekening wys?"

Zweli knik.

"Nou ja," hy het lus om die oomblik nog 'n bietjie langer te rek, hul neuse daarin te vryf, "dan moet ek seker maar my tjap op hierdie velletjies papier sit."

Maria het niks meer om te sê nie.

Almal behalwe Adriaan se gesig lyk soos dié van begrafnisgangers.

— XX —

Dis 'n groot dag in Antoinette se lewe. Vandag teken Adriaan die kontrak, en dan is African Queen Cosmetics hulle s'n. Die maatskappy wat swaer Jan met soveel sorg opgebou het, waarvoor Adriaan nou al twintig jaar lank bloed sweet – is hulle s'n. Om mee te maak wat hulle wil. Maria kan maar haar houding wie weet waar opdruk – Antoinette is nou die vrou in die familie. En daar is geen beter plek om te begin gesag uitoefen nie as by die huis. Sy het hoeka 'n goeie rede – 'n heel ander rede ...

Sy wag Vlooi in wanneer hy vroegoggend die huis wil uitsluip. Vroegoggend vir Vlooi is net voor nege.

Die kind dra 'n kakiekleurige oorpak en het 'n groot sak in sy een hand.

Sy wag totdat hy sy hand oplig om die voordeur oop te maak. "Vlooi!"

"Kan nie nou praat nie, Ma, ek gaan laat wees vir 'n lesing."

Dan dink die klein bliksem nog hy gaan daarmee wegkom ook. "Dis juis waaroor ek met jou wil praat."

"Ma, ek ..."

"Nou, meneer! En dis nie 'n versoek nie."

Antoinette stap deur na die sitkamer. Vlooi gee 'n diepgevoelde dramatiese sug wat Lizzie jaloers sou maak en stap agter sy ma aan.

"Ek het vanoggend 'n oproep van die hoof van jou departement ontvang wat wou weet of daar fout is omdat jy die afgelope paar weke amper geen lesings bygewoon het nie."

"Ek kan nie nou verduidelik nie, Ma."

"Verskoon my, maar terwyl ons vir jou studies betaal, het jy meer as genoeg tyd om te verduidelik!"

Vlooi weet van beter as om nou te praat.

"Ek wag, Vlooi, en ons sal hier staan en wag totdat ek 'n verduideliking het."

As sy mooi gekyk het, sou Antoinette gesien het hoe Vlooi se oë donkerder word. Maar sy sien dit nie raak nie.

"Onthou Ma ek het Ma gesê dat hulle vir Ouma en Oupa se moord gaan betaal?"

Wat het dit met sy klasse uit te waai? Antoinette is nie seker waarheen hierdie gesprek gaan nie.

"Toe sê Ma Ma sal 'n partytjie hou as die ouens wat dit gedoen het in die tronk vermoor word."

Antoinette begin 'n ongemaklike spesmaas kry.

"Nou ja, die rede hoekom ek nie lesings bygewoon het nie, is omdat vandag die dag is wanneer hulle gaan betaal, nie net die diere wat Oupa en Ouma vermoor het nie, almal van hulle. Ma het nog altyd vir my gesê dat die probleem met Afrika is dat hy vol swartes is. Wel, vandag is ek deel van 'n ding wat daardie probleem vir eens en vir altyd gaan oplos."

"Waarvan praat jy?" Sy word baie onrustig.

"Ma het gesê Ma hou van Susan."

"Ja?"

"Sy gaan die ma van my kind wees."

"Ja?"

"Wel, Susan is saam met my in die ding wat nou gaan gebeur."

Angs pak Antoinette beet. Hier is baie groot gemors aan die kom. Sy kies haar woorde nou baie versigtig. "Vlooi, jy weet ek het jou nog altyd ondersteun in alles wat jy doen ..."

Vlooi sê niks.

"En sal altyd, maak nie saak wat dit is nie."

Vlooi kyk haar reguit in die oë.

"As jy en Susan by iets opwindends betrokke is, dan wil ek graag deel daarvan wees."

Vlooi kyk na haar asof sy van haar sinne beroof is, maar dan glimlag hy tog. Net vir 'n oomblikkie. "Onthou Ma toe ek klein was," sê hy met blink oë, "op Guy Fawkes-aand, hoe bang ek vir die crackers was – en gevra het hoekom ons 'n Guy Fawkes-aand het?"

Antoinette knik vinnig.

"En toe vertel Pa my van hoe Guy Fawkes die kelder van die parlementsgebou in Londen vol plofstof gepak het en die hele parlement wou opblaas."

Antoinette raak yskoud. "Ja?"

"Guy Fawkes het gefaal. Ons gaan nie." Vlooi swaai om en stap voordeur toe.

Sy roep na hom, maar besef dat sy nou agter hom sal moet aan.

Net binne die voordeur haal sy hom in. "Vlooi, ek het nog nie klaar gepraat nie!"

"Ek het. Wanneer laas het Ma die koerant gelees?"

Verdwaas kyk sy hom aan.

Vlooi stap uit en trek die deur agter hom toe.

Sy staan vir 'n oomblik besluiteloos, hardloop dan kombuis toe. Die koerant lê, soos gewoonlik, op die kombuistafel waar Adriaan dit gelos het. Daar is 'n foto van die Uniegebou op die voorblad, met die opskrif: *Afrika-leiers trek saam*. Antoinette reik blindelings, byna rasend na die selfoon wat godweet waar iewers op die kombuistafel moet wees.

— XXI —

Adriaan het al die bladsye van die kontrak geparafeer en maak nou sy handtekening op die aangewese plek op die laaste bladsy. Hy sit sy pen terug in sy binnesak en staan op. Daar is nuwe krag in sy houding, die krag van 'n man wat in hierdie oomblik meer mag in hom saamgetrek het as wat hy ooit voorheen kon droom.

"Nou ja toe," sê hy, wetend welke emosies hy met sy volgende woorde gaan ontketen, "aangesien dit nou afgehandel is, wil ek julle graag meedeel dat ek die maatskappy aan ons kompetisie gaan verkoop." 'n Glimlaggie speel om sy mondhoeke.

Adriaan kyk om hom heen. Maria is die enigste wat nie lyk asof sy 'n hou in die maag gekry het nie. Foeitog, dink hy, sy verstaan nie. "Voorlopige onderhandelinge is reeds afgehandel."

Nou weet Zweli-hulle wie die mol in hul midde was. Wie inligting uitgelek het na die kompetisie. Meteens sien hulle Adriaan in sy volle aakligheid – 'n mannetjie wat nie op eie stoom bo kon uitkom nie, maar dit danksy 'n skelmspul agteraf kon regkry. Die groot akteur wat hulle almal onder een indruk gehad het terwyl hy reeds toekomsplanne in 'n ander rigting – téén hulle – in werking gestel het. En in die proses die finansiële ondergang van hulle almal 'n baie sterk moontlikheid gemaak het.

Dan praat Maria. "En wat presies gaan jy aan hulle verkoop?"

Is die vrou dan só dom? "Jammer, het ek my nie duidelik uitgedruk nie?" vra Adriaan.

"O, jy het," sê Maria. "Dis eintlik ek wat my nie duidelik uitgedruk het nie." Adriaan wil iets sê, maar Maria vervolg sonder verposing: "Voor sy dood het Jan 'n nuwe maatskappy geregistreer en al die patente, kopieregte en handelsmerke van African Queen Cosmetics aan daardie maatskappy verkoop. Vyftig persent van die aandele van daardie maatskappy is in my naam geregistreer en vyftig persent in Zweli se naam. Jy's baie welkom om African Queen aan die kompetisie te verkoop, maar ek twyfel of hulle gaan belangstel in 'n maatskappy wat nie die reg het om sy eie produkte te vervaardig nie."

Adriaan voel die hou in die maag nou self aan en voel skoon naar. Die implikasies van haar woorde is vir hom alte duidelik.

"So, hier's jou keuses," gaan Maria voort terwyl sy om die raadstafel op Adriaan afstap. "Jou geld bly in die maatskappy, jy bedank. Daardie kontrak word opgeskeur en 'n nuwe een geteken waarin jy 'n prys aanvaarbaar vir hierdie raad per aandeel betaal – ek skat dit sal so tien persent van die maatskappy wees." Maria staan nou armlengte van Adriaan. "So nie, is jy welkom om die leë dop wat jy gekoop het te hou, en Elna en Bertus sal hulle VSA-netwerk net so aan die kompetisie oorhandig."

Adriaan is so bleek soos 'n laken. Hy kyk na die mense om die tafel. Die volle implikasies van die situasie sink nou by almal in.

Net Maria staan met 'n sardoniese glimlag. Die glimlag van die oorwinnaar.

Vernietig! Hy en Antoinette is vernietig!

Sy oomblik van oorwinning het sy oomblik van grootste vernedering geword.

Maar dan lui Adriaan se selfoon en hy gryp daarna in sy baadjie se binnesak asof dit 'n uitkoms is – enigiets om nie aan hierdie katastrofe te dink nie. "Ek kan nie nou praat nie," begin hy, maar dit is dadelik vir almal duidelik dat hy die gesprek wel gaan afhandel. "Hy't wat? Praat stadiger, ek kan nie verstaan wat jy sê nie. Hy gaan wat doen? ... Guy Fawkes ...?"

Dan versteen sy gesig.

Stadig laat sak hy die foon.

"Julle moet my asseblief verskoon."

Hy loop soos 'n wandelende lyk by die saal uit, sy gesig doodsbleek.

— XXII —

De Wet en Davids stap Die Ploegskaar binne soos 'n kinderhuisvoog by 'n Pep Stores-uitverkoping. Agter hulle volg vier polisiemanne.

De Wet stap tot by die kroeg en hou die lasbrief ewe plegtig voor Willie op sodat hy kan lees. "Dankie vir die uitnodiging," sê De Wet hoogs sarkasties. "Nou, voor ons albei ons tyd mors, wil ek hê jy moet my daardie een plekkie wys wat hierdie manne van my nie sal kry nie."

Willie is ewe wise guy. "Ek weet nie waarvan jy praat nie."

"Kom ek stel dit so: Óf jy wys my die plekkie, óf ek haal jou kroeg baksteen vir baksteen uitmekaar totdat ek daardie plekkie kry. En wanneer ek daardie plekkie gekry het, sal ek jou ook uitmekaar haal, ingeval daar nog 'n plekkie is wat ek dalk gemis het. En jy moet weet, ek sit nooit weer aanmekaar wat ek uitmekaar gehaal het nie."

Willie is beïndruk. Lekker sterk boodskap. "Jy's welkom," sê hy, "maar jy's te laat."

Hy lei hulle na die kelder. De Wet moet die deur oopskop vir hulle om toegang te kry.

"Nou toe nou," sê De Wet. Eintlik wou hy fluit van verbasing, maar hard fluit is iets wat hy nog nooit kon regkry nie.

Davids stap oor en kyk na die argitekstekeninge teen die muur. Sy roep hom. "Kyk hier."

Sy oë gly daaroor. Hy is só geskok hy weet nie waar om te begin reageer nie. "Dis die Uniegebou." Hy stap van diagram na diagram. Sien die merke met die rooi glimpen.

"De Wet ..."

"Wat?" Hy's diep ingedagte.

"... dis die eerste dag van die Afrika-kongres!"

De Wet en Davids kyk na mekaar.

"Tien stappe, De Wet, tien stappe."

Hulle hardloop soos besetenes uit die kelder, teen die trap op, dwarsdeur die kroeg.

Willie staan en glimlag vir hulle.

En dan kom die polisiemanne agterna.

"Clowns," sê hy vir homself.

— XXIII —

Só maklik. Meubels vir 'n minister móét voor vanoggend se vergadering afgelewer word. Die dokumentasie is onder die sekuriteitswag se neus gedruk. Hy het gelees – of dalk nie. Maak nie saak nie, die vragmotor is deurgelaat en staan nou in die parkeerkelder van die Uniegebou.

Albert nader die kontrolepunt per voet. Nadat hy die kabels van die geslotebaantelevisie geknip het.

Wanneer Vlooi wegtrek, is hy 'n onaangename verrassing vir die twee sekuriteitswagte.

Hy gee albei wagte kopskote met 'n Glock. Knaldemper, natuurlik.

Geen ooggetuies.

So maklik soos dit.

Nou klim Vlooi voor uit die kajuit van die vragwa en stap agter om. Susan kom van die inrit se kant aangehardloop.

"Waar's Albert?" roep Vlooi.

"Hy raak ontslae van die wagte se lyke."

Vlooi maak die agterdeure oop van die trok wat van bo tot onder met vier-en-veertig-gallon-dromme gepak is. Elektriese drade is orals van drom tot drom gespan.

Vlooi klim in. Tussen die dromme is daar 'n swart boksie met 'n klein skakelaar en 'n liggie. Vlooi stoot die skakelaar oor en die rooi liggie gaan aan.

"Maak gou," roep Susan.

Hulle werk met onvoorspelbare gebeurlikhede. Soos: Iemand kom agter die CCTV by hek B is dood.

Vlooi spring af. Hulle druk die trok se deure toe, draai om, en Vlooi kry die skrik van sy lewe.

Adriaan staan voor hom.

"Wat jy ook al beplan het, seun, moenie dit doen nie."

Sy pa se stem klink vir hom weird. Asof dit nie hy is nie.

Vlooi kyk strak na Adriaan. Hy steek sy hand in sy sak en haal die selfoon uit wat Albert hom gegee het.

"Moenie dit doen nie, seun."

Susan roep uit: "Bel die nommer, Roofdier!"

Vlooi kyk na Susan, en terug na Adriaan.

"Seun ..."

Susan pluk 'n pistool uit en rig dit op Vlooi. Sy skreeu: "Bel die nommer! Bel die nommer, of ek sweer ek sal dit doen!"

Susan se woorde, die verbete, waansinnige trek om haar mond, dring deur die adrenalienwaas wat van Vlooi besit geneem het. "Ek's die pa van jou kind," sê sý verwronge mond.

"Verstaan jy dit nie? Die saak waarvoor ons veg is groter as ek of jy. Bel ses, ses, ses!"

Dan is De Wet daar. "Moenie na haar luister nie!" skreeu hy.

Hulle sien hom op 'n afstand. Vlooi het geen idee wie dit is nie.

De Wet staan 'n entjie weg, sy pistool op Susan gerig. "Sit jou wapen neer," sê hy. "Nou!"

Nou is Albert ook daar. "Hoekom sit jy nie eerder joune neer nie?" sê hy, sy pistool op De Wet gerig.

"Dis nou lekker," sê De Wet. "'n Paartie."

Adriaan ken niemand hier nie, buiten sy seun en sy aanstaande skoondogter. Van wie hy skielik nie baie hou nie. "Seun, sit daardie foon op die grond neer en trap hom stukkend," sê hy, sy hand asof oor 'n afgrond na Vlooi uitgestrek.

Vlooi kyk na die foon, dan op na Adriaan.

Susan roep weer: "Vlooi!"

Maar Vlooi wil met sy pa praat. "Pa het nog altyd gesê daar's nie veel hoop vir die Afrikaner in hierdie land nie."

"Dis nie wat ek bedoel het nie."

"Dis wat Pa gesê het."

"Dit was net woorde, my seun, net woorde."

"Hoekom het Pa dit dan gesê?"

"Ek was verkeerd, my seun. Ek was verkeerd. Ek wou gehad het dinge moes wees soos hulle was."

"Ek kan dinge weer maak soos hulle was."

"Jy kan nie, my seun, jy kan nie. Trap daai ding stukkend."

Vlooi is steeds bewegingloos.

"Doen dit," pleit Adriaan, "doen dit vir my," smeek hy, "vir jou ma, vir ons volk."

Vir 'n oomblik het Adriaan se woorde die gewenste uitwerking op sy seun; hy sien hoe Vlooi vooroor buig om die foon neer te sit.

Dan gebeur dinge só snel dat hy nie eens daaraan dink om self skuiling te soek nie.

Vlooi begin buig om die foon neer te sit – hy hoor Susan skree: "Nee!"

Dan knal haar pistool. Vlooi ruk agteroor.

De Wet kyk agter sy skuilplek uit, trek die skoot af en sien hoe sy tol en val. Hy hoor nog 'n skoot, van waar weet hy nie. Dit voel of 'n by hier onder sy kaak kom sit het, sy angel lig en vinnig ingesteek het. Hy sien hoe Susan oor die gladde sementvloer skuif. Dan lê sy stil. Die nagalm van die skote suis in sy ore. Hy voel die hitte van die pistool in sy hand, maar kan dit nie meer vashou nie. Hy het self geen beheer meer oor sy lyf nie. De Wet val stadig oor op sy sy. Sy pistool klater eenkant neer, bly daar lê. Hy sien Albert se kamaste. Hoe Albert die pistool wegskop van hom af.

Adriaan is op die grond by Vlooi. Hy probeer troos, maar die woorde stol in sy keel.

Albert kniel by Susan.

Dit kan nie wees nie, sê haar oë, dit moes nie gebeur het nie.

Adriaan druk sy seun se pap bolyf teen sy bors vas.

Vlooi is dood. Sy seun. Adriaan klem sy kind teen hom vas en ween, onbewus van enigiets rondom hom, die woorde en trane wat meng: "Neeeee!" skreeu hy, en sy gille, sy smekinge, sy desperate verwyte weergalm in die koue skemer van die parkeergarage.

Albert stap koel en kalm oor en tel die selfoon op wat langs Vlooi op die grond lê. "As jy iets gedoen wil hê, dan moet jy dit maar self doen," sê hy, aan niemand in die besonder nie. Hy druk die 6 op die foon vir die eerste keer.

Albert voel die brandsteek in sy bors voordat hy die skoot hoor. Dit dring eers tot hom deur dat hy geskiet is wanneer hy afkyk na sy bors.

Davids tree tien tree verder agter 'n pilaar uit. Sy hou haar pistool op Albert gerig.

Hy druk 'n tweede keer die 6.

Davids skiet weer. Sy begin nader stap en soos sy stap, jaag sy nog drie koeëls deur Albert.

Die laaste skoot dwarsdeur sy hart.

Albert sak vorentoe, op sy knieë. Dan val hy vooroor, kop teen die koue beton. Die selfoon kletter eenkant.

Davids tel dit op en hardloop na De Wet.

Hy haal nog asem, maar bloed borrel uit die hoek van sy mond. Sy lig sy kop, roep uit: "Hou vas, De Wet! Hoor jy my? Hou vas! Die paramedics is op pad."

De Wet probeer praat, maar sukkel. Hy stik in sy bloed.

"Lê stil, hulle's nou hier."

De Wet wil iets sê. Uiteindelik kry hy die woorde uit. "Sorg dat Grootbek sy peanuts kry."

"Waarvan praat jy? As jy nie vashou nie, gaan ek daai voël deep-fry."

"Twaalfuur ... elke dag ..."

Davids kyk af, sien hoe haar partner se oë verstil.

Sy sit 'n ruk só. Weet nie wat om te doen nie. Wil niks doen nie. Hou De Wet vas, styf vas.

Dan staan Davids op.

Sy hoor 'n man huil.

Albert lê eenkant, Susan naby hom. 'n Klompie treë anderkant De Wet se lyk sit 'n man, sy wit hemp vol bloed, en huil met die lyk van sy kind in sy arms.

— XXIV —

Maria staan in haar kombuis. Haar oë is rooi gehuil. Die nuus van Vlooi het die hele familie geskud. Sy praat met die hoek van die vertrek. "Die prentjies het gewerk, Jan, jou prentjies het gewerk."

Sy wil hom vertel van die euforie by African Queen nadat Adriaan so vinnig daar weg is. Sy wil hom vertel hoe sy toe aan almal verduidelik het van Jan en sy prentjies. "Strategiese denke," het hy dit altyd genoem. Hoe hy twee moontlikhede voorsien het: Adriaan verraai African Queen of Adriaan ondergrawe African Queen. Daarom dat hy soveel de- en herregistrasie moes deursien voordat hy dood is. Hoe hy Antoinette se rol voorspel het. En Elna s'n. Dat hy nie gedink het Bertus sou inkom nie, maar tog alternatiewe scenario's beplan het.

"Prentjies en prentjies en prentjies," het sy gistermiddag gesê. En hulle het die oorwinning gevier, totdat Lizzie gebel het.

En nou, noudat sy met Jan wil praat, is daar net die hartseer. Elna, Bertus en Neil vlieg oor drie dae, ná Vlooi se begrafnis, terug Kanada toe. African Queen betree 'n nuwe fase. Die kompetisie is nie meer die kompetisie nie.

"Maar jy het nie die regte prentjie gehad vir Adriaan en Antoinette nie," sê sy vir die man in die hoek.

Hoe kon hy dit geweet het?

Lizzie was by haar nuwe kêrel, Gerhard se sangmaat. Gerhard het gebel met die nuus van die skietery. Sy het na hul huis gejaag en die voordeur was gesluit. Lizzie moes oor die tuinmuur klim om by die sitkamer se skuifdeur toegang te kon kry.

Sy het Adriaan en Antoinette in die stort gekry. Plat op die vloer. Antoinette het Adriaan gehelp om Vlooi se bloed af te was en toe het albei onder die lopende water gaan sit.

"Hulle sit net stil, Tannie," het Lizzie oor die foon gesê.

Maria het Rudi en Rika gebel – hulle het deurgejaag om Lizzie te help en die dokter te laat kom.

"Dit sou verkeerd gewees het van my om tóé soontoe te gaan," sê sy vir Jan.

Sy wil hom vertel van Rika wat terug is na Rudi, van die groot versoening met Hannes, Esmé en Gerhard. Maar Maria swyg. Sy is seker hy weet dit reeds.

— XXV —

Rika het reguit van Adriaan en Antoinette af deurgekom. Sy en Maria het saam die Davids-vrou by die polisie gebel om te hoor wat gebeur het. Davids kon hulle net in breë trekke vertel van die aanslag op die Uniegebou, maar die besonderhede oor wie Albert-hulle was, sal eers later uitgepluis kan word.

Al wat hulle nou weet, is dat Vlooi ná die moord op sy oupa en ouma met 'n verregse spul deurmekaar geraak het.

Met hierdie bietjie inligting is hulle saam na Ouma. Hulle het haar alles vertel wat hulle kon – ook van Adriaan en Antoinette se poging om African Queen op sy knieë te dwing en oor te neem. Hoe Jan se voorgevoel hulle gehelp het om dit te fnuik.

Ouma is die een wat eerste besef het dat daar onherroeplike tweespalt in die familie sal wees. Tussen Jan se mense en Adriaan se mense.

Rika sal moontlik iets daaraan kan doen – eendag. As sy wil.

Ouma het lank met droë oë gelê en die twee huilende vroue probeer troos.

Rika sal haar dalk kan kom haal om gesig te gaan wys en vir Adriaan te onderskraag, het Maria nog voorgestel.

Hulle het besef sy wil alleen wees toe sy by haarself begin prewel terwyl hulle nog praat.

Toe die twee weg is, het sy haarself trane gegun.

Daarna het sy nie weer gehuil nie.

— ✳✳✳ —

Ouma lê nou op haar bed en praat, praat met haarself, maar veral met Oom Paul in haar linkerhand. Haar stem is nou sonder vuur; die munt kan sy nie meer tot voor haar oë bring nie. "Dis 'n swaar ding om kennis van goed en kwaad te dra," sê sy. "As mens of as volk. Maar in die Vader se wysheid het Hy ook verstaan dat g'n mens of volk slegs kennis van óf goed óf kwaad dra nie. Hy dra kennis van albei. Dis net dat die kwaad makliker is om te onthou, veral as jy nie in die paradys is nie."

Sy draai Oom Paul in haar vingers rond.

"Die sondes van die vaders. Dis waar, maar wys my die vaders sonder sonde. En wys my die kinders aan wie daardie sondes nie besoek word nie – hulle wil ek graag ontmoet.

"Daarom skenk die Vader ons sy genade en daarom is daar geloof – mense soek versekering, volke ook.

"En net soos dit gaan met 'n mens en sy lewe, so kan 'n volk ook net vergaan omdat hy sy bestaan gehad het.

"Ons almal verloor op die ou end. Maar intussen wen ons ook.

"Wat 'n besigheid," sê sy. "Wat 'n besigheid."

Maria kom die kamer in, verbaas om haar skoonma in haar klere op die bed aan te tref. Die ou vrou het vaste gewoontes: pajamas in die bed, klere in die rolstoel.

Ouma se oë is toe en haar mond is effens oop. Haar regterhand is op haar bors. Haar linkerhand en voorarm hang oor die rand van die bed. Haar hand is oop.

Maria stap nader, voel aan Ouma se pols, hoewel sy weet dis nie meer nodig nie.

Sy sien die Krugerrand wat op die vloer langs die bed lê. Sy tel die muntstuk op, gaan sit op die rand van Ouma se bed. Sy plaas die muntstuk in Ouma se oop linkerhand, maak Ouma se hand om die muntstuk toe en plaas Ouma se linkerhand langs die regterhand op haar bors. Sy tik liggies met haar hand op Ouma se hande, buk vooroor en fluister in Ouma se oor. "Sê vir hom ek stuur groete."

Kerneels Breytenbach is oud-joernalis en -uitgewer. As skrywer het daar van hom verskyn *Morsdood van die honger*, *Glimlag* en *Piekniek by Hangklip*, asook die kookboeke *Die lekkerste lekker* en *7de Laan-kookboek*. Hy is bewus daarvan dat dié titels almal op plesier en 'n jolige lewe sinspeel, maar sê dit was alles net voorbereiding vir die groot eise wat die verwerking van *Hartland* aan hom gestel het.

—— *** ——

Deon Opperman het oor die vyftig verhoogdramas op sy kerfstok en is twee keer met die Hertzogprys vir Drama bekroon. Onlangse televisie-dramas sluit in *Kruispad*, *Getroud met rugby* en *Hartland*. *Hartland* is die eerste van sy dramas wat tot roman verwerk is. Hy sê dit was 'n besonderse ervaring vir hom om te sien hoe Kerneels Breytenbach toneel vir toneel en episode vir episode sy draaiboek tot prosa omskep: "Drama en prosa is uiteenlopende vaardighede, en dit is vir my 'n voorreg dat *Hartland*, wat my so na aan die hart lê, 'n nuwe lewe as roman deur Kerneels gekry het."

—— *** ——